金城天府

王冶 著

作家出版社

目录

序 言·····················001

上 部

第一章·····················003

第二章·····················013

第三章·····················023

第四章·····················034

第五章·····················049

第六章·····················060

第七章·····················074

第八章·····················086

第九章·····················098

第十章·····················110

第十一章·····················126

第十二章·····················143

第十三章·····················152

第十四章·····················177

第十五章⋯⋯⋯⋯⋯⋯⋯⋯191

第十六章⋯⋯⋯⋯⋯⋯⋯⋯207

下　部

第一章⋯⋯⋯⋯⋯⋯⋯⋯⋯215

第二章⋯⋯⋯⋯⋯⋯⋯⋯⋯230

第三章⋯⋯⋯⋯⋯⋯⋯⋯⋯247

第四章⋯⋯⋯⋯⋯⋯⋯⋯⋯263

第五章⋯⋯⋯⋯⋯⋯⋯⋯⋯278

第六章⋯⋯⋯⋯⋯⋯⋯⋯⋯295

第七章⋯⋯⋯⋯⋯⋯⋯⋯⋯307

第八章⋯⋯⋯⋯⋯⋯⋯⋯⋯321

第九章⋯⋯⋯⋯⋯⋯⋯⋯⋯334

第十章⋯⋯⋯⋯⋯⋯⋯⋯⋯352

第十一章⋯⋯⋯⋯⋯⋯⋯⋯372

第十二章⋯⋯⋯⋯⋯⋯⋯⋯384

第十三章⋯⋯⋯⋯⋯⋯⋯⋯395

第十四章⋯⋯⋯⋯⋯⋯⋯⋯404

后　记⋯⋯⋯⋯⋯⋯⋯⋯⋯447

序言：金脉承千年，文字永流传

　　"玲珑背"位于罗山，因有丰富的黄金储量被载入世界地质史册，而罗山，则是渤海湾畔最高的山，为山东招远所辖。亿万年前的火山喷发造就了罗山的瑰丽和神奇。罗山的黄金开采遗迹可以追溯至春秋时代，黄金开采的文字记录起自宋朝。罗山腹地有座"玲珑金矿"，为历代朝廷高度重视。这片黄金矿田，直到现在依然在被开采。在上千年的时光里，罗山为历朝历代贡献了无数的黄金。在抗日战争中，招远向延安秘密输送黄金13万两，支持中国共产党的革命事业；新中国建立后，招远境内勘探出两千多条黄金矿脉，黄金产量连续42年位居全国第一。"中国黄金第一村"在招远，"中国黄金第一镇"在招远，招远市2002年被命名为"中国金都"。

　　毛泽东同志曾经说过"枪杆子里面出政权"，但是没有钱就买不了武器。在抗日战争和解放战争中，招远黄金以及依托黄金成立的北海银行，是经济战线上支撑中国革命走向胜利最重要的基石。在为了中国革命胜利而去夺取黄金的漫漫长路上，无数先烈在白色恐怖中秘密与敌人斗智斗勇，甚至付出了妻离子散、英勇牺牲的代价。直到半个多世纪后，招远13万两黄金送延安的秘密壮举才被公开。新中国成立后，我们国家一穷二白，直到改革开放之前，支撑中国国际外交和国内行业建设的重要经济来源，依然是黄金，黄金在很长一段时间内都是国家最重要的创汇产品。1975年，毛泽东委托周恩来抓黄金事业，周恩来总理把这个历史重任交给了国务院副总理王震。招远境内全域金矿林立，无数黄金工作者从四面八方会聚招远，肩负行业使命，殚精竭虑，把中国的黄金开采冶炼从艰难的手工采选，一步步推向机械化、信息化、智能化生产，一些黄金技术取得专利权甚至走在世界前沿。

招远自古以来就是因金而生的，这座伴随黄金成长的小城，仿佛中华大地上一座黄金铸造的金色丰碑。作为中国黄金协会的老兵，我可以负责任地告诉大家：作为一个县级市，招远的黄金对于中国革命和中国建设的贡献，令任何一个县市都难以望其项背。毋庸置疑，这一瞩目成就的背后是黄金大地上几代民众的舍生忘死、砥砺奋进、矢志不渝、前赴后继。是他们，用鲜血和汗水为这片土地赢得了"金"字桂冠，而这一荣誉的背后，有无数可歌可泣的故事令人感慨万千……《金城天府》的作者将这翻天覆地的时代变化和日新月异的发展进步付诸文字，绘制出一幅悲壮豪迈、气势恢宏的百年画卷。

上千年的黄金生产历史，造就了金都招远的神奇道场，也造就出招远民众和黄金业者"金质为尊，金品为王"般的品性。作者王冶是一位资深记者，她在家乡蓄力三十年，打磨出这部关于黄金的史诗级别的现实主义作品。这是一部"含金量"非常高的文学作品，用心阅读这本书，可以了解招远黄金前世今生的坎坷来路，可以细品亲情爱情友情的善缘意境，可以思考家国在上的历史担当。作为一个在黄金行业摸爬滚打了四十年的从业者，我非常欣慰有人站出来，用文学语言为黄金著书立传。金脉承千年，文字永流传，在历史的长河中，在文学殿堂中，《金城天府》的出版，使黄金史上从此有了一朵永不凋零的金色花朵。祝贺王冶女士，祝贺招远，也祝福中国黄金行业所有同仁。

中国黄金协会党委书记、副会长兼秘书长

上　部

第一章

民国十六年。

"行人起开！"咣当——

"勿妨接财！"咣当——

"吉日吉时！"咣当——

"礼拜金山！"咣当——

重重的锣声由远及近，潘家大集熙熙攘攘的人们，不管是卖布的还是卖菜的，慌忙把自己的货物往路边拽了又拽，有人干脆把身子退进沟里，一脚踏在路面，一脚趾着沟坡，两米宽的路面，瞬间清场。

有个外地来的客商大为吃惊："是谁这么大的排场？"

一好心人迅速将其拽到旁边，低声解释："金疙瘩拜山时辰掐得准，耽误了老爷进山接财，鞭子不长眼！"

声声断喝，越来越壮，铜锣开道，旌旗招摇，四个大汉挑着硕大的朱红食盒，疾步而行，李老爷坐在滑竿上，就连眼角的余光都没有瞥给集市上的人们。

这队人马疾速穿过集市，直奔罗山，赶集卖货的人才重新摆布摊位，说话也开始轻松活泛起来。客商还在疑惑："不是说只有状元故里，新人结婚的时候才能敲状元锣吗？"

"这个地方出门敢敲锣的，除了金疙瘩还有谁？！"一个卖布的头也不抬地回答。

"有钱就可以敲重锣？！"那人满脸艳羡地望着那队远去的人马，仿佛漏掉一次直面金身的机会。许久之后，他满面狐疑地回过头问："不是说金疙瘩家日进斗金吗？怎么会穿着布衣短褂？"

"黄金只赐弯腰人！"有人作答。

金疙瘩家大业大，冬有貂皮大氅，夏天纳凉穿的是令人咂舌的竹节衣，素常连水果都由花朵一样的小丫鬟去了皮掏了核，小心地用帕子侧身托着送到唇边，才肯张口。唯独"拜山神、接金脉"这件事情，金疙瘩绝不含糊，十天一小拜，一个月一大拜，必定亲力亲为，身上穿着粗布短衣进罗山。山神赏赐，才会行不落空，接到金脉，才能稳发大财，金疙瘩当然虔诚满满。

铜锣开道，拜山神，接金脉，这是李府的做派，也是李府的警告，商贩挡路，自有背枪带刀的家丁厉声呵斥，马鞭劈头盖脸甩下来："耽搁老爷接金，你们全家的命都不够偿！"

金疙瘩家的鞭子不是吓唬人的，商贩损了货物只能自认倒霉，事后回家养伤不说，当下还得磕头如捣蒜地赔礼。

潘家大集知道底细的人都学乖了，听到锣声，会麻溜起身让路，锣声就是信号：金疙瘩要去罗山接金脉了！

罗山是一座神奇的黄金之山，自古以来盛产黄金。

这座大山里有多少黄金，没人知道，这里祖祖辈辈的人们唱着一首歌谣："罗马山，金玲珑，金梁玉柱在其中，谁若找到开山匙……"

黄金因其尊贵，自古以来，就成为神权的象征。

黄金天赐神授，相传需要有缘、得法，方能获得。

前者不言而喻，后者自有许多传说佐证：

相传有个南方佬会相金，他从南方一路走到北方，在罗山看出了名堂，就在当地客栈包房久住。此人在罗山一不务工，二不经商，一年四季在罗山除了转山转水别无他事。

罗山盛产黄金，大雨过后，罗山的浮皮金砂会被溪流雨水裹挟，冲积到特定的地带集中沉淀，这样的金窝窝，简直就是聚宝盆，定期收集金砂即可。这南方人在罗山一住就是二十年，一次在山中遇雨受寒，病倒在客栈，店家跑前跑后，精心照料，南方人的身体好转，人也醒悟过来：金子再多，也得有命花。

这人想明白之后，就有了回家的打算。感恩店家对待自己亲如家人，南方人返乡之前，把客栈掌柜带上罗山，指着金窝告诉店家：这个石窝乃是聚宝盆，每次罗山下大雨之后，就可以到这个金窝窝拾取金砂。

店家半信半疑，还是按捺不住好奇，依言行事，果然在雨后拾到金砂，屡试不爽。店家欣喜若狂，遂把这个秘密告诉了老婆。这婆娘雨后跟着丈夫来到山上，果然看到一个比蒜臼子大不了多少的溪流窝眼中，存了肉眼可见的金砂。这女人贪财，怂恿丈夫："这个金窝太小了，要是把这个金窝窝扩一扩，积存的金砂岂不更多？"

店家习惯了听从自家娘儿们的吆喝，当下两人费了九牛二虎之力，硬是把坚硬岩石上的金窝窝，扩大了一倍不止。哪里知道，自从这个金窝被改变形状之后，每次下过大雨，就再也看不到任何金砂了。

又过了十年，南方佬穿金戴银，旧地重游，走进罗山客栈，见到客栈非但没有起色，反而一派颓败之象，店家的精神也有些不济，南方佬大惊："老哥，我估摸您早就该家大业大了，这是咋了？"

店家告诉南方佬，自打他们擅自扩了金窝，再也没见到一粒金砂。老婆追悔莫及，得了心病撒手而去；自己顾了这头顾不上那头，对客人照顾不周，生意被新开的客栈分流，越来越萧条，弄成了这般光景。南方佬仰天长叹："黄金不从贪心人！"

也有人并无求财之心，却在罗山河沙中无意踢蹬出块狗头金，悄无声息带回家，日子不显山不露水地充盈起来——此乃罗山山皮子上裸出的浮金，风吹日晒，松动成砂，遇水而动，遇到的人便有大幸运，叫命里有财。

罗山是一座金山，开采过黄金的山民不胜枚举，少数有心且大胆的后代，会在深山老坑里一点一点撬出含金矿石，悄悄带回家，小打小闹砸砸淘淘，整点金砂，这事须得万分小心，否则就会有牢狱之灾：罗山自古就有官府盯着，擅自采矿被官府擒获，要被没收罚钱，甚至获罪。

黄金贵不可言，其魅力自不必多说，想在罗山求财的人很多，其中不乏有权有势者。只是这些人没有缘法，到了罗山胡采乱挖，或者找不到金脉，竹篮打水一场空；或者山神降罪，事故频发，终究还是发不了财。

疙瘩李的祖上贵为四府道台，李府一是有采金批文；二是有接金神谕；三是有坐金之妇，顺风顺水在罗山开采黄金几十年。

金疙瘩李家在罗山深处，开金洞，采矿石，年复一年，采出的矿石大多都是富矿，好多黄金矿石里的黄金肉眼可见：或如碎米之嵌，或如麦麸斜插，或像碎线卧卷，明晃晃的金子在阳光下清晰可辨，喜煞个人。这些细微的黄金与沉重的岩石紧密结合在一起，唯有碾碎磨成细粉用水淘，才能提炼出黄金。

罗山平阔处，金疙瘩堆砌起一眼望不到边的大磨和溜床，碎矿，提金；碎矿的人汗流浃背抡大锤，把大石块敲成小石块；推大磨就像驴打磨，几个壮汉围着大石磨呼呼啦啦转，不停地把碎石磨成石粉。碎石大锤和石头大磨大得令人惊诧，干活的人脸上头上落着一层厚厚的石粉，破布蒙着鼻子嘴巴，睫毛沾了石粉灰，一个个灰头土脸，日复一日地机械抡锤、推磨打转，看着令人绝望，端的不如拉溜提金有趣。

提金的溜板像床板一样，只是一头高一头低，一字排开，选矿人蹲在溜床高处挥着小笤帚，从左边扫到右边，从右边扫到左边，片刻不停。工人旁边置有一口蓄水大瓮，溜板斜铺在溜床上，与地面连接处，挖有与溜床等宽的浅坑。大瓮瓮底钻有一个指头粗细的透眼圆洞，工人用长线一头系了压坠，扔在瓮里，另一头系了指头粗细长短的小木杆搭在大瓮外面。无须用水，就把小木杆塞进洞眼止水。拉溜时只需要拔掉木杆，水就从溜床高处落向溜板，扯出一幅缓缓的水面。工人把磨细的矿石粉铲到溜床上，五指握拢茅草扎的小笤帚，对着落在溜床水面的矿石粉拍拍蘸蘸，在水中摊匀，接着翻掌，手心朝上，晃动手腕，小笤帚在不急不缓的水面，一左一右、不紧不慢划着扇面掠过矿石粉，石渣石末顺水滚动，落进溜板前方的地坑，细微的金粒和金末，则会形同贪睡的小懒人，顺水晃动几下，便栽倒在溜板上，待得溜板阴干，拿了带毛的兔蹄，打扫溜板上闪闪发光的金砂即可。

罗山的黄金如水一般，年复一年抬进李府。

李府日进斗金，真实不虚，自是气度不凡：建造府邸的石头皆为两臂之长的"黄金麻"，石质坚硬，底色微黄，撒着芝麻粒一样的黑点，每一块石头都精雕细刻，上面或雕蝙蝠葫芦，或雕荷花仙鹤……平平展展地从墙基垒到墙头，一块石头就需要一个石匠錾刻月余时间。贵客踏进李府大门的第一步就大有讲究：李府高高的门槛内铺有金砖，这金砖由罗山上等金矿石凿成砖石样貌，又暗嵌了金片錾刻的金花铺在脚下，主人和客人一进门，便踏在这样的金砖上，谓之"进门踩金"。

李府的"接金神谕"，被供奉在李府大院西北面的一座金碧辉煌的阁楼的地下二层，阁楼四周都是水，视野开阔，这阁叫"聚金阁"，由老爷的亲信二十四小时把守，家中唯有老爷和嫡传长子方能出入聚金阁，李老爷拜读"接金神谕"，必在朝阳爬上罗山山顶之时。

"接金神谕"，非常神秘，它从未面世，扑朔迷离。

"坐金之妇"，是李府的大太太，讲究"天选"，不仅出生时辰有讲究，还要有坐金本领。大太太除了和其阴阳，传宗接代，定要能主贵一方，从问吉到纳彩，种种观验，周密细致，断断不容出错。只是到了这一代，李府在"坐金之妇"方面，起了风波。

老爷的四房女人，大太太是大户人家的嫡长女，一出生就含珠戴翠，无非是从一个大户挪入另一个大户，知书达理，端庄娴静；二房的娘家是个读书的没落之家，祖上做过五品官，与李府有交情；三房金发碧眼，是老爷从海参崴带回来的俄罗斯女人，皮肤白得像头层面粉，头发是黄的，眼睛是绿的；四太太是老爷大费周折从天津会馆带回罗山的，四太太永远是一副淡远疏离的样子，偏偏更令老爷抓耳挠腮。

二人在天津会馆相遇时，四太太只是斜站在那里，用目之余光缓慢拖过全场，老爷觉得那目光扫的是自己，心里瞬间像被羽毛拂过。她款款移动脚步，绣鞋在旗袍下若隐若现，不过眨眼的工夫，便侧身一转，留下从上到下的清晰线条，腰细臀翘，犹如乡间藤蔓上结出的宝葫芦。

这女人最妙不可言的是那转身一眼，身子已转过去，头慢了半拍，就那么扭着头，眼睛从平视到低垂，仿佛谁都没有看，又仿佛一眼收进了万里晴空之霞光潋滟，万道江河湖海之烟雨渺渺。女人吊角眼里的余光缓慢一瞥，便让老爷轻轻一震，不由自主地挺直了身子，目光也随之追了上去，想再看得真切一点儿，无奈只见她微微荡漾着隐去，唯留下青碧葫芦在风中莫名地怅然与惬意。

对金疙瘩来说，这是一眼万年，仿佛一颗火星从天而降，落进大椎穴位沿着脊梁由上至下飞速抵达尾椎，不灭反旺，那股热量力透后背，瞬间漫向肚腹，枪炮随即昂首待发。金疙瘩李老爷离开会馆，脑袋里还时不时蹦出宝丫的曲线，甚至她眼里的哀怨，睥睨，淡薄，幽眇。

金疙瘩第一次辗转反侧，对身边触手可及的女人，半点提不起兴趣，这是老爷第一次思念一个女人。凡是能用钱解决的问题，对李老爷而言，都不是事儿，可这个宝丫，还是让老爷费了些许周折：

这是一只自由的蝴蝶，生在东北，流落天津，面若冰霜，性情不定，卖艺不卖身。生父为日本某大家族中的次子，是较早踏上东北的土地，想在中国发财的日本人，只是不服水土，早早丢了性命。母亲出身于明末海西女真扈伦四部之一的叶赫部落，祖上曾随努尔哈赤、皇太极征战四方获封，从小在黑山白水的清朝龙兴之地——柳条边内的辽河平原长大，算没落的皇亲国戚。

这柳条边又叫条子边，是用土堆成的宽和高各三尺的土堤，堤上每隔五尺插柳条三株，柳条粗四寸，高六尺，埋入土内二尺，各柳条之间用绳连接。它看上去就像中原的篱笆墙，乃是朝廷设置的红线，每隔一段距离就开一座边门，实行军事化管理，为的是保护东北地区皇室贵族所需要的人参、貂皮、鹿茸、东珠、鳇鱼、松子不被老百姓随意私采。

这宝丫降生在这片肥沃的黑山白水中，继承了叶赫那拉氏女人的长脸丰腮，不悦时乍现马背民族的冷峻，平静时宛如月下之花般娴静，微笑时一双吊梢丹凤眼眼尾下压，变成了一枚弯月眼神蒙眬，曾被带到日本生活了十年，这两年又回到中国，在天津声名鹊起。

李老爷对入了心的女人，当然肯下功夫，他先在天津繁华地带买了一处公馆，装修得金碧辉煌，丫鬟仆妇雇了一大堆，专程留在天津，结交权贵，使出浑身解数，把这宝丫迎进府内。半年之后，老爷柔情蜜意哄着女人，如愿以偿地让宝丫作别天津大码头的云光灿烂，来到偏僻而富庶的罗山。

这宝丫与前三房女人相比，确有被老爷宠幸的资本：老爷以前睡女人都是没有前奏的，肆无忌惮地倾轧，都不过是解决下身随时升腾的欲求。大太太满脸通红，一动不动凭其摆布。二太太生性有些矜持，唯恐亵渎诗礼之家，奶子不小，下口奇窄，难以深耕。大太太和二太太在床上受刑一般，可怜分分忍受老爷的横冲直撞，老爷欲火烧身，偏偏无法享受鱼水之欢，每次云雨都仿佛急雨倾泻，很难深层渗透。三房女人率性热情，开苞之后，苗条的身体逐渐发福，与之缠绵，老爷倒像是舍身饲虎，一仰脸，一睁眼，面对的都是两只绿眼，老爷每次想提振雄风，反而会被人高马大的娘儿们蹂躏一通，有一种挫败之感，心中难免有些腌臜，事毕之后，欲火已熄，肝火反升。

在宝丫的屋里，老爷愿意先坐上一会儿，喝茶，下棋，聊天，眼神随着蝴蝶般的曼妙身姿游移，等干巴的身体像海绵蘸满了水，柔软湿润，这才微笑着伸出双臂，让女人轻盈跌落在他的腿上。老爷对抱在怀里的温香软玉上下其手，直到宝丫左躲右闪撒娇嗔怪，这才欢天喜地把宝丫扔在炕上，等前戏做足，这才抱紧柔若无骨的身子，把脸埋在胸前的两座高峰中一路攀爬。

老爷跟宝丫的鱼水之欢，不唯用身，也用足了心思：哪怕厮杀前的最后一分一秒，枪炮都在叫嚣，老爷依然很珍惜，很享受片刻的等待与压抑。克制与爱抚，让沉醉其中的老爷心颤不已，渴望是从心里生出的，感觉下一秒快要炸了，老爷不肯轻举妄动。直到这张精致的脸蛋羞红乍现，眼神流光，老爷感到覆盖在下面的手一再被夹紧，这才一蹴而就，野兽一般蹂躏，反反复复压榨，求而不得的时候，老爷不惜使出吃奶的力气，恨不得将自己连须带尾，统统钻进宝丫的体内，仿佛能在女人的肚子里，酣畅淋漓畅游一番。宝丫不会轻易出声，可她那柔若无骨的纤柔指尖仿佛带着魔法，每一次落到疙瘩李的身上都能让他的欲火一燃再燃，似乎每一根汗毛都想提振为枪，胜利大笑。李老爷和宝丫的床笫之欢无须言语，只凭感觉就能心领神会，你追我赶，直到礼花般的璀璨醉美了四肢百骸，不省人事般睡去才会罢休。

阴阳结合的最高境界才能叫合欢，这种神魂颠倒的欢愉让老爷如同老房子失火，以至于每次起身，看着身边沉睡的女人，都会忍不住俯身轻吻亲昵一番，他才心满意足。

李老爷喜欢和四太太腻在一起，还有一层原因：老爷把府里的云烟、山上的采矿絮叨给四太太听，他说十句，女人应半句，道一通，女人回三句，一切便通了、透了，四太太的灵慧，远非前三位太太可比。

老爷在四太太的屋子里，也并非只是贪恋床笫之欢，更多的时候是说说话，或者是闻闻香，甚至饶有兴趣，看着四太太亲手合香，四太太举止自然有趣，不像大太太总是那般端庄。老爷稀罕，宝丫就是日照盛隆、江河滔滔、有水有财的好命。

没有想到，四太太居然可以替代大太太，成为李府的坐金之妇，对于这个结果，金疙瘩李老爷的心里甚至长长舒了一口气。

从天津到罗山，足有大半年时间，大太太想见老爷一面都难。

偏生那段时间，山上的金矿事故频发。大太太风闻之后，心神不宁，她差小丫头把老爷请到屋里，看着老爷的脸色，小心翼翼地提醒："老爷啊，山上不太平，老话说，新娶媳妇关三年……"

新人对家宅主人的运气有一定影响，民间确有这样的说法。

老爷耳朵里有了这话，便有些心神不定。

如果真是四太太妨财，哪怕是个天仙也要送走。

李老爷心有不舍，遂命令各房：斋素一个月，刺血抄经。

李府重要日子献祭时用的经书，都是大太太斋素一个月，用针尖刺出血蘸着写出来的，大太太跟老爷生了三个儿子一个姑娘，长子长孙都是大太太一房所出，为了李家基业长青，别说刺血，让大太太舍命她都愿意。

一个月后，四房太太都送来了自己的刺血经书。

四太太的经书字迹点如高峰坠石，横如千里震云，韧如宝丫灵动之躯，赏心悦目。经书颜色看上去，也大不一样：大太太、二太太、三太太的经书字色暗红，四太太的经书鲜活欲滴，在四太太鲜红的经书面前，大太太的经书就有些污浊。自此以后，李府供奉的手抄经书，当然出自四太太之手，大太太的屋里，从此冷冷清清。

大太太到死也不知道，四太太的刺血字迹，为什么会颜色鲜红。李府伺候四太太的大厨和丫头，离开李府好多年后才慢慢琢磨明白：四太太抄写经文，除了沐浴戒斋，有三七二十一天时间，四房所有的菜品，都不加一丝一毫的盐。

四太太成了府里老爷最倚重的女人，四太太有时妖娆，有时清纯，仿佛巫女、神女都是她。丫鬟们常见四太太穿着一身色彩斑斓的绸缎衣服，伴着八音盒里的音乐翩翩起舞，举手投足如行云流水一般，腰肢柔软曼妙，神态沉醉安然。四太太自顾自随着乐曲忘我地舞蹈，就像半梦半醒一样，仿佛生命已经离开了躯壳，剩下的是一枚随风而舞的花朵或者叶子，有个被四太太狠狠打罚的嘴快丫鬟，咬牙切齿地嘀咕了一句："四蝴蝶！"

"四蝴蝶"比喻四太太形神兼备，先在丫鬟之间传开，后在墙垣外流传，成了四太太的代号。四蝴蝶的院里有一池金鱼，那池水是一条一米二宽的甬道，甬道砸了坑、砌了沿、灌了水，从南到北贯穿了整个院子；水有一两尺深，沙粒可见，里面养了一群大大小小的金鱼，金鱼拖着扇子一样的尾巴在坑里游来游去，颜色也是橘红、金黄，或银中含斑。

按说存点水，养养鱼，在富贵人家里，是赏心悦目的雅事，算不了什么，可在李府，这群金鱼是四蝴蝶的"神拿"道具。金疙瘩拜山之前，会找四蝴蝶问卜，四蝴蝶院子的水面铺了一层比冰还要剔透的玻璃，四蝴蝶踩在上面占卜。

四蝴蝶占卜不像其他巫婆，坐在那里点香敬神，闭上眼睛咿咿呀呀哼哼一通，她的占卜不掐指、不摇签，靠的是脚丫和这水中的金鱼通灵。四蝴蝶发也不绾，直直垂下来，穿着一件素净绸衣，素色绸衣背后，绣有一朵五色牡丹，茎叶却拖到了衣襟前摆，这衣服布料并不华丽，却让人过目不忘，让四蝴蝶翩翩然，像一个刚刚下凡的仙女。

四蝴蝶行卜时，会穿着绣鞋走在玻璃上，鸽灰宫缎制成的绣鞋，紫缎滚口，绣着五彩碎花，单梁、尖头。每次抬脚，四蝴蝶的身子必然前倾，细长的双臂微翘在身后，那尖尖的绣鞋会抬在空中颠上两颠，然后缓缓落下。

周围的人屏住呼吸看着她凝神静气，脚下的金鱼在透明的玻璃下穿来穿去，一会儿向东，一会儿向西，一会儿掉头，一会儿扎堆，一刻不停，极为灵动。大家看得眼花缭乱，丈二和尚——摸不着头脑，只有四蝴蝶会袅袅娜娜地踏鱼、问卜。

四蝴蝶一番作态之后，轻轻对李老爷耳语一番，告诉老爷，进了罗山，需往哪个方向走，祭品摆在什么方位，才能掐住金脉。四蝴蝶踩鱼并不避人，丫鬟和老妈子，还有近身伺候老爷的跟班，甚至府外来的贵客，都有机会见到。

这只神秘的蝴蝶，像李府的"神谕"一样，在罗山越传越远。

第二章

李府家大业大，井下采矿、地上溜金需要大量工人，常年在潘家大集设摊招工，只要有把力气就行。

这日，李府管家坐在招工摊位上喝了两壶茶水、几个小跟班吆喝了一上午，也没有招到一个工人。

管家正懊恼地暗暗搓手的时候，一个眉清目秀的小伙子，扛着扁担从柴火市走了过来，眼看小伙子又要擦摊而过，管家疾步上前，拍拍他的肩膀，笑眯眯地开腔了："小伙子，你是哪家的孩子？老叔看着你在集上卖柴火有几年了，人长大了不能一辈子劈柴砍柴，你这孩子看着机灵，也合老叔的眼缘，跟着老叔到李府，老叔给你掂对个手艺活儿行吗？"

这个小伙子，姓楚名云鹤，年方十六，家住欧家，从十二岁还没有柴高时就开始卖柴火，如今已经长开了。这孩子每次卖柴火都要经过李家的招工点，这摊点令他印象深刻，只是自己年龄小，从未多想。

闻听李府管家要给自己掂对个手艺活儿，楚云鹤喜不自胜，脚步轻快地奔回家，竖起扁担，跑到水瓮前咕嘟咕嘟喝下半瓢水，这才咂着嘴巴走进屋里，一屁股坐到母亲身边。

纺纱的母亲抬头看了儿子一眼，立马捕捉到了儿子眼中的笑意："鹤儿，在集上遇到啥好事了？"

楚云鹤说："娘，你不是希望我能学一门手艺吗？"

云鹤把李府管家的话，一五一十学了个清楚。

母亲手中的纺车，戛然而止。母亲蹙紧眉头，微微停顿了一会儿，说："鹤儿，这可怎么办？我前几天刚和你骆驼叔订兑过，小车做好后，你就跟着他跑西海。你爹给你起的名字叫云鹤，是想你长大后，不要只在磨盘大的地方转。骆驼叔希望你搭把手，他的年龄大了，咱们不能忘恩负义！"

楚云鹤不知道自己的爹啥样子，可骆驼叔他清楚。

骆驼总是推着一盘小车披星走，戴月回，早出晚归赶脚推海，家里筷子长的黄花鱼、应季的瓜果，都是骆驼叔送过来的。

云鹤十岁时吃错了东西，肚子疼得在炕上打滚，刚卸完货回家的骆驼推着云鹤一溜小跑去镇上找医生，遇到上坡也不肯放慢脚步，豆粒大的汗珠子在脸上滚落，见到郎中，骆驼一脚跌坐在地上，翻着白眼半天没爬起来。

"知道了，娘，过几天我就跟着骆驼叔去推海。"楚云鹤乖乖点头。骆驼叔需要帮忙，他会麻溜跟上；再说了，自己成天围着罗山转，花木鸟兽司空见惯，他还没有见过海，听说海像一面镜子一眼望不到边，云鹤也充满了好奇。

母亲若无其事地低下头，继续纺纱，心里像有面鼓一阵急敲。她本来十分抵触儿子去推海，心里盘算着让孩子拜个师傅学点手艺，实在找不到出路，再跟着骆驼去推海。她担心孩子翅膀瞎扑棱，一不留神投错了地方。

云鹤娘瞬间决定：赶紧给儿子戴上嚼头。

孩子还小，没见过啥世面，李府管家的话，不能听！这一旦签了文书，进了李府的大门，人家一句矿上需要人手，打发到金矿去采矿、推矿，可就身不由己了。

儿子这辈子干点啥都行，就是不能让他去金矿谋营生！

云鹤母亲的担心不是没有缘由：李家滔天富贵的背后，是无数矿工暗无天日的生活和令人不寒而栗的痛苦遭遇，李家堆金积银的生活，来自对无数穷苦矿工的盘剥。

李家为甚能明目张胆开采金矿？

没有虎皮，岂敢占山！李家老太爷李宗岱富商出身，是广东南海人，曾经贵为济南、东昌、泰安、武定四府道台。

1885年，李宗岱请准创办平度金矿。

1887年，李宗岱以四十万两白银的资本，在罗山开办了"招远金矿局"，挤走罗山采金规模最大的金矿主广东富商郭得礼，霸占了玲珑金矿。从平度到招远，李家背后有朝廷洋务重臣李鸿章支持：李宗岱为督办，陈世昌和李赞勋为总办，徐麟光为会办，李锡功为总董事，领得官银二十五万两。

上有朝廷支持，李家在罗山大张旗鼓开采黄金，豢养了上百名身佩刀枪的护卫队，看家护矿；监工和把头，耀武扬威，驱使方圆百里雇来的工人日夜在井下采矿、地上提金。

采矿工人在黑漆漆的井下采矿、背矿，渴了，喝一口矿井里渗出来的水；饿了，啃的是冰冷的地瓜干、糠菜团。矿井里面粉尘弥漫，煤油灯把脸熏得墨黑，鼻孔里被粉尘堵得无法呼吸，吐出口唾沫又黏又黑，嗓子里有咳不尽的异物。令人绝望的是，在昏暗的矿井里，头顶的落石、两侧的滚石不定什么时候就会突然坠落，令人防不胜防，矿工被砸死砸伤，是家常便饭。

工人遇到伤亡，一句"阎王叫你三更死，不得延迟到五更！"就是金矿对家属的解释，肯打发一口薄薄的棺材，就算是李家的慈悲。伤亡矿工家属想要说法吗？打手们手里的棍棒和皮鞭不是吃素的，噼里啪啦打一顿扔出去是轻的，重则交到县衙，被污蔑是影响李家为朝廷采矿而扔进大狱里，就连家人不死也得脱层皮。

井下采矿危险，地面上碎矿提金，也好不到哪儿去。

李府碾矿的石磨足有普通石磨的三倍厚，用的全是硬气的青石，这种石磨石质坚硬，灰黑中带有青白色的芝麻点，非常耐磨，这青石出自罗山东北几十里开外的龙虎斗村，村里的男丁长年替金疙瘩李老爷加工石磨。

这碾矿石磨和磨米磨面的石磨，可是大不一样，后者只有一个腰眼，前者的磨盘两边都留有碗口粗的腰眼，一边一根木杠，木杠一头插在磨盘侧面深深的石眼里，翘在空中的部分正好高出地面，硬生生抵在推金工人腰间。碾矿石磨的厚度也有碾粮石磨的三倍，碾矿的时候需要六个人步调一致，齐心协力才能转动。

大石磨一圈圈转动，从早到晚，从春到冬，被敲打成碎粒的含金矿石，经由石磨碾着、轧着，最终屈服，被磨成灰褐色的金石矿粉，推大石磨的工人，每天就干驴打磨的营生。

磨矿之后要筛矿，筛矿扬尘重，工坊里一年到头充斥着灰蒙蒙的粉尘，工人一天干十几个小时，就算千方百计用破布捂着嘴巴和鼻子，一天下来，总能从嘴和鼻孔里抠出凝结成块儿的粉尘。几年下来，胸腔就像堵了棉花，呼吸无力，身上慢慢没了力气，喘不上气儿，自然推不动大碾了。

金矿工头说："身上没有劲儿，就去干点轻快活，筛小箩吧，实在干不动，就回家养养！"到了这个时候，工人的性命也差不多快要走到头了。不管是推大碾还是筛石粉，等工人走路东倒西歪，走两步歇半天的时候，都会被打发回家。他们死前的症状一模一样，先是行走无力，接着喘息艰难，最后被活活憋死。

李家最初也曾用骡子拉大碾，那骡子时间不长就会死掉一批，更换频繁，管家报称骡子死得多，李府的老太爷听后不紧不慢地喝了口茶，沉吟半晌，才阴森森地道："人有的是，买骡子干啥？！"就这么着，许多矿工都成了金矿枉死的骡马。

那些遭遇不幸的矿工，大多生活在罗山周围，两竿子打下去就能扯上关系。久而久之，老百姓都清楚：玲珑金矿是李府的聚宝盆，也是矿工们的鬼见愁。

楚云鹤的爷爷，当年就是挨到小箩都不能筛的时候，回到家里活活憋死的，临终时，他告诫后代："不怕南洋去喂鱼鳖，就怕金矿去挖金！"

不到金矿谋生，这是楚家用命换来的教训。

窗外弯弯的月亮偏过中天，清冷、遥远。

屋内的油灯昏黄如豆，照得人影绰绰。

推海的行头几天前就置办好了，云鹤娘轻轻捏了捏多加了几层布料的肩垫，这才动手给儿子准备干粮。干干净净的蓝布，包了两块玉米饼子、两只菜团，中间夹了几根馏咸的雪里蕻，这就是娘给云鹤出去一天的干粮，她掂掂布包，叹了口气：这布包里要全是玉米饼子就好了！

孩子第一次出远门卖大力，上百里的行程得吃饱饭才能撑下来，可小门小户的日子，一年三百六十五天，需要细水长流，万万不能断顿。放下干粮包，云鹤娘转身掀锅盖。老榆木做的锅盖已经蒸过几十年岁月，颜色沉郁，蒸汽沿着锅盖缝隙，丝丝缕缕飘向空中。云鹤娘一手按着锅台，一手掀开锅盖，一团热气迅速在空中升腾，她吹开蒸汽，往锅里小心翼翼地磕了三个鸡蛋，锅底的蛋白由下到上，渐渐成形，不长时间便圆圆地躺在锅底。

云鹤娘把鸡蛋舀进碗里，再舀上一点汤水，拿了一双筷子摆在上面，双手捧起碗，冲着北方和南方上空轻轻祭拜，嘴里轻声念叨："都吃！都吃！山神爷爷，各路神仙，楚家的老家前，你们都吃，求你们保佑楚家的孩子云鹤，逢山有路，遇水安澜……"

把鸡蛋虔诚地供奉在堂间的北桌上，云鹤娘这才掀开蓝花布帘，拍拍睡得正香的云鹤："鹤儿，鹤儿！"

云鹤一骨碌爬起来："娘，我没睡过头吧？"

母亲冲着儿子微微一笑："娘的时辰准着呢！"

云鹤爹当年推海的时候，她天天半夜起身准备干粮，就算挺着大肚子，也从没耽搁早起给丈夫做饭。做饭是女人的本分，让丈夫吃上热腾腾的早饭出门干活儿，她的心里才踏实。男人推着车子奔到海边装货，沿街四处叫卖，每天风餐露宿，家里的这顿早饭，万万不能凑合。那时候，丈夫推车出门，云鹤娘起身纺纱，她觉得，好日子需要两个人拧成一股绳子往前奔。万没想到，十二年前，云鹤父亲丢下车子，跟着船老板下了南洋，之后再也不见人影。

云鹤娘从春天盼到秋天，从八月十五盼到年关，一天天过去了，一年年过去了，每天望眼欲穿，一直等到眼泪流干，心都麻木了，也没有迎回丈夫高高大大的身影。这些年，她一直骗自己，丈夫只是出了远门，早晚会回来，可那个挺拔的身影越来越模糊，希望越来越渺茫。

多少年来，她用不着半夜做饭了，可怎么糊口是个大问题。纺纱织布是这个家唯一的活路，唯有早点儿起身，才能多出活儿。孩子只知道母亲和自己一同熄灯歇下，哪里知道，自己每天睡足睁开眼睛时，母亲已经在纺车前忙了许久！

一个寡母带着年幼的孤儿，只能在深夜里独自悄悄咽下所有的悲苦，天亮抬起头时必须平静微笑，才能给予儿子快乐和希望。

楚云鹤麻利地穿好衣服，齐整整地站到娘的跟前。

第一次出远门，去见大海，楚云鹤心里兴奋而又期待。

母亲上上下下打量着眼睛闪闪发光的儿子，她点点头："云鹤，先过来给山神爷爷和楚家的祖宗磕个头，保佑你不管走到哪儿，都能顺顺利利回到家！"

云鹤乖乖上香，虔诚跪地磕头祈祷："山神有灵，祖上有德，保佑云鹤，逢山有路，遇水安澜！"

云鹤娘把装了鸡蛋的碗从桌子上撤下来，递给儿子，云鹤夹起鸡蛋就往母亲嘴边送："娘，你也吃一个！"

云鹤娘心头一震，面色肃穆："麻溜自己吃了！推海有规矩，你爹给你留了话！"云鹤这孩子随他爹，会心疼人，可孩子不知道，父亲一去不还，母亲多少次后悔当初拗不过丈夫，张嘴咬了一口鸡蛋！

一个求助无主、求告无门的女人，不知不觉钻进了牛角尖，一股脑儿揽下了所有的罪：让丈夫吃了带缺口的鸡蛋出发，这几乎成了她的心病。

爹给自己留了话！关于父亲，楚云鹤记忆全无，但他心里依然对父亲满怀期待。云鹤的眼睛亮了，见娘脸上不同寻常的严肃神色，他三口两口吞下鸡蛋，规规矩矩站到母亲面前。

母亲拉起儿子的手："鹤儿听着，叫你外出推海，不让你去李老爷家，就是要绝了你去罗山金矿干活的念头，咱楚家人的后代，死活不端金矿这碗饭！"

云鹤娘端详着儿子尚且稚嫩的脸，一字一顿地说："出门在外，吃亏是福。但行好事，莫问前程。"娘的声音不大，在寂寂的深夜里，字字清晰。

楚云鹤无端觉得爹仿佛真的站在母亲的身边，他使劲儿挺起胸膛，接受爹娘的检阅。

云鹤娘不放心，又问一遍："爹的话你记住了吗？"

楚云鹤干脆利索地回答："记住了，娘，出门在外，吃亏是福，但行好事，莫问前程！"

"鹤儿，在外面遇到事情拿不定主意，就按这几句话的意思做。"云鹤娘叮嘱他。

楚云鹤有些疑惑："娘，吃亏怎么会是福？"

云鹤娘捏捏儿子的胳膊，这胳膊尚且稚嫩，不像他爹的胳膊肌肉坚硬得像条铁棍，她耐心跟儿子解释："鹤啊，你爹爹说过，出门在外，与不同的人打交道，不定什么时候会遇到古怪的人儿，隔路的事儿，没法讲理的时候，别较真儿，不要钻牛角尖，更不要对着干，要记住，退一步就好！"

"打架不是要勇敢吗？为什么要退一步？"狭路相逢勇者胜，这是楚云鹤围观孩子打架后得出的结论。

云鹤娘说："人心隔肚皮，有的人口苦心甜，有的人笑里藏奸。脾气不好的人未必心眼坏，脾气软绵的人说不定绵里藏着针。遇到事情，但凡能低头过去，就让它过去。肯吃点儿亏，事情才能早点儿平息，不用耽搁后面的营生。遇到事情，你想压我一头，我想踹你一脚，事情越闹越大，一旦动手伤了人，惊动官府，就亏得更大了！"

丈夫的唠叨，云鹤娘不知在心里揣摩了多少遍，就当是送给儿子未来辗转征战的护身软甲："你爹说过，出门在外都不容易，碰上别人有难处，能帮上忙就不要吝啬，更不要贪图回报，就当积德做善事！"

"我懂了，娘。"云鹤点点头，他挽起母亲的胳膊，"出门在外，吃亏是福。但行好事，莫问前程。帮人难处，不求回报。娘您放心，爹爹的话我记住了！"

云鹤跟着骆驼叔动身了，云鹤娘在大门口站了好久，才慢慢回到屋里。孩子的路要自己走下去，做娘的跟不了也跟不上了，好在还有骆驼带着云鹤。

想当年，要不是云鹤爹救过骆驼，自己给骆驼烧过一年多的姜汤鸡蛋水，骆驼恐怕早没了。骆驼是个好人，知恩图报，这些年要是没有骆驼的帮衬，这对孤儿寡母，会熬得更加艰难。

不管哪个行当，有可靠的前辈指点，会少走弯路。

有骆驼在，儿子出去推海，云鹤娘多少有些放心。

回到屋里，云鹤娘的心还是空落落的，仿佛挪离了原位，怎么也落不到底，一片茫然。儿子一旦出门，就算大人了，母亲紧绷的身子有些虚脱，她在炕沿坐下，眼泪不由自主地流了下来，怎么也擦不干。

云鹤娘流着眼泪，喃喃祈求："老天爷，山神爷，求你发发慈悲，保佑俺家孩儿云鹤，一路顺风顺水，多遇贵人！"

楚云鹤的母亲破天荒地没有搬动纺车，她爬上炕，打开炕箱，扒开一堆叠得整整齐齐的衣服，从箱子底拿出一个布包，层层打开，里面包着一块颜色鲜红的头巾和两枚银元。这个脸上布满细纹的女人闭上眼睛，把头巾贴在脸上，久久不肯放下："他爹，不是说宁到北山去挖参，不下南洋去喂鳖吗？你咋狠心舍下我们娘儿俩，走了水路？！"

楚云鹤的父亲不走旱路走水路，也是机缘巧合。

那一年仲秋，大海蔚蓝深沉，北海岸边熙熙攘攘，马车、小车络绎不绝，龙口码头从陆地伸向大海，几条大大小小的木船，都靠在码头装货。一条装载粉丝的大船停泊在岸边，吉时一到，就要起锚漂洋过海去南洋。不料船上有个伙计肚子绞痛，需要下船。船上的伙计几乎一个萝卜一个坑，船老板着急出海，给出了一个推海人三年时间都难以挣到手里的价钱，想在岸边雇用一个跟船的伙计。

龙口码头有不少运送粉丝的船只，常年来来去去，这些船在龙口装上粉丝，沿着渤海、黄海一路东走，南下，或去日本、朝鲜，或到南洋新加坡、马来西亚、中国香港。通常情况下，这些货船短则两个月、长则三个月就回来了。

船东给出的工钱诱人，不少人围拢着船主问这问那，云鹤父亲刚刚和推海的伙计们卸完粉丝，站在外围，一只脚踏在独轮车上，一只脚踩在地下远远观望，家里有年轻的妻子和年幼的儿子，他不想出远门。

船东被围得晕头转向，推开人群，踏上高处，抬头就看见了站在人群之外的云鹤爹爹：一个二十出头的年轻人，身材魁梧，眼睛明亮，微微咧着的嘴巴令一张方脸喜悦饱满，正安然立在人群之外。船东一指："兄弟，我看你行！跟我去南洋吧！"

云鹤爹愣了一下，看看周围，确信船主是对自己说话，不好意思直接拒绝，就率直回答："我倒是愿意，可没跟家里商量，这次我就不去了！"

船主走南闯北，不愿意放过一眼相中的伙计，他相信自己的眼力。云鹤爹越是拒绝，他反而越想要。问过云鹤爹的年龄和属相生日时辰，船东不露痕迹地掐掐指头，满脸微笑，再次诚邀云鹤父亲上船。

船东暗暗算过，云鹤爹的属相跟他没有相克，是三合局，别人少要两块银元给他当伙计，他不肯搭腔；可只要云鹤爹愿意跟船，再加几块银元他都愿意。云鹤爹看到一群穷棒子兄弟羡慕自己，也知道这条船常年在龙口装载招远粉丝，来回不过两三个月的时间，"冒一次险，置办点地，安稳下来生活"的想法，终究占了上风。

云鹤爹旋风一样给妻子买了块红头巾，给儿子买了个兔儿爷玩具、两包点心，连同船东预付的八块银元，托骆驼捎回家，云鹤爹一步三回头，登上了那艘装载粉丝去到南洋的货船。

云鹤娘从来没有舍得戴红头巾，她想等丈夫回来时，戴上漂亮的头巾迎接他，万没想到，这一等就是十二年。

这些年，她一次次把脸深深埋在红头巾里，直到光洁的脸面长出皱纹，红头巾依然崭新。八块银元在云鹤生病和实在熬不过去的荒年，用去了六块，剩下这两块，云鹤娘无论如何不肯再动了，有了头巾和这两块银元，丈夫仿佛就还在身边。

屋内静悄悄的，第一次没有纺车的嗡嗡声。

云鹤娘的心里空落落的，丈夫跟着粉丝大船走得没影了，儿子也要走推海的路子，这要是有门手艺，能守家赚钱，该有多好！可一个大门不出的女人，到哪儿找师傅呢？

云鹤娘闭着眼睛，对着贴在脸颊的红头巾喃喃自语："他爹，孩子我给老楚家拉扯大了，接下来的路，你可要保佑孩子，顺顺当当啊！"

云鹤娘浑身无力地坐在炕上，往事就像云烟，她像是置身云端，思绪万千，偏偏什么也抓不住：只要丈夫能回来，哪怕是拖着棍子、瘸了腿要饭回来，一家三口能团团圆圆就行。人总得有点精神支撑，父亲不在，借用父亲之名指点孩子，总归没错。就是不知道孩子爹给云鹤批的八字，到底灵还是不灵。

云鹤刚刚出生时，看到头生就抱了个大胖儿子，当爹的喜不自胜，见到集上打卦算命的先生，咧着大嘴给人送上几文铜钱，虔诚地报上八字。算命先生留着山羊胡须，一脸清癯，闭上眼睛掐掐算算，吟出两句诗："晴空一鹤排云上，便引诗情到碧霄。"

算命先生告诉云鹤父亲："这孩子心灵手巧，将来能吃手艺饭。"至于吃啥手艺饭，算命先生没说，不过先生也说了："这孩子有贵人运！"

诗情是啥东西，乡下人不懂，可云鹤爹爹熟悉好多鸟儿啊，他没有见过仙鹤，可这种鸟儿戏文里有，主吉祥长寿，大户人家的寿诞和官府人家的官袍上都有，那仙鹤或者仰着细长的脖子向天而歌，或者屈腿缩颈立在那里，好不惬意！夫妻俩相信算命先生的话，孩子的名字一锤定音，就叫"云鹤"。

仙鹤如果跌落在漆黑的矿井里，何来出头之日！

母亲的心思异常坚定：云鹤想要遇到贵人，就得出门。

"俺鹤儿会有贵人相助的！"云鹤娘自言自语着起身下炕，弯腰搬动了纺车。

窗外，朝阳尚未越过罗山顶峰，但空中的颜色这儿莹白，那儿绯红，大片五颜六色的朝霞，像凤尾一样弥漫在罗山的上空。

天，就要亮了。

第三章

胶东为丘陵地貌，宛如飞鸟探海，有山突兀，少有连绵，哪怕山峰连绵，远看也如一叶孤舟。

这里惯种小麦、苞谷和地瓜，小麦是头年秋季播种，素有"白露早，寒露迟，秋分播种正当时"的说法，小麦在春天分蘖拔节，来年六月底七月初，满地金黄一片。麦熟一晌，蜡黄就收。"九成熟，十成收，十成熟，一成丢"是农民种植小麦的经验，再热也得干。割麦又晒又热，农民可顾不上这些，他们在阳光底下弓着腰，一手挥镰，一手揽麦，"唰唰唰唰"斩断麦秆根部，一捆一捆装车推回家，然后抬出铡刀，两人合作，一人入捆，一人掀起按下铡刀。麦秆整齐断开留作烧草，麦穗经碾轧脱麦粒，包裹麦粒的麦糠也脱下来了。随风扬场，麦糠分离，麦粒晒干入瓮，这些瓮须在阳光下晒过，麦子满瓮后，上面一般用麻袋封口，然后结结实实压上一层草炭土，这样，麦子就不会生虫。

苞谷分为春秋两茬，收获都在秋季，区别在于早秋和晚秋。趁着苞谷的老叶刚刚由绿转白，蒂部水分未失，穿行在一行行玉米中，"咔咔"带着清脆的声响掰下运回家，捋掉沧桑的外皮老叶，中间的三两片叶子拧成股，三五个一组，紧实压在悬挂在墙头或树干的绳子上，成了秋季乡间最为耀眼的金黄颜色。

霜降时节，万物毕成。贴地起伏的地瓜的青碧叶子，在一两场霜降之后，迅速变成斑驳的褐色；而一到立冬，家家户户就会急急忙忙抡大镢，刨地瓜，起萝卜，收收藏藏。

"立冬立冬快拔菜，不拔晚拔受霜害"，应的就是这个季节。

季节是农民们的号令，也是推海人的号令。

这是腌菜的季节，家家户户都会提前刷净菜坛，放在阳光下晾上几天，装满洗干净的萝卜、芥菜、雪里蕻，撒上粗大盐粒子，准备家人全年的下饭菜。不待萝卜拔出地，推海人就迎来了一年之中堪称悲壮的历练，他们会齐刷刷地从四面八方奔向西海。

渤海湾畔，海边的盐田里引进海水后，像一方方敞在蓝天之下的镜子。太阳、风，一天天带走了海水里的水分，水分渐渐蒸发，层层盐粒在盐田内厚厚集结，海边堆起一座座小山样的海盐。从西海推盐沿途贩卖，在这个季节，稳赚不赔。

海盐要么推回来送给商铺，要么沿街叫卖，家家都准备腌菜，平常三两天卖一车盐，这些日子一天一车，筐篓装得满满当当，一路不停不歇，推海人累得话都懒得多说一句。

楚云鹤是推盐大军中的一员，好在他跟着骆驼老叔历练了两年，这两年里，他推着车子东奔西跑，没少吃苦，人倒是越发结实。

这天，楚云鹤与伙伴们推着白花花的咸盐，一路急走，这是道头大集杨家商铺订兑的盐，道头逢三逢八赶大集，客商云集，食盐卖得快，东家催得急。

按说这是咸盐俏销的季节，不必非得推给杨家商铺，沿途销货起码能省些力气。可事儿不能这么做，买卖人有买卖人的经验，旺季时，你不照顾人家的生意，淡季时，人家的赶脚活也指定轮不到你来干。再说了，平常车筐里剩点针头线脑的底根，说不定还需要借人家的地盘代卖。每个行当有每个行当的经验，大家心照不宣，彼此都会有个掂量和顾念。

到底是秋天，碧绿的草叶一色儿衰败，树上的叶子从绿色变成红色、黄色、褐色，最后变成深褐落地，腐朽成泥，只是近在眼前。树木的叶子，日日减少，没有叶子的树冠翘着清晰的枝丫，反而有些疏离之美。推海的伙计们，没人顾得上抬头欣赏这迷人的山林，往常沿途叫卖，总有歇脚的工夫，这几天却只能咬牙坚持，把自己当成骡马。

天天负重往返，不死也得脱层皮。可一路奔波，长途跋涉，图的就是这几天赚得稳当，推海的伙计们脚步沉重，呼哧呼哧喘着粗气，一步不肯落下。

百里行程，已过大半，前方就是泥湾子。过了泥湾子，距离道头大集，也就不远了。泥湾子是驿道上一个久负盛名的山村，村子不大，却有几奇傍身：一奇是村西有处"莲花湾"，村东有"饮骡井"。

莲花湾是莱州和招远的分界线，饮骡井是村里的一口古井。

这口古井不知年岁，天气再旱也从未干涸，在漫长的驿道上，这古井甘甜的水，给东来西去的人们，辟出了一席落脚与暂歇的补给之地。二奇是这泥湾子本为王河发源地，百姓惯种小米，传说秦始皇东巡行至此地喝了米粥，问其出处，厨师云：小米来自泥湾子（当地百姓习惯把"泥"读成"mí"）。秦始皇一听这米来自"米湾子"，这儿还有一条"王河"，心说：这不正是朕的大好山河吗？秦始皇兴致勃勃，大笔一挥，赐名"金谷圣米"，着令将"王河"改为"万岁河"。

泥湾子村方圆几十里，山上的石头尽是花岗岩，唯独村南的莲花山上出萤石，颜色有青绿，有淡紫，有豆绿，五颜六色，煞是好看。莲花山上有个洞，人称"穿肩洞"，洞里常常无端冒出云雾，传说此洞直通渤海湾，只是谁都没胆量进去过。不管是七彩透亮的萤石，还是穿肩冒云的山洞，都为莲花山添了一份神秘。

莲花山是驿道的必经之路，车队想到饮骡井，必越莲花山。

橙色的夕阳渐渐隐入地平线，就连噪耳的鸦雀也开始一声不响，行脚的队伍渐渐没入莲花山上的古驿道。这段驿道长约四华里，一边靠山一边为崖，山势起伏，山高林密。这是一脚跨两界的地方，传说曾有绿林出没，也是个打劫的好地方，赶脚的人不愿在山上逗留，一般都是一阵紧赶到饮骡井才肯歇脚。

打家劫舍的人，多半不会打推海人的主意，一者推海人结伴而行，二者他们所推的货物，大都与柴米油盐相关，拿到手里需要变现，也值不了几个钱，一行人还是在进山之前歇足了，准备一口气儿穿过莲花山上的山路。

骆驼叔在前，楚云鹤推着车子紧随在骆驼身后。携风裹雨去推海，没有拖垮云鹤，反使他历练得坚挺结实，精力充沛，只要队伍里飞出口哨，定然出自云鹤之口。走村串户，掌柜问话要能答，大婶调侃要会接，除了要把子力气，一路销货，形形色色的人看多了，楚云鹤从腼腆变得不慌不忙，从从容容。

车子连续拐过几个弯，渐渐没入山林深处。突然，骆驼停下了脚步，车队也渐次停顿下来，前方传来清晰的呼救："救命啊！救命啊！"

大家一起放下车子，前行探视。当骆驼手中的火折子照亮对方的面庞，人群中传出一声惊呼："大门楼！"火折子应声掉在地上，灭掉了。云鹤离得近，他看到伤者衣不蔽体，趴在路边，全身仅着一条褻裤，一条腿被划擦得血迹斑斑，看样子已经在地上匍匐前进了一些时候了。

楚云鹤刚要上前，骆驼拽着他转身后退，直到伤者听不见了，这才发话："如果认得不错，此人正是大门楼。"

"真是大门楼？！"一声惊呼，瞬间再无声无息，一行十几个人，居然没有一人说赶紧救人。

楚云鹤第一次遇到这样的事情，也不敢贸然开口。

骆驼沉吟良久，开口发话："闲事莫管，咱们走！"车队迅速起动，大家逃一样急急忙忙赶路，仿佛大门楼会施法术，脚步一慢就走不掉一样。

大门楼见状，再也没有发出求救的呼喊。

楚云鹤没有见过这阵势，心慌意乱地随着大家往前走了几里路，心才慢慢安定下来，他很疑惑：这大门楼咋就一声不吭，不再求救了呢？

车子就要出山林了，前面就是饮骡井。楚云鹤不忍心丢下衣不蔽体的伤者，他对骆驼说："我今天有些累了，反正快到家了，你们先往前走吧。"

大家极力劝说云鹤："再累也咬咬牙，挺一会儿就卸货了，今天路上不太平，还是赶紧走吧！"

骆驼猜透了云鹤的心思，说："云鹤，大门楼和咱们没啥交情，就当没看见，快走吧！"

楚云鹤无可辩驳，一声不吭。

骆驼知道云鹤想救人，他晓以利害："咱这些人家里都上有老下有小，如果被牵连寻仇，或者搭上官司怎么办？衙门里没法说理！赶紧立马给我走！"

"老叔啊，我回去肯定睡不着觉，还得往回跑！"云鹤的声音可怜巴巴的，他说的是实情。

骆驼知道云鹤的品性，他叮嘱几句，带着车队远去了。

楚云鹤掉头就往后跑，他想先把人救下来再说。

这不是楚云鹤第一次发善心。

推海第一年的冬，天刚下过一场清雪，喘出的气儿在嘴边形成一团团白雾，囊中的干粮冻得咔咔的，无法入口。伙计们照例扯来干柴，一边烤火聊天，一边把午饭要吃的窝头和地瓜扔进火堆里炙烤。

盐田那边走来一个盐工，居高临下，指指那堆火："给拿块烤地瓜吃，俺那儿有个伙计牙疼，吃不下窝窝头！"盐工指的是火堆，没针对任何人。

推海人携带的物品一般都是减了又减，没有多余的干粮。再说，对方如果吃不了窝窝头，拿来跟大家换个儿才对，伙计们不能往外白拿啊，要知道，有限的干粮一旦送给别人，自己就得空着肚子奔波，哪还有力气推动满载食盐的车子？！

很多人都在腹诽，就是没有人搭腔，更没人接他的话茬儿。

看见大家装聋作哑，那人不再多说一句话，悻悻离开。

楚云鹤还年轻，不习惯抢着说话，可他从火中取出地瓜的第一时间，就拣了最大的一块，两只手一边倒腾，一边一溜小跑送给盐工。沾了柴草灰的地瓜表面灰不溜秋，可香气还是透了出来，一掰开，地瓜瓤像柿子红一般，流汁淌蜜，冒着腾腾的热气。

楚云鹤两手沾灰，满面笑容，一口牙齿整齐雪白："叔啊，对不起，刚才不知道谁的干粮有余，现在地瓜烤好了，我们那儿的人打发我赶紧送过来！"盐田的盐工不傻，知道云鹤在圆谎，没戳破，更没有让云鹤空手，硬是塞给他两个窝窝头。

自此以后，盐田的伙计们都认下了楚云鹤这个小伙子，嘴上啥也不说，可明里暗里都愿意照顾他。盐工要把咸盐粒分装给客户，过秤太麻烦，计量用的是大小不同的筐子。轮到云鹤装车，就算那筐盐已经摊平了，还时不时有人再撂上一锨两锨。盐田的铁锨也大，一筐多出个三五斤或少出三五斤，没人仔细追究。也就是说，装盐筐的头高头低，都在盐田工人手里把着，别看这一两铁锨，一筐多出个五斤六斤甚至十斤八斤盐都没问题。

楚云鹤心知肚明，心里过意不去，又不爱占人家便宜，会今儿带个瓜，明儿带几片烟叶子送给盐工，一来二去，楚云鹤和盐工混熟了，盐工成天蹲守在寂寞海田中，如果需要从外面带点东西，就会一并委托给云鹤。

人和人之间，讲究个知恩图报，赶上旺季，盐田装货排长队，云鹤这边一时半会儿挨不上，有的盐工会出去溜达一圈，回来时抓起铁锨，冲着云鹤几个一挥手："你们几个，这边过来装车！"云鹤的车队立马就能装筐，不用在盐田里多耗时间，跑腿的时间也会从容一截。有人看出了门道，想方设法与盐工搭讪，没用，那些盐工只认云鹤，倒是给车队带来了不少便利。

当年在盐田送地瓜，云鹤没想到要巴结盐工。此时楚云鹤不顾伙伴的劝阻，只身返回救助大门楼，也没有多想，只是担心受伤的大门楼被孤零零扔在山里，会被山里的野兽啃了，他于心不忍。

"大门楼"本名杨灯，此人云山雾罩，传闻颇多。

大门楼还是个孩子的时候，就开始混迹于赌场，在大家眼里，大门楼就是半拉赌徒，不是什么好鸟。这些年，大门楼不再混赌场了，可他家里一不耕田二不植桑，居然重建家园，娶妻生子，还建起了一座式样怪异的大门楼，成了立甲疃"棋盘街"富裕大户们都开始点头示好的人。

这立甲疃可是一个赫赫有名的村子，村里油坊多，富裕大户多，村子中心有座迷宫一样的棋盘街。棋盘街外，一街之隔，东北有一处大庙，庙里供着三尊神像，门上挂了一块县太爷赐给的"百口同居"的牌匾。

这个疃十户人家里有七户榨油，"大富兴""元泰""三合盛"等都是字号响亮的油坊。一到榨油旺季，不少推海伙计就不跑西海，而是从立甲疃推了油篓，天天跑南海去青岛送货。立甲疃的花生油大量外走，到潍坊、北京需要赶着骡马车送货；送青岛，只需独轮车往肩上一套走起，起早贪黑，一天能跑一个来回。村里的榨油字号响亮，这些花生油只要是到了青岛，只要报上字号，赶脚人可以卸货就走，这脚赶得痛快。

一个"字号"就是一块做生意的招牌，这块"招牌"是一大家子乃至几代人精心维护的信誉。

立甲疃有三十多家油坊字号，成天车水马龙，运进的是一批批的花生、黄豆、芝麻；运出的是一坛坛的油、一袋袋的豆干，大车小车进进出出，四方客商闻讯而来，棋盘街四面的墙上，都留有拴马桩。

立甲疃的"棋盘街"极为罕见，它不是一条街，而是几十户围拢在一片的房子。这几十户人家都靠字号在市场行走，是立甲疃榨油大户中排名靠前的财东，他们抱团住在一个院墙高大的合围世界，既无盗抢之忧，亦可惬意生活，还可以相互关照。

这片房子不知道是哪位高人设计的，疃里几十家老财东集资起建，外观犹如棋盘一般，方方正正。按说棋盘街里的房子、院舍，应该整齐划一才对，但是走遍棋盘街，里面没有一条正南正北正西正东的直通胡同。棋盘街之妙，在于这三十多户的院墙，都是你借我家，我借你家，家家户户门前只留一条窄窄的夹道，夹道的规格几乎都一模一样，刚刚能容纳一人通行，两个人便要侧身。能容得下车马的路只有东面一条，那条路也没有东西贯穿，而是仅能走到中央，入户还是窄窄的小胡同。而家家户户的正屋北墙、院子侧墙，必然留有窗户，抬腿跨出，不用走门也可走街串户。几十户人家共同居住的棋盘街，只留了几座供进出内外的公用大门。

棋盘街迷宫一样的设计，让生人进去摸不着路数，没有熟人领着，压根儿走不出去。生活在棋盘街里的人们，相互之间倒是十分便利。进出棋盘街的四个方向的门楼，都加了飞檐、覆了筒瓦。棋盘街西南边，还特意建了一座非常讲究的客屋，专门为议事和招待埠内埠外的大客户所用。

大门楼的老住宅，与棋盘街仅隔一条街道，在棋盘街西北角正冲的位置，出门一抬头就能看到棋盘街。大门楼长大后回家修了房子和门楼，他建的门楼没有雕梁画栋，也没有高高的挑檐，而是在中间竖了一米多高的半圆石壁，石壁两端垒出两根柱子，柱子上面有一双尖尖的塔，兴冲冲地指向天空。

建一座别致的大门楼，不是大门楼心血来潮，而他是筹谋已久。在他的心中，高墙大院大门楼里住的，都是有钱有势的人，他想让自家的门楼跟棋盘街那些绿瓦黄瓦的门楼群相比，独领风骚，而这样的门楼，大门楼在济南见过。

大门楼为什么会建这样一座门楼？

是不是要借此化解父母双亡的煞气？有人猜测，没人细究。

这座乡下罕见的门楼，便以独一无二的新鲜面孔，俯视着立甲疃穿村而过的宽敞北街，突兀而又醒目，以至于来村里接油送油的人，想要忽视都不可能，就这么着，人们用"大门楼"代替了杨灯的真名，"棋盘街"里真正的大门楼，反而被一句"客屋"所代替。

说起来，大门楼并无作恶乡间的劣迹，也鲜少与村里人交往，只是他地无一垄，又不事油料加工，却常常穿着绸缎长衫，骑马出入，少则十天半月，多则三月五月，家里不见耕织，也不见买卖，日子却一天天富庶起来，穿戴打扮，甚至比棋盘街里住的老财东们更见神气，人也越发精神，家里偶有来客，必然都是骑着高头大马。明明立甲疃的油极为出名，偏偏这些人对立甲疃满村飘荡的油香，问都不问，未免令人疑虑重生。

大门楼素常见到街坊四邻，倒是彬彬有礼，一团和气，甚至满面春风，人却莫名其妙地带了三分流里流气，许是与他那从中间分开、留得很长的头发，和上唇的那抹小黑胡子有关吧。

乡下人习惯围着自己脚下的一亩三分地转，鲜少了解外面的行当，对于讳莫如深的人和事，总是避之不及。

眼下大家不愿意救大门楼，只是怕惹祸上身而已。

骆驼的为人是一等一地好，否则也不会成为车把头，他带上车队离开，是不想让整个车队涉险，赶紧离开是非之地，云鹤懂得这个理。

进入山林之前，云鹤还是微微放慢了脚步。

这两年走村串户，沿街叫卖，楚云鹤懂得了世道如同风云诡谲的天，也知道人人都长着看不透的心眼，出门在外多一事不如少一事，确实是个经验。骆驼选择不救人，无非是怕大门楼是遭人追杀或者与人打斗，怕遭遇官司被连累，这一旦摊上官司，家破人亡的事儿听得多了，要说一点儿不为难那是假的。

楚云鹤在星光下站一会儿，火折子亮的时间太短，他不知道大门楼伤得深浅，看看前方黑黢黢的树林，"但行好事，莫问前程"，父亲的话终究占了上风，车声辚辚响起，在寂静的山里格外清晰，伴着云鹤咚咚咚有点紧张的心跳。

大门楼的马和东西都遭人抢劫，衣服也被剥光了，他的一条腿软绵无力，动弹不得，人从马上摔下来的时候，一只胳膊也脱了臼。推着一车盐，再加上一百多斤的大活人，让已经累了一天的楚云鹤着实吃力。

大门楼说的第一句话就是："把盐扔了吧！"

云鹤没吱声，心说："辛辛苦苦推了百八十里，我容易吗？"他停下车子，点亮火折子，让大门楼照亮，把一筐盐倒进路旁一条雨水冲出的沟渠里，又做了记号和伪装，这才上路。

走了一段后，大门楼说："小伙子，你停停车。"

云鹤以为他想撒尿，停下车过来扶大门楼，大门楼说："你前后走走，看看右面有没有一棵歪脖松树，北面的大树枝断了一截？"

云鹤找到那棵松树，大门楼又发话了："松树根南边五步，有块不大的火炼石，你搬开石头，用手扒一扒泥土，看看里面有没有东西？"

云鹤依言而行，在石头下面挖出了一个小包裹，云鹤掂了掂，猜到里面不是铜钱就是银元，大门楼说："算是你的盐钱！"

往前又走了几里路，快要出山了，大门楼又叫云鹤停车。这次云鹤没有照做，他喘着粗气地说："叔啊，要是为了给我钱就不用停了，我救你又不是图钱！"

大门楼"扑哧"笑了，接着发出一声压抑的低吟。

道头乃是胶东咽喉要道，南北直通龙口和青岛，东西连接烟台和潍坊，地理位置十分重要，大集就在十字道西街，逢三遇八赶集，街上商铺林立。

楚云鹤诚恳提议："叔啊，这儿有个郎中不错，还是先让郎中帮你看过伤再回家吧，不然到了家里，还得着人过来找郎中，怪折腾家人的。"

大门楼苦中作乐："没看老叔光着呢？"

楚云鹤张口回道："大叔没看我这儿还有一筐盐？！"

楚云鹤敲开郎中家的大门，郎中看到送上门的伤号，二话不说，仔细检查一番，断定大门楼的腿断了，需要接骨。

郎中吩咐人到后院摸出一只大公鸡，连骨带血在石臼中捣烂，加了一些不知名堂的草药，自己托着大门楼的伤腿，小心翼翼地捏了一会儿，把捣好的药敷在大门楼的断腿上，吩咐大门楼回家忌油、忌辣，一点儿油烟味都不能闻，慢慢静养。

老郎中接骨的时候，提着大门楼的伤腿又拉又捏，大门楼痛得满头大汗，人却一声没吭。云鹤仔细替大门楼擦掉脸上如豆的汗珠，心说："这人，还真是条硬汉！"

立甲疃距离道头不过二里路，转眼也就到了。

楚云鹤拍开大门楼的家门，把大门楼背进家，安顿上炕，这才顾得上抬头。大门楼的炕头上，架着一只描金的红漆被阁，这只被阁比起母亲炕头的樟木箱子气派多了：上有门也有抽屉，跟炕一样宽，是朱红的颜色，又描了金线，透着大户人家里才有的富贵气息。

大门楼受了伤，他那十三四岁的儿子睡眼惺忪，懵懵懂懂，妻子倒是手脚麻利、沉着安泰。除了小心翼翼地服侍丈夫，大门楼的太太没有一惊一乍哭天抹泪，更没有被大门楼的惨相吓到。

楚云鹤心里感叹：不是一家人，不进一家门，这夫妻俩，都够沉得住气！

一切安顿停当之时，已是后半夜。

大门楼夫妇极力挽留云鹤暂且歇一歇脚，天明再走，云鹤怕母亲惦记，坚决推辞，他摸着黑就上路了。离开大门楼家十几米远，楚云鹤这才回过头，想仔细看看传说中的大门楼，究竟啥模样，无奈那门楼已经淹没在一片夜色中，无法一睹真容。

　　楚云鹤稍带遗憾离开了，依稀记得在送客的灯光中，那门上有排粗大的铜钉。人困马乏的楚云鹤，腾云驾雾一般，深一脚浅一脚地回到家中，倒头就睡，他什么也没和母亲说。

第四章

"千门万户曈曈日，总把新桃换旧符。"三个月后，便是人间的新春佳节。

楚云鹤也迎来了人生中的重要转折：母亲春节以前就请了邻村的媒婆，给云鹤物色媳妇。娶妻生子是家里天大的事情，儿子早一天结婚，再生上几个娃娃，替楚家开枝散叶，就算顶门立户了，春节有闲，这事最好抓紧办。

媒婆深谙孀母人家拉扯儿子的不易，几句体己话，媒还没做成，就令云鹤娘泪眼婆娑，感激不尽。媒婆家的桌子上摆着大包小包的礼品，令云鹤娘无端觉得自己的手面有些轻。

楚家的礼品，媒婆淡淡地收下，她夸赞邻村有女，模样姣好，巧手孝顺，和楚家儿郎正好般配云云。

云鹤娘喜得合不拢嘴，恨不得立刻把姑娘领回家，吹吹打打给儿子完婚。可媒婆也说了，那闺女家有几分薄田，怕对方的父母嫌弃云鹤家中贫寒，非得多跑几次腿才有戏。媒婆应允，年后带着礼物登门拜访姑娘家，十五之前就给云鹤娘回个准话。

转眼就吃了初一的饺子，娘开始在患得患失中等待，看到娘纺纱的时间，一天比一天长，云鹤十分无奈，他怎么劝说娘都没有用。

正月初八，娘停了纺车问云鹤："鹤啊，娘给大嘴婶的东西是不是少了点？咱要不要再去跑一趟？"

娘越焦灼，楚云鹤越是满不在乎："娘，你急啥？你儿子一表人才，能推着车四乡里做买卖，还愁没有媳妇？说不定哪天赶庙会，财主家的小姐一眼相中我，会乖乖跟我回家给你做儿媳妇！你看那小姐，长得可是弯弯的眉毛像柳叶，吊角的眼睛赛春水！"

楚云鹤本来话不多，架不住推海的人堆里，总有几个喜欢乐呵的人，时间久了，学也学个差不离。娘又惊又喜："俺鹤儿也学会说笑，找乐呵了？"

"娘，我唱给您听！"云鹤索性放开了，他的身子一动，右脚前置，脚跟着地，脚尖翘起，腰一前弓，双手半抱作揖，开口唱道："多丰韵，忒稔色，乍时相见教人害，霎时不见教人怪，些儿得见教人爱，今宵同会碧纱窗，何时重解香罗带！"

云鹤娘扑哧笑了："傻小子，这唱词啥意思你知道吗？"

云鹤一脸蒙："娘，人家说这是《西厢记》里的唱词！"

唱词是啥意思楚云鹤不管，他只要娘能开心就行。

爹十几年不见人面，正月间外面的锣鼓再响，娘也从来不肯出门看场乡戏。这几句戏，可是云鹤为了让娘开心专门学来的，这会儿难得守在家里，娘怎么开心云鹤怎么来，管他什么小姐大姐的，只要娘能笑笑，别说小姐，扮只癞蛤蟆都行。

云鹤娘果然抿着嘴笑了半天，然后不无惆怅地说："哪有这么巧？大户人家的小姐大门不出二门不迈，会让你遇见？"

知道儿子能说会笑，不是个闷头葫芦，云鹤娘非常欣慰，她认认真真嘱咐儿子："等你结了婚，就要和媳妇这样说说笑笑，开开心心。你们小两口过得蜜里调油，娘也就放心了！"

楚云鹤正在和娘亲说说笑笑，一辆轻便马车由南北上，从招远南乡的立甲疃快马加鞭，飞奔而来，马车上坐的不是别人，正是大门楼夫妇。

大门楼的手紧紧握着妻子的手，妻子想抽回去，大门楼却紧紧扯着不放，他用指头勾勾妻子的手心，一脸惬意："老夫老妻了，害啥臊！咱们今天去的地方就在罗山底下，罗山不光出黄金，山里的光景也很好，要不是有事操办，真想带着你爬山看光景！"

妻子想抽出手，大门楼拽得更紧，夫人轻笑："老不正经！"

大门楼哈哈一笑："我就愿意！"

冬季的田野正在沉睡，四野开阔，马车穿村越镇，一路急驰，大门楼夫妻执手说笑，心情大好。

马车停下，欧家到了。街上正有几个玩耍的孩子，有的引着大门楼夫妇，有的飞跑着推开楚云鹤家的门。

看到有人提着礼品郑重来访，云鹤娘不明就里，大为惊讶。

等弄明白来人身份，云鹤娘赶紧拿了笤帚，把本就干干净净的炕席扫了又扫，这才把大门楼夫妻让上火炕，回头吩咐儿子："鹤啊，麻溜往灶里，再添几根棒子！"

大门楼夫妻环顾一尘不染的小屋，对望一眼，也没客套，大大方方脱鞋上了火炕。大门楼来到云鹤家做客，他打开话匣，竹筒倒豆，没用多长时间，就亲手揭开了自己的"面纱"。

楚云鹤惊愕之余，肃然起敬：同样是赶脚赚钱挣饭吃，大门楼才是真正的高手！

原来，大门楼从小父母双亡，不到十岁就开始到处流浪。他喜欢集市，也喜欢赌场，集上有形形色色的人，他带点眼色伸手帮忙，偶尔会得一个包子、半边果子，这是孩子最大的向往。赌场白天黑夜不打烊，有人打发他跑腿儿会有赏头，能看到成堆的铜钱、银元，运气好了还能看见银子。

待到大门楼能打打工、手里有几个铜子了，大门楼也会押上一把，那时候的他对自己要走一条怎样的路，并不知晓，混混沌沌没个准谱，一直到亲眼看见一个老赌棍的死去，大门楼才收手。

这个老赌棍，是赌场一个倔强的存在，顽强、执拗，几十年里不喝酒不好色，有钱就来赌，没钱出去扛大包，挣点钱就又到赌场玩，从不到二十岁赌到五十岁，过年过节都不肯回家，没人知道他的家在哪里。

大约是都没有家人吧，这一老一少便有些同病相怜。

老赌棍心情不好就不理会大门楼，心情好了就会倚在墙根底下和大门楼说说话，扛大包挣的钱买了包子，也舍得丢给大门楼吃一个。知道这个小跟屁虫姓杨，没有大号，老赌棍指着一户人家窗户里透出的灯光，对大门楼说："你就叫杨灯吧！这辈子我就这样了，你还小，得往亮堂处奔，也像他们一样有家有口有人疼。"

听到老赌棍在破庙里等死的消息，大门楼拔腿跑到破庙。

老赌棍也算是回光返照了，他示意大门楼撕开自己的裤腰带，上面死系着一个小布包，包里有一副银耳环。

老赌棍拼了力气，断断续续地自语："威、威海、海……草房、天鹅……回、回家盖……房、不分开……"老赌棍的声音低了起来，眼睛半合半睁，身体慢慢僵硬，就这样破衣烂衫地走了，没有家人，也没有朋友。

大门楼想问老赌棍究竟什么地方才是亮堂处，看见老赌棍只有出气，没有进气，说话断断续续，心里一乱，就忘了问。

人死了要报孝，老赌棍分明是想回家的，大门楼不知道威海在哪儿，也没地方报个信儿，就想换张席子卷卷送走，遂带着耳环回到赌场。无巧不成书，一赌徒刚刚得手，急于去妓院会相好，从大门楼手中接过耳环，随手塞给大门楼一把散钱。

打发了老赌棍，大门楼心里不知啥滋味，第一次感到沉重和压抑，他落寞地走向不远处的小河，漫无目的地沿着河边走。

春天来了，河里的冰刚刚化开，岸边的绿柳已经萌出新芽，在风中摇摆成为鹅黄色的长线，河里游过一群鸭子，偶尔高兴地拍拍翅膀掀起水花，老赌棍好不容易熬过冬天，可再也看不见春天了，再过一些年，自己会不会沦落到老赌棍一样的下场？

头顶是三月的春光，身后是老赌棍的土坟，想起老赌棍的失意和落寞，一股冷气从身后腾起，大门楼的后背无端起了一层鸡皮疙瘩，手脚发凉，他有些害怕，想回立甲疃的家了。

立甲疃"大富兴"油坊的老掌柜，正好也去世了。

这老掌柜家大业大，儿女成群，寿终正寝，名曰"喜丧"，明明都是死了人，人家说的是"仙逝"。

这个老掌柜靠一盘小车起家，一辈子勤勤恳恳推小车、赶大车，积了钱财，和几个儿子，开油坊，拉客户，立字号，全家齐心协力，生意红红火火。老爷子一生勤勉，虽说家大业大，可那都是血汗钱，全家人除了过节才能添个菜，平时吃得都很简省。

老掌柜一天不曾懈怠，八十多岁还进出料场油坊，检查来料，把自家的字号看得无比珍贵。家业兴旺，儿孙和睦，老爷子晚年心满意足，临终唯一的要求，就是要儿女替自己雇台吹手，请乡亲们吃碗白米饭，替儿孙散财积德。

大富兴的儿子孝顺，想到老爹一生很少端白米饭，内心大恸，当下雇了吹手，摆下流水席，开始大舍。

所谓大舍，就是四邻八乡的百姓，甭管是不是亲戚，只要来到立甲疃，给大富兴老掌柜磕个头，就可以吃席。八个人的桌，凑够人数就开席，每桌席面都有一碟三只的狮子头、油炸豆腐箱、素炸萝卜丸、猪肉白菜片、干炸黄花鱼，就连粉丝菜，也是透明的绿豆粉拌了鸡肉丝，而不是灰色的地瓜粉，待客的馒头米饭，管够吃，吃完就走。

大富兴舍饭，有鱼有肉有米有面，这消息风传十里，来立甲疃叩头的人川流不息。这些人有人出于好奇，要见识见识什么是流水席；有人出于嘴馋，可以饱餐一顿难得的好饭；还有人是诚心诚意过来磕头，是看人家一盘小车推出这么大的家业，心里敬重。七天之后，大富兴的孝子贤孙，三人一排，三步一礼，九步一叩，沿途观者如云，老掌柜隆重下葬。

老掌柜干了一辈子，老赌棍赌了一辈子。

两个人活着的时候天差地别，死了也大相径庭。

这大富兴的老掌柜，做的是亮堂事，也是个亮堂人吧？

大门楼第一次开始混混沌沌思考人生。

回村这七天不愁吃喝，大门楼闲来无事，就在大富兴家里看热闹。起先他什么都好奇，什么都看，后来只看人，看女人，最后只挑女人的侧脸看。

大门楼挑选的地方很巧妙，在灵堂前侧，看不到亡者棺木，却可从悬挂的白布缝隙中瞄到进进出出行礼的人，不过只是侧身。不到三天，大门楼又有了一个新发现：只要是女人，甭管老少，耳朵上都挂着一对耳环。这耳朵上有的是带有图案的耳钉，贴在耳垂上；有的是灰腾腾的银圈能看出圈中的空隙；也有的是长溜溜的珠线，轻轻在耳朵下面摇晃；还有人啥也没戴，也在耳朵当间打了眼，塞了东西，远看就是黑点。

赌徒一手钱一手货的痛快，曾让大门楼感到无比惊讶，他不知道赌徒为什么去找相好，不送吃不送穿，偏偏要送首饰。

一下子看了这么多女人，大门楼突然意识到：

女人都喜欢不能当吃也不能当喝的首饰！

连日的流水席，人山人海，那些女人即便不是盛装，也都尽量梳理装扮过，让自己在人来人往处，尽量体面一些。你看那簪子、头花、耳环、手镯，每个女人的头上、手上，多多少少都戴着那么一星半点饰物，农村的女人会戴首饰，镇上、城里富裕人家的女人戴得更多。

再回赌场时，大门楼专门携了香囊木梳、翠珠耳环。碰到赢了钱、咧着嘴往外走的主儿，他就凑上去道声吉祥，对方多半看都不看就用俩指头捏了珠环，扔过来几枚大子儿，瞬间银货两讫。赌场里从来不缺卖烟卖瓜子的小商小贩，也从来不缺赢了钱急匆匆随手买点礼物送给花柳巷子相好的男人。迷恋赌博不顾一切偷了自家娘子的首饰想到赌场翻本的也大有人在。这些首饰的价钱，与首饰店里的货价无关，与赌徒的心情和运气有关，来去都是大概，你情我愿，能出手的首饰，少给点银子也行；急着去会相好的主儿，有现货就成，多花几个铜板，他们压根儿不在乎。

赌场里吆喝香烟和瓜子的小贩暗中嗤笑大门楼在男人堆里卖饰品，他们哪里知道，大门楼的生意稳赚不赔！珠花换了钱，再去集市、银店选购新货，头上簪的绒花要挑颜色俏丽的，银饰要挑个儿显大的，几年下来，大门楼越发相信：女人的钱，真是太好挣了。绢花本钱不大，价钱可以翻倍，更令人咂舌的是金银，倒卖一次，简直就是一个月不开张，开张吃一个月。

二十多年下来，大门楼早就已经不卖香囊木梳了，也不去集市和赌场了，他如今走动的都是高门大户，客户越来越多，也越来越远，大门楼走南闯北携带的全是金银首饰。

大门楼的金银首饰，件件都出自产金重地罗山的老金匠之手，工艺绝对上乘。老金匠性情沉稳，下手不紧不慢，用铁锤敲敲打打的时候，宛如在伺候一个有生命的人，出手的首饰无论圈口、纹饰，还是雕镂处，都精巧细腻，没有一丝一毫不妥，令人爱不释手。

手艺，手艺，不怕出手，就怕无艺。

富贵之家特别是上了年纪的女主人，从小穿金戴银，个个识货。察言观色是大门楼在赌场里学会的本事，他会说话，但是绝不说多余的话。不管太太们怎么指点，如何挑剔，大门楼总是笑眯眯的，概不反驳也不啰唆，更不会主动夸赞自己的首饰货色。

大门楼只是在女客拿不定主意的时候，适当点评一下那些首饰的特点。他点评首饰的时候会介绍这款首饰适合什么样的场合、什么样的衣服；脸庞偏大的，推荐上小下大的三角形、水滴形；方形的脸，建议花形、心形、椭圆形，正好缓和修饰脸部的棱角，补了线条缺憾；圆脸形的，则尽量避免戴圆形首饰。这些首饰的佩戴技巧经大门楼轻轻点拨，真就是那么一回事儿，那些女眷也就左看左顺眼，右看右中意，碰到家底厚实的人家，往往还会多拿几件货。

大门楼是个有心的人，哪家近期发财，哪家喜事将近，哪家的老太太寿辰立至，大门楼会提前挑了日子携了礼品，登门拜访。拜访就是拜访，专程就是专程，大门楼肯定不会带任何首饰，只言记着人家的惠顾和恩德，特来看望。一番闲谈之后，免不了要提及孩子们的嫁妆、太太的寿礼。

大门楼见多识广，经验自然派上了用场：什么陪嫁的银尺包带、厨用的金碗银箸、抓周的金算盘、小儿的虎头件等等，大户人家的吃穿用度，那是何等地讲究！这些典故听在长者的耳朵里是经验，听到年轻人耳朵里是向往，自然饶有兴趣，深信不疑。

大门楼这才会在双方高高兴兴的谈笑中，郑重应下对方所托："您最好想一想，是喜欢镂空图案，还是绞丝的花样？这么好的日子，我一定会在招远给您找个手艺最棒的老金匠，妥妥办好！"

单枪匹马，携金带银，长途奔袭，看起来容易，其实相当不简单——最大的困难，便是保证人身和货物安全。

大凡是金银，甭管带多少货，都不能露出马脚。大门楼不能雇用保镖，只能是悄悄拿货，小心上路，拿货狡兔三窟，上路神出鬼没，时而夜半，时而清晨，时而下午，出发随心所欲，这给乡里乡亲留下了捉摸不透的印象。

大门楼上路时浑身利索，打马行走，留着长分头，黑胡须，两分痞气，三分霸气，再加上睨视的眼神，身上混合着一份咄咄逼人的独特的气质，令人不敢轻易近身。到了城里，他换上锦衣长袍，进了高门大户，大门楼又是一团和气，三分幽默，浑身上下，都是黄金大鳄的笃定与倜傥，高墙大院里的太太见了他带来的金银首饰，也都欢天喜地。

就在当地人猜测大门楼到底是赌场混混，还是山上草寇的时候，大门楼在外地大户人家眼里，却是截然不同，他是金银首饰的象征，也是开心欢乐的象征，大门楼的名号在富贵圈子里渐渐传开，他带货的足迹越来越远，今儿大明府，明儿天津码头，动辄就要出去十天半个月，给人神出鬼没的印象。

大门楼的形象，成功地骗过了乡里乡亲，他不肯交代自己的底细，村里的人也摸不着头脑，偶尔有人刨根问底，大门楼会面色冷峻道："做大买卖！"

大门楼的回答模棱两可，让周围的人百思不解，暗地里猜测大门楼是不是在干杀人越货的勾当。时间长了，当地人难免心生畏惧，认为大门楼身份不明，不能也不敢轻易招惹。

众人的误解，正中大门楼下怀，携金带银最好是外人勿近，他情愿让这些误解，给自己蒙上一层神秘的面纱，借此做自己的保护伞。

可惜，百密一疏，大门楼当然也有失手的时候。

大门楼被云鹤所救那日，正是遭人盯梢被抢了。他在路上做记号埋下的钱，则是数年前一次被抢后，自己在沿途留下的救急钱。

屋里，安静得仿佛一根针掉在地上都能听到。

大门楼仿佛在讲别人的故事，慢条斯理，不紧不慢，落在云鹤娘儿俩的心里，却是句句惊心动魄。屏住呼吸听大门楼讲述自己的云烟过往，云鹤母子甚为吃惊，差点儿忘了给大门楼添茶。

楚云鹤到底年轻，忍不住问："大叔，怕招人眼，你干吗要盖一座显眼的门楼？"

大门楼不以为意，两眼一眯笑了，嘴巴几乎咧到了耳根："哪壶不开提哪壶！臭小子，你叔我也不是一天长大的，当年我盖房子的时候，也是一个傻小子！"

立甲疃的棋盘街，围得四四方方铁桶一般，外人没法在里面插足盖房，里面居住的全是立甲疃的大户，连共同出入的门楼都格外庄重、气派，这给大门楼留下的印象太深。

随着自己的脚步行远，大门楼发现不管在哪里，家业越大，房屋和门楼越气派。年轻气盛的他，渴望自己有家大业大的一天。当大门楼手里有了一点儿钱，还不足以修建一座高墙大屋的时候，他就急不可耐，按照自己的心愿，先修建了别具一格的门楼，那是仿照济南教堂门楼的样子建起来的，算是"舶来品"。

这个自幼父母双亡的年轻人，不管不顾修建起了一座让棋盘街的财东们都莫名其妙的门楼，也一不留神成就了自己的绰号，一个与众不同的称谓。

等到大门楼真正见多识广了，意识到财不外露的重要性，也就维持了原貌，不再大兴土木。这个时候的大门楼，日思夜想的已经不是在村里盖上一座豪宅了，他在思谋有朝一日，时机成熟，自己会在城里选个地方，购置店铺，坐地经营，专门经营金银珠宝首饰。

大门楼和妻子带着礼物到楚家拜访，他不介意掀开自己的面纱，满足了楚云鹤所有的好奇。

云鹤娘不知所措，一下子不知道该说些什么才好。

大门楼也不兜圈子："老嫂子，别人知道我是大门楼，都不敢救，这孩子不管不顾救了我，这是俺爷儿俩的缘分。是缘分，那我就不说恩不恩报不报了，云鹤还年轻，我就想把我们爷儿俩的情分留长远了！"

大门楼走南闯北几十年，懂得叫街都是为了两把豆，推海这营生风餐露宿，全靠一身力气和两条腿踢蹬。干这一行的人上了年纪，气管多半儿像风箱一样，喘气憋闷带响，腿上的青筋扭曲得像一团蚯蚓，这是把人当成骡马使唤，出的力气忒多了！

大门楼替云鹤考虑得十分周到："云鹤这孩子，善良实在，人也稳重，我想给云鹤找个师傅，让孩子学打金，以后待在家里做个金匠，打金这碗饭轻松，收入也不低。推海忒苦，把人当成骡马使，晚扔不如早扔，不如趁早让孩子学门手艺，不知道嫂子和云鹤可否愿意？"

"愿意，鹤儿肯定愿意！"云鹤娘忍不住红了眼圈。

打首饰、做金匠，多好的行当！

这营生风吹不着，雨淋不着，时间自由，能陪家人，也没有危险，不耽搁春秋农忙，云鹤娘当然十分满意！

楚家十几年没有丈夫镇守，自己形同寡居，家里面没有主事的男人，云鹤娘佯装坚强，用淡定避开所有的苦难，可郁闷哀伤都紧紧憋在心里，在不停发酵，倘若不是有个儿子，她早就一头扎进村北的河湾里去了！

丈夫离家之后，云鹤娘的脊梁总是绷得紧紧的，全靠一尊坚挺的躯壳，支持她无声走过这段艰难的岁月。此刻，埋藏在内心深处的喜悦情愫，仿佛一下子苏醒了，从四面八方抑或是久远的岁月里奔涌而来，仿佛是雾，是棉花，填满了胸腔，心里分明是满满的喜悦，可一路走来的艰难，在这一刻瞬间化作鼻腔里的酸楚，云鹤娘的眼睛里泛起了泪花，眼泪都快要掉下来了。

云鹤把毛巾递给娘，对大门楼夫妻说："我娘是太开心了！"

大门楼长年贩卖金银首饰，结交了不少打金匠，哪家师傅手艺好，哪家为人厚道，他早就心知肚明，自然有能力给云鹤找个好师傅。

大门楼有行走江湖的聪明睿智，也有身为长者的长远目光，他诚恳地告诉云鹤母子：自己之所以愿意给云鹤掂量打金的手艺，而不是带领他贩卖金银，是因为贩卖金银这个行当，风险太大，不适合厚道的青年人。学手艺不一样，只要人灵透，肯琢磨，越厚道越能稳住，学一手打金的好技术，养家糊口没问题，他认为云鹤适合做个打金匠。

大门楼说得在理，云鹤娘频频点头。

让儿子出去推海，这是云鹤娘没有办法的事情，这些年，她心心念念的，就是盼着孩子能学一门好手艺啊！

大门楼给楚家带来的好事，远远不只这些，还有一件喜事，大大超出了楚云鹤母子的意料：大门楼想把自家的女儿，许配给楚家儿郎云鹤！

大门楼膝下有一儿一女，长女叫金环，儿子叫金宝。女儿年方十七，模样姣好，手也灵巧，脾气和大门楼一样，有点倔强和硬气。大门楼不便向外人交底，乡里乡亲摸不清大门楼的路数，女儿金环的婚事，就有些作难。

女婿人选，大门楼不是没有思量，而是越思量越觉得难为。

古语说"肩不齐，不是亲戚"，大门楼这些年进出的虽然都是高门大户，可是他家在城里一没房屋，二没店铺，乡下又没有购置多少田产，与大户人家谈婚论嫁，杨家一不是地主，二不是商号东家，起码在明面上看起来没啥底气。大门楼的女儿从小在乡间长大，不认字，就算能勉强攀个高门大户，恐怕也只能将就个歪瓜裂枣，想攀成器的少爷，门儿都没有。

大门楼这些年也看透了，富贵人家的儿子，要么真有本事，是做大事的料子；要么是纨绔弟子，屁大的本事都没有，沾染的陋习倒一样不少，大门楼还真瞧不上。

大门楼打心眼里喜欢有出息的年轻人，可那些有出息的富家子弟，今天去北平，明天去欧洲，回来一口一个密斯，个个都是洋派儿作风，哪里肯娶没读过书的金环！

大户攀不上，小户看不上，金环的婚事高不成低不就。

大门楼在家里养伤的时候，两口子唠起金环的婚事，妻子不无惆怅地说："送你回来的后生不错，厚道机灵，可惜是个苦巴巴的推海人！"

"推海的后生？"想起夜色中推着自己深一脚浅一脚、呼哧呼哧行走的年轻人，大门楼摸索着下巴，"推海怎么啦？将相无种，人品不错就行！"

大门楼看着妻子，雪地里那个鼻尖上带着泥灰的女孩仿佛还在眼前，如今已经是两个孩子的娘了，大门楼一脸坏笑："丫头啊，你想想，咱俩怎么认识的？啥出身？"

金环娘瞬间懂了，她依偎着大门楼："你快别提了！以前遭的那些罪，现在想起来我还会掉眼泪呢……"

大门楼夫妻相遇的那年冬天，真冷啊！

天寒地冻，雪一场接着一场下，有的像鹅毛，有的像冰碴儿，上一场还未融化，下一场就接踵而来，乡间雪野杳无人迹，背阴处的冰雪更是经冬不化。

妻子那年十三岁，父亲早死，母亲是个瞎子，娘儿俩四处要饭，蜷缩在草堆里、屋檐下，乞讨流浪度晨昏。要饭的人好运本来就少，吃不饱是常态，本就羸弱的母亲还时不时悄悄藏下些吃食留给孩子。母亲的身体越来越弱，挨到这个风雪交加的冬天，已经奄奄一息，进气没有出气多了。

女儿想抄条近道儿，带着娘到另一个村子乞讨过夜，娘脚下一滑，落进沟底，只剩下出的气儿。一个天天吃不饱的瘦弱丫头，哪有把奄奄一息的病人扛出沟底的力气！

这丫头折腾半天，束手无策，眼见四野无人，太阳落到了地平线下，暗生绝望，忽然听见有动静，便开始扯着嗓子呼喊救人。

来者正是抄了近路，急急奔走的大门楼，大门楼立在马上往沟底一看，二话不说翻身下马，把母女二人连扛带拉带上了沟帮。小姑娘抬头与大门楼对视，瞬间有些胆怯，呆呆站在那里不知如何是好，她努力昂着头，却不敢用眼睛直视大门楼。

大门楼看着这小姑娘的鼻尖又蹭了一抹灰，伸手想给她擦掉泥灰，小姑娘却将身子一闪，眼睛里透着戒备，样子很是倔强。

大门楼深知流浪之苦，知道这对讨饭的母女没有依傍，心里一软，遂把她们托付给自己的朋友，大门楼告诉朋友，这瞎眼老太太，是他嫁到外地、失散多年的姑姑。

大门楼牵挂这对母女，隔三岔五送银送粮，老太太缓了过来。转眼就是四年，当年的小姑娘已出落得亭亭玉立，纺纱、刺绣、做家务，里里外外是把好手。

瞎眼老太太临终时，把大门楼和丫头的手拉到一起，说："恩公要是愿意，就让这丫头跟你回家，帮你浆浆洗洗，不求做大，只要有口饭吃能报答恩公的救命之恩就行！"

大门楼鼻子一酸，当下拉过丫头的手，双双跪下给老太太叩了三个头，就把丫头带回了家。严格说来，大门楼和丫头的婚姻，没有三媒六聘，拜过父母牌位，他俩就住在了一起，从此成为恩爱有加的夫妻，生儿育女，一晃十几年过去了。

说来奇怪，这大门楼遇到妻子的时候，生意刚起步，一人吃饱全家不饿。自从救助了这一老一少，大门楼满脑子都是结交高人赚钱养家的念头，财运越来越好。金环娘两眼通红，紧紧依偎着大门楼："俺娘眼瞎心不瞎，这辈子，俺跟定你了！"

大门楼刮了一下妻子的鼻尖，替妻子擦擦眼泪，调笑道："这事没跑，丫头！这辈子你就是我的人！杨家就你一个主母，将来咱俩都到了地下，名字并列在宗谱上，过年过节，儿孙给咱俩上香，咱俩在天上肩并肩坐着看儿子、孙子、重孙子、玄孙子，给咱俩磕头……"大门楼的手有一下没一下，轻轻拍打着妻子后背，又开始跟妻子逗乐了。

可家家户户不都这样吗？

忙忙碌碌一辈子，求的就是一个子孙旺盛，世代昌隆。夫妻一场，生儿育女一辈子，四世同堂容易，五世同堂很难，早晚都得排在宗谱上，悬挂在墙上，成为后代口中的祖宗。

大门楼夫妻软语呢喃，双双躺在热炕上，妻子的头轻轻动动，舒舒服服地枕在大门楼臂弯里，手搭上大门楼，毫无意识地抚摸着男人的胸膛。

大门楼嘿嘿笑了："丫头，别动！再动老子得泻火了！"金环娘吓得赶紧翻身起来，一巴掌拍在大门楼胳膊上："伤筋动骨一百天，老老实实躺下！六八家的婶子嘱咐我：伤筋动骨不能行房，否则的话起码得拖上半年！"

大门楼合上眼老老实实躺着，拉过女人的手："环她娘，这些日子腿不方便，多亏你了！"

女人坐在大门楼旁边，凝视着男人浓黑的头发，伸出手指抚摸着大门楼高高的眉骨："别说端屎倒尿，这辈子能替你舍腿舍命，俺都乐意！”

大门楼握着金环娘的手用力一拉，妻子“哎呀”一声，半躺在大门楼身上，她用力推大门楼：“给点颜色，就想开染铺不是？”

大门楼的嘴角吊着微笑，一把把妻子拽倒在自己的腹部上：“成天好吃好喝伺候着，不开铺子多费布！天天做和尚，老子受不了！”他拉过妻子的手臂，金环娘顺势趴在大门楼身上，坚实的胸膛透着热乎乎的暖，丈夫的腿要是没伤多好！

妻子的手从大门楼的胸膛滑到大门楼的肚子上，大门楼的大手覆上妻子的小手，看着妻子一眨一眨的长睫毛，见色起意：“往下点！”

“怪胎！”金环娘粉面含春。床帏之乐在于平等，妻子没忙着灭火，反而掀开被子。大门楼闭着眼睛，双手上枕着自己的头，眉头皱了起来：“丫头，天底下有几大着急，贼上墙，火上房，下雨收麦场和孩子趴在井口上！”

金环娘满脸促狭，用食指点着雄物奚落：“三个月都忍不下，以后还敢不敢往远处挓挲了？”

大门楼腿伤受困，嘴上一点儿不落闲：“跑到天边，也忘不了家里的媳妇这么俊！”

“算你有良心！”金环娘亲了亲男人的眉骨，乖巧地伏在大门楼的胸膛上，神物握在掌心，男人的灼热仿佛会蔓延，热流渐起，似乎顺着胳膊蔓延到全身，呻吟差点儿出口，一只大手及时探了进来。彼此缠绵，你情我愿，如同琴瑟演绎，婉转低回，终于回肠荡气。

大门楼心满意足，金环娘脸色绯红，这是一种全新的体验。

金环娘是老天爷送到杨家的女人，她带给大门楼的岂止是欢愉，还有一双好儿好女，大门楼满怀感激，半睡半醒中也不忘吻吻她雪白的鼻尖，然后沉沉睡去。

大门楼夫妻就在那天决定下来：不用媒人，亲自登门，先答谢，看看情况，再决定能否联姻。

夫妻俩征求女儿金环的意见，金环那晚偷偷打量过楚云鹤，也不忸怩：“爹看好了，我就看好了！”

佳节的喜气尚在，小院贵客临门，三间泥坯土房的欢乐，正在一波一波不停发酵。

大门楼夫妇的到来，仿佛为黯然清寒了二十年的小屋送进了一缕充满暖意的晨曦，陋室里弥漫着一种无法言说的欢天喜地。

提及两家儿女联姻，大门楼说："老嫂子，我相中了云鹤这孩子厚道，成不成还要看云鹤和嫂子您的意见。如果两个孩子没有姻亲缘分，我想收云鹤为义子，再给云鹤找个好师傅，学上一门手艺！"

大门楼煞有介事地声称："我家那姑娘金环，一不瘸二不瞎，长得随她娘这么漂亮！"

一直默不作声的妻子，微笑着嗔怪大门楼："怪胎！也不怕老嫂子笑话！"她的眉似春山含黛，娇俏可爱，云鹤看呆了。

楚云鹤第一次见到女人的微笑这么可爱，他也是第一次知道，男人和女人，竟然可以这样欢天喜地恩爱相处。

这微笑，这嗔怪，让楚云鹤的心里涌起莫名其妙的欢悦，他的心仿佛被融化，当时就柔软起来了：要是自己迎娶的姑娘，也能这般跟自己甜蜜相处，那真是太好了！

楚云鹤的内心涟漪荡起，生出一圈又一圈憋不住的快乐。

这样人家的女儿，别说和她娘一样俊，哪怕稍微丑点，两人能这么欢喜相处，他也十分乐意。

云鹤娘也想起自己和丈夫曾有的温馨，她把目光投向儿子，儿子冲她点点头，眼里有藏不住的欢喜。

云鹤娘笑着擦擦眼角："傻小子，愣着干啥，还不赶紧出去给你老丈人打酒去！"

大门楼哈哈大笑："老嫂子，我带来的酒，那可都是济南官爷送给我的泰山老曲，我们爷儿俩一年半载喝不完！"

送走大门楼夫妇，云鹤娘忍不住喜泪长流，她忍不住双手合十，敬天谢地，暗念丈夫：孩子他爹，咱家鹤儿，真的遇到贵人了！

第五章

　　大门楼给楚云鹤牵线找下的师傅，个子不高，异常安静，一个人窝在招远与黄县交界的小山村里，没有门头，更没有店铺，一年下来也接不了几件活儿。

　　这个老爷子不是没有手艺，只是不好求，难说话，时间长了，愿意登门的人自然而然也就少了。做生意都讲究笑脸迎人，对于人来客往、车水马龙是求之不得，像老爷子这般孤僻、倔强，送上门的活儿愿意接就接，不愿意接就拒绝，干与不干全凭自己心情的人，天底下也难找。

　　这位老爷子藏在深山沟沟里，只求一个人自由自在，只有兴致来了，才会化火打造金银物件。就是这么奇怪的老头，大门楼偏偏认准了他。

　　别看这木讷的小老头，平日里悄无声息，可做工的时候，截然不同，精神抖擞，可以三天两夜不眠不休，完全像换了一个人。他的眼睛微眯，盯着烧得金光灿灿的黄金，眼疾手快，拉丝、炸珠全神贯注，旁若无人，火光中宛如跳舞精灵的耀眼黄金，在他的起锤落锤、急敲慢打下，日趋成形，精益求精。

　　老爷子对云鹤说：“不会打，瞎打！会打，几下！”这是师傅认真的第一句话，其实那个时候，云鹤在师傅身边，已经整整待了三个月。

这是楚云鹤自己都没头没脑的三个月，师傅不说话，他也不敢随便问，师傅仿佛当他是个透明人。他跟着师傅学徒的第一天，老爷子毫无保留地向楚云鹤展示了全套打金工具，讲了讲主要工具的使用方法。

楚云鹤眼到心到，一学就会：那只"皮老虎"不过是只便携风匣，区别在于可以用脚发力，上面一侧蒙了一层可以起落的牛皮，呈斜坡形，坡度刚好适合脚踏，侧面一根细管连着喷枪；"皮老虎"变通之后，可以巧妙地使脚用上劲儿，就能腾出双手，一手持锤，一手钳料。化火时，老爷子脚踩"皮老虎"，一起一落，一股接着一股的空气经喷枪集中打进坩埚底部，催生火苗爆发出最大的激情和热量，灰不溜秋的坩埚变得通红，黄金在烧灼中变得亮黄耀目，趁着金料灼热时叮叮当当地迅速敲打，如此周而复始，直至成形。

老爷子自打第一天演示了工具后，就让楚云鹤反复打毛料，一打就是三个月。刚上手时，云鹤还有点手忙脚乱，不到半个月，就熟悉了化火与敲打，甚至像行云流水样自如，按理说，应该教点新东西了，可师傅啥也不肯教云鹤。

拜师之前，大门楼叮嘱过云鹤：这个师傅最不喜欢有人打扰，尤其不喜欢有人噪耳。师傅叫干啥，就认认真真干，别多嘴多舌，老爷子该教什么、怎么个教法，他心里有数。想起大门楼的叮嘱，楚云鹤按捺住自己内心的急切，依照师傅的话，每天定时起床，埋头敲打，绝不偷懒。

这心一旦宁静下来，简单的敲打也能心随意愿，悦耳动听。也就是说，一个人的敲打声，可以让人变疯，也可以幻化成变奏之乐。

楚云鹤命令自己心无旁骛，他学会了不急不躁有规律地敲打，也会尝试根据自己的心情急打慢敲。脚下的"皮老虎"、身边的坩埚、手里的锤子和一只鸣蝉般大小的银子，就是云鹤的世界。

好在云鹤没有疯，每天只是轻轻盈盈地踩着"皮老虎"热料，全神贯注、一丝不苟地敲打料子。他没看见，坐在远处的师傅，眼睛瞥向云鹤的时候，嘴角不经意间浮起了笑意。

老爷子甚少管顾云鹤，直到有一天，楚云鹤把一块金料打成了薄薄的金箔，并用水滴试过，小心翼翼地询问师傅这块金箔怎么样。

老爷子说："不会打，瞎打！会打，几下！"他吧嗒吧嗒抽足了烟，才拿出两块金料、一块银料，说了一句："云鹤你看好了！"

老爷子熟稔地点燃喷枪，烧灼金料，一手夹起料子，一手举着小铁锤，一阵急敲。化火、敲打的套路一样，楚云鹤多了个心眼，师傅敲一下，他就暗暗数一下。老爷子不多不少，每块料只敲了六十下，然后咣当扔下锤子，走到旁边坐下，又开始慢悠悠地喝茶、抽烟，没有多说一句话。

楚云鹤不知就里，只好低头检视师傅打出的物件。

看第一眼，云鹤没反应过来。

再瞅几眼，云鹤傻眼了，甚至有点不敢相信自己的眼睛。

这三块料子原本质地不同，大小不等，师傅各敲了六十下，居然高度一致，层面均匀！给料不一样，师傅出手敲打数量同等，居然打造出同样的效果，想来，老爷子会根据所给物料，施以不同的力度，达到同样的效果！

楚云鹤如同醍醐灌顶，一下子明白了师傅为什么连续三个月叫他敲打毛料。云鹤曾以为敲打简单，上手就会，他没有想到：

师傅的要求，竟是锤锤自有定数！

楚云鹤震惊不已，再次闷头敲打。

半年下来，楚云鹤悟出，这敲打还真是不能瞎打，师傅的敲打已经出神入化，手中的金银耗材属性，师傅早就吃透了，敲打经验在于臂力输出的轻重，和对材料的调节掌控，眼到心到，手才能到。

"手艺活儿，不在手上，在心里！"这是老爷子的第二句话。

按说手艺是用来糊口的，可老爷子打金的手艺貌似与糊口无关，仿佛只是他用来消磨时光、对抗孤寂的消遣之举。

没有人知道老爷子的底细，可大门楼贼精啊，这老爷子出的活儿，款式见所未见，太漂亮了！大门楼也是下了一番功夫，才访到这位老爷子的。

老爷子没有居住在人来人往的罗山山南，而是住在罗山以北，与黄县快要交界的地方。此地岔出一条通村小路，路边有一片老杏树，春天一到，杏花如云似海，围裹着小山村。这座叫上院的小山村，村南是一清冽的水库，由东南山峦渗透的山溪汇聚而成，幽绿、沁凉，从里到外透着宝石一样的爽。小村依山傍水，山村里地无三尺平，梨花落去，又有桃花伸斜，五月石榴火红，七月的核桃八月的梨，至于九月的柿子，山民有空就摘没空就扔在树上，落雪之后就像一盏盏悬挂在树枝上的红灯笼。

大门楼见过世面，认定了这个隐居在山中的老头儿，便登门造访，有货拿货，没货喝茶。老爷子不把大门楼当外人，才肯收云鹤当徒弟。这个一不叫拜、二不叫叩的老爷子上知天文，下知地理，连洋人的话，也能嘀咕几句。

"老爷子的手艺值钱。"大门楼言之凿凿，"老爷子的活儿好，不计较工，也不计较钱，却用足了心思，他出手的首饰自己满意，别人也爱不释手。"

老爷子牛就牛在，别的金匠是客人要啥就做啥，在他这里，规矩是自己定的，他出手的东西，全凭个人心血来潮，做出的金器和首饰，独一无二，不要拉倒。

老爷子对于看不上眼的人，一句"没货"，就把来者拒之门外。客人悻悻地追问："啥时候有货？"

老爷子回上一句："等着吧！"来人八成就得吃瘪。

老爷子说："好物件自有妙处，有灵性，不是人挑货，是货衬人！"

大门楼和老爷子几乎到了心照不宣的地步。

大门楼来到山里，自己烧水，自己添茶，有一搭没一搭地说自己在外面遇到的人、看到的事，老爷子偶尔插话，回上一两句。大门楼拿货从来不验货，云鹤的师傅收钱从来不点钱。

做生意的人居然从来不点钱，楚云鹤再一次感到意外。

大门楼对老爷子赞叹不已："老爷子的路数像戏文里的世外高人，这是咱爷儿俩有福，叫咱遇到了！"

大门楼拿了老爷子做的首饰，不会轻易示人，尤其不会展示给年轻人看。只有在高门大户的老太太跟前才肯拿出来，并且声明：自己是受人之托，卖的是工艺，不是黄金，这件黄货，是宫廷手艺，一口价。

说来奇怪，老爷子的首饰，和有名有号的黄金铺子做的首饰放在一起，第一眼看并不见得有多么惊艳，但是第二眼、第三眼看，掂量来掂量去，竟会越看越喜欢。

老爷子的东西，并非想要就会有。

如此这般，反而让老爷子的东西更牛。

老爷子出手的首饰，是极品也是孤品，更是大门楼和有字号的首饰斗法的底气。富贵之家的门槛绝非那么好登，没有几件压箱底的好东西，大门楼也进不了高门大户。

明明都是黄金，老爷子做出的物件，大门楼能卖出两三倍的价钱，多出来的钱，大门楼说他这是卖"手艺"，不是卖黄金。说穿了，"匠心"，不管在哪个朝代，定然有人赏识，一旦认可，就爱不释手，话不用多说，双方都懂，衡量的不再是量之多寡，而是物之如意。佩戴首饰，也不见得越多越好，一件精品，足以彰显自己的品味和身价。

在手艺当家的年代，一手绝技便是谋生的资本，拜师严苛，许是怕教会徒弟，饿死师傅，师傅万万不肯轻易教会徒弟。想学点手艺，徒弟要替师傅干一两年杂活，甚至刷尿盆，师傅才会让你近身递递工具，一次指点一星半点。有的师傅甚至一声不吭，全靠徒弟自己去揣摩和领悟。

楚云鹤的师傅更像闲云野鹤，布衣素食，没有架子，不用人伺候。他把云鹤当成自家的人，爷儿俩吃住一样，绝不给云鹤半点为难。只是这老爷子有言在先：师傅领进门，修行在个人，学手艺主要是靠自己悟。师傅告诉楚云鹤，金银加工无非就是"掐丝，编累，焊铆，炸珠"，没啥道道，都是看得见的活儿，不痴不傻的人都能看会，三天就可以做出件首饰。

"关键是看不见的活儿要看有没有心！"这是师傅的第三句话。

楚云鹤蒙了：都说要眼里有活儿，师傅这里竟然还有"看不见的活儿"？！

这对师徒的手艺和传承，一切都在散淡中进行。

师傅说，好手艺都是自己心心念念修炼出来的，首饰花样也是靠自己眼观六路、心系八方领悟和琢磨的，不用人教。首饰的纹饰和花样，老爷子连教都懒得教，他说现成的东西，都能看见，费了心思的东西，才值得琢磨。

师傅叫云鹤出去逛，到街上、集上、山里逛，去看编筐编篓的、看吹糖人的，去看树的区别、看叶子的老嫩，看花鸟鱼虫的动感。逛够了，看足了，再坐下来琢磨刻花手艺。

在老爷子的口中，生活中很多东西都是云鹤现成的师傅，师傅可以是山野里不说话的山水，也可以是漫山遍野有灵性的草木和动物。流水的波纹、山石的凹凸、一朵花儿的微绽与怒放、一滴露随叶滚动的形状，都是手艺人的师傅，师傅无处不在。

"师傅无处不在！"是老爷子说过的第四句话。

早春的桃花开了，师傅背着手走过来，选中一根旁斜的花枝，指点云鹤：遇到一棵开花的树，最好站在远近高低各处看，看看哪条枝伸斜得最美丽，看看哪条枝上的花儿疏密分布最漂亮，要多比较，要多端详。

山中夏日清凉，一老一少，静夜唠嗑，老爷子偶尔也会打开话匣，说起金器，如数家珍，每一件都会给楚云鹤留下无尽的遐思和憧憬。那金丝盘花，冠面轻薄如纱的编丝发冠是怎么做出来的？大内用的雁纹茶碾子，碾槽辖板，槽身槽座都是金的。唐玄宗迫不得已让贵妃上吊，成了太上皇，凭着香囊追忆贵妃，那香囊也是金丝编成的，不会腐朽！乾隆爷有"金交龙钮奉天之宝"的大印，蒙古王爷有虎咬牛金带扣，都兰的人身鱼尾黄金饰片，这些首饰，究竟是什么样子？

楚云鹤挠破头也无法想象这些首饰的样子，他百思不得其解，老爷子说："别着急，做好物件需要用心也要耐心。看不见的活儿，包括见识，遇到机会，要多多留心！"

"看不见的活儿，包括见识。"楚云鹤记住了。

老爷子习惯坐在石榴树下，拿着一只黑不黑、灰不灰辨不清颜色的茶壶，时不时喝上一口，说话的语气像花瓣儿一样轻盈，却像石榴子一样耐嚼。

楚云鹤自然十分努力，他的悟性也不差。可云鹤刚摸上点门道，意兴正浓时，师傅却对他说："云鹤，师傅领进门，修行在个人，学手艺是一辈子的事，不是非得留在师傅跟前才叫学手艺。你回家去吧，我一个孤老头子，一个人吃饱全家不饿，你家里还有老母亲需要你！"

楚云鹤回家之前，老爷子正色告诫云鹤："'工'这东西，老祖宗留下的绝招不少，三百六十行都有自己的绝招。比方说木器行当，一条桌子腿的卯榫结构，就有高束腰抱肩、一腿三牙、挂肩四面平、夹头榫、燕尾榫。见着巧妙的东西，要多留意，不必拘于做金这一个行当。多问多学，不光能长见识，说不定还能解决自己做活时碰到的难题。甭管木匠、铁匠、篾匠、金匠，许多事理和巧妙是相通的，祖宗妙法见得多、学得多，吃透了，可以随心所欲变通，想做新鲜玩物也就容易了！"

老爷子还嘱咐云鹤说："能琢磨出别人琢磨不出来的东西更好，如果实在琢磨不出来，守住精心，吃上饱饭没问题。如果说师傅有什么秘招，其实就一点：出手的物件，自己得越看越喜欢，才送出去。连自己都不喜欢的玩意儿，甭管费了多长时间，趁早毁掉，不能污手艺人的名！"

这是老爷子第一次一口气说这么多话。

楚云鹤外出学艺一年，大门楼也没闲着。

大门楼带来工匠，亲自指挥，在云鹤家的泥坯房子西头接了三间新房子。这三间房子从地基到山墙，全都是石头垒成的，那些圆的、方的、长的石头经由石匠穿凿，随凸就凹，步步加高，平展展的墙上，石头缝隙抹得严严实实。在门槛两侧，大门楼嘱咐石匠錾刻了门枕，门枕上趴着两只飞蝠。

大门楼担心孤儿寡母手头拮据，干脆送了女儿女婿一栋结结实实的房子。亲家母慌得不知说什么才好，大门楼变着法子打哈哈："我这闺女吧，跟我一样不成脾气，若是有什么不对，亲家笤帚疙瘩撵出去，闺女总得有地方住吧？嫁出去的闺女，泼出去的水，我家是不收了！"

这话唬得云鹤娘双手合十："阿弥陀佛，亲家公，可不敢这样说，媳妇进了楚家的门，我就多了个闺女，要是金环不高兴，就是云鹤的不是！"

楚云鹤顺顺当当、欢天喜地迎娶了杨金环，金环是个直性子，大大咧咧，进门仿佛真成了楚家的闺女，成天哄得婆婆合不拢嘴。

楚云鹤见到大门楼却是有些敬畏和拘谨，金环偷偷告诉云鹤："咱家爹的脾气最好，你在家啥样，到俺家啥样就成！爹成天往外扑棱，啥样人没见过？他的眼厉害着呢，最烦肚子里憋着弯弯道道，你要是能陪爹摔跟头，跟他没大没小，我估摸爹最开心了！"

跟老丈人喝酒聊天，再次谈及金疙瘩李家天赐黄金和四蝴蝶的神秘，大门楼轻蔑一笑："没想到这套鬼头蛤蟆眼的把戏，罗山的人还都信了！"

楚云鹤有些不解："爹，什么把戏？这里面有啥道道吗？"

大门楼没好气地笑了："要真是天赐黄金，山上用得着这么多人，没白没黑，不要命地干活吗？"

大门楼摩挲着自己的下巴说："我估摸着李家老爷神神道道，多半是在打马虎眼。金疙瘩家里没别的财路进项，他为甚要月月进山祭拜？想开粉坊，得有会'扶缸'的师傅；要挖金矿，得有'识脉'的道行，胡挖乱挖肯定不行，这里面大有讲究。我估摸着金疙瘩家里的接金神谕，就是人家祖传的'识脉'道行。金疙瘩亲自进山可能就是为了看地势，这件事情得自己家里人心中有数，不能假手他人！"

大门楼断定，接金神谕，极有可能就是辨别山势，寻找金脉的方法。金疙瘩之所以不肯让他人近身，弄得玄玄乎乎，一定是在提防外人。

大门楼认为就连四蝴蝶，也有可能是摆迷魂阵势，顶多不过是多画几道符，迷惑他人。就像自己运金行踪不定，打扮得他人不敢近身，无非是故弄玄虚，让别人摸不着路数。

楚云鹤如梦方醒：是啊，疙瘩李家祖上为官，手里攥着找金脉的方法不是没有可能。一年清知府，十万雪花银，哪片云彩有雨，哪块地方有油水，当官的最清楚不过了。否则的话，金疙瘩的祖上怎么会从平度来招远，挤走广东人，霸占罗山？

大门楼差不多一语道破了金疙瘩李府的天机。

金矿是在大地构造演化过程中通过岩浆活动等形成的矿石，不同的大地构造单元，具有不同的演化历史和成矿物质基础，会表现出不同的矿化特征。招远属于基底褶皱构造和新华夏断裂构造，是胶东西北成矿区地带最重要的金矿集中区域，罗山整个山系如同塔顶的明珠，自古以来就是华夏黄金主要产区，历代朝廷，非常重视：

春秋战国时期，《管子·地数篇》中记载："上有丹砂者，下有黄金；上有磁石者，下有铜金；上有陵石者，下有铅锡赤铜；上有赭石者，下有铁；上有铅者，下有银；此山见荣者也。"这个"荣"字，指的正是露头矿。

秦汉时期开始通过矿脉分布关系和察看金光寻找金矿，唐代发现了植物生长和金矿的关系，宋代发现并利用金伴生物间接找矿，至清代后期，主要通过观察地形地貌、矿石形态矿物共生组合和垂直分带性、氧化后的颜色标识以及山脉阴阳寻找和识别金矿。千年岁月总结出的有效找矿智慧与经验，或为官家记录，或为家传（传男不传女），掌握在极少数人手中。没有经验，想在群山中无凭无据地找金脉，无异于盲人摸象，《周礼·地官》中记载："若以时取之，则物其地图而授之。"

罗山周围环绕着大大小小几十个村庄，老百姓能看出石头中有无黄金成分的人不少，但有识脉经验的人微乎其微。大家经年累月被洗脑，怕棍棒，怕惹事，日子困顿不堪，哪里还有思考辨别的心思！谎言重复一千遍，笃信的人会有一大片，罗山人被愚弄了几十年，驴打磨一般劳作，人都麻木了，绝大多数人对身边这座山里的黄金宝藏不抱有任何幻想。

矿管不唯近代，而是早已有之。《管子》记载有"官山海"之法；《韩非子》记载："采金之禁，得而辄辜磔于市。"《周礼》记载："有矿人掌金、玉、锡、石之地，而为之厉禁以守之。"

想在罗山挖金矿，支石磨，化火炼金，要有官府的批文，要定期交纳一定的矿税。除了有钱、有势、有官府的批文，还有很多不确定因素，开山立穴、挖金动工之前，必先反复勘察，确定"金脉"走势，按照"金脉"走向开金穴。

运气好了，开进十米八米就能看得见黄金矿石，这就算找到了黄金矿脉；运气不好，往洞穴里打个十米八米，不见金矿露头，再打五十米、八十米、二百米，还是不见矿石，投入越来越大，心里也越来越慌，进退两难：继续开进，怕是一直不见金脉不见矿石；停下手撤出去，又心有不甘，万一再进一米，就是黄金万两呢？

即便找到黄金矿脉，也并非高枕无忧。

黄金藏在金脉中的矿石里，而藏于深山的金脉犹如一棵大树，有根，有干，也有枝，主干有粗有细，树冠有大有小，枝枝杈杈张开在大山大地深处。在深不可测的洞穴中，难说遇到的是金脉主干还是枝杈，遇到主干可以前吃后吃，左吃右吃，矿石长时间挖不完；遇到金脉的枝节末茬，可供开采的矿源就极为有限。而所遇金脉一旦断头，接着打下去，结果有两个：或者幸运，再遇矿脉；或是偏离金脉越来越远，再也挖不出黄金。

采金是一场看不见底的赌博。

对赌的不是人，是厚重无言的大山。

大山是谁？大山是神，在大山里面，人们必须老老实实做孙子。千百年来，一代又一代的采金者在罗山上来了走，走了来，罗山里留下不少废弃的老洞子。

楚云鹤十一岁时，曾经跟着小伙伴钻过一次老洞子，那老洞洞口不大，仅容个把人出入，洞口被风雨淋得遮去一小半，掩映在树枝荒草下，不好好扒开草叶，几乎看不见，只能匍匐进去，洞子里有长短不一的粗大树干矗着，在这么狭小的洞子里，压根儿直不起腰，怎么干活？

一个孩子道："我爷爷在洞里背过砂子，洞里走路直不起腰，里面也有上坡、下坡和拐弯。运矿要一筐筐往外背，特别狭窄的地方，得把绳子套在脖子和肩膀上，拖着筐子往外爬！"

那孩子说在洞子里面死活全靠山神爷照应。

伙伴们追问为什么，他道："金洞头顶会落石，眼珠子大的石头也能要命。大的落石一下能砸好几个人；有时三个人一起走，前后的人都没事，石头偏偏落在中间人的身上，不靠山神爷爷保佑靠啥？"楚云鹤回头望了一眼那个老洞子，老洞口半掩在几丛茅草和低矮灌木斜伸出的枝叶后，黑黢黢的，宛若一张可以吞噬生命的怪物的巨口，云鹤打了一个寒战，瞬间起了一身鸡皮疙瘩，感觉背后凉飕飕的。

楚云鹤当天回到家，把这事当成稀罕讲给母亲听，哪知道母亲惊恐万分，疯了一样，抡起笤帚疙瘩就打云鹤，一边打一边泪如雨下："哪里耍不行？敢往老洞子里面爬！揍死你算了！好过你掉进老洞子里，自己爬不出来，找不到你，我在家里哭瞎眼！"

娘是第一次下狠手揍人，云鹤的脊梁火辣辣地疼了好几天。

楚云鹤惧怕娘的笤帚疙瘩，更受不了娘在打了自己之后，死死抱着自己，一个劲儿地默默流眼泪。看见娘眼泪长流，擦都擦不干，云鹤害怕了。爹爹出远门不知死活，家里只剩下自己和娘，她实在是太苦了。

楚云鹤哭着向母亲认错："娘，我保证再也不钻老洞子了，一辈子陪着你，保护你！"云鹤说到做到，再也没去钻过洞子。一个没爹的孩子跟着寡母长大，懂得谨小慎微，娘叫干啥就干啥。可他毕竟年少，百思不得其解，为什么娘总说那些老洞会吃人，是里面死去的冤魂等着拿人吗？

在亲娘眼里，罗山吃人不吐骨头。

在岳父眼里，罗山满是金银，就得看有没有能耐。

好在楚云鹤的金铺顺利开张，也算与黄金结缘。

打金本就是慢工出细活，楚云鹤做事历来仔细，手艺日渐娴熟。云鹤认真地出货，大门楼不遗余力地走货，打金铺子不能日进斗金，但加工费稳赚不赔，加上金环手里有不少老丈人给的金首饰和体己钱，云鹤不久就置了两亩地，日子慢慢滋润起来。

第六章

这一年的初夏，如约而至。

麦黄杏，麦黄杏，说的就是麦子微黄之时，漫山遍野的杏从青色变成黄色，左一簇右一簇地挂满枝头。黄澄澄的杏子在碧绿的叶中若隐若现，饱满诱人。

大门楼喜欢吃的杏子叫"青皮烂"，又叫"霹雷爆"。

胶东夏日雨水多，间或伴着闪闪的雷电，"霹雷爆"只要经了雷雨的洗礼，光滑的果皮会呈现不规则的细小裂口，仿佛杏子被雷击爆裂了一般。好在这杏里外熟化差距大，哪怕表面青色大于黄色，掰开之后，杏瓤也是黄中带着橙红，蜜汁一样，爆浆，甘甜。

这天，云鹤和金环起了个大早，金环的脖子上挂了布袋，云鹤噌噌爬上树，俩人一个伸着手摘，一个张着胳膊接，拣高处的杏摘了半袋，稍作梳洗就兴冲冲奔向立甲疃，去给金环爹送头茬甜杏了。

只要云鹤去立甲疃，进门第一时间，丈母娘定然先给女婿做俩荷包蛋，姑爷是贵客，这是乡下对待姑爷的礼数。金环娘把荷包蛋端上炕桌，转身去厨房，云鹤赶忙说："娘别忙活了，您和金环都坐下来歇歇！"

大门楼笑眯眯地端起碗，开始用筷子夹鸡蛋，一下子没有夹住，索性握着筷子戳中荷包蛋，擎起来往嘴里塞，一边吃一边对女儿挤眉："你娘偏心眼，女婿不来，从来不给我做荷包蛋吃！"

金环娘闻声从灶间探出头："女婿吃了丈母娘的荷包蛋，会好好待咱家的闺女。你吃了荷包蛋，除了有力气往外扑棱，能干啥？只要你别跑远道了，我天天早晨给你做荷包蛋吃！"

楚云鹤抿嘴一笑端起碗来："爹，要不，我和金环天天来？"

"别，别，"大门楼慌忙摆摆手，"我可不能让你娘的鸡蛋压住手脚，该扑棱还得扑棱，该往外挓挲还得往外挓挲！"荷包蛋下肚之后，两个凉拌、两个热菜也端上了桌子，翁婿对坐喝酒，金环母女在厨房里包饺子，小舅子不知跑到了哪里。

大门楼慢慢沉静下来，脸上若有所思。

楚云鹤见状，默默给老丈人点了一袋烟，大门楼重重抽了几口，神色阴晴不定，云鹤小心翼翼地看向大门楼："爹，您有啥事吗？"

大门楼往身旁磕了几下烟袋锅，沉默了一会儿，正色说道："云鹤，你娘嫌世道乱，不愿意我往外跑，可你爹我不光要跑道，还要跑远道了，以前十天半月跑一趟，最多不出一个月。以后的道儿就没准了，兴许三两个月，兴许一年半载才能回家！"

云鹤不明就里，这得多远的路，才能一年半载回来？

想起自己那不见踪影的亲爹，云鹤不无担心地看着老丈人。

大门楼解释，自己以前都是跑周边，顶多是济南、天津，以后的目标是太原、西安，他的大客户，如今都在那边。时局不定，他也没法确定自己的行程。

大门楼没有细说缘由，云鹤也不敢多问。

大门楼嘱咐云鹤："你和金环以后常回家看看，替我照顾你娘和金宝。"

云鹤说："这是应该的，爹！"

大门楼沉吟一会儿，认真地盯着云鹤道："金环沉不住气，金宝还小，你娘是个妇道人家，这事情，我只能托付你，若是有人追问我的去向，最好是和对方打马虎眼，你就说：'算命先生说过，俺家丈母娘天生多，俺老丈人今天大名府，后天天津码头，谁知道他有没有外室！'"

大门楼说得有鼻子有眼，仿佛在支应别人的事，他说得平静，可眼神精光乍泄，这样的神色云鹤还是第一次在大门楼脸上看到。

老丈人这是惹事了怕人寻仇，还是真在外面有了家小？

楚云鹤一时之间没反应过来，根本摸不着头脑，可照顾金环娘和小舅子，是天经地义的事儿，他二话不说，赶紧点点头，一口应承下来。

大门楼放下筷子，清清嗓子，看着他说："云鹤，你听仔细，如果我想托自己人给你带信儿，会先问你一句话：'大门楼家的房子，还盖不盖了？'你就回答：'今天风，明天雨，等等再说吧！'"说话时，大门楼的语气低沉，神色平静。

可楚云鹤的心猛地一震，瞬间咚咚跳起来。

大门楼也不再吭声，可眼睛里分明有期待，也有检视，仿佛要看穿眼前的女婿，是不是值得托付。

楚云鹤把杯中酒一饮而尽，那酒猛然落到肚子里，随即火辣辣地在周身蹿起，云鹤挺直了脊梁："爹，您放心，我记住了，保证一个字也不差！"

楚云鹤稳住神后，双手给老丈人斟满酒，举起酒杯，字斟句酌，诚恳地说道："爹，我对生父毫无印象，您就是我亲爹。如果不是大买卖，这个时候您肯定不会往外跑。爹的眼光长远，虑事周全，您在外面做的事，我替不了，家里有我，您放心！"

大门楼缄口不语，轻轻点了点头。

云鹤再次保证："爹，您嘱咐的话，我保证滴水不漏！"酒杯一碰，大门楼深深看着云鹤，此刻，两个男人的眼神，如同星辰闪耀，无声交汇。

一转脸，大门楼又是春风满面，开始朗声招呼："金环她娘，赶紧煮饺子！吃完饭，咱们一家再来一次沙场点兵！"

楚云鹤的小舅子杨金宝旋风般蹿进来："姐夫啥时候来的？子午钉我学完了，爹还没有教我乾坤地理山河带！"

"子午钉""山河带"都是暗器，这几年，大门楼两件暗器不离身，亏吃多了，总得想办法保护自己。

大门楼只要进了家门，总要耍些令人啼笑皆非的小小无赖和把戏。他总是和妻子孩子没大没小，嘻嘻哈哈，没有一般人家里一家之主的威严，全家人在一起总是热热闹闹，欢天喜地。

大门楼自诩不惹事也不怕事，该敢作敢当的时候要敢作敢当，该脚底抹油的时候千万别死扛。他说，有些想哭的事情可以笑着说，有些该笑的事情可以哭着说，这事还须分场合，看对面站着的人是谁。

大门楼亲和幽默，机敏热忱，人见人爱，仿佛跟任何老人孩子都没有年龄差距，也以这种江湖方式教家里人处世。大门楼这般洒脱，云鹤做不到，但内心着实羡慕。

这天午后，楚云鹤第一次看大门楼出手：什么登山打虎、豹子穿林、麒麟吐书、脚踢北斗……大门楼念念有词，身子滴溜溜乱转："远看空拳无兵器，细看手中六处钉。冲拳专打敌骨髓，前后两面中线行。虎口扣打侧边穴，左右两侧击敌重。拨架专用拳轮边，点重脉门敌难撑。擅打内功铁布衫，点破强敌罩金钟。"大门楼唰唰唰接连出手，钉子瞬间没入院墙边上的草人。

携带黄金，单枪匹马走南闯北，没点护身的本领不行。大门楼的功夫是在青州学的，那师傅教了大门楼两手防身暗器，只肯和大门楼称兄道弟。大门楼见缝插针苦练，始终不肯懈怠，子午钉用得炉火纯青，山河带也要得虎虎生风。

这山河带是丝织软器械，带头有疙瘩，全称"乾坤地理山河宝带"，依靠甩、扭、撩、缠、绕、劈、旋、转、抖，从上、中、下盘攻击敌人。大门楼手起带落："抖手野蟒盘古树，云顶旋起莲花图，横走金龙盘玉柱，回头青蛇朝佛祖。"

这一家人，金宝跟着比比画画，金环在旁边舞舞扎扎，云鹤和丈母娘坐在旁边当看客。大门楼一收手，金环娘赶紧用温热的毛巾给大门楼擦汗，从脑门到下巴，延及耳后和脖子，半干半湿的毛巾在大门楼的脸上、脖子上游走。大门楼闭着眼睛，惬意领受。丈母娘擦得仔细，眼窝、鼻子、耳朵眼，都没有放过。丈人闭着眼睛，随着毛巾的游走不停仰脸、歪头，两人一句话也不说，但是默契十足。金环娘给丈夫仔细擦好手，连一根指头都没有放过，转身又去给大门楼端茶。

大门楼轻摇几下肩膀，甩动了几下胳膊："有媳妇伺候着，真舒服！"接着，他将头转向云鹤，冷不丁来了一句："云鹤，你媳妇伺候人，肯定不如俺媳妇妥帖！"

楚云鹤不知道怎么回话，大门楼嘿嘿笑了起来。

"怪胎！哪有这么煽风点火的！"金环娘大为不满，"一点儿也没个老丈人的正形！"

大门楼一手接茶，一手抓着妻子的手晃动两下："老太婆，你放心好了，不管啥形，孩子都管我叫爹！"

丈母娘虎着脸，眉眼里含着笑，扭身走了出去。

楚云鹤低头看茶，见翠绿的叶芽一根根直立在杯中的水里晃动，煞是好看，云鹤心悦诚服地敬茶道："爹，您的子午钉，准头可真好！"

"别说子午钉了，你爹我因为这子午钉，在济南可是栽了跟头！"大门楼放下茶杯，左手握右拳，连续压了几下，指节咔咔作响，"这人啊，一定得走出去，不出去，不知道啥叫天外有天！"

此事细究，不能算大门楼栽了跟头。

可大门楼介意，从此不能释怀。

那是前年初夏的一天，万物旺盛生长，叶如华盖，趵突泉旁一座花园的太阳伞下，主人正在和大门楼讨论金条存储，一群年轻人跑进花园里。主人站起来，对这群年轻人示意说："孩子们，我给你们介绍一下，这位就是'潘家一枝花'，罗山大名鼎鼎的黄金老板，快叫杨叔叔！"

主人转过身逐一介绍："这位是张老板的三公子，在市政厅就职。那位是黄经理的独生子，刚刚留学回来。这位是京城来的贵客，财政总长的侄子……"

主人兴致勃勃地邀请大门楼给年轻人展示一下中国的暗器绝技，大门楼也不推辞，大大方方走到旁边，活动一下筋骨，一抬手，两只子午钉瞬间飞出，一只没入树干，一只击中了麻雀。

一阵喝彩过后，那位留洋的年轻人，不紧不慢地走出来，说了一句："还是见识一下洋人的玩意儿吧！"年轻人从怀里掏出一支小巧的手枪，一抬手，啪啪两声，一条柳枝落在地上，一只从树上起飞的麻雀也跌落在地上。

大门楼这是第一次看见有人使用火器，当时心里就咯噔一下：

"不好，这洋玩意儿绝对是中国暗器的死对头！"

子午钉可以连发，西洋火器也可以连发，不过西洋人的火器只练准头就行了，用不着练胳膊的力气。换而言之，西洋火器不用壮汉，几乎人人可以操控。

大门楼不无遗憾地告诉楚云鹤："暗器遇到火器，你爹我才知道，人外有人，天外有天。中国的暗器确实不错，没想到西洋人还有更打人的家伙，这事绝对不能小觑！"

大门楼到底意难平，他磕磕烟袋锅子，道："你爹我虽说没露出个脸来，不过也好，走出家门我才知道，还有个国门！"

楚云鹤蒙了："爹，啥叫国门？"

大门楼斩钉截铁道："就是咱们国家的大门！"

大门楼真的远行了，在一年多的时间里，根本没回过家，音信全无。这是之前从来没有过的事情，金环和娘坐卧不安，楚云鹤不便多说，到底也是放心不下老丈人。直到有一天，一个操着外地口音的人找上门来，敲敲云鹤家的门，见四下无人，开口问云鹤："大门楼家里的房子，还盖不盖了？"

尽管早有准备，楚云鹤还是着实惊了一下。

对方告诉楚云鹤，杨灯老板安然无恙，如今跟一个大东家在一起。乱世藏金，有钱人如今都在储备黄金，他受东家的委托，过来了解一下罗山的黄金行情，东家需求量大，最好能搞到一手黄金。

楚云鹤又惊又喜，喜的是岳父有信了，惊的是岳父是跟多大的东家在一起？敢想象罗山上的黄金？

大门楼的行踪，再次变得神秘莫测。

晚上，楚云鹤睡不着，在灯下一袋接着一袋抽烟。

金环问："你咋不睡觉？"楚云鹤回了一句："马上睡！"说着吹灭了灯，却啥也没和妻子说。

楚云鹤表面若无其事，心里还是有点不踏实：岳父结交的是什么人？想从玲珑金矿直接搞黄金？这太离谱了，闻所未闻。

天亮之后，云鹤还是换了一身衣服出门了，他走到门口又折了回来，翻箱倒柜，找出三个花生米大的银福袋装进兜里。这几颗小银袋都是云鹤闲暇时精雕细刻的，模仿了师傅的做派，越看越喜欢。这些银袋，云鹤藏了私心，原本要留给他和金环的孩子。尽管金环尚未怀孕，可云鹤做这些福袋的时候，脑海里想象着两人孩子的模样，嘴角总是带着幸福的笑意。

论消息灵通，莫过于矿上的管事和府里的奶妈。

楚云鹤在山下打金，大家都以为云鹤是想囤料，愿意给云鹤三分薄面。再加上云鹤送出的福袋太漂亮了，式样在市面上见所未见，大家几乎知无不言，言无不尽，几天的工夫，楚云鹤就收到了一箩筐消息。

最大的变故是李府，金疙瘩李老爷病了。

李老爷出山治病，李府这段时间没有人进山拜神。府里包括老爷在内的一干老少走了大半，大多去了北京、南京、上海这些大地方，有的外出办事，有的出去玩，乐不思蜀。还有，罗山玲珑金矿里，来了不少说话叽里咕噜的东洋人。传话的人多是李府的家仆，几乎全家端着李府的饭碗，都多少有点沮丧，话里话外透露着不安：李府坐了几代的"金窝"，快被人起座了，金疙瘩成天坐卧不宁，人被折腾出病来了。

听说这件事情怪不得别人，是李家长孙出国留学，没学到管理家业的本事，反而引狼入室，给家里的金矿招来了大麻烦。

金疙瘩的长孙含着金匙出生，从小就被当作李府的接班人培养，十六岁便带着六个文武兼备的忠仆，出国留学历练，去过欧洲不少国家，结交的朋友自然都是国内出去的大户人家的子弟，个个都是摩登青年，非富即贵。

那年金疙瘩七十大寿，老爷长孙义结金兰的干弟兄，专程从济南携来了一尊玉佛，前来给老爷子拜寿。按说儿孙的朋友，儿孙照顾即可，家里的客房和山珍海味多的是，住上一年半载都没有问题，用不着李老爷出面。可孙子的这个朋友，是省府衙内的近亲，身份非同一般，金疙瘩刻意高看了他一眼。

李老爷在府上金碧辉煌的小餐厅，陪伴这个干孙子吃了顿包括燕窝鱼翅在内的"家常便饭",他甚至请来了招远县长作陪。这个干孙子年长金疙瘩的孙子三岁,生得那叫一个风流倜傥,一表人才!此人虽说在官宦之家长大,可为人谦虚沉稳,礼数周全,说话有礼有节,收放自如。金疙瘩暗中点头:能结交到这样的高人,孙子就算没白跑出去留学。

金疙瘩相信人在异国他乡,结交的同乡情分更牢靠,干孙子如此优秀,背有靠山,假以时日,必然会步步高升,飞黄腾达。

金疙瘩李老爷席间对罗山风光如数家珍,什么"云屯顶,雨冥冥"、产龙洞、挂锣撅等等,罗山的景色在他口中是美不胜收。金疙瘩真诚邀请干孙子在罗山多住段时间,让他把罗山当成乡下的家,常来常往。

按说金疙瘩不必巴结这样的年轻人,可老爷有自己不得已的苦衷:李家在罗山是日进斗金,家大业大,可是在朝廷里眼下没有靠山,长此以往,开金矿还真有些提心吊胆。玲珑金矿这份家业,孙子早晚都要接手。如今大清朝没有了,以前的靠山没有了,民国来了,民国草头班子多,省府要是有人撑腰,事情也好办得多,金疙瘩要趁热打铁,替亲孙子把这份关系夯实了,最好是亲如一家。

这也是没有办法的事情。

有钱的人不害怕老百姓,也不害怕地痞流氓,可有钱人怕的是有权人。在山上开矿,最头疼的就是当地官府的人,过来找碴儿折腾。自古以来,民不与官斗,如果想斗,上面定要有官职更大的靠山才行。官大一级压死人,有更大一级的人罩着,地方官员想伸黑手,也得掂量一下自己的分量。说穿了,不管谁当皇帝,只要下的本钱足够,多大官都可以拉拢过来为己所用,当成自己看家护院的鹰犬。话糙理不糙,此招屡试不爽。

这省府主席的内戚,当着县太爷的面,爷爷长、爷爷短,叫得跟亲孙子一样,李老爷乐得胡子都抖起来了。县长满面春风,可眼神深处阴晴不定,这些李老爷都看在眼里,他要提前舍财,把这个来自济南的干孙拴住,最好作为结交的梯子,关键时刻说不定还能帮李家的子孙出力。

这干孙子是九月初来的,人在罗山乐不思蜀,一直住到天上飘起了小雪。这干孙子十分坦率："爷爷，韩主席的亲戚多了，我是个无名小卒，回去暂时没有安排，还不如在罗山跟着爷爷长长见识，爬爬山，养养性子，锻炼一下身体，真有担子，也得有好身体才能挑。"

李老爷竖竖大拇指："不愧是韩主席身边出来的孩子，知道养好体魄才能担当大任！"

干孙子实话实说："爷爷，主席行伍出身，见不得抽大烟的人，更见不得家里的男人像娘儿们，没有男子气概！"

与亲孙子相比，这干孙子博学，也好学，看见什么都好奇，也不嫌弃采矿、选矿的地方又脏又乱，看碎石，学拉流，追着金疙瘩问东问西。自家的嫡亲长孙对金矿的事情概不关心，总是琢磨去大地方搞大事情，不懂罗山的遍地黄金就是家和国的经济命脉，守住罗山的金脉，就是守住了荣华富贵。金疙瘩苦口婆心，嫡亲孙子心不在焉，这干孙子倒是可教之材。

金疙瘩有意结交，明面上的事情，也就没有保留太多。

李府的客房都是独栋小楼，摆设讲究，供给精致，就连丫鬟都是专门调教过的，养眼就不用说了，关键是善解人意。远的不说，县长的金丝鸟，就养在李府的小楼里。县长惧内，没有胆量公开纳妾，李府顺水推舟，用大把的金钱成全了县长的色胆，县长才会跟李老爷称兄道弟，其实县长，何尝不嫉妒李家日进斗金！

干孙子入住客楼之后，表里如一，举手投足，时时透着有为青年的自律和自爱，老爷越发满意，如果家里有适龄的孙女，老爷甚至愿意成就一段良缘。

干孙子来的时候，携带了一尊祝寿的玉佛，李老爷的回礼也大有深意，管家饭后端着六根整整齐齐的"大黄鱼"，盖在红布底下，送到客人的房间，言称这是老爷的心意，也是送给干孙子的零花钱，预祝贤孙："六六大顺，早日宏图大展！"

这干孙子表面不露声色，心里还是大吃一惊：有钱人家赏条小黄鱼算不得稀罕，可这么大的黄鱼，他还是第一次见到，一只手差点儿没抓起来，一条黄鱼，足以买到两尊玉佛。

金疙瘩庆寿那日，李府宾客如云，贺仪如山，栖霞大地主牟氏家族，黄县丁百万家族重要成员悉数出席。山东省府主席的内戚虽说见多识广，还是被李老爷的奢华寿诞震惊了。

富贵之家长者过寿，悬挂寿帐并不稀奇，可李府悬挂的寿帐实在是令人眼界大开：高达六尺的寿帐几乎占了大半面墙。这个"寿"字不是用毛笔写的，而是在丝绸上由丝线绣制的一百朵牡丹组成的，整幅寿帐粉中含着淡紫，流光溢彩，色泽绝无半点艳丽，但绵柔富贵无比。这幅寿帐是三年前，李府派人跑到江南花费重金专门定制的，如果不是大清朝倒台了，这样的极品，怕是只能作为贡品被送进朝廷，百姓是无缘一见的。

按说省府主席主政一方、大权在握的，寿辰应该最隆重了，他的寿帐也不过是找了名家，用不到一炷香的时间写了个"寿"字。这山沟里一个老财东的寿字帐，居然是三年前在南方重金定制的，不仅华丽至极，而且奢靡至极！

罗山李家到底有多少钱？

这干孙子在心里深深打了一个问号。

干孙子在暗中处处留足了心思，他越看越吃惊，也越发明白，这个李家尽管远离繁华、久居深山，但开金矿日进斗金，远比城里那些开工厂的资本家更为阔绰，李家的富足不是伪饰，是的的确确财大气粗。

李府悬挂的每一幅字画，陈设的瓷器，都是古董无疑，件件在朴拙之中透着雅意。这样的字画和古董，即便在省主席的府上，也是收藏在柜子里，而不是随随便便挂在墙上、摆在桌子上的。城里大户人家的摩登摆设——法兰西珐琅自鸣钟，在李府是寻常物件，厨房和餐厅里都有自鸣钟，供掌勺的大师傅和布菜的丫鬟掐着时辰，以便分秒不差地为客人掌勺布菜。

李府连等次高点的丫鬟和仆妇，都穿绫罗绸缎，小姐们穿的是法兰西空运来的蕾丝长裙、貂皮大衣。少爷小姐们喝咖啡和红酒，跟北京的权贵人家、上海财阀家里出来的公子小姐相比，他们的生活做派，是有过之而无不及。

李府不仅有马车、自行车，库房里还有锃光瓦亮的轿车，并且是四辆！第一辆轿车，据说是大清朝老佛爷坐上后没多久，李府专门为中堂大人购置的，李中堂老谋深算，为人低调，不肯在朝中授人以柄，这辆座驾也就留在了李家。这辆汽车李老太爷也只坐过一次，便放在库里一直闲置着。那辆最新购置的汽车，则是嫡亲孙子学成归国后，金疙瘩送给孙子的礼物。

金疙瘩的干孙子返回济南后，就职于山东省实业厅，做厅长助理。金疙瘩得知消息，当下乐得捻了捻胡须，随即打发自己的亲孙子携带重礼，专程去到济南给干孙子祝贺，希望干孙子跟金疙瘩一家日后缘上加缘。自古以来只有官商合作，当官的才能平步青云，经商的才能插翅腾飞，这是老理，也是金疙瘩这一脉起家的原因。

第二年秋高气爽，干孙子再次来到罗山李府。这次干孙子带了一位同事和两位东洋朋友，其中一位还是漂亮温柔的日本女人。

老爷的四夫人四蝴蝶素常为人极为冷淡，勉强跟外眷坐在一起，也像是一尊冷冰冰的塑像，如今偏生对干孙子带来的日本女人意兴盎然，主动约请女客去自己楼上玩儿。

李老爷有点吃惊，旋即暗中点头：女人嘛，头发长见识短，爱好无非都是华服珠宝。四太太有一半东洋血统，对东洋女人感兴趣也不奇怪。老爷对四蝴蝶宠溺地笑了笑，在满桌人的目送下，两个婀娜多姿的女人，一起手挽手走了。

老爷的干孙子到底做了公家的官，谈话内容三句不离本行，代表国家意识。他对实业报国极为推崇，谈时局也是有板有眼，谈矿业更是头头是道："发达国家近代经济发展很快，究其原因是实现了工业化生产。清朝固步自封，看不清形势，工业化进程发展缓慢，步步落后，处处挨打也是必然。"

辛亥革命不光点燃了革命之火，也在华夏各地，点燃了工业革命之火。南方人工纺织被机器纺织所代替，能效翻了几十倍。和南方相比较，北方的工业化发展慢多了，不尽如人意。

干孙子说，民国不是清朝，要发展不要落后。实业厅正在酝酿引导山东省的手工业者引进机器，改进工艺，督促有条件的实业者，加快工业化生产脚步，提高产能。

干孙子坚信国家要富强，企业想发展，就要用机器替代手工生产："从南方的发展形势看来，工业化发展，在北方将是大势所趋。"

金疙瘩微笑地看着年轻人高谈阔论，安静倾听，什么都没有说，其实他的心里，一直在腹诽：发展实业，清朝不是没有有识之士！最起码，李鸿章可不仅仅是民国革命党人口中声讨的"只会签不平等条约"的无能之辈。中堂大人极力倡导实业救国、发展工业，可惜时运不济，大清朝已经无力回天。更为重要的是，外行说得轻巧，看的也都是表面，其实发展工业，不能一哄而上，还要看实际状况、实际条件。别的不说，李家在平度开金矿，就因为投资机械栽过跟头，吃过大亏！

金疙瘩的爷爷当年也是热血沸腾，在李中堂的支持下，向官府和英国汇丰银行各借十八万两白银作为资本，雇用了外国技师，从旧金山购进一台春矿机，在平度开金矿，算是开了大清朝矿山机械化的先例。可惜平度金矿开工不久，就发现那的金矿含金量不高，开采出来的矿石春矿机吃不饱，根本不能足额开工。再加上交通不便，外地的黄金矿石运到平度，成本太高，春矿机几乎成为摆设。

李家 1885 年在平度开矿，1888 年，平度金矿破产，经营了三年，亏空了四十五万两白银，还欠下不少矿工工钱，几乎人人喊打，是灰溜溜离开平度的。

这亏损的四十五万两白银，不是凭空消失的，其中一半就是和机器购置运营相关的投资。可再先进的机器设备，如果没有原料，吃不饱，开动不了，也是废铁一堆，这是李家在平度进行机械开矿买来的教训。

第一个吃螃蟹的人，难免会被螃蟹夹手，李家则是元气大伤。

多亏金疙瘩的祖上在督办平度金矿局的同时，专程派人到招远来考察过罗山黄金，罗山有品位上好的黄金矿石，是罗山无尽的黄金宝藏，拯救了李家。罗山矿石运到平度路途遥远，成本巨大，这条路子走不通。李家把机器设备运到罗山开矿，一切问题迎刃而解。

李家 1888 年来到罗山，赶走了在玲珑金矿开矿的广东人郭德礼，独占了罗山最好的黄金资源，从此拯救了金疙瘩的爷爷，也成就了李中堂的权倾一时。可以这么说：没有李鸿章的支持和双方的筹谋，李家甭想挤走罗山开矿势力最大的上一家——广东人郭德礼；如果没有金疙瘩在罗山开采的黄金铺路，李鸿章也休想在朝中左右逢源。

金疙瘩的爷爷之所以能跟中堂大人一拍即合，奉"洋务办矿"旨意，拿到官银在罗山办矿，其中的道道儿大了：李鸿章是个汉人，他再有能力，想在八旗子弟是主流的朝廷中官运亨通，左右逢源，靠的也不是政绩，而是外交手段。贿赂纸醉金迷的八旗纨绔子弟最有效的手段，就是送金赠银，这个世界上，还有比开金矿更直接的金银来源吗？

历史是一面镜子，历朝历代，只要是到罗山督办过金矿的朝廷命官，此后个个富可敌国。李鸿章位及中堂，饱读诗书，深知明代"中使四出"，监开全国金矿，万历二十四年（1596 年），明神宗派太监陈增来山东罗山玲珑金矿督办黄金，之后便传出宦官当道。天启元年（1621 年），明熹宗派的是太监魏忠贤来罗山督办金矿，此后，魏忠贤在朝中权倾一时。

李鸿章知古鉴今，他瞄准矿业，开启洋务运动，为大清朝，也为自己，广开财源。同僚之中人才济济，唯有李鸿章步步青云，不仅是因为他的才干，更是因为他跟曾经权倾一时的大太监陈增、魏忠贤一样，手中掌控的都是罗山玲珑金矿的黄金开采大权。

金贵、金贵，何谓金贵？就是先有钱，后有势。

招远罗山，金矿品位罕见，富矿集中在方圆百里以内，冬无严寒，夏无酷暑，可以四季开采，满足了机械开矿的一切条件。

李老太爷追随李鸿章，既是洋务运动的坚定支持者，也是受益者。老太爷与美国华商成立招远金矿局，在玲珑红石崖开采金矿，红石崖的矿石品位几乎都在十克以上，明金最高可达一两千克之多，说是"尖斗砂子平斗金"，一点儿都不为过。李家到罗山采矿的第二年，清朝黄金产量达到四十三万两千两，占世界黄金产量的百分之七，居世界第五位，这就是事实。

官商合作，为官者可以暗中拿到大头，这是一条潜规则。不知就里的人评价李鸿章的巨额财富是个谜，只有金疙瘩心知肚明，李鸿章的巨额财富，与招远县罗山玲珑金矿的黄金，有着绝对关系，只是这件事情，金疙瘩不会对外吐露半个字。

李鸿章去世后，原本暗中流向中堂的大量黄金，悄悄纳入了李家的私囊，李府的家业当然越来越大。这些路数，外人不明白，金疙瘩从小受教，现在坐镇李府，心里自然清楚得很。

如今的世道，大清换成了民国，其实换汤没换药。只不过民国草头班子多，一直没有争出个铁帽子人选，暂时也就没人盯上和染指罗山的玲珑金矿。可山东有人称王啊，山东主席可是一手遮天的。

往事如烟，李家的发家史当然不能道与外人，金疙瘩坐在桌上笑看干孙子滔滔不绝，亲孙子频频点头，自己只是随口附和几句。这俩孙子辈的孩子，自诩在国外见过机械化的威力，一唱一和，无非是游说李老爷跟紧时代步伐，发展工业采矿。这个干孙子，并没有和盘托出自己的全部来意，他其实是到罗山预热吹风来了——

1928年11月，国民党中央政治会议通过的《建设大纲草案》规定：关系国家前途之基本工业及矿业，如钢铁业、大煤矿等，悉由国家经营，并成立直属中央政府的"建设委员会"，主要任务是经营国有事业及计划建设方案，并指导一切实施之责。韩复榘1930年就任山东省主席，他想治理好山东，也得政治、经济两手抓，作为韩复榘的内戚，这干孙子想在实业报国上有所作为，他瞄上了招远。

金疙瘩眼见嫡亲的孙子，跟山东王的内戚称兄道弟，两个人好得不得了，他乐见其成，心说：省里的靠山，有门了！

李府的大家大业，早晚得交到儿子、孙子手上，机械开矿既是大势所趋，还不如卖给干孙子个面子，早参与，早布局，抢抓时机，未雨绸缪，也好先结交山东王，做自家的靠山，这是李老爷的想法。

第七章

未等金疙瘩筹谋，这干孙子，第三次来到招远。

干孙子第三次来招远，是在胶东春天最美的时候。

罗山沟沟坎坎的槐树花儿都开了，空气里都是槐花的香甜。罗山更是令人迷醉，山上的连翘花谢后，杜鹃花在半山坡艳丽开放，然后，状如喇叭的孔竹花出场。可干孙子这次不是来玩，他是带着厅长助理头衔，到招远县督察实业发展的，干孙子没有到李府拜访，而是住在县城。

干孙子专程差人给金疙瘩送来请帖和一封信函，内容亲切委婉：邀请爷爷去县衙，共商和指导埠内实业发展大计。

金疙瘩心下立时不悦：这干孙子把我当成什么人了？！指导本埠实业发展大计？！搁在清朝，这样的小兔崽子到招远，排三年队，也别想见到我一面！这龟孙子没登门请安，反而要我舟车劳顿去招远，哼！

金疙瘩轻蔑地将这张轻薄的请帖丢到旁边，喝口水，漱漱口，舒舒服服任由丫鬟不轻不重地敲打肩膀，心说：这小子到底嫩了点，处世没有经验，不知天高地厚。

金疙瘩惯于睡觉之前，单独梳理一天大事，看看有无疏漏和不妥。这一天没啥大事，也就一张请帖。这干孙子金疙瘩可以不在乎，可民国这混乱的时局，还是让他翻来覆去睡不着觉，毕竟时运家运，运势息息相关。

金疙瘩辗转反侧，索性爬起来，趁着夜色在院子里走了一圈又一圈。偌大李府，静悄悄的，一大家子人都安然入睡了，他们只知道家里有的是钱，哪里知道李府当家人的决断之难！

慈禧太后薨毕，清朝没有成器的接班人，幼皇帝被赶出龙廷，清朝完蛋。论家业，没有谁比皇帝的家业更大，还不是一时失势，树倒猢狲散，子孙都像丧家之犬！

大清朝倒台之后，江南江北群雄四起，各路人马无一不视登顶为终业，一个个打着共和的旗帜争权夺利，你方唱罢我登场。

李家能在招远罗山安然无恙发财，是府里积财甚厚，有大把的金子，要枪随便买，有钱有枪，能雇得起看家护业的人。

群雄争霸，终究会有风平浪静之时。

罗山历来是朝廷的钱袋子，一旦真龙现身，朝廷还是会派人到罗山督办玲珑金矿的。

这干孙子眼下可以直通韩主席，见与不见，就有一些棘手。

金疙瘩实在是看不透未来的时局发展，毕竟，从大清倒台，内阁换了一届又一届，不到最后翻牌，很难说最终谁能一统江山。

夜色如水，干孙子的信让金疙瘩如鲠在喉，吐不出，咽不下。金疙瘩再三考量，决定屈尊给他一个薄面，不，是给山东省主席个面子，如期赴约。

金疙瘩刻意推迟了五分钟到场，一进会场，他气得差点儿背过气去：他被安排和几个做粉丝的臭老板在一起，坐在台下前排！

招远有几个大粉庄，粉丝做得风生水起，听闻粉丝字号从内地开到了香港，甚至走出去到了东南亚，但是他们的生意做得再大，金疙瘩也从未看得起这些粉丝老板，也不屑与这些人来往。

金疙瘩的工人在山上背出一筐砂子，就能值这些粉丝大户上百人一个月做的粉丝价钱，他根本用不着理会这些天天和汤汤水水打交道、浑身冒着酸味的粉丝老板。再说了，不是金疙瘩刻意拿架子，而是隔行如隔山，鸡同鸭讲，他们没有任何共同语言。

碍于一干老板起身礼让，自身风度不能丢失，金疙瘩礼节性地点头示意，面无表情地坐下，开始闭目养神，有一搭没一搭地听台上人传达省府兴办实业的指导意见。

台上的讲话很漂亮：动员埠内从业人员放眼天下，放大格局，借鉴境外、埠外经验，改变本埠手工业落后发展现状，走工业化生产之路，富民兴鲁云云。实业厅长助理三句话不离省主席，强调主席重视齐鲁大地文教卫生发展，重视改善民生条件，要求山东埠内企业顺应潮流发展，引进先进机械和技术发展产业，做民国时代发展先锋，造福乡里。

会议一结束，金疙瘩头也不回往外走。

干孙子一溜小跑过来，连搀带扶地挽留金疙瘩，金疙瘩心说：爷爷倒要看看你的葫芦里，准备卖什么药！

这次厅长助理倒是礼数周全，客厅里水果、毛巾等一应俱全，甚至伶俐的使唤丫头都准备了俩，姿态仿佛伺候亲爷爷登门。

金疙瘩见状，心里稍稍松了一口气，可干孙子接下来的话，又让他火冒三丈：干孙子留下金疙瘩单独请教，竟想替日本人牵线，推荐日本人用机器和技术入股，将采矿和选矿部分设备换成机器，加快玲珑金矿黄金开采！

干孙子推荐的家伙，不是别人，就是曾随他在罗山李府住了一个多月的日本人！难怪，这几个人住在李府天天爬山，回来之后手舞足蹈，一个个像打了鸡血。

金疙瘩李老爷曾以为那是罗山层峦叠嶂的优美风景征服了这些日本人，哪里想到，人家的心思不在罗山风景上，是相中了罗山的黄金！金疙瘩当然很生气，心里也有警觉：敢情招远这座金山，你们早就惦记上了！

主动邀请合作是一码事，被人算计是另一码事。

金疙瘩不是没见过世面，当下淡淡拒绝。

金疙瘩拒绝的理由充足：玲珑金矿已经是工业化发展的先行者和践行者，早就开始借鉴先进国外发展经验，发展工业化生产了，金矿与美国马高洋行、德国德华银行济南分行都有合作意向，几年前就与美国马高洋行签订过《出售矿石合同》，当年运往旧金山的高品位黄金矿石近二百吨，这笔黄金矿石买卖，还是后来成为美国总统的胡佛一手促成的。

这场会晤当然不欢而散，双方都有些骑虎难下。

这个当厅长助理的干孙子绝对碰了硬茬子，金疙瘩的话无懈可击，他的不悦，干孙子也能理解，做媒需要两头甜，需要你情我愿，他未免有些操之过急。

干孙子确实想替省主席分忧解难，恨不得一步到位搞好实业，拿出更多的税收支持省主席实现治鲁夙愿。

干孙子把金疙瘩请到县府，一来有意给金矿合作对象牵线，二来招远的粉丝业已成规模，他想借李家人出席，为自己在招远的实业发展推进，打开局面：自从嘉庆五年（1800年）招远第一家龙口粉丝作坊开业，一百多年间，招远家家会漏粉，村村有作坊，百分之六十的农户与粉业有关。招远大粉庄的粉丝商号遍布大江南北，粉丝经香港出口到东南亚和欧洲，龙口出口的粉丝数量在全国占百分之七十，要说推进实业发展，这就是优势。

干孙子是个想有所作为的新青年，他到山东实业厅就职，真想一展身手，实现报国之志。

开展工作头三脚难踢，干孙子知道金疙瘩家大业大，就邀请金疙瘩出面镇场。你想啊，连金疙瘩都出面参加会议了，那些粉丝大户能不重视这次会议的内容吗？

至于推荐日本人跟李家合作，这有什么错？

这难道不是互惠互利的好事吗？

机械的动能优势，干孙子在国外见过，就职实业厅，他双手赞成用机器代替手工业，只不过他没想到，李家已经先行一步。

金疙瘩脸色铁青地回到罗山，其实他也一样非常头疼。

厅长助理在会上替省政府发号施令，说什么"阻碍国民政府号召、阻碍推进民族产业工业化发展者，省矿产资源管理所将按照实际状况，逐步收回矿山开采权……"

收回矿山开采权，这是省府一招锁喉的必杀技。

李老爷必须重视：这场工业化进程由省政府督进，主管者手持尚方宝剑，对埠内所辖矿山资源的开采与关停，有绝对的管理和拿捏权。只要官方随意捏造一个"存在安全隐患"，或者"造成民生困难"的罪名，就可以令今天还好好运营的矿山，明天就停产整改。真要是对着干，苦的必然是矿山经营者。

金疙瘩李老爷在招远本是跺脚抖三抖的主儿，如今却被一个刚刚出道的毛孩子掐住了脖子。

招远县县长当然乐得两边不和。县长虽说常常到李府打秋风，可一县之长时不时需要仰仗乡下的老财主，内心当然不悦。难得看见金疙瘩吃瘪，需要自己出面从中斡旋，县长心中有憋不住的乐，只要上面和金疙瘩需要县长从中调和、有拉不开的架，自己就有拿不完的好处。

李老爷从城里回到罗山，闷闷不乐。

四蝴蝶问清楚缘由，手托粉腮，神色黯然地坐在老爷对面，眼睛盯着桌上茶杯里袅袅而升的水雾，安静了一会儿，就开始叽里咕噜地说起来，老爷听得一头雾水。

四蝴蝶噘起诱人的小嘴，满是嗔怪："老爷啊，您忘了吗，我是半个日本人！父亲的家族还跟天皇沾亲带故。他们看不上我娘娘家没势力，我爹娘才死得那么凄凉。老爷如果跟日本人合作，带着我风光到日本，让父亲家族的人看到他的遗孤如今坐拥金山，也算老爷给我长了脸，没有白白骗我到大山沟沟里来！"

四蝴蝶噘着小嘴，故意把脸转到一边不看老爷，淡淡的不悦罩在光洁如玉的小脸上，像一个不知忧愁的女孩子家在赌气。

李老爷豪情一起，恼气就卸掉了一半：是啊，自己和日本也算是沾亲带故，能替自己的小女人撑腰，那就是一个男人的体面和尊严。老爷握紧四蝴蝶柔若无骨的小手："好了，宝贝，合作不合作，咱家都不缺那点金子，闲下来我专程陪你到日本显显贵，在日本天皇对面买块地，别墅和公馆随意盖，咱家不缺那点钱！"

四蝴蝶依然歪着头，嘟着红润的小嘴，动也不动，仿佛嘴馋的小孩没有吃到糖，双眼像两汪碧水，凝视着老爷，潋滟着无数风情。撒娇、质疑、魅惑、任性……好多说不清道不明的因素，在这双眼睛里荡漾，与老爷神魂交融，纠缠不休，这是一个女人无言有声的执拗和诉求，也是一个女人对男人能力的质疑和挑战，仿佛在催着老爷赌咒发誓，一步跨到日本，马上兑现。

女人不坏，男人不爱。

这女人是老天送给老爷鸾凤和鸣的精灵。

金疙瘩瞥了一眼丫鬟，丫鬟乖乖掩上门，游龙戏凤的大戏徐徐上演。老爷喜欢抚摸四蝴蝶的高山峡谷，老爷撵，四蝴蝶闪，锦鲤一样摇头摆尾，把个老爷弄得气喘吁吁。等把四蝴蝶牢牢压在身子下面，老爷想起干孙子的话，难免高高抬起，狠狠戳中。老爷此刻雄风大振，怒气像找到了出口，对着四蝴蝶后脑袋的三千青丝，慷慨激昂，攻城略地，似乎这样就可以碾压讨厌的日本人。可柔若无骨的四蝴蝶，懒洋洋、松松垮垮地伏在炕上，嘴上咿咿呀呀地求饶，其实一脸漠然。

第三天，管家来报，干孙子亲自登门，想要拜见干爷爷，金疙瘩头也不回："说我不在家！"

"哎呀，爷爷这是生孙子气了？！"干孙子未等通传，紧紧尾随在管家身后，不请自到。金疙瘩神色冷淡，不肯放声，干孙子视若不见，连说带笑："爷爷啊，上有韩主席指示，公务在身，大庭广众，哪怕亲爹坐在对面，我也得按照公家的章程行事，爷爷说说，是不是这个理儿？"

这干孙子落座之后，诚心诚意地请爷爷万勿生气，还请爷爷像对待亲孙子一样，对自己多加指点。

干孙子实话告知，之所以昨天没有登门请罪，是因为自己打了一天电话，得到确切消息，这才赶紧过来，跟爷爷汇报。干孙子说干爷爷提及"胡佛"，令他大感惊讶。这胡佛是在中国发财起家，回国当了总统，得知胡佛牵线，李家已经与美国人有过矿石交易，干孙子心急如焚。

金疙瘩不肯搭腔，干孙子也就不再伏低做小，正色说道："爷爷，这话我就说一遍。和美国人打交道，请您务必小心——这胡佛在天津早有劣迹，就是他和英国人狼狈为奸，才让大清国最好的煤矿开平煤矿，落入英国人手中！"

干孙子直言不讳："爷爷，我这次私下过来，就是要提醒您，玲珑金矿品位这么高，胡佛又有此底案，为人诡计多端，您还敢跟他合作办矿吗？若不是和贵府长孙义结金兰，爷爷待我这么好，我才不会多此一举!"

干孙子恳求金疙瘩:"爷爷,天津并不远,您尽可以委派可靠之人去天津打探,了解开平煤矿易主的前后经过,再决定到底是跟谁合作,我保证不干涉爷爷的选择!"

不久之后,天津当然传来回音:胡佛的确来过中国,当年是一个煤矿的技术工程师,了解开平煤矿的前景,跟英国勾结,用不光彩的手段以威逼利诱的方式给大清国的开平煤矿下了套,逼迫当时的督办稀里糊涂签下合同,空手套白狼,把煤矿转到了英国人手里。胡佛经过一番操作,个人拿了八千股的股份,并在 1901 年当上了开平矿务有限公司总经理,之后凭借在中国攫取的第一桶金作为资本发展经营,1929 年当上了美国总统。

时任直隶总督兼北洋大臣的袁世凯得知此事,三次向朝廷参奏,清朝专门派人到英国伦敦打官司,最后也没能把这座曾经将洋煤赶出中国市场的中国煤矿收回来。

干孙子强调:天津但凡懂点时局的老板,都听说过这件事。

李老爷认真打探,确有其事,顿时惊出一身冷汗!

算起来,他的父亲在罗山接待胡佛,那还是宣统二年(1910 年)的事。胡佛毕业于斯坦福大学,作为一个采矿工程师,他曾盛赞"玲珑金矿乃世界少有之金矿"!

不怕贼偷,就怕贼惦记。

金疙瘩李老爷相信了干孙子的诚意,当下不再迟疑。

不久之后,李府与日本人签下《暂时买卖矿石契约》。五家日本资本公司都愿意进驻罗山,合作采矿,经日本驻青岛总领事馆调停,成立了招远矿业株式会社。

美国马高洋行一看日本人插手,急急忙忙找到李家,提出商谈中美合办金矿计划。日本人看出美国人的企图,再次迅速通过干孙子的促成,成立了中日合办招远金矿股份有限公司。

山东实业厅提出入股办矿,遭到日方拒绝。

干孙子的身份是实业厅厅长助理,表面上是代表山东政府实施矿管事宜,其实暗中也有一段隐情,的确与省主席的执政需求大有关联。

民国时期，军阀混战，这韩主席主政山东，一方面要壮大军队，改善武器装备，增强实力；一方面收买民心，要有良好的政绩，他致力于扩军、办学、禁毒和改善民生条件，桩桩件件，哪一项都需要花大钱，才能支起架子来。

日本人盯着罗山玲珑金矿打算盘，省主席也在打算盘，原计划是以合作办矿的形式，用玲珑金矿的资源诱使日本人用技术和设备入股，等玲珑金矿人才、技术、机械到位之后，到了省里验收批复阶段，再掐着脖子让日本和李家各自吐出一部分股份，名正言顺地参与玲珑金矿的采金。

批文权力在省政府手下攥着，不怕李家和日本人不肯就范。

哪里知道，百密一疏！

日本人分析出省实业厅入股企图，一边曲意逢迎，一边暗中出招，将日商总部由济南迁往青岛，绕过省府，在青岛获批经营，当时的青岛，独立于山东管理之外！

纸里包不住火，这场合作的始末，经知情人爆料后，被报纸披露，中国舆论界一再关注和声讨，直接引发了山东同乡会代表，向南京政府抗议和请愿。

"日本人掩耳盗铃，移花接木，插手亚洲黄金之冠的玲珑金矿！"

"中国丧失国家利益！"

南京政府以"手续欠缺"为由，于1936年5月，将登记予以撤销。然而，罗山黄金，雄居亚洲之冠，巨大的黄金宝藏，已经点燃了日本人的兽血，这些日本人不顾南京政府的命令，一意孤行，确立了一日千吨的精炼目标。

抗日战争全面爆发后，日本人在招远罗山金矿更加有恃无恐，拒不执行南京政府的命令，大肆开工建设。1937年8月，日本人在玲珑金矿建立了一百五十吨/日的机械化矿厂，并在龙口建成配套的发电厂和冶炼厂。

合资合作，求的是优势互补，强强联合，达到合作共赢的目的。只不过这场发生在招远罗山的黄金开采合作，大大超出山东省政府的控制和预期。

金疙瘩李家被伤及根本，根基摇摇欲坠，这场工业化采矿合作，引来的不是同心同德的君子，而是一群带着利爪的豺狼虎豹！

金疙瘩答应日本人机械入股、合作开矿，虽说是迫于省政府的压力，但是他自己也不是没有底气：一是自己会看风水辨识金脉，二是坐地户的身份，到时候即便两家合作，他也能牵着日本人的鼻子走，在寻找黄金金脉这个关键环节，随时拿捏一把。

金疙瘩做梦也没有想到，日本人合资进驻罗山后，根本没把"接金神谕"放在眼里，压根儿不用依靠金疙瘩勘察黄金矿脉！

日本人在罗山进进出出，提着工具在山上爬上爬下，敲下几块石头回山下化验一下，就知道矿里含多少黄金。也就是说，中国人是用祖辈传承下来的方法和经验寻找黄金矿脉；日本人用专门的工具找矿，而且一找一个准！

"接金神谕"卡不住日本人的脖子，自己底牌全输，金疙瘩心知大事不好。眼看日本人在罗山折腾，他却心有余而力不足，想管也管不住。于是，金疙瘩示意儿子带领日本人远离罗山"玲珑背"，然而，玲珑金矿与"玲珑背"相隔咫尺，这片巨龙般起伏的金矿山峦，实在是藏无可藏！

日本人探矿精准无比，他们选的金矿开穴洞口，恰恰在玲珑背的龙头下方！他们在玲珑背龙头下方的山崖上，凿出一个几平方米大的进山洞口，洞口镶嵌了一块錾刻得平展展的岩石，上刻"玲珑通洞"，从这个洞口直接进入"玲珑背"腹地。

没过多久，距离"玲珑通洞"以南不过百米，一座高大的选厂背山面西拔地而起，这是日本人建的选厂。这座有着三座房子之高的选厂，立柱都是就地取材，砍了山上上好的粗大树木支撑、加固。选厂附近的山体凿有台阶，沿着台阶登高，可以进入选厂内部的二层走廊，站在二层走廊上低头俯视，选厂又深又阔，与金疙瘩家之前的选厂截然不同。这个选厂的作业全都使用机器，矿石吞吐能力随之暴涨。

李家人工选矿与日本人的机器选厂相比，犹如一粒弹弓和大炮的威力，不能相提并论。

玲珑金矿的采矿和选矿速度大增，每天有无数的黄金富矿从玲珑通洞被掏出来，送到选厂。

金疙瘩从十几岁跟着父亲在罗山翻山越岭，明里暗里传承家族本领，他比任何人都清楚，罗山山系中数玲珑山的矿石品位最好，而整个玲珑山最好最富的黄金矿脉，就在这条"玲珑背"上。

金疙瘩明知玲珑背有最好的矿石，多少年来愣是没敢在这里动土开穴，因为金疙瘩的爷爷和父亲临终都有遗言："玲珑背"是罗山这座金山的金脉之源，要心存敬畏，不要在上面轻举妄动，怕触怒罗山这座金光灿灿的大山神灵。

日本人来到罗山，驻扎玲珑金矿，不管不顾直接戳入玲珑背，在这条金龙的要害位置开穴挖金，金疙瘩李老爷一开始就惊出一身冷汗，一阵虚脱。等他回过神来，亲自焚香，重重磕头："山神爷爷，求您放过小老儿的不敬之罪，饶过李家的不肖子孙，救一救玲珑背，救一救罗山……"

日本人找矿无须倚仗金疙瘩的本事，采矿、选矿机器开动、检修，全部掌控在自己人手里，金疙瘩的人对机器设备不懂，连碰都不敢碰，压根儿镇不住场，自然控制不了局面，不长时间之后，李家的人就落在了金矿生产的边缘，说是两家合作，其实是日本人在生产上占据了玲珑金矿的主导地位，李家虽是坐地户，却渐渐失去了对玲珑金矿的话语权。

金疙瘩终日心神不宁，噩梦连连，这病就噌噌上来了。

金疙瘩李老爷需要外出治疗，家里早在北京天津置备了公馆，上海甚至有整条街。李府的男女老少主人，有的是真心牵挂老爷的身体，比如大太太；有的早就向往大城市的繁华，趁机带上整车的箱笼，金银玉器不计其数，陆陆续续离开罗山，只有为数不多的李家人，留守罗山，看管家园。

金疙瘩李老爷的大儿子向来有些懦弱，勘察本领过硬，却没有交际铁腕手段；孙子则头脑简单，一心和他外地的狐朋狗友搅在一起，准备干大事，根本没有意识到罗山的遍地黄金，就是天大的事，是家国命脉，事关大到一个国、小到一个家的生存。

四蝴蝶，还是金疙瘩权衡再三后，不得不留在罗山的。

四蝴蝶会日本话，日本人尚且给她几分薄面，也算是家里还有人能够跟日本人周旋。老爷自顾不暇，无力守候这只"蝴蝶"了，偌大家业，竟需要四蝴蝶这个女人出面和稀泥……稀里糊涂的老爷，也顾不得细究这只蝴蝶的真实来历。

玲珑金矿日渐失控，家业眼睁睁在自己手里根基动摇，日益折损，老爷气大伤身，加之年迈，不得不离开罗山，到大城市寻医治疗。

金疙瘩的病根在罗山，玲珑金矿被日本人霸占，一日回笼无望，身体就药石无效，无力回天。

金疙瘩在医院挣扎数月后，含恨离世。

1936 年 5 月 6 日，日本人在罗山峪子涧、井湾坡，开始了掠夺式黄金开采。罗山山上很快建起了日式木屋，不光日本的管理和技术工人，就连他们的家眷也从日本来到罗山，在玲珑金矿大院里安家，从周围村庄雇用矿山工人、仆妇用人。

山上山下不过距离几华里，中国人跟日本人仿佛生活在两个不同的世界。

罗山山下家家户户点着如豆的油灯，甚至为了节省灯油，有的人家干脆早早吹灯睡觉；山上照明用电灯，挂在头顶上明晃晃的，像小太阳一般，比油灯亮上一百倍，站在山下，远远就能看见山上灯光闪亮。

罗山漫山遍野都是松针、松果，不缺烧柴，可令人惊奇的是日本人做饭压根儿不用烧柴，不用土灶，锅上拖着根电线，做米熬粥插上电就行，那锅叫电饭锅。日本人不仅夏天洗澡，一年四季都要在室内烧水洗澡沐浴。他们的电话，人在这边对着话筒讲话，百里以外都听得清清楚楚。

山上日本人的生活是一个新奇的世界。

日本人对家里做工的中国女佣十分客气，见了会弯腰问候，出门会礼貌伸出手，请人先行，工钱给得不少，还会时不时送点小礼物。不久之后，严家庄有个漂亮姑娘，嫁给了一个在玲珑金矿工作的日本人，全家人欢天喜地，村里的人也十分羡慕。日本男人经济宽裕，有礼貌，除了个子不高，如果不是开口闭口说"哈依"，跟中国人实在没有太大的区别。

小蒋家村也传出一个劲爆的消息：一个小媳妇嫁到婆家几年没有月事、没有生育，经常被丈夫当众踹到街上，丈夫甚至一边打一边对妻子咬牙切齿地骂："我看你这辈子是生不出孩子来了，生出来也得像屎壳郎一样没有爪！"

这个小媳妇自打嫁人后，成年价挨打受骂，压根儿吃不上顿饱饭，被糟践得面黄肌瘦。就是这个可怜的女人，到金矿日本人家里带小孩，每天吃得饱，穿得暖，人变得白里透红，月事回来了，顺利跟丈夫有孕。孕妇生孩子的时候遇到难产，她的日本东家带着矿上的医生及时赶到，才使她顺利生下儿子，没有一尸两命。

这些事发生在罗山老百姓眼前，他们只看见眼前的利益，至于金疙瘩家守得住守不住金矿，还有金疙瘩去世，那是李家的变故，老百姓漠不关心。

直到有一天，亲眼见过日本人的队伍带着枪开进罗山，老百姓才恍然大悟：日本鬼子打进来了！

玲珑金矿易主，绝非李家人引狼入室这么简单！

第八章

日本鬼子到中国了，关于国民党、地下党的小道消息也越来越多，到处开始打打杀杀，这世道显然开始乱了。

世道险恶，连老百姓都开始提心吊胆，在这样的节骨眼上，没有什么比保命更要紧的事了，能不出门就不出门才是。然而，大门楼偏偏此时出了远门，并且一走就是大半年，至今不见人影。

自从见过替岳父递信的人，楚云鹤就暗自揣摩，凭着岳父的过人胆识，这次说不定真在外面掺和了打打杀杀的事。可楚云鹤只能把这份猜测压在心里，半点儿不敢告诉妻子，他怕金环不依不饶，刨根问底。

日子一天天过去，大门楼还是没有半点儿音信。

正月初三，是女婿拜岳父岳母的日子，大门楼不在家，立甲瞳的岳母家格外冷清，全家人表面若无其事，其实心里都沉甸甸的。新春拜年，家家都是欢声笑语，岳母也强作轻松："我今年就做四个大菜，希望今年咱们家四平八稳，平安吉祥！"

岳母夹起一块鸡腿放进楚云鹤碗里，又夹起一块鸡翅放入金宝碗中，强颜欢笑："金宝金宝快快长，穿皮鞋，披大氅，走起路来嘎嘎响……"

"等我长大了，就和俺爹一样，成天往外挖撑，你不着急吗？"金宝到底忍不住，率先提起过年也不见影的父亲。

金环心里一急，呵斥金宝："长大了也不能不顾家，一年到头成天扼掌！”

岳母的心事大家都懂，楚云鹤看了岳母一眼。

岳母脸上挂着微笑，可眼睛深处分明是凝重和焦虑的，这样的微笑让云鹤无端震惊，感觉愁苦更甚，比含而不落的泪更悲。只是一眼，岳母的眼神就深深烙在云鹤心里。

在后来的岁月里，因为这个眼神，云鹤从内心深处萌生了对岳父的不满，只是他无法左右事情的发展。

岳母的眼神，仿佛是一张网，兜头盖脸地遮蔽了楚云鹤的一生，将他牢牢锁定在罗山，一辈子没有走出去。

只见金环娘眨了眨眼，仿佛又是若无其事。

岳母一边低头夹菜，一边给孩子打气：“我觉得你爹也该回来了，说不定还真是穿着大氅，戴着貂皮帽子，带咱们去济南、天津开金店，咱全家一起去城里，跟着你爹见见大世面……”

大门楼果真在外面开了金店，金店开在青岛。

杏花是胶东乡间闹春的第一枝，那日云鹤与金环看见一户人家的杏花从老墙上斜伸出来，探到墙外，星星点点地缀着花蕾，其中有那么三两朵，早开了些时辰，花瓣儿全都绽放开来，娇艳、醒目。

金环忍不住雀跃起来：“杏花开了！”

金环若有所思地盯着杏花看了半天，回头对云鹤说：“春天到了，杏花开了，也许不用等到麦黄杏熟，咱爹就该回来了吧？！”

大门楼果真在杏子像眼珠子大小的时候，驾着一辆气派的枣红色马车回来了。这么长时间不见，大门楼简直就像换了一个人：上身穿着一件褐色“卍”字纹锦缎马褂，下身是一件浅灰半身裙子，曾经中分的头发剪短成了平头，上唇的一抹小胡子修剪得极为精致，他甚至不再高声说话，而是轻言慢语，一团和气，浑身上下，气宇轩昂，散发着一股富贵儒雅的气息。

大门楼这身行头，就连立甲疃最大的油坊、家里开过“流水席”的榨油大户，都没有穿戴过！

左邻右舍恭喜杨老板在外面发了大财，大门楼微微一笑，客客气气解释：“这年头兵荒马乱的，能混上碗饭就不错了，我只是在外面替人家大东家管营生罢了！"

大门楼一到家里，家人兴高采烈，连笑声都格外响亮。听到丈夫有着有落，金环娘一颗心落到肚子里，大大松了一口气。

久别胜新婚，老夫老妻也一样。金环娘的心思没法子跟大门楼说清，她不时拿眼偷眼看孩子她爹，甚至有些挪不开眼：孩子她爹这几年比年轻时多了些沉稳，举止不慌不忙，咋就怎么看也看不够呢？想起这就是自己的当家人，金环娘的嘴角忍不住翘了起来。

大门楼正在解衣裳扣子，见金环娘不停打量自己，他摸了一把脸，凑到金环娘跟前："我脸上有啥东西吗？"

金环娘推开大门楼的脸："没有，一边去！"然后，她促狭地笑起来："要不然，我给你刻上点儿？"

"刻点儿啥？"大门楼不明就里。

金环娘双颊绯红："刻上'金环她爹'！"

大门楼乐了："你当我的脸是金子做的？还得刻上个字号？"

金环娘低低说道："省得你到处招摇，没个嚼头！"

大门楼乐了，右脚点地，左腿一抬腾身落在炕上，一个翻身把金环娘扑倒在身下："家里的拴马桩牢靠着呢，戴啥嚼头！"

大门楼轻车熟路地动作着，宛如拨开封好的炉火，那火苗没多久就呼呼蹿了起来。大门楼对着女人的胸膛左拱右拱，金环娘的两只胳膊紧紧搂着男人，腿却用力交叉不肯就范，身子像刚刚离水上岸的鱼一样不停扭动。身体也有特定的语言，金环娘是在用肢体质问热烈的男人："离开家多久了？外面有人就老实交代！"

大门楼正是壮年，从头到脚坚硬如铁，金环娘当然舍不得推开，双乳在男人大手的揉搓下越发膨胀，宛若两座山峰挺立起来，金环娘伸手按了一下男人的头，一只乳房立刻被他叼进嘴里，另一只则被他揉面一样按在掌心。燥热的火星四溅，一阵阵飘向易燃的隐秘部落。大门楼趁机在妻子双唇上深深辗转，等怀里的女人柔情似水，一切妥帖，他才嘶吼一声，先收后送，麻利如同刀剑归鞘。

男女构精，万物化生，圣人都不绝和合之道。也许彼此都有过一段孤苦时光，他俩的每一次相拥，都是竭尽全力。不知道过了多长时间，大门楼才心满意足地亲了一下半迷半醉的妻子的鼻尖，翻身搂着妻子，沉沉睡了过去。

大门楼黎明醒来，妻子把头往他身上靠了靠，用手指在他胸膛上画着圈圈："孩子她爹，外边这么不安生，以后咱能不能别到处跑了？"

大门楼闭着眼睛不说话，胳膊一紧，再次将大手抚上了妻子的胸膛。天快亮了，金环娘不敢放肆，挣脱大门楼的胳膊爬起来，身后传来大门楼低低的轻笑。

坐在灶前拉起风匣，烧水做饭，金环娘的脸上还有些发烫：老东西劲头不减，自己咋也跟着疯了呢？年轻时有些生涩，脸面薄，不懂得迎合丈夫的生猛，喜欢也不尽兴。孩子大了，两个人倒是品出颠鸾倒凤的滋味了……

丈夫要是不出远门，该有多好！金环娘暗暗叹了一口气。

丈夫就是一匹不肯戴上嚼头的野马，奔腾惯了，不会被轻易拴住。看不见摸不着丈夫的日子，她的心里没着没落的，夜里睡觉都不安稳。孩子她爹成天在这样的世道里东奔西走，如何叫人能放下心来！

金环两口子说，日本鬼子在罗山周边村子建了好几座炮楼，高出房子一大截，老百姓在家门口走个道儿也得掂量着走。县城北边是这样，县城南边也好不到哪里去，不少地方建了鬼子炮楼，日本鬼子祸害乡里，大户陈家人担心日本鬼子鸠占鹊巢，盘踞为祸，全疃人齐起心来，在日本人进大户陈家之前，就把村里的大庙扒了，多好的一座庙啊，说扒就扒了！

金环娘去过大户陈家村的大庙，那座大庙的气势恢弘，让金环娘念念不忘。听说为了抗拒日本鬼子入驻大户陈家，那里的人连西大庙都扒了，她惊得半晌没回过神来。

大户陈家的大庙坐落在村西，原名叫法兴寺，建于明朝嘉靖年间，原系佛家所建，光绪年间因和尚犯戒被村民驱逐，后由道士进驻；民国时期，法兴寺内佛道共奉，诸神同寺。法兴寺占地十亩，山门殿、转堂殿、后殿同在一个中轴线上，坐北朝南，其中转堂殿最高，后殿次之，山门殿最矮，为清一色的砖瓦木结构，门窗及转堂殿的出厦立柱、屋梁、椽子均为木质，红色。三殿檩条通长，上置方形青砖，青砖之上安扣瓦，做屋脊、挑檐，工艺精湛，整个建筑群严谨庄重，古朴典雅。

法兴寺庙相庄严，山门殿为三间，中间为走廊，东西两间立有虎视眈眈、手持利刃的"哼哈二将"塑像。转堂殿为九间，正三间塑有一尊六米高的佛像，身披袈裟，栩栩如生。佛像背面塑有一尊提普菩萨，俗称十八只手，每只手中持有不同的法器。东西各三间，塑有高低两层、神态各异的十八罗汉。后殿为七间庙宇，塑有千手观世音菩萨立像，有四十只手，每只手手心里有一只眼睛，每只手每只眼都配所谓的"二十五有"，以此象征千手千眼。

法兴寺除了庙宇和神像，另有宝物两桩不同凡响：法兴寺东西厢房两侧，分别植有白果树，东为母白果，树干有四人合抱粗，每年硕果累累，西为公白果，树干稍细，不结白果，两棵白果树高约四十米，遮天蔽日，与法兴寺相得益彰；法兴寺山门殿东，建有一座凉亭式钟楼，远观，凉亭四脊翘檐，沿着楼下拱形门拾级而上，亭内悬挂着一口大钟，大钟为六角，有六抱之粗，敲击之后，无风声传十五里，顺风可传十八里。这口大钟的六个角被敲击之后发出的声音截然不同，有的清越，有的雄浑，有的澄净，有的空灵，人称："从南京到北京，张家庵的戏楼，大户陈家的钟！"

《叩钟偈》曰："闻钟声，烦恼轻，智慧长，菩提增。"婆娑世界，音作佛事；琳琅法器，大钟第一，听闻钟声佛经咒语，可除五百亿劫生死重罪。法兴寺的声声钟鸣声震十里，是方圆几十里内，百姓的灵魂慰藉，无奈战争荼毒，灾祸延及大户陈家。

抗日战争爆发之前，招远南半部地下党发展迅猛，被称为"小苏区"。国民党山东省主席对此恨得咬牙切齿，国民党专门派出"捕共队"到招远抓捕地下党，准备斩草除根，不少共产党员因此被捕牺牲。国民党和共产党在招远的较量还在持续，1937 年 7 月 7 日，抗日战争全面爆发。1939 年 12 月底，日寇侵入胶东，招远西邻莱州沦陷。

正如传闻一样，日寇所到之地，高墙大屋，尽被日寇掳掠征用。眼见法兴寺必然成为日寇盘踞大户陈家，蹂躏祸害周围百姓的据点，众人心急如焚。法兴寺的人与中国共产党勠力同心，与大户陈家民众休戚与共，最终决定毁寺保家，法兴寺这座恢弘的庙宇，就这样被拆除了。

招远城南城北，都是这么不安生；想必青岛那边，也不见得好到哪里，还不如让孩子她爹留在家里。金环娘下定决心劝说孩她爹别再出门，钱这东西，多有多花，少有少花，说到底，当家人好好的，一家人齐齐全全，才是大事。

金环娘到底失望了，她拴不住丈夫。

大门楼在招远住了不到半个月，有十天的时间早出晚归，紧接着又出发了。大门楼告诉妻子，青岛金店的大老板另有其人，跟自己来往了十几年，人家认准了富贵险中求，决定在青岛开金店，才请大门楼在青岛替他坐镇，大门楼则定期去太原府，向东家报账就行。

看见妻子万般不舍，大门楼于心不忍，安慰道："头三脚难踢，先让云鹤跟我去青岛帮我搭把手，等生意稳定下来，时局好些，我再接你们娘仨去青岛，让你们也见见世面！"

纵有万般不情愿，金环娘也只得强忍不舍，好生打点衣物，送大门楼动身。

"到大地方去开个金店"，这是孩子她爹这些年心心念念的想法，眼下丈夫想干的事情终于有了点眉目，世道再难，自己再难，她也得把家撑起来，成全丈夫。

这次，大门楼带上云鹤，说是青岛那边暂时没有称手的人选。打虎亲兄弟，上阵父子兵，他跟前需要有个贴心人。金环当然不乐意跟云鹤分开，碍于到大地方开店是爹的愿望，云鹤在罗山开的金店，眼下确实没啥生意，便答应让云鹤出去一年半载，只要爹有了称手人选，就赶紧让云鹤回来。

对于自己的手艺能否在青岛压住店，楚云鹤心里尚不清楚，也有些舍不得年轻的妻子，不过能跟着岳父在大地方开开眼，跟大地方的主顾交流一下，了解一下大地方人的喜好，云鹤还是非常愿意的。

楚云鹤以为城里开金店和乡下一样，就是收收金子，化化火，和顾客订兑一下首饰样式，锤子、錾子、皮老虎摆在跟前，等着金子在烧灼中光芒四射，迅疾放在砧座上敲敲打打，给客人做做首饰。到了青岛，楚云鹤才知道，青岛的金店与罗山的打金铺子，大不一样：在山里，金匠的手艺可以在主顾的眼皮底下展示，青岛的金店却是直接展示成品，出售成品。

中山路是青岛最为繁华的路段，不少资本家和国外买办在此置业，其中中山路51号是亚当斯大厦，一座六层高的大楼，配有电梯，主人是一名美国商人。这座写字楼比较摩登，也是青岛一处地标性建筑，提起亚当斯大厦，当地人都知道是哪儿。

大门楼的金店，不在亚当斯大厦里面，而是在它斜对面，与亚当斯的时髦相比，大门楼的金店是中西兼容的风格——黄金店铺上方悬挂着一块金边的匾额，漆黑的底色，上书"臻德珠宝"四个金色大字，字体遒劲有力，熠熠生辉。匾额边缘雕了线条朴拙的牡丹，凹槽处又描了两条直直的金线，看上去古香古色。

大门楼嘱咐楚云鹤，他不在家时，只要进店的客人说三遍"臻德珠宝，百福并臻"，就是他知根知底的朋友。大门楼让云鹤文绉绉地回复一句"在心为德"，把来人请上二楼。臻德珠宝店一共三层，一楼是对外营业的店面；二楼是会客厅，客厅里设有酒柜、留声机、电话等，重要客人到来，才会引至楼上客厅；三楼是卧室。

"臻德珠宝"不管有无客人，首饰在白天都要错落有致地摆放在柜台里展示，雪白的长毛丝绒铺满了红木柜台底部，每件首饰都由一个黑丝绒底座托着。柜子里面亮着射灯，照得各式黄澄澄的黄金饰品格外富贵、华丽。不像在乡下，首饰都用布袋包起来锁在箱子里，客人登门时才打开箱子，拿出来展示给人看。

青岛金店店员的手不能跟黄金首饰直接碰触，顾客看货，店员要端出铺了黑丝绒的红木托盘，再戴上洁白的手套，一手托在下边，一手小心翼翼地拿出首饰，请客人挑选。

把黄金弄成这种高不可攀的模样，云鹤有点儿吃惊。

在罗山，矿工经常会采出明金；溜板上每天都能见到明晃晃的金砂；云鹤日常的营生就是打金，金子落在手里，仿佛寻常铁块、瓦块一般，并不觉得有什么稀罕。

可岳父说，在城里就是要这么做，这是对客人的尊重，也是自家经营生意需要摆出的阵仗，要一丝不苟地做到。楚云鹤的工作就是接待顾客，推荐和介绍黄金首饰，大门楼则安静地坐在旁边，不紧不慢地喝茶，仿佛不存在一般。遇到大客户登门，或者比较难缠的女客，大门楼才会满面春风地走过来，暗示云鹤去旁边候着，他亲自接待。

楚云鹤发现，都是卖黄金首饰、接待顾客，岳父很神奇：什么样的难缠客户，他都可以轻松拿下。即便是面对一个满脸横肉的刻薄女人，大门楼也能三言两语就把人安抚下来，不是夸对方富态，就是夸对方时髦，皮肤白的就说人家皮肤好，皮肤黑的就夸人家肤色健康，几句话就不动声色卸掉了对方的盔甲。登门的如果是男客，只要大门楼与其交流过，下次见面，两人就会像世交，亲热得很。

岳父也真是厉害，再次见面，一定会叫出对方的名字，他有过目不忘的本领。最好笑的是男女一起来的客户，大门楼才不会费心劳神推荐首饰呢！他边和男宾寒暄，边用热辣的眼神频频飞向女宾，仿佛男人带来的人是仙女下凡，那猴急的样子令男宾特有面子，毕竟，男人身边站着的女人的美貌与年龄，某种程度上也是一个男人财力与品位的象征。

这边两个男人咬着耳根私语，那边的女人脑袋后面仿佛长了眼睛一般，越发风情万种，千娇百媚。这样的野鸳鸯光临金店，生意没有跑，定然是大包小包，双双腻歪着出门。

大门楼的态度很逗：这边恭维女士长得这么漂亮，令人过目不忘，声称对方配得上最好的首饰，有新款自己会替对方多留几天，希望女士方便的时候多多光顾；另一面会低低提醒男士一次不要采购这么多，别影响自己正常的生意周转，不过他也会恳切地知会对方，实在有难处的时候，这些首饰拿回来可以折算现金，仿佛对方是自己的亲兄弟一般。

大门楼如此这般，男宾视他为知己，惺惺相惜；女宾则把金店看作宝藏，巴不得每天光顾。明明是大门楼赚了钱，人家还会感恩戴德，这就是大门楼的本事。

结伴来的女士七嘴八舌很难搞定，大门楼不紧不慢，不卑不亢，轻声指点，他推荐过的首饰仿佛摆在店里就是为了等待眼前的客户，确实怎么看怎么恰到好处。客户从左挑右拣，到频频点头，大多跟着大门楼的思路走，非但掏了钱买了货，出门时还会笑逐颜开，说声"谢谢"。

大门楼会上前一步，亲自替人家推开门，满面春风地提醒女士们："这就对了，笑口常开，比佩戴什么首饰都好看！开心您就常过来！"

楚云鹤生性温和，又是个娴熟的金匠，岳父指点过几回，也就熟悉了金店的业务。有云鹤坐镇金店，大门楼自由了很多，成天进进出出，不知道忙啥。

转眼到了金秋八月，岳父购买了一辆黑色的福特轿车，开着轿车在青岛进进出出，跟警备区司令部的人、棉纺厂老板、银行行长，都攀上了关系。

大门楼和这些有权有势的人结成朋友，喝茶聊天，骑马跳舞，时不时到车站、码头，接送外地来的朋友，在青岛地盘转转，像生活在这座城里的有钱大亨一样，每天过着灯红酒绿的生活。

开金店卖首饰，比起卖柴米跟烟酒生意都赚钱，楚云鹤在金店里待了几个月后，心里当然有数。

黄金不是针头线脑、烟酒糖茶，别看十克八克的首饰，架不住利润高。再说那些男主顾不是戴着大金戒指就是戴着玉扳指、头戴礼帽、身披大氅，他们当然不会仔细端详首饰，可掏钱比谁都爽。偏偏跟着他们来的女人，千娇百媚，眼光精准，那些分量重款式好的首饰，一眼就会挑出来，伸出尖尖手指，嘟着猩红的嘴唇，三两声莺语轻啼，男人会乖乖掏钱，银货两讫。

太太们穿着旗袍戴着披肩，遮不住圆滚滚的肚腹，倒是左端详右比较，从花纹是凹凸还是镂雕，到圈口是大还是小，挑得异常仔细的，都是些上了年纪的太太。年轻小姐们的心思往往在稀奇古怪的时髦东西上，会对一根染了颜色的羽毛激动一番，却对黄澄澄能压箱子底的黄金无甚太大的热情。无奈家里的长辈们都认黄金，不管晚辈生日，还是娶媳妇、嫁闺女，有头脸的人家因添丁添喜而置办的礼品，不是金就是银，这些上门的女眷，几乎没有跑，个个都是实打实的主顾，兜里带足了货款。

路边的枫叶、黄栌，红的红、黄的黄，包括脚下的绿草经霜之后，都开始蔫巴了，楚云鹤期待岳父尽快兑现诺言，把金环、小舅子还有丈母娘接到青岛，一家人在一起，省得牵肠挂肚。

可岳父好像忘了招远还有老婆孩子一样，每天睁开眼就精心打扮，吃了早点就出门，不到半宿不回来，成天忙着四面交际，八方应酬，也不知道哪来这么多朋友。

一日，楚云鹤估摸着家里收收藏藏的农活儿也应该干完了，金店打烊后，他小心翼翼地问大门楼："爹，金环快过生日了，咱一时半会儿也回不去，能不能让俺娘和金环、金宝来青岛耍耍？"

大门楼不紧不慢地拿出烟斗按上烟丝，慢条斯理地点燃后，重重吞了几口，才眨巴着眼沉吟了一会儿，对云鹤说，这件事情不能由着他自己来，得跟大东家汇报一下。

大门楼曾经有言在先，这金店不是他自己开的，楚云鹤也只好把对金环的思念压在心底。一个血气方刚的年轻人，回不了家，媳妇长年累月看不见，搂不着，滋味不好受。夜里，楚云鹤辗转反侧，不免叹息：都说做生意赚大钱，可这抛妻离子、撇家舍业的滋味，又是多么难耐！岳父出门后，咋就能像个撒欢的马驹、大海里的游鱼呢？

自己的老丈人到底会不会想丈母娘？

这个想法一冒出来，云鹤抿着嘴笑了。

岳母很多时候都是靠眼睛说话，嗔怪大门楼也不会出口伤人。比起金环无遮无拦的嘎嘣脆，岳母就像窖里多放了几年的白酒，绵厚、醇远，也就是丈母娘这样温婉的女人，才能拴得住岳父这个钻天的鹞子吧？

大门楼要出远门了，到山西报账。

大门楼告诉云鹤，大东家祖籍山西祁县，一个被称作"白银谷"的地方，人家的祖上是开"票号"的，家里的钱海海的。"票号"在大清朝时期可真是了不得，相当于现在青岛地盘上外国人开办的银行，进进出出，都是钱。东家是见过大阵仗的人，只管投资，不管做事，靠识才用人赚钱。

大门楼出发后，楚云鹤数着日子等候大门楼归来。半个月过去了，他有些心焦，担心岳父的安全，也有点担心岳父日久不归，万一店里有人滋事生非，自己压不住场。毕竟，林子大了，什么鸟儿都有，他不像岳父，在青岛朋友多，遇到事情打几个电话就能摆平。

楚云鹤万分希望岳父能快快回来，听到外面有汽车的声音，会忍不住抬头向外张望，可是一天天失望。

深秋的青岛，一天天变冷，天空倒是极尽爽朗，朝霞晚霞，映着落尽叶子的老树枝丫，映着海边的白墙红瓦，令人心旷神怡。那日，晚云收，夕阳归，岳父的轿车终于风尘仆仆而来，停在了金店门口。

楚云鹤久悬的心扑通落下，喜不自禁地走出金店，伸手去帮岳父拉车门。车门一开，楚云鹤心里咯噔一下，身体顿时僵硬地站在那里，进也不好，退也不是。

大门楼钻出轿车，转身弯下腰，对车内一个娇媚的女人说："密斯兰，咱家的金店到啦，请下车吧！"

车内伸出一只戴着蕾丝手套的手，自然而然地轻搭在大门楼宽厚的手掌上。穿着肉色丝袜的长腿先出车门，脚上挑的是黑色的高跟鞋，鞋面镶着方形扣子，一个穿深紫色丝绒面料旗袍的年轻女人，在大门楼的搀扶下款款下车。天气说冷未寒，女人的肩上搭了一条浅紫色的羊毛披肩，披一头长鬈发，一张脸蛋儿粉面含春。

这女人大眼睛双眼皮，高高的鼻梁，比起到金店的富家太太小姐，甚至更有气场。她嘴巴较阔，涂着猩红的唇膏，目光一扫，对着大门楼微微一笑，仿佛刮来一场浩荡的春风。漂亮的女人是尤物，这是一个真正的尤物，像是一个阔绰人家出来的千金小姐。

楚云鹤不知所措地杵在那里。

大门楼说："云鹤，过来，见见你晚兰阿姨！"他扭过头，对女人说："这就是云鹤，我姑爷，金环的女婿，这小子除了胆子没有我肥，其他我很满意，是个好帮手！"

晚兰冲着云鹤微微一笑，主动大大方方地伸出手。

楚云鹤见过别人握手，可与人握手还是第一次，他轻轻一碰晚兰的指尖就赶紧收手，想微笑又有些尴尬，脸上的肌肉紧得慌，感觉自己的脊梁有点发凉，心里也有些发紧。

　　这个叫晚兰的女人的出现，让楚云鹤心头大震，甚至有些惊慌失措，可他此刻什么也不能说，只是礼貌地招呼，将岳父和晚兰的行李轻手轻脚地拎上二楼。

第九章

晚兰到了青岛，大门楼每天带着她出入饭店舞厅，交往的不是厅长、院长，就是实业家，或者是权力或者是财力，这些人至少手握一项。

晚兰生来就是沾金带银的主儿，开衩的旗袍、蕾丝边长裙，穿得风姿绰约；头发三天两头做，打麻将、跳舞、听京戏，样样不落。会磨咖啡、煮咖啡，筷子头一般细细的薄荷烟夹在修长的手指间，尽显慵懒与惬意。

店里来个外国人，晚兰叽里咕噜一顿洋话说下来，洋人都用热切的眼神看着晚兰，虔诚地亲吻晚兰的手背，仿佛晚兰是他们的女王。

如果说大门楼是老中青三代女人的偶像，晚兰就是所有男人和女人的偶像。老太太喜欢晚兰富家出身，文静秀丽，能唱咿咿呀呀的京戏；年轻女人喜欢她能说一口流利时髦的英语，有晚兰陪伴，到外国人开的洋行里办事，都会觉得高人一等。男人就更不用说了，心里恨不得一把把她搂在怀里，表面却还要若无其事，不敢轻举妄动。

大门楼以前单枪匹马，现在有了晚兰陪伴，仿佛比翼双飞，除了出入酒场和赌场，也开始有机会走进达官贵人的深宅大院，甚至成了这些人家老太太的座上宾，这些都是晚兰的功劳。

一座城市的发展除了施政和规划，还要看有没有新鲜元素注入。形形色色的新鲜元素，才是刺激巨头大鳄神经的那抹血色。大户人家不会拒绝有档次和实力的人进入自己的圈子，社交本来的目的，就是扩张自己的圈子和势力。

晚兰仿佛天生就是为青岛这样一座光怪陆离的城市而生的女人，你可以把她看成默不作声的鳄鱼，也可以把她当作一抹刺激鳄鱼的鲜红血色。一个左手红茶、右手咖啡，今天旗袍、明天长裙，能开车会骑马，老太太面前唱京戏、蓝眼睛人面前说英文的女人，正是注入这座城市的新鲜元素。

晚兰出现在哪里，哪里就荡起一圈迷人的涟漪。

大门楼如获至宝，每天挽着晚兰的胳膊进进出出。

金店收入确实不错，可再好的收入，也架不住成天花钱如流水。楚云鹤看在眼里，恼在心里，万般不是滋味：你说这一天两天要要是个稀罕，一两个月天天这样子，生意还要不要做了？

大门楼好不容易在金店坐下来，还没和云鹤说上几句话，晚兰就款款走进来，说了一句："警备区司令三姨太今晚有生日宴请。"

大门楼二话不说站起来，亲自端出一盘首饰，征求晚兰的意见："这只手镯行吗？还是这条项链好看？"晚兰连手套都没有摘，用手指了指，大门楼笑眯眯地拿起那只刚到货的新款金手镯，让伙计打包起来，给晚兰带走。

更过分的是晚兰就要出门了，大门楼又拿起几只银锁追了上去，塞进晚兰包里，嘱咐晚兰："多拿几件，随便打个赏！"

楚云鹤在旁边看得清楚、听得真切。

眼见大门楼半搂半挽着晚兰，把她送上汽车，目送她离开后依然站在那里，一副恋恋不舍的样子，不用说，大门楼晚上肯定会去警备区司令部赴宴，不一定玩到什么时候才回家。

瞅着晚兰离开了，云鹤终于鼓足勇气，对着自己的岳父说："杨老板，我想和您私下聊几句话……"

大门楼在金店并没有公开云鹤的姑爷身份，对外声称云鹤是他从老家带的小老乡，私底下才允许云鹤喊他"爹"。大门楼是楚云鹤的岳父，云鹤当然不能教训对方，他不清楚晚兰的底细，费了一番斟酌，才鼓足勇气想提醒一下大门楼。

大门楼淡然地说了一句："明晚跟我到家里去！"

第二天傍晚，云鹤跟大门楼上了汽车。

楚云鹤看着岳父手脚麻利，娴熟地发动了汽车，他悄悄调整姿势坐直了身子，可他身体依旧无法放松，心也随着汽车的颠簸，在一路挣扎，一路胡思乱想：这么大的家伙，岳父也能玩得团团转，他真不是一个普通人。招远对岳父来说，确实太小了，岳父挓挲不开，让他回家不现实，云鹤不知道一会儿该怎么跟岳父张口。

汽车沿着海边兜兜转转，把云鹤带到了八大关。八大关在青岛太平山南麓，幽静清凉，大路纵横，分别以"武胜关""嘉峪关""函谷关"等著名关隘命名。这里的山微微隆起，岸边既有平展的沙滩，又有嶙峋的礁石，站在山上，可以凭海临风，俯瞰一望无际的大海。不少德国、美国、俄罗斯、西班牙风格的建筑集中建在八大关，其中山海关九号是美国第七舰队司令柯克上将的别墅，居庸关萨德别墅又叫公主楼。

这些别墅，是德国人在青岛陆续投建的，这一带春有碧桃盛开，夏有蔷薇怒放，秋季银杏和红枫叶子迎风而立，与蓝天碧海交相辉映，风景美不胜收，资本家和国民党元老竞相在此地建起外院，这里便成了镶嵌在青岛这座滨海城市的王冠，住的都是达官贵人，一般人简直不敢想象在这里居住。

楚云鹤知道晚兰来到青岛不久，大门楼就在外面租了房子，可他的胆子再大，也没敢想房子竟然租在八大关，天爷爷，这又得烧多少钱！

楚云鹤无心看窗外的风景，眼前无端想起金环摘杏的那双手。金环那双嫩嫩的手在树干上摩来摩去，渐渐粗糙，也从来没有戴着手套护手。晚兰一天到晚啥也不干，天天戴着漂亮的丝质手套，就是到处玩、玩、玩……

楚云鹤心里抵触，表面上却不敢表现出不悦，岳父能听懂自己的暗示最好，实在不听劝说，云鹤打算辞了青岛金店的活儿，回招远老家陪伴家人。

岳父是条蛟龙，得在大江大海里折腾，家里的那湾水太浅，岳父心里没有家，可家里应该有个男人支应，自己离开青岛，眼不见心不烦。

汽车开进一栋别墅里，云鹤跟着大门楼走进屋来，第一眼就见客厅的花瓶里插着一束真正的鲜花，这两人衣食住行不是一般地敢烧钱。楚云鹤特别沮丧，知道岳父被野花迷住了双眼，对晚兰宠得离谱了，怕是自己说啥他都听不进去了。

楚云鹤原本话就不多，进了别墅更不自在，呆呆地盯着花儿胡思乱想，不知道如何跟岳父开口。

人家晚兰根本没有出去，她就在家里，穿着一套居家服装，跟大门楼和云鹤打了声招呼，转身钻进了厨房。

大门楼想跟进去，晚兰摆摆手："你跟云鹤说会儿话吧，晚饭我来做。"

大门楼这才在云鹤对面坐下，眼睛不离晚兰的身影，满脸嘉许："你这晚兰姨是个真正的千金小姐，祖上是山西票号老大，太原府现在还有她家开办的银行。可她这千金小姐可不是娇贵出来的，人家十几岁就漂洋过海去欧洲学本事，在家里更是上得厅堂，下得厨房！"

仿佛要堵住云鹤之口，大门楼慢悠悠地点燃一支雪茄，毫不掩饰对晚兰的欣赏："要说赚钱，咱们以前的那一套都是小打小闹，跟人家相比，整个儿就叫土鳖！甭看你晚兰姨天天玩儿，她去陪警备区司令部姨太太打一圈麻将，倒腾出去的金条首饰，能抵金店两个月的销量！咱们做个生意，就知道成天价蹲在窝里死等，就像钓鳖一样困在那里。你是不知道啊，云鹤，人家做大生意大买卖的人，不是守着货摊不动弹，都是想方设法约了想见的人一起出来玩，骑骑马、喝喝茶的工夫，三言两语就把生意搞定了。人家做生意不是守摊，而是哪里有有钱有势的人，就往哪里扎，看着是在大把烧钱，其实也是在大把挣钱！大家混熟了，相互借势借力借助人脉，把钱从锅里捞到碗里，赚钱快当着呢！"

大门楼目光炯炯："要说做生意，晚兰她爹，才是我真正的师傅！"云鹤的思路，有些跟不上大门楼，什么碗里的、锅里的，骑马喝茶也是做生意，他想不明白。大门楼紧接着嘎嘣扔出一句话："晚兰家才是臻德珠宝的大股东！"

楚云鹤万万没想到，这个张口"密斯"、闭口"密斯"的娇弱女子，一个人能抵得上四个伙计不说，自己和岳父手里的饭碗，捧的也是人家的！

楚云鹤当下心里发凉，想说的话，一下子没了下文，仿佛要打架，还没等伸手出拳，就一下子被抽走了所有的气力。

自己的岳父都是人家晚兰家里雇的，这意见还怎么提？

租住八大关，恐怕也是晚兰的主意、用的晚兰家里的钱吧？

楚云鹤怎么也想不明白，晚兰家超级有钱，咋就愿意给大门楼伏低做小？

楚云鹤正在胡思乱想的时候，仿佛是要印证岳父的嘉许，不多会儿工夫，四个菜就被晚兰亲手端上餐桌：肥嘟嘟的海蛎子挂糊炸过，外酥里嫩；煎焖黄花鱼，滋味鲜而不腻；炒芹菜恰好断生，翠绿清淡；菠菜和海虹凉拌在一起，嫩鲜爽口，几个菜做得毫不含糊。

晚兰的岁数比楚云鹤大不了多少，又是一个资本家大小姐出身，可她撤盘、上茶，动作如同行云流水，轻捷优雅，还真是个宜家宜室的女人。

晚兰一点儿架子都没有，生怕云鹤拘谨吃不饱，热情地招呼他，仿佛跟云鹤是多年在一起的家人。

这顿饭，楚云鹤吃得浑身不自在。

岳父看都不看云鹤一眼。

吃过晚饭，晚兰打理好厨房，出来倒了几杯茶，从手提包里拿出一个账本，和一个黑乎乎、巴掌大小的东西。大门楼也拿出算盘，晚兰对照着账本念念有声，一串数字出来了：

"12月2日，警备区二姨太订购五十克金条两根，赠送星月耳钉三点四三克。

"12月2日，永泰百货董事长夫人订购五十克金条两根，后来电话追加定制一百克金条四根。

"12月8日，青岛政府国民党要员江德远太太过生日，送八克黄金吊坠一颗。

"12月12日，江德远姨表妹定制黄金别针一只，十七克；金手链一条，二十一克。"

......

乖乖，一个月结算下来，楚云鹤万分惊讶，这晚兰天天出去玩，靠社交卖出去的黄金，比店里销售的数量还要多！晚兰卖最多的是金条，首饰反而是小头，金店卖出去的黄金首饰多，上门买金条的不多。

世道不安生，想必是大家不再投资古玩、字画和玉石，而是都暗中悄悄换成黄金储存起来。

晚兰一边报账，一边把挎包里掏出的巴掌大的东西一下一下轻轻按动，随着"嘚嘚嘚"的声响，晚兰报出的数字，和大门楼结算的数字一模一样！

大门楼教导云鹤，跟有钱有势的人做生意，不需要有力气，学会广交朋友、借势借力，才能真正做到买卖兴隆通四海，生意旺盛达三江。

大门楼淡淡地抽烟，淡淡地聊天。

晚兰并不多话，偶尔起身，沏茶添水。

楚云鹤看见岳父穿着雪白的衬衣、背带裤子，叼着红木烟斗坐在沙发上，晚兰安静优雅地坐在旁边，这两个人坐在一起，不是一般养眼，两个字形容——绝配。

楚云鹤的八大关一夜，注定尴尬，想到"绝配"二字，云鹤恨不得扇自己两个耳光：

自己有多长时间没见到金环了？

岳母还在老家苦苦等着岳父呢！

夜宿八大关，楚云鹤辗转反侧，想起丈母娘深邃的眼神，他愧疚极了，又不知如何是好。想起大门楼和晚兰在楼上楼下各有房间，云鹤又有些疑惑和不解，翻来覆去睡不着，天快亮了，楚云鹤才迷迷糊糊睡了一觉。

转眼已是冬月末，大门楼跟晚兰商量："青岛没啥大事的话，让云鹤回趟老家行吗？家里捎了好几回信了……"

晚兰眨巴着眼睛顿了一会儿，这才说道："你看这几天我们是不是在青岛再打一圈，跟达官贵人辞辞行，与军政高层夯实关系，关键是放放口风，就说我哥近期要从欧洲回来，你陪我回山西省亲。咱们把青岛的戏台搭好，提前把戏做足，家里如果另有安排，你我进退有路。实在不行，就让家里人来一趟青岛可好？"

接到大门楼的口信，邀请家人去青岛，金环娘喜上眉梢，金环金宝兴高采烈，大家恨不得一步跨到青岛。

收拾行李的时候，金环娘迟疑了，她环视三间燕子衔泥一样一点一点置办起来的小家，倚着炕沿若有所思："青岛到底啥情况，现在还不落底，你爹说让咱们过去看看，没说让咱们全家搬到青岛，家里得有人支应……"

金环娘到底把自己的衣服拾掇进柜子里，言辞不容置疑："你们姐弟去青岛看看，我留在家里做定海神针。世道不太平，外面再乱，只要咱家有三间屋子，哪怕是人要饭回来，家里还有个竖棍子的地方不是？我哪里都不去，就在立甲疃守家，你爹是个钻天的鹞子，也需要有落脚、歇脚的时候！"

金环盼着见久别的云鹤，金宝好奇外面的世界，拗不过母亲，姐弟二人只好丢下母亲，跟着立甲疃的送油车队，星夜出发，日暮时分已来到青岛。

一来到金店，好奇的金宝就看看这儿，摸摸那儿，一脸兴奋，金环敞敞亮亮地对云鹤说："娘说了，她哪儿也不去，就在家里守着，等爹回家，她就不信，爹还能不要家了？"

楚云鹤听罢，心里哆嗦了一下。

金环和晚兰是截然不同两个画风，一个春风和，一个西风烈，金环直来直去，脾气暴躁，点火就炸。

楚云鹤极力把姐弟俩往楼上让，想给姐弟俩提前透个风儿，担心他们和晚兰突然碰面，金环一下子接受不了。就在这时，门口汽车喇叭"嘀嘀"一响，大门楼和晚兰回来了。

晚兰穿了一件深绿底色、透着米粒大小黄色暗纹的宋锦旗袍，外搭一条纯白色的裘皮披肩，佩戴着一挂紫带粉的项链，手里拿着墨绿色坤包；大门楼头戴礼帽，肩上披着黑色的毛呢大衣。大门楼弯腰扶着晚兰下车，晚兰站直了身子，见大门楼的大衣快挂不住肩膀了，抬起手把大衣往上提了提，两人相视一笑，一前一后往屋里走。

金环姐弟俩站在门内，把俩人的举动看了个清清楚楚。

金宝就要往外冲，金环一把拽住了弟弟。云鹤回头看了一眼金环和金宝，见金环脸色铁青，金宝的眼珠子瞪得快掉出来了，心说："坏了！"说时迟那时快，晚兰刚一进门，金宝就欺身上前，狠命踹出一脚。

楚云鹤的动作不慢，情急之下使劲拉着金宝的胳膊往后一拽，金宝的脚没有全部踹到晚兰身上，但脚尖肯定碰到了晚兰的小腹，晚兰"哎呀"一声弯下腰。

大门楼身子一闪冲进屋里，两只胳膊紧紧搂着晚兰，眼睛瞪得像铜铃，陌生人一样扫视着屋内的一儿一女。

楚云鹤死命搂着金宝，可他捂不着金环的嘴，金环气急败坏，不管不顾嚷道："楚云鹤你放手！让金宝踹死这个小婊子！"

金宝气喘如牛："你再不放手，我连你一块儿踹！"

"住手！"大门楼大喝一声，"没大没小，没点儿规矩！"

从小到大，姐弟俩只见过父亲嘻嘻哈哈的样子，从未见过父亲发火，突然看见大门楼虎目圆睁，头发像要竖起来一般震怒，一下子蒙了，不知所措地闭上了嘴，再也不敢轻举妄动。

八大关小楼，灯光贼亮。

金环和金宝的脸色还未放开，大门楼也铁青着脸，他不理会儿女，反而一脸关切地问晚兰："金宝跟我练过，这一脚不会轻，要不要找个大夫看看？"

晚兰极力微笑，可是微微皱起的眉头还是暴露了这一脚的力度："不要紧，只是瘀了一块，我抹点药水就好。"

大家沉默着，话不知从何说起。

金环气鼓鼓地不吱声，眼睛滴溜溜地扫视着周围，她发现墙上挂了两张照片，一张是父亲跟晚兰的合影，大门楼身着西装，站在一树紫藤花前，晚兰穿着碎花裙子，仰头看向大门楼。在另一张照片上，父亲和晚兰一边一个，站在一个身穿毛皮大氅的老爷子旁边，三人站在一栋中式建筑的廊厅里，都闭着嘴，神情严肃。

金环心里疑窦丛生："难不成这个晚兰家里钱多，爹爹自己也有难处？还是爹爹有什么把柄，被人家拿住了？"金环扭头看向云鹤，云鹤的眼睛垂向地面，他心里也有太多的疑问。

晚兰倒是落落大方："别多心，我和你们的父亲只是在一起捣鼓黄金。黄金是硬通货，自古以来就有'盛世玩玉，乱世藏金'之说，黄金是盛世乱世国内国外畅通无阻的宝贝。在青岛开码头走黄白两物，需要跟政府和警察局搞好关系，我和你们父亲搭伴，方便打通各路关系。"

晚兰神态自若，仿佛大门楼只是能力为她家所用，话里话外，仿佛什么都撇清了，仿佛又什么都没说清。

"你们聊，我休息去了！"晚兰一转身，回卧室去了，丢下爷儿四个大眼瞪小眼。

晚兰的话，金环只理解了一半意思，见爹爹频频点头，仿佛对晚兰言听计从，心里十分不舒服：在老家，爹可是说啥就是啥呀，啥时候看见过他听别人摆布？

金环迟疑地看向金宝，金宝的眼睛像铜铃，盯着留声机，心不在焉，其实他也蒙了：这女人家咋能拿住自己的爹？

三天后，大门楼和晚兰带着金宝出了远门。

大门楼说让金宝一起跟着，到大地方开开眼界，长长见识，金坏十分满意这样的安排，她对云鹤说："最好让金宝同行，让他看看这个女妖精，是何方妖物！"

半个月后，爹自己回来了，晚兰没回来，弟弟金宝也没回来。

金环急了："金宝呢？我娘叫我全须全尾把金宝带回家！"

大门楼皱了皱眉头："你当金宝是只鸡娃吗？成天在母鸡翅膀底下护着？金宝长大了，男人长大了就得出去，出去历练长本事！"

金环急哭了，一个劲儿抹眼泪，大门楼耐着性子解释："金宝留在太原帮忙，是在学本事，青岛金店东家有新安排，我将来要两头跑，金宝还是在爹的眼皮子底下，告诉你娘不用担心。"

大门楼擅自做主，金环也没办法，想起太原是晚兰的老家，金环和云鹤异口同声问："晚兰去哪儿了？"

大门楼坐在沙发上，沉吟了一会儿，抬起头说："金环你回招远吧，让云鹤留在青岛！"

"你让我自己回家，云鹤留在青岛？"金环瞪圆了眼睛，"这不行，爹，我肯定不让云鹤留在青岛！"

金环抓着楚云鹤的手："要不我也留在青岛，要不云鹤跟着我回家，让我俩分开，这次你想都别想！"

金环拉着云鹤坐下："我娘说两个人总是分开，不容易生养，要不咱家也不会就我和弟弟两个！"

"金环，爹做的是正事，你要懂事！"大门楼的口吻里是难得的严肃。

"大事也不行！我的男人我说了算，我才不会像俺娘惯你那样，让你爱干啥干啥，一年到头不着家！"金环自小任性，口无遮拦。

大门楼皱起了眉头："男人的事你不懂，爹在忙大事，金环！"

"俺娘说一家人太太平平在一起，就是天大的事！"金环坚决不松口，"你赶紧把金宝带回家！娘让俺捎话给你：黄金没有命重要，紧要关头，千万别舍命不舍财！俺娘为啥守在老家不动窝？她说哪怕你折腾得两手空空，老家也有竖棍子的地方，有人就有家！"

看见女儿油盐不进，大门楼仍耐着性子劝解："金环，男人的事你不懂，你娘那是明事理，肯放手让男人做想做的事。你也要像你娘一样，支持老爷们儿成事，自己管好家事！"

"俺是不懂你们男人的事，可俺懂女人！是你不懂俺娘！不知道心疼她！你不知道吗，俺娘从小要饭，最怕天黑，最怕一个人孤单。娘想你的时候，就把你的衣服弄湿挂在院子里，她说抬头看见你的衣服，就当前脚你刚出门，后脚就回来了。"

娘想爹想得有多苦，金环知道。

娘不让说，她偏要说给爹爹听。

金环斩钉截铁地说："俺才不会像俺娘那样傻，自己苦自己，由着男人挓挲！你就是说破天，我也要把云鹤带回家！男人就得给老婆孩子挡风遮雨！"金环没有半点儿通融余地，她害怕自己一松口，云鹤就得留下。

金环想要个娃娃，可爹并没有挽留她的意思。金环知道自己是个嫁出去的闺女，爹就算挣下一座金山那也是弟弟的，她要为自己家的日子打算。

大门楼到底把楚云鹤放回了老家。

离开青岛的时候，金环高高兴兴挽着云鹤的胳膊，一张笑脸，得意洋洋，爹跟自己吵架，从来没有赢过。

大门楼无心和女儿吵下去，金环没见过世面，脾性不受约束，而青岛的工作，真不适合小夫妻俩都留在这里。

小两口临走时，大门楼支开金环，把云鹤带到了海边，他嘱咐云鹤，替自己多在罗山走动走动，打探一下谁家有黄金，万一自己这边需要的黄金量大，还是要在黄金产地抓货最合适。

楚云鹤连想都没想就说："爹，存黄金比存钱牢靠，在罗山，家里有在老洞子里抠过小线的，一般都有存黄金的习惯，打听一下就知道个差不多。那些在玲珑金矿干工头的，暗地里油水也会捞不少！"

大门楼紧皱的眉头松开了："这就好办了！如果我不能回招远，你就按照原来的接头方式帮我办事，告诉来人谁家大约会有存货，其他你不用管。没事多跑几个村，跟村民唠唠嗑儿，打听一下消息就行，大家都知道你是个金匠，不会有人起疑心。"

金环两口离开了青岛，大门楼无暇考虑妻子和女儿，他更担心的是晚兰。

西行分手之后，大门楼再没见过晚兰。

晚兰到底去了哪里呢？大门楼不能追问晚兰的去向，更不能打听对方的消息，两个人连互道珍重的机会都没有就分开了，这是一个不小的遗憾。

此番西行，大门楼又被赋予了一个新的角色，这个角色，让大门楼的心弦又紧紧绷了起来。

大门楼一个人坐在海边的夜色里，烟斗明明灭灭，心潮伴着涛声澎湃，这心潮澎湃中，涌动着一个崭新的语词：

黄金大动脉!

这是一个古老而新鲜的表达。

这是一项智慧而庄严的决策。

大门楼被它深深迷住了，他仿佛看到了这条路上的气势磅礴，他的心是那么激动：一条走了二十年的路，终于不再孤单!

第十章

此次西行，太原其实是个幌子。

大门楼和晚兰先是一起到了山东军分区，俩人在那儿逗留两天之后，在军分区主要领导的带领下，扮成大佬阔太，继续西行，到达延安。

大门楼和晚兰之所以去到延安，无他，还是因为黄金。

抗战初期，延安边区的财政收入，半数依靠苏联和共产国际的援助，以及国内外爱国人士的捐助。抗日统一战线建立后，红军改编为国民革命军，国民政府核发的军饷极为有限，而且国民党唯恐共产党的队伍不断壮大，不时克扣、停发军饷，甚至实行经济封锁，阻断外援。

烽火连天的战争年代，既有军事上的鏖战厮杀，更有经济上的殊死博弈，延安的资金来源本来就十分短缺，黄金和外汇储备更是极度匮乏，而外事接洽、购买枪支弹药，都指望黄金和外汇运作。

国民党跟美国关系密切，共产党不可能从美国政府那儿得到美元支持，中国共产党领导下的延安经费来源困难，只能在"黄金"这个硬通货上想办法。

山东军分区送到延安的"黄鱼"，产自招远。

招远黄金，成为中共中央关注的重点。

中共中央需要从战略角度出发，了解黄金产地状况，听取知情人汇报，便有了大门楼的延安之行。

大门楼做梦也没想到，自己会因为黄金，见到中国共产党的核心领导，而这些传闻中天神般的人，与之前的想象，实在是大相径庭。

延安的最高首长，没有一点高高在上的架子，身上没有一寸绫罗绸缎，更没有皮靴皮大氅。首长们身上的衣服，脚上的鞋子，跟周围的战士一模一样。布料一样，颜色一样，就连补丁的位置，也差不多都在膝盖和肩膀上！补丁摞补丁，穿戴居然和贫苦老百姓没什么两样！

每一张脸庞，都是在日头底下晒过的颜色，大手温暖有力，手掌粗糙，上面的老茧子，比大门楼手上的多得多，和庄稼汉的手，真没啥两样。

陪大门楼一同前往延安的山东军分区的领导是到了地方之后，才告诉大门楼，延安的最高首长要接见他。军分区的领导特别交代：首长的时间很宝贵，问啥就答啥，不要主动岔开话题，抓住重点，知道就是知道，不知道就是不知道，言简意赅。

得知延安最高首长要接见，大门楼虽不至于惶恐，可见面后应该怎样说话，他还是暗自斟酌，折腾了一会儿才睡着。大门楼想了一万遍，就是没想到这些名字如雷贯耳的大人物，不仅个个平易近人，而且个个破衣烂衫！

看到大门楼，延安一号首长的眼睛一笑就弯了起来："你这老表，就是'左手金、右手银'的'潘家一枝花'？"他用手指夹着喇叭筒子烟卷，指着大门楼对身边那个浓眉大眼的人说："和我们一样，也是个男同胞嘛！杨灯同志，说来听听，你为啥子叫'潘家一枝花'？"

首长的头发有些长，从头顶分到两边，浑身上下绝无杀伐的凌厉，眼睛里倒是盛满笑意，圆润深邃，亦悦亦慈。

大门楼本有点意外，不知道如何回答，但首长的调侃，一下消除了他的顾虑，他"啪"地行过军礼，咧开嘴笑了："报告首长，'大门楼'是别人给我的绰号，'潘家一枝花'是我倒腾首饰的字号……"

"瞧瞧，又是绰号又是字号，这个老表，还真不简单哪！"首长夹着烟卷，重重抽上两口后继续问道，"你姓杨，字号为啥不叫

"杨家一枝花",历史上潘杨两家是死对头,可是连后代都不肯联姻啊!"

大门楼心里一乐,人就轻松下来:"首长,这卖东西吧,来头越大越好,罗山最大的来头是潘家,我不过是借用一下!"

首长饶有兴趣,与大门楼相视而笑:"那就听你来说说看,潘家在罗山的来头有多大吧。"

"潘家一枝花",是大门楼行走江湖的首饰字号,这个字号是大门楼灵机一动之后的神来之笔,名头确实不凡。

罗山脚下有三个村庄,一曰"潘家",二曰"前花园",三曰"后花园"。这三个村庄的存在,佐证了中国一段真实的历史,一个戏文里几乎家喻户晓的潘姓人物。在戏文里,潘仁美是杨家将的死对头,被佘赛花佘老太君告了御状,皇帝女婿当着满朝大臣的面削了潘仁美的职,打了爱妃亲爹的脸。其实呢,皇帝一回头,就给爱妃的亲爹送了天底下最肥的差事:"奉旨督金!"所谓"奉旨督金",就是带着皇上赐的尚方宝剑,到生产黄金的地方,监督开采黄金。

戏文里的潘仁美在历史当中其实叫"潘美",潘美的新差事就是到罗山玲珑金矿,督办开采黄金。罗山玲珑,有条褐色多孔的露头黄金矿脉,被称作"玲珑背",这里有亚洲最大的黄金矿田——玲珑金矿。玲珑金矿自古以来被历代朝廷高度重视,这里的采金遗迹,起自春秋。

公元986年,宋辽战争爆发,大宋王朝急需金银支撑,公元1007年,时任朝廷大员的潘美,带着尚方宝剑来到罗山,代表朝廷,监督开采黄金。潘美戴罪来到罗山,不敢懈怠,只能亲力亲为,实地勘察罗山。

从罗山南麓去到玲珑金矿,需要翻山越岭,罗山行行深涧穷,望望苍崖截,壁立倚嵌空,仰见青嵋嵘,十里隔烟霞,势压百万峰。中途大家有些疲乏,向导带领潘美一行人拐了一个弯,去到半山腰一座石庙里歇脚。

远远看去,石庙规模不大,潘美登上石庙台阶,见庙门上刻有对联,他瞥了一眼,这一眼扫去,潘美大感意外,他一声不吭,转身噔噔噔，急步退下。衙役和随从面面相觑，止步于庙外，看着潘大人对着石庙神色肃穆，远观近看，迟迟不进庙门。

潘美站在几步开外，仔仔细细打量眼前的石庙：石庙依山而建，庙门上方是个平层，有阁无壁，四根柱子撑起一处飞檐，飞檐下悬有一口不小的铜钟，石庙庙门门框由石头穿凿而成，石门上的楹联的磅礴之势令人瞠目结舌：

⿱云⿰云云⿰云云云中神仙府，
⿱山⿰山山屾山上道人家。

横批：仙洞石门

潘美是个文官，满腹经纶，史上有些名头的寺庙楼阁流传下来的不朽楹联，他知道的不少。班仙洞大门上的楹联，任见多识广的潘美，愣是倒抽一口气。

潘美遍寻脑海，这副楹联闻所未闻，见所未见，这定然不是别处借来的对联，想必这对联，就是班仙洞洞主开山立庙的初衷。这对联笃定，超脱，似乎把云搬进了文字，把山搬进了文字。潘美在想，此人心得有多大，道行得有多深，才能留下这般从容宏阔的文字？

这简直是在气吞山河，游天戏地！山上无风自凉，嘀呖嘀呖的鸟鸣，清晰悦耳，此起彼伏，真个儿似神仙府邸。

进入石庙庙门，但见院落不大，北边依托悬崖峭壁，石洞、石床、石台、石灶一应俱全。院内植有百年牡丹，一墩双色，几竿翠竹，经年不败，一棵古柏，集刺、片、龙柏于一身，郁郁葱葱。主殿为玉皇庙，同样镌刻有一副对联，华丽奇幻：

日昍晶𣊫感天下，
月朋⿱月⿰月月朤定乾坤。

班仙洞的楹联，字形不俗，气魄非凡，潘美膜拜至极。

潘美仔细询问道长：“此地因何称之‘班仙洞’？”

道长回禀：班仙洞曾有位道长，在山中挖到了一支千年山参，放在锅里文火慢炖，因有事急需要下山，他嘱咐小道童，师父不归，不可擅自掀锅。道童闻着锅里的奇香，忍耐不住，掀开锅偷偷吃了一条参须。没想到一口既下，更加难耐，这道童把锅里的人参全部吃掉了。道士回来看见人参被吃，伸手就去打道童，小道童挪身便躲，不料这一挪，身子轻盈，直接飞升而去。老道知道自己错过了得道成仙机会，一番长吁短叹，喝下锅里的参汤，可他只能升到半空，就得落下来。因有道士在此班仙羽化，老百姓把这座庙称为"班仙洞"。

潘美问道士："罗山何处风景最佳？"道士回答："这山方圆百里，峰峰气象不同，四季有变，阴晴可幻，实在难以分出高下。若论旷达，老爷可至云屯顶，南向能俯瞰罗山南麓全景，天气晴好，面北，可以观望渤海翻卷的浪花。"

潘美遂带着随从，经过"仙岩"，奔向云屯顶。

仙岩是罗山凸出来的一块山石，只可供一人独坐，贵在背倚青山，面向谷壑，群峰环抱，藏风聚气。仙岩旁边刻了一首诗："人生世上一蜉蝣，衣食无亏便好休。石崇未享千年福，韩信空成十面谋。花落三春莺带恨，菊开九月雁含愁。山林多少悠闲处，何必荣封万户侯！"

这首诗不啻一句偈语的棒喝，又如同一个山野老叟，对于蟒袍玉带的蔑视和嘲讽，给了潘美极大的震撼。潘美表面不露声色，内心其实翻卷如浪：

老百姓只道当官威风，手里有权，有钱，有资源，没有置身其中的人，哪里知道，这官当大了，其实是一项刀头舐血的职业，更是一坝需要八面玲珑的技术活，权力有多大，责任就有多重，风险也就有多大。朝廷中不管是大事处置，还是与人搭档，一个平衡掌控不好，处理不当，用人不准，底线压偏，触怒龙颜，轻则丢官，重则丢命；朝廷命官的家业再大，要是不懂得防微杜渐，一旦雷霆震怒，顷刻之间，多大的功名利禄都没用，会如同蚂蚁溃堤，瞬间土崩瓦解，轻则丢官，重则丢命，甚至祸殃亲朋。想到自己饱读诗书，这条老命还得靠女儿的姿色，方能苟延残喘，潘美的心里，不免翻江倒海，一阵黯然。

罗山的诗句有洗心之功，松风有醒脑之力，世人都说"书中自有黄金屋，书中自有颜如玉"，千里当官，追求的无非功名利禄，说到家也离不开黄白两物。

罗山淌金溢银，就是一座取之不竭的黄金宝库。

那壁厢，是回朝廷，每天战战兢兢伴君如伴虎；这壁厢，是延年福地，有取之不竭的金银。想那道长喝了罗山的老参汤，就成了半个神仙，若求长生，这里就是现成的洞天福地。

人这一生，不管是锦衣玉食，抑或是娇妻美色，只有平安长寿，才会有福消受。潘美下定决心：在罗山活个神仙般的老寿星！

罗山南麓是一片开阔之地，地势平坦开阔，举目良田千顷，旁有河水泱泱，按照《易经》来说，是标准的"前有照，后有靠"，风水奇佳。

潘美上奏朝廷：在罗山修建庙宇，供奉财神赵公明，保佑国富民强，国运昌隆；在罗山设立督金府，专司黄金开采管控，国库丰盈，指日可待。朝廷准奏，潘美在罗山公私兼顾，顺风顺水建起声势浩大的财神庙、督金府和自己的潘家大院。

罗山不缺金银，财神庙供奉了五路财神，最北面是一座高大的财神大殿，供奉的正是财神赵公明，赵公明高大威猛，全部是用金灿灿的金粉塑身，另外各有东西南北四处配殿，分别供奉西、北、东、南纳珍、利市、招宝、招财四路财神。督金府是专司管理监督采金炼金的衙门，比起县衙更加威风：督金府外，站岗的、巡逻的、金矿监工的人，一队队士兵头戴银盔、身穿铠甲，手持长枪，腰中佩剑，日夜在金矿、府衙布岗巡逻，百姓避之不及。

潘府量地势之崎岖，得基局之大小，高方就亭台，凹处开池沼，挖土开其穴麓，培山接以房廊，可谓三两间曲尽藏春，一二处堪为避暑。这座私宅占了几个庄子的地盘，养鱼的水须为活水；养生的鹿茸和熊胆要新鲜供应，潘府光是花园，就置有前后两座。

没过多久，潘府大院附近就衍生出一个易货杂耍的好去处；栖霞、莱州、龙口三地的百姓经常到此易货，这儿渐渐成为俗成约定的通商集市，逢四遇九赶大集。许多年后，潘府化为三个村庄：潘家、前花园、后花园。大门楼杨灯买金料，拿首饰，大多都是在罗山附近，他对罗山的传说和潘家的故事几乎了如指掌。罗山又有潘家、前

115

花园、后花园地标为物证，史上有潘姓大臣督金记载，潘家的传说广为人知，经久不息。

"潘家一枝花"这个黄金字号，可以说自带一份底气、一份神秘，遂令四方笃信不疑，大门楼和他的黄金首饰也声名鹊起。

大门楼对于卖首饰有很多感触，他深知想要卖好东西，讲好故事，交易就成了一半。

老潘家在罗山留下的故事太多了，大门楼随便讲给老太太和小姐，她们都会听得入迷，大门楼走南闯北，当然是个讲故事的高手，"潘家一枝花"，顺理成章，成为最好的黄金招牌。

罗山最好的金匠，都愿意把压箱子的首饰留给大门楼，大门楼一心一意要把它们卖出好价钱，否则，他觉得对不起那些一丝不苟的老金匠。

"达官贵人家都不差钱，只要东西大有来头，太太小姐一高兴，不在乎多花几个钱！"说到这里，大门楼心里"咯噔"一下：自己当年这么干，算不算蒙人？首长会不会见怪？

大门楼忐忑不安地抬起头，不知道该不该继续说下去。

首长们正听得入迷，其中一人点点头："说下去吧，我们都想听听罗山的故事、你的故事。"

大门楼放心了，他竹筒倒豆子，噼里啪啦道出了实情：大门楼自己从小没有爹娘，名字都还是老赌棍指灯为名给取的，哪有什么来头！

当年没啥名气的大门楼，好不容易找人牵线进了大户人家的门，想推销自己的黄金首饰，人家张口问他这些首饰是哪家的"字号"。大门楼的首饰没有字号，当即被人不屑一顾，就差被人家当成骗子轰出去。

"字号"二字，大门楼虽然没有，可他懂得那是啥玩意儿，说白了，就是一块卖货招牌。

大门楼从小就是在立甲疃的字号堆里长大的，立甲疃不缺字号，只不过都是油坊的字号，卖的是油。老字号的货物，品质确实上乘，货真价实，童叟无欺。这个"字号"，类似作坊的记号，代表的无非是自己家的货有啥来头，做了多少年。

大门楼开始有点犯愁，他无依、无傍、无来历，可大户人家的吃穿用度讲究的就是出处，除了大户人家，小家小户也买不起黄金。可这份黄金买卖想要做下去，必须有自己的字号！

大门楼知道大户人家的老太太喜欢听人讲古，灵机一动，就把罗山潘家的传说拉出来讲，顺便当成自家的字号，从此贩卖首饰，行走江湖。大门楼告诉太太小姐们，自家首饰的字号，叫"潘家一枝花"，选用的金匠，祖上都是老潘家当初从宫廷里带出来的，一年到头专程给潘家打造首饰，用以逢年过节，打点后宫和京城王府的内眷。

"后宫里的娘娘嫔妃，啥好东西没见过？送给王侯将相、孝敬太后娘娘们的首饰，没点儿绝活儿，能入眼吗？"大门楼告诉他的主顾，自己手下的打金工匠个个身怀绝技，有祖传的炸珠、镂雕、拉丝手艺，做出来的首饰，品相自然不一般。

这世间的女子，有几个见过真正的宫廷手艺？

又有哪个不是看见漂亮首饰，就想收入囊中？

故事听得入了迷，哪里还顾得上分辨字号的真假！

招远自古黄金多，靠打金吃饭的金匠，自然也就多。打金做金的手艺，经过传承与创新，可以说工艺精湛，花样百出。大户人家娶妻嫁女，都会专程携了清单，到招远采办金如意、首饰头面和黄鱼。龙口赫赫有名的丁百万、栖霞田产万顷的牟二黑，哪一家没有到招远兑换过金条、银锭储存？至于他们到招远采办的迎送嫁娶、节礼来往的金如意，梳头匣子里装的金梳子、金耳勺、金算盘，打赏用的金锞子等等，这些事情别人不清楚，常年在首饰铺子里打滚的大门楼，耳朵里灌得满满的，随便拎出一件来讲讲，就是一段好故事。

大门楼把"潘家一枝花"当成字号，让金匠在金银首饰上刻上一朵含苞欲放的莲花，对外声称"潘家一枝花"有一千多年的历史。

也有客户追问过："为什么'潘家一枝花'从来没有在明面上开过金店？"大门楼回道：当初老潘家的工匠，都是想方设法从宫里挖过来的，这些人了解后宫娘娘们的喜好，会用心揣摩新鲜可意的玩意儿，能博得后宫的欢颜和青睐。潘大人费尽心思、偷偷摸摸让这些人离开京城，来到罗山为他效力，自然要做得神不知鬼不觉。

老潘家告诫这些金匠："潘家一枝花"只能暗传，不能明路——天子如果知道了这些人的存在，明了路数，便是欺君掉头的大罪。由此，潘家带来的宫廷匠人只是潜心做黄金首饰，从不张扬开店。

大门楼从贩卖首饰开始，买金料，打首饰，都在罗山，对罗山的风土和人文传说几乎了如指掌。为了蹚出一条活路，大门楼由着自己的性子编故事，这故事不仅成就了他的买卖，而且成就了一个江湖上颇具传奇色彩的黄金字号——潘家一枝花！

罗山有真真切切的前花园、后花园、潘家村，潘家村还是四县交会赶集重地，有为人知的传说，这俨然为大门楼的"潘家一枝花"平添了很多底气，这个黄金字号横空出世，令四方笃信不疑，声名鹊起。

大门楼借势宣传自己的字号，不但合乎实情，而且顺理成章，黄金首饰从此卖得顺风顺水，颇得大户人家青睐。

大门楼抬头看看首长们，见他们听得饶有兴趣，不好意思地挠挠头，接着说道："'潘家一枝花'在大户人家中叫响后，拿到首饰的人，会为自己的首饰是宫廷手艺开心。挣下的钱多送点给足不出户的老金匠，我也很开心。这些老金匠做活较真儿，做一件玩物的时间，往往是别人的三五倍甚至十倍，这些人能琢磨出新款式不说，东西稍微有点瑕疵，宁愿毁掉，也不肯出手，老金匠的手艺和人品，理当被高看一眼……"

延河的水哗啦啦地轻轻流淌着。

夕阳为这条河，铺上了时隐时现的金色。

山川沉默，大地庄重，一切都是那么轻松美好。

随着大门楼杨灯的讲述，首长们默默倾听，神色渐渐深邃起来，他们关心的是黄金，思考的是形势。

自古以来，打仗都是兵马未动，粮草先行。

所谓根据地，就是屯粮屯钱，确保队伍有钱有粮，有立足、生存之地。有钱、有粮、有人，队伍才会渐渐壮大、无往不胜。

黄金是畅通无阻的硬通货，日本鬼子需要，国民党需要，根据

118

地羸弱的红色政权——中国共产党和他们领导的军队，更加需要，甚至可以说是迫在眉睫。

山东招远，罗山有遍地的黄金！

招远自古以来就是朝廷的采金重地！

随着大门楼的叙说，首长们第一次知道：罗山如此富庶，黄金开采历史竟然如此悠久！

巍巍宝塔庄严，滔滔延河长流。

在场的首长们，随着大门楼杨灯的讲述，陷入了深思：遥远的罗山，那是一座蕴藏了多少黄金的山啊！这座金山，共产党应该如何做文章？！

夜色已深，延安一处窑洞内，烟雾缭绕。

一号首长毫无睡意，桌子上是几份快马加鞭从山东调取的相关史料。他博览群书，襟怀和谋略绝非一般，眼前的资料，令他彻夜难眠：

招远县的黄金，果真令人眼界大开：夏、商、周时，招远地属青州莱子国，春秋属齐。春秋时期，齐国宰相管仲，成就了齐桓公的七雄霸业。《史记》记载："管仲既任政齐相，以区区之齐在海滨，通货积财，富国强兵，与俗同好恶。"《管仲·地数篇》记载："上有丹砂，下有黄金；上有磁石，下有铜。"管仲的海滨通货积财之地，即为齐国境内招远罗山。两汉继秦朝之后存在了四百多年，仅官方收藏的黄金就达一百八十余吨，汉书记载："曲城有参山万里沙祠，阳丘山，治水所出。"阳丘山为向阳群山，其最高峰正是罗山，海拔七百五十米，是莱州湾最高的临海山峰。

招远即为历史上的曲城所在地。"阳丘山"之所以更名"罗山"，与一场大地震有关：当年阳丘山有无数采金人正在洞中采金，忽闻锣声鸣荡空谷，采金人多奔出洞外。倏忽间，山崩地裂、石陷洞塌，走出金洞的人得以幸存。众人以为是菩萨敲锣救人，跪地感谢，阳丘山遂成为百姓感恩菩萨救命的"锣山"，古时"锣""罗"通音，阳丘山逐渐易名。

招远在北齐时期并入掖县，属于光州东莱郡；公元 623 年，唐朝特置此地为"罗峰镇"。宋朝时期，招远采金主要是"官置场监"和"由民承买"：允许官采，也允许民采，只不过都要缴纳采金税，否则法办。元丰元年（1078年），大宋王朝年产黄金一万零七百一十两，登莱两地产金九千五百七十三两，占全国黄金生产的百分之八十九，罗峰产金，占登莱二州的十之八九。

宋朝和金朝鼎立时期，山东为金朝所辖，金朝封刘豫为"大齐皇帝"，治理山东，刘豫对罗峰镇的黄金生产极为重视，金天会九年（1131年），特意将罗峰镇升为招远县，取"招携怀远"之意。

元朝建立了完善的矿业管理体制与机构，"朝廷建一府六所总其事"，专门掌管金、银、铜、铁、锡、丹粉等，1267年专门制定了一部《矿业条画》，即矿业条例，法治矿山，矿业秩序相对好转，矿业税收大增，黄金年产量最高达三万两，比宋朝最高年份多出一倍。元世祖忽必烈因此在至元五年（1268年），下令从益都（今青州一带）调遣四千户民众，到登州采淘黄金，这四千多户人家，多被安置在招远罗山、灵山、金华山三处产金之地。

罗山聚集了众多的采金者，大量古松被采金者砍伐，诗人毛贽有感而发："我来仰止名山胜，鸟道羊肠一线通。妙相庄严攒石壁，阴云缭绕起寒风。门前劈石蟠为坐，广厦幽崖兰为宫。明季金穴千百处，樵夫持斧砍秦松！"

罗山玲珑金矿，正是历代朝廷的天然金库！

"金城天府"，成为招远这座小小县城的别称！

……

东方既白，一号首长依然不肯睡去，他卷了一支喇叭筒，重重吞吐。袅袅的烟雾中，首长饶有兴趣地快速翻阅着手里的材料，智慧无敌的眼睛里荡漾着深深的笑意："金城天府！"

自古以来，黄金一直都是神权的旨意、王权的代表。无论在哪朝哪代，两方交兵，比拼的都是国富民强、金银储备，可谓得黄金者得天下。

"兵马未动，粮草先行"，这是兵行之道。

枪杆子里面出政权，没有武器，则难有政权。

有了黄金，就有调取不尽的兵马、武器和粮草。

对于一穷二白的苏维埃政府来说，对于急于成长壮大的中国共产党及其革命队伍而言，若是"金城天府"招远的黄金能源源不断输送到延安，中国共产党的队伍建设和革命斗争，无疑就有了保障和底气。

招远罗山！玲珑金矿！

延安最高首长的朱笔，重重地落在地图上，对着招远画出一个醒目的红圈，这真是踏破铁鞋无觅处，得来全不费工夫——金城天府！

让美元见鬼去吧！只要搞到黄金，就已经足够！

接下来几天，三位首长几乎足不出户，聚集在延安凤凰山麓一个窑洞里，讨论根据地现状，研究根据地经济来源，招远的黄金，被中共中央纳入视线，提到了前所未有的战略高度。

既有战略，必有战术。就在这座简陋的窑洞中，一份智慧而绝妙的设想，在三个人的交汇补充中，逐渐清晰明朗，形成一份完美的方案。

按照这个方案，延安高层要在山东布下三局大棋，棋眼为：黄金、货币、根据地。三局大棋，环环相扣，三局全胜，胜负立定。

第一局，中共中央要在招远夺取黄金，将黄金输送到延安，为中国革命队伍，造血输血，发展壮大革命队伍。

第二局，中共中央要依托招远的黄金资源，成立中国共产党自己的银行，发行红色货币。

第三局，中共中央利用共产党自己发行的红色货币，不断统一、扩大巩固根据地面积，将红色根据地的百姓和经济发展，牢牢掌控在中国共产党人手中。

这三局大棋，缺一不可，只有步步为营，方能成就中国共产党坚不可摧的牢固基础和长青基业。道理显而易见，无论是两党之争，还是两国交兵，在经济战线上，都需要一个完美闭环：前方比军队，后方比经济实力，比群众基础。毫无疑问，中国这支羸弱的革命队伍，需要胶东这样有山有水、富庶坚定的大后方。

这三盘棋的布局，可谓天马行空，纵横驰骋，前无古人，后无来者，令人拍案叫绝，这是中共中央延安高层的最高机密部署，知者寥寥。

大门楼杨灯是招远的黄金大鳄，在江湖中有响亮的黄金字号，结交了不少各路朋友，有丰富的进货、带货渠道，有宝贵的运金经验和落脚点，成为招远这盘黄金大棋中的不二人选。

返回山东之前，大门楼应邀来到一处窑洞中。

这座不起眼的窑洞，正是一号首长的办公地兼住处，它跟其他窑洞没有任何区别，无非就是室内多了一张木桌，墙上多了两张地图，还有就是屋里的书多。

大门楼眼见为实，延安这些首脑的衣食住行，比起国民党的连长、团长、师长们差多了，甚至差十倍、百倍，乃至千倍不止。至于跟济南、青岛国民党的厅长、市长居住的别墅相比，更是差得没有谱。这些年大门楼在济南、青岛、潍坊、天津出入的都是国民党军政要人的内宅，哪家不是古玩玉器，锦衣玉食，一家比一家阔气！

可恨的是这些人养家不靠俸禄，做的都是无本买卖，靠灰色甚至令人不齿的黑色手段来钱，可谓三百六十行，行行皆能下手：法院是有理无钱莫进来；军队官大一级压死人，克扣下级粮饷；财税管你世道咋样，税额一涨再涨。

大门楼这些年出入豪门大户，也算是见多识广。逃难路上活不下去，卖儿卖女的人随处可见；得罪了军政要员，被下套、家产损失大半的地主和实业主，也比比皆是，苦不堪言，无法申冤，上吊自杀的也不是没有。这种恃强凌弱，朱门酒肉臭、路有冻死骨的景象，大门楼见得多了，恨不得一口咬死那些没人性的家伙，可是他也无可奈何，只能小心翼翼地跟这些人周旋，时不时也要"孝敬"一番，好好打点。

在延安，大门楼看到共产党官兵一致，只为劳苦大众，这让他的心里暖洋洋的：这些首长都是有天大本事的人，也有自己的爹娘妻儿，干什么不行？偏偏要帮助吃不上、穿不上的穷人？天底下还有比这更好的人吗？

见杨灯对着窑洞炕上那床有点褪色的土布被子出神，首长无声地笑了："杨灯同志，跟着共产党的大部队走，你要散尽家财，不怕困难，不怕牺牲，哪怕献出自己的生命，也要带领中华民族富强起来，不再忍受列强和外敌的侵略。要想让中国的穷苦老百姓不再饥寒交迫，就要建立一个富强民主的人民政府，这一路肯定会千难万险，你舍得散尽千金，舍小家为大家吗？"

大门楼听懂了首长的话，心头有万念闪过，百感交集。

大门楼是在流浪中长大的，早年饥寒交迫的滋味就不用提了，如今虽然有了钱，可不管是在济南、青岛，还是在天津，中国人还是要比洋人矮上一等！大门楼见过洋人，少数的洋人很有礼貌，更多的洋人不可一世，把中国人当成狗——富丽堂皇的地方不让中国人出入，他就遇到过这样的难堪。这些洋人在中国的地盘上竟如此耀武扬威，大门楼恨不得砸烂那些洋人的狗头！这些洋人的银行、买办，哪个不是跑到中国挣银子来的，反而在中国地盘上撒野，真是岂有此理！把列强赶出中国，让中国的老百姓免受欺辱，人人都能够吃饱穿暖，这是大门楼梦里都想的事。

亲眼见到了延安最高首长补丁摞补丁的衣服，见到了首长的简陋住处，再跟国民党政府、部队官员的荒淫奢侈相比，大门楼杨灯的心豁然开朗：延安首长，才是真心替穷苦老百姓着想、带领中国人向光明处行走的人。

大门楼名字中的"灯"字，本意就是求个亮堂，可是一灯之亮，压根儿照不了多远——他遇到过太多卖儿卖女、走投无路的穷苦人，自己压根儿帮不了。至于"灯下黑"，更是大门楼杨灯的心头大患——自己风餐露宿积攒的散金碎银，动辄要赔着笑脸，打点国民党高官、警察局长甚至国军的兵痞。说句真心话，国民党的做派，老百姓真心指望不上。要说亮堂，能让穷人好起来，让中国强起来，这才是真正的亮堂。难怪延安的老百姓人人都在唱："解放区的天，是明朗的天，解放区的人民好喜欢！"

"相互平等，大家都好了，我也好了！"大门楼杨灯的心就像被点亮了一样，心情刹那间分外舒畅，"赚钱就是为了奔个日子亮堂，首长们能做到的，我杨灯绝不含糊！生死不惧才能绝处逢生，才能做大事，区区黄白两物，又算得了什么！等到共产党胜利的那一天，劳苦大众家家户户都能过上好日子，就像延安一样，大家吃得一样，住得一样，我还攒钱干什么？！"

首长紧紧握住大门楼的双手："杨灯同志，让普天下的劳苦大众都能过上好日子，让中华民族屹立在世界的东方，这就是中国共产党为之奋斗的目标。你决心坚定跟着共产党走，党中央非常欢迎你，也非常需要你！"

一号首长满意地点点头："中共中央已经给山东军分区作出重要指示，请杨灯同志服从山东军分区的领导，返乡之后发挥自己采购黄金、贩运黄金的独特优势，想方设法团结一切可以团结的黄金矿主、乡绅和劳苦大众，为早日夺取黄金、争取中国共产党的全面胜利、保护中华民族的长远利益，进行坚持不懈的斗争！"

一号首长的话仿佛阳光，照亮了大门楼的心房。

延安的高人真多，他们的心真大，想得这么长远！

中国穷苦的百姓有救了！玲珑金矿有救了！

杨灯的心，瞬间擦出无数个火花。

"运筹帷幄，决胜千里！"这比起千里走单骑，可是能耐多了，大门楼杨灯也是一条汉子，他一百个愿意！

黄土高原的冬天是寂寥的，天上飘着细细的雪，这雪不大，只是飘了一夜，脚下的雪被风吹得斑驳，远处的山岗上像戴了一顶白帽。西北风到底有些凌厉，送行的首长浑不在意，亲自把杨灯送出了一程又一程。

送君千里，终有一别。

杨灯上马之前，首长神情庄严，满含期待："杨灯同志，枪杆子里面出政权，没有枪杆子，就无法建立共产党的政权，也就没有为劳苦大众谋福利的机会。中国共产党想要赢得这场胜利，前方要流血牺牲，后方需要真金白银购买枪支弹药、进行后勤保障，延安需要千千万万人的支持！"

仿佛预见到这场黄金争夺的严酷性，首长语重心长地说："共产党要斩断日本鬼子伸向罗山的魔爪，夺取黄金，把黄金送到延安，必定会遭遇日本鬼子和国民党的双重围追堵截，会遭到疯狂的打压，甚至付出血的代价。你们一定要机智灵活，顽强英勇，一路抗争到底。让我们团结起来，万众一心，争取在最短的时间内，赢得这场革命的胜利！"

大门楼深深点头："我懂，首长！打仗不仅要拼人力，还要拼谁的家底厚实！我保证听从党的指挥，不惜一切代价，想方设法，把招远的黄金送到延安！"

"杨灯同志，之前你是千里走单骑，可以率性自由出入；以后想把成千上万两的黄金送到延安，要上下齐心，团结协作。你要发挥个人优势，更要严格要求自己，服从党的组织领导，带领同志们以最小的代价，赢得最大的胜利！"

首长紧握大门楼的双手："保家卫国，方显英雄本色，以前，你是单枪匹马为家，以后，就要率领千军万马为国！你要做一匹最好的头马了！"首长的眼睛熠熠生辉，仿佛天上明亮的星辰。

"天爷，咱们真能搞到这么多黄金？"大门楼摩拳擦掌，跃跃欲试。

首长爽朗地笑了："搞到黄金只是第一步，我们的目的，是要把侵略者赶出中国，让他们从哪儿来的回哪儿去！"

"是，首长！"大门楼对着首长端端正正地行了一个军礼，"我一定会做最好的头马！"

大门楼杨灯从延安直奔山东，直奔盛产黄金的招远，马蹄声声，仿佛催响了一连串激越的战鼓。

招远黄金，直通延安！这是一个多么大胆的构想！

"让玲珑金矿的金色，弥漫在共和国崛起的道路上！"首长的话多么浪漫，多么气势磅礴！

热血沸腾的大门楼，尚未意识到：这，是一条金色弥漫的道路，更是一条血色弥漫的道路，是一条中华优秀儿女，用热血和身躯铺就的革命之路、庄严之路、胜利之路。

第十一章

1937年7月，日本发动卢沟桥事变，将侵华战争全面升级。

1937年7月29日，北平失陷。7月30日，天津失陷。

1937年8月9日，驻上海日本海军陆战队中尉大山勇夫驾驶汽车带领士兵斋藤要藏强行冲击虹桥中国军用机场，被机场卫兵击毙；8月13日，日军以租借和停泊在黄浦江上的日本军舰为基地，对上海发动进攻，淞沪抗战爆发，上海军民奋起抵抗长达三个月。这是抗日战争中双方规模最大、战斗最惨烈的一次战争，中国付出了三十三万多人的生命，打死打伤日军五万人，粉碎了日本"三个月灭亡中国"的狂妄计划。后来，由于国民革命军战略不当，装备落后，1937年11月20日，上海沦陷。

1937年太原会战于9月3日打响，先后经历了天镇战役、平型关战役、忻州会战、娘子关战役和太原保卫战，战役历时两个月，11月8日，太原失陷。

日本侵略者的铁蹄，步步逼近山东，山东告急。

山东省方面，此时正是韩复榘主政。韩复榘在北伐战争中，是冯玉祥手下的"十三太保"之一，十九岁从直隶顺天府霸州煎茶铺闯关东，擅长作战，兼通文墨，在北伐战争中一路猛打猛冲，是率军第一个打到北京城下的北伐将领。

1930年蒋介石、冯玉祥、阎锡山中原大战时，韩复榘脱离冯玉祥，投靠蒋介石，在山东击败晋军，为蒋介石巩固了山东战线。韩复榘不是蒋介石一手带起来的嫡系部队，他在山东的统治，始终与蒋介石的中央政府有一定的隔阂，山东的政治和军事实际上处于半独立状态，蒋介石与韩复榘始终相互忌惮。

韩复榘在山东主政八年，一方面加紧推行自己的施政纲要，一方面加快扩充军队步伐。他重视教育，力排众议，任命何思源为教育厅厅长，教育经费每年都有增加，增设许多中小学、一所医学专科学校、八所乡村师范和四所职业学校、国立山东大学、山东省立戏曲学校，在校学生由1929年的五十余万，增至1933年的一百多万。

韩复榘要想治理好山东，各行各业都需要真金白银的支撑。韩复榘的亲戚之所以力荐第三方跟玲珑金矿金疙瘩李合作，努力推进工业化采矿，一者是的确想推动山东实业发展，扩大税源，为山东省的军队扩充和民生建设谋求资金来源；二者也是有私心作祟，想插手玲珑金矿，毕竟罗山有的是真金白银。

韩复榘让亲戚给日本人和金疙瘩牵线，本想借日本人投资的机会在玲珑金矿插上一脚，准备"螳螂捕蝉，黄雀在后"。可日本人看出了韩复榘的意图，在借助省府力量与玲珑金矿牵线搭桥之后，悄悄将总部搬到青岛，来了一个"釜底抽薪"，他们绕过省府批文，甩开山东，没给韩复榘任何可乘之机，悄然进驻罗山，与金疙瘩合作在玲珑金矿建设现代化矿山，大肆开采黄金。

日本人的狡猾无耻大大出乎了韩复榘的意料，他插手玲珑金矿的愿望落空，反被全国口诛笔伐，韩复榘彻底认清了日本人的面目。

1937年抗日战争全面爆发之前，日本人向韩复榘伸来橄榄枝，提出"华北五省自治"计划，被他断然拒绝。抗日战争全面爆发后，韩复榘的第三集团军按照当时的战区划分，归李宗仁的第五战区指挥。韩复榘任国民党第三集团军总司令，兼任第五战区副司令，负责指挥山东军事，承担黄河防务。

韩复榘知道日本人绝对不是什么善类，他积极备战：下令驱逐日本在济南的使馆和日侨，命令手下各级军官安排好家眷，随时准备为抗日战争牺牲，发誓绝对不当汉奸。日军进攻山东时期，韩复榘亲自在第一线指挥，与日军先后进行了夜袭桑园车站、血战德州、坚守临邑、济阳遭遇战、济南战役、夜袭大汶口等多场战役，三个师损失过半。抗日战争在山东打响后，韩复榘顽强抵抗日本侵略军，玲珑金矿的日本人惶惶不可终日，至 1937 年 8 月底，全部撤离玲珑金矿，返回日本。

黄河是山东防守的天堑，防务至关重要。

韩复榘亲自率领卫队越过黄河，视察前线，不幸被日军包围。韩复榘的卫队拼死抵抗，几乎全部阵亡，在卫兵的拼死掩护下，韩复榘才骑着摩托车，侥幸逃回济南。

韩复榘亲眼看见日本军队的摩托车和汽车等机械化配置几乎可以一日千里，便下令炸毁黄河大桥，决定以黄河为天堑，坚守山东半岛。黄河大桥被炸毁之后，日军暂时过不了黄河，只能用远程大炮乱轰济南，两军隔着黄河，不停进行炮击战。

韩复榘的炮兵部队，装备实力远远不及日军，山东防守如临深渊。就在这万分危急的关头，蒋介石又把许诺给韩复榘的中央重炮旅，调给了自己的嫡系部队汤恩伯。传闻蒋介石将国民党军队分为三类：第一类是蒋介石的嫡系部队，俗称中央军；第二类是中央旁系，是蒋介石在北伐战争和军阀混战中，不断收编的部队，属于中央军序列；第三类是不受蒋介石控制的地方军。蒋介石用人也确实有三个标准：第一是出身黄埔军校；第二是重用老乡；第三是对他忠诚的人。不管是出于对徐州会战的考量，还是出于蒋介石对于嫡系部队的宠爱，山东方面到底失去了中央军大炮的支持。

韩复榘孤掌难鸣，山东岌岌可危。

12 月 13 日，日本侵略者占领南京，在日本华中派遣司令官松井石根和第六师团长谷寿夫的指挥下，屠城入周，对南京三十万中国军民展开了凶残暴虐的大屠杀，惨绝人寰。固若金汤的南京沦陷，令韩复榘放弃了抵抗日寇。或许是出于对蒋介石不抵抗的强烈愤慨，或许是出于保存个人军事实力的自私考量，韩复榘未经请示，主动放弃黄河防线，退守泰安。

李宗仁电令韩复榘死守泰安，韩复榘回电嘲讽：

"南京不守，何守泰安！"

韩复榘下令撤离济南、放弃黄河防守之前，专程派出军队到玲珑金矿，将日本人新建的先进的厂房机器全部炸毁。

韩复榘对玲珑金矿黄金的惦记和重视，可见一斑。

山东省再大，也是全国一盘棋上的子儿。

实际上，国民党主席蒋介石一刻也没有放松对各路诸侯的提防，全国各地都有其眼线。他的情报队伍不是吃素的。

罗山玲珑金矿，是历朝历代官府收金纳银的聚宝盆，蒋介石心知肚明。韩复榘妄图独吞金山，蒋介石早就有收拾他的心思，只是碍于群雄虎视，大有逐鹿中原的苗头，蒋介石个人首席地位尚且未稳，鞭长莫及，时机不到。

韩复榘违反军令，擅自撤离黄河防务，致使山东失守，蒋介石终于迎来了剪除异己的机会，杀心大起：1938年1月，韩复榘被蒋介石在开封诱捕，同年1月24日，"山东王"韩复榘被蒋介石不审而判，不宣而毙。

韩复榘死后被宣布十条罪状，其中第八条是擅征和截留国家税款，第九条是侵吞国防经费，第十条是扰乱金融。韩复榘之死在经济方面就有三大罪状，与玲珑金矿有无关系，可想而知。

中国抗日烽火四起，山东省主席被蒋介石所杀，造成了山东境内实际上群龙无首，人心涣散，国民党的军队在山东，没有拧成一股绳子的向心力量，这为中国共产党在山东建立根据地、发展壮大革命队伍，提供了"天时"和"地利"的机会，接下来就是共产党唱出的"人和"大戏。

胶东烟台，是中国共产党发展党员组织较早的地方：

1921年7月1日中国共产党成立后不久，中共中央局就派邓中夏、王荷波、彭雪枫等人到烟台开展工作，海军学校的郭寿生成为烟台第一名党员；1928年2月，中国共产党员宋海艇在莱阳石龙沟建立党支部；1928年3月，李伯颜建立中共莱阳县委员会，与中共山东省接上了联系；1933年3月，张静源在牟平县刘伶庄成立中国共产党的统一领导机构——中共胶东特委。

1933年7月的一天，招远县道头五小，迎来了一位面色黝黑、人称"大老黑"的大汉，此人名叫王芝风，是中共胶东特委委派到招远发展队伍的联络员。在道头五小一间小小的房间内，中共招远县特支部宣告成立，由莱阳中心县委统一管理，招远籍人士李厚生任书记，臧相彝任组织委员，王德安任宣传委员。

中共招远特支成立后，支部成员分头找亲戚，劝朋友，四处发展党员。招远特支陆续在招远县建起南泊子村的"大东医院"、毕郭"天佑医院"、招远道头"华国药房"和招远二区的增人寿药铺四处联络点，成为胶东有名的"小苏区"。国民党反动派闻讯大吃一惊："招远县被赤化了！"他们专门派来"捕共队"，抓捕地下党员。

1935年1月，胶东在文登县成立第三届胶东特委，张连珠和李厚生分别当选第三届胶东特委书记和委员。会议商定1935年农历十一月四日，组织发动武装暴动，番号为"中国工农红军胶东游击队"。消息泄露，武装暴动遭到了国民党展书堂部八十一师的残酷镇压，幸存下来的二十多人，辗转在昆俞山一带活动。1937年12月，在中共胶东特委的领导下，这支队伍在文登县田福山举行了抗日武装起义，成立了山东人民抗日救国第三军第一支队。

1938年1月，在中共胶东党组织的领导下，蓬莱、黄县、掖县建立了四千多人的革命武装和抗日民主政府，招远县成立"中华民族解放先锋队"，建立了招远县抗日根据地。

中国共产党领导下的"人和"大戏逐渐雄起，胶东抗日民主政府和革命队伍蓬勃发展，掀起了全民抗日的热潮，招远人民从此开始，写下了中国革命历史上独一无二的金色华章。

1938年1月10日，日寇占领潍县，同日占领青岛。

1938年2月1日，日军从潍县分乘十八辆汽车，侵占掖县；同年2月2日，已经占领青岛的日军第五师团一部三千多人，沿青烟公路北犯，当天侵占福山；2月3日，日军侵占烟台，然后兵分两路，一路东犯牟平，一路西犯蓬莱、黄县和招远。

1938年2月13日，中共胶东特委书记、山东人民抗日救国军第三军司令员理棋、政治部主任林一山指挥指战员，在牟平雷神庙打败了日军的围攻，打响了胶东武装抗日的第一枪，打破了日军不可战胜的神话，点燃了胶东抗日的烽火。

1938 年 4 月，山东抗日救国军军委对抗日武装进行整编，下辖第一、二、三、四路军，共计七千多人；同年 5 月，中共胶东特委和第三军西进黄县打游击，开辟了山东抗日根据地蓬莱县、黄县、掖县三县政权。

1938 年 4 月，招远特支动员了几百人参加第三军抗日游击队；同年 7 月，共产党员刘永增（又名刘儒柱）将被国民党镇压的红枪会（佛教会武装）成员一百多人带进革命队伍，接受共产党改编，不久之后与第三军第三十二大队、从玲珑金矿拉出来的一部分矿警，整编为"胶东人民抗日游击队第三大队"，由胶东特委军事部和中共招远特支领导。正是这支队伍，成为招远黄金争夺战中的重要武装力量。

1938 年 8 月，经中共胶东特委批准，撤销招远特支，成立中共招远县委。同月上旬，根据中共胶东特委指示，招远县委在罗山传统采金村九曲成立，刘儒英任县委书记。

1938 年 9 月，中共胶东特委书记王文，专程来到招远县委驻地台上村（玲珑金矿附近），主持召开会议，成立了中国共产党革命历史上唯一的专门机构——胶东黄金工作委员会。

遵照胶东特委指示，招远县委 1938 年 9 月正式成立招远县采金委员会，带领干部在罗山玲珑镇一带，组织工会，发动群众采办黄金；安排地下党员，渗透到罗山玲珑金矿内部，发动工人破坏敌人生产，收集情报，开展秘密夺金运金活动。随着中共招远县委与胶东人民抗日游击队第三大队的成立，一支有组织、有计划、有武装的中共中央领导下的黄金队伍迅速发展起来。

1938 年 10 月，国民党蔡晋康部四十四支队占领玲珑，国民党采取了地毯式搜捕、清除玲珑金矿的共产党员，对黄金产地严防死守，采金委员会被迫撤到邻近的黄县，中共的黄金筹集，在罗山玲珑一度陷入绝境。

1938 年 12 月，中共胶东区召开第一次党员代表大会，六十多位党员代表选举产生了胶东区第一届委员会常委，王文当选胶东区党委书记，中共中央在胶东形成了绝对核心领导力量，统一指挥胶东抗日武装。

1938 年 12 月 1 日，北海行政督察专员公署宣布成立北海银行，在胶东抗日根据地发行北海币。北海币为蓬莱、掖县、黄县抗日根据地通用货币，北海币正上方书有"北海银行"四个大字，用于"北海公署"所辖的三县范围内流通，下设蓬莱和黄县两处分行。

"北海银行"的含义为：南山松不老，北海水长流。

在华夏阴阳五行的智慧传说中，水的意义重大，代表财富，北海之水，浩渺不绝，"北海银行"的追求，不言而喻。而对于一家刚成立的银行，仅有祝福，远远不够，真金白银，才是任何一家银行发行货币的基础和底气。中共招远县委根据上级指示，秘密安排地下党员，以不同的身份渗透到黄金产区，走村串户，收购黄金，动员黄金产区群众和采金承包大户，支持共产党。

1938 年 12 月底，日寇和伪军进攻胶东。

1939 年 1 月 16 日，掖县失陷，北海银行被迫转移，银行的印刷设备在到处转移中丢失，成立一个月的北海银行被迫解散。

1939 年 2 月 27 日，招远县遭到日军少川支队与汉奸刘桂堂部侵占。次日，日寇纠集七百多名日伪军，侵占了玲珑金矿。面对外敌入侵，中共招远特委没有撤退，联合八路军、国民党地方武装徐叔明、辛诚一部攻打招远城。战斗由胶东区党委书记王文指挥，八路军第五支队负责主攻，战斗在 3 月 7 日凌晨打响，到下午两点左右结束，共击毙敌人一百五十多人，包括指挥官藤田、伪营长史书琴，缴获枪支二十一支，子弹三千多发，战马九匹和军用物资一大批，国民党司令辛诚一在战斗中牺牲。

招远县抗日军民众志成城，日寇胆战心惊，对玲珑金矿实施军事封锁，在玲珑金矿驻扎了一千多人，包括两百名武器配备精良的日本中队和七个伪军中队，玲珑金矿周围建起了七个据点，围了三层铁丝网，探照灯和狼狗日夜巡逻。

日寇疯狂叫嚣："宁失招远城，不失玲珑矿！"中共地下党在罗山玲珑金矿一带的黄金筹集，再一次遭受到了前所未有的压力，迟迟无法开展工作。

1939 年 5 月，中共中央指示：重建北海银行。

中共胶东特委选派陈文其负责北海银行重建。

中央要求胶东一手抓北海银行建设，一手抓黄金筹集，可玲珑金矿被日寇看得像铁桶一样，谈何容易！胶东区特委研究决定，安排胶东区工会负责人苏继光，设法打入招远西南灵山沟金矿，先在灵山沟筹集黄金，支持延安，支持北海银行建设。

1939年的冬天有点冷，两位穿大氅的老板，来到了蚕庄镇灵山，其中一个人非常面熟，此人正是久未露面的大门楼。

丁家庙的老板一边礼让客人，一边问："杨老板，听说你在青岛开了金店赚大钱，咋有空到我这小山沟里来了？"大门楼是个钻天的鹞子，单枪匹马就敢带着黄鱼跑到外地做买卖，招远的黄金老板几乎没有人不知道此人。

这里的矿主对杨灯心存好感，说来也是大门楼仗义，他每次过来收金子，不压价位、不空手，买卖成不成，多少都会送点外地的特产，正所谓"买卖不成仁义在"，这些黄金老板不免都对他高看一眼。

"瞧你说的，是怕老弟到你这座金庙里借香火吗？"大门楼捶了丁老板一下，"老哥你这儿山高皇帝远，都不知道外面乱成啥样了！青岛和罗山，眼下世道太乱，老弟我想赚黄金的钱，还要指靠灵山沟你们这些金老板，在暗道上多走一些黄货！"

大门楼几盅香茶下肚，这才长叹一声说："大哥，这次你可真得帮帮我，青岛的金店获利确实不菲，可除去打点警察局、政府机构那帮孙子，所剩无几。财阀都晓得乱世存金，山西的大财东一个个急着囤金，跟我要黄鱼。他们要得多，不是老娘儿们戴在身上的那点玩意儿，不用送到青岛市面张扬，直接从咱们产地走货，差价赚得多。兄弟我现在可真愁死了，明明黄金倒倒手就是钱，可就是罗山周围的村都建了鬼子炮楼，玲珑金矿外边围着三层铁丝网，连走路都困难，收金藏金被鬼子抓到会被挑肠子、掉脑袋！"

"罗山那么大，小日本看得过来吗？"丁老板问。

"喊，你是没去看啊，罗山一共才有几条进山的路？"大门楼捏起指头，"好家伙，建了好几座炮楼！炮楼上留的全是机枪眼！小日本个子不大，他们养的狼狗倒是贼大，吐着红红的舌头，一有动静，人还没靠近呢，狗的耳朵就竖起来了，还敢靠前？！"

大门楼也不兜圈子："这一阵子，我是万万不敢跑到罗山去抓挠黄鱼了，我知道灵山沟出的黄鱼也不少，明人不说暗话，兄弟我就想过来叨几口，还得仰仗灵山的老少爷们儿相助！"

大门楼实话实说："就咱们这些人，一不会种地，二不会行医，活下去还是要靠黄金。你这儿靠工人给你赚钱，不卖黄金没法子给工人开支，我靠倒腾黄金养活全家。富贵险中求，我今天专程过来拜访丁大哥，就是想请大哥和灵山沟的兄弟们商量一下，咱能不能合起伙来，把山西大财东递给我的单子都接下来！"

丁老板眨巴眨巴眼睛，亲自给客人续茶："黄金肯定要出货，可这事情我一人说了不算，得几家认可，才能接大单子。单家独户，谁也不敢保证能定期交货，一来不敢肯定自家的线儿（矿脉）肥厚，二来黄金是血财，还要不出事故，这些你是知道的。"

大门楼慢条斯理地喝了一口茶："就是想到你们的难处，我专程带来一个好兄弟。我正式介绍一下，我这个兄弟姓苏，大号继光，你去烟台打听打听，人家可是咱烟台地盘上的工会老大，不光有人有钱，背后还有靠山！只要他能相中灵山沟的好风水，愿意跟咱出资做这笔买卖，黄金就不愁运不出去。只要他愿意跟咱们合作，在灵山扎下根，你们的黄金收购价，保证比原来的只高不低！"

丁老板抬头仔细端详苏继光，苏继光微微抱拳："丁老板，鄙人苏继光，初来乍到，幸会！"

这个苏继光声音不高，也没多话，只是目如寒星，笃定轻松，这么大的买卖，在他眼里仿佛只是等闲而已，苏老板不卑不亢，举手投足，气度不凡。

丁老板还是满面愁容："杨老弟见多识广，连你都信奉的人，指定不会错，按说矿洞是咱自己的，黄金也是咱自己的，爱卖给谁就卖给谁。可咱灵山沟这帮国民党兔崽子坏透了！推出来的金子不卖给他们，他们就会找麻烦，每个月我们还得给他们缴保护费，这些年，他们把黄金收购价压得很低，倒手再扒大家一层皮。大家真是恼恨透了，可人家手里有枪，大家都敢怒不敢言！"

大门楼笑了起来："丁大哥，俗话说柿子都拣软的捏！不压榨你们压榨谁？金矿主只知道发财，不知道抱团，不折腾你们折腾谁？人家有枪，你们有黄金，有黄金还愁买不到枪？苏老板有的是办法替你们出头，没有国民党兵痞捣乱，灵山沟的黄金收购价，或许能给你们涨上几个点！"

丁老板的眼睛亮了："真能涨那么多，兄弟可以找另外几家矿主合计合计！"

一个月后，苏继光投资五万元，在灵山沟办起了兴隆金矿，从胶东工会调来于采臣当矿长，宗泽当会计，兴隆金矿每天生产十八两黄金。这个苏继光，有矿长和会计每天管理金矿大小事宜，自己每天端着水烟袋，这家走那家看，能跟矿主喝茶，跟矿工唠嗑，不长时间，苏继光对灵山一带矿主的难处和工人的困境，几乎了如指掌。

灵山沟一个孙姓老板，当年砂子出得不理想，入不敷出，年底给矿工开支时就动起歪心眼，想要赖账。工人们拼死拼活干了一年，正着急拿工资回家过年，眼看开支无望，手持家什，围堵着孙老板的大门索要工钱，一时间群情激愤。

驻扎在灵山沟的国民党官兵，不闻不问，希望把事情闹大，等到矿主家里被砸个稀巴烂，处理问题时可以两头拿好处。

正在矿主和矿工骑虎难下，械斗一触即发的时候，苏继光站了出来，他先以胶东区工会的名义，安抚好拿着大镢铁镐的工人，告诉矿工，工会将一插到底，让孙老板节前就给大家开支。

矿工只为要钱，听到苏继光言之凿凿，工人将信将疑地散去。

工人们散去之后，苏继光留下来给矿主做工作："孙老板，古人云'厚德载物'，财神也愿进善人家的大门。倘若你今年不开支，明年没有工人敢给你干活，你靠谁发财？难道靠自家的老婆孩子去采矿、推矿吗？你也不是不知道，今年你亏工人一尺，明年工人会亏你一丈，工人想要糟践你，给你往矿石里面掺和毛石就行！"

苏继光摸清了矿工的底子和路数，倘若矿主苛待工人，工人想要对付矿主也不是没有办法，只要往一筐矿石里面掺杂些毛石，就可以拉低整个矿石品位，增加碎矿和选矿成本，矿主想要推金挣钱就很难。

孙老板苦着脸告诉苏继光，不是自己不想开支，是这几年看着每天红红火火出矿，其实就是忙了个勉强维持。今年家里遇到点难事，手头是真拿不出这笔开支的钱，他正思谋着塞点钱给国民党军官孙务本，请他们过来解围，替自己赶走这些穷棒子。

苏继光说："你好糊涂啊，工人才是你的衣食父母，没有工人干活，你发哪门子财？！这些国民兵痞才是喝你们矿主和工人血的人，你算算看，这几年你一共缴了多少保护费？！"

苏继光循循善诱，孙老板连连点头。

苏继光主动出面，找到其他矿主，动员其他老板出手援助，自己率先带头出钱。苏继光告诉这些矿主，大地方的企业和生意都设有商会和工会，商会左右联合，讲求抱团发展；工会上下通气，确保大家和气生财。

苏继光的话，让这些成年累月蹲守在山沟采金、推金的土财主们眼界大开："商会、工会"的理念，灵山沟的金老板们之前闻所未闻，大家以前只想个人发财，家家都是自扫门前雪，看到同行遭罪，有的人心里或许还有一点儿幸灾乐祸。

在苏继光的奔走下，矿工们领到了全额工资，他们对苏继光千恩万谢；孙老板顺利渡过难关，几乎把苏继光当成主心骨，有事情就找苏继光拿主意。

灵山沟几家出手帮助孙老板的矿主，原本是看在苏继光替大门楼坐地收金的面子上才勉强出资的，这次孙老板化险为夷，让他们看到了抱团发展的威力，都对苏继光刮目相看。矿工拥护，矿主佩服，苏继光在灵山沟威望日盛。

1940 年春天，苏继光以保护金矿的名义，动员几个采金大户，集资购买枪支弹药，成立了八个护矿队，事先商量：由几家矿主共同出资，八家一起管理，到时候一家有难，另外七家一起出手。实际上，八个护矿队成立之后，这几家矿主依然把心思放在采矿和推金赚钱上，他们不懂也不愿意拿出精力，分心去管理护矿队，情愿把指挥护矿队的权力，一股脑儿交给了苏继光，有了金矿自己的护矿队和枪支弹药，原来驻矿的国民党游击队孙务本的队伍，被灰溜溜地赶出了灵山沟地盘，矿主们去了心头大患，更加信赖苏继光。

苏继光趁机在蚕庄灵山沟宣传抗日救国的道理，他以山东省总工会的名义，跟矿商谈形势，宣传家国思想，顺利将八路军山东纵队五支队十四团迎接到灵山，与此同时，中共"招远灵山采金局"，顺理成章，正式在灵山王家挂牌成立。

共产党公平收购黄金，对农民减租减息，矿主头上没有了国民党的残酷压榨，老百姓没有苛捐杂税，这片大地上的天没有了乌云。灵山百姓拥护共产党的部队，灵山沟谁家里住进了八路军，谁家的人就感到脸上有光，走起路来胸膛仿佛都格外挺拔。

从1939年1月16日掖县沦陷，到1940年2月，正是胶东地区日伪、顽固派、共产党三角斗争形势最尖锐的时期，胶东刚刚形成的掖县、黄县、蓬莱三县革命抗日根据地，全部失陷。

招远在这一时期创造了一个奇迹：招远县委领导党员马不停蹄地发动爱国群众，扩大抗日武装根据地，在胶东最黑暗的1940年，招远县党组织领导下的抗日根据地和争夺区，占全县面积的百分之八十以上，是胶东地区所有的县抗日战争形势最好的县份。

1940年2月25日，招远县抗日民主政府在招远陡崖曹家正式成立；同年4月23日，胶东区北海行政督察专员公署，在招远县勾山区南单家村成立，与招远抗日民主政府合署办公，管辖黄县、招远、掖县、栖霞等地。灵山地处招远西南，这里山岭起伏，坐落着香沟、赵家沟、大户陈家、古宅村等村庄，胶东区党委、胶东区大众报社、兵工厂，相继转移到此地，这里成为胶东区的核心红色根据地。

1940年6月1日，胶东抗大分校在招远灵山王家成立了！

这是一支来自延安的队伍，他们一路跋涉，来到招远：1936年6月1日，在陕北瓦窑堡梁山上闫家大院，"中国人民抗日军事政治大学"成立，简称抗大，毛泽东亲自提出了"团结、紧张、严肃、活泼"的校训。

抗大从诞生的那天起，就在恶劣的战时环境下颠沛流离地办学，他们按照毛泽东"一边是课堂，一边是战场，战场也是课堂"的指示，备课教育根据形势发展需要，在部队流动中有机结合，穿插学习，行李不离身，遇到敌情就战斗，争得时间就学习，抗大师生的教室是蓝天大地，膝盖顶上做笔记，鬼子来了，背起行李就转移！

中国人民抗日军政大学1938年12月13日成立第一分校，1939

年1月3日，抗大分校东迁，经过一年多的长途跋涉，1940年1月5日到达山东省革命根据地沂南县东高庄；山东分区和八路军第一纵队奉中央军委指示，由抗大一分校第一大队队长贾若瑜和政委廖海光率领第一分校，继续东进到胶东办学。

他们从延安到晋东南，再到山东，跋山涉水，突破敌人的重重围剿来到胶东。招远是抗日形势最好的县，抗日军民团结一心，抗大一分校的领导和胶东区党委决定：在招远县灵山王家，成立抗大分校。

抗大分校之所以选择6月1日开学，并且要举行隆重的开学典礼，因为这天正是延安抗大建校四周年纪念日。这是一场盛况空前的开学典礼：八路军山东纵队第五支队代表出席大会，胶东区党委专门派文艺队前来表演，庆贺抗大支校开学。这里锣鼓喧天，周围村庄的男女老少欢天喜地，争相出来观看这场村里亘古未见的热闹景象。

第一期学员共有六百多人，五个学院队，当他们排着整齐的队伍进入会场时，会场上立即爆发出雷鸣般的掌声。这群八路军战士，男女都有，清一色地朝气蓬勃，这些生龙活虎的面孔，看着就令人满心欢喜。

开学典礼是在激越的《抗大校歌》歌声中开始的：

> 黄河之滨，
> 集合着一群中华民族优秀的子孙，
> 解放救国的责任，
> 全靠我们来承担，
> 同学们努力学习，
> 团结紧张严肃活泼，
> 是我们的作风，
> 同学们积极工作，
> 艰苦奋斗，
> 英勇牺牲，
> 是我们的传统。
> 像黄河之水汹涌澎湃，
> 把日寇驱逐于国土之东。

向着新社会前进前进，

我们是劳动者的先锋！

胶东抗大的教职员、学生和参加开学典礼的代表七八百人，大家群情昂扬，一遍遍合唱《八路军军歌》《流亡三部曲》，古老的灵山，见证了这场隆重的开学仪式。

黄金大鳄大门楼杨灯，有幸参加了抗大分校开学典礼，亲眼见证了这一盛况，他跟着抗大学校的老师和学员们一起唱歌，内心激动不已：接受党的教育越多，杨灯的心里就越亮堂，仿佛充满了无穷的力量。

立甲疃距离灵山其实不过十几公里，大门楼一直顾不得请假回家看看：参加了革命，就是党的人了，他一直奔波和周旋在招远到延安的路上，再说了，部队里离开家乡再也没有见到爹娘的战友，比比皆是，杨灯不愿意例外。

胶东抗大的开学典礼结束后，大门楼就带着久久不能平息的兴奋换上便装，马不停蹄地和两个战友，带着黄金从灵山王家出发了。这一程，他仨都是短衣打扮，一人推着一辆装了麦糠的独轮车，身份是赶脚的伙计。这一路，仨人格外兴奋，有说有笑，说的都是对灵山的畅想。

胶东六月，花草树木生长旺盛，八路军的革命队伍，一定也会像眼前这些郁郁葱葱的庄稼，越来越壮实，他们相信，革命根据地的形势，会越来越好。大门楼兴高采烈地出发，他万万没有想到，一场巨大的危险，正在向灵山逼近！

一个月后，大门楼脚下生风地赶回招远，他每天风餐露宿，心里时刻都在警惕着，只有到了延安和胶东革命根据地，他才能睡上个安稳觉，心里才越来越亮堂。如今，八路军十四团、招远采金局、抗大胶东分校都在灵山，灵山的氛围越来越像延安，大门楼恨不得一步跨回灵山，早日跟十四团的干部战士们摔跤，跟抗大的老师学文化。

大门楼喜欢十四团生龙活虎的战士，也喜欢胶东抗大的文化人，这些文化人在大门楼眼里可是了不得的，他们一个个脑袋瓜子特别灵光，那思想，都像大门楼在青岛开金店时的搭档晚兰！如果不是上级决定让大门楼带领大家运送黄金，他说什么也要争取机会到胶东抗大当学员，多学点儿文化和见识。

说到底，大门楼见过的有权有钱的人多了去了，可能让他打心眼里佩服的人真还没有多少。偏偏这些不在乎自己有没有钱和权的文化人，让大门楼特别敬重，他们和年轻的晚兰一样，如同天上的星辰，干净、明亮。

还没有踏进灵山王家村，大门楼远远就看见灵山有烟熏火燎的痕迹，他的心里咯噔一下，飞一般跑进灵山王家，直奔灵山王家村中央的大槐树。大槐树是灵山王家村最古老的一棵树，有上百年的历史，郁郁葱葱，遮云蔽日，大门楼没少在大槐树底下跟十四团的政委、团长、营长几个人摆龙门阵，和战士们脱光上衣摔跤也是在大槐树下。

站在大槐树下，大门楼的后背涌起阵阵凉气，手脚冰凉：

八路军十四团哪去了？！

招远采金局的同志们呢？！

灵山革命根据地这是怎么了？！

危险正是在胶东抗大举办开学典礼这天逼近灵山的。

1940年6月1日，日寇从青岛、烟台、招远、掖县、潍县、平度等地调集三千多兵力，同时纠集大量伪军，对胶东革命根据地开展了大规模拉网式的"六一大扫荡"。

驻扎在灵山的八路军山东纵队五支队十四团，为了粉碎敌人的扫荡计划，掩护胶东军政机关，主动对敌袭扰，团长李希孔率三营驻薄石山，团政委张咨明和副团长宋子良率一、二营驻扎在灵山。

1940年6月5日晚，时任十四团一营营长的王子衡奉命率领一营从灵山根据地去袭扰敌朱桥据点，途中探知有大股敌兵正从掖县向招远灵山一带运动！

胶东区委、行署干校、兵工厂，以及抗大一分校胶东支校这些单位，绝大部分人没有武器，胶东抗大近千人中只有个别人有两枚手榴弹，仅有的枪支是放哨用的步枪，有的还打不响，大部分人是赤手空拳，大家都必须尽快撤离！

为了掩护中共军政机关撤到安全地带，政委张咨明和副团长宋子良命令一营将部队带上制高点灵山。此时的十四团一营，二连已经被上级派出打麻雀战去了，三连有一半的兵力需要去保卫北海银行；一营营长王子衡手上只有一连和三连一半的兵力。

　　张咨明和宋子良留下特务连（警卫连）跟一营扼守灵山，命令团机关和二营由参谋长李培芝带领，转移到灵山东侧，以便根据情况突围。

　　6 日早上，灵山被三千余日伪军包围，张咨明和宋子良命令一营在山上死守，他俩带团警卫连从山的东北边迂回打击敌人，分散敌人的火力。上午七时许，日军在猛烈炮火的掩护下，分三路向灵山发起重攻，面对着十倍于我的敌人，战士们居高临下打防御战，利用地形和工事掩体消灭敌人。敌人见久攻不下，便调来山炮，对着山头一顿狂轰滥炸，一营和警卫连完全被割离，无法合围取得联系。整整一个上午，战士们的子弹打光了，就近身格斗，用刺刀打退了敌人的十几次冲锋，山顶上的土都被炮弹削掉了一层，到处是残肢断臂，血把黄土染成黑色，小树枝上哩哩啦啦挂满了碎肉，硝烟弥漫、遮天盖日。

　　据守在灵山半山腰的特务连不占地理优势，被敌人围住，处境十分危险，张咨明和宋子良掩护敌工站站长王理民率部分战士带机密文件向山下突围成功，宋子良不幸牺牲，张咨明身边只剩下一个班的兵力。张咨明把十二个战士召集在一起，严肃地说："我们的任务是拖住敌人，掩护战友们撤退，咱们必须死守住这灵山峰顶，活不缴枪，死不当俘虏！"话音刚落，敌人便蜂拥上来，张咨明率十二名战士如猛虎一般跃入敌群，与敌人展开肉搏。枪托砸、大刀砍、牙齿咬……终因寡不敌众，战士们相继牺牲，张咨明身上多处中弹，满脸血迹，跌落到石崖下，围上来的敌人号叫着："捉活的！"张咨明用力睁开被血迹模糊的眼睛，毅然拉响了最后一颗手榴弹与敌人同归于尽，壮烈殉国，年仅二十五岁。三连战士在连长鲁光的指挥下反复争夺东南山头，在每个人只有二十发子弹、三颗手榴弹的情况下，连续打退敌人三次进攻，敌人第四次进攻才占领了山头，一个排的同志全部牺牲。

大门楼身后的这棵大槐树，已有上百年的历史，从这棵大树旁边两米宽的小巷往里走几米，就是八路军山东纵队第五支队十四团驻地。紧挨着十四团驻地西面的大排房子，就是6月1日举办过热闹非凡的开学典礼的胶东抗大。大槐树沉默无语，笼罩着空无一人的十四团、胶东抗大驻地，昔日那群生龙活虎的战友和热火朝天的场面，荡然无存。灵山上下，满目疮痍……

大门楼见证过战争的严酷，可眼前的景象，还是让他肝胆俱裂，耳朵里像是塞了棉花，上下牙齿咯咯作响。大门楼急火攻心，耳朵出现短暂的失聪，战友面对面的呼唤，声音像是来自遥远的地方，辨不明晰。

十四团团驻地转移，胶东抗大不知所终！

大门楼悲愤难耐，一拳砸在大槐树上，拳头上渗出了血，他都没有一点儿知觉，他的心像是沉到了海底，不寒而栗。就连携带枪支的十四团的战友，都牺牲了二百多人，胶东抗大的教员和学生几乎手无寸铁，他们都是文化人，论脑袋可抵百万雄兵，论身子骨，说是手无缚鸡之力也不为过，这些学生都安全突围出去了吗？大门楼简直不敢再想下去，心揪得紧紧的，他万分牵挂那些已经情同家人的战友。

事实上，正是八路军十四团的英勇阻敌，有效牵制了敌寇。

灵山一战，胶东十四团八路军干部伤亡惨重：营长王子衡身边的通信员、司号员都牺牲了，他的腿也负了伤。战斗结束后，王子衡收拢部队，仅集中了四十余名伤残人员，其余战士全部牺牲。正是十四团干部战士的英勇牺牲，为胶东抗大的干部和师生赢得了可贵的转移时机。

第十二章

日寇对胶东进行疯狂扫荡，胶东阴云密布，招远这片红色的热土在危机四伏中苦苦支撑，支持胶东区政府带领抗日军民开展对敌工作。胶东抗大继续东迁，区政府、报社、兵工厂辗转在距离灵山沟不远的赵家沟、香沟等村庄，秘密开展工作。坐落在香沟的胶东区《大众报》印刷厂，接到一项任务：印刷北海币！

北海银行的印刷设备于1939年1月掖县沦陷后，在转移中丢失，北海银行被迫解散。1939年8月，北海行署按照中共中央指示，恢复北海银行建制。重新恢复建制的北海银行，没有印刷设备，印刷北海币的艰巨任务只能交给胶东《大众报》报社，当时，胶东区《大众报》报社在香沟村一共有三个车间。

香沟村在连绵起伏的小山深处，这里山山相连，易于藏身，进退有路，翻越村子东北的香山，就是赵家沟村。

明末清初的香沟村，经过三百年发展，衍生出刘姓和齐姓两个大户人家，村里有许多整齐高大的石砌房屋。抗日战争期间，香沟村秘密发展了六十多名党员，一共六七十户人家的香沟村，先后有二十多人参加八路军，奔赴抗日前线。

胶东《大众报》报社、兵工厂落户香沟，香沟的党员和百姓纷纷腾出自己的房子，提供给胶东革命队伍居住和使用。《大众报》报社设在村民刘本兴家里，秘密印刷报纸、军用地图、课本和抗战所需要的文件和书籍。

1940 年年初，胶东区北海行政督察专员公署转移到招远，一度与招远县抗日民主政府合署办公。按照中共中央的指示，北海专署必须尽快恢复北海银行建制，加快北海币的印刷进度，北海币的印刷数量一增再增，越来越多。

　　胶东区《大众报》报社印刷厂所用的雕版，全部是木刻雕版，频繁印刷北海币磨损极快，用不了多久就会模糊不堪，需要及时更新。木刻雕版采购简单，可是运输困难重重，需在外地采购，经过重重关卡的检查，才能安全运送到招远县。

　　中国共产党发行的北海币，在胶东发行，日本鬼子和国民党把北海币视为眼中钉、肉中刺，正在千方百计寻找线索，巴不得赶紧把北海币斩草除根。北海币雕版更换频繁，雕版运输屡次遭到敌人扣押和审查，雕版去向极易留下线索和隐患，容易被敌人识破，这是北海银行发展壮大亟须破解的困局！

　　北海银行，正是中共中央在胶东布下的第二局大棋。

　　这局大棋，事关中国共产党的生死存亡。

　　只有北海银行落地生根，发行统一的货币，根据地才能统一和巩固起来，继续发展壮大。中共中央决定全力以赴，予以北海银行人才和设备的支持。

　　中共中央高点定位，特事特办，从上海采购了当时世界上最先进的德国印刷机，配置给北海银行，以支持北海银行的发展，加快北海币的印刷，推进北海币在革命根据地的扩大发行。

　　这台先进的印刷设备来自德国，配置的德语说明书像大书，中共懂德语的人才屈指可数。晚兰有德国留学的背景，思想坚定，她被中共中央委以重任，随着这台德国印刷机器一起，秘密从上海抵达招远县。

　　晚兰就此重返山东，长时间隐藏在胶东革命根据地招远，成为北海银行重建，北海币印刷、盖章和发行工作的领军人物。

　　德国印刷设备运抵招远香沟之后，北海银行北海币的印刷业务，从胶东区《大众报》印刷车间分离出来，安置在香沟村河东一个大户人家的南屋里，加班加点，悄悄印刷北海币。

为了确保北海币的安全发行，北海银行北海币的印刷地点设在香沟，而印刷出来的北海币，需要转运到距离香沟东北处不远的赵家沟，由专人盖章之后，才能生效，在胶东革命根据地各个县发行和流通。

中共中央布置的三盘大棋，大门楼接到的任务是夺取招远黄金，运送到延安；晚兰的任务是重建和发展北海银行。延安一别，晚兰从青岛被调到上海开展工作，如今又辞别上海，来到了大门楼杨灯的家乡招远县，置身香沟，扛起发展北海银行的重任。

这对革命战友在青岛相知，在延安不辞而别，如今双双重返胶东根据地，任务殊途同归，都是为共产党的革命事业造血、输血，壮大中国革命队伍，发展和巩固中国共产党的革命根据地。

这一切，貌似巧合，仿佛又是两个人的宿命。

遗憾的是，大门楼需要长途跋涉运送黄金，晚兰尽管就在招远赵家沟，可她只能深居简出，二人近在咫尺，却从未在招远见过面！

1941 年 12 月 8 日，日寇发动了太平洋战争，妄图把华北变成"大东亚圣战的兵站基地"，加紧了对胶东根据地的烧、杀、抢、掠，国内尤其是胶东的抗日战争进入了一个极为艰难的时期。

金城天府招远，作为胶东红色抗日根据地的重中之重，成为日寇的眼中钉、肉中刺。日本侵略者决心集中力量，将驻扎在招远革命根据地的党政机关、北海银行、兵工厂和《大众报》的战士定点清除。

1943 年 3 月 12 日，日寇以其胶东第五混成旅团之大部，第四、第六旅团各一部，配合各县伪治安军共万余人，由士桥次郎中将在青岛统一指挥，分别由青岛、济南、烟台、威海等地出发，在莱阳、掖县、栖霞、牟平、文登等县会合后，有计划地从东、南、西、北向招远县根据地合围，进行全面疯狂的扫荡。

驻扎在招远县的八路军山东纵队第五旅，为了保存抗日战争有生力量、缩小目标，决定分散活动，以迷惑敌人，择机消灭敌人，粉碎日寇的"扫荡"。八路军五旅根据分工，政委高锦纯同志率十三团两个营和青年营两个连，到招远东北方向活动。农历二月十二日傍晚，高锦纯率领部队路过招远城西南方向的南、北冯家村时，天空下起了小雨，天黑路滑，他们决定就地宿营。十三团二营和团部机关辎重（俗称"大行李"，包括电台、卫生队、供给处等）驻在北冯家村，政委高锦纯带十三团一营和青年营两个连驻在南冯家村。翌日清晨，日寇从西南方向塔山一带向这边扑来，高锦纯当即下令：迅速集合，迅速隐蔽抢占仰望顶制高点。

第一天，日寇是"胶东顽敌"的大岛部队，三百多名日军，纠合伪军共计八百余人，配合重机枪两挺，钢炮两门，迫击炮一门，轻机枪二十余挺，掷弹筒四个，装备优良，战斗力强。敌酋大岛骄横凶残，曾扬言要消灭我胶东主力，在春季"大扫荡"开始后，这部分敌寇已经尾随八路军十三团多日，大岛本想把八路军包围在南、北冯家村一网打尽，但如意算盘没打成，还没等敌人靠近，十三团已撤离村庄。

考虑到八路军部队"大行李"太多，行动不便，加之敌人装备优良，撤退必遭敌人追杀，而且根据地人民杀敌呼声甚高，部队不打而退，不利于鼓舞群众抗日情绪，十三团果断决定：抢占有利地形，居高临下消灭敌人，打击敌人的嚣张气焰。

仰望顶山高路陡，八路军沿着羊肠小路，以最快的速度向山顶前进，当八路军先头部队从北坡抢上仰望顶时，敌寇兵分三路从西南方向仰望顶扑来，鬼子的前锋差几步就到了山顶，战士们顾不得喘息，一阵手榴弹甩向敌群，前面的鬼子在"轰轰轰"的爆炸声中倒下去，手榴弹爆炸的余音未尽，十三团一营的战士已从仰望顶猛扑下来，鬼子惊魂未定，明晃晃的刺刀已捅进了他们的胸膛，一场激烈的战斗开始了！

上午八点多钟，在仰望顶与西坡碓臼山之间的山洼里，一营战士与敌人展开了激烈的白刃战，小山洼里，杀声震天，刀光闪闪，血肉横飞，没倒下的鬼子掉头向山下逃去，山洼里扔下了十几具敌人的尸体，敌人的首次冲锋失败了。主峰阵地西侧的崮山上，敌人的小钢炮接连不断地向这边轰击，战士来不及修筑工事，不少战士为敌炮所伤。机炮连仅有的两门"六五"迫击炮开火了，七班长瞅着敌人炮弹飞来的方向，沉着地测好目标和距离，"轰！轰！"只两炮，敌人的炮兵阵地立刻哑巴了，膏药旗在硝烟中倒下去。

上午九点多钟，鬼子的炮弹雨点般地倾泻到仰望顶主峰阵地上，炮声一停，大群的鬼子和伪军沿着仰望顶正南的山坡奔涌上来。鬼子吸取了第一次冲锋的教训，没有从陡峭的西坡进攻，选择了比较平缓的南坡，八路军外号"老黄牛"的重机枪发挥了威力，打得又准又狠，大群鬼子、伪军在"老黄牛"的吼叫声中倒下去，二营战士从山顶猛扑下去，一阵刺刀手榴弹，敌人又惨叫着溃退了。

正面进攻没能得便宜，日寇派了一小队鬼子，企图从山沟迂回到主峰阵地后侧偷袭。守在和尚帽子顶上的青年营发觉了敌人的阴谋，抄了这一队鬼子的后路，八路军战士们端着刺刀冲上去，缴获了两个掷弹筒和十几支三八大盖。

敌人的迂回战术失败，又向仰望顶冲了两次，守卫阵地的一营、二营战士岿然不动，仰望顶正南的山坡上，横七竖八地布满了敌人血肉模糊的尸体。

日寇伤亡惨重，多次求援，下午两三点钟，从掖县的小庙后方窜来一股增援之敌，会同原来的敌人，从仰望顶的南面、西面和西北面同时向抗日阵地进攻，八路军那挺"老黄牛"重机枪，因为没有弹药，打不了，团政治处主任孙翼、二营营长刘元德、一营副教导员姚克义相继阵亡。面对着蜂拥而上的大群的敌人，十三团干部战士坚定沉着，忍着伤痛，用石头敲直了弯曲的刺刀，怒目注视着凶恶的敌人，严阵以待。

大群的鬼子伪军，在指挥刀的威逼下蛆似的拥上来了，团长王奎选腿部负伤倒下了，政委高锦纯身先士卒，镇定自若，大家用刺刀，用枪托，用石块，用牙齿，跟敌人拼杀在一起。仰望顶主峰下的山坡上，血浆迸溅，杀声震天，双方是肉搏战，狭路相逢勇者胜，敌人又一次溃败了。

对于八路军战士拼死守护的仰望顶主峰，日本鬼子无可奈何。下午五点多钟，日本鬼子逼迫当地的老百姓抬着受了伤的大岛和其他伤兵，用牲口驮着尸体，狼狈地向掖县方向逃窜。

招远仰望顶这次战斗，八路军山东纵队十三团以五个连的兵力击退了装备优良的千余日伪军的轮番猖狂进攻，打垮了号称"打败胶东无敌手"的日寇大岛部队，共毙死毙伤鬼子九十多人、伪军一百二十多人，就连骄横不可一世的日军大队长大岛，回去不久也伤重而死；八路军有七十二名同志，血洒青山，壮烈捐躯。仰望顶战斗被谱成歌曲，刊登在胶东区《大众报》上，广为传唱，鼓舞了胶东军民的抗战信心，为粉碎日寇的春季大扫荡作出了重要贡献。

胶东八路军在仰望顶这场战斗中，打出了军威，日寇将仰望顶视为眼中钉，千方百计伺机报复。

日寇再次加紧了对仰望顶周围村庄的侦察，距离仰望顶仅有几华里的香沟和赵家沟，形势陡然严峻起来。

作为中国共产党自己的货币，盖章后的北海币可以直接在胶东根据地流通，必须确保万无一失，绝对安全。赵家沟与香沟相距不远，两个村只需翻越一座小小的山包，北海币的印刷与盖章，分别隐蔽在这两个村里秘密进行。

赵家沟自卫队每天一到晚上就要清理村里的街道，禁止百姓串门，村里的进村道路有专人把守，拒绝陌生人进村，严防特务汉奸混进村庄。

1943年4月，正在赵家沟的北海银行负责人晚兰突然接到了上级紧急指示：立即将二十八万已经盖章和未盖章的北海币疏散、埋藏起来，随时准备撤离！这二十八万北海币是一笔巨款，在短时间内全部运走之前，一要严防敌人和奸细偷窥泄密；二是要防止被盗，确保安全。

赵家沟村本来就不大，只有不到二十户人家，这笔巨款藏在哪里？由谁放哨？几天才能运走？晚兰一下子急得团团转，不知道如何是好。就在这时，赵家沟的书记赵玉佐，带着一个小青年来到了晚兰跟前，他对晚兰说："我给你带来一个好帮手！"

晚兰一看笑了："这不是机灵鬼赵书策吗？"

赵书策是赵家沟自卫团的年轻队员，人小话不多，外号"野猫"，从北海银行在赵家沟秘密开展工作那天起，他就开始替北海银行工作。说起来"野猫"这个绰号，与北海银行大有关系。赵家沟的自卫团每天晚上要先清街，然后在进村的路上埋上地雷，拦截过往行人，赵书策夜夜不回家，母亲也不知道儿子在忙啥，生气地数落儿子叫"夜猫"！母亲不知道，自己眼里这个不靠谱的儿子，正是北海银行的守护神！

按照要求，没有印刷好和已经印刷好的北海币，应该分开保存。未印刷好的二十万元北海币很快被掩藏起来，就藏在村南于家顶的石垛里。已经盖章生效的八万北海币则比较棘手，埋藏地点一要绝对保密，二要便于站岗放哨，三要便于上级随时调运。

大家正在为难，赵书策说："藏到我家屋东头的地瓜窖里吧！那儿是个大杂院，不打眼。我家没有东院墙，便于站岗放哨。房子屋后就是大街，上级过来调运也方便！"

赵书策眼光不错，这里确是个好地方，北海银行的工作人员连夜将八万元北海币装进麻袋，藏到赵书策屋东头的地瓜窖里，搬上了一扇石磨，埋上了土，上面又堆了柴草。

赵家沟其实距离沦陷区掖县不过十里地，北海银行在掖县成立一个月后，掖县就被日寇攻陷，直接导致北海银行解散。如今的北海银行在招远恢复建制，工作大有起色，办公地点又被日寇盯上，形势紧张，特别需要提防的是汉奸告密、敌人破坏。

赵书策的肩头压上了万斤重担，他白天黑夜，在于家顶的石垛和屋东头的地瓜窖之间不停往返，瞭望观察；地瓜窖里已经盖章生效的八万元北海币最令人担心，赵书策机警地听着屋东头的风吹草动，两眼不时瞭向盖在井口上的那堆乱草，吃不好，睡不下。赵书策日夜警戒，连续四个晚上没有合眼，一直到上级把北海币取走，这才倒头睡了一天一夜。

赵书策临危不惧，意志顽强，为北海币转移立下了大功。赵书策只有十七岁，不到入党年龄，被党组织破格吸收为中国共产党党员。

北海银行就要紧急撤离赵家沟，部分设备无法随身转移，就连埋藏也来不及了，情急之时，村民赵玉道的妻子挺着肚子走过来，她对晚兰说："妹子，快，快，我家菜园里有口井，先把东西丢进井里

149

再说！"

　　赵玉道家菜园走十几步就到，菜架子后面有一口水井。工作人员果断地把工具丢进水井，扫尾工作处理完毕，北海银行的工作人员一阵风似的紧急撤离，走得无影无踪。

　　这些朝夕相处的北海银行的工作人员，转眼之间就离开了，赵玉道夫妇的身边一下子空落落的，仿佛少了很多很多东西，赵玉道的妻子尤其难过和不舍。北海银行发行的北海币，最后一道工序是盖章，银行工作人员就在赵玉道的西邻赵玉品家里工作，玉道和玉品是叔伯兄弟，玉道的房子靠在路边，夫妻俩经常坐在门口，为北海银行工作人员放哨。玉道的妻子对晚兰喜欢得不得了：这个八路军女首长，跟乡间的女人有着天壤之别，别看这个漂亮的晚兰总是轻言细语，从来不亮开嗓门说话，可只要她一开口，就连八路军的老爷儿们，都得支起耳朵听着，麻溜听她指挥。

　　在农村，哪家不是女人听老爷儿们话？

　　可人家晚兰，是北海银行这群男人的主心骨！

　　晚兰聪明，漂亮，一点儿架子都没有，做饭、唱歌样样都会，就连顺手给玉道媳妇画出的鞋垫和肚兜式样也别具一格，村里的大姑娘小媳妇都喜欢借回家里描样。赵玉道的儿子出生后，妻子摩挲着用晚兰画的图案绣制的肚兜，念念不忘："也不知道晚兰妹子去了哪里，要是晚兰这个文化人能给咱儿子起个名字，那该有多好！"

　　北海银行已经离开赵家沟，转移到外地秘密开展工作，晚兰和北海银行杳无音信。赵玉道见妻子念念不忘晚兰，加上北海银行转移之前将工具扔进了他家菜园的水井里，夫妻俩一合计，干脆给儿子取了一个刻骨铭心的乳名——银行！小"银行"长大后，大号叫赵云贵，活了七十多岁，一生务农，与银行工作没有任何交集。"银行"二字，是赵家人的自豪记忆，更是后人打开北海银行在招远重建足迹的活生生的密码。

　　北海银行安全、及时撤离，区政府和兵工厂尚在。

　　赵家沟村，到底遭到了汉奸的出卖！

　　1943年农历九月二十五日拂晓，正在村外放哨的赵书策，突然发现一队鬼子趁着夜色，正在悄悄往赵家沟摸来。

赵书策心说：不好！村里还有胶东区政府和兵工厂！

赵书策抄近路急跑到区政府和兵工厂拍门高喊："鬼子来了！"接着，他又冲向村里家家户户，连连拍门，高声喊道："快跑啊！敌人来了……"

这些鬼子的意图非常明显：秘密推进，包抄赵家沟，将村里的区政府、兵工厂和全村村民一网打尽！一定要牵制住敌人，给大家的撤退留出时间！

赵书策来不及考虑自己的安危，两手握着兵工厂奖励给他的两枚手榴弹，独自一人迎着敌人向村南冲去，他要为区机关、兵工厂和乡亲们转移赢得时间！

赵书策刚跑到村南的月牙河旁边，就看到两个鬼子从山的东南坡上下来了。紧急关头，赵书策立刻甩出一枚手榴弹，"轰——"鬼子突然遇袭，误以为遇到了八路，慌忙停下脚步，小心翼翼地观察情况。等他们惊魂稍定，仔细辨别，发现再无声音，这才缓缓向赵书策的方向包围过来，赵书策心里头松了一口气："八路军和乡亲们有救了！"

大批鬼子包围了赵书策，赵书策的鲜血染红了月牙河……

赵书策是赵家唯一的儿子，已经与古宅村一位姑娘定下了亲事，母亲正在给儿子筹备婚礼，为了掩护区政府、兵工厂和乡亲们，赵书策永远离开了母亲，离开了姑娘。

1945年农历九月二十五日，是赵书策牺牲两年纪念日。胶东区委、北海银行、《大众报》报社、兵工厂的代表和胶东区的干部群众代表，在赵家沟村东举行了一场万人大会，为赵书策立下一块纪念碑，纪念碑上镌刻着七个庄严的大字：民族英雄赵书策！

赵家沟百姓将村子更名为赵书策村，那块落款为"民族英雄"、时间为"民国"的纪念碑，至今矗立在村子东头，俯视着脚下的月牙河。这块民族英雄的纪念碑，镌刻着赵书策对党的忠诚，也镌刻着北海银行在招远重建的峥嵘岁月。

第十三章

"没有伟大的武装和伟大的革命根据地，抗日胜利是不可能的！"延安的高屋建瓴，指导着胶东军民步步为营，奋起抗争。

日寇视南招远革命根据地为眼中钉，疯狂围剿灵山，打击灵山沟红色金矿；中共胶东区和招远县委在北招远，瞄准罗山，瞄准玲珑金矿，开始反掠夺，跟日寇的黄金争夺战，达到白热化程度。

侵华日军占领华北后，专门成立了"北支那开发公司"，那是日本对华经济掠夺最大的基地公司，负责华北地区金、银、铜、铁、煤等工矿企业的开发。跟随日军开发掠夺招远黄金资源的第一个日本公司是"鬼怒川矿业公司"，由于掠夺黄金不利，两年后被"北支那开发公司"替代。"北支那开发公司"与"日本三菱矿业公司"合作成立了"山东金矿开发组合招远矿业所"，负责掠夺招远黄金。

玲珑金矿的黄金品位之高，震惊日本高层，为了加快黄金掠夺步伐，开足马力生产黄金，日本重新在玲珑金矿投建了一个日处理矿石一百五十吨的选厂，一下子派遣了大量日本技术工人，管技术，管生产，在玲珑金矿进进出出，胁迫一千二百多名矿工为他们开矿，玲珑金矿的黄金产量一下子提高到一个前所未闻的水平。

在 1940 年出版的《烟台大观》中，日本人直言不讳地作了如下报道："关于招远金矿的重要……因其为东洋第一之优良金矿，早知有开发之必要……，幸经于昭和二十八年二月（即 1939 年 3 月），日军入城（指侵占我招远城）着手复兴，始获于鬼怒川兴业会社与三菱公司共同之下投资五百万，积极努力复兴。工业发电、采矿等设施等无刻不在着手中……现为协力国策起见，由土民间收买原矿提取纯金……复兴扩大设施工程竣工后，其产额当亦一跃而增巨，产金报国之实效当可期待。"

招远的黄金，源源不断地被日寇从玲珑金矿掠夺送至日本。

与此同时，中共胶东区和招远县的地下党安排地下党员混进玲珑金矿，带领矿工千方百计进行破坏，反抗日寇对玲珑金矿的掠夺，玲珑金矿里有了地下党员，罗山有了武工队，玲珑金矿的地下党和招远地下武工队里应外合，打击敌人。

日本人从龙口到玲珑翻山越岭架起来的电缆，时不时被盗割，割电线对矿山生产影响最大，日本鬼子对盗割电线的人恨之入骨，到处张贴告示：盗割电缆，抓住杀头！被地下党发动起来的矿工们，白天被鬼子踹过两脚，弯弯腰行个礼，加紧麻利干活；到了晚上，趁着日本人不注意，就一个在门口把风，一个走到柴油发电机组前，迅速伸手拧死机油阀。五百马力的柴油机，不一会儿就变得沉闷，发出一股刺鼻的焦煳味道。等日本鬼子闻声走进机房，工人已重新打开机油阀，正在全神贯注寻找机器故障。

玲珑金矿里有个心肠歹毒、勒索矿工手段无所不用其极的伪军头目，老实巴交的矿工们恨之入骨却又敢怒不敢言。当他再次勒索矿工，逼得一位矿工上吊之后，招远地下党和武工队摸清了伪军头目的行踪，知道他下山赶集经常去大蒋家会相好，包括勒索的财物也都送到了他的相好家里，武工队埋伏在他的必经之路上，神不知鬼不觉地把这个汉奸处死了，在他身上挂了一块牌子："勾结日本人，祸害同胞，下场一样！"落款是"中共招远县锄奸队"。

中共地下党为穷苦矿工撑腰，玲珑金矿祸害工人的头号汉奸丧命，矿工欢天喜地，其他汉奸也就此收敛很多，看见对鬼子不利的事，学会了睁一只眼闭一只眼，不再积极向鬼子告发。矿工对地下党心生感激，之后地下党和武工队奇袭卫兵所，发生在矿工们的眼皮子底下，大家有目共睹，之后奔走相告，大大增强了矿工反抗日寇的信心。

1940年一个漆黑的夜晚，胶东区的八路军和武工队趁着夜色越山峰，过山涧，接近了矿区，他们在矿工的接应下，悄无声息地绕过伪军炮楼，从矿工有意在电网上留下的缺口里穿过，又从隐蔽的灌木丛和松树林中躲过探照灯的搜索，神不知鬼不觉地埋伏在玲珑山南坡。

夜深人静之后，两个身材魁梧的汉子，左挪右闪，几下便闪进玲珑金矿一座低矮的工棚里。"冯大哥，是你呀！"借着昏黄的煤油灯，矿工们看清来人，呼啦啦从被窝中坐起来，跟两个汉子中的一个亲切地打招呼。

工人口中的"冯大哥"是玲珑镇有名的"冯大胆"冯官令，很多矿工都认识他。日本鬼子来之前，冯大胆喜欢扛着土枪满山打兔子；日本鬼子占领玲珑金矿之后，盗割矿场电线等事情，他就是带头人。冯大胆成天翻山越岭，不怕鬼子布告里的恐吓，他干了很多矿工们想干都不敢干的事情。金矿一停电就得停工，矿工们便能歇口气儿，大家巴不得招远多出几个冯大胆。

"伙计们！共产党的大部队来了！"冯官令告诉矿工，八路军部队这次来玲珑金矿是要给鬼子来一个胸窝里掏心，牵制在招远根据地扫荡的敌人。冯官令让工人听到动静后，一动不动趴在被窝里睡觉，只要不乱跑，就不会被误伤。

玲珑矿区戒备森严，三面环山的天然屏障上，设有几座日本鬼子的炮楼，炮楼外面，东就九曲，西在欧家夼，北于大园，又设立了三个伪军据点，每个据点各有一个伪军连驻防，南面是出入矿区的交通要道，有一个伪军连和机枪队，配有轻重机枪。

日本鬼子的钢炮架设在玲珑东山一座最高的炮楼里，控制了九曲、大庄子和大蒋家、小蒋家的广阔地带。夜间，山顶炮楼里，探照灯连续不断地射出明亮交叉的光柱。这里是矿区中心，驻扎着玲珑卫兵所的鬼子兵，日寇认为这里是他们的地盘，八路军无力也不敢进攻这固若金汤的矿区心脏，所以戒备有些松懈。

这次八路军派遣一支精锐小分队，直插敌人的心脏，要在招远地下党和武工队的配合下，以迅雷不及掩耳之势，打掉鬼子的卫兵所。冯官令的任务，就是利用自己对矿区地形和与矿工熟悉的优势，和部队侦察人员一起干掉卫兵所门岗，为分队战士接近卫兵所扫除障碍。

冯官令嘱咐矿工们："你们安安静静躺好，听到枪声别怕，千万不要四处乱跑乱动！"他摸起一件矿工衣服递给侦察员，又给他扣上一顶矿工帽，自己也戴上帽子，提起一盏矿灯，然后扛起一把铁锹说："借借你们的工具，我去给鬼子演场戏！"说完，旋风一样消失在夜幕中。

"什么的干活？"卫兵所的门岗鬼子兵闻声喊了一句。

"矿工！"老冯擎起手中的矿灯晃了晃，装作上夜班的工人，大大方方地走向门岗。鬼子从黑影中蹿出来，用枪指了指矿工上班时走的路："八格牙路！那边开路！"

"俺从这边走！"冯官令用拿矿灯的手，指指鬼子身后的另一条路。鬼子疑惑地回头张望，说时迟，那时快，老冯两步奔到鬼子身边，双手抡起铁锹，用尽全身力气，朝鬼子的头上拍去。

鬼子一声未响地倒在地上，老冯身后的侦察员立即举起包裹了红绸子的手电筒，朝八路军埋伏的山坡闪动了三下。

看到信号，埋伏在山坡上的战士们如同离弦之箭，直插矿区心脏，包围了卫兵所，战士们把手榴弹从卫兵所的窗户投进去，正在睡觉的鬼子们做梦都想不到，八路军会打进矿区心脏。日本鬼子东一头，西一头，盲目瞎闯，有的抱头鼠窜，有的则直接上了望乡台。不大会儿工夫，他们就被八路军和武工队端了老窝。

八路军踹开军火库，背起崭新的三八大盖，扛起弹药箱，疾速消失在夜色之中。待周围的伪军弄清楚枪声来源后，把探照灯柱一齐射向卫兵所，连滚带爬地赶到卫兵所增援时，奇袭卫兵所的八路军战士们，早就在地下党的带领下，从一个已经贯通的老洞子里，安全撤离了玲珑矿区。

共产党八路军在刀枪林立的日本鬼子矿区中心袭击成功，让小鬼子忌惮不已，不久，他们在玲珑金矿东向偏北一点的山顶上又建起一座"中心炮楼"，这座炮楼用石头和水泥浆砌得极为坚固，四周留有梯状扫射窗口，一到天黑，日本鬼子就钻进炮楼里，用明晃晃的探照灯一刻不停地向矿区四周扫射，定时放上几枪，给自己壮胆，威吓矿工和百姓。

1940 年 8 月 1 日，胶东抗日主力部队消灭了在罗山玲珑一带盘踞的国民党顽固反动派部队；8 月 10 日，中共胶东特委正式在罗山成立玲珑采金局，在罗山玲珑金矿矿区外围，发动群众抠小线，采矿提金。

这年 8 月中旬的一天，金疙瘩雇用的金矿经理正在县城的家里百无聊赖，坐卧不安，家里来了一位客人，这位客人不是别人，正是大门楼杨灯。大门楼之前经常在罗山转，但在掌管日进斗金的玲珑金矿经理眼里，算不上个人物，尽管有过两面之缘，但两人并无深交。

大门楼进门之后，略作寒暄，便开门见山地拿出一套四件黄金簪子，说是送给经理夫人的礼物，请玲珑金矿的经理帮忙牵牵线。金疙瘩雇用的经理姓曲，他过手的黄金成千上万，并不是一个眼皮子浅的人。

无奈此一时彼一时，玲珑金矿已经全部被荷枪实弹的日本鬼子占领，没有人理会金疙瘩在金矿的投资和权属。日本人就连李老爷那个会说日语的四夫人都不放在眼里，对他这个雇用的经理也就更不屑一顾了。曲经理在玲珑金矿已经没有说话的权力，更不要说工作了，他只能百无聊赖地在家里赋闲待命，等着东家的下一步安排。

大门楼杨灯出手不凡，金簪一送就是四件，分别为凤头款、灵芝款、茵蓿款，还有一款连曲经理也说不清楚是什么，这套金簪看起来分量不轻，无论如何，这等出手，不是一般人能拿出来的。曲经理慎重地看着大门楼，大门楼送出重礼别无他求，是想请曲经理给他跟金疙瘩的长子牵牵线，能见面交谈一下最好。曲经理爽快地答应下来，他也正琢磨着去一趟上海英租界，见见金疙瘩的长子，汇报一下罗山的近况，看看下一步怎么办。

这套黄金簪子，曲经理顺理成章地笑纳了，要说这黄金啊，谁家都缺，尤其这么乱的世道，乱世藏金，姓曲的经验更多！

他们在上海的见面很顺利，金疙瘩的长子正准备搬到英国定居，远离中国。李家盘踞玲珑金矿几十年，祖上跟着李鸿章大人忙前忙后，把中堂大人的手段也学了一点，替中堂大人往英国人开办的银行里储存黄金的时候，金疙瘩家里也在英国人的银行里开了账户，这些年往户头里私存了海量的黄金。

金疙瘩在英国银行储存的黄金，后代移居英国后什么都不干，照样可以衣食无虞，但金疙瘩的长子，到底意难平：玲珑金矿按说本来应该传给他接管，如今却被日本鬼子牢牢霸占了。

国内的战争形势不容乐观，不知道还要打多久，此去英国，也不知道什么时候才能回来。他的父亲是脑溢血走的，按照老中医的说法，从头顶剃下一寸头发，烧灰存性，吹进爹的耳朵里，爹的鼻口喷出血来，或可一救。无奈这里是上海，是英国租界，大家都相信洋人的医院，爹折腾了二十几天，还是含恨离去。

金疙瘩的长子原本无心会见大门楼，只是碍于曲经理为自己家卖命多年，勉强答应见大门楼十分钟。不承想，两人初次见面，就交谈了接近两个钟头，他没料到这大门楼竟是这般飒利，也是个见过大世面的人，说出的话也非常有道理。

听说大门楼是为了在罗山多抓挠点儿黄金，支持共产党的队伍跟日本鬼子干，金疙瘩的长子就有点儿心动了。他不为别的，只要有人在罗山跟日本人对着干，就是帮他李家人出气，为了自己冤死的爹，他也要出上把力。

金疙瘩的长子转身画了一张图，交给了大门楼。

这是一张罗山地图，他在这张图偏离玲珑金矿的位置，标出几处地方，这些地方正是他跟父亲拿着"接金神谕"发现的露头矿！只是这些地方比较隐蔽，开采起来会比较辛苦。金疙瘩的长子当然没有把他们父子发现的金脉全部标注出来。

金疙瘩的长子把这张罗山金脉图交给了大门楼，送走大门楼后，他的心头仿佛轻松了许多。黄金在手，富贵有余，这是他李家的大幸运。李家人远走高飞，乐得共产党在罗山尽情跟日本人干去，去争夺玲珑金矿的黄金，也就是他走之后，哪怕罗山洪水滔天！

大门楼的上海之行收获颇丰，有金疙瘩长子绘制的地图，玲珑采金局借鉴了苏继光在灵山沟的采金经验，采用出资独办矿、与矿商联合开办公私合营金矿以及矿工集资办合作社金矿的方式，在罗山加快黄金生产，补充中共中央急需的抗日经费，最多的时候，罗山有三万多群众为共产党采矿推金。

武工队和地下党藏身老百姓中间，采办黄金，鬼子们分不清谁是地下党，谁是老百姓，日寇和伪军为了对成品黄金实行全面管制，他们成立黄金稽查大队，对私卖的黄金一律没收，对破坏玲珑金矿生产，亲近八路军、共产党的人，格杀勿论。

日寇在罗山对玲珑金矿严防死守，设置了重重关卡，恨不得让共产党的黄金采办和运输插翅难飞。将黄金从招远运送到延安，需要跋山涉水，穿越重重封锁线，由于日伪军和国民党的双重围追堵截，从招远到延安，道路漫长，路上乌云压顶，血雨腥风，"密送黄金"成为共和国历史上，一幅绝无仅有的金色与血色交织在一起的悲壮画卷。

抗日战争时期，连山东省军分区的驻地都要随时转移，黄金交接，更是一波三折，需要按照敌情变化、形势需要随时调整，昼伏夜行、随时待命也是常态。运送黄金的任务，不管如何提前周密部署，途中都是险象环生，无数革命者牺牲在运金途中，大门楼的儿子杨金宝，也是牺牲在黄金运输战线上的革命烈士之一。

杨金宝是在一场连环夺金、运金途中失去下落的，此后生死未卜，直到母亲死去都没有金宝的任何消息。

当初，大门楼说是和晚兰一起，把金宝带去太原长见识、学本事，其实他是把儿子从青岛带到了山东军分区，自己和晚兰去了延安，他跟晚兰从此也是天各一方。

杨金宝一到山东军分区，就被领导相中了："大门楼的儿子，只要有你一半的机灵，就是一棵好苗子！"

大门楼爽朗一笑："这儿是年轻人的天下，金宝留给你了！我送你一块铁，你得还我一把剑！"杨金宝就地在山东军分区参军，从此再也没有回过招远，母亲和姐姐金环再也没有见到过金宝。

杨金宝在山东军分区，确实被打磨成了一把利剑，他在运输一批精品金锭的行动中，被挑选为突击队员。

这批金锭的确非同一般，无论成色还是品相。

在制作这批金锭精品时，玲珑金矿的日本人就格外重视，他们一反常态，盯紧了每一道工序，对工人横挑鼻子竖挑眼，吹毛求疵，工人稍有不慎，就要挨打，矿工们愤懑不堪，都找玲珑金矿的地下党员周老三诉苦。

老周趁着山下潘家赶大集，买来上好的卤煮，拎上白酒，邀请鬼子翻译打牙祭，他一边不时给鬼子翻译倒酒，赔着笑脸讨好，一边大诉其苦。鬼子翻译吃得舒心，喝得满意，不以为然地说："端人家的饭碗，就得听人家吆喝。别说是你们了，连我的腰都不知道一天要弯多少遍。想要少挨打骂，那就带点眼色，好好干活！这批金锭是给日本天皇祝寿的贺礼，要求品相和成色一流，这是东京定制的，到时候要一根不少地送到日本！"

这是一个重大消息！老周趁着夜色连夜出发，翻山越岭，向上级汇报。消息传到胶东区，八路军指战员摩拳擦掌，这下又有大仗要打了！

在玲珑金矿内部，地下党和抗日积极分子一方面盯紧了黄金采选工序，估算金条化火完工的时间，一方面小心翼翼地同鬼子翻译周旋，打探情况，一方面还要防止对方起疑。

玲珑金矿的汉奸和伪军，成天为日本鬼子卖命，家里一样有老爹老娘、老婆、孩子，不可能都躲藏在日本人身边，中共锄奸队神出鬼没，这些人也被地下党吓破了胆。

招远地下党趁着金矿一个伪军副官到连襟家里喝喜酒的机会，多敬了他几杯酒，出门后直接将其裹挟到一块苞米地里。这个伪军副官一看周围围了三个不熟悉的陌生人，酒当即醒了一大半。在地下党员的授意下，这个伪军借口喝酒崴了脚脖子，将炮楼里的另外一个副官约了出来。

招远地下党没有难为他们，只是讲形势，讲政策，告诫对方为虎作伥将来必然会遭到同胞的秋后算账。两个伪军副官连连点头，招远地下党员趁机命令他俩，定时向他们汇报日军动向。

玲珑金矿通往龙口码头的路，需经招远城北及黄县几个村庄，这条公路是日本鬼子掠夺玲珑黄金资源的主要运输通道，日本武装占领玲珑金矿六年时间，先后有无数黄金和大量的白银、硫，经过这条路从龙口码头，被运到日本。

日本鬼子为了确保黄金物资运送畅通无阻，已经在这条路上修筑了多个据点，日夜严防死守，并借此分割中共西海区和北海区，封锁胶东抗日军民。

就是在这条公路沿线，胶东区和招远的抗日群众，与八路军山东第五纵队配合，经常在小李家、槐树庄、张华山、黄山馆毁坏公路，伏击玲珑金矿的物资运输车队，将缴获的金精矿和军需生产物资送往八路军抗日根据地和兵工厂。

八路军和敌后武工队神出鬼没。

日本鬼子如履薄冰，万分谨慎。

玲珑金矿生产的八十根精品金锭，终于被装上三辆军车，由一个班的兵力并额外配备两挺机枪全程护送。中共胶东区与招远县未雨绸缪，精心选址，早就进行了周密部署，随时准备截获这批金锭。

为了诱导敌人的军车能够按照计划时间进入八路军的埋伏圈，武工队一直等到鬼子的车辆来到高家附近才打了几枪，然后立刻撤退，和鬼子玩起了麻雀战。不知虚实的鬼子停下车，漫无目的地朝青纱帐打了一阵枪，确认周围没了动静，才发动汽车。

日本鬼子一路打打停停，有惊无险，以为只是遇到了少数武工队的滋扰，于是放下心来大胆上路，日军的车辆平安越过招远城，开到了张华山。

张华山路段的八路军，早就在路上埋好地雷，在青纱帐里架好机枪。运金车辆一进埋伏圈，地雷就炸响了，两旁的机枪迫不及待地射向跑在最前面的鬼子车辆，胶东区八路军的主力和招远的敌后武工队同时开火。日本鬼子几经麻雀战式的骚扰，正有所松懈，一下子被突如其来的猛烈火力打得晕头转向，等他们意识到这根本不是一小股麻雀式的骚扰，便拼命往前突围。

前方不过几里远，就是傅家河，埋伏在这里的八路军，早已下好连环套，正等着瓮中捉鳖。第一辆车上的日本司机被打死，车胎被打爆，横停在路上，阻塞了后面的车辆，鬼子一看不好，立即命令伪军下车，占领公路两旁的壕沟，企图拖延时间，等待鬼子和伪军增援。可是，救援的日伪军已经被打外援的武工队员牢牢牵制住，日军保驾护航的机枪也被打哑了，兵力被消灭大半，一辆汽车着火，几十分钟后，这批金锭被迅速拿下。

按照预定方案，这些金锭分成数批，迅速翻过西华山沿着下山线路，被带到四个不同的村庄，秘密安放在地下党的地瓜窖和水井中。

这批金锭丢失后，日伪军千方百计、穷凶极恶地在附近的村庄查找，终究没有查获这批黄金的下落。

又是一年春来早，阳春三月的一天，三辆车架厚重又结实的精致马车从招远缓缓出城，向南进发。前面的马车上坐着一对大户人家的年轻夫妇，车把式是个身手矫健的后生。马车后面跟着一个管家和两个护院的人，一个个都骑着高头大马。

紧随其后，还有两辆马车，各装了不少箱笼，每辆车的后面都跟了两个家丁。这两辆马车上，一车是丝带系好的洁白的粉丝，整整齐齐地码放在草编的箱子里。粉丝在招远很常见，百姓寻常吃的粉丝原料是地瓜淀粉，地瓜粉丝颜色发灰发亮。这辆马车里的粉丝，比起寻常见到的地瓜粉丝细了一号，一扎一扎切成一筷子多长，且颜色像雪一样洁白，一看就是上好的绿豆粉丝，包装也非比寻常，处处透着讲究和体面，显然，这是大户人家定制的礼品。

另一辆车的箱笼里，更是让人大开眼界：全部是栩栩如生的面塑，最大的面塑几乎占了三分之一的车厢，三层莲花台上，一百个拳头大的寿桃层层堆叠成山。活灵活现的寿星咧着嘴站在山上，眉眼清晰，穿着米粉做的金色衣服。周围绕了龙凤和仙鹤、仙女和仙果，寿桃的尖嘴还喷了渐变的红色。除此之外，还有一对龙凤面塑，凤凰拖长尾、展高翼，龙头龙牙锋利，龙须飞扬，看着就不似人间凡物。另有长岁十件、如意十件、佛手十件，还有不少拳头大的寿桃饽饽，这些面塑，比起好多富贵人家的寿诞面塑都大了一号，精致华丽，富贵气息迎面而来。

这一路上，关卡重重，少不得要与伪军和鬼子打交道。每到一处，管家都会递上伴手礼和盖了大印的证件。证件表明，车里坐的是龙口丁百万三房的女儿和女婿。此番西行，是要去济南给岳父家里的老太太祝寿，请皇军和伪军通融放行。

这边是出手不凡的有钱人，那边是权势更大的省主席，哨卡就算想讹，吃相也得好看点，车辆便顺风顺水到了大沽河。大沽河是青岛的母亲河，河面较宽，关卡哨兵多了一倍。丁百万家的女婿气度不凡，不慌不忙地下车点点头，管家赶紧把银锞子塞给伪军，一个伪军装模作样地掀开箱笼看上两眼，也就挥挥手放行了，另一个小个儿伪军却不死心，围着车转来转去，掀箱也毛手毛脚，同伙拽都拽不走，气氛陡然紧张起来。

这时候，哨所走出一个胖乎乎的伪军，指着小个儿伪军张口就骂："妈了个巴子，滚一边去，这里用不着你管！"

此人笑眯眯地对车上的人拱拱手："家有一老乃是一宝，寿辰可千万不能耽搁。兄弟也是应差，请别见怪。不过，这么大的面塑，拉到济南不容易啊！"

这个伪军头目不点头，车也走不了，丁百万的女婿用折扇敲敲自己的掌心，说："还是这位兄弟仁义，有孝心，明事理！"管家紧着走上去，塞了两个银锞子，那伪军头目也就挥手放行了。

车子远去，这伪军头目一回身，指头就戳到小个儿伪军的脑门上："妈了个巴子，丁百万家里的人是你得罪的？！跟他们沾亲带故的人，是你能惹得起的吗？跟老子干，遇到这号人家，要长点眼色！长官在的时候，让长官发话，长官不在的时候，睁一只眼闭一只眼，捡粒芝麻香香嘴就可以了，不要触犯了不该触犯的人家，等到了人家动怒的时候，你连死都不知道怎么死的！"

行至平度，一个日军军官挂着军刀站在关口，用恶狠狠的眼神打量着一行人，伪军掀开车帘四下看看，瞅瞅并没什么异样就打算放行。

小日本"哼"了一声，走到车前，那个伪军有些慌乱，用手拍拍厚实的车辕，点头哈腰地说："太君，太君，这车没什么……"

实木的车辕发出的回响有点异样，伪军一愣，回头就打量异常厚实的车辕，他有些愣神。"八嘎！"小日本皱皱眉头，走了过来。少爷对管家点点头，双双"嗖"地跳上车，车把式一声呼啸，狠狠甩鞭，马鞭炸响，马车受惊一样向前蹿了出去。

小日本和伪军猝不及防，傻愣愣地看着远去的车影，过了一会儿，日本人才醒悟过来："追！"鬼子和伪军追了几步，慌忙端起枪，无奈车马狂奔，一会儿就消失在树影婆娑的视线之外。

车子到了一处隐蔽的地方，车上的少爷连忙将脸色苍白的"少夫人"搀下车来，一脸关切："金凤，你要不要紧？没事吧？"

"少奶奶"金凤的五脏六腑像是在翻江倒海，心脏扑通扑通直跳，她软软地靠在"少爷"玉堂的肩膀上，一边喘息一边说道："没事，玉堂哥，每次过哨卡，我都是提前抓紧车杆，随时做好狂奔的准备。就是刚才颠簸得厉害，心里还有点慌，歇一会儿就好了！"

玉堂伸出手想摸摸金凤的长辫子，一下摸了个空，扭头瞅见金凤的发辫已绾成了发髻堆在脑后，他笑了："金凤，你还没进洞房就盘了发髻，先嫁给了共产党！等到了根据地，首长给咱俩主婚，你才是俺的媳妇！"

金凤看着玉堂欢天喜地的模样，脸颊绯红，把手搭在玉堂的耳朵旁："玉堂哥，你送给我的漂亮红布，我做成了嫁衣，就在车上的箱笼里！"

山林寂寂，夕阳西下，金凤绯红的脸色越发柔和，玉堂一手揽着金凤的腰，一只手上下抚摸着金凤的后背，金凤也用两臂抱紧玉堂的胳膊，头靠在他的胸膛上。玉堂的心，瞬间咚咚作响，好像打仗都没有跳得这么厉害，他多想一直抱紧心爱的姑娘不撒手啊！可玉堂只能用力搂了搂金凤，俩人心领神会，恋恋不舍地分开，队伍重新上路了。

日本天皇的祝寿金被八路军伏击截获，日本鬼子把招远翻了个底朝天，查了几个月竟没查出半点下落，八十根精品金锭仿佛凭空消失了。一直到鬼子和伪军都有些松懈了，招远党组织这才精心设计改装了几架结结实实的马车，将车架掏空，把金锭分头放置其中，运金小分队也乔装成大户人家的探亲车队，向山东军分区进发。

这辆狂奔而去的马车，终究引起了日本人的怀疑和重视，使他们联想到消失的金条，于是，日本鬼子加大了沿途对马车的围追堵截。这辆马车太过引人注目，花饽饽也吃得差不多了，绿豆粉丝送进了店铺换成了银子，小分队便弃掉马车，装成了走货的商人和杂耍的艺人。

到达山东军分区前的最后一道难关，是一座两边都是山的哨卡，这座哨卡，已经被伪军加强了守卫。金锭目标太大，金凤身穿红衣，装扮成一个回娘家的新婚少妇，路过关卡检查的时候，她护住胳膊上的包袱，坚决不肯让哨兵检查。伪军头目伸手拉金凤的包袱，金凤故意打掉对方的手，对方脸上挂不住了，恼羞成怒，伸手就打金凤，顿时，哨卡一阵混乱，几个伪军都朝金凤围了过来。

就在此时，金凤后面几个牵马的小伙子，飞身上马，冲着哨兵一人一枪，几个哨兵纷纷倒了下去。趁伪军都在发蒙的时候，玉堂牵着一匹马飞驰而来，顺势把缰绳丢给金凤，金凤也飞身上马，冲出了关卡。

混乱只是一瞬，一个没有受伤的伪兵拿枪瞄准金凤远去的身影开了几枪，马腿中枪，踉跄了几下，金凤便被甩离了马背，玉堂和战友身上背着黄金，顾不上管金凤，一路疾驰狂奔向前。

金凤倒地后，爬起来拼命往前跑，前面不远处就是进山的路，根据先前的侦察部署，如果过关受阻，不管是谁受伤，一定要争取进入这座山里，一是藏好黄金，二是争取在山里找地方躲出一条命。随行战友一律不准驻足，不准回头，必须毫不迟疑地向前，直到脱离险境，这是铁的纪律，必须执行。

伪军看到有人落地，嗷嗷叫着追了上来。

金凤是一个山里长人的姑娘，本来攀山越岭极为灵巧，可不幸的是金凤对这座山并不熟悉！金凤沿着险峻的地方攀爬，试图甩开敌人，可身上的红衣就像张扬的旗帜，在这尚未长出叶子的初春山林里，时隐时现，成了伪军和鬼子兵紧追不舍的目标。等金凤好不容易攀上一座山头，她的头一下子大了：脚下不再是山脊，而是几丈深的悬崖！

身后是越追越近的敌人，虎狼一般的大呼小叫越来越清晰，来不及多思考，金凤闭上眼睛跳了下去："玉堂哥，我下辈子嫁给你……"

这次运送黄金的行动中，扮成"少爷"的是八路军的一名副营长，叫李玉堂。"少奶奶"金凤的哥哥，是招远的一名地下党员，玉堂经常在金凤家里出入，金凤那双会说话的大眼睛，早就吸引了玉堂，俩人相恋一年多了，出发之前已经征得了父母的同意，准备把黄金运送到山东军分区后，就请军分区的首长为他俩主持婚礼，金凤和玉堂，心里早就盼望这一天了。

金凤的遗体被找到的时候，身上的红衣已经褴褛不堪，那是在山上奔跑时被荆棘剐的。她被就地埋葬在山上，身躯和这座山永远地融为了一体。金凤那双水灵灵的大眼睛，被李玉堂终生供奉在心灵的案头，思念了一辈子，以至于玉堂和金凤的爱情，直接影响了罗山几个后生的命运，这是后话。

从玲珑金矿日寇手中夺来的精品金锭，历尽艰险，一锭不少地送到了山东军分区，山东军分区决定，争取在农历八月十五之前，将这批黄金送至延安。

山东军分区的战士们跃跃欲试，谁都不想与延安擦肩而过！

去延安，能见到久仰大名的首长，他们都是革命战士心目中最闪耀的星辰，护送金锭去延安，这是多么光荣的任务！

这一程的任务会有多么艰巨，会经过多少关卡，会有多少围追堵截，会经过多少枪林弹雨，军分区的八路军指战员都不在乎，只盼望早日把黄金送到延安。

大门楼的儿子杨金宝光荣地入选了送金小分队，这次延安运金小分队的行动代号是 8081，意思为：八十根金锭，八月一日动身，八月十五之前到达延安。

由于携带黄金数量多，任务重大，山东军分区一共选拔了四十名政治可靠、战斗能力强的优秀干部战士，采取分散与结合的方式，遇到关卡时灵活变通，几人一组，乔装过关。

这批黄金运送任务非比寻常，山东军分区的领导斟酌再三，安排大门楼亲自出马，带队出征。

大门楼和儿子金宝都参加了革命，可是分工不同，爷儿俩见面机会并不多，一共才见了几次面，而这次相见，距离上一次会面，又有七个多月了。

在军分区每一次看见儿子，大门楼心里都十分满意，金宝更结实了，也稳重多了，皮肤晒得黝黑。小伙子不再是个愣头青，他的眼睛一闪一闪像星星，身上有母亲的影子，也有父亲的影子。

大门楼进门坐下没说几句话，金宝一转身就出了门，回来时手里多了一条拧得半干的毛巾，金宝想替爹擦擦手和脸。杨金宝也想爹，他从小看见爹一进门，娘就会拧干毛巾给爹擦手擦脸。娘不在身边，许久没见父亲，金宝也是满心欢喜，他不会像姐姐金环一样，看见爹进门就会撒娇，喊一串"爹"，但代替娘亲伺候一下爹，这事他可以做。

大门楼站起来伸手接过毛巾："爹自己来！"

杨金宝扭头看看战友，恍然大悟，赶紧把毛巾递给父亲。

大门楼一边擦脸，一边打量金宝，儿子如今高大帅气，心像他娘一样细，会心疼人。这是他大门楼的儿子，儿子已经长大了，懂事了，大门楼暗自欢喜，他想和金宝结结实实地拥抱一下，又怕战士们看在眼里也会想念父母，就收回了本要伸出去的臂膀，若无其事地合拢双手，把手关节捏得喀喀作响。

金宝见状调皮地笑了："要是俺娘在跟前，又得说你……"

金宝稍一停顿，爷儿俩心领神会："手痒痒了？"爷儿俩异口同声，那个"了"字是拐了一个弯，又轻飘飘地提了上去，亲昵远远大于指责。这是大门楼和妻子的说话方式，金宝学得惟妙惟肖，爷儿俩心照不宣，同时笑了起来，战士们看着爷儿俩欢天喜地的样子，不由自主也都跟着笑了，一时间，屋里欢腾一片。

运送黄金的队伍是在月朗星稀的晚上出发的，一路几经周折，来到了雁鸣渡。雁鸣渡是一条河，平常水势还算平缓，一到夏秋季节雨水暴增，那河面就陡然变宽成十余米，茫茫水面，分辨不清哪里深，哪里浅，哪里会有湍急的漩涡。

雁鸣渡上的桥被国民党严防死守，苍蝇都难飞越，更别说携带重金了。联络员和当地地下党带来的消息，让大家忧心忡忡，知道这条河绝对不会轻易过去。

雁鸣渡周围无处躲藏，且援敌多、距离近，所以此次过河不能强攻，只能趁着夜深人静，悄悄偷渡过河。偷渡一次不成，难免会引起敌人的警觉，二次偷渡的难度系数会更大。

经过多次侦察，反复磋商，大门楼决定：水性较差的十人，先行空手从桥上过去，找好地方埋伏下来，一是为渡河助力和掩护，二是渡河成功后，迅速接应黄金，带上黄金抢先摆脱险境。后边留下两名水性较好的战士，与当地游击队严防死守：哪怕只剩下一个人，也要战斗到最后！防止敌人靠近河岸，从背后射击渡河小分队。

按照预案，金锭分作四份携带，渡河的战友七人一组，一组接一组悄无声息地渡河。一旦渡河行动被敌人察觉，其余的人则立刻全部下水，同时强行抢渡；渡河的战友如果有人受伤，身边的战友要立即接过黄金直奔对岸，不必管顾身边战友的安危——中央根据地资金匮乏，正翘首以盼这批黄金，必须顺利送达。

可以想象，偷渡如果被敌人发现，留下断后的战士，几乎就是九死一生，因为他们必须拖着敌人，等到自己的战友们上岸后，才能考虑自己脱身。

这些生龙活虎的年轻战士，留下谁来断后呢？

大门楼的目光扫视着年轻的战士，心里哪一个都舍不得。大门楼的眼睛与金宝对视的刹那，心突然重重一跳，像漏了一拍，他的心被攫住了。

金宝的目光坦然、沉静，他坚定地看着父亲的眼睛，轻轻点点头，大门楼读懂了儿子金宝的眼神，儿子仿佛在对他说："爹，您放心，我一定行！"

大家耐心等待，等到凌晨三点钟，伺机渡河。

黎明前的夜色格外深沉，运金小分队两组队员成功渡河，第三组刚下水不久，就被一个起来撒尿的伪军觉察到了，他随嘴呵斥一声："谁？！"

第四组队员一看不好，迅速下水。动静一大，伪军一看有情况，转身就招呼睡梦中的同伙，伪军们迅速从哨卡奔出来，兵分两路，一路企图过桥，到对岸拦截，一路从后面包抄过来。

金宝不愧是大门楼的儿子，点子来得快，眼见敌人已经被惊动了，他灵机一动，瞬间安排当地几名武工队队员正面对敌，自己和另一位八路军战士则分别向武工队左右偏八点和四点方向躲闪并隐藏起来，从而形成了一个夹角。

当武工队队员和另外一名八路军战士都在和敌人火拼时，杨金宝一直没有开枪。直到敌人靠近河岸正要瞄准河里开枪的时候，金宝这才趁着敌人忙乱，摸近河边敌人右后侧，边跑边啪啪啪连放了几枪，然后飞身跳入河中。

敌人被金宝的枪声吓得惊慌失措，刚开始误以为自己被八路军包围了，便手忙脚乱地掉转枪口。待看清这个跳入河中的八路军只是孤身一人，后面再无援手时，他们恍然大悟，重新举起枪准备射击。

眼看最后下河的两批运金队员已经接近雁鸣河的对岸，气急败坏的敌人便一齐把枪口瞄准了离河岸最近的金宝，开始了集中的疯狂射击。

杨金宝果断英勇，镇定断后，二次出击，最后跳河，成功将密集的射击引向自己，为同志们赢得了宝贵的抢渡时间。密集的枪声响起，金宝左躲右闪，努力潜行，身体还是被两发子弹击中，鲜血霎时染红了河水。等金宝游至河中央时，眼皮开始发沉，河水里的身体慢慢失去了力气，不由自主地随波逐流，被冲向了下游。

这次任务非比寻常，大门楼来不及关心儿子杨金宝的死活，率领运金小分队趁着黎明飞奔前行，一口气奔出一百多公里路，直到筋疲力尽，才敢落脚歇一口气。

在这次战斗中，多名当地武工队员牺牲，负责断后的两名八路军战士，一个牺牲在岸边，眼睛还未合拢；大门楼的儿子杨金宝失踪，尸骨不存。

在距离战斗地点不远的地方，当地的地下党员竖起几座不起眼的坟墓，其中一座坟墓里掩埋了金宝落在岸边的一顶帽子，一块写着杨金宝名字的窄窄木板，孤孤单单地插在坟前。

两年之后，大门楼路过此地，特意到儿子金宝落水的地方转了一圈。想起儿子金宝，大门楼的心里像压着千斤重的铅块，难以释怀。他想在儿子最后战斗过的地方静静地坐一坐，在儿子旁边安安静静地抽上几颗烟，陪伴一下儿子。

父子一场，从牙牙学语到长得高高大大，儿子曾经给了大门楼多少憧憬和希望!

大门楼也曾想和金宝好好唠一唠，但总觉得他还小，再等一等。每次在部队见到儿子，他都想紧紧拥抱一下儿子，又觉得有些矫情，老爷们儿之间用不着。由于形势险峻，山东军分区和八路军驻地并不固定，爷儿俩见面次数寥寥。如今天人永隔，儿子不见踪影，锥心之痛无以言表，在儿子牺牲的地方坐一坐，说说心里话，成为大门楼内心的执念与最后的奢望。

大门楼来回走了几圈，都没有找到埋葬金宝帽子的坟墓。茫茫河滩，弯弯曲曲，参加战斗的人员或伤亡，或因有其他任务不在周边，大门楼只能根据别人的转述，在河滩上来回寻找。

河岸的杨树稀稀落落的，棵棵朝向不同，成群的或者孤零零的新坟旧坟孤坟间或散布其间，大门楼终究无法确定哪座坟是儿子的。那块写有杨金宝名字的简单木牌，不知道被风吹雨打到哪里去了。

没有找到金宝的坟墓，大门楼的心像被一只有力的手紧紧握住了，感到阵阵抽搐，整个人都像是被掏空了。大门楼徘徊良久，这才坐下，他用双手堆起一个小小的沙堆，点了一颗烟，端端正正地把烟竖在沙堆的前面："金宝，你是爹的好儿子，也是老杨家的英雄，是中华民族的英雄! 爹爹一定要和战友把日本鬼子赶出中国，为你报仇! "

香烟袅袅，飘散在空中，眼前刮来一缕清冷的秋风，一片被卷起的干枯叶子，在沙堆前来回滚动，仿佛是金宝在暗中和父亲互动。

"金宝，我的好儿子……我的好儿子啊……"声声呼唤，在大门楼心中无声地奔走。大门楼仿佛被抽掉了所有的力气，身子发软，一头扑在沙滩上，双手死抠入沙土中，不知什么时候，脸上老泪纵横。

金宝，这是他杨灯唯一的儿子!

这是老杨家的根，也是他大门楼的命啊!

日寇和国民党疯狂杀戮、围追堵截共产党的黄金运输队伍，为确保能把黄金顺利从招远护送到延安，中共中央不得不先后组织力量，建起两条黄金运输通道，即"渤海走廊"与"滨海通道"。

"渤海走廊"东起胶莱河，西至寿光县东北部榆树院子一带，东西长一百二十多里，南北宽不过十余里，像一条带子，两边一头连着胶东，一头连着清河抗日根据地（后改称渤海军区），进而转运鲁中沂蒙山区。从1942年春天到1943年8月，来自金城天府招远的黄金，大多沿着这条路线，被秘密送往延安。后来，这条线路被日伪军察觉，他们日夜巡逻，残酷镇压，"渤海走廊"几乎被封锁得插翅难飞，中共屡次送金，屡次失败，运金队员频频被捕，连连牺牲，"渤海走廊"这条黄金运输线路，被迫终止。

1943年，中央根据地在日寇、伪军、国民党的夹缝中，艰难地谋求生存和发展，由于没有黄金，延安的工作几乎寸步难行。为此，当年夏天，中共中央指示山东军分区，命令鲁中、滨海两个军区的主力部队，随时待命，负责沿途保护黄金运送队伍的安全，从此，沿途的高密、诸城、莒县，成为招远黄金送延安的主要通道，"滨海通道"由此诞生。

这场黄金争夺战，事关共产党、国民党、日本侵略者经济命脉与能量补给，哪家手里有源源不断的黄金，哪家就有源源不断的枪支和粮食，有行军打仗的底气。

"枪杆子里面出政权"，这是颠扑不破的真理，这也是中共、日寇和国民党都瞄准玲珑金矿的直接和最重要的原因。

无论是"渤海走廊"还是"滨海通道"，这两条决定中国共产党成长和壮大的经济命脉，都是一头连着陕北延安，一头连着山东招远。争夺黄金的战斗，发生在招远黄金产地，也发生在黄金运输战线上。

两条黄金大动脉可谓山重水复，道阻且长，运金消息一旦泄露，运输线随时会有被截断的危险。为此，中共党组织有铁的纪律：夺金运金，一律秘密行动，上不告父母，下不告妻儿。

无数革命烈士，用生命铺出了两条从招远到延安的金色和血色交织的道路；无数鲜活的生命，永远陨落在异乡的土地上，消失在共和国崛起的血色道路上。

千里长路，步步鲜血。然而，由于黄金争夺和运输的绝密性，没有人员档案，没有资料记录，以至于在这场艰苦卓绝的黄金斗争中，许多人连真实名字都没有留下，就淹没在历史长河之中。许多烈士的父母哭瞎双眼，妻子熬枯生命，儿女啼号一生，都没有弄清楚亲人的下落。只有在抗日战争和解放战争中，招远送达中共中央的三十五万两的黄金，是招远父老乡亲在血与火的岁月中祭出的忠诚，更是无数中国共产党革命战士"人在金在，人亡金在！"的光辉佐证。

招远购金，青岛卖金，延安送金，大门楼杨灯，是讨价还价的收金老客，是灯红酒绿中的黄金大亨，也是运金途中机警的头领……哪里需要大门楼，大门楼就会出现在哪里。

收金，运金，血雨腥风，大门楼也是九死一生。

在很长一段时间里，运金战士行路难，大门楼的决策更难，一招不慎，就会将战友们置身险境，甚至绝境。每当遇到棘手问题或者需要搭档的时候，大门楼就会想到晚兰，晚兰有非同一般的大气和智慧，点子来得快，思路靠谱，遇到特殊情况，几乎连眼神都不用交汇，两人就会心照不宣，不露痕迹地化解危机。

可惜西行之后，大门楼和晚兰连单独道声"珍重"的机会都没有，晚兰就消失在茫茫人海中。每当困难重重、心急火燎的时候，大门楼难免会想起娴雅从容的晚兰，仿佛晚兰还在身边，正在八大关二层小楼八仙桌的灯光下看账，或者正穿着旗袍踩着楼梯风轻云淡地走下来。每每想起晚兰，大门楼的心就会随之沉静，焦躁和不安就会得到抚慰。

再坚强的人，都需要心灯。

再坚强的心，也需要支撑。

在很长一段时间内，对晚兰的思念，会令大门楼勇气倍增。他对晚兰的思念，纯洁无邪，犹如一个行走在寂寞山谷中的人，渴望眼前出现一朵盛开的百合。而那百合，是喜悦，是鼓励，抑或什么都没有，却能拂去一个铮铮铁骨的男人心灵深处，那一丝无傍无助的疲劳和软弱。

大门楼丝毫不知道晚兰的去向，可他知道，晚兰作为他的革命战友，一定还战斗在革命战线上，或许晚兰的处境比他更危险。

今生今世，他俩还有没有机会再见？

这个珠玉一般美好的女孩，不会也牺牲了吧？

此念一出，大门楼攥紧拳头狠狠捶下去，不能！

大门楼的担心，确实不是多余的。

晚兰和北海银行的处境，就在日寇和国民党的包围圈中，也是险象环生，一点儿都不比大门楼轻松。

中国共产党的红色政权从诞生的那天起，就要面对武力上和经济上的双重威胁。中国共产党的抗日根据地在金融货币方面，处于被层层包围的多角斗争中，刚开始没有任何优势。

北海银行是中国共产党在三方敌对中，高瞻远瞩设立的第二盘大棋。北海银行的北海币印刷和发行，同样是日寇和国民党的眼中钉，他们千方百计要把共产党的这座红色银行，扼杀在摇篮中。

日本军国主义为达到以战养战的经济侵略目的，在抗日战争开始后大量发行钞票，掠夺中国资源，相继在济南、青岛、烟台、龙口等地设立银行机构，推行伪"联银券"，在沦陷区普及，进而步步侵入抗日根据地。

为了粉碎敌人的经济侵略阴谋、建立中国共产党的稳定根据地，中共中央瞄准和依托招远黄金，成立了"北海银行"，率先在胶东区发行自己的北海币，进而推向整个山东根据地。依靠稳定的黄金来源、统一的货币发行，中共中央始终把山东这片富庶的大地，牢牢掌握在自己的手中！

北海银行从无到有，最终成为中国人民银行的前身，其中的每一步发展壮大，都注定要经历更加艰难的生死磨炼。

从北海银行第一次被迫解散，到招远县成立抗日民主政府，北海公署跟招远抗日民主政府合署办公，北海银行重组班子，印刷发行北海币，晚兰担负北海银行重建与扩大发行工作，在抗日战争和解放战争中，北海银行的战斗同样在血雨腥风中进行。

身兼数职的晚兰，参与了北海银行的重建、搬迁，北海币的印刷发行，以及北海银行合并为中国人民银行的全部过程，她跟北海银行的干部战士日夜忙碌，为中共红色银行的发展壮大，为中国共产党赢得经济战线上的胜利，立下了汗马功劳。

1942 年 12 月 8 日，太平洋战争爆发，日本向美国、英国宣战，外商存于上海、天津等租界银行约七十亿元的法币落于日军之手。这些法币，已经失去作为国际货币向美英套取物资的作用，在日本人手里成为废纸，为此，日军千方百计驱赶法币，使其流向抗日根据地。

面对纷杂的国内国际战争形势，中共中央积极应对，为了粉碎敌人的阴谋，在山东抗日根据地相继设立银行机构，采取法币贬值和停用措施，排斥法币流通。晚兰和北海银行的战友们在招远、胶东四处辗转，隐蔽战斗，争分夺秒地加大北海币的印量，以求拓展北海币在山东根据地的发行范围，在这场货币斗争中赢得胜利。

北海银行的工作人员不分干部战士，每人身兼数职，一边要加班加点印制钞票，一边要时不时就地掩埋或者背上器材转移，夜里连睡觉都得睁着一只眼睛。

大门楼亦正亦邪的痞笑、从容有度的举止，注定只是晚兰脑海中深处的画面，她满脑子都是银行、钞票，她连自己是谁，都顾不得多想。

大门楼一直没有通知妻子，他们唯一的儿子金宝失踪。其实他是一直心存侥幸，希望金宝只是失踪而并没有牺牲，有一天他的儿子能够活着回来。大门楼把金宝失踪的消息压了下来，只是捎信儿让楚云鹤把丈母娘接到自己家里安顿，一起生活。

楚云鹤的打金铺子一天到头当然没啥顾客，只有门口旁边还立着两条石凳，依然供南来的、北往的人们歇脚，也顺理成章地成为中共地下党的黄金联络站。

丈夫和儿子多年没有音信，让金环娘这个本来性情开朗的女人变得郁郁寡欢，越来越沉默。她终日闲不住，坐在门前一边瞭望，一边纳鞋底，给云鹤全家人纳，给大门楼纳，给金宝纳，她坐在门口，只要看见不明路数的人，她就转身回家关上门。

冬日的夜晚，星辰更远，大地黑漆漆一片，山村的夜格外寂静，一个瘦小的身影疾步走进村里，他围着村子转了几圈，才来到村子东北一座青瓦青石的房子前，看清了房前右侧是棵大柳树，"啪，啪，啪"，有节奏地连叩了三下门。正在灯下抽烟的楚云鹤，听到响动急忙出去，轻手轻脚地卸掉门闩打开门，把年轻人引进厢房，又随手关上了门。

云鹤手里掂着打金用的小锤子，上下打量着这个一脸虎气的年轻人，并不言语。年轻人的眼睛里带着笑意，看着云鹤开口了："大门楼家里的房子，啥时候盖？"

云鹤眼神一亮，笑眯眯地说："今天风，明天雨，等等看看吧！"

年轻人进屋后一屁股坐下来："楚哥！我叫蒋东顺，刚从班仙洞那条小路上翻山越过来。"

他从腰间解下一个小布包，对云鹤说："这是工友们带出来的！"

云鹤掂了掂沉甸甸的布包："做这事的时候千万小心，一定要有十足把握的时候，才能往外带啊！"

小蒋一咧嘴："别人咋做我不知道，我是把汞膏塞在菜饼子的馅里，一边让鬼子们检查，一边把饼子送给鬼子尝的。鬼子不理我，不耐烦地冲着我挥手：'开路，开路！'"

小蒋话比较多，他告诉云鹤，玲珑金矿里净是共产党想要的东西，钢材、炸药、铁丝，统统都要，同志们都在想方设法，一瞅准机会就往外顺。

过了一会儿，小蒋不好意思地问楚云鹤："楚大哥，你能不能给大家伙儿弄点药？我们往外倒腾炸药，都是夹在裤裆里，一点一点往外带，时间长了，下身都烧烂了，一时半会儿好不了，人受罪不说，还影响活动！"

楚云鹤想了想，说："张星镇有一户人家，家里有祖传秘方，身上的口子烂得再厉害，只要涂搽上就能愈合。只是他家的药一律不往外卖，不准往外带药，伤号只能到他家里涂药。你先去问一问，如果实在带不出来，还是得叫武工队的人出面，很快就会有消息！"

送走小蒋，楚云鹤拿着布包摸黑走到院子里，装作上厕所，经过厕所旁边那棵桃树的时候，手轻轻一松，汞膏轻轻落进桃花树下一个埋了半截的泥瓦盆中。这个带豁口的破旧泥瓦盆里的水又浑又浊，仿佛多年没有洗刷过，这种破瓦盆村里几乎家家户户都有，是用来喂鸡喂鸭用的，没有人会多看上一眼。

楚云鹤再次回到屋里，丈母娘站在灯下，她眼巴巴地问云鹤："鹤儿，是队伍上过来的人吗？"

云鹤回答："娘，是从金矿上过来的。"

"哦……"丈母娘的声音淡淡的，有些叹息。

"娘，时候不早了，您早点儿睡吧！"云鹤轻声说，"俺爹和兄弟跟大部队在一起，没事哈，您放心，娘！"

1945 年 7 月 26 日，美国、英国、中国三国发布《波茨坦公告》，敦促日本无条件投降。8 月 8 日，苏联发表对日作战宣言，开始对日本关东军实施打击。8 月 9 日，毛泽东发表《对日寇的最后一战》的声明，中国共产党领导下的抗日根据地，对残存的日伪军发起了全面反攻。

胶东军区将部队分为东、南、西、北四路反攻大军分区负责，协同作战，向依然被敌人盘踞的城镇和交通要道展开全面反击。8 月 18 日，北海独立团第一、二、三营奉命攻打龙口。8 月 19 日，龙口第一次光复。眼看退路被切，驻扎在玲珑金矿、招远城、黄山馆的日伪军从陆路，驻扎在蓬莱的日伪军从水路分别支援龙口日伪军，重新占领龙口。8 月 29 日，独立团再次收复龙口。

从 8 月 21 日开始，驻扎在招远县城的日军眼看形势不好，就开始向龙口逃窜，招远县、招北县地方抗日武装乘胜追击，在招远通往龙口的路上，追击和截杀逃窜的敌人，沦陷六年多的招远县，宣告解放。

驻扎在玲珑金矿的日本鬼子，被抗日军民包围，成为一座孤岛，迫于现实，答应谈判。中共派出专员和玲珑工委委员，与日方派遣的负责人，在大蒋家一户村民家里谈判。

日本已经宣布无条件投降，在玲珑的日方人员提心吊胆，佯装强势，提出一个条件：中方要保证他们撤退时的人身安全，他们便不破坏矿山。

对此，特派员回复：日方不仅不能破坏矿山，而且必须缴械投降。只有做到这两点，中国共产党领导下的抗日军民，才能根据优待俘虏的政策，保证日方人员安全撤退。

占据玲珑矿区的日本鬼子分成两派：一方主张缴械投降，一方主张炸毁矿山，谁也做不了主。中方严正警告日方谈判人员：矿山如果被炸毁，玲珑金矿的日本人都将以战犯身份论处，被送上军事法庭。

谈判陷入僵局，日本鬼子既不缴械，也不敢炸毁矿山，连续组织了两次突围，都被胶东和招远抗日武装力量打了回去。最后，日本鬼子在行进队伍中用刺刀绑着十几名矿工为人质，赶往龙口港。为了保护矿工，胶东抗日武装力量不敢贸然行动，只得沿途追击。在丢下几具矿工的尸体之后，玲珑金矿的日本鬼子在龙口港日方军舰的炮火支持下，逃离了中国。

1945 年 8 月 23 日，收音机里传来延安新华广播电台播发的记录新闻：华北第一大金矿——招远玲珑金矿解放了！

罗山玲珑金矿，终于回到了中国人的怀抱！

第十四章

楚云鹤总是告诉丈母娘，岳父和内弟快要回来了，可是云鹤的底气越来越不足。

岳父和内弟很多年没有回家了，传言有好多，有的说大门楼在部队上当了很大的官，也有传言，金宝已经牺牲。

日本鬼子已经投降了，村里许多外出参军多少年没有信的人，也都有音信了，可岳父和金宝还是毫无动静！

日本鬼子被赶出了中国，岳母一天也不愿意在女儿女婿家里多住，执意要回立甲疃，等丈夫和儿子归来。

楚云鹤夫妇拗不过岳母，套上车子，把母亲送回了立甲疃。

走进那座被称为"大门楼"的农家小院，金环娘什么也不说，这儿走走，那儿看看，紧皱的眉头也仿佛舒展了好多。

母亲欢天喜地的样子落在金环眼里，金环有些心酸：母亲这是多么想爹和弟弟啊，金窝银窝不如自己的草窝，娘这是想在立甲疃，替爹和金宝守着自己的小窝。

楚云鹤跟金环撸起袖子，又洗又擦，把娘家从屋里到屋外收拾得清清爽爽，水缸也担满了，云鹤抱来柴火，把炕烧得暖暖的，夫妻俩才连夜返回罗山。

把母亲一个人留在立甲疃，金环夫妻俩一百个放心。

中共南招远的县委设在立甲疃，县委办公室在棋盘街外、大门楼家前面第二排一栋八间屋子的院子里，这座院子也是大户人家的住宅，结实得很。

金环母亲回疃的时候，不仅南招远的县委设在立甲疃，就连南招远的大粮仓、地下医院、弹药库也都在这个村，村里驻扎着八路军，加上四处过来汇报工作的人，疃里的人进进出出，几乎比之前榨油忙季，还要热闹。

之所以如此设置，不是没有缘由的。因为立甲疃的百姓，在日本鬼子占领招远期间，神不知鬼不觉地办了一件大事。

1942年冬，日军进行大扫荡，八路军五旅十四团三营的二十多名伤病员，被迫分散在招远县抗日根据地八区立甲疃的棋盘街里，伪装成长工或短工，住在村民家里养伤。棋盘街的布局原本就十分巧妙，依托棋盘街的巧妙布局，日伪军刚检查完东家，未等敲开西家的大门，伤员就已经越过南家的通道，重新转运回东家。日寇被弄得晕头转向，查了好几次，到底没有查清棋盘街里究竟住了几口人。

立甲疃的人都知道谁家有生面孔，也知道他们是八路军，在这里养伤，全村人冒着生命危险，与日寇周旋一年左右，二十几位伤员毫发无损，这在当时创造了一个奇迹——立甲疃周围全是平缓的丘陵，没有山峦，也没有密林，全靠老百姓豁上全家甚至全村人的性命掩护伤员。

要知道，日寇的炮楼近在咫尺，立甲疃距离胶东的咽喉要道道头镇十字道只有一华里，日寇没想到，八路军的伤员居然就在他们眼皮底下养伤，立甲疃的百姓用全村男女老少的生命，为八路军伤病员筑起了一道血和肉的守护墙。

立甲疃非常富庶，百姓对于中国共产党无比忠诚，南招远的县委和大粮仓等落户立甲疃，也是必然。后来没有了日本鬼子，县里的工作人员和八路军在立甲疃进进出出，大门楼的三口之家，出了两个八路军，作为八路军的亲属，金环娘受到了县委和八路军干部战士的格外关注和拥戴。

金环娘思念丈夫和儿子，她看见的每个八路军，都像她的金宝，像她的亲人，情真意切自不必说。大家时常跑到大门楼家的小院子里借家什，说说话，小战士喊"大娘"，年长的喊"大嫂"，一声声亲切的"大娘"和"大嫂"，让金环娘渐渐眉头舒展，脚步轻盈，脸上自豪而喜悦。

立甲疃的人都忙着支前，金环娘也跟着忙碌起来，每天有干不完的活儿，她没白没黑帮着八路军做针线活，忙得不可开交，暂时忘记了思儿不见的痛苦，她觉得自己越忙，就离胜利越近，离团聚越近，她巴不得白天黑夜纳鞋底，缝军服！

没过多久，金环娘拿回了人生中的第一张奖状：

　　奖给：支前能手　戴玉莲

中共招远县委

1948 年年初，大门楼给家里捎回一封信。信中说自己服从组织安排带队南下工作；金宝另有安排，他让家里人不要牵挂。

大门楼也的确是服从组织安排，带领山东八路军干部，南下开展工作去了。

1948 年 2 月，根据中央从老解放区抽调大批干部南下开辟新解放区的战略部署，仅胶东地区就抽调了六百多名干部，组成"中国人民解放军中原支队第二大队"，在河南豫西临汝县中原局驻地经过两个月的休整后，分别在伏牛、大别山、江汉、洛阳一带开展工作。作为山东省军分区南下带头人，大门楼杨灯南下的脚步更远，已经到了江西。

八路军干部南下开展工作并不轻松，除了接管和履行政府职责，为大军南下征集粮草，还要肃清国民党和土匪的残余势力。而那些贼心不死、不肯缴械投降的残余敌对势力，都是国民党和土匪中的极端顽固分子，处心积虑地与刚成立的解放区军民作对。

这天，大门楼杨灯接到火速增援命令：国民党残匪操控道会门充当马前卒，手持大刀、棍棒和枪支，向刚成立不久的余干县委县政府发起冲击，情势危急。

大门楼带领部队连夜急行，拂晓到达。

余干县委驻地一座小楼前，已经横七竖八躺着几具尸体和伤员，残匪见到前来增援的大部队，便仓皇逃窜而去。余干县办公楼里正在严防死守的工作人员见援兵到来，纷纷出来迎接并清理现场。这些工作人员中，有个梳着短发穿着军装的女干部，多看了大门楼几眼，忍不住走到他面前，惊喜地叫了一声："杨灯大哥！"

千里之外，竟然还有熟人？！

大门楼扭过头，心咚咚地跳了起来："晚兰妹子！"

那热切呼喊大门楼的女人，不是别人，正是晚兰！

瞧瞧这秀气的脸，这柔媚的眼，这个瘦削的姑娘，不是晚兰又是谁？！这么多年过去，两个人分头转战南北，出生入死，大门楼已经无暇想念晚兰了，没想到俩人能在这千里之外，再次相遇！

千言万语哽在喉头，大门楼情不自禁几步上前，张开双臂，晚兰的眉眼都在笑，瞬间投进他的怀抱，仿佛眼前的大门楼，是她多年失散的亲人。

大门楼的胳膊一紧再紧，牢牢拥抱着晚兰，晚兰的拳头雨点一样捶在大门楼的肩胛上，她笑着笑着，泪流满面："你还活着！你还活着！"

大门楼心头一热："哥还活着，兰妹妹，哥哥还活着，还活着，兰妹妹！"

他们都还活着，真好！

他们还能重逢，真好！

他们都没有牺牲，安然无恙重逢，真好！

大门楼和晚兰能意外相逢在南下路上，是因为中国共产党领导的人民军队以摧枯拉朽之势，取得了东北、华北战场的绝对胜利。为配合党中央毛主席的战略部署，歼灭国民党反动派，解放全中国，各地均需调运粮食，驰援前方。

解放区派过来的南下干部，数量相对较少，南下处境依然险峻。他们需要负责的工作很多，仅仅调粮一项，既要克服异地征粮的艰难，又要面对长途粮食调运的艰险。

南方水域较多，物资大都由船经水路运送，土匪经常埋伏在芦苇荡里，出其不意地抢劫，消灭这些拒不投降的顽匪，也是南下干部的任务之一。这些顽匪自知罪大恶极，往往隐藏在旮旯里，行踪不定。由于缺衣少食，为了活命，这些顽匪个个成了亡命之徒。

大门楼就是带领十二条运粮船，在一个大雾茫茫的清晨和大股土匪在芦苇荡里相遇的：一人多高的芦苇荡里，芦苇盘根错节，形成遮天蔽日、大大小小的绿洲一样的孤岛。水面大雾茫茫，十二只船不能跟得太近，也不能离得太远，每只粮船前后，都站有两名持枪押运的战士。

想必这批粮食早就被土匪盯上了，上百名土匪纠集起来，预先埋伏在芦苇荡里。他们开着扁舟，带着武器，用铁索抓钩靠近船只，先袭击哨兵，接着一窝蜂爬上运粮船。

这大股土匪的拦截夺粮行动显然是有预谋的，他们人手多又熟悉环境，十二艘运粮船很快就被掳走两只，大门楼也在战斗中受了伤，腿被土匪狠狠抓了一铁钩。

粮船急需转移到安全地带，大门楼顾不得伤势，随手撕破衣服扎了扎伤口，继续指挥行动。

几天后，大门楼的伤口开始感染，肿得发亮，人开始烧得迷迷糊糊。晚兰心急如焚，在药物奇缺的情况下，她四处打电话联系特效药品，在晚兰锲而不舍的求助之下，她在上海的朋友亲自携带药品，坐飞机飞到江西，及时送到了医院。只差一天半日的时间，大门楼要么截肢，要么生命不保。

在大门楼昏迷不醒的时候，晚兰看着大门楼危在旦夕，心如刀绞。她像照顾自己的亲人一样，掉着眼泪，毫不避嫌地为大门楼喂水喂汤、擦洗身体，护士都以为他俩是一对亲兄妹。

在晚兰的精心照顾下，大门楼的伤势渐渐好转，身体慢慢恢复。意外而不幸的伤情，促成了二人难得的相聚与闲暇。那日，晚兰又带着鸡汤过来看望，大门楼和晚兰安安静静地坐在医院的星空下，促膝长谈这些年来各自经历的种种。

那夜的星星，开始很亮，后来黯淡不堪，仿佛不忍直视两个人的悲伤。

一个人的命运，与时代紧紧地捆绑在一起，正所谓"覆巢之下，岂有宁日"！分别之后，晚兰和大门楼一样，遭受到了一连串的打击。晚兰经历的最大打击，是来自国民党发动的内战。

1945 年 8 月 29 日到 10 月 10 日，重庆，中国共产党和国民党经过长达四十三天的谈判，就中国未来发展前途和建设大计，达成《政府与中共代表会谈纪要》即《双十协定》，并公开发表。双方协议"必须共同努力，以和平、民主、团结、统一为基础"，"长期合作，坚决避免内战，建设独立、自由和富强的新中国"，双方还确定召开各界代表和无党派人士参加的政治协商会议，结束国民党"训政"，实现政治民主化……

美国当年的对华政策，是建立一个表面独立、实则亲美的国家。抗日战争之后，美国的对华政策，由"援华抗日"变成"扶蒋反共"。原本就没有完全消除的国共两党的矛盾，日益尖锐，蒋介石在美帝国主义军事、经济上的支持下，撕毁协定，他亲自到沈阳、北京和济南布阵，准备内战。

1946 年 5 月下旬，国民党驻扎在济南、潍县、青岛等地的八个军（整编师）二十一个旅（师）约二十万人，不断向胶东解放区挑衅，国民党侵占高密之后，又集结了两个军的兵力，向平度、掖县大举进犯，企图打通烟潍公路，占领龙口、烟台、威海港口。

蒋介石撕毁协定，双方大战在即。

胶东解放区的形势，陡然紧张起来。

1947 年 1 月 23 日，中共胶东军区第五师、第六师和警备第三旅奉命改编为二十五师、二十六师、二十七师，组成中国人民解放军华东野战军第九纵队，许世友任司令员。为了坚决打击国民党反动派，胶东军区自 1 月中旬到 2 月底，在短短五十天时间内，就动员胶东五万五千名青壮年参加了人民解放军。

1947 年 7 月 1 日，立甲疃一座整洁的农家院里，蓝色的木格楞窗，贴着红色的大"囍"字，"囍"字两边，一边贴着延安宝塔，一边贴着麒麟送子，桌子上放着花生、枣和栗子，小小的屋子，整洁而喜悦。

这里正是大门楼的小院，里面正在举行一场婚礼。

新郎穿着姜黄颜色的裤子，白色的上衣扎在腰里，长得温文尔雅，脸色沉静而喜悦，眼睛不时追着新娘，新娘一身朴素的军装，齐耳短发，这位新娘不是别人，正是晚兰。

就算这里在举办婚礼，也不时会有战友走进来，在新娘身边轻轻耳语几句。新娘不时颔首点头，一一吩咐，最后干脆离开院子，不知道到了哪里。直到月上柳梢，新娘晚兰才回到小院，带着歉意对新郎说："等急了吧？"

新郎紧紧握着新娘的双手："这杯交杯酒，我都等了十年了！"

得知这对新人一个刚漂洋过海从外国回来，一个女首长在部队上干革命，三十多岁了才结婚，小院的主人金环娘，让出了自己的房子，自己躲了出去。

第二天一大早，晚兰正要起床，新郎紧紧把新娘压在身子底下，笑眯眯地对她说："兰儿，你昨天外出不在的时候，房东大嫂来过了，人家给咱俩一人做了一双绣着荷花的鞋垫。大嫂说让咱俩这些天在她家里撒着欢住！她住在邻居家，教大家做登山鼻子鞋，大嫂说这些东西耐穿，走上几百里路，也穿不烂！"

晚兰搂了一下丈夫，抬头亲了一下新郎的额头，用手摸摸新郎的眼睛："等打跑了蒋介石，咱俩有的是时间在一起！昨天我出去是召开战前紧急动员会。今年6月26日，国民党反动派以围攻中原解放区为起点，要向全国解放区发动全面军事进攻，我们可能要打大仗了！眼下北海银行又要转移，很多事情需要抓紧时间做，放心吧，咱们很快就会胜利，日本鬼子都被我们赶跑了，蒋介石也长不了！"

眼看新婚妻子又要出门，新郎拉住晚兰，递给她一对绿色的手镯："这是我娘的手镯，是宫里出来的好东西，本来应该在你给公婆敬茶后，由我娘传给你。世道不太平，无须繁文缛节，现在我就给你戴上吧！"

晚兰接过玉镯子，仔细端详："这可真是宝贝！这种品相的玉镯，连青岛警备区司令的太太都没有！警备区司令曾经得了一对，他没有送给太太，而是孝敬了母亲，司令太太闹别扭的时候，我还劝过她，没想到，我有这个福气！"

晚兰接着叹了一口气："这镯子太过珍贵，我还是好好收着吧，先别戴了！蒋介石闹这么一出，接下来肯定又得兵荒马乱一段时间，玉石太娇贵，最怕磕碰。等天下太平的时候，我穿上漂亮的旗袍，再戴上这副镯子给你看！"

"好吧！"丈夫紧紧搂着妻子不肯撒手，"晚兰，我从中国追到德国，从德国追到中国，你连一天的时间都不能给我吗？"

晚兰安静地依偎在丈夫的胸前，她心潮起伏，要是没有抗日战争，他俩的孩子也该好几岁了。丈夫辗转半个欧洲，已经学有所成，若不是为了晚兰，眼下应该在美国一所大学，安安稳稳地工作和生活。

丈夫对自己爱得深沉，就连昨夜的一切，都仪式感十足。他视晚兰为珍宝，虔诚地抚摸遍了晚兰的全身，这才一遍遍低喊着怀里的女人，像是要把她揉进骨子里，这份缠绵，足以令一个女人终生难忘。

晚兰耐心跟丈夫解释："亲爱的，我很愿意就这样躺在你的怀里，可国民党咄咄逼人，现在国民党的军队已经打到了家门口，形势已经火烧眉毛，北海银行又要搬迁了，一旦找到隐蔽工作地点，我们就会转移阵地。现在就连老百姓都在积极备战，咱俩也不能拖后腿啊！"

"我已经放弃在美国大学教学，回国跟你参军了，这也算是妻唱夫随吧！要不你就给我唱几句，唱几句我就放你走！好多年都没听过你唱歌了！"丈夫捏捏晚兰玉色的鼻尖，笑着提了一个小小的要求。

"好！"晚兰爽快答应，张口唱了起来：

> 打扫打扫天井，蒋匪死得干净，
> 打扫打扫正间，蒋匪死得正板，
> 打扫打扫土炕，蒋匪死得光光，
> 打扫打扫锅台，蒋匪一定失败，
> 打扫打扫驴栏，蒋匪死得难看……

晚兰这几年差不多都在招远，招远腔学得惟妙惟肖，歌也唱得朗朗上口，声音确实好听。

新婚丈夫尽管不熟悉胶东的方言，听得不甚明白，可"蒋匪"俩字和一连串的"死"字，他倒是听清楚了。

两个人是新婚头一天，就算诅咒的是蒋介石，新郎也不爱听"这死""那死"的字眼，他轻轻皱起了眉头。晚兰以为丈夫是不想让自己起身，她嗔怪道："这可是疃里的小脚女人都在唱的歌，咱们也不能拖后腿！"

晚兰一阵风出去了。

只剩下丈夫一个人怔怔站在那里，过了好久，新郎才挠挠自己的后脑勺："是我落后了吗？"

1947年下半年，整个解放战争已进入了战略反攻的新阶段，在中共各路大军强有力的攻击下，蒋介石惊恐万状，为求迅速解决"山东问题"，以便转兵于其他战场，挽救其垂死的命运，不得不发动了所谓"尾势攻势"。

国民党在8月初集结第八、九、二十五、五十四、六十四、四十五共六个整编师二十个旅组成国民党胶东兵团，由国民党陆军司令范汉杰任副司令负责指挥，9月1日，兵分四路，从南到北，齐头并进，张牙舞爪地向胶东解放区大举进攻。

9月2日，华东野战军在胶东军民配合下，开始了胶东保卫战。道头古镇地处唐家岭南头，是招远县到莱阳县、掖县到栖霞县的官道交通枢纽，方圆不过十里，周围高岗起伏，东有齐山，南有勾山，西有华山。这里军民团结一心，距离立甲疃不过一华里，南招远的县委办、荣军院、弹药库、粮仓都在立甲疃，实为一个天然战场，大家决定大打一场阻击战，打击敌人的骄横气焰，鼓舞胶东人民的胜利信心。

9月18日，敌先头部队八师一六六旅四九八团三千余众进犯道头，同时，敌九师进至道头以南三十华里的夏甸，敌八师一部进至道头西北三十华里的南、北冯家一带，道头正西五六里的状元头、胡家埠一带有敌八师一部及重炮阵地。

根据敌人的布局，兵团首长决定以十三纵队主力于夏甸一带佯攻敌九师，阻右翼增援之敌；以九纵二十五师七十五团防守仰望顶（在南、北冯家以东）及其以南阵地，阻敌左翼援兵；以九纵主力及十三纵一部歼击道头之敌。

担任阻击任务的九纵二十五师、二十七师，两天前即进驻道头附近地区，在当地老百姓的大力支援下，抓紧时间，做好战前准备，全体指战员同仇敌忾，决心给进犯之敌以毁灭性的打击。

9月18日上午八时左右，敌尖兵连踩响了我民兵埋设的地雷，"轰隆"一声巨响，道头阻击战的序幕拉开了。敌四九八团进犯道头，企图占领道头以东梁家高地，控制十字道交通枢纽。

上午，敌人团部辎重及一个营的兵力进至道头镇，又以一个加强营控制了道头东北面三华里左右的杨家庄子、贺甲庄子和李家庄子，与道头之敌遥相呼应，其他兵力，进至梁家高地西坡下，准备攻击梁家高地。

守卫梁家高地的九纵二十七师指战员，埋伏在青纱帐里，静候敌军的到来。上午九时许，空中飞来两架敌机，在梁家高地盘旋一圈之后，开始俯冲扫射，狂轰滥炸。机关炮"咚咚咚"地怪叫，打破了山野的宁静；炸弹"轰轰轰"的爆炸声，震得地动山摇。继而，敌人"哐哐"地开炮了，炮弹不分点地落在梁家高地上。霎时间，从南到北七八里长的高地上，硝烟弥漫，黄尘滚滚，遮天蔽日。敌人的轻重机枪一齐开火，子弹如暴雨般地倾泻到八路军的阵地上，开始在强火力掩护下狂叫着向我阵地冲击。

守卫高地的八路军指战员们胸有成竹，勇敢沉着，迫击炮弹准确地在敌群中开花，各种轻重火器一齐喷射出愤怒的火舌，冲在前面的敌人一片片地倒下去，后面的敌人撒腿往后窜。敌人的首次冲锋失败，恼羞成怒，以更猛烈的炮火疯狂地向阵地轰击，八路军的炮兵沉着地予以回击，双方展开了激烈的炮战。

中午十二时左右，敌人向梁家高地发射烟幕弹，南北七八里长的高地上立刻升起了一堵黄色的烟墙，这是敌人再次冲锋的前奏。果然，凭借烟幕的掩护，敌人"嗷嗷"地狂叫着潮水般向阵地反扑过来。英勇的八路军战士们甩出一排手榴弹后端着刺刀，杀声震天地冲向敌群，展开了白刃格斗。霎时间，喊杀声、刺刀枪托的撞击声响成一片。刀光映着日光上下翻飞，黄尘裹着硝烟，笼罩了梁家高地。

一场恶战之后，八路军被迫撤出了阵地。正当敌人狂叫着庆祝"胜利"的时候，八路军的迫击炮弹在敌群中爆炸，打得敌人晕头转向，冲锋号"嘀嘀嗒嗒"响彻云霄。号声中，八〇团如猛虎扑食般一个反冲锋，把高地又夺了回来，敌人又一次溃败。从上午九时到下午五时，拉锯式反复冲杀了四次，战斗打得非常激烈。

下午三时左右，二十七师八十一团以果敢勇猛的动作，将杨家庄、贺甲庄及李家庄子的敌人分割包围，切断其与道头之敌的联系。五时左右，八〇团最终控制了梁家高地，遭到重创的敌人，此时锐气大减，眼看攻占梁家高地无望，便窜回道头，合兵一处，抢修工事，准备死守。

如血的残阳正在慢慢坠下西山，硝烟弥漫的战场上出现了暂时的宁静，八路军指战员心里都明白，这宁静的后面，将是一场更激烈、更残酷的厮杀，立甲疃的妇女在妇女队长王淑兰的带领下，已经为八路军做好了热腾腾的饭菜，青年营把饭菜送到了阵地上，伤员也被及时转移下来。

夜幕降临，阴霾的天空中，见不到一颗星星。

担任主攻任务的二十五师七十三团、二十七师七十八团和八〇团及十三纵一部，将道头之敌紧紧包围，守敌已成瓮中之鳖。敌人发觉了八路军的意图，漫无目标地向道头以东的开阔地打炮，妄图阻止八路军向道头靠近。

猛烈的炮火也挽救不了敌人灭亡的命运。

夜八时，总攻开始了。八路军的炮弹，呼啸着飞向敌前沿工事，无情地轰向敌军工事，敌人的炮火也打得更急了，炮火如急风骤雨，惊天动地，震耳欲聋。双方的轻重武器，在村内外交织成一片火海。曳光弹如火蛇般交错穿行，在空中织成红、白、绿各色相间的火网。地面上完全被硝烟笼罩着。此刻，分不清哪是小炮声，哪是机枪声，哪是冲锋枪声，只听得一阵阵狂飙骤起的"霍霍霍"的怪响。

道头古镇在火海中战栗，村子四面杀声震天！

八〇团从东面，七十九团从东北面，七十三团从西面，十三纵一部从村南，一齐向道头猛攻，指挥员身先士卒，战士们争先恐后，勇敢地向敌人的外围阵地冲击。缩在乌龟壳里的敌人，倚仗地形有利，武器精良，弹药充足，负隅顽抗，发疯般地将弹雨向外倾泻，八路军伤亡较大，进展比较缓慢。

八路军指战员没有被敌人猛烈的火力所吓倒，寻找敌人防守的薄弱点，继续向敌外围阵地猛攻。七十三团二营五连从村西撕开了一个口子，首先冲入村内。随之八〇团一营于十时左右，也从东北面突破了村沿，向村内推进。攻击西门的七十三团三营，多次向西门守敌发起勇猛的进攻，均因敌人火力太猛而未能奏效。西门小楼上是敌人的重机枪阵地，射击孔里不断向外喷吐着罪恶的火舌，成为进击的主要障碍。夜里十一时许，八路军集中轻重武器向敌机枪阵地猛扫，敌人的火力暂时被八路军压下，担任爆破的战士，挟着炸药包如离弦之箭般冲到小楼下，只听"轰隆"一声巨响，墙倒楼塌，敌人的射手被炸得血肉横飞，钉子拔掉了，攻击部队如同潮水一般，向街心发起攻击。

这场激烈的攻坚战持续了四个小时，至午夜时分，各路攻击部队均突破了敌人的外围工事，冲入村内。外围守敌大部被击毙、俘虏，余下的，拼命向村内溃逃。就在同一时刻，七十四团一部奉命插于道头与状元头之间，严密地注视西面敌人的动静，防其驰援道头。敌团长将团部勤杂兵组成督战队，守住四面街口，持枪逼迫溃退的败兵向外反击。突入村内的部队，与敌人展开了激烈的巷战，大街小巷里，喊杀声、枪声、手榴弹爆炸声，交错混杂，直杀得天昏地暗，血染通衢，尸填街巷。

道头巷战激烈之时，东北面杨家庄子村西的战斗也到了白热化的程度。八十一团下午将敌一个加强营围困在杨家庄子村西的驼山岭上，入夜之后对敌发起攻击。驼山岭四面山坡平缓开阔，守敌能够充分展开火力，因而易守难攻，敌人凭着有利的地势和强大的火力拼命顽抗。敌人的照明弹一颗颗射向空中，整个驼山岭被照得如同白昼。八十一团从东南、西南、正北向敌连续攻击，由于无障碍物遮蔽，数次攻击均未奏效。午夜以后，八路军在驼山西面暗设伏兵，从东面进行重点进攻。在东面强有力的攻击下，守敌企图西逃，正好中了八路军的埋伏，五百余敌人全部被歼。

道头守敌仍在作困兽之斗，巷战继续向纵深发展。枪声，已不像原先那样密集，八路军主要靠刺刀手榴弹解决问题，战士们在房顶上和敌人交锋，在过道内和敌人拼搏，双方只有一墙之隔，敌人把手榴弹扔过来，八路军再扔过去，双方寸步不让。午夜过后，残敌大部被困在敌团部周围三十米纵深的包围圈内。八路军集中全部轻重武器，向敌人的指挥所猛扫，敌指挥所完全被火海淹没了，敌人的通信联络中断，呼救无望，陷入四面楚歌之中。

国民党陆军中将李弥，匆匆赶至道头以西十余里的高地上，准备以猛烈的炮火救援其垂死挣扎的部属。他们向道头方向打了二十多发炮弹之后，李弥对着无线电话筒连续询问道头守敌："打得如何？打得如何？"话筒内全无声息。

李弥抬头东望，只见道头火光烛天，烈焰翻腾，不由得连声叹气说："完了！完了！"他决定拂晓后炮轰道头。

道头巷战持续了四五个小时后，敌人大部被歼灭，只有敌团部尚未攻下。东方露出了鱼肚白，李弥指挥敌炮开始轰击道头，八路军胜利完成了阻击任务，迅速撤出了战斗。

道头阻击战这场战役歼敌一千七百八十六名，缴获轻重机枪四十余挺，其他武器弹药及军用物品不计其数，狠挫了敌人的锐气。

为了彻底粉碎国民党的"尾势攻势"，配合八路军外线兵团的战略进攻，扭转胶东战局，1947年9月30日，中共烟台市委党军政机关撤离烟台。10月1日，国民党军队占领烟台。

1947年10月上旬，华东野战军东线兵团发动胶河战役，在司令员许世友和政委谭震林的带领和指挥下，激战六个昼夜，先后收复昌邑、掖县、牟平、栖霞县城，歼敌九个兵团一万两千人，中国共产党在山东内线战场转入进攻阶段。同年11月，华东野战军向国民党军队大举反攻。12月底，历时四个月的胶东保卫战结束，共计歼敌六万三千余人。

内战打响后，国民党气急败坏，蒋介石妄图对共产党赶尽杀绝。就在这一年，上海发生一起重大暗杀事件，晚兰的爱人出师未捷身先死，当场牺牲。这名海外归来的留学博士，深受中共高层器重，牺牲时正与中共高级将领在一起，也许是海归博士更具儒雅超脱的气质，杀手误以为他才是一行人中的"匪首"，第一枪就瞄准了晚兰的丈夫。

得知丈夫牺牲的消息，晚兰刚刚怀孕两个多月，她悲痛交加，彻夜难眠。正是在这段时间，胶东遭到国民党军队的大举进攻，敌机在空中喧嚣轰鸣，炸弹随时在头顶炸响，胶东埠内县市掖县、招远、栖霞、牟平全部遭到敌军占领。共产党和国民党分率两支部队，铆足了火力，在胶东形成对抗状态。

整个胶东，如同一个巨大的旋涡，疯狂而战栗。

处在旋涡中心的晚兰和战友们，从招远辗转迁移到栖霞牙山。大山深处的一个简陋的山洞，就是晚兰的工作和藏身之所。晚兰孕后不久，就传来丈夫牺牲的噩耗，她的胎象本来就不稳，加之战时形势紧张，随时面临行军转移，甚至背负设备远距离行军，晚兰劳累至极，她和丈夫唯一的骨血没有保住，胎儿流产。

要强的晚兰没有声张，她把巨大的悲痛压在心底，和正常人一样争着抢着工作，和战友一路奋战，随时转移。战时如此艰难，晚兰和战友们连正常的一日三餐都无法保证，身体调养更谈不上了。遭到丧夫、失子双重打击的晚兰郁郁寡欢，一下沉默起来，睡不着觉的时候就起身工作，白天连着黑夜工作，一度瘦成了纸片。

绿萝拂过衣襟，青云见证诺言。

谁曾想到相爱的人，转身即为天涯！

晚兰与爱人相知相爱多年，终于在胶东结为秦晋之好，哪知道，婚后在一起还不到半个月，两个人就分开了，然后，永失所爱！

第十五章

为了打击蒋匪，山东根据地出人出力，调动了三十万辆小车支援前线，那一年，招远县的支前口号是："最后一块布做军装，最后一口粮做军粮，最后一个儿子送战场！"

整个山东，到处是妻子送丈夫、母亲送儿子到前线打蒋匪的轰轰烈烈的场面。山东掀起了捐钱捐物、支援前线战斗的活动高潮。丈夫戴上大红花出发了，年轻的妻子依依不舍，摘下银耳环、金戒指交给妇救会；儿子跟着部队走了，母亲一脸坚毅，把踮着小脚推磨碾轧出来的米面送过来了；小姑子和新嫂子，带着连夜纺织出的灰布和纳底鞋子，一起赶来了！

金环娘是有名的拥军模范，她一个人在家里，夜里连衣服都不肯脱掉，困了打个瞌睡就醒，起来就纳鞋垫，她争分夺秒，纳出的鞋垫又快又好。

金环娘总是觉得，说不定哪天，这些鞋垫就会有一双被支前的人们送到丈夫和儿子手中。金环娘动了一个小小的心思，她在纳鞋垫的时候，不像别人总是纳一排一排的横针，她纳的是莲花花瓣，一瓣连着一瓣，用细密的针线连缀成美丽的图案，在众多平淡无奇的鞋垫中，一眼就能辨别出来，她的名字叫玉莲，这一瓣瓣的荷花，就是她的心血点点。

大姑娘、小媳妇甚至老大娘，都在踮着小脚推碾支前，家家户户献金、献粮、献物，晚兰深受感动，新婚不久，她就把爱人送给她的结婚信物——那对祖传的珍贵镯子捐了出去。

晚兰想得很简单：前方多一些物资弹药，就会少一分流血牺牲，玉镯大不了以后再买，争取尽快胜利，就是在争取她和爱人尽快团圆。可晚兰万万没想到，还没有等到团聚，两个人就天人永隔。

南下与大门楼相遇的时候，晚兰孑然一身。

那一夜，晚兰仿佛找到了失散已久的亲人，她在大门楼的怀里失声痛哭。想起送金途中活不见人死不见尸的金宝，大门楼也是肝肠寸断，眼泪大把大把无声滑落。

晚兰痛苦万分，哽咽诉说："我们分别了十年，好不容易结婚了，可除了一把带血的手枪，他什么都没有给我留下……"

生离死别的滋味，大门楼知道，这是任何语言都无法抚平的心碎神伤。眼泪抹了一把又一把，大门楼握着晚兰瘦骨嶙峋的手，不声不响地从贴身处掏出一只带着体温的金镯，握住晚兰五指左右手一倒，登时把金镯套上了晚兰的手腕。

晚兰瘦得皮包着骨头，她这一路，是遭了多大的罪啊！

大门楼紧紧握着晚兰的手，低低央求："兰儿妹妹，你还有哥，你还有哥！这是哥给你的金镯。"

晚兰积攒了几年的眼泪，宛如决堤的湖水，滚滚而下，无可阻挡，她用拳头捶打着大门楼的胸膛，哭得半晕半迷，悲伤无以复加："我要他回来！我要他回来……"

大门楼紧紧搂着晚兰，抱着这个心碎神伤的女人，轻轻拍打，一遍遍安抚，摸着晚兰的头发，脸不停地在晚兰的额头、脸腮、鼻尖厮磨。

杨灯是个男人，粗糙爷们儿都受不了的伤痛，柔弱的晚兰一人背负了双重！大门楼实在不知道该如何安慰和心疼怀里的女人。

抗日战争已经胜利，解放战争又起，国民党开始节节败退，可南下途中依然匪险不断，生命如此脆弱，不知哪一天就会戛然消失。世事沧桑，战事多变，谁知道今天还活着的自己，能不能看见明天的太阳！大门楼在枪林弹雨中捡了条命，他和晚兰都是劫后余生，如果紧紧融为一体才能给予对方全部的支撑和力量，那就给！

大门楼心里一动，义无反顾！

那一夜，晚兰从迷茫到沉沦，从沉沦到清醒，从清醒到抗拒；从抗拒再到迷茫，从迷茫再次沉沦，两个人不像做爱，像是发泄。大门楼一次次发起冲锋，又一次次陷入重围，俩人连对抗时胳膊都紧紧缠绕在一起，仿佛对抗也是一种支撑。他们迫切需要在倾盆大雨般的悲伤中，紧紧裹挟，彼此温暖，抵挡从脚底涌出的透骨寒凉，用尽所有的力气相互扶持，越过拂晓之前的茫茫荒丘……

那晚之后，晚兰再也不肯给大门楼打电话。

大门楼进退两难，他当然放心不下晚兰。

两个多月后的一天，大门楼终于抽出时间，刮刮胡子，穿戴整齐，一路打听着找到晚兰的宿舍。

大门楼在门口磨蹭了好久，有一瞬间竟想抽身逃离，可往后走了几步又折了回来，迟疑很久后终于跨步上前，轻轻叩门。

"谁啊？进来吧！"打开房门，晚兰一眼看见大门楼神采奕奕，正站在夕阳的余晖中，目光深邃地凝望着自己。

晚兰瞬间失神，手扶着门框站了许久，迟疑一番后，一声不吭地转身走进屋里，在床沿上坐下。

晚兰更瘦了，脸色憔悴，嘴唇惨白，像一个被车轮碾轧过的布娃娃。大门楼心下一惊，万分自责，蹲在晚兰面前轻声忏悔，语无伦次。

不知道过了多久，晚兰还是一言不发。

祸已经闯下了，晚兰要打要骂都行，都是自己混蛋，误以为所有女人痛苦难耐的时候，都需要男人的怀抱和臂膀。大门楼朝自己的脸上甩了两个耳光，摇摇晃晃地站起来，端端正正地给晚兰行了一个军礼，转身要推门而去。

晚兰如梦方醒，她猛然站起来，跟跄几步，拽住大门楼的后衣襟，一头栽在大门楼后背上，两只胳膊抱紧大门楼的腰，眼泪滚滚而下，喃喃哽咽。

大门楼侧耳细听，如雷轰顶：晚兰怀孕了！

怪不得晚兰的脸色如此憔悴！

这个晚上，大门楼几乎抱着晚兰坐了一夜。

193

晚兰眼泪横流，半梦半醒；大门楼愁肠百结，彻夜未眠。晚兰想过落胎，可大夫说了，上一次落胎有失调养，再次打胎，极有可能终生不育，她实在不舍得放弃这个孩子。

1949年10月1日，中华人民共和国成立了。

家里人收到了杨金宝失踪的确凿消息，金环娘很平静，说了一句："又不是牺牲，说不定哪天你爹回来时，你弟弟也就回来了！"

1953年，离家十几年的大门楼，真的回到了招远，金宝却没有回来。吉普车停在屋外，大门楼牵着个小孩子站在门口，两个警卫员站在大门楼不远处，再远处便是闻声聚拢过来交头接耳的老乡。

大门楼和晚兰结合在一起，生下了儿子银宝。

在南下人员的婚姻史上，有多少失散的婚姻，背后就有多少个忍辱负重的女人。这一时期，多少南下人员，抛弃了在老家担惊受怕，替丈夫送走双亲、抚养孩子长大的结发老妻，转身迎娶了有文化有知识、年轻美貌的女人！

漫漫长夜，满满期盼，守家女人十几年担惊受怕，颠沛流离，青丝早已变成白发，曾经年轻漂亮的容颜，如今一个个写满了愁苦，镌刻着无法抚平的沧桑。男人不在家，这些替男人镇守家业的女人，心血早已被抽干，麻木成泥塑一般，全然不如城里的大学生和富人家的年轻小姐鲜活靓丽。

不管是出于个人追求，抑或世事难料，很不幸，大门楼杨灯的妻子、楚云鹤的丈母娘，便是这大潮中一个不幸的代表。有些离婚南下的人，会从老家选择一个与老妻生的儿子，带在身边培养，大门楼跟他们不一样，他送回来一个儿子。

金环娘安安静静地坐在炕上，一只蓝布包摊开在芦苇席子上，里面是一只金镯。滚圆的金镯子上雕刻了一朵并蒂莲，寓意一双璧人和美一生。

这金镯本是一对儿，大门楼南下与晚兰相遇时，把其中的一只亲手戴在晚兰的手腕上，如今另外一只被大门楼送了回来。

楚云鹤手扶炕沿，半倾着身子，小心翼翼地说道："娘，俺爹说，他许诺过，会送给你个金镯子。"

"你爹为啥不进来？"金环娘看都没看一眼金镯。

大门楼早在书信中交代，离婚错在自己，实属无奈，他和晚兰结合已成定局，一夫一妻是国法也是共产党的要求，他只能和老妻解除婚姻。大门楼也说了，他希望金环娘离婚不离家，他会对老妻的生活负责到底。

大门楼对老妻心存愧疚，他告诉晚兰，以后不管再生几个儿子，接下来就叫铜宝、铁宝。总之，"下落不明"就不能说明金宝牺牲，金宝永远是杨家这一支的老大，等自己和晚兰的儿子长大生了孙子，再过继一个到杨金宝的名下，不能让金宝断了香火。

晚兰其实并不认同这些令人啼笑皆非的名字，但她理解大门楼的心情，什么都没有反驳。

大门楼心知肚明，金宝生还的机会其实很渺茫，身边无子，难立门户，他想把银宝送回老家，代替金宝陪伴老妻，顶门立户，孩子大号，就叫杨南下。

对于大门楼的这个想法，晚兰强烈反对，可她的泪阻止不了大门楼的坚定。大门楼的想法很简单：晚兰在北京有工作，有他陪伴；老妻在家没人陪，但身边如果有孩子忙活，就没时间伤心难过掉眼泪。

大门楼不怕死，也不后悔要了晚兰，只是两个好女子，他注定要辜负一个。

大门楼自感对结发妻子亏欠太多，余生理应与金环娘相伴到老，可他和晚兰都在北京有工作，也有了共同的孩子……大门楼没办法一碗水端平，就想把自己的心头肉，当成平衡感情的砝码。

"这不是戳娘的心吗？！"金环气得跺脚，浑身哆嗦。

金环娘却很平静，如同木头，脸上一片死灰。

金环咬着嘴皮再也不敢出声，无声地向云鹤投去求助的目光。

丈母娘的眼睛定定地望着窗外，如同老僧入定，一语不发。时间那么漫长，屋里那么安静，仿佛只能听到心跳声。

不知道过了多久，金环娘慢吞吞地挪身下了炕。

金环和云鹤赶紧过去搀扶母亲。

金环娘甩开女儿女婿，脚步迈得很慢，却很稳，有些佝偻的身子，在努力步步挺直。

大门打开，金环娘一左一右拽住小心翼翼陪在身边的金环和云鹤的胳膊，在俩人还未回过神来之际，金环娘用尽全身的力气，一把将他们推搡出门外，声音凄厉地喊道："叫他走！"

金环娘"咣当"一声插上大门，至于大门楼，她连看都没看一眼。

屋里屋外，一片宁寂。

大门楼站在门外，心头一震，血液"唰"地涌上脸庞。万般感念，齐聚大门楼心头，还是寸寸成灰。

眼前的房子，是他当年亲自操办盖起来的，老墙是老石匠依了大小和形状仔细掂对，拼成两面平展的石墙，中间甚至还拼出了蝙蝠的图案；中间的缝隙也被瓦灰填实，撑过百年风雨没问题。

立甲疃他大门楼杨家的房子，在国民党进攻的时候，曾被国民党扔的炸弹炸开了一角，幸喜金环娘当时不在家里，可当时一个邻居被炸死，另一个被炸伤了。立甲疃房子被毁后，金环娘又跟女儿女婿住在了一起。

大门楼杨灯十几年来提着脑袋生死闯关，如今全国人民都迎来了家人团聚、安居乐业的日子，可他却与"圆满"无缘：爹娘早已远去，儿子生死未卜，立甲疃的房子没有家人已经不算家，女儿女婿这里有他牵肠挂肚的老妻，却拒绝与他相见……

家乡这条根，已被战争的莫测变化，生生截断。

大门楼咬紧牙站在那里，心里有泪也有汗。

杨灯无愧于党无愧于革命，可他终究无颜面对老妻，更没有一脚踹开门，把等待了他十几年的妻子搂在怀里的底气。大门楼有些焦躁，心里暗道："环她娘，你接下孩子，我才能有机会常回家看看！"

"爸爸，爸爸……"孩子仰头叫爸爸，大门楼弯腰抱起孩子，孩子的小手搂着大门楼的脖子，头趴在大门楼的肩上。

大门楼拍拍孩子的背，又在门外站了一会儿，眼睛盯着那扇门，不时扫过院墙里的屋顶和静穆的烟囱，门内始终没有走出他真心想见的人。

大门楼离去了，楚云鹤夫妇一夜未睡，两人几次轻手轻脚起来，透过门帘缝看娘的房间，金环娘没有任何异常，她和衣而卧，和素常一样。

第二天一早，金环熬了黏黏的米粥，碗里给母亲卧了个荷包蛋蛋，金环娘照例只吃了一点点，把鸡蛋夹成几瓣，一一分给了孩子。

与意气风发的金环爹相比，金环娘无疑是素净的，人瘦得干干巴巴，常年一袭浅灰色大褂，原本浓密的黑发掉了不少，还变成了灰白颜色，却依然纹丝不乱地绾在脑后。

吃过早饭，金环娘抹抹炕席，照旧搬下柜顶上的针线管箩，把卷放在炕头的几片袄襟摊开，翻来覆去，仔细掂量，剪去磨损了的袖口和下摆，修修这儿，动动那儿，把大孩子穿过的衣服改小一点，再给小点的孩子忙活出一件夹袄。这些原本应该由金环抽空做的针线活，一直都是金环娘在忙活。这么多年，也幸亏有金环娘帮衬着，春天拆秋天缝，浆浆洗洗，一针一线帮金环忙活，一家老小的日子虽然紧巴，孩子们的穿戴却总是整整齐齐。

金环娘没事儿一般，就像大门楼从未回来过。

楚云鹤叮嘱金环看好娘便匆匆奔向县城，一路打听，找到县委招待所。县城不大，招待所也很好找，无非几间平房。服务员说："首长和警卫员外出办事去了，请云鹤同志在招待所待命。"

银宝被留在招待所里，俩年轻服务员正一块儿带着他玩。小家伙一点儿也不怕生，一双大眼睛滴溜溜乱转，大门楼不在身边，他跟着服务员一样开开心心，大约是常跟大人东奔西跑，一点儿都不胆怯。

云鹤在招待所等得心焦，坐卧不安，直到夜色降临，大门楼才风尘仆仆地回到招待所。他到底上了岁数，摘掉帽子，两鬓斑白，额头也皱纹紧紧的，脸色铁板一样，见了银宝都没有个笑脸。孩子在父亲的怀里拱来拱去，一会儿就困倦地睡去。

大门楼给银宝掖掖被角，轻轻抚摸一下银宝那张白里透粉的小脸，这才长叹一声："太平日子多好啊，孩子再也不用和父母生离死别。"

大门楼喝了半茶缸水，嗓音还是有些沙哑，他看着孩子："趁着银宝还不记事把他送回来，我是想让你娘知道，不管离不离婚，她都是老杨家的人，在老家有儿有女有依靠，我也能经常回来看一看。"

楚云鹤无话可说，他知道老丈人对两个女人都放心不下，又只能顾一头。想起每次丈人一回家，金环娘总是先给他兑好洗脚水，云鹤起身倒了半盆子热水，用手试一试温度："爹，您先泡泡脚，歇歇乏吧！"

大门楼坐在凳子上把脚伸进水盆，边泡脚边说："你娘的性子外柔内刚，金宝失踪，我又结婚了，她肯定不会跟我去北京。组织上有工作安排，我也不能扔下回来陪你娘。"大门楼神色有些黯然："你娘的生活费我负责，不用让你娘知道。只是替你娘宽心这件事，还得靠你，金环性子烈，口无遮拦，不会替别人着想，会把事儿弄坏。"

云鹤点点头："您放心，爹，我知道怎样和娘说话。"

楚云鹤突然想到自己娘临终的情景，她眼神虽已涣散，口里却还在念叨："供……山神……"娘到死都盼着云鹤爹的灵魂能回来看看，可云鹤爹至今都没有音信。再看看岳母，她和娘一样，在艰难的日子里也盼了十几年，虽然岳父健在，可岳母还是没有了盼头！

楚云鹤的头一低再低，不知道说什么才好。

岳父器宇轩昂，一身笔挺的将军服穿在身上，如果能把岳母接到北京，好好补偿妻子这些年担过的惊，受到的怕，也算夫贵妻荣，遭罪也值得。可眼下呢？丈母娘的心一下子没了盼头，岳父还不如不回来。

生父没有回来，亲娘苦了一辈子。

丈母娘的男人高官得做，照样还是不回来。

云鹤同情岳母，又不能指责岳父，只能暗叹：守家女人的命，怎么这么苦！

云鹤定了定神，打破两个人的沉默："爹，我觉得您还是把银宝带回去比较好。孩子是娘的心头肉，不用说也能想象，晚兰姨肯定舍不得。都到这份儿上了，您跟晚兰姨在外面好好过日子，照顾好自己就行。娘有我和金环照顾，娘走的时候，要是金宝兄弟还没信儿，我来披麻戴孝，顶盆摔盆，我就是俺娘的亲儿！"

大门楼久久无声，云鹤蹲下想替老丈人擦脚，不想大门楼抽过毛巾，张口说道："洗脚擦脚，谁也没有你娘照顾得舒帖！"此话一出，翁婿一愣。

大门楼暗叹一声，他走到窗前，久久看窗外黑漆漆的夜色。良久，大门楼才回头道："今晚你别走了，明天还有事！"

大门楼此番回家，身上带了一封皱皱巴巴的信，这封信，是经了几个战友的手，辗转递到大门楼手中的。信中写有一对吕姓兄弟有事相求。

兄弟二人的父亲当年在招远收购黄金时，被人跟踪，在莱州被捕，后又被押回招远，审问了一年多，上了无数次大刑，自始至终，都咬定收金贩金是为了养家糊口。最后父亲被押到招远黄泥沟，当成共产党枪毙了。家里突然出了这样的事情，母亲又惊又怕，带着两个儿子东躲西藏，讨饭过活，精神越来越不济，先是答非所问，不知所云，后来连衣服也不知道好好穿了，外出的时候，淹死在水湾里，当时兄弟俩一个十三岁，一个九岁。外面传言，他们的父亲是个共产党员，为北海银行收购黄金，被汉奸盯上，叫鬼子抓走害死了，可没人能够说清楚这件事情的来龙去脉。

如今中国共产党胜利了，新中国成立了，这俩孩子也在颠沛流离中都长大了，他们希望求助好心人，帮他们查找知情人员，证实一下父亲当年到底是不是地下党，是不是为共产党暗中收购黄金，才被日本鬼子杀害的。他们写了无数的信，却都石沉大海。

第二天吃罢早饭，楚云鹤跟着大门楼坐上吉普车，马不停蹄地整整跑了一天，跑蚕庄跑莱州，查找线索，寻找当年的知情人。

一路下来，楚云鹤的心也跟着沉甸甸的。

从蚕庄跑莱州，他们一无所获，没有找到任何线索和知情人。回到招远，大门楼杨灯还不死心，改变思路，不找战友，跑到招远县公安局、招远县法院，亮明身份，调取和查找旧卷宗。在法院座谈的时候，有个老职工，回忆起一个线索。

新中国成立后，招远县法院曾判处过两个汉奸死刑，这俩汉奸的罪名，是出卖收购黄金的地下党员。查阅卷宗，证实由于这两个汉奸告密，导致一名收购黄金的共产党员在莱州被捕。这名共产党员被押回招远，严刑拷打一年多都没出卖任何人，一口咬定收购黄金就是自己为了养家糊口。这位黄金收购者，最后被当成共产党员，带到黄泥沟枪毙……

黄泥沟烈士就义的线索，再次浮出水面。

按照时间、经历和遭遇，这名从莱州被押到招远审讯和枪毙的人，与兄弟二人口中的父亲，非常相似，也能对号入座。可遗憾的是，调出卷宗，叛徒所出卖的烈士的名字，与吕姓兄弟父亲的真名不相符，家乡住址也对不上。

没有证人，没有照片，死无对证。

兄弟二人寻找父亲的心愿，再次落空！

这位烈士，即便真是孩子的亲生父亲，大家也拿不出足够的证据，无法证实他们的关系，这是因为在日寇横行的年代，地下党联络工作用的都是化名。至于大门楼自己，他和这位烈士没有直接领导关系，不曾秘密接过头，无法当证人，给出定论。

当年，大门楼的主要工作，是负责秘密向延安运送黄金。这和北海银行的筹金建设，尽管目的相同，经过却是"花开两朵"。中国共产党在敌人眼皮子底下无中生有，运筹帷幄，收购黄金，成立北海银行，与西北等地的银行（西北农业银行）联手，秘密往延安调运资金，这是两个布局、两盘大棋。

北海银行发行的北海币，大门楼亲眼见过；招远收购黄金送到延安，大门楼经手过。北海银行依托招远黄金的建立发展，这是两条线索，他这个招远人，对于后者，也毫不知情！

大门楼曾经不解地问晚兰："你们老家山西不是银行的老窝子吗？共产党为什么不在山西建立自己的银行？那样不是更方便吗？共产党为啥非要北海公署在胶东建立北海银行？"

晚兰大笑起来："你真是个门外汉！开银行要有真金白银做底子，谁家没有真金白银，能赤手空拳开起银行来？！"

对于共产党自己开银行这件事，晚兰是如此向大门楼解释的：一来山西地界的钱，已经被几大私人银行把持，外来人员想生生插上一杠子开办新的银行，又没有信誉，这事很难办。二来共产党本来就没有钱，要无中生有开办银行，必须有真金白银托底。

东北地区生产黄金，那地盘被日本鬼子长期霸占，很难插手。招远有上千年的黄金开采历史，是历代朝廷的督金采办之地，这里又是共产党、国民党、日本人开展拉锯战的地盘，这是中共唯一的选择，非此莫属。当初招远运送到延安的黄金，有一部分，应该走的就是银行转账。还有，山西票号当初能够做大，最大的生意，就是承揽了清朝的军饷汇兑；而通过银行，也可以不露痕迹地保证军用资金的调配安全。

最后，晚兰大笑起来："这也是蒋介石不如毛主席的地方！毛主席熟读史书，对历史的发展和走向了如指掌，才能运筹帷幄，决胜千里。抛开民心所向这个话题，就凭'枪杆子里面出政权'，夺取黄金，开办银行，建立统一的根据地基础，让自己兵强马壮这一点，蒋介石就差大了，两人不是一个档次！"

黄金成就了北海银行，北海银行稳定了山东革命根据地。

这是中国共产党在正面战场背后，在经济战线上，取得的决定性胜利。正是有了山东这个稳固的革命根据地，共产党才有机会从胶东烟台，挺进东北，取得了辽沈战役的胜利，解放了东北。同样是因为大山东革命根据地支前民工推着三十万辆小车的支持，才促使中共赢得了淮海战役、渡江战役的胜利。

山东安，天下安。

山东革命根据地建立，与北海银行在山东统一发行北海币，绝对有着紧密的关系。

北海银行1941年在招远重新建立这件事情，一直到晚兰调到北京，负责三大银行合并成为中国人民银行，晚兰的工作不再是秘密，大门楼才陆续从晚兰的口中得知，中共中央如何在抗日战争期间依靠招远所产的黄金，建立北海银行、发行北海票子、巩固革命根据地经济发展、掌握经济命脉的来龙去脉。

晚兰明确告诉大门楼，胶东区当年确实安排了许多地下党员，专门在招远产金地区活动，暗中收购黄金并且动员产金大户支持共产党，为北海银行的货币流通提供金银基础，这是事实。可是由于她只负责北海币的印刷和发行，黄金收购人员都在北海银行外围暗中行动，她也不了解相关人员。

晚兰说："北海银行是在跟日寇、国民党争夺经济地盘，这个盘子里的肉是有数的，日军和国民党吃了，共产党要饿肚子；共产党吃了，他们就要饿肚子。谁能吃饱，谁就能活下去，这也是你死我活的斗争！"

当年北海银行在招远重建，开机印刷，即便外围布置了几层暗哨，也都是等到晚上，自卫队先清街后，他们才开机印刷，北海银行如此私密行事，还是几次惨遭包围，不得不仓促撤离。晚兰对北海银行外围黄金采办人员毫不知情，这也是必然的。

在你死我活的战争年代，奔波在外的地下党员，为了不牵连家人，用的都是化名，对外宣称的家乡住址，没有一个是真实的。十有八九，两个孩子就是烈士的遗孤，可大门楼不是经办人员，就没法做证。

楚云鹤问岳父："爹，还要找下去吗？"

大门楼身居高位，所到之处一路绿灯，可跑了两天，还是一无所获。这信如同一团火，炙烤着大门楼的心。他的儿子失踪，每次想起金宝，大门楼都会悄悄爬起来抽烟，烈士后代的苦楚，大门楼感同身受。

他的心里窝着火，一拳砸在桌上，茶缸盖子都弹了起来："怎么查？收金运金都是要被杀头的营生，单线联系，没有真名，上哪儿去查？共产党员不怕死，就是苦了全家老小，一辈子都不知道亲人的死活！"

"共产党竟然用黄金下了这么大　盘棋！"

楚云鹤也是无比震惊。

楚云鹤自己就在罗山黄金产区，对地下党收购黄金这件事情，早有耳闻，自己也曾暗中张罗过，他也见过、花过北海币。他曾经以为这些黄金全部被送去了延安，没有想到，共产党依靠招远的黄金，居然建立了自己的银行！这事，干得那叫一个绝！

楚云鹤亲眼见过地下党员从金矿往外携带金砂被鬼子发现后肠子被挑出来、尸体挂在铁丝网上的惨烈景象。烈士们家破人亡，妻离子散，想必大家都在牵挂筹金运金牺牲的战友，这封皱皱巴巴的信才会辗转多人之后，被慎之又慎、奇迹一样传递到大门楼手中。

这张薄薄的纸片，托举着一位为革命赴汤蹈火的战友的生命，浓缩着很多无名英雄的命运。他们不曾像参军参战的战士那样大张旗鼓，没有花名册，除非找到烈士的顶头上司或者直接联系人，否则很难认定。可这位烈士即便有上线和下线，他们也有可能全部牺牲了。

更加棘手的是，南招和北招两个县在战争年代，曾经由招远县一分为二，然后又合二为一，新成立的招远县县委和县政府，是由南招和北招中间的招城镇迁址另建的，在历次战斗转移和多次搬迁中，丢失了好多档案。新成立的县委、县政府的工作人员，是四处抽调而来的，正在忙于合署办公。北海银行当年由北海行署指挥调动，新的招远县委对当年延安送金和北海银行成立的事情知之甚少，大家正忙于新中国的各项建设，需要做的事情太多，没有人员和精力插手这件事。

大门楼奔波多日，结果一无所获，他只能给出这是同一个人的真名与化名的意见，供当地政府参考，能不能被评为烈士家属，还要经过相关单位甄别确认。

此后还有一件事，同样留下了极大的遗憾。

山东省在编撰出版《中共山东党史大事记》（1921—1943）时，曾准备将招远筹金、运金的历史作为中共山东党史大事的一部分收录其中。传闻山东方面曾经为此专门派人到招远县调取资料，可惜当时收金运金和北海币印刷方面的人物、历史没有留下相关记录，招远县新任县委书记、县长包括组织部负责人，都不清楚来龙去脉，无法提供相关资料，这让山东前来调取资料的人空手而归。

正是由于这个原因，发生在招远的"筹金运金"和"北海币印刷"这段金色和血色交织的历史，在《中共山东党史大事记》（1921—1943）和后来中共山东省委党史研究室出版的《中共八十年简史》中不着一字，留下了遗憾的空白。

筹金的惨烈，运金的悲壮，中国人民银行的三大基石之一北海银行的建立始末，党中央和山东军分区知情，在招远仿佛像风一样，无痕而过。

新中国成立了，无数亲爱的战友死在秘密争夺黄金、运输黄金的路上，寂寂无声，他们的家人依然在查找亲人的下落，想知道亲人的去向。想到下落不明的儿子金宝，大门楼对那些死难战友家属的心情感同身受，却帮不上忙，那种无奈而悲凉的心情，可想而知。

警卫员敲敲门，端进两碗面条："首长，您先吃点儿饭吧，烈士认定的事，再着急也不是一天能办成的，您都一天没怎么吃东西了。"

大门楼心情沉重地说："放在桌子上吧！"

警卫员转身带上门，大门楼坐下来，拿起筷子愣愣怔怔坐了一会儿，还是黯然丢下筷子，摸出一包烟。云鹤见状，默默拿起火柴划火，替大门楼点上。

大门楼紧皱着眉头大口抽烟，沉默了好长时间后，这才严肃地说："新中国成立这么久了，牺牲在黄金战线上的战友家属，还在四处寻找亲人。这些黄金，是烈士提着脑袋从日本鬼子、国民党手里抢夺回来，又一步步穿越枪林弹雨送出去的，一两黄金一条命，采金、收金、运金，也是拿命搏出来的胜利啊！"

大门楼"咳咳咳"好一阵咳嗽，他抑制不住内心的激动："金环骂我当官后带着小老婆到北京享福，其实根本不是这回事。北海银行在抗日战争、解放战争中，为中国革命胜利立下了汗马功劳，你晚兰姨功不可没。她有金融专业海外留学经历，北海银行、华东银行、西北农业银行在解放后，合并成立中国人民银行，你晚兰姨被调到中国人民银行委以重任，我才有机会进京，否则，我留在南方工作的可能性更大。在北京，你晚兰姨没白没黑忙工作，经常到外地出差，我反倒比她轻快多了，银宝每天穿衣吃饭，差不多都是我一个大男人伺候，白天就放在保育院里。"

楚云鹤不知道说什么才好。

大门楼喘了口粗气："我和你晚兰姨本来说好了，孩子生下来以后，不管谁养活，我都回来陪你妈到终老。可是现在这种情况，你娘不愿意留下银宝，我也不放心把银宝留给你晚兰姨，一走了之，她成天出差，压根儿没有时间照顾孩子！"

这的确是一个棘手的问题。

楚云鹤的脑袋高速旋转，自己要是自作主张，把银宝带回家去会怎么样？丈母娘见了孩子会不会更伤心？按照金环的脾气性子，很可能把银宝当成出气筒。没和家里人商量，楚云鹤不能也不敢自作主张。

云鹤正想思考一个万全之策，大门楼再次打破了沉默："云鹤，你还记得为日本天皇祝寿的黄金吗？"

云鹤抬起头看着大门楼："咋不记得？给日本天皇祝寿的八十根金锭被招远夺获送到延安根据地，这件事情，对招远敌后武装夺金的信心，鼓舞最大！"

大门楼语像寒冰："那批黄金压根儿没有送到延安！送金小分队在山东和山西交界处，被国民党的人马包了饺子，几乎全军覆没，那批黄金，落到了国民党军队手中，要不是当时我和玉成刚好外出联络当地武工队去了，我俩也甭想活命！"

云鹤的背后一阵发凉："这么说金凤和俺金宝兄弟都白死了？这趟送金活儿，一共死了多少人？"

大门楼摇摇头："没法统计，不光运金小分队的人牺牲了，赶去营救的当地武工队和战士也牺牲了不少。国民党里，也不是没有能人！他们玩的是'螳螂在前，黄雀在后'，早就在玲珑布有眼线，下足了功夫盯着这批黄金，单等共产党从日本人手里夺出黄金，再从共产党手里夺。对于这批黄金，国民党也是志在必得，专门委派了一干情报队伍和精兵强将，跟踪我们这支运金小分队！"

楚云鹤一头雾水，敢情还有这事？！

"老蒋更他娘的知道黄金好使！你晚兰姨说，老蒋撤离大陆之前，先把国民党中央银行库存的四百万两黄金全部空运到了台湾！"大门楼愤愤不平。

大门楼拍拍楚云鹤："云鹤，我原想先把你带到北京，工作落实好之后，再把全家老小一起接到北京。你晚兰姨也劝我把你们接到北京，她说北京百废待兴，就业机会多，北京城的历史文化厚重，孩子们应该在北京接受教育。可我现在觉得，你还是留在招远吧，先把打金铺子张罗起来。我们幸运地活到今天，那些牺牲的战友和家人，需要有人替他们张罗，金铺子消息广，咱们爷儿俩，能帮多少是多少！"

大门楼没有忘记一家老少，晚兰品性也不差，楚云鹤心里多少感到些慰藉。

楚云鹤其实跟金环提过进京的事情，金环鼻子不是鼻子，脸不是脸："他把自己的家踢散了，再来祸祸闺女家啊？！去就一块去，走就一块走！什么先去后去你先安顿下来，这都是借口！他在北京有房子，为啥不让咱住？还不是怕我把他小老婆撵出去，一了百结！"

金环的态度，云鹤当然不敢告诉岳父。

两天后，大门楼带着银宝离开招远，返回北京，翁婿之间，再也没有提过进京的事情。

第十六章

大门楼返乡，只给家人留下一个背影，给云鹤留下两个使命：照顾好丈母娘，替无名战友和亲人查找线索。他给妻子留下的是心碎神伤，给女儿留下的是一生不曾浇灭的怒火和遗憾。

大门楼杨灯在战争年代建过功立过业，他是共和国功勋人物；老家的妻子没有参过军，也没去前线打仗，只是在战争中拿到过支前奖状，为国家贡献了儿子，也丢失了丈夫，只能享受烈属待遇。

立甲瞳的房子，彻底回不去了，只有炕头的红箱子，一直陪伴在金环娘的身边。

金环娘和云鹤一家生活在一起，冬去春来，越发沉默，经常如同老僧入定，一个人在炕上枯坐着，透过窗上的一小片玻璃，望着院外出神。

胶东的木格楞窗户，四角和中心大多贴了好看的花鸟鱼虫窗花，金环娘都视而不见，她每天就是通过窗上镶嵌的一方不大的玻璃，盯着院子，经久不动，谁也不知道她在想啥。

每逢这个时候，云鹤便指使孩子爬上炕，依偎着姥姥撒娇，缠着姥姥玩儿，直到姥姥不再枯坐。

好在孩子们的夹袄棉衣、一日三餐，需要人照应，金环娘的生活依旧，如同大门楼不曾回来一般。

只有一件事令楚云鹤惴惴不安：金环娘还是不停地纳鞋垫。她纳好一双，左右端详，满意地收起来，接着再纳新的。纳鞋垫的时候，岳母飞针走线，小小的银针递过来穿过去，麻线从胸前拉伸到鬓角前，竟仿佛有了节奏和韵律，仿佛啥事都没有发生过。到了做饭的点儿，她则把针线筐箩一收，该烧火烧火，该择菜择菜。

楚云鹤曾经和母亲相依为命生活过，他对待自己的岳母，一点儿不比对待亲生母亲差。即便是东屋西屋住着，一早一晚也一定到岳母屋里站一站，陪她唠嗑，山里的事儿、村里的事儿，云鹤每天总有新鲜的消息带给岳母；家里的大事小情，先请岳母拿主意。

岳母总让他和金环看着办就行，可云鹤还是大事小事都请示，让老人觉得她是这个家里的主心骨，家里没有主心骨拿主意不行。

金环一直很纳闷："我怎么觉得俺娘和你，比和俺在一块儿话还多？"

楚云鹤的回答让金环一点儿脾气也没有："你要是能陪娘唠嗑，能让娘出门跟村里的老太太们耍一耍，说说话，我就不用陪娘唠嗑了！"

金环沉默了，她和母亲，看待事情看不到一块儿，说不了几句话就得抬杠。就拿金环爹妈离婚的事儿来说，按照金环的想法，大门楼说离婚就离婚，天底下哪有这么便宜的事儿！就算离婚，那也不能便宜大门楼身边的那个女人，起码要上门闹上几闹，抓几次那女人的脸，方能除了心中的恨意！金环滔滔不绝，母亲却一言不发，她淡淡地瞥了金环一眼，金环便悄悄闭上了嘴。

多么不堪和伤心的事情，都会随着时间的流逝渐渐暗淡。

云鹤问过岳母，恨不恨大门楼和晚兰。

昏黄的灯光下，金环娘一针一针地纳着鞋垫，一脸恬淡："鹤儿，你爹和金宝外出闹革命后，我求过天求过地，求了观音求菩萨，哪怕蚊子落在胳膊上叮我、咬我，我也不会把它拍死。金宝不见了，你爹提着脑袋四处奔走，能在日本鬼子、国民党的机枪大炮里，能从死人堆里活下来，我就谢天谢地，感谢老天爷了，他是不是我的人不要紧，要紧的是他能活下来。世道那么乱，你爹一个人在鬼门关的时候，多亏了人家才全须全尾活下来，咱不能忘恩负义，你和金环也须记着人家的好。"

岳母是个难得的好女人，她不仅不恨大门楼，反而一再叮嘱云鹤和金环，要记着晚兰的好，有机会见面，要按规矩依礼行事。金环一听母亲这么说，一扭屁股走得没影了，母亲的话她一句都不爱听，她对母亲是哀其不幸，怒其不争。

楚云鹤还曾经问岳母，为啥不让岳父进门看一眼。

岳母低头咬断鞋垫上的线，擎起鞋垫左端详右端详，忽地嫣然笑了起来，脸上露出盛开的莲花般的圣洁："我怕你爹进门后，我会拿起剪子，就算一剪子穿死他，也要把他留下来！"

岳母这话说得清清楚楚，敞敞亮亮，毫不犹豫。

楚云鹤觉得，岳母还是年轻时那个极妙的女人。

楚云鹤无数次看见岳母穿针引线纳鞋垫，只是断线从来不用剪刀，一直都是用牙咬，不见牙齿对针线的切割，倒是看见每一双鞋垫，都曾贴过岳母的日渐干瘪的脸腮。

提及大门楼带回来的小男孩，金环娘笑中有泪："你爹的心思我知道，这么个精明人，也能办出这么一桩糊涂事！金宝不见了，我有多伤心我自己知道，人家也是母亲，把银宝留下，让人家也吃见不着孩子的苦，我下不了那狠心！"

楚云鹤无端觉得岳母其实一天都不曾和大门楼分开过。心思这种东西，看不见摸不着，只要心里相互还在牵挂着，就算不在一起，也还是亲人。

灯光下的丈母娘，安安静静地纳着鞋垫，梳着整齐发髻的脸庞，是那么令人心疼。如果老丈人不挓挲扑腾出去，要不是有南下经历这么一出，他还在灯光底下盘着腿坐着，吧嗒着嘴抽烟，陪丈母娘唠嗑，丈母娘该有多幸福！

十五年后五月的一天，风吹麦浪如海。

金环娘好不容易熬过了冬天，却再也熬不到夏天，有三四天的工夫，她茶饭不思，什么也吃不下，也不肯上医院，然后就去世了，平静的脸庞，无念无盼。兴许，她早就盼望去地下，看看那里有没有她的儿子了吧？

自从大门楼回来又回到北京，老太太就以肉眼可见的速度一年年消瘦下去，圆润早就不见了，多少年来一顿饭就吃几口，一直瘦得皮包骨头。云鹤两口子想办法给她卧个鸡蛋,她是万万不肯下咽的,都分给了孩子。

岳母最喜欢吃的,是在玉米窝头上抹一点点蜂蜜。家里的蜂蜜都是北京寄过来的,云鹤换了自家的罐头瓶子才敢拿出来,谎称是山上寻来的野生蜜。

北京一次次捎回来的钱,云鹤一概拒收,岳父另成家业,他要守住赡养岳母的底线。

打开老太太的箱子和柜子,人们的眼泪齐刷刷地流下来,呜咽一片:箱子、柜子,甚至席子底下,都是鞋垫。

丈母娘不知从什么时候起攒了这么多。

金环一头扎在鞋垫上号啕大哭,任人怎么拉都拉不起来。

楚云鹤红着眼睛进进出出忙活,也一样抑制不住内心的翻滚:这个温婉、贤惠的女人,儿子为革命牺牲,丈夫在北京成为首长,原本应该有个荣耀的晚年,可她就这么一天天拉着长线,挨过了漫长的岁月。

岳母每天都怀揣着什么样的心情啊!年年岁岁,这一针又一针的长线,能缝补起碎得稀里哗啦的心吗?

母亲的一生是等,是守;岳母的一生,也是等也是守,是干守。她们守来守去守到绝望,把时间和心血都给了孩子,直到熬干自己静静离开,这可都是一等一的好女人啊!

几百双鞋垫,整整齐齐,码放如墙,这是一个女人对儿子和丈夫的全部思念,也是一个女人对这个世界大海一般的无言诉求。

镌刻着龙凤呈祥与荷花的黄金手镯,从来没见金环娘拿出来,更没有看见她戴在手腕上,此刻被蓝花布包着,压在枕头底下,金黄的颜色磨得闪闪发亮。

大门楼星夜返乡。

金环一身缟素地跪在母亲的灵前,无论谁劝,都不肯叫大门楼一声"爹"。金环不肯原谅父亲,她睁眼闭眼,全是娘在灯下孤独纳鞋垫的身影,金环心里的恨比天高。

娘盼了二十多年,都没有盼回活着的丈夫,没有盼回活着的儿子，母亲死了，这老不死的，倒是有脸回来！

杨金环肝肠寸断，怒目圆睁，跺着脚叫喊："这辈子甭想让我叫你一声'爹'！想当俺爹，你就把这屋里俺娘纳的鞋垫上的针眼，用手指头全部摸一遍！"

大门楼把自己关在老妻的房间里，三天三夜没出门。他盘腿坐在炕上，守着一堆鞋垫自言自语："丫头啊，你咋还这么笨！看到镯子，咋就不明白你还是杨家的人？俺从来就是个不守规矩不认死理的人，这可是你说的，你都知道。可俺是党的人，纪律章程得遵守。受伤的时候我也软弱过，这不怪人家，也是我有私心，想让老杨家留个后。傻丫头，其实我俩就是战友，在一起搭伙工作，等到了地下，我还要回来陪你，咱俩是结发夫妻，死了也要埋在一起……"

一年之后，大门楼辞世。

大门楼和妻子离世的日期一前一后，只差一天，眼前分明还留有开开心心摘了麦黄杏送给丈人尝新的景象，转眼已经物是人非，如梦拂过。

楚云鹤想摘颗红杏放在老人灵前，他围着树转了个遍，最熟的杏也就刚刚绿中泛白，抹着一丝红色，这青涩的杏子，仿佛诠释了丈人和丈母娘的一生。

大门楼留有遗言：死后归葬招远，和老妻同穴合葬。

金环对于护送父亲回来的银宝不屑一顾："我娘说过，永远不见！"

从来没有对金环发过脾气的楚云鹤突然冷下脸暴喝："金环你糊涂！"

杨灯的儿子乳名银宝，大号杨南下，已经是个十八九岁的大小伙子了，臂缠黑纱，瘦高文雅，他不紧不慢地叫了一声："姐姐……"

金环又气又痛，耳朵发蒙，像是塞了棉花，她瞪了一眼银宝，一扭身子，噔噔噔冲出家门。

金环扭头四顾，无处可去，她闷头一阵急走，一头扎到罗山脚下，胸膛起伏，嘴唇哆哆嗦嗦，她一不喊爹，二不叫娘，弓着腰，双手扶着腿，用尽全身的力气，对着罗山撕心裂肺地哭喊："金宝……"

眼泪汹涌而至。

是爱，是恨，都消失了！

金环扑在一块比炕还要大的石头上，哭一声娘，替娘憋屈万分；叫一声爹，又气又悔；哭一声金宝，你无音无信，殁得太年轻……

罗山满目葱茏，安静沉默。

仿佛什么也不曾发生。

一路跟到山下的楚云鹤安安静静地站着，任由妻子痛哭不止。他知道，妻子郁积太久，大哭一场，心里会轻松一点。

银宝被金环的哭声弄得鼻子也酸溜溜的，眼含泪水，手足无措地看着云鹤，云鹤微微摇摇头，轻声道："不要紧。"

过了好久好久，楚云鹤推了一把银宝，努努嘴说："去扶你姐姐起来！"

银宝仿佛明白了什么，顺从地走过去，双手扶着金环的肩膀，用力把金环拉起来，情真意切地叫了一声："大姐，别哭了，你还有个弟弟……"

金环泪眼蒙眬，她睁开眼，眼前这个男孩，嘴巴比较阔，像晚兰，可眉眼分明就是金宝年轻时的样子。

杨金环百感交集，父母留在这个世界上的骨血，只有她和眼前这个有着金宝一样眼睛的男孩了，金环心里一软，抓着杨南下的胳膊，失声叫道："二宝……"

金环的眼泪再一次汹涌而至。

银宝的泪水也潸然而下，姐弟俩紧紧拥抱在一起。

罗山太老了，它见证过数不清的悲欢离合、爱恨情仇。此刻，古老的罗山悄悄送来一阵清风、一阵花香，不落痕迹地安抚着这对同父异母的姐弟，这是罗山特有的味道，厚重安然，来者不拒，去者不留。

下　部

第一章

"老洞打穿了！"

"老洞打穿了！"

这消息像一阵令人战栗的黑色旋风，从罗山腹地凄厉而出，恶狠狠地撕扯着山里人的心脏，令人透不过气来。

"动静这么大，不知道这次舍了几个？"几个老人半蹲半坐在墙根，面色铁一般紧绷着，谁也不看谁。良久，传出一句嘀咕："这么大的阵势，不会是少数吧？"

这话像石头一样，再次击中了大家悬吊在空中的心："不知道又有谁家摊上事了？"从来没有见过那么多绿吉普，黑鳖盖带着厚厚的尘土，急匆匆开进矿区，用脚指头想想也知道，小打小闹的事故，惊动不了这么多人！有人头颅愈加低沉，几乎夹到撑起的双膝之间；也有人眼神空洞，无意识地飘向远处的罗山。

老洞透水！多揪心哪！

这几个字，如同几只看不见的利爪，紧紧攫住了人们的心。

这是一群常年在墙根底下晒太阳的老人，此刻都没了下五子棋的心情，飘荡在他们身边的烟雾，比起素常愈加浓烈，仿佛只有浓浓的烟雾，才能遮没老洞透水带来的惶恐与不安。

消息是张祖云带过来的，他直挺挺地伸着双腿，背靠山墙，半闭着眼睛。这是一个老矿工，在井下扒了二十多年毛石，对井下的生产环境较为熟悉，因为矽肺病，他动辄喘不过气来，眼下什么活都干不了，只能在墙根底下晒晒太阳："老峒打穿透水……上班的时候，最少有一个班，一个班的人……"

"听说咱村死了四个人，有老秦家的大儿子！"

一听有老秦家的大儿子，楚云鹤刚刚吸了一口没往外喷吐的烟，直接呛进了胸肺，他咳嗽几声："按说不应该啊，罗山又没有暗河，这股水是从哪里来的？"

没人能说出事情的来龙去脉。

楚云鹤说："老秦家的日子太难了，都是老街旧邻，有空过去看一看，能帮一把是一把吧……"

楚云鹤在抗日战争中，协助八路军秘密筹集黄金有功，日本人被驱出中国后，组织上安排他在玲珑金矿成品金库做保管。做金库保管这个工作，用不着到金矿井下，家里人也就没有反对。

玲珑金矿有四千多人，楚云鹤一直是低调的存在。

一直到1947年国民党进攻胶东，他再次立功。

国民党进攻胶东，战线推进招远之时，玲珑金矿金库中有一批成品金，还没有来得及上缴。如何保存好这批黄金，如何保护好玲珑金矿，成为玲珑金矿领导们最棘手的问题。毕竟，当年国民党跟日寇抗衡失败、撤离济南的时候，韩复榘第一时间选择了派人炸毁玲珑金矿。

如今又是千钧一发之际，这座日夜吐纳黄金的金矿守护还是炸毁，大家举棋不定。正在玲珑金矿进退两难的时候，上级传来指示：中国共产党将调动主力部队，在最短的时间内，将国民党军彻底消灭在胶东，玲珑金矿的干部职工，一定要保护好玲珑金矿。

上级只是一道指示，办法需要玲珑金矿人自己想。

此时的国民党已经集结了六个整编师、二十个旅，全副美式装备，还有海空支援，大举进犯胶东，胶东属于敌攻我守状态。获悉国民党进攻胶东，毛泽东起草了《关于保卫胶东的作战方针的指示》，提出以歼灭敌人有生力量为目标，要求华东局保卫胶东，以利持久。考虑到东线兵团兵力相对不足，打歼灭战风险过高，毛泽东指示东线兵团采取"半歼灭半击溃之作战方针"。

华野东线兵团为了粉碎敌人的"九月攻势"，决定由许世友率领第九、第十三纵队和地方部队在胶东组织运动防御，利用内线作战有利条件杀伤、消耗敌人，力求歼敌。

招远道头古镇，锁钥胶东，十字道东接烟台，西到潍坊，南至青岛，北到龙口。9月18日，国民党整编第八师、第九师进入南招远夏甸、道头，华野东线兵团一部分沿途阻击敌人，第九旅在道头摆开阵线，歼击敌人。双方在道头古镇激战了一天一夜，国民党第八师第一六六旅一部被我军歼灭。第二天，国民党指挥官李弥带领重炮部队赶到道头附近，八路军被迫撤出了道头镇。

国民党军占领招远道头的消息传到玲珑，玲珑金矿干部职工的转移迫在眉睫，金矿的领导决定：将金库黄金分发到职工手中，职工跟随部队转移方向转移。职工和黄金可以转移，玲珑金矿没有守卫部队，如何守卫玲珑金矿，成为摆在大家面前的现实问题。

玲珑金矿的军代表隋培选提出：撤出玲珑金矿的时候，在周围和主要工段埋上地雷和炸药，一旦国民党占领金矿，想要开工，就必须付出极大的代价。给国民党足够的震慑，这个主意非常不错，即便无人镇守，也要迫使国民党知难而退。

然而，现实依旧尴尬——

玲珑金矿只有几枚地雷，数量远远不够在矿区布阵！

楚云鹤曾经在青岛跟着岳父大门楼工作过，到底学会了些虚虚实实的妙处，他悄悄跟隋培选建议：白天大张旗鼓地在玲珑金矿到处埋地雷，夜晚警戒，悄悄把地雷起出来，白天换个地方接着再埋。总之，掩埋地雷要大张旗鼓，给敌特造成玲珑金矿到处埋了地雷的假象。

这套埋了再起、起了再埋，真真假假到处埋地雷的方案，起到了很大的震慑作用，国民党军队进入玲珑后，得知玲珑金矿到处埋上了地雷，不敢轻举妄动，到底没有踏进玲珑金矿一步。

玲珑金矿的干部职工携带黄金，跟随大部队向烟台方向转移，一路辗转，在栖霞县十八盘躲避数月。胶东会战胜利后，干部职工回矿上缴黄金，这些分散保存的黄金竟一两不少，全部回到玲珑金库！

楚云鹤筹金有功、护矿有力，组织部门多次欲调动云鹤去大城市工作，均被妻子杨金环坚定拒绝，金环偏执得不可理喻："死是一窝，烂是一块，你想到外地工作，咱俩先把婚离了再说！"

父亲大门楼对母亲的遗弃，到底给金环留下了很大的心理阴影，她认定夫妻分开会生分，打死都不愿意和云鹤两地分居。

楚云鹤愿意外出工作，他的母亲也说过："男人不能只在磨盘大的地方转悠。"架不住妻子金环已经被父母的事情弄得心灰意冷，死活不答应放他出去。

楚云鹤知道妻子心里的死结，他心软，每次组织调动，他都是在灯下吧嗒吧嗒抽上半宿烟，磕磕烟灰，一声不响地倒头睡觉。

组织部门最后一次调动楚云鹤，来人提醒他："以后超龄再也没有机会外出工作了！"

楚云鹤几乎一夜没有合眼，他知道组织部门不可能无缘无故，安排他和妻子一起外出工作，第二天一大早，云鹤还是扛起大镢去了西山的坡地——他在玲珑金矿上班，一早一晚能帮家干点活，家里的嘴巴太多，粮食紧巴，云鹤闲暇时在山下开了几块小地，种植了几畦南瓜。

楚云鹤给南瓜浇上水，在南瓜苗周围插了几根荆棘枝条护住瓜苗，太阳从罗山东麓的玲珑山背后，一点点升起来了。此时的罗山霞光满天，头顶的蔚蓝，高远如洗，山下的小村清秀静谧。

楚云鹤劝说自己：罗山挺好，这辈子就留在罗山吧！楚云鹤也不是怕金环，他是知道没有男人的女人，生活有多么不易。不能相守的夫妻形同离散，他见证了母亲和岳母一生的悲苦，对于妻子，他选择了迁就。

楚云鹤怜悯秦家，是因为秦家的情况确实凄惨。当年儿子三岁的时候，老秦死于矿难；老秦的妻子好不容易拉扯大儿子，娶了媳妇，有了孙子，孙子还没过百天，这家人转眼又只剩下了孤儿寡母！

仅凭想象令人心惊胆战，事故现场更加让人崩溃。

阳春三月，春寒料峭。

比春寒更加令人胆寒的，是轻视安全造成的巨大灾难。

事故发生时，金矿正在筹备一场大庆，庆祝新平巷历时一年，即将贯通。这是全矿的大事和喜事，邀请省局、市局领导前来参加贯通仪式的喜报，已经发出去了。

当工人惊慌失措地跑来报告事故时，正在兴致勃勃研究接待方案的矿部领导吓得手脚冰凉，等他们跌跌撞撞来到斜井口，斜井口已经灌满了积水，平静得可怕。

"抽水！抽水！赶快抽水！"矿部领导浑身发抖，发出第一道救援指令。匆忙焊接起来的水管，抽不出一滴水！直到另外一家金矿副矿长和工程师带着几位熟练的电焊工赶到现场，几台水泵同时开动，井下的积水，才长龙一般吐向远方。

矿难传到四面八方，公社、县委的领导来了，地级、省里的领导也来了，金矿职工家属不知道是哪个工段出了事故，闻讯也都赶来了，保安科和公安局的人拦起两道人墙，把扑向井口的家属拦在几米开外。

这是一道精心设计的平巷，只差几米就要贯通，它的贯通，意味着矿工可以由主竖井直接下井，通过地下平巷进入采矿区，上班可以大大缩短距离；更重要的是运矿将再也不用翻山越岭，能够大大节省运矿时间，降低生产成本。这是一项可以令金矿效益翻倍的工程，被多少人翘首以盼啊，可就是这条平巷，瞬间吞噬了八条矿工的生命！

这条平巷长达千米，穿过了三座山峰，在第三座山峰的低洼地带，平巷上方有一口废弃了不知多少年的竖井，日积月累，竖井里面装了五百多立方米积水。这个竖井不是没有人知道，只是没有仔细勘测，更没有人预测到这些积水的隐患。穿凿而过的井巷上壁，承受不了五百多立方米积水的沉重压力，在铁锤、钢钎的敲打之下，水先是吧嗒吧嗒往下渗透，容不得井下工人思考，那水就透过缝隙，在几分钟内带着一股强大的压力，把上方的矿壁冲开一抱粗的口子呼啸奔腾而来。

没有人预见到这场突如其来的灾祸，随着积水被抽干，浮现在眼前的几尊雕像，牢牢刺向人们的心脏，井下的惨烈扑面而来：一个工人止步于井深四十米处，这个尚未结婚的小伙子，忍受着恶水和沙石的打击，顽强地向前攀登了七十米。在这七十米的攀爬中，他在瞬间调动了多大的能力？在场的人都被这求生的姿态震撼了。两名工人紧紧挽着胳膊，两名工人紧紧拥抱在一起，他们视死如归！水位渐次下降，两位矿工相挽互挽，一位脸往上仰，一位左手抓着一根柱子扭头向下，右手伸向身后的一位工友……在死神面前，矿工们不离不弃！

人们的眼泪滚滚而下，这些工人兄弟，多想活下去啊！

救援的干部职工一个个咬紧牙关，把泪水憋进了胸膛，可撕心裂肺的哭号还在罗山回荡，那是遇难矿工父母的哭、妻子的哭、孩子的哭！八位工友瞬间撒手归天，他们撒下的年幼的孩子、新婚的妻子、白发苍苍的父母绝望痛哭：在井口哭，在家里哭，在山里哭，漫漫长夜，一生一世，哭在心里，苦在心里……

八个家庭，瞬间阴阳两隔，天塌地陷。

这场矿难伤亡惨重，县级、市级和省级相关单位的领导闻讯而来，李玉堂也坐在绿色吉普车上，风尘仆仆从济南赶来了。

李玉堂战争年代在夺金运金战线屡立战功，新中国成立之后，他被党组织安排到了山东省矿山资源厅任职，那次人员调动，本来也有楚云鹤的份儿，只是云鹤被金环牵绊在家里。

这场矿难，直接改写了罗山矿工后人楚国华的命运。

楚国华的父亲，是透水事故中最后一名被发现的矿工，也是当年在运送八十根金条去延安途中牺牲的金凤的哥哥，矿难发生时，他让所有的工友走在自己的前面。

再次踏上罗山的土地，再一次看见金凤的亲人罹难，李玉堂痛心不已。这家人曾经把玉堂当成准姑爷，金凤尽管未婚牺牲，可在玉堂心里，金凤就是自己的妻子，金凤的哥哥就是自己在罗山的大舅哥。

罗山的大舅哥生了四个儿子，楚国华是家里的老二，这孩子一言不发地站在李玉堂跟前，眼睛低垂，长长的睫毛扑闪扑闪，玉堂的心里一阵悸动，这双眼睛，多像金凤的眼睛啊！

李玉堂不由自主地揽过国华，国华在玉堂宽大温暖的胸膛里微微颤动，浑身打战，牙齿也咯咯作响，就是不哭出声。

自从看见父亲被蒙在白布底下之后，国华就被吓得失魂落魄，耳朵里像塞了棉花，不管谁叫他，声音都像是从遥远的地方传过来，这孩子怕得要命，可是一滴眼泪也没有掉。

李玉堂拍拍小国华的背："孩子，哭吧，你想哭就哭吧！"

孩子低声说："妈妈哭了，哥哥和弟弟也哭了，家里的人不能都哭！"

李玉堂被震住了，孩子这么小，就知道大灾面前，不能光哭！

父亲不在了，天塌了，直觉告诉国华，家里得有人咬牙撑着。国华的大哥从小就占了头生长子的光，父母爷奶高看一眼，养成了自我荣宠的习惯。双胞胎弟弟生下来后，家里有好吃的东西，一定是最后递到国华手里。母亲干活需要帮手，吆喝的一定是老二国华，大哥太懒。

楚国华不是不想哭，是他觉得自己连掉泪的资格都没有，他要支棱耳朵随时听从大人的召唤。直到被李玉堂紧紧搂在怀里，国华才默默泪流不止，他轻声问："伯伯，挖矿会死人，为什么还要挖？"

李玉堂紧紧搂着怀里的孩子，无言以对。

新中国百废待兴，各行各业，几乎都是从零起步。发展工业医疗、教育、交通、科技等等，有一千个行业、一万个地方，迫切需要真金白银的支持，才能艰难起步，发展壮大。作为一个从罗山走出去的人，一个管理山东全省矿山资源的党委书记，李玉堂比任何人都了解，罗山为民族的独立和共和国的成立，所立下的不朽功勋，也懂得罗山在新中国成立后背负的国家使命：国家需要黄金，1949年8月，玲珑矿业公司划归山东省属、国有金矿，1949年到1952年，玲珑金矿一共生产黄金两万八千五百七十二两！

对于偌大的中国，这些黄金远远不够。

新中国没有美元，需要黄金兑换美元保障外交和物资采购。

1957年9月4日，国务院召开常务会议，研究冶金部关于发展黄金的生产报告，决定今后要大力发展黄金生产，要采取一切必要措施，大力增产黄金，把黄金作为国家生产的主要生产指标之一。国家出台了一系列鼓励扶持政策：对于群众采金成本较高、资金缺乏的，国家给予必要的补贴和贷款；对于个别储量好、品位高的脉金矿，由省部级以上的国营企业经营；小型的采金企业，可由县管理，利润由县支配，一般应采取群众生产、国家收购的办法来进行。

罗山玲珑金矿是当之无愧的储量好、品位高的金矿，被划归国营金矿；而金城天府招远，自古以来就是黄金生产重地，有官办民采的习惯，1957年黄金生产奖励政策的出台，再一次在招远拉开了轰轰烈烈黄金开采的帷幕。

一座罗山，遍布省属金矿，县办、镇办、村办金矿。

伴随着巨量黄金的开采，塌方、坠井、爆炸、触电、溜井等生产事故，防不胜防。

罗山主要是岩金，井下都是坚硬的岩石，几乎没有暗河，也没有瓦斯爆炸。可谁都没有想到，出事的巷道上面，有一处不知道哪朝哪代留下的老洞子，里面储存了巨量的积水，一下子夺走八个工人的性命！

遇难的工人都被抬走了，家属的哭声还在罗山回荡，那悲声仿佛找不着落点，便一点点渗透，化作迷雾笼罩着罗山，罗山暮色苍苍，心碎神伤。

暮色中的罗山仿佛倦怠不已，它默默合目，用夜色中黑黢黢的沉默，迎接它的孩子回家、回家。

李玉堂雕塑一样独自站在风中，脸上挂满了清泪。

李玉堂打鬼子保国家是个英雄，当年他出入罗山的竖井和平巷，只是为了借道掩护，便于跟日本鬼子周旋，其实他自己并没有在井下升米过矿石。

寒风中的他，被遇难工人的求生景象震撼得无以复加。无数念头在心里盘桓，最扎心的，还是矿工的苦难。新中国成立了，为什么罗山的乡亲还要遭受如此惨烈的创痛？

李玉堂再次攥起坚硬的铁拳，这铁拳曾经该出手时就出手，神出鬼没打鬼子、锄汉奸，令敌人闻风丧胆。可是这一次，他握紧了拳头，却不知道这拳该挥向哪儿。

挥向罗山吗？不，不能！这座山养活了世世代代居住在这里的人，活着养，死后葬，马上又要接纳早去的子孙了，罗山何辜！

连绵的罗山此刻在暮色中呈现焦炭一样的死寂。

无数念头在李玉堂的脑海闪过，他竟然有些焦灼：这罗山，年复一年被开膛破胸，痛也不痛？宝藏一旦被挖尽，罗山会不会像人一样死去？当这个可怕的念头一闪而过时，一股毛骨悚然的感觉倏忽从李玉堂的脊背直抵额顶。

从来不知道害怕的李玉堂瞬间惊骇，感到灵魂出窍般虚弱。

开山！挖山！真他娘的是个要人命的营生！

李玉堂决定，回去就请调，矿山管理这摊子事，谁爱管谁管，他不愿意看见矿工兄弟死不瞑目。

楚国华就要离开罗山去济南生活了，他的离开，跟农村"过继"还是两码事，三个同宗发小——国杰、国福和国雄心知肚明。

"过继孩子"这样的事情，在农村一点儿不稀罕，有人家里的孩子一生一大堆，也有人眼巴巴盼望孩子就是不会生养，实在没有所出，找七大姑八大姨牵线搭桥，找个入眼的孩子，两家同意，就把孩子领回家，改名换姓，当成自己的亲娃娃养大成家，也算是自家有了后代，这样的孩子会被全家人视为己出，受到家人的宠爱。

国华显然不属于这种情况，听说玉堂伯伯自己家里有好几个孩子，人家是不忘过去的情分，想为金凤姑娘的娘家人出一把力。

楚国华到了济南，会不会受到人家家里孩子的白眼和欺负？大家有隐隐的担心。

八百里之外的济南是个啥样？孩子们无从想象。

孩子们见过的最繁华的地方，也就是招远县城，还只是背着大人，偷偷去过一次。

招远县城有温泉，村里的老汉偶尔去泡个澡，回来能被村里的人追问半年。孩子们没有机会到县城，听说温泉的水是热的，从地下咕嘟咕嘟冒上来自带着热气儿，水热得能在里面煮熟鸡蛋。听说县城里，还有好多新鲜地方，比如影剧院、新华书店等等。

全村有几十个半大的孩子，只有这四个孩子每天同进同出，好得像穿了一条裤子，他们曾经一起闯荡过外面的世界，收获过属于孩子们自己的幸福和秘密。

那是一个夏天，不知是谁挑的话头，四个人一拍即合，没去爬罗山，而是掉头向南奔向县城，他们要去看温泉，看影剧院。

十二岁的孩子不知道去县城有多远，几个孩子走了小路走公路，倒是比爬山轻快多了。公路两边的沟渠长满了杂草，路边种植的槐树树冠阴凉遮了半边公路，不怎么热。

通往县城的大路上铺满了沙子，公路站的护路工人正在干活，不时扬起一团尘土，得赶紧避开，可是修路工人自己避不开，他们像一只只没有孵出壳的小鸡，从一个壳移动到另一个壳里，那壳就是护路工自己一下接一下推沙，扬起的一团又一团飞尘。孩子们呼吸惯了山里清新的空气，看见工人把自己包裹在沙尘里，既好奇又难忘。

县城的影剧院有两层高，墙角又刻意修饰过，便有些非同寻常，时不时有人停下脚步抬头打量。四个孩子也站下来瞄了几眼，觉得这座二层楼房，半点儿不比罗山上的巨石来得更为震撼，也就兴趣不大了。

新华书店在汽车站旁边，孩子们的全部财产加起来，也就三毛一分钱，商量了半天，大家都同意先买本小画册看看。《鹰击长空》是四个人一起相中的，价钱是一毛一分，这是空军战士英勇打击美帝国主义，保卫祖国领空的故事。四个孩子坐在路边树荫下，头凑在一起，看得那叫一个热血沸腾，巴不得自己能一下子变成保家卫国的英雄。

捏着剩下的钱，四个人满大街找稀罕的东西，他们一下看上了小白箱子里的冰棍，白色的木头箱子上面，盖着一层厚厚的小棉被。冰在胶东冬天，压根儿不稀罕，可在热得冒汗的夏天还能看到冰，可是真稀罕。

一根冰棍三分钱，一人买一根不可能，只能买一根先尝尝。

冰棍到手后，在四个孩子手里传过来传过去，谁都不肯先咬第一口。国杰说国雄小，应该第一个咬，国雄咽下口水，说国杰是大的，国杰先咬。四个人仿佛亲兄弟一般，大的让小的，小的敬大的，一根冰棍擎在国杰手中，你推我让，硬邦邦的乳白色的冰变得有些透明。

楚国杰一扳国雄的头，把冰棍往他的唇边一送，国雄才慌忙咬下第一口，冰棍一贴到舌头，国雄就含混不清地叫了一声："我×，甜的！真甜！"

"夏天怎么会弄出冰来？"这是国福的惊叹。

冰棍只剩下薄薄的一点儿，孩子们还是你推我，我让你，结果，那冰唰地从棍上坠落，国杰一个猛伸手，趔趄一下，到底站稳了，细碎的冰碴儿落在指缝，他骄傲地扔进嘴里："真甜！"

《鹰击长空》这部小画册，激发了孩子们最初的理想。

冰棍是孩子们夏天里第一次冰爽的尝试。无奈吃过冰棍后，觉得口更干、舌更燥。跋涉了二十多里，孩子们缺的其实是水。

最后的一毛七分钱买了"面鱼"，面鱼是在招远汤东沟大集上卖羊汤的摊点上买的。"羊汤就面鱼"，是招远人吃出来的特色名吃。孩子们眼睛不眨地站在旁边，看着掌灶的人紧张忙活：大大的碗里，先垫进一把绿豆芽，再舀进一大勺热气腾腾的包括羊肝、羊心、羊肚、羊肠、羊头肉在内的羊杂热汤，再把少许盐、辣椒面、香菜、葱末丢在羊杂上，碗里就是富富余余的大碗羊汤。

这些羊汤都用一个白色素瓷大碗盛着，碗的外边烧了一行蓝色的"为人民服务"的大字，那是毛主席的手迹。这行手迹在很多地方都可以看到，在墙上、在搪瓷缸上，字很好看，内容也很温馨，只是这会儿，孩子们的眼睛不在字上，在碗里的羊肉汤上，那只碗有家用碗的两三倍大，碗里的羊汤热气腾腾。

掌灶大师傅头不抬、眼不睁，从热浪翻滚的汤锅里舀出一大勺加小半勺的汤，浇在"为人民服务"的大碗里，不等吆喝，旁边的人就麻溜接了过去，小心翼翼地端着送给客人。

孩子们眼睁睁地看着一碗碗"为人民服务"的羊汤，一会儿送给这个，一会儿送给那个，孩子们只能伸伸脖子，使劲儿咽咽并无多少的唾沫。年龄不到，兜里没钱，这碗羊汤的滋味再好，他们也无福消受，只能闻闻飘在空中的膻气味道。

一毛七分钱，想买羊汤是做梦。

瞅了半天，楚国杰说："走吧！"

楚国雄斩钉截铁地说："买根面鱼！"

四个人瞬间懂了，不能喝羊汤，尝尝城里的面鱼啥滋味，总是可以吧？剩下的钱买两根面鱼还缺一分，大师傅抬起头看看齐刷刷的四个孩子，努努嘴："给两根吧！"帮忙的小伙计听懂了大师傅的授意，递给国华两根又宽又长的面鱼。

这配置羊汤的面鱼，是在羊汤锅旁边支的一个油锅里炸出来的，两大盆面放在露天的地上，不是面团，而是面酵子，软到可以四处流淌。炸面鱼的人手上蘸了水，握了拳头在盆里反复捣上一会儿，抓出一把，丢到案板上剁成几截，蘸水啪啪按几下，两手分提两头，面坯自动下坠探入油锅，油锅"嗞啦"升腾起泡，两手一扒，面鱼未等落入锅底便打着挺漂浮上来，用长竹筷夹住面鱼，在油锅里翻个身，再捞出来，软得晃荡的白面剂子，就变成了颜色金黄的抻面鱼。递到孩子手中的这两根软面面鱼，要比过年家里炸的面鱼薄了好多，柔软好多，可以轻易卷起来，闻一闻就香得不行。

孩子们把两根面鱼从中间撕开，一下变成四块。再怎么不舍得下咽也是瞬间下肚，香喷喷的滋味让人回味悠长。

回家路上，四个孩子谈论了一路书上的飞机、冰棍的凉、面鱼的香，可还是腹内空空，又渴又饿。路过潘家村，国福跑进他姥姥的菜园子里，摸了几根黄瓜、几个西红柿，四个人一边吃，一边看着天边的晚霞，兴冲冲地赶回了家。

大人都以为孩子们又钻到罗山里面耍了一天，哪里知道，这些半桩高的孩子，在一天内拥有了共同闯荡的经历、一起创造的幸福和见识，以及一起珍藏在心底的秘密！这秘密里有满足，有自豪，有喜滋滋的快乐，就连路上饥渴难耐的滋味，回忆起来都是甜的，更别说令人销魂的冰棍和面鱼了！

这四个孩子在一起，能玩出新花样，越来越投缘，越发成为一个关系密切的小团体。昔日共同爬山和闯荡的日子，仿佛就在昨天，国华突然死了父亲，他就要去八百里外的济南了。

楚国华这一走，伙伴们以后想见面就难了，几个孩子一下子懂得了牵肠挂肚的滋味，他们想陪伴国华再爬一次罗山。

三月的罗山，腹地古木参天，盘根错节的树木和藤条，还未长出新叶，没了浓荫的遮蔽，罗山更加伟岸，块块巨大的山石横空而出，露出健硕的骨骼。玉兔奔月，群龙汇聚，仙人画饼，这些石头都屹立在常走的登山路上，熟如家人。

楚国华本来不愿意爬山，又怕拂了伙伴的好意，他步步攀登，步步沮丧。行至莲花盆，国华再也不肯爬了，他一步坐在地下："俺爹刚埋在罗山，这山我真不爱爬了！"

"这不关罗山的事儿！"楚国杰大吃一惊。

楚国福也脱口而出："那是挖金惹的祸！"

几个伙伴面面相觑，陪着国华止步在莲花盆。

楚国华的父亲刚走，他的心情不好，情有可原。

莲花盆是突兀在罗山半腰间一座无名山包上的一块巨大石头，边缘参差不齐，状如莲花，当地百姓便叫它"莲花盆"，从莲花盆上行，可以去到云屯顶。这块巨大的岩石有一特殊之处，就是不管天有多旱，也不管是冬天还是夏天，莲花巨石的中间，总是有一汪浅水，经年不竭。

小伙伴们都想说点啥，又不知道该说啥。

"济南你非去不可吗？你去了济南会不想罗山吗？"国杰坐在国华身旁，他是想提醒国华，要是不想去济南，那就坚决不去，只是他说得没有那么直白。

"不知道。"国华的目光里有说不清的忧伤，"俺娘说当年要不是金凤姑姑掩护姑父牺牲了，他也不可能这么牵挂俺家，他自己又不是没孩子。俺爹活着的时候也说过，这是我们家和李伯伯家的情分。"

伙伴们看着国华，异口同声："你自己愿意吗？"

国华低下头："济南再好，那也不是自己的家，可俺娘到现在还觉得俺们是一家人。说俺爹没有了，哥哥下学就能挣工分，两个双胞胎弟弟不懂事也不能拆伴儿……娘说以后娶媳妇要盖房子，盖一座房子扒一层皮，俺家男孩多，出去说不定能有出路，娘求俺跟金凤姑父走……全家就数俺听话……"

楚国华的声音越来越低，几乎低不可闻。

小伙伴这下都不知道说什么好了，生活在农村，盖房子有多难多难，他们听得耳朵都起茧子了。

"济南也有像莲花盆这么大的石头吧？"仿佛为了安慰国华，国福伸出一根手指，在莲花盆中央的浅水坑蘸上水，在石头上画圈，"等你想家的时候，就跑出来，找块大石头坐一坐，就当跟大山说说话吧！"

楚国雄没有蹲，也没有坐，他把双手插在口袋里，站在莲花石上，只是默默看向远方一声不响。过了一会儿，仿佛不甘心就这样离别，要吹掉眼前的郁闷，楚国雄深吸一口气，捏起两根指头放在唇间，冲着远方，打了一个犀利而悠长的口哨，然后"腾"地跳下莲花石。

楚国雄挨个儿看着三个小伙伴，坚定地说："叫我说，国华你先跟着玉堂伯伯出去，兴许也不是坏事。玉堂伯伯打鬼子是英雄，他有本事，你先跟着出去，实在不行你就跑回来，到时候没钱买车票，你就写信，我们三个进罗山挖药材卖，帮你攒出车票钱！"

楚国雄平时说话最少，难得一次说这么多，国华和国杰都侧起耳朵，等着国雄继续接着说，可是国雄突然来了一句："走喽……"

他像脱兔一样，向山下飞奔而去。

山下村里的炊烟已经袅袅升起。

这是一个多么美丽而安静的村庄啊！

分别的时刻到了，楚云鹤和李玉堂依依不舍，双手握了又握，云鹤拉起玉堂前行几步，离开吉普车几米，轻声嘱咐李玉堂："老哥哥啊，你家里的孩子也不少，一下子多出个半大小子，说不为难是假的。如果嫂子不高兴，不乐意家里多个孩子，你就把孩子送回来！罗山养活了这么多外乡人，还能养活不了罗山的孩子？！"

楚云鹤知道收养国华的事儿，玉堂压根儿没跟家里的妻子商量。

李玉堂叹了一口气："兄弟啊，日本鬼子逼咱老百姓挖金，罗山人的命不值钱。新中国建起来了，矿工的日子还是如此危险，我的心里非常难受。等回济南，我多找些机会，让孩子们出去参军、当工人，不能让罗山的孩子都困在罗山了！"

楚云鹤看着玉堂："孩子们的事以后靠你了，可罗山开了五六十个矿井口，年年这么个挖法，这山是个哑巴，它也受不了啊！谁能替罗山说句话？"

"唉，将来到罗山挖金的人，怕是只多不少！"李玉堂惆怅万分，"国家修铁路、盖医院、建学校、养部队、造枪炮，要干的事情多了去了，哪样不得花大钱？美帝国主义过去帮蒋介石对付共产党，朝鲜战场上，中国和美国真刀真枪血拼，美国恨不得把新中国卡脖子勒死。现在进口外国先进的机器，除了美元，只有黄金好使。中国现在没有渠道弄美元，不挖黄金，新中国也步步艰难，靠什么发展？只怕以后罗山挖金的人更多！"

吉普车绝尘而去，楚云鹤久久凝视着车越来越远。

李玉堂的话令云鹤心里直哆嗦，像插了一把刀。

楚云鹤抬头打量着罗山，急得团团转："这可咋办？"

第二章

五年时间一晃而过，李玉堂没有忘记自己的承诺。

李玉堂心里其实非常遗憾：临沂红嫂救助伤员贡献乳汁，沙家浜阿庆嫂用一把茶壶与汉奸鬼子周旋，这些战争年代发生在明面的事，都编成了大戏，招远夺金运金，秘密送到延安这么大的手笔，当年秘密行事，解放后也是石沉大海，无人书写，他为此焦急、苦恼，又不知道该怎么办才好。

别人不了解金城天府招远的贡献，李玉堂曾经置身其中，他深知"筹金死，运金亡"，招远牺牲了数不清的战友。远的不说，云鹤的小舅子道是失踪，人恐怕早就没了，如果活到现在，娃娃也该生下四五个了。金凤长长的睫毛、黑葡萄一样的眼睛，他看一眼心里就像被羽毛扫过，想起来就像万箭穿心。金凤牺牲时穿的红衣，布料是自己亲手送的，只要闯过最后一关，两人就可以成亲了，偏偏那红衣，成了恋人夺命的引子，他很多年里，都见不得红色衣裳。

李玉堂没有办法让罗山的红色事迹尽人皆知，可帮衬罗山后生，他还能出把力，他觉得自己责无旁贷，铁了心要送罗山娃娃参军。这事对李玉堂来说相对简单——当年的高锦纯、许世友、聂凤智，都是曾经并肩战斗过的铁战友，不需要公社的征兵指标。

楚国华跟着李玉堂在济南生活，想当兵最容易。

李玉堂征求国华母亲意见，国华母亲听说当兵只有津贴，当工人月月有工资，她反对让国华当兵，让国华当工人。国华的母亲有自己的小算盘：国华当工人后每月都会开工资，能帮衬家里一把。

楚国杰和楚国福都要去参军了。

遗憾的是，楚国雄痛失参军机会。

楚国雄的大号蛮响亮，他那个大嗓门的爹，天天扯着嗓子吆喝"大雄啊，大雄啊"。调皮的同学意味深长地跟腔："大熊啊，大熊啊。"这"雄"和"熊"二字，味道都在语气的咂摸里，这样一个含糊不清的名字，让楚国雄很是无奈。

楚国雄本来话就少，调皮的同学喊他，他不理不睬只是用眼瞟一下。这个分不清"大雄"还是"大熊"的名号，伴着楚国雄度过了小学和初中。同学称呼国雄可以无所谓，当班里那个势利眼老师，咬牙切齿地叫着"你这头熊！"，拧着国雄的耳朵往讲台上拖的时候，楚国雄的血往上涌，他受不了了！

这事其实说大不大，说小不小。

老师布置背课文的任务，全班学生有一大半没背过，这位老师想了个新点子，让孩子顶着课本，围着教室转圈，一边转一边大声说："背不过来，真丢人！"一群学生站起来，胆小的照做，胆大的挤眉弄眼，满不在乎。

楚国雄走在这圈人里，嘴巴一直动也未动，始终不肯念叨"背不过来，真丢人"！老师正在气头，当下扯着楚国雄的耳朵上台示众。反正老师教训捣蛋的学生，稀松平常，就连家长也诚心诚意央求老师："孩子不听话，你使劲揍，不打不成器！"

成长过程中一件不经意的事情，往往会影响人的一生。

楚国雄就是在一念之间，放弃了读书。

许是为了调教学生，或是为了捍卫自己的颜面，老师当着全班同学的面，几乎把楚国雄的耳朵扭了半圈。"啊……"楚国雄疼得龇牙咧嘴，头仰也不是，转也不是，就在那一瞬，国雄从自己眼睛的余光中，看到前排一个叫国妮的女孩，正怯生生地看着他，眼里含着泪，那女孩本就孱弱不堪，此刻更像一只受到惊吓的小鹿，复杂的眼神里有惊骇、有同情，也有悲哀。

这个弱小女孩的眼神，仿佛唤醒了潜藏在体内的雄性尊严，楚国雄觉得自己不能再被这么侮辱了,几乎在那一瞬间,他作出了人生中的第一个决定:这书我不念了!

老师松开手的第一时间,楚国雄抬脚就走,一步跨出教室,走向门外的大天大地大自由。

国雄爹拎着棍子揍,国雄就一句话:"我就不念!"

国雄爹无奈地扔了棍子,他到底不能把唯一的儿子打死。

国雄的娘走得早,爷儿俩一直相依为命,小时候牵着国雄的小手去赶集,买个切边火烧,买碗羊汤,爷儿俩坐在集上你一口我一口,他少喝点,让国雄多喝点,孩子也会关心人:"爹,你咋就吃一点点?"

国雄如今越来越大,几乎和自己一般高了,成天价不着家,"嗯!""啊!"就是两人之间的交流,爷儿俩不吵不闹,只是儿子和爹一句话都没有。当爹的摸不着孩子的路数,总觉得还不如吵吵几句好。

楚国雄最终没有拿到初中毕业证。

轻视读书,生活便给了他当头一棒。

几个伙伴都能去当兵,国雄埋怨爹不去给自己找关系,他爹回了一句:"报名得有初中文凭,你连张初中文凭都没混下来,当啥兵!"

楚国雄一下子愣了,浑身的血液唰地一凉,人几乎僵在那里。楚国雄离家而去,晚饭也没回来吃,国雄爹也没当回事。

那天晚上的事情,只有楚国雄知道。

楚国雄独自在罗山上待了一夜。他平生第一次憋屈到胸口发闷,却找不到任何人倾诉。国华去了省城,寄回的照片上他穿的都是夹克服,穿戴比乡下人的神气多了。国杰和国福马上要穿上人人羡慕的军装,到外面当兵去了,只有他楚国雄,哪儿哪儿都去不了,一辈子要老死在罗山了!

罗山的深夜,静谧无比,快要圆起来的月亮贼亮,远方偶尔传来一声凄厉的声音,仿佛是哪只鸟儿做了噩梦。国雄蹲在莲花盆的旯旮里,背靠石头,头垂在两只膝盖中间,不知什么时候,脸上微凉,摸上一把，全是泪。

不知道过了多久，楚国雄从迷迷糊糊中醒过来，他站起来，直起了身子。此时的罗山，山色更静，仿佛连昆虫都已经睡了过去。远山是模糊的，身边的一切倒是明明白白可以辨析，抬头看向天上的月亮，楚国雄惊呆了。

神秘的大大的月亮，正在用它那皎洁的银色之光，安详地笼罩着山上的国雄，接近饱满的月亮，用它那种独特而柔和的银光，从遥远的宇宙中，带着一股神秘的力量，向国雄投注而来。

楚国雄不由得屏住呼吸，凝视月亮。他和月亮之间，仿佛有一条通道，距离很远，又仿佛很近，似乎舒袖就可以升腾直达。国雄定定站立，仰望月亮，满满的月光，让楚国雄的背后，峰峦乍现，四周犹如流水潺潺，国雄的心跳如鼓，他的背，在不知不觉中挺直了。

无言的月亮，震撼了茕茕孑立在罗山的少年。

夜应该很深了，国雄跳上莲花盆，双手插进口袋，静静地向罗山四周望去，月光下的罗山，又是一番从来没有见过的景象，国雄的心魄同样被慑住了：月亮在不知不觉中好像放大了好多，又好像是离地面近了许多。视线明明很好，可许多东西又仿佛影影绰绰，远处树冠的枝叶横斜弯弯，在自己的脚底下一层层矮下去。雾不知在何时升起来了，那雾不似寻常满满当当灌在天地之间，笼罩着一切，而像是一条随手扬出的巨大纱巾，悠悠荡荡，缥缈横亘在罗山的沟谷中，轻轻盈盈，能让人看清形状和如梦似幻的飘颤。

月光下的罗山，是多么美妙啊！

楚国雄不由自主地屏住了呼吸。

孤独地留在村里的国雄，无所事事，每天只能独自一人，自虐一样地爬山。从前坡到后沟，罗山的每一座峰顶、每一道沟岔，他都爬遍了。这个十八岁的青年，旺盛的精力像风在吼，心里的愤懑和羞耻，几乎都要爆炸了，如果不把它们从毛孔里释放出来，国雄都不知道应该怎么活下去。

罗山好在足够大。

罗山峰回路转的山头，高低不平的巨石，一条条巨大的山涧和壕沟，容纳一个人的惊喜和愤怒，绰绰有余。

楚国雄只有在罗山游荡时，满腔邪火才会不知不觉消融，他的心才会渐渐平静，甚至重新振作起来。罗山哪里需要绕路，哪里有个奇特的山洞，哪座山的石头有什么特点，哪片山坡杜鹃多，哪一段山路连翘多，楚国雄知道得清清楚楚。

楚国雄把十八岁的旺盛精力，一股脑交给了罗山。

罗山没有让楚国雄失望，它毫不吝惜地赠予国雄四季的变幻、沉默的力量，和雄霸一方的坚定。大山虽然沉默，可是大山仿佛会说话，置身山中，人很容易与大山产生情绪上的交流，这种无言的交流，虽然只是心照不宣，但足以令人豁然开朗。

大山虽然不会说话，但大山绝对不是无话可说。

楚国雄的内心，就这么在日复一日的爬山中，一天天坚定、强大起来，他的精神如同一个刚刚出世的婴孩，在天地之间的母体中荡漾，滋养他的，便是这山、这树、这宇宙中的神秘气场。

不知从什么时候开始，恨不再有。

一个愿望在这个倔强孩子的心底渐渐滋长，越来越强烈："不出去就不出去！早晚有一天，我要在这罗山，坐地活出个样子来！就像这座山，不看我楚国雄都不行！"

雄浑而沉默的罗山，教会了楚国雄：

老子不言，舍我其谁！

楚国雄的爹，没有跟他说实话，其实，楚国雄没有初中毕业证不要紧，这事情校长说了就算。国雄爹还真提了两瓶酒到学校，让校长补了个毕业证。让国雄止步于军营之外的原因是：他的眼里有一点点飞花，不正眼对视、观察，压根儿看不出来，只有与人对视的时候，那眼睛才会随着国雄的神态有些变化，有时候很诡异，犹如调情的激沺，倒有不一般的风情，这也是楚国雄一般不肯抬起眼皮跟人对视的原因。

楚国雄肯定过不了体检关，这是人家部队上的人说的。国雄当兵的事情，就这么不了了之了。当爹的怕儿子当不成兵，又因为眼睛的事雪上加霜，遂拿了毕业证说事，也没告诉儿子自己送过礼。

老天爷把国雄留在罗山，可能是上天自有安排。

人各有命，楚国雄的命运，也是老天之赐。

楚国杰穿上军装，自豪地给楚云鹤敬了个礼。

楚云鹤的脸上写满了严肃："你要像你姥爷一样，在部队上，好好干出个样子来！"

楚国杰坐着接兵的卡车远去了，楚云鹤笑眯眯地回了家。他自己在罗山囚了一辈子，儿子终于走出去了，这是一件好事，儿子的品性，他一百个放心。妻子杨金环躺着在炕上抹眼泪，没心思做饭，孩子们出嫁的出嫁，小儿子国杰最懂事，在家比丫头还管用。一下子出去几千里，看不见，摸不着，她真舍不得。

楚云鹤把锅梁支起来，把干粮和咸菜放进锅里，想了想，又摸出两个鸡蛋磕进碗里，挖了两勺白糖撒上搅拌两下，一并放进锅中熥好，这才坐在炕上，拍拍妻子的肩膀："环儿，快起来吃饭！儿子去部队是好事，你哭啥哭？说不定儿子会像他姥爷一样，当军官呢！"

听到"军官"二字，金环翻身坐起来，眼睛红红的，理理鬓角飞翘的灰白头发，问云鹤："你怎么知道咱家杰儿能当军官？"

"军官"二字是金环的心病，楚云鹤比谁都清楚。

大门楼去世多年，要说金环不想念父亲，不后悔自己当年做过的事，那是假话。晚兰送回老家的遗物中，有一张父亲的戎装照片，英气逼人。金环不知什么时候，把爹和娘的照片装在相框里，没事就抱着儿子指着父亲的照片说："这是你姥爷，他是一个大英雄、大军官……"

杨金环的心思，楚云鹤当然看在眼里，他选择一辈子留在农村，无非是让妻子心里踏实，云鹤能放下，可金环一直放不下。

楚云鹤留在家里，和妻子成天黏糊在一起，养了一堆孩子。说来奇怪，他们本来不想要这么多孩子，只是一直没生出儿子。金环觉得家里没有儿子，就是没有顶梁柱，非得要儿子，结果，一直生了八个，全是闺女。

妻子恨不得把刚出生的丫头片子掐死。楚云鹤没妻子这么执拗，他给家里的丫头片子老七和老八，起了个喜庆的乳名：七星和满桌。

楚云鹤安慰妻子："七个女儿七朵金花，咱不能叫七仙女，叫星星行吧？老七就叫'七星'！"

老八出生后，云鹤仿佛更开心："八个女儿更好，正好凑一桌，老八就叫'满桌'，别人家里想凑一桌闺女，也甭想凑齐，咱家是全村头一份！"

楚云鹤话里话外透着自豪，这让妻子金环半信半疑。

楚云鹤爱孩子是真的，八个丫头片子都是他的眼珠子，他从来不会打骂孩子，一次也没有。

楚云鹤是个没脾气的男人，家就是他的全部。他坐在妻子对面，慢条斯理地装上一锅烟："你听我说，就凭国杰在学校当过班长，在家里挑水一天没耽搁，说明这孩子懂事，能坚持，是块打铁的好料子。孩子到了部队，只要能干、肯干，被领导相中，不就很快出息了？"

楚国杰是家里的老幺，性子随了楚云鹤，认真、善良，从小做事有板有眼：公社战山河修水库，国杰的大姐在工地上干活累得慌，随口说了句："国杰读书轻松，家里的活就得多干点，让国杰去挑水！"国杰天一亮就起来，摸起扁担去挑水，家里洗漱、做饭、饮猪、喂羊的水，都是国杰从水井里挑回来的，一天不落。

村里的水井，是在一个小山包下的泉眼打出来的，水井不知年岁，村里两千多人口每天都喝里面的水，井水好像总是那么多，不见增也不见少。打水时半蹲半趴在一平方米见方的井口，抓了扁担的一端，另一端的铁钩钩着水桶，胳膊轻抢扁担，带动水桶在水面轻拖、猛戳，水桶半栽进井里，慢慢吃满水立起来，将要下沉时双手快速轮换，拽紧扁担，一把两把就把水桶提到地面。打水这活儿，说难不难，经验不足、力道不适，水桶也会脱钩，沉到井底。

楚国杰开始觉得井水幽幽，深不可测，挑水时要两只手往上使劲儿托着扁担，一个掌控不好，水桶磕磕碰碰，一桶水会洒出小半桶来。一两个月后，国杰就可以一边吹着悠扬的口哨，一边优哉游哉地挑水了，还可以让两只水桶上下轻颤。家里的水缸只要缺水，国杰摸起扁担就走，直到参军离家。

事实证明，楚云鹤的看法非常正确。

楚国杰的体力不是最棒的，可他韧劲十足，每天训练结束后，自己总是主动多练一会儿，就是这每天多一会儿的坚持，到了测评的时候，国杰的成绩不是第一就是第二。楚国杰进了部队，喜报年年有，不是立功，就是受奖，半点儿没有辜负李玉堂的举荐，更没有辜负全家人的期望。

五年之后，楚国杰被推荐读了军校，穿上了四个兜的军装。

楚国杰的大好前程，是用自己青春和汗水努力拼搏来的，没有半点捷径。提干是晋升的阶梯，学习是前进的动力，楚国杰是从工程兵部队提拔起来的，到了军校学的是测绘，从战士、班副、班长，再到排长、连长、团长，只要是国杰带领的集体，无论是攻坚，还是对抗，总能赢得荣誉。

楚国杰步步坚实，他的军旅生涯蓬勃昂扬，积极向上，全家人倍感自豪，就连村里人提起楚国杰，脸上都感到有面子。

楚国福和楚国杰是同一年外出当兵的。

只是楚国福让家人伤透了心，全家人跟着国福灰溜溜的。

楚国福其实是四个伙伴中长得最帅的，一米七六的个子，身材挺拔，四方脸膛，肤色白皙，他的相貌英俊，心灵手巧，性格温和，一到部队，国福就被首长挑出来留在师部，做了师长的通信员。

楚国福勤快、机灵，跟小车班混熟了，发动机不正常，他听声音就能辨别出来，他在部队的口碑很好，按说提干比楚国杰更容易，部队也确实提拔过他两次，可两次提干机会，都秃噜了，楚国福的大好前途，毁在了一个女人手中。

楚国杰当工程兵，人天天在野外，不是钻山沟，就是挖山洞。

楚国福天天跟在首长身边，跟当工程兵每天挖山洞相比，当然是件更长脸的事情，前途就更不用说了。国福爹娘和邻居闲谈时提及儿子和儿子的首长，总是乐滋滋的，非常自豪。这事被村书记的老婆知道了，村支部书记也就知道了。于是，楚国福被村书记惦记上了。村书记一门心思想巴结镇里的党委副书记林钟山，思谋着给国福和党委副书记的闺女保媒拉纤。林钟山的闺女在公社食堂做饭，面如银盘、杏核眼、单眼皮，微胖，屁股大，人总是满脸笑意，喜气盈盈。

屁股大能生养，爱笑的人运气好，这闺女一白遮百丑，在父母看来，这些都是优点。毕竟，没有哪个愁眉苦脸的女人，会过上好日子。

副书记见了楚国福穿军装的照片，听说国福跟在师长身边，私底下盘算过：只要稍稍活动一下，楚国福在部队提干不成问题。退一万步说，就算在部队上提不了干，有退伍军人的身份，安排到公社或者县里，先给领导当个交通员，跑跑腿，干个一年两年，再挑个好岗位，自己帮忙牵线搭桥，做做工作，这孩子也就一步步培养提拔起来了。

林副书记的算盘拨得贼精：两家结亲，自己趁机到师长家里拜访一下，国福提不提干先不说，自己也能顺便结交部队的关系。再说了，安排个年轻人出来工作，对他而言，真不是难事，自己所在乡镇没有岗位，还有十几个兄弟乡镇和机关单位呢。林钟山了解自己的闺女，一根肠子通到底，像她娘，除了爱笑没啥头脑，他得未雨绸缪，趁早给女儿挑个好女婿。

楚国福终于要回家探亲了，全家人喜气洋洋，准备给国福定亲。国福的娘从粮食瓮深处，摸出一个辨不出颜色的布包，在灯下一毛一块地数了又数，这里面有国福寄回来的津贴，有国福娘卖鸡蛋、卖羊羔攒的体己，一共也就二十几元。

按说这钱加点布票，给孩子买床被面，扯身衣服，在农村定个亲算是绰绰有余。可对方是副书记的闺女，要比村里的闺女金贵啊。柑婆农村闺女一样准备，爹娘怕女方嫌婆家寒酸，国福将来在乐父家里，会受委屈。

老两口借又没处借，国福爹就动了卖母羊的念头。

听到国福爹打算卖母羊，国福母亲的眼圈一下子就红了。

"公羊好，好一坡；母羊好，好一窝。"家里这只母羊已经带上了羊羔，应该还是双胎，这是国福娘养羊养出来的经验。国福娘每次卖羊羔都不舍得，非得躲出去，更不用说这次是要卖母羊。可儿子要娶的是公社副书记的闺女，没有像样的彩礼拿不出手……纵然心里万分不舍，国福娘还是抹着眼泪，让国福爹牵走了母羊。

听说家里有位好姑娘等着自己，楚国福也是满怀期待。

楚国福效仿战友，回家之前特意从部队领了一套小号新军装，准备送给姑娘当礼物。这是一个所有年轻人都崇尚军营、向往绿军装的时代，这个年头家里的布票几乎都不够用，要是能穿上从部队拿回来的绿军装，哪怕没有肩章，也会让年轻人一蹦三尺高。

林家的闺女本来就爱笑，看见国福，眼里更是遮不住的笑，她的眼神定在国福身上，一会儿看着国福的手，一会儿瞄向国福的脸，这姑娘的脸色白里透红，不难看。

村支书两口子借口有事避开，门子留给楚国福。

姑娘看上了国福舍不得离开，国福不好撇了书记的门子自己抬腿离开，只好陪人家姑娘说说话，俩人东一搭，西一搭，国福陪着姑娘耐心扯了一个上午。

爹娘问闺女怎么样，楚国福不是个刻薄的人，张口敷衍了一句："没啥毛病。"其实，国福爹娘已经在大集上见过这闺女，认为是个有福的面相。他们以为儿子相中了姑娘，催着国福赶紧把军装交给对方。可楚国福磨磨蹭蹭，不说愿意，也不说不愿意，迟迟不肯送出军装。国福说不出这闺女哪里不好，可心里就是热乎不起来，他不认为这是自己该娶的媳妇，他半点儿想亲近的感觉都没有。

几天之后，在潘家大集上，楚国福一眼就认出了心上人。

楚国福的大好前程，就是断送在这个女人手里的，可他谁的话都不听，异常顽固，仿佛只要这个姑娘陪伴在身边，天下都是他的，对于功名利禄、前程事业，他一概不在乎。

这个男人，从此就被山里人当成傻瓜，笑了十年。

楚国福个子高，身穿绿军装站在集市上，瞬间就吸引了姑娘们的目光。大胆的姑娘从国福身边来来回回走，就是为了多看一眼兵哥哥。只有一个姑娘目不斜视，一眼没看楚国福，偏偏这个目不斜视的姑娘，瞬间被国福看进眼里，一眼就是电光石火，不由自主地看了第二眼、第三眼。

这姑娘高挑的个子，长隆脸，圆口丰腮，眼睛细长上挑，类似丹凤眼。当时，潘家大集非常热闹，买菜的、卖布的、戗刀的、打铁的，集上的人来来往往，摩肩接踵。可就在这茫茫人海中，楚国福瞬间认出了自己的另外一半。

这个傻小子，听不到周围的喧闹，他的眼神一直追着姑娘，眼见姑娘差不多要没入人群，慌忙扔下手中要买的东西，跟着往前追。楚国福多了个心眼，他大步走到姑娘前面，再转过身，装作找人，把姑娘从头到脚看了个遍。

楚国福满心欢喜：他找媳妇，就要找这样的！

楚国福追姑娘用的不是手段，而是最大的诚意。

没有介绍人，不知道姑娘是哪个村庄的，楚国福不远不近地尾随姑娘，一直到大郝家，确认了姑娘的家门，这才一蹦三尺高，跑回自己的家。

楚国福非常兴奋，脚步轻快，吹着悦耳的口哨就进了家门。

母亲正在给儿子擀面条，国福快回部队了，当娘的想变着花样给儿子做几顿饭。看到儿子这么开心，当娘的更开心。她转过头嘱咐儿子："快回部队了，你赶紧到公社找找那闺女说说话。"

国福的母亲没有发现，儿子的脸色冷了下来。

楚国福看上的姑娘，住在潘家集南不足五里的大郝家。姑娘家在大郝家村西头，房子外面种了五颜六色的粉豆花。这些花儿开得繁盛，给房子添了不一样的亮色。楚国福记住了那些花儿，也记住了大门上的对联：耕读传家远，诗书继世长。

楚国福当然不清楚，姑娘家里的成分，是富农。

情窦初开的国福，本来就不是一个精明人，哪里会权衡这些！

楚国福眼巴巴地等到晚上，带上军装，敲开姑娘的家门，他当着姑娘父母的面，报上自己的来路，像跟首长汇报一般，思路清晰，口齿伶俐。言明身份后，国福转过身，"啪"地行了一个军礼，眼睛不眨地盯着姑娘："中国人民解放军战士楚国福，向您报到！"

楚国福就这样心甘情愿地向一个陌生姑娘，献上了纯洁的爱慕，从此奠定了自己一生的从属地位，无怨无悔。

大集上有位兵哥哥，富农的闺女不是没看见，她是主动选择屏蔽，压根儿不去瞅。这年头，地主富农矮人一等，娶媳妇、嫁闺女都受影响，地主富农家的孩子，不光找对象吃亏，就连上学、参军都没机会，这身份在村里受压制，如若不是万般无奈，很少有人愿意和地主富农攀亲联姻，更不用说是部队上的小伙子了！

姑娘的婚事不是没有人提，只是提过之后，就没了下文。地主富农的闺女长得再俊、条件再好，也只能配给地主富农，或者是歪瓜裂枣、差不多绝户的贫农。姑娘心知肚明，内心寒凉无比，哪里还敢想象嫁给解放军战士！

楚国福追上门来，姑娘说不吃惊是假的。

可你要她怎么办？欢天喜地吗？还是感恩戴德？！

如果知道自己是富农出身，这个解放军战士还会义无反顾地求娶自己吗？姑娘的内心瞬间打了几个问号。她干脆沉默不语，倔强地站在那里，这副波澜不惊的姿态，偏偏让楚国福更为动心，国福觉得眼前的姑娘，就是自己心仪的女神。或者说，在国福心里，女神就应该这个样子，对于外来的膜拜，司空见惯。

楚国福恳请姑娘收下军装，姑娘安静地站在昏黄的油灯下，一言不发听完了国福的表白，终是没有言语。

那套崭新的军装，国福虔诚地放在了姑娘的炕边。姑娘的父母正为成分不好，女儿找对象发愁，突然掉下一个高大、帅气的解放军主动登门求亲，他们欢天喜地得差不多到了眼窝发热的地步，搓着手不知说什么好，看着自家闺女不动声色的样子，又不敢多说什么。

没有看到女神的笑脸，楚国福觉得很正常。他放下军装，端端正正行个军礼，就幸福地离开了，他告诉姑娘，自己到部队后再写信给她。

楚国福在大集上没法子蹦，送出军装回家的路上一蹦三尺高，口哨就差吹出个百鸟朝凤了。如果不是怕爹娘着急，楚国福一定会一口气爬到罗山最高处，对着蓝天白云大大喊上几声："我有媳妇了！"

爹娘问国福军装哪去了。

楚国福只说送出去了，他没有告诉爹娘，自己把军装送给了谁。国福娘乐滋滋地向大队书记透信儿，大队书记兴奋地一拍大腿："老嫂子，这桩好事算成了！"村书记扔下手头的活儿，跑到副书记办公室邀功，可人家的闺女，压根儿就没收到军装。

副书记当下淡淡的，没多说什么，借口开会，三句两句打发村书记回家了。转天，副书记找了个茬子，在大会上黑着脸，当着全公社村干部的面，指名道姓，把村书记像孙子一样骂了一顿，再也不肯见他。

村书记无妄招灾，回到家里越想越气，越想越阴，他不知道这酒是从哪儿酸的，醋是从哪儿坏的。这公社林副书记以前总是和他称兄道弟，他爱吃罗山的栗子面，村书记每年都会专程给他磨上一袋；村支书过年杀羊，肯定会给副书记条羊腿，副书记从来没有拒绝，偶尔还会扔给他盒香烟，塞给他包茶叶，问一问村里的情况，甚至提前透露一点儿公社的打算。

村书记后来才知道：老楚家的三小子，跟林副书记的女儿的婚事没成！他心里"咯噔"一声，知道根儿坏在楚国福身上。按说，自己一片好意，希望俩娃过上好日子，人家看不中姑娘，是缘分不到。再说了，副书记的闺女不瘸不瞎，以后有的是机会，说不定还有真正的军官等着呢！自己跑前跑后忙，就算这桩亲事没促成，公社副书记也用不着亲娘祖奶奶，当着那么多人让自己下不来台吧？

公社副书记做得不对，可他毕竟官大一级，村书记无论如何也不敢怒撑回去，他只能忍下这口气，小心翼翼、一点一点地修复与镇副书记的关系，可这个林副书记还是不冷不热，爱理不理。

这口恶气，村书记当然不会憋在心里，肯定是要撒出去。

楚国福和村书记的梁子，就这么结下了。

楚国福在部队表现不错，提拔的时候要政审，不知道是谁以贫下中农的名义，连续两次匿名给部队写信，诬告楚国福政治觉悟低，回家探亲的时候与富农女儿勾勾搭搭，不清不楚，在周围村子造成恶劣影响。

楚国福的提干机会就此泡汤，只得退伍回家。

部队上原本安排楚国福考了驾驶证，可楚国福回到村里，所有的出路都被堵死了：镇里不接纳楚国福，就连县里的商业局、工商局下来调楚国福出去工作，楚国福都没法出去。

原因很简单：村书记就是不给楚国福盖印！

书记婆娘是村里的老娘们中说话最强势的人，丈夫在公社副书记跟前受了窝囊气，她早就愤愤不平了。眼见国福退役回家，她站在街上手叉着腰，一边哂笑，一边扬声，想让人传给国福的家人听："有些不知好歹的东西，想招工出去上班，得问俺家老头子手里的大印答不答应！”

村书记到底想方设法再次拉近了和公社副书记的关系，两家人又打得火热，公社党委副书记已经提拔为党委书记了，说不定以后还能当县长呢。

公社书记也不咸不淡地吩咐村书记："咱家不缺争着抢着上门的女婿，就这号没眼力见儿的人，给我当女婿我都不愿意，没啥前途！他不是想回家种地吗？叫他种一辈子，哪儿也不用叫他去！"

一个是退伍返乡的小青年，一个是权可炙手的领导，站在哪一边，傻子都能分清楚。楚国福就此被埋没在村里，面朝黄土背朝天，除了种地，无可奈何，无路可走。

好在国福所求不多，只要能守着心爱的姑娘，退伍就退伍，种地就种地，他楚国福愿意。眼见家里最可能出息的儿子，被亲事拖累，父母不满意女方妨碍了儿子前程，不满意女方的成分，更不满意女方比国福大三岁，就是不松口，高低不肯答应这门亲事。

母亲都气得躺在床上了，楚国福还是不肯撒手。他梗着脖子和家里人犟："我人都回来了，提这些有什么用？大三岁怕啥？不是说'女大三，抱金砖'吗？"

楚国福的爹娘动员了七大姑八大姨，给国福介绍对象，楚国福压根儿不看，非这个富农闺女不娶，他也犟上了。国福的老父亲实在没办法，写信求国杰，让国杰问问咋回事。

楚国福在信中对国杰说了实话：这个姑娘身上有股首长女儿的架势，他莫名其妙地喜欢，就是放不下。这话传到国福爹娘耳朵里，老两口也傻眼了：难不成这闺女长得和国福首长的女儿相像，儿子喜欢首长闺女，想而不能，走火入魔了？

楚国杰在部队上，是有机会看见首长女儿的，也知道首长女儿的气质，和农村女孩确实不一样。

楚国杰没见过富农家的女儿，他也有些疑惑，一个成分不好的富农女儿，咋能出来首长女儿的架势？还能把国福弄得神魂颠倒，连前程都不要了？楚国杰虽然觉得国福有些胡闹，不过他对这个女人，也有一些隐隐的好奇。

楚国福到底娶了富农家的女儿。

爹娘不认这个媳妇，一不认亲订婚，二不设宴请客，坚决不肯替楚国福张罗婚事。富农觉得耽误了女婿的前程，杀了两棵三十年的梧桐树，请木匠打了一个衣柜、一个箱子、两把椅子，作为女儿的陪嫁。

楚国福龇着牙对姑娘说："好女不穿出嫁衣，我啥也没有，你啥也别要，都留着给你弟弟娶媳妇吧！"

楚国福自己借了个旧房，里外扫扫，买来两块粉坨子，把墙刷得雪白，给房子贴上对联和"囍"字，俩人领了证，国福借了一辆自行车，把富农闺女接回家，放了一串鞭，这婚就算结了。

新娘坐在空荡荡的新房里，低头不语。

楚国福搂着媳妇，信誓旦旦："别看咱俩现在光巴溜溜结婚，你不用害怕，就算编筐编篓，我学得也比别人快，咱的日子，肯定错不了了！"没有人料到，这个一无媒二无聘的媳妇，居然是老楚家的福星！

楚国福结婚没拜天地、没宴宾客，村书记的老婆轻蔑地站在大街上，一脸嘲笑："结婚？头还不得一辈子夹在腚沟里！"

村里的年轻人吃惊之余，佩服国福的勇气，并没有觉得这事有多么出格。

村里几个小伙子在傍晚时分，夜幕降临后，准备了凳子、瓶子、筷子，还有玉米棒子，一呼啦去国福家闹洞房。有个懂了人事的小伙子一边走，一边笑："你们说，国福用皇粮换来的媳妇，是馒头人，还是馒头白？"

一个不懂事的小青年，一进屋就傻傻地问："馒头在哪儿？"这小子被人一巴掌拍在后脑勺上："小孩子家家，不懂闭上嘴！"

众人哄堂大笑，一时间，婚房子里乐翻了天。

楚国福媳妇没等洞房，就得了一个响亮的绰号：皇粮媳妇。

楚国福没吃上皇粮，倒娶了个皇粮媳妇，喜感十足。

国福在家排行老三，"皇粮媳妇"自然地被大家唤作三嫂。

楚国福对三嫂的好，真是打着灯笼都难找。

三嫂成分不好，人还有些冷冰冰，能嫁给当过兵的帅小伙，大家都觉得她应该偷着乐才对。嫉妒的人吃不到葡萄说葡萄酸，造谣说她是狐狸精，让小伙子喝了迷魂汤，爹娘不要，前途不要，王八吃秤砣一样，铁了心要娶她。

风言风语传到了三嫂的耳朵，三嫂心里别扭，有些窝火。

要说三嫂和村里其他姑娘有什么不一样，就是她家里有本《三国演义》，她悄悄读过好多遍，话说"天下合久必分，分久必合"，书里荡气回肠的国恨家仇、英雄美人，在三嫂肚子里，不知盘桓过多少遍，一般俗人俗物，当然入不了她的法眼。

这个三嫂颇有主见，不是一个肯从众的人。她从小就有主意，听了闲话，心里郁闷，难免要朝国福撒气。别人家的婆娘撒气就是撒泼，她撒气不一样。

三嫂一生气，胃就难受，那天胃不舒服，她不想吃饭。

楚国福急了，趴在媳妇身边，抚摸着她的头发追问怎么了。

三嫂说肚子里面有硬块，疼。

楚国福伸手摸上去，三嫂的胃确实硬邦邦的，有块小孩拳头大的东西。国福吓得脸色都变了，他抚摸着三嫂的肚子，连声追问："疼不疼？看过医生没有？"

楚国福温热的大手按揉着妻子的肚子，胀气下移，五谷道场悄悄撇出一股气，胃舒服不少。瞅着国福焦急的脸色，三嫂眨巴眨巴眼睛："不疼，就是难受。医生说，天天用手揉，左五十下，右五十下，不能生气，也不能上火！"

楚国福信以为真，每天到了晚上就给妻子揉肚子，左五十下，右五十下，他很虔诚，一下都不差。

楚国福给妻子揉了几天，还是不放心，他专门跑到村里卫生室，问赤脚医生，每天多揉肚子一百下行不行。

赤脚医生丈二和尚——摸不着头脑，等他一五一十问明缘由，笑弯了腰："三哥啊三哥，三嫂真被你惯坏了！她的胃是有点炎症，消化不好，肚子才会有硬块，几片消炎药吃了就好，不能上火倒是真的！"

诊所是村里的公共场所，人人都在侧着耳朵细听，都想知道这富农家的闺女还能作出什么妖。

那些不受丈夫待见的妇人，心里自然愤愤不平，长舌搬弄，此事又在全村响了盘子。老人撇着嘴说："打个三天不吃食，就没这么多熊毛病了！"

年轻人喜欢热闹，喜欢打趣，事情过去好久，还有人跟楚国福开玩笑："三哥，三嫂的肚子还疼不疼了？"

旁边有人立马跟着起哄："三哥忙活不迭，我去帮你揉揉！"

生产队里的农活，单调枯燥，天天就是出大力，累得跟孙子似的，也就相互斗嘴时，才能笑一笑，提振一下心气儿。阵阵哄笑在田间地头飘荡，楚国福成了全村人的笑料。

这本是让人特没有脸面的事儿，楚国福却一笑而过。

楚国福自己没当回事，三嫂反而在家里蹦高了，她呵斥国福："你咋不说，俺老婆肚子高贵，凡人摸了烂指头？！"

楚国福对媳妇一点儿脾气都没有，他搂着媳妇，掏心掏肺地说："老婆，嘴长在他们身上，他们爱说啥说啥，咱关起门来过自己的日子，只要你别生闲气，我肯定不会惹你生气上火！"

楚国福说着说着，嘴就咧到了耳根："别说揉一百下，三百下我也愿意！"揉腹，自古以来就是一种极好的养生手段，无论是指压还是掌推，热乎乎的大手覆在凉冰冰的肚子上，三嫂很享受。她没想到，楚国福更享受：女人的身体，幅员辽阔，有高山，也有海沟，摸着摸着，国福的大手就越界了。

村里嘴碎的娘们儿哪里会知道：她们嘴里嘲笑不已的"三百下"，反而成就了国福两口子之间，水乳交融的夫妻之乐。

楚国福就这样用善良，给三嫂这匹烈马，套上了嚼头！

第三章

几年之后，轮到楚国雄娶媳妇了。

楚国福娶媳妇，整得全家愁云惨雾。

楚国雄娶媳妇阵仗更大，简直弄得全村惊天动地。

这小子结婚时整整拉了一车大地红和轰天雷鞭炮，上万头鞭炮在家门口摆放不下，就围着村里绕，连树上也悬挂了鞭炮。鞭炮噼里啪啦，轰天雷此起彼伏，巨大的响声把村里的禽畜都吓得支起耳朵愣在那里，也把村里的老老少少惊得都跑出门外，一探究竟。

大雄家里娶媳妇，鞭炮炸得像开山，大家开始以为这是三十岁光棍庆祝脱单的抽风，个个都在撇嘴：难道娶了王母娘娘的女儿不成？等他们真正看明白大雄娶媳妇的阵仗，都瞠目结舌了，别说全村人没见过，就是十里八乡娶媳妇，也绝无此景！

没等人们的嘀咕咽下去，人群中就一阵骚动，瞬间倒伏一片，这些人或蹲或跪，几个人一弯腰，头撞在一起，几只手齐刷刷触向落在地上的物件，开始哄抢。楚国雄结婚不光鞭炮放得多，也不光撒糖、撒烟，他还撒钱，大把大把的钱、糖和烟卷，一起往外抛撒！

国雄媳妇下轿时，迎亲长者手持酒杯迎上前去，嘴里念念有词："月中桂，岭上梅，芝兰百世家中培……"平房上更是站了四个小伙子，拎着袋子，出手就是大把大把地撒糖果、555香烟，还有钱。这大把的喜糖、喜烟、一张张票子落在地上，谁抢到手就是谁的。霎时间，女人抢，男人抢，孩子抢，大人抢，拥挤在楚国雄门口的人群一下散开，不是弯腰就是蹲伏，磕头一般。

新郎官楚国雄眼里的飞花一闪，他扫了一眼正在地上此起彼伏的老少爷们儿和三姑六婆，一只手插在口袋里，一只手挽着一个身材高挑、怀抱鲜花穿着白色泡泡袖婚纱的姑娘进了大门，给大家留下一个施施然的背影。

新媳妇进门第一件事情，是新人上炕坐新帐，由婆家安排接新媳妇的人，替新妇换新鞋。国雄媳妇的新鞋挺稀罕，是铮亮的红色高跟，摸起来有纹路，鞋面泛着的漆光能照出人影，鞋面镶嵌着亮晶晶的碎宝石，这鞋是南方来的，北方没有这么漂亮的鞋！点燃窗台上的蜡烛，扯开蒙在窗户上的红纸，看媳妇的人万分惊奇：国雄媳妇不光个子高，瞧那脸蛋，那眉眼，真不是一般地俊！

"过界面条"端上来了。这是当地的婚俗，也是新娘坐帐后的重要环节。这碗面从开始制作就有讲究，要找一个"全乎人"来擀面。所谓"全乎人"就是父母健在、儿女双全的有福之人。

这是新人坐帐之后的第一碗饭，面条上放着煮熟的红枣和栗子，碗上搁着两双用红线缠在一起的红筷子，依照传统，筷子下坠的红线上要系上通宝铜钱。

楚国雄家里端上来的过界面条，让大家又是一愣：碗上放的红筷子两端，没有系什么通宝铜钱，而是挑着明晃晃的金戒指，两只戒面一只是龙，一只是凤。

大家交头接耳：国雄娶妻，套路还真是不一般！回过神来的人，开始仔细打量楚国雄家的新房子。这房子十分气派，门楼影壁贴了瓷砖，整齐气派，在院子里修了水池和花坛，村里人都知道修影壁是干啥，只是院子里修花坛和水池十分罕见。

楚国雄的屋里，放着一圈后背老高的牛皮沙发，坐上去凹下一块儿，站起来就弹了起来。彩电是日本进口的，家里的冰箱、烤炉，桌子上摆的进口音响，还有好多东西，乡亲们压根儿不认识，也叫不出名堂。

国雄的新房卧室的天棚不是红花纸糊的，房子进间没有垒灶台，院子里留有专门的厨房。国雄的屋顶全都刮了白色，四周压有花边，中间挂着花瓣一样分了枝的碗口吊灯。国雄屋里的柜桌座椅、电器，听说都是从广州运过来的，花了多少钱不知道。

楚国雄屋里的家具式样，当地人见都没有见过，大家看西洋景一样，悄悄用手指摸摸能照出人影儿的台面，啧啧称叹。村里人娶亲都讲究几条腿，楚国雄娶媳妇，几条腿已经不重要了，人家那家具腿上带着凸出来的浮雕花纹，刷着金色的线条。大柜小柜是组合的，一格一格，高的、矮的连为一体，这边镶的是抽屉，那边嵌的是穿衣镜。

乡亲们的眼睛，不约而同地落在柜子上一件看似寻常而又异乎寻常的物件上，那是一块黄金矿石！生活在罗山，哪怕没有从事过采金，大家对金石这种东西也不陌生，这块金石的品位，简直太出格了！

这块金石，莹白色占据了大半，和青绿的石头紧紧包裹在一起，上面又挂了一些斑斑点点凝结在一起的凸起，明眼人一看便知，这块矿石不光有明金，而且是块品位奇高的富矿。此刻，矿石被端端正正放在组合柜子中央，装饰得富丽堂皇，周围香烟萦绕，烛火明灭。

楚国雄这小子娶妻，没有挂出宗谱，香火也没有烧给祖宗，而是虔诚地烧给了一块石头！他在需要开枝散叶的时候，没拜祖宗，而是拜了金石！

楚国雄结婚一不拜天地，二不拜爹娘，单单拜了金石。

你说这事，玄不玄，奇不奇？！

第二天，娘家人要接新人回门，婆家只有亲近的人参加，客人不多。这块金石，被揭开了谜底。

大家都是从小耍到大的伙伴，楚国雄不藏不掖："我这哪是拜金石？我是在拜罗山！我爹拜了一辈子祖宗，也没钱替我娶个媳妇，我拜罗山，好媳妇挑着找，不拜罗山我拜谁？你们不用脑子想一想，哪家钱多的人，会缺媳妇？！"

"媳妇，添酒！"楚国雄杯酒下肚，眼里飞花一闪，"咱也就是弟兄们，我才实话实说，想要发财，哪儿都不用去，听我的，就上罗山去抓挠金子！"

楚国雄干掉杯子里的酒，掏心掏肺："前些年我愁得睡不着觉，不知道给祖宗磕了多少个头，也没有找着出路。自从进了罗山，钱大把大把地挣，我叫罗山爷爷，爷爷给我钱；我给别人钱，别人叫我爷爷！呵呵呵……"

楚国雄揽过新媳妇的肩头："我这媳妇，漂亮不？拿钱砸的！没有钱，我他妈是孙子，有了钱，人他妈给我当孙子！"

新媳妇看着楚国雄，一手接过楚国雄的酒杯，柔声劝慰国雄："大雄，你醉了，还是喝点茶水吧，别让人笑话……"

"笑话？"楚国雄瞪了瞪眼睛，"我说的都是实话，实话不说给兄弟听，说给谁听？！"

楚国雄撒钱娶妻震惊了全村人，哪知道，跟车去接新娘的人都笑了："这才撒了万把块钱的钞票，大雄哥在老丈人家里，那才叫真扔钱！"楚国雄接亲的时候，娘家人拦轿子，国雄打开车后盖，扔下一个口袋，袋子里全是钱。

楚国雄的婚事一直是老大难，娶亲比起同龄人晚了七八年。大雄爹四处央求，开始还有人给楚国雄牵牵线、搭搭桥，后来压根儿没有媒人愿意给国雄拉纤保媒。村里的人都认为国雄浪荡坏了，他的名声是真不咋的。

一是国雄太懒，懒得近乎无耻。

二是国雄目中无人，近乎无礼。

农耕时代，生产队里的农活儿，全靠车拉肩挑，村里为了鼓舞人们奋勇争先，安排人专门站在进山的路上，给运输队伍途中的小推车插红旗和白旗：小车装载满了会插上一面红旗，装得冒尖，就插两面红旗；装载不满，插上一面白旗。村里的社员们都要脸面，为了不插白旗，豆大的汗珠在脸上身上直滚，咬紧牙关往前拱，车筐里也要装得满满当当，都图大家叫个好。

社员的小车上个个插着红旗，只有楚国雄特尿，两筐篓都不肯装满，也从不参与力气比拼，就算插了白旗也晃晃悠悠，嬉皮笑脸地推着，从不在乎别人的嘲笑。

楚国雄推说自己爬山折过腰，没力气，推不了，多了一锨都不要，声称装得太多会摔跤，只肯推个平筐或大半筐。

生产队长指责国雄，国雄情真意切："队长啊，我身体不好，实在不行，叫我干个插红旗、白旗，记工分的活儿吧，给我记一半工分就行！"

这怎么可能？！记工分、插红旗的活儿最轻松，这活儿一般便宜的都是书记会计的儿女，连队长家的亲戚都捞不着干，还能便宜楚国雄这个王八犊子？于是，从村里到山坡，从山坡到村里，车来车往，只有楚国雄一个人的车子上，插着一面醒目的白旗。

这白旗是一面蒙羞的旗，够难看了。

可楚国雄从来不在乎。

大家伙儿个个都累得跟孙子似的，浑身像散了架子，只有国雄优哉游哉，头不抬眼不睁地推他的白旗小车。精明的人看出了端倪，慢慢地也开始耍熊，宁愿插白旗，也不肯多推，生产队里的白旗小车渐渐多了起来。生产队队长一看苗头不好，就找楚国雄谈话，国雄不哼不哈，就是不抬眼皮。

队长让会计给国雄少记工分，会计照办不误。楚国雄找到会计一眯眼，眼里的飞花一闪，极为凌厉，接近于狠，他嘎嘣扔过去几句话："都是一个村的老少爷们儿，不怕我拿石头砸死你，就看着记，往少了记！再不济家里没饭吃，我上你家掀锅打食，咱都是爷们儿，不逢外！"

队长生怕楚国雄这刺头带大家走下坡路，影响士气，无奈找了大队书记，让大队书记把楚国雄调到村里的采金队，跟着采金队下矿井、扒毛石、背矿石，说是照顾他挣俩钱，其实是想把他打发到黑灯瞎火的地方，眼不见，心不烦。

采金队的活儿是苦中有甜的差事，极其艰苦，比较危险。

可是村里大多数人，都眼巴巴地想进采金队，可没点关系，还真是进不了采金队！

进采金队，自然有进采金队的好处。

1963年，国务院颁布了《关于群众生产黄金实行实物奖售办法的规定》。

1963年，国家每两黄金奖售化肥五十公斤，平均每年每亩土地奖售化肥二点五公斤；1975年，国家每两黄金奖售磷肥五十公斤。这种肥料奖售，大大促进了招远的农业生产发展，粮食生产一下由

1971年的二百六十一公斤增加到四百公斤，创下了粮食生产过长江的新纪录。

前有国家黄金生产奖售政策，后有招远县对黄金生产的金钱利益驱动：1966年，招远县组织起县、社、队三级联营采金，县委安排负责人，工人由公社和大队安排，出工采金的社员记工分时一般高出农业工分百分之十。普通补贴为每人每月六元钱，井下补贴是每人每月九元钱。

这种生活补助，后来逐渐增加到十五元和二十一元，分值由六分增加到一角四分，工分全部下放到大队，便于出工社员回队参加再分配，领取口粮和油料以及柴火。

在计划经济的大集体时代，农民都在生产队里参加集体劳动，一年到头，靠出工记工分挣吃挣穿，生产队分给社员的粮食、布票和柴火草、开支，都是用家里人挣的工分换算。只有挣足了工分，才能分粮、分草、分布票，剩余的工分可换得现钱。

好多人家挣不够分粮草的工分，每年的工分抵顶粮草不够，那就先欠着大队，由此产生了一个名词，叫"欠社"。年年欠社的家庭，队里年终分配时，开不到手一分钱。大队可以让你先有粮吃、有草烧，工分下一年补足，不可能再分给你现金。也就是说，有的社员干了一年，家里除了粮草，现金收入有可能是负数！

这样的人家，大多是家里有病人，或者孩子多，劳力少，属于老弱病残拖累的。当然，家里劳力多的，领了粮草，同样开不了多少钱，因为生产队里的工分不值钱。

采金队有生活补助，相当于一人挣两份钱，能解多少燃眉之急！每月有六元或九元钱的补贴，让村里人都眼红不已，不是没有原因的：彼时，共和国刚刚建立，倡导学习苏联老大哥，做英雄母亲，越生越光荣，除了不会生、不能生孩子的，一对夫妻少则生三五个孩子，多的能生八九个。

一家五六或七八口人，每天睁开眼就要吃饭，一天三顿，顿顿不落。冬季的棉衣、夏季的单衣，一家人的衣服全靠手工缝制，买布要有布票，布票不够，就得私底下花钱再换几尺布票。即便家家户户都在节衣缩食，大多数人家依然捉襟见肘，成年累月看不见钱，日子要多艰难有多艰难。

村里的人都盼着到采金队干活，拿工资，是为了养家糊口。

楚国雄不在这些人之列。他一没老婆，二没孩子，家里就一个爹，比国雄自己还能吃、能喝，也能干，用不着国雄牵挂。

楚国雄不愿意在生产队里推小车。

你当他愿意下井，当"地老鼠"吗？当然不是！

在井下抠小线，防护装置就是头顶的柳条帽子，上面顶着一根萤火虫一样的嘎斯灯。人在井下，用锤子、钢钎在采场撬矿石、扒毛石，非常危险，稍不留神，就会被砸得头破血流，不是折胳膊、断腿，就是丢命。从洞子里往外运矿石这活儿，更不是人干的营生，运矿不是背着矿石往外走，通过很多地方时都得把筐子挂在肩上，躯体匍匐在地前行，在狭窄弯曲的老坑新洞，磕磕碰碰是小事，各队伤残、死亡的消息，时有传闻。

楚国雄在采金队，本来是今天打鱼，明天晒网，直到他见识了人们对掌尺师傅的敬奉，才对黑洞洞的地下矿井兴趣大增。

招远是胶东西北成矿区重要金矿集中区，地质构造分为基底褶皱和新华夏断裂两种，金矿类型主要是玲珑式石英脉形矿床、焦家式蚀变岩形矿床和玲珑—焦家过渡式金矿床。

采矿需要通过露头观察，辨识和发现金矿矿床，掌尺师傅有识矿本事，常常被这队、那队请来请去，帮助辨识矿脉，勘验金脉走向。跟着师傅辨别金脉走势、研究矿石品位，是楚国雄最虔诚的时候，他不光干活带眼色，连跟师傅说话都是毕恭毕敬的。

掌尺的师傅原本藏着掖着，不想传授自己的看家本领，他怕有人抢他的饭碗。可架不住楚国雄这小子鬼点子多，今天摸出包烟，明天送来两个香甜的桃酥果子，变着法子哄师傅高兴。

为了讨好师傅，学到找金脉、辨走向的看家本领，楚国雄甚至写信向楚国福和国杰求助，这俩伙伴没让楚国雄失望，他们从部队上，给他邮来了本地难得一见的饼干、一小卷一小卷的山楂片等，那时候的农村，压根儿见不到这样的稀罕东西。

这些东西，楚国雄一口没舍得吃，也没让自己的老爹看见，而是今天一点儿，后天一点儿，悄悄送给了掌尺师傅。

从对楚国雄不屑一顾，有所戒备，到几天不见国雄，就像缺了点东西，楚国雄和掌尺师傅的关系，就这么一点一点热络起来。

　　最后，师傅心里长叹一声："罢了，我家里也没有儿子，这碗饭也带不走，早晚还是得传个徒弟，便宜楚国雄这个小子吧！"

　　这个掌尺师傅没有想到，他的一点善念，为自己赢得了一生的尊荣。楚国雄发迹后，自始至终善待自己的师傅，包揽了师傅家里的大事小情，就连师傅的身后事，都被徒弟张罗得比一般人更为隆重。

　　等到辨识金脉的经验学得差不多了，楚国雄便脚底抹油，溜之大吉了。

　　楚国雄是出了远门浪荡，当了"盲流"！

　　楚国雄其实压根儿没有目标，他唯一的想法，就是走出去看看外面的世界。在黑黢黢的井下当地老鼠，就这么悄没声息地在采金队干一辈子，他绝对不甘心。国雄告诉自己，真要当地老鼠，那也得到外面闯荡了之后！楚国杰、国福和国华，都能出去见世面，凭什么他楚国雄，就得在招远憋屈一辈子？

　　罗山乡亲朴实厚道的居多，突然出了个这么游手好闲的东西，不说别人看不惯，就是楚国雄自个儿的爹都受不了，这个儿子，他已经管不了，提起国雄来，国雄爹也是骂骂咧咧。

　　楚国雄这个年轻人不本分、不着调，好人家的闺女，提都不用提，南庄北疃的人，没有哪个好姑娘愿意嫁给他。

　　楚国雄的爹好不容易央求媒人给撮弄个姑娘，看人的时候，楚国雄双手插在裤子口袋里，进门晃荡一圈，扫上一眼就走，不用说打招呼，连个飞花都不肯闪一下，礼貌全无。一来二去，楚国雄娶妻，难上加难，媒人都不愿意替他保媒拉纤。大家都以为楚国雄是个打光棍的货，谁知道，人家找了一个罕见的美女，还比他小八岁！

　　如果说楚国福的媳妇，相貌还有些争议；那么楚国雄的妻子，从头到脚，几乎无可挑剔。看着国雄如花似玉的新媳妇，伙伴们暗暗佩服，别说人家楚国雄的眼睛长在头顶上，他的媳妇就是一等一的好模样，要个头有个头，皮肤白白净净，罗山底下还真挑不出几个这么好看的女人。更重要的是，楚国雄娶媳妇、盖房子、屋里摆的家具，没花他爹一文钱，都是人家自己挣的！

楚国福满眼羡慕地打量着国雄的新家，这不正是自己想给媳妇的生活吗？他不眼馋国雄的媳妇，他有心仪的女人，可他从心里羡慕楚国雄家里的富裕。

楚国福回到家里，打量自己简朴清贫的小家，有些愧疚，也有些惆怅，媳妇正在用抹布擦洗锅盖，尽管上面一尘不染。楚国福从后面搂着自己的妻子："媳妇，你别擦了，陪我躺一会儿吧！"

楚国福搂着老婆倒在炕上，胳膊插在媳妇的脖颈下面，并没有像往常一样动手动脚，妻子问："国福，你咋了？"

楚国福仰脸长叹："我要使劲儿赚钱，让你要啥有啥！"然后，他把国雄的话原原本本说给妻子听。

妻子眨巴了几下眼睛，一骨碌坐了起来："国雄的钱，肯定是从罗山倒腾出来的，你说他是不是在悄悄挖金？"

楚国福一拍脑袋："对呀，不挖矿石不捣鼓金，国雄干啥营生，能弄来这么多钱？怪不得他会拜罗山！"

"拜罗山？真心拜山的人，哪会给山掏心掏肺，开膛破肚？"国福媳妇一脸不屑，"叫我看，他拜的是金，不是山！"

楚国福突然坐了起来："你还别说，国雄这两年不跑广州了，他从外地带回十几个人，成天在山上住着，可能就是在捣鼓黄金矿石！"

楚国福握紧妻子的手："从国雄那儿往回走，我还在思谋，是不是也想办法，到采金队里挖金抠小线，挣点补贴钱呢！"

"找也没用！书记但凡有点公德心，你早就端上公家饭碗了，也用不着在队里推小车！听说卫生局和供销社调你出去，都被他拦挡下来，把他自己的闺女和小舅子安排出去上班了。"国福媳妇轻易不会动怒，但街上听来的传闻，肯定不会是空穴来风，她早就替丈夫窝了一肚子火。

"有件事情，我也想了好几天了，正好跟你合计合计。"国福媳妇正儿八经坐直身子，盘起双腿。

"啥事？"国福跟妻子恩爱有加，听说妻子要说正事，国福赶紧正经支起耳朵。

"大队的粉坊赔钱，停了好几年，听说村里打算叫行，用不了几个钱，就能拿到手。"媳妇眨巴着眼睛，一脸期盼。

"你想承包粉坊？"楚国福大吃一惊，"粉坊汤里水里，没一样轻松活儿！过去大队开粉坊，是为了处理吃不了的地瓜，过年给村民发点东西，你开粉坊做什么？"

楚国福亲了妻子一口："媳妇，挣钱的事儿交给男人！"

"讨厌！"冷不丁被袭击，媳妇"啪"地拍了一下国福，"实话实说吧，村里的粉坊，我是志在必得！"

"老婆啊，你要想买花戴，我当裤子也愿意给你买！"楚国福不解地皱着眉头，"你要粉坊做什么？过去十个村子，有八个村有粉坊，这些年是倒闭了不少，可一个公社还是有好几家，全县就更不用说了，你想承包粉坊，漏了粉条卖给谁？"

楚国福掰着手指头一家一家说给媳妇听："睦邻庄、大郝家，台上……"

"那些粉丝厂，我都去看了，哪家粉坊的地角也不如咱村！"妻子很认真，"咱村的粉丝厂离大集不远，腊月赶集的人海海的，龙口、莱州、栖霞的人都跑到招远买粉丝，再加上罗山上有这么多金矿、这么多外地工人，每天大白菜炖粉丝、火锅捞粉丝、白菜心拌粉丝、粉丝萝卜丝，一年能卖不少！"

"集上那么多卖粉丝的，人家还能只买咱家的吗？"楚国福觉得有点好笑，这么聪明的媳妇，也有头脑简单的时候，"龙口就没有粉丝了？还是莱州没有？"

"真叫你说对了！龙口粉丝的正宗产地是咱招远，不是龙口！"国福媳妇信心满满，"龙口、莱州人很少做粉丝，市面上的龙口粉丝，几乎都是咱招远人做的！"

国福媳妇一脸自豪："龙口粉丝的正宗产地，就是咱们招远！"

龙口粉丝的正宗产地是招远，不是龙口？楚国福愣了！

"没做过粉丝的人，不了解这些陈年旧事，很正常！"国福媳妇言之凿凿，"我家不一样，招远最早做粉丝的人，就是我们老徐家，已经有三百多年历史了，这些底细，我们家的人最清楚！"

"龙口人为啥不做粉丝？"国福一头雾水，"他们不会学吗？"

媳妇笑了："过去的粉庄技术保密，轻易不外传。一口大缸能不能出来好粉丝，全凭经验。粉浆凉热和用浆量稍有差池，漏出来的粉丝颜色就不一样，粉丝傻白，没有亮儿不说，也会酥条，不耐煮，色泽、口感都不行。如果遇到'倒缸'，粉坊就会血本无归，哭都纳不成腔儿。招远成器的粉坊，家家有祖传的'扶缸'技术，技术传男不传女，外人不用寻思学。就因为这个，俺家大粉坊曾来过一个龙口姑娘，女扮男装进粉坊学技术，一来二去和粉坊大师傅好上了，老掌柜严防死守，不肯点头，最后姑娘上了吊，小伙出了家……"

　　楚国福大吃一惊，还有这样的事？

　　楚国福从不关心也没涉足过粉坊的事，对粉丝行当知之不多。

　　提到粉丝行当，国福的妻子神采飞扬。

　　午后的阳光从微启的窗户上透了进来，打在妻子的脸上，妻子狭长的凤眼含着笑意，滔滔不绝，嘴角小小的酒窝时隐时现，楚国福的精神渐渐散漫。妻子依然沉浸在回忆中："我爷爷家开过大粉坊，我姥娘家能卖出半个招远的粉丝，是最早把粉号开到了香港、台湾，甚至远销国外的人，我娘家有不少亲戚，现在都在国外，以前都通信儿。"

　　对于祖辈的粉丝生产经营历史，妻子非常自豪。

　　提及现状，她满是惆怅："鬼子来了，世道乱了，我爷爷家的粉坊败落了。可爷爷留下的房子好，家里还有几件柜桌和大缸，就被划成了富农。"

　　国福媳妇低头看着国福："开粉坊，我家最不缺的就是通行的人才，大家从小都是在粉坊长大的，收料、验货，漏粉、挑粉，随便找个人问一问都能说出一二来，大师傅也是现成的，要是把这些人才、技术利用起来，咱家的粉丝，将来说不定也能卖到香港！"

　　国福媳妇憧憬祖上曾有的发达，她意兴盎然，一低头，见国福有点心不在焉，遂用指头戳戳国福："我说了一箩筐，你听见了几句？"

　　楚国福一回神，发现媳妇不悦，他一骨碌爬起来，双手搂着把妻子扑倒："我听见了，听见了，媳妇，你想把粉丝卖到香港！放心，别说粉丝，你就是想上房揭瓦，我也会在后面托着你！"

楚国福嬉皮笑脸，手伸向媳妇："还是先来三百下，三百下！"

"讨厌，拿开你的熊爪……""子"字还未出口，嘴就被楚国福堵住了，国福的手顺势伸进妻子上衣，暖暖的大手在柔软的小腹上转了几个圈，妻子的下身就开始发胀。

妻子满脑子粉丝，心事重重，长腿像风暴里的树枝东摇西摆。

楚国福急了，一只胳膊夹着媳妇的双腿，伸出另一只手在她屁股上笑着拍了两下，妻子扭身戳向国福的腋窝，依然不肯就范。俩人你来我往，笑作一团，笑着笑着，妻子慢慢开始呻吟。

女人爱到极致，温柔如水。

国福心身沉沦，一吻再吻。

国福的爱，每一场都是誓言，仿佛就是要一遍遍告诉妻子：此生，你是我的心肝，我的宝贝。心甘情愿的爱，仿佛一朵花儿从半闭到全盛，自有灵性。五官、腰身和四肢，全都可以化作无声的语言，妻子眼神迷蒙，全心全意，口中呢喃："换换，换换姿势。"

楚国福也不起身，一手搂着妻子的肩膀一手搂着屁股，一个侧转身，妻子翻身而起伏在国福身上，温存了一会儿，妻子开始像草原上的英雄，纵情驰骋。

国福轻声示意："等一等，慢点儿……"

人在忘情的时候，不要说嘴和腰，就连脚趾都想缠绕在一起。楚国福再着急，也都要先把妻子送上云端，自己的喷泉才一高再高，赶着追上去。家徒四壁怕什么？房子和家具，都是显摆给别人看的，一对夫妻爱与不爱，自己最知道，夫妻同心，幸福快乐，比什么都好。

从相遇到相伴，国福一直是别人口中的媳妇迷，只要怀里搂着媳妇，他就开心无比，哪怕外面天塌地陷，国福也不在意。

在世俗的眼里，这俩人的婚姻压根儿就是不对等的。

楚国福是别人口中的一根筋，缺心眼：军官撸了，皇粮飘了，一辈子脸朝黄土背朝天，再也没个出头机会。你说说，这要是提了干，当了军官，什么样的好姑娘不任他挑着找？

乡下没有人知道，国福的媳妇是个心气有多高的女子。

楚国福媳妇喜欢读书，她看过《三国演义》《红楼梦》，里面的诗词她差不多都能背过来，有些段落还是屏息静气读完的。书中的有情人，多半是什么话都不用说，一眼就会在人群中认出对方，心照不宣地避开所有的人，眉目传情，这些情景她在心中不知道憧憬了多少遍。

现实中，国福有情有义，可街上什么难听话都有，自己差点儿被唾沫淹死。一个姑娘本应喜悦待嫁的心，成天沉甸甸的，像被塞了一把麦芒，左右都是扎心。自己样样不差，处对象却被人挑挑拣拣，遭人嫌弃。两个人都要结婚了，公婆还是哭天抹泪反对，就差上吊。爹娘本应欢天喜地嫁闺女，扬眉吐气做泰山，他们小心翼翼地做了家具讨好亲家，可亲家连面儿都不肯瞧一眼。如果不是楚国福死心塌地，自己的心够强够硬，俩人早就散了。要是换上个性格软弱的姑娘，如此这般走进婚姻，心里怕是拔凉拔凉的，跳海的念头都有了！

按照规矩，招远人在嫁女儿之前，只要男女双方看对眼，媒婆要带着女方的七大姑八大姨，先行到婆婆家里"看家"，公婆全家要提前洒扫一番，以最高的礼遇接待。看家当日，公婆要诚心诚意给姑娘备足礼物：黄金首饰一套、现金若干，衣料、被面等等。除此之外，还要给女方的七大姑八大姨，每人准备一个红书包，里面装上喜糖、喜烟和喜酒，作为男方一家人的馈赠，馈赠越多，代表男方越有诚意和经济实力。

女方之所以要带上关系最亲密的一干人去男方家里看家，主要是人多心眼多，帮着姑娘掌眼，除了考量男方家里的经济条件，还要从男方家庭的待人接物，从对方的一举一动中，分析男方家庭的持家习惯、家人的相处方式和儿女的教养。看家之后，一拍两散的亲事不是没有；女方如果在媒人的见证下收下过礼，两家的亲事就算八九不离十了。

他们的婚礼是个奇葩：两个人结婚证都领了，可结婚那天，公婆还是冥顽不化，没有一个人到场，更不用说祝福了。她的爹娘趁着夜深人静，把锅灶入柴口底下的灰坑扒了又扒，撬出两块砖头后，小心翼翼地拿出一个包裹。爹娘交给女儿女婿一个金手镯、一条金项链、一对金耳环作为陪嫁，这个原本大有前途的小伙子，为了富农女儿丢了皇粮，老两口心知肚明。

这套黄金首饰，是三嫂娘家的私藏，实属来之不易。

徐家祖上做生意，深知时代变幻意味着生活的流离颠沛，在战乱来临之前，就把家里的房屋、田地、商铺等固定资产紧急兑换成金银，这些金银分成了几份，分别交给后代用于避险。

徐家有些儿孙没有听从祖训好好收藏，到底遗失了；有些金银财宝被后人远走高飞，带到了外国；还有些后人，遵从祖上嘱咐，小心翼翼地私藏起来，一直保留到了现在，三嫂的爹娘是后者。

女儿大感意外，她不知道爹娘的手里还有这样的好东西。

爹娘解释："咱们家老祖说过，乱世藏金，盛世修史，钱再多，也别置买玉器，那玩意儿，世道越乱越卖不出去。家里备下黄金，大难来临，可以带上黄金随时远走高飞。手里有金就是钱，走到哪里都有重建的本钱，不愁无法立足！"

除了送金当嫁妆，爹娘这是想把祖传的经验教给女儿女婿。

楚国福一口拒绝："爹，娘，这些金子我们不要！我娶的是老婆，不是金子，要是想靠丈人发家，也就没有我俩的缘分了，您老的心意我领了，请放心吧，我娶得起妻子，就养得起老婆！"

楚国福不要老丈人陪送的金首饰，也坚决不肯让妻子要。

妻子也曾提醒过国福："媳妇可以随便找，爹娘就一个！"

楚国福振振有词："你看着谁家里的爹娘，能跟着儿子过一辈子？"

妻子一再追问国福为什么执意要跟她结婚，楚国福就仨字，嘎嘣脆："我愿意！"

国福媳妇是听见大家挤眉弄眼嘲弄国福每天给媳妇"揉三百下"时，才恍若梦醒的。她终于意识到，男人对自己的宠爱，要多离谱有多离谱，这才完全转了性子，死心塌地对国福好了起来，这"三百下"，成了楚国福夫妻求欢的私语。

一个有款有型的男人，坚定地爱着自己，反倒被逼至卑微的境地，毫无希望。你当国福的妻子，是真不懂事吗？当她把这一切看在眼里和心里的时候，女人天性中的保护欲望，就被激发出来了，就在那一刻，妻子已经是一只睡醒的豹子了！

在肉体上，她把自己调整到最佳状态，以盛开的姿态迎合国福；在灵魂中，她早就被刺激得怒不可遏，一份执念和欲望在她的心里日日坚定，像星火燎原，又像大树参天，她希望早晚有一天，楚国福会因为不顾一切迎娶了自己，活得扬眉吐气！

让嫌弃过自己成分不好的人后悔去吧！

我和国福一定会过得很幸福！

这是国福妻子心中的誓言，只是她从来没有说出来。

对于妻子想要的东西，楚国福绝对比自己的事儿还要上心。

楚国福抽空去转了一圈，粉坊大门紧锁，就找了个墙有豁口的地方，提身翻墙跳了进去。这座粉坊，有几间房屋的坝泥有滴漏的迹象，屋顶需要立刻倒岭，其他几间瓦房，撑不了几年肯定也必须掀了瓦，把铺在屋顶椽子上面的芦苇坝和草泥揭掉换新。

楚国福想了想，最好是一起换，如果开工之后再换，那更麻烦，不如开工之前，把这些房顶统统翻修一新。粉坊的院子铺了青砖，虽说长起了杂草，可用锄头刮刮就行。

粉坊墙垣外有一片地，本来平平整整的，当年是用来晒粉条的，一杆一杆的粉丝，搭在一溜溜的铁丝上，揪出几根能在嘴里反反复复嚼上半天。如今粉坊被弃之不用，不知道谁家在这里堆了几垛草垛，两旁竖起的水泥杆子，也是七零八落，失去了往日的阵仗。

饥荒年代，能吃的东西都是珍馐；生产食品的地方，更是圣地。国福反复打量这座孤寂而沉默的粉坊，还别说，他的心里真有些跃跃欲试了：这里曾经是一座热气腾腾、热火朝天的漏粉道场，如今荒草萋萋，再不启用，过几年就得塌了，那就可惜了。妻子如果真能盘活，让粉坊红红火火，也是一件令人欣慰的好事。

楚国福都有些笑意了，不就是漏粉挑粉、水里浆里累点吗？他别的没有，就是有把子力气。媳妇想把祖传的手艺捡起来，那就帮她捡起来，自己的媳妇自己娇贵，大不了别人家里夫唱妇随，他楚国福家里妇唱夫随！

承包村里的粉坊，需要多少钱？

叫行的时候，有没有人会跳出来，恶意抬价？

自己家里存的这点钱能够吗？从哪里再倒腾点资金？

楚国福心里没有底儿，有些睡不着觉了。这万一盘不下粉坊，媳妇该多难过？

楚国福本来是个从不多虑、倒头就睡的人，不会走一步看三步。遇到这个皇粮换来的媳妇，一切都不一样了，人称国福"媳妇迷"，一点儿都不假。楚国福是够不着，要是能够着，他不怕上天去给妻子摘星星。

第四章

　　楚国福的家是把一座旧房拾掇了一下，当然不能与楚国雄的高墙大屋相比。这座房子，趴在村里一排老房子中间，本来不甚出眼，可自从国福夫妇住了进来，想找他们家，还真是不难。

　　村里很多人家的门口，草筐子、菜篓子、柴火、鸡窝，不能说要啥有啥，肯定都是凌乱不堪。大伙儿都叫农活累得不轻，这些边边角角的事，没人愿意花费心思。除了过年过节，娶妻嫁女，他们才会拿起铁锹扫帚整理一下，平时由着它去，没人投入精力去清理。

　　楚国福家门口的柴火堆得整整齐齐，规规矩矩。国福当过兵，干净利索，这事他已经习惯了。他家门口种着两株漂亮的月季，一株黄色、一株红色。黄色的轻柔飘逸，颜色会由橙至黄然后随着花儿的盛开，颜色逐渐浅淡，那是一种令人陶醉的轻柔；红色月季颜色比较深，花瓣像绒布一样，稍显厚重。国福媳妇喜欢花，年年修剪，年年分权，根部最粗的枝条，都有几公分粗了。

　　走进院里，院子规规矩矩铺的卵石小径，从大门口向内，在照壁处拐了一个弯，直通正屋，把院子一分两半，东面是水井，小巧的菜畦，种着韭菜、水萝卜和一些不知名的小苗苗；窗外的石榴树，从五月开始开花，枝上有的花儿已经结出了小石榴，有的花儿还在枝端翘着盛开，厚厚的花蒂吐着轻柔的花瓣，如同娇艳美好的人儿立在那儿一样。

楚国雄推门而入的时候，国福媳妇正伸长胳膊往晾衣绳上挂衣服，纤细的腰肢、伸展的双臂，阳光从翘起的指缝穿过，与石榴花、绿油菜一起落在国雄眼里，楚国雄脑袋里五花八门的想法，瞬间被这幅恬淡舒适的画面赶走了，他内心一动，话立马从嘴边溜了出来："三嫂子，你长得是真好看哪！"

　　回头见是国雄，三嫂嫣然一笑："恁三哥用皇粮换来的媳妇，不好看也对不起他啊！"

　　"真想对得起三哥，你就快劝劝他吧！"楚国雄走进屋里，骗腿坐在炕沿上，"真快叫俺三哥急死了！"

　　"啥事把你急成这样？"三嫂不紧不慢地端上木盘，上了一茶壶。那茶壶是个陶瓷的，上面有一个胖娃娃从壶身上凸了出来，壶身上方还圈了一圈明晰的金线。这把茶壶，是三嫂从娘家带过来的，造型并不多见，厚而不憨的样子，比起国雄家里那套轻盈的玻璃茶具，沉稳多了。

　　三嫂手执茶壶，轻缓地冲茶、泡茶，指尖翘在阳光下，犹如兰花。楚国雄在那一刻，不知道为什么，自动闭上了嘴巴。

　　楚国雄安安静静地看着三嫂缓缓冲茶，一股若有若无的茶香，自在，入心，与户外的阳光正好接轨。多年以后，国雄还能想起这个画面，三嫂的手指并不长，那手的手背肉肉的，指根处连着几个肉坑，妥妥的小手抓宝的样子。

　　此后经年，楚国雄喝过无数次茶，几万、几十万一斤的上等好茶都有，自有分门别类的茶器相佐，有举止无可挑剔的茶艺师专门执壶，楚国雄都没有找到第一次看到三嫂冲茶倒茶时的恬淡和宁静心境。

　　一直到年过半百，国雄才醒悟过来：茶叶味道与价位有关；人身上的气场，与内心的底气有关，修炼不到，装扮无用。

　　三嫂壶里泡的茶，都是山里常见的寻常东西，山民看都懒得看，更别说采摘了。也就三嫂有心，随手采摘收拾回家，洗洗晒晒，就成了壶中的茶。三嫂的习惯来自娘家，她娘家的祖上有买卖人，买卖人谈事，就看能否喝好这壶茶。久而久之，喝茶成了三嫂娘家的生活习惯，自是尝到了喝茶、品茶的妙不可言。

嫁给楚国福后，不管家里有没有客人，三嫂都天天冲茶给国福喝。开花的蒲公英、经霜的桑树叶、金银花、野菊花、野山楂，都是山上顺手扯回来自家晾晒的。楚国福本是个喝凉水长大的孩子，婚后三嫂说啥他听啥，原为顺从老婆，现在喝得有滋有味。无论冬天、夏天，还是热乎乎的茶水，喝下去舒服。

国福这两口子习以为常的事儿，倒让过来串门的邻居有些拘谨。山里人去东邻西舍家串门儿，想喝水直接奔到水缸旁，拿起葫芦瓢舀出半瓢水来，直接对着嘴咕咚咕咚、敞敞亮亮大口喝，解了渴才抬头。喝不了的水转身"哗"地泼在院子里，不待那水润进泥土，就回过头把瓢"啪"地丢进水缸，哪用什么热水、热茶招待！

就是国福家的，不过年不过节，又没有官家、媒人、老亲家之类的重要客人登门，再忙再累，一年到头有闲心去置办这些东西，忘不了拿起竹皮暖壶泡茶喝。人家说喝凉水容易伤肚肠，国福嘴上说喝啥都一样，可到底随了媳妇的习惯。

"再着急，也先喝口茶，定定神儿，慢慢说！"待茶汤伺候周全，三嫂才款款落座，不紧不慢道，"你三哥有啥不周到的地方吗？等他回来后，我问一问他！"

"俺三哥昨天晚上跑到我那里，说要拿两个钱，把村里的粉坊兑到手。"楚国雄端起茶杯，迟迟不喝，看样子他是真着急了，"咱村粉坊换了几班人马，要是能干好，早就干起来了！村里干不下去，才考虑外包！你说说，三哥这不是胡闹吗？！"

"我好说歹说，三哥就是放着罗山上的金子不去挖，偏偏相中了粉坊！我知道三哥从小一根筋，怕他吃亏，劝了半天，他油盐不进，王八咬犀一样，就是不松口！"

楚国雄对村里的粉坊不屑一顾，一不留神爆了粗口。

"你咧咧些啥？"三嫂举起扫炕的小笤帚，"好好说话！"

眼见三嫂有点儿愠怒，楚国雄突然想起这漂亮的三嫂，也是三哥咬住了不松口才叼回家的，他嘿嘿笑了："我错了，我错了，三嫂，别生气，别生气。这些都是在山上挂在嘴边的粗话，我真是着急了，才专程下山找你，要是别人，我才没有闲心管这事！"

三嫂一声不吭，静待楚国雄说下去。

楚国雄长叹一声："跟你说句心里话吧，三嫂，俺哥儿几个从小一块儿长大，国杰和国华如今都在外面，我家就我一根独苗，和三哥不是亲兄弟，胜似亲兄弟！三嫂，咱们罗山'尖斗砂子平斗金'不是传说，是确有其事，否则国家也不会派四五千人常驻罗山来挖金。你们在山下都不了解情况，我在山上最清楚：罗山已经有不少外地人在捣鼓金儿，'浙江敢死队'的人最多，还有'四川熊''福建狼'，他们都吃住在罗山，闷头发大财。说是给矿上干活，其实没有一家施工队手脚干净，大部分连干带偷抓挠黄金，也就咱罗山的人不开窍，守着满山的黄金，不知道上山刨黄金！"

楚国雄不掖不藏："这几年我为啥不跑广州，白天黑夜在罗山？我是从外地招了十几个人，给我在山上抠小线。这些矿石的成色，最少五六克，好矿就更不用说了，明金也常见，砸砸淘淘，哪天也能出几百元。"

三嫂将信将疑："在罗山挖金来钱这么快？"

"黄金挖出来就是钱，来钱当然快！"楚国雄说，"干粉坊活儿累死个人，一年到头才能挣几个钱？"

楚国雄是真心不看好粉丝厂，收地瓜、收豆子、推粉、晒粉、漏粉、晾粉，好不容易出来成品，还得赶集卖出去，才能见到现钱，这钱来得太慢，太慢。

楚国雄心里如今思谋的全是黄金："三嫂，我打算好了，在咱村东洼，上一座三十吨选厂，收矿石，推金子，到时候山上挖矿挣一份，山下推金挣一份。叫俺三哥啥也不用干，就去给我当厂长，看选厂，我保证三哥发财！可俺三哥说，他看好粉坊了，高低不应，一定要去跳粉坊那个火坑！"

国福媳妇给楚国雄续上水，沉吟半晌，她问："难道山上没有人管，随便挖吗？要是人人都跑到山上，你挖我也挖，好好的罗山不就毁了吗？"

"毁不了，也管不住！"楚国雄斩钉截铁，"到罗山挖金的人，以后只会多，不会少！罗山的金子多，瞅着山上的人也多！挂锣橛东南是'玲珑背'，玲珑金矿就在'玲珑背'下面。过去不少朝廷都在这个地方采过金，日本鬼子来招远，不住县城直奔罗山，都是因为这里的黄金忒厚！”

提起罗山的黄金，楚国雄眼里的飞花都像是有了光彩：“‘玲珑背’都是富矿，石头的颜色就像这杯茶水的颜色，浅淡不一，就像一条龙盘在罗山。反正恁兄弟我是认定了：这辈子，我哪里都不去，就靠在罗山，挖金子！”

“你的人都在玲珑背吗？”三嫂慢条斯理地啜了一口茶。

“那哪行！”楚国雄摇摇头，“罗山最好的地方，都叫国家和县里占了！不过，罗山这几年我摸得差不离了，想吃好矿有的是！”

楚国雄伸出中指蘸着茶水，在盘子上一边画，一边给三嫂解释：“整个罗山区域，东部有三条大金脉：最西面从金矿局办事处也就是玲珑山西麓，一气儿到东边大云顶东南山腰儿，是露头矿，有两千五百多米，西侧就是罗山东南麓，这里面到底藏着多少矿，没法估计！第二条金脉是从大云顶南麓到东南麓出去，有一千二百多米，露头是褐色的石英石，这条脉现在还没有采。第三条是从大云顶东麓的乱下石，经过高楼涧、道士涧、土青口、大汪狼涧一直到双顶东南麓，有一千五百多米，露出头的铁帽是赤褐色！”

“不就是一千多米、两千多米长的金矿吗？能采多少天？还是能采多少年？”三嫂对采金一窍不通，跟不上楚国雄的思路。

楚国雄哭笑不得：“三嫂啊，这是金矿矿脉的露头部分，没露头的都在山里！往下采，谁都不知道还有多少米深，山都有根，不知根深！”

三嫂依然默不作声，楚国雄如数家珍：“光大云顶东面的那条矿脉，就有好多明朝留下来的矿坑，在铜碃、雀眼、蒋家羊、破头顶一带，破头顶的露头矿被全部采竭了，招远金矿局的采矿区，现在就在观音沟。”

看着楚国雄眉飞色舞、信心满满的样子，三嫂心里暗暗感慨：“真没想到，国雄对罗山的黄金这么有眼力，这哪里像个懒汉？”

楚国雄对罗山算是摸透了：“我刚才说的这些黄金矿脉，是在罗山东面金玲珑一带。整个罗山，其实到处是金脉，罗山西部区域，探明的金矿脉大体是从东北偏西南。一条在金矿局办事处偏点，西南老爷帽以北，一条在办事处西面红石崖至老爷帽，还有一条是办事处西南的井湾坡至老爷帽南侧。从金矿办事处西部经过西山井湾坡到老爷帽以南，西山上盘和矿脉之间，青泥用肉眼就能看见，这条矿矿脉长，品位高。井湾坡西南到东北有一块露头矿，也就是老爷帽和井湾坡这一带，还有好多好多矿，都没有开采！"

楚国雄的话终于引起三嫂的兴趣："罗山上到底有多少矿？啥叫'青泥'？"

"罗山的矿脉像树杈，多的是，一时半会儿说不完。青泥用嘴我也跟你解释不清楚，反正出青泥的地方，矿石的品位肯定高。欧家夼大台子到欧家夼北的红青附近，品位都很高，这个矿区的马山、红青南的老鼠沟，大台子南的白石山、经山，都有旧坑。有旧坑的地方，以后说不定还会出矿。直到现在，罗山上也有好多地方，压根儿没探过，应该还有好矿！"罗山已经探明的矿脉，楚国雄都想办法打听清楚了，如今装在国雄的肚子里，他愿意和眼前的女人分享。

"你的坑在哪里？"三嫂冷不丁问，"在'玲珑背'上吗？"

"嘁，金玲珑，玲珑背那块风水宝地，过去日本鬼子占着，现在国家占着，就连咱们县里也不能过去挖！那边的资源全部控制在国家手里，有好几千人在干活，听说归国家冶金部直接管！"楚国雄皱着眉头，"那地方真是风水宝地，光金玲珑山里就有八个矿坑，七个是直坑，一个是斜坑，都被圈起来了，除了国营金矿，外人休想去啃！"

"你的矿坑在哪里？"三嫂追问，"罗山好像没有你不知道的地方！"

"哪儿有好矿，哪儿就有我的人马！"楚国雄笑了，他避重就轻，就是不提具体方位。

楚国雄想在山上弄到好矿，办法有的是。

只是那些手段见不得光，楚国雄不能跟三嫂说得明明白白。

楚国福娶亲，唯一投了赞成票的，就是国雄。

公社副书记的闺女，楚国雄见过，长得是挺白，但俊不到哪里去，腚大腰粗，不好看。找老婆不是买衣服，说脱就脱，想扔就扔，老婆找回家要看一辈子，肯定要找个顺眼的。楚国福娶了富农的女儿，国雄心里也松了一口气，他生怕国福扛不住，娶了公社副书记的女儿。

"你说说，你是咋想的，会到山上去挖金？"三嫂的眼睛里像是含着笑，许是三嫂家里的花草茶，许是三嫂阳光下淡淡的妩媚，楚国雄打开了话匣，心里的话像小河水一样，哗啦哗啦流淌。

楚国雄瞅上了罗山，心里不是没有谱，更不是没有准头。

楚国雄当初往外跑，是有个强烈的愿望，他想见见外面的天日。如果说放弃读书，是楚国雄人生中的第一个决定，那么，他人生的第二个决定，就是离家出走去看外面的世界。

楚国雄是看到他爹卖了两头肥猪，才下决心一走了之的。到了火车站，国雄根本没有具体目的地，直觉告诉他，去最远的地方看一看！他选择了中国最南方——广州。

广州的对岸是香港，到底和北方有些不一样。

楚国雄靠着一腔不满和满心不甘，一头扎到了祖国最为繁华的前沿。初来乍到，满眼都是郁郁葱葱的树，有一些树，居然像长了胡须，啰嗦了一地。

广州比招远县城大多了，新奇的光景也特别多。最令楚国雄吃惊的是：这里的男人居然也戴金首饰！女人戴个金戒指、银手镯在罗山不算稀罕；男人身上戴首饰，楚国雄最起码在招远从来没见过。

楚国雄一想，老话有"三里不同俗"的说法，这都跑出不止三千里了，习惯不一样不算啥事，可看见男人脖子上晃动的钢镚大小的金坠子，他还是抑制不住自己的好奇。楚国雄不打听还好，一打听，他瞠目结舌：广州的金价比起招远当地的黄金收购价格，要高出好多！

没有比较，就没有伤害。得知广州市面上的黄金价格，楚国雄差点儿蹦起来，心里像是被狠狠砸了块陨石，砸了好大一个坑。如果说冥冥之中，有什么在指引楚国雄的话，无他，就是黄金。

楚国雄的第一个念头就是：要是把罗山的黄金，卖到广州就好了！在罗山，聪明的老娘儿们都知道在集上贩卖鸡蛋，挣点零花钱贴补家用。楚国雄脑瓜转得快，在他看来，贩卖黄金和贩卖鸡蛋一样，都是这头拿来那头卖，无非广州路途遥远，可是比起鸡蛋，黄金便携多了，也金贵多了。

楚国雄坐在广州的街头想入非非，直到肚子发出"咕噜咕噜"的声响，才又回到现实。他的兜里真的所剩无几，眼下也没地方住，好在广州一点儿也不冷。路上的灯一盏一盏亮了起来，身边房屋的窗户都开始发出柔和的光亮，所有的树在灯下和夜色中，都有些影影绰绰，辨不出颜色。

楚国雄的双手插在裤袋里，站直身子仰头看着旁边那座四层楼上最高层的一扇窗户，一个念头突然跳了出来：他妈的，广州这么多的房子，咋没有我楚国雄的一间？

想象是一码事，现实中自己一无所有也是一码事。

漫无目的地游走在广州大街上，楚国雄瞅得最多的就是楼房，他想进去看看那些楼里面都是什么样子，会有什么光景。广州的样子他见过了，他还想知道这些大楼里面是什么样子，才能对得起自己一口气跑出这么远，国雄不想就这么轻易离开广州回老家，他的念头简单到傻里傻气：他觉得住在楼里的人，仿佛都能买得起金子。

前方有一座大楼，门口站着穿着笔挺制服的年轻男人，楚国雄怕被人家拦下来跌份儿，又有遏制不住想看的欲望。他灵机一动，兜里不是还有一包从家里带出来的青岛大金鹿吗？这是老家最贵的烟卷了。

楚国雄用手理理头发，拉了拉衣襟，挺直腰板，佯装镇定，面带微笑地径直走了过去。这包青岛金鹿香烟的魅力，超出了国雄的想象，顺利帮他推开了大楼的门。

这座大楼的卡拉OK歌厅正在招收男服务生。这是当地某机关的宾馆，里面铺着地毯，一间大房子里有卡拉OK，有闪闪发亮可以旋转的彩灯，可以唱歌，可以跳舞。楚国雄得到了广州的第一份营生，就是给这里唱歌的人，送酒水饮料。这座大楼的保卫科科长，纯粹是被香烟上的烟标吸引了，这远在几千里之外的青岛，他只见过明信片，眼见手里握着真真的青岛特产，难免开心，一开心，也就善心大发，把楚国雄当作亲戚带了进去。

楚国雄应聘的时候，站得笔直，眼观鼻，鼻观心，他害怕眼里的"飞花"被人发现。这一形象落在经理眼里，分明是一个谦和的好小子，再加上有保卫科科长的三分薄面，国雄顺利换上规规矩矩的白色衬衣、黑裤子，外面罩着黑色的马甲，他被留在了大楼的歌厅里。

有了足够的饭吃，楚国雄的心又不安分了。

或者说，楚国雄的心，从来就没安分过。

楚国雄在山里的时候，学会了想入非非，那时候他想的都是神仙和外面的世界；进了广州，令楚国雄想入非非的，却是罗山。

罗山的孩子，从小到大耳濡目染的都是黄金，对黄金有着天生的敏感和好奇。这种敏感与好奇，已经成为厚土里面长出的大树。偏巧，正是在广州，楚国雄亲眼见证了普天之下，黄金的巨大魔力。这个罗山长大的孩子，从此就笃信了黄金，开启了自己一生的黄金传奇。

不管走到哪里，谦逊地向先来一步的人请教，或多或少都会有所收获。知道广州男人喜欢在脖子上、手上戴黄金首饰，楚国雄有意无意地对领班提及，自己的家乡有座山，盛产黄金。其实他自己都不知道为什么要刻意提到这个话题，只是隐隐觉得：广州人这么喜欢黄金，盛产黄金的罗山仿佛能给自己长脸，远离家乡，罗山就是他的靠山。

楚国雄来自乡下，见识不多，实在找不出什么共同话题，家乡出产黄金，这边的人喜欢黄金，这就是话题。离开招远后，那座沉默的罗山，就是楚国雄内心最清晰的印记；至于他爹，楚国雄绝对没有牵挂过，耳边少了愤怒的指责，他的耳朵里清净着呢。

楚国雄投石问路，真的有了回响。

那天他坐在屋里发呆，领班跑进来捅捅他的肩，喜滋滋地对国雄说："你老家不是出黄金吗？'小香港'来了，他最喜欢戴金首饰。他一来，大家都有好事，走，我带你去见识见识……"

楚国雄见到了"小香港"，也见到了令他终生难忘的一幕。

"小香港"是宾馆服务员私底下起的绰号，他本名叫祝大同，香港人。此人老家在广东，爷爷那辈在香港经商，资助过共和国功勋人物，他有机会往返香港内地，在广东逗留时间比较长，结识了不少朋友。此人个子不高，看不出三十岁还是四十岁，英俊的方脸上，留着一抹小胡子，西装革履，穿戴确实不一般。

这次，小香港是陪着一个副市长过来的，副市长当天过生日，小香港要做东，替内地的兄弟庆祝一下。在这家宾馆最豪华的房间里，坐了七八个人，一个个器宇轩昂，十分体面。这些人在高档酒店吃饱喝足了，转战到歌厅，继续寻找欢乐。

领导过生日，一群人排着队祝贺，每一首歌都唱得真情实意，都是祝福，每个人说的话都极尽恭维。国雄想，这个副市长真是个好官啊，要不身边的人，咋会对他这么恭敬！这是楚国雄出生以来见过的最大的官，他忍不住偷偷多看了副市长几眼。

这个副市长不管是领首还是鼓掌都姿态端庄，非常文雅。领导正小口品茶，他不知道房间里还有一个不起眼的服务员，正一脸崇拜地悄悄观察着他。

小香港洒脱地挥挥手，音乐停了，他给副市长点上一根烟，自己也慢悠悠地夹了一支在手上，抬头说道："内地习惯说'丹心向阳开'，香港人喜欢说'花心春常在'，接下来看看，咱今天怎么给大哥庆祝生日！"

小香港再次挥手，一个美丽的姑娘应声走了过来，双手端着一个异常精美的四方盒子，盒子的盖是双层的，最上面那层是镂空的，透过镂空的盖子，还能隐隐约约看到下面的图案，这盒子看上去异常别致、精美，楚国雄心里倒抽了一口气。

楚国雄是第一次看见这么漂亮的盒子，不免惊讶万分。

楚国雄家里也有一对盒子，只不过那个盒子是用芦苇编成盒子形状，外面刷上一层厚厚的糨糊，粘贴了一层花毡纸，那对盒子早就辨不出颜色了，还在好端端地发挥储存作用。这样的盒子，国雄的家乡几乎家家户户都有，无一例外都是用粗糙的花纸糊成的，还是姑娘嫁人的时候，才舍得买上一对儿，寓意和和美美。出嫁当天，这两只盒子里一个装上小饽饽，一个装上几只精致的水饺，算是给新人准备的夜宵。这结婚的盒子因糊了新鲜的花毡纸，看上去花花绿绿非常喜庆，几年后褪色加上落尘，便陈旧不堪，家家户户却还是极为爱惜，都会把盒子保留一辈子。

这芦苇制作的盒子在当地，还承载着一件大事：父母死后，家里的房屋女儿是没有资格分配的，由儿子们均分继承。独独这盒子，里面不管装了什么，都是娘亲留给闺女的遗产，儿子不许沾手。"笸箩盒子闺女磕"，这是老家不成约定的习俗，娘死后，传下来的盒子只能女儿打开，挑选里面的东西。

眼前这个异常精美的盒子，看着就让人满心欢喜。楚国雄心想，这么漂亮的盒子才应该传给女儿！这盒子多体面！自家的花纸盒子陈旧不堪，围圈贴的黑色花边或许还掉了几截，断口处翘着、翻着、呼哒着，一点儿都不好看。

如此热闹的场面，楚国雄居然想起了老家用的陈旧的盒子，心里不免一阵黯然，他不知道眼前的盒子，也是纸糊的。这盒子和娘留下的盒子大小差不多，除了异常美好，还用淡淡的蓝色硬纱打了一个轻盈的蝴蝶结，楚国雄是个大男人，他都忍不住有一种想伸出手，去触摸一下这个盒子的欲望。

小香港微微一笑："这是兄弟我专程从香港带过来的，内地买不到，就为了让大哥笑一笑。笑一笑十年少，今天谁能让大哥笑了，就是有功之臣，盒子里的宝贝就归谁！"

大家眼睛不眨地盯着服务员小心翼翼地打开哑金色的盒盖。

小香港出了名的出手大方，给副市长祝寿，出手的宝贝肯定错不了，他们早就见识过小香港的阔绰出手，肯定不是惊喜，就是妙趣横生，大家一个个伸长了脖子，万分期待。

盒子一打开，楚国雄愣了。

这算什么东西？太恶心人了吧？！

楚国雄是第一次见到蛋糕，这只蛋糕上并没有堆砌的花朵，而是画了一个面孔和肌肉清晰可辨的男人。男人的形象逼真，茶色肌肤落在白色的奶油上，头是头，胸是胸，腹肌线条光滑，两条大腿根部，正好延伸到蛋糕边缘，那儿落着一团黑乎乎的毛毛丛，象征着这个男人的隐秘部位。

这个蛋糕，显然出乎所有人的意料，一阵惊呼之后，场面有些冷。大家面面相觑，都不知道如何接茬儿。小香港也不说话，他在卖关子，小香港抽出细长的烟卷，一一扔出几根，这才慢悠悠点上烟吸了一口，慢悠悠吐出一串串圆圈，吐烟也需要技术。

众人你看我我看你，都不知道小香港葫芦里卖的是什么药。

小香港巧笑："咋都不说话？都是男人，就这点胆子？"

"这是个男人吗？好像少点东西啊！"有人出声了。

"有钱不就是男人了吗？"小香港把烟蒂按在水晶烟灰缸里，伸出苍白的手指，从上衣口袋夹出一个金色的管状物品，一下子斜插在那丛黑色的毛毛中，"这是限量版名牌口红，外壳腰线镶嵌的是纯金，谁能围着口红舔一圈，让大家笑一笑，再把口红用嘴叼出来，这支口红就归谁！"

"嗷……呵呵……"屋里瞬间传出疯狂的叫声和热烈的骚动，小香港这个包袱，抖得忒他妈刺激了！他一出手，就给全场人打足了鸡血，就连隔壁的服务生也闻讯过来凑热闹。

楚国雄有些懵懂，他还不太明白小香港的意思，只看见小香港的手上，也戴了金戒指，金戒指的戒面又厚又大，像一只微型的小方桌，他的脖子上也挂了一条大大的黄金项链，像小指头那么粗。

楚国雄留心看了一眼众星捧月般的副市长，副市长不露痕迹地调整了坐姿，眼里隐隐的笑意一闪而过，表面抿着嘴巴，不苟言笑。

桌子上，圆柱形的口红闪着金色的光，冲外的一端尾部稍收，有点倾斜的样子，此刻斜斜插在蛋糕上男人的私处，恍若戴了金色套子的男根展翅欲飞，大有一飞冲天的阵势。不管是沙发上坐的男人，还是旁边坐着的女人，此时都伸长了脖子，一个个脸上挂满了兴奋。

楚国雄有些傻眼，也有些莫名的气愤，眼前的一切，早就超出了他的想象。他不希望有任何女人走过去，尽管他自己下身的小弟弟，也已经不由自主地翘了起来，像火箭一样，极想奔向浩渺的空中。楚国雄的目光紧张地扫过屋里年轻漂亮的女人，他觉得不应该有人站出来，他担心有人站出来。

楚国雄担心的女人中，唯独不包括那个面色严肃的女领班，这个女领班，从来都是一身漂亮得体的套裙，头发盘着漂亮的花样，化着精致的妆容。在楚国雄的心目中，这是一个高贵的女人。国雄在宾馆上班三个多月了，其他人迎面走过，都会点头微笑，唯独这个女人，一直仰着高高的头颅，从来就没有看过国雄一眼，连斜眼都没有给过一个。

楚国雄猜这个女人的来头一定很大，应该是掌管这里许多人命运的女神，她是高高在上的人物，不容亵渎。

"这么艰巨的任务，还是我来吧！"

一句笑意盈盈的话语，如同莺出山谷，婉转啼出。

楚国雄愣了，血往上涌，瞬间又像被冷冻。国雄傻眼了，这声音，恰恰来自那个高不可攀的女人！

她在大家未及反应过来时，面带微笑，应声而出。

"贝姐，贝姐！贝姐快来！"

"贝姐上啊……"笑声响起来了，爆燃。

在众人乐不可支的眼神中，那个女人袅袅娜娜，一脸风情地走向蛋糕，玲珑的身姿，像只优美的小鹿，令人生出一股想一把抱住的欲望。

楚国雄心里愤愤不平：妈拉个巴子，她竟然也会笑！

围在桌前的人们自动闪开，这女人从容得像女王登场，慢慢来到副市长坐着的茶桌前。她的双腿前后并拢，半蹲半跪在两个男人前面，妆容精致的脸蛋像花儿一样，旁若无人地凑到蛋糕前，两只柔若无骨的手轻轻张开……

楚国雄有些不忍直视，偏偏脖颈眼睛僵住一般，动都动不了，连眼珠都是直的。女人的举止依然曼妙、动人，她那顶着小卷短发的头左偏偏，右看看，几次伸出粉红的小舌尖，又几次打住，收回。她试图找机会下口，又要避免沾染奶油的狼狈，那动作落在众人眼里，像是蝴蝶在振翼，带着满屏的颜色。

一瞬间，笑声如浪，一声高过一声。

一声声笑语，都在助推这活色生香的画面，在这满满当当的笑声中，领班偏偏停顿下来，两颊飞着酡红，嘟起猩红的嘴唇，眼神带着星光从小香港的脸上扫到副市长的脸上，嗲声嗲气地来了一句："祝哥啊，这块金子，要是再大点就更好了……"

哄笑更加癫狂："贝姐，贝姐，快，快点啊……"

女领班不负众望，她的眼神如同猫咪一般一眯成线，再次伸出粉红色的舌尖，低头对准那支金色的口红，左舔舔，右舔舔，就在人们都屏住呼吸，心脏都悬挂起来的一刻，只见她迅捷如鹿，低头对准口红，晶贝般的牙齿咬住口红，连根拔起。红唇插着金棍，金棍沾着白沫，女人眼神迷离，仰头转了半圈，一一展示。那张粉面含春的脸，此刻带着迷离和慵懒，直接对向沙发上的副市长，金色的口红，宛如对方射出的子弹，瞬间被女人准确衔接在口中。

包间里人人都在欢腾，唯独楚国雄在心里咬牙切齿，不停腹诽。他简直绝望透顶，裤裆里抑制不住飞起来的二弟，竟然在不知不觉中败阵，蔫巴下来，裤裆里一塌糊涂。

这出活色生香的游戏，直接影响了楚国雄以后的人生。

楚国雄从此对女人没有太多的兴趣，只有金子，才会让他产生快感。黄金能拿住女人，也能拿住市长，黄金就是好东西，这一点儿都不奇怪。

这场金钱、权力和女人的游戏，让楚国雄对黄金的"认知"，上升到了一个前所未有的高度。在之后很多年里，楚国雄张口闭口都是："金子就是俺亲爹。"

楚国雄再次回到广州，已经是二十多年后，楼还是那座楼，曾助国雄一臂之力的保卫科科长快要退休了。

楚国雄扔给他一个纸袋，里面装了一万块钱，算是楚国雄的念旧和报恩。用钱能偿清的一切，就不必亏欠任何人情，这是楚国雄的原则。

没用半个小时，楚国雄知道了他想知道的一切。

当年的副市长后来成了某省的副省长，那个叫贝姐的女人后来成了一座地级市的副市长，权力炙手可热。再后来，副省长成了全国有名的腐败典型，跟着他要风得风、要雨得雨，从服务员开始登上政治舞台的贝姐，也随之被揭露出来。

楚国雄听了保安的话，挠了挠有点稀疏的头发，表面未置可否，心里在感慨：在山里开采黄金，一不留神会粉身碎骨；在官场掘金贪色，不知道自尊自爱，原来也会粉身碎骨、身败名裂。

"买大楼中最高的一层，俯瞰苍生"的欲望，楚国雄早就忘了，苍生与他没啥关系。楚国雄已经在国内外置办了多处房产，无须在广州买房，可楚国雄还是豪迈出手，买了两套别墅，别墅依山傍海，位置绝佳，这是某位大佬亲属开发的房产项目。

这位大佬，是替楚国雄镇守黄金大业的"太岁"；楚国雄的金矿，是"太岁"无须节制的提款机。售楼处的小姐姐暗中看了又看，没想到这个衣着简朴、其貌不扬的人，是一个真正的富豪。

第五章

楚国雄从广州回来后，他像根钉子一样，钉在罗山上。

楚国雄宁肯在山上支起三块石头架着个破盆，简单煮一把只放盐的面条，也不肯下山回家吃饭睡觉，国雄他爹管不了儿子，只好不管，就当没有这个儿子。

楚国雄一个人风餐露宿，默默在罗山里面扛了几年。他白天亲自下井抠残存的小线，夜里猫在简陋的工棚里休息，抬头就可以数天上的星星。

楚国雄那些年甚少在村里露面，村里人也不知道他在干啥。

楚国雄明明白白知道自己要的是什么。他有一个强烈的直觉，自己这辈子想要发达，唯一能指望的，就是罗山，就是黄金！

罗山上的金子厚实，几乎一踩就是一个金坑，随便找个废弃的金坑，耐住性子挖一挖，多少都能挖出点黄金矿石，几乎回回不落空。

广州给楚国雄上了一场关于金钱、权力和情色互换的课。

对国雄而言，那是开辟人生鸿蒙的第一场成人游戏。大地方才能见到大世面，成为楚国雄的另一份信念，等真正有钱之后，他一年有大半的时间，常驻的是北京。

拥有黄金，就拥有崛起的资本。

楚国雄相信自己狼一样的嗅觉。

楚国雄把自己从广州带回来的一袋子电子表、打火机，高价卖给了年轻人。然后拿出几块，送给了几个采金队队长，收购了采金队的黄金，他把这些黄金装在鞋里，缝在袄里，一次次带到广州去倒卖。

楚国雄一脸胡子拉碴地蹲在火车上，一个装着行李的破旧袋子拴在手腕上不离身，没有人会想到，这个浑身上下脏了吧唧，眼皮低垂、没睡醒一样的人，身上竟藏有黄金！

楚国雄收手不再倒卖黄金的原因很简单，那个年代倒卖黄金就是违法犯罪行为。国家禁止私人倒卖黄金，被抓获就要去坐牢。楚国雄认识的一个东北老客，常年往广州贩黄金，被抓住以后判了二十七年徒刑。楚国雄盘算了一下，要是自己被抓住判刑，关进监狱里面，罗山的金子就与他无关了。

这么些年的经历，楚国雄一直憋在心里，跟谁都没有透露过半点儿，他连国福都没有说过。国福为人太正，不能讲冒险的事情。

三嫂一壶接着一壶给国雄泡茶，他居然有了倾诉的欲望，他信赖国福，更牵挂国福，想说服国福倒腾黄金。

楚国雄跟三嫂掏心掏肺："三嫂，现在跟过去不一样了。国家不准私人贩金，可允许私人采金了！想要发财，你和国福真的不用干别的事情，赶紧到罗山抓金就行！不爱下井挖矿，到山下帮我看金磨，管选厂！"

楚国雄一边说着自己的故事，一边忍不住笑了起来："咱村的人都知道，恁兄弟我，就是一个懒汉！出大力的活儿，甭想我伸手！下井的营生太累，我现在是从南方招了几个老实听话的人过来，替我抠小线，我当老板，给他们发工资。三嫂啊，在罗山上稍微抓挠点，一个月比在山下干一年，挣得还多！"

"你的坑到底在哪里？"三嫂问楚国雄。

楚国雄挠挠头："我的坑多了，哪儿有好矿哪儿就有坑，我对罗山比谁都熟！"

"金玲珑那块地方呢？"三嫂打破砂锅问到底。

"只要想去，就能进去，老虎还有打盹儿的时候！"楚国雄抬起头，他干脆不再回避，他诚心诚意想让三嫂知道，自己绝对不缺矿石来源。

想拿到国有好矿石，说来也简单，里应外合就行。吃里扒外的事情，在哪里都屡见不鲜。说穿了，金矿内部也有想发财的人，在动歪脑筋，愿跟国雄合作，窃取好矿石，私下再分一杯羹。

楚国雄有矿石来源，他希望国福跟着自己干，替他看管即将投建的选厂。国福是一根筋，给他一钵子食，就会好好护着，眼珠都不会乱转一下。如果国福能到选厂，替国雄管理选矿出金，这比用任何人都可靠，山下选厂的事，也就用不着楚国雄操心了。

楚国雄想在山下投建选厂，并非心血来潮，而是权衡再三。

黄金矿石是含有黄金的矿石，必须送到选厂提炼，才能看见真金白银。选厂收购矿石的时候，首先要"打金色"。打金色就是按照矿石里的含金量，给出矿石价格。无非就是卖矿石，也有三六九等价格。

黄金按其成色，分为"七青、八黄、九紫、十赤"。

青色矿石为七成，黄色为八成，紫色（实际上为紫黄色）为九成，赤色为十成。纯净的黄金是没有的，所以才有"金无足赤"之说。《天工开物》记载："金登（蹭）试金石，立见分明。"这试金石是致密坚硬的硅质岩石，通常是黑色燧石、黑色硅质板岩，以质地细腻为佳，使用前先用布揩擦干净，涂上麻子油。

新中国成立后，一直到二十世纪八十年代，除了国营企业采用复杂的化学法和火试金精确测定金的成色，多数企业采用的都是经典试金石法。这种方式有个最大的不公平，就是人为操纵。检验矿石含金量，没有中间的化验机构，收购矿石都是任凭选厂单方面给出判定。山上的矿石多，随便挑，矿石收购价格，由买方单方面说了算。

罗山卖矿石的人对此怨声载道，却都敢怒不敢言。

这也是实在没有办法的事情，秤砣在选矿厂，黄金矿石送进去能出多少黄金，由选矿厂单方面说了算，对方说出多少黄金，人家就给你多少，没有任何商量余地。

你想要质疑选矿厂打金色不公平吗？

那就把矿石拉走吧，选厂不收你的矿石，爱送哪儿就送哪儿！

想赌口志气不卖矿石给选厂吗？这不可能！山上不平坦，归置矿石的地方有限，山上每天都要出矿，时间一长，矿石都没地方堆，还是要想办法赶紧消化掉。

卖矿石的人，总是在打金色这一关，被人紧紧卡住脖子，屡屡吃瘪，年年吃亏。采矿的人一年到头卖矿石，都要小心翼翼看选矿厂的脸色，吃多少亏也不能反驳，更不敢翻脸。这种窝囊气，别人能够忍受，楚国雄忍不下去，他要想办法跳出三界。

罗山的黄金多，采金点也多，好几十家采金队天天采矿，可是选矿的厂家只有两家。楚国雄睡不着觉，脑袋里转了几圈，心里就有了主意：自己投资建选厂！一边采矿，一边选矿！

楚国雄想好了，自家的矿石，自家提金。如果自采矿石选厂吃不饱，就收购身边的矿石，反正山上的采金洞有几十家，只要收购矿石的时候，厚道一点，不愁没人抢着送矿石。

一座黄金选矿厂是推矿石出黄金的地方，责任重大。

楚国雄肯定没有时间在选厂，他必须找个可靠的人在选厂盯着。只要国福肯到选厂，那就绝对丁是丁，卯是卯，有一是一，有二是二，不会出任何毛病。

推金也不是什么难事，不就是先碎再磨后拉溜吗？

罗山会推金、懂拉溜的人多了，有了这些人，又不缺好矿石，选厂笑嘻嘻挣钱就行。他楚国雄要做的，无非就是安排好地方，置办几台磨，做几架溜板，招呼几个有经验的老人教年轻人干活就行了。至于选厂厂长，楚国福就是最好的人选，国雄迫切需要和一个像国福这样的人合作。

楚国雄早就把选厂地址选好了，就在离台上村北不远处的山洼地带，那地方离水库近，抽水方便，更重要的是那个山洼地盘比较大，正适合做尾矿库。

楚国雄在国福家里，从头到尾，毫无保留地都说明白了，还是失望而归。三嫂听故事的热情很高，可她和国福一样，就是不肯点头，她是这样答复国雄的："兄弟，真对不住你，你三哥连粉匠都说好了，想撒手，怕是很难。"

国福媳妇一直没承认自己才是那个想作妖的主儿，她客客气气地把国雄送出门："你也知道，你三哥就是一根筋，十头牛也拉不回来，我尽量劝劝吧。"

"这倒也是，俺三哥就是犟！"楚国雄笑了，"你告诉俺三哥，他想干粉坊，国雄有钱也不借！兄弟不能看着他去跳油锅！"

楚国雄手里有的是闲钱，他真心想为楚国福好。

国雄明明白白告诉三嫂，就算国福不愿意跟他干选厂，也要赶紧上山去抓挠黄金，越快越好，粉坊坚决不能干。

很多人没看好国雄，可楚国雄是谁？

楚国雄是出了名的我行我素。

即便再落魄，楚国雄能看上的人也没几个。

当大家都在替国福悲哀丢了皇粮，一辈子要面对黄土背朝天的时候，偏偏就是一无所有的国雄，打心眼赞成国福的选择。国福媳妇确实和其他女人有些不一样，至于哪里不一样，楚国雄也不清楚。

第六感觉告诉楚国雄，别看眼前这个三嫂慢言细语，和蔼幽默，人畜无害的样子，他楚国雄敢当着其他女人掏出老二撒尿，绝不敢当着三嫂的面这么做，如果国雄真这么做了，保不齐这个女人会一边笑着，一边毫不留情地下手让他从此失根。

这个不笑不说话的女人，身上有种莫名其妙的威压。

楚国雄也百思不得其解。

楚国雄和国福是从小的耍伴，国福两口子坚持到结婚不容易，可日子一直没啥起色，国雄真心实意要给这两口子指条财路，告别的时候，国雄再次恳求："你叫俺三哥赶紧上山去抓黄金，干粉坊想挣出大钱，我挖眼珠踩个爆给你听！"

楚国雄到底年轻，说话没轻没重。

三嫂的嘴角突然微微一翘，给了楚国雄一个斜眼的微笑。

楚国雄的眼看直了，一个念头突然跳出来：我 ×，这娘儿们真好看！

楚国雄不知道三嫂正憋着坏笑，表面笑得开心，心里正咬牙切齿："你个王八犊子，早晚有一天，叫你看看怎三哥三嫂怎样靠粉坊挣大钱！"

楚国雄没想到自己的这一番好意，反倒让楚国福两口子的粉丝大业，多绕了一道弯。国福媳妇笑嘻嘻地送走国雄，转身回到家里，一屁股坐下，有点失魂落魄。她不知道，国福为了粉坊的事情，已经开口向楚国雄借钱了。

楚国雄今天过来，无非是两件事，一是请国福插手黄金，二是他明明白白说了：贵贱不能借钱给国福干粉坊。

眼下这阵势，想把粉坊弄到手，还是要赶紧筹钱。可三嫂用膝盖想想也知道，楚国福的爹娘和兄弟姐妹，没有一个人会帮忙，国福除了找国雄借，还真没有多少地方抓挠钱。

国福媳妇在屋里琢磨了半天，起身给国福炒了菜，做了饭，放在锅里温着，告诉西门邻居："大娘，等国福回来了，你帮我知会一声，就说城里的亲戚找我有事，我去一趟城里，叫他不用着急。等办完事，我自己就回来了！"

国福媳妇想趁着国福不知道国雄来过，自己赶紧把钱抓挠起来，别让国福着急上火。无论如何，一来不能为粉坊坏了国福和国雄的兄弟情分；二来国福家里的七大姑八大姨，都觉得他娶自己没脑子，自己不能让丈夫难上加难。

眼下办法只有一个，她回娘家，把出嫁没带走的黄金首饰拿到手，到城里找人卖掉，换成现金。这件事情应该不难——娘家有个叔伯舅舅读过不少书，之前参加了革命，新中国成立后转业到银行工作，听说还是行长。这个叔伯舅舅虽说自己不认识，可他和娘一般大小，曾经怂恿娘一起去参加革命，因为姥姥身体不好，娘才没有走成。娘至今有些遗憾，要是当年她一起出去参军，天南地北干革命，可能就不是现在的地主富农，矮人一等了。

楚国福媳妇的想法很简单也很直接，干事就要找通行的人。

这个叔伯舅舅从头到尾听国福媳妇讲完，一口拒绝："卖什么首饰！老家给的压箱底的东西，不到万不得已，都要好好留着！这套首饰是你姥姥传给你娘的，你娘再传给你，多不容易！咱家的黄金，都是用来传家的！"

开粉坊的事，舅舅倒是极为赞成："这事还真行！要说粉坊这活儿，老徐家的人要是干不起来，旁人都不用寻思！咱家门里的人，从小都是在粉丝堆里长大的！"

舅舅的想法，与国福媳妇的想法不谋而合。

对于眼前这个远房外甥女，舅舅颇为欣赏，他对国福媳妇直言不讳："我们的工作无非就是存款、贷款，一进一出，调转资金，为社会生产和发展服务。你干粉坊缺资金不要紧，只要你能好好干，粉坊的资金一点儿问题没有！"

舅舅告诉国福媳妇，先从他那里拿几个钱把粉坊盘下来，然后拿着户口本和承包合同，到银行来贷点款，事情就这么简单，根本不用考虑卖黄金首饰。

这个银行行长舅舅，确实真心实意想帮忙。

一来国家鼓励群众发展项目，创造经济效益，给予许多无息贷款支持，可大多数农民千百年来只会种地，只知道量力而行，生怕欠别人的钱，很少有人上项目、找银行，银行里面的贷款资金，不要利息都分派不下去。

二来他对老徐家的人知根知底，徐家的人甭管谁想伸手做粉丝，人才都不成问题，这外甥女有想法，很难得，非常靠谱。再说了，儿时的情分就像扎了根的树，不死甭想挪走，他不帮老徐家的后人，帮谁？

罗山上的黄金再多，国福媳妇也从来没有想过。

国福媳妇一心一意想把祖传的手艺拾掇起来。

在银行当一把手的舅舅，不光在贷款资金扶持上大开绿灯，还在之后的粉丝经营上，一直帮国福两口子出谋划策，他是两口子粉丝经营的贵人，楚国福大妇的粉坊，就这么干起来了。

楚国雄说对了，到罗山挖金的人，确实越来越多！

1958 年，招远县本土成立的建华金矿、胜华金矿、新华金矿三矿发展迅猛，1961 年产金两万三千七百四十九两，1962 年 7 月被合并收归省属国有"招远金矿"，数千人聚集在玲珑腹地挖矿采金，矿还是那座矿，只不过挖矿的不再是日本人，而是中国人。

招远县培植的骨干金矿一夕之间划归国有，地方金矿骨干地位受损，乡村金矿难成规模，一直到 1974 年，在十几年的时间里，招远的黄金产量一直徘徊在两万四千两左右。

1974 年，招远县黄金局成立。1975 年，国家出台文件，鼓励有条件有矿源的地方，要加大矿产开发力度，号召国家、集体、个人一起上马，鼓励地方采取多种形式，加快步伐开采黄金。"有水快流"的矿山资源开采政策，拉开了罗山亘古未见的黄金开采大幕。

招远的黄金生产捷报频传，震惊中央高层。

古有朝廷大员督阵，今有共和国副总理亲勉。

招远的黄金生产，由此迎来了超越任何一个时代的井喷式的开采时期。"有水快流"极大鼓励了个人、集体、国家的黄金开采热情，诸多黄金采选企业快速跟进，一起上马。与此同时，还没同步并行的科学严谨、细化到位的管理条款落地，确保矿山进行科学有序的保护性开采。

抢到黄金富矿，就是真金白银到手。

在山上开采黄金的人，眼里只有黄金！

山上黄金矿石品位不同，黄金含量也不一样，这边的矿石品位是三克五克，那边的矿石品位可能就是十克八克，如同甘蔗不会两头甜。大家竭尽所能抢挖高品位的富矿，有十几克的矿不要几克的，有几十克的不要十几克的。只有上好的矿石才被看在眼里，三克两克的矿石，被当作毛石弃之不用。

新开的洞口，星罗棋布在山上，井口挖出的大堆废弃毛石从山坡滚落到山涧，无情的废石头、石渣瀑布一样沿着山体倾泻而下。罗山的沟沟壑壑，山山岭岭，到处都是被废弃倾倒的毛石，远远望去，仿佛电影大片中血战了三天三夜的战士，衣衫褴褛，血流不止。

山上拉矿石开凿的路就像飘带，从山上蜿蜒而下。

矿车隆隆日复一日，月复一月，年复一年，来来回回卷着风暴一样的黄色尘土，运输从罗山腹部掏挖出来的成千上万吨的金矿，送到山下的选厂选矿。

圣洁的罗山，高贵的罗山，腹部深处炮声隆隆，火药、钻头无情地炸裂、撕扯着花草树木，那无异于山的肌肉骨骼，罗山日夜在颤抖；收获黄金的欢笑和失去亲人的哭泣，飘荡在罗山的上空，与天上的白云、山中的杜鹃遥相呼应。

大山褴褛，河谷疮痍，拉矿石的后八轮矿车碾过的地方，从山上到村里，黄土遮天蔽日，经久不散。

山下的村民闻石而动，小脚老太太每天拖着筐子，守候在路上捡矿车散落的石头，一年积攒下来，也有上万元收入。当时招远县普通工人的工资每月也就三十元左右，种地老百姓的日子更为穷困，在罗山周围的村庄，已经流传着一句话：

家有万元不算富，十万八万才起步！

罗山周围的黄金村，家家户户开始起建别墅和楼房。

罗山周围的九曲村和九曲蒋家村，村名之所以前置"九曲"二字，皆因从县城到村庄，需要拐上十几个弯，曾经蜷缩在大山深处、寂寂无声的小山村，如今茂盛得如同开花的春天。

浙江的男人女人来了！

广州的男人女人来了！

东北的男人女人来了！

四川的男人女人来了！

浙江女人带来了发廊。广州女人带来了短裙。东北女人会哆。四川女人善生。天南地北、形形色色的男女聚集在罗山，男人在山上采矿，女人在山下开发廊，开歌厅，小小山村，灯红酒绿。

挖到明金的狂喜，失去儿子的呜咽，惊心动魄、悲喜交加的戏，每天都在罗山上演，皆属寻常。

传说形形色色：某村兄弟三人在自家院子里挖井开矿，挖出的金矿成色很好，就这么一直挖下去，他们挖到了富矿却不懂得通风，直到有一天，老大进去闷死了，老二、老三也没有逃脱厄运；越界开采和矿源之争经常上演，书记、村主任亲自指挥，带着村委员冲锋陷阵，争夺富矿，就和打仗一个样，谁往后退就要撤职。抢过来的富矿地盘，就是巨大的蛋糕，村民人人有份，大家莫不同心同德。与此同时，随便倾倒的毛石，毁了村民的承包地，尾矿随着雨水淌进村民的庄稼地。村民坐在金矿门口阻止矿车运输，闹上一阵，矿里就给点钱打发一下，治标不治本。再闹上一阵子，金矿就再打发点小钱，不闹就一点儿也没有。闹大了头破血流，经了公安再进派出所解决问题……

众生众相，就像山上龇牙咧嘴的毛石。

最开心的，当数那些依靠金矿翻身的干部职工，开矿挣了钱的大款，跟金矿搭上关系的书记，和投奔到罗山发财的女人。暧昧的发廊里透着紫色、粉色的灯光。发廊妹戴着大耳环晃啊晃，嘟嘟着猩红的嘴唇，穿着刚遮住屁股的短裙，乳房露了半截。小手在男人的头上倒上洗头膏，抓啊抓啊，几声哥长哥短，这些没见过世面的土包子，先酥了心，软了腿，再大了胆，哥哥妹妹夜夜当新娘做新郎，家里的黄脸婆就看不上了，小三小四在大山旮旯里，应运而生。

"浙江敢死队"在招远以不怕死著称，挣了票子交给女人，井下被砸死不到两天，妻子就头插鲜花易主嫁人，嫁的还是矿工。"四川敢死队"一间屋子住了四对夫妻，一拉帘子就上床，生出小孩可以卖给别人……金钱糜烂下的肉欲情仇，每天都在罗山深处和角落里上演，罗山，只是沉默，沉默，深深地沉默着。

罗山深处一声声威力巨大的爆炸，都被罗山含泪咽血。

罗山上空圣洁的白云，依然无声无息飘荡着。

那是一年的山神节，三嫂开了一个全体会议。

许多老工人清楚地记得这件事。

山神节对罗山人来说，是个隆重的节日，家家户户会备上一份祭礼，送一份纸钱，祈求山神保佑。开矿的老板更为隆重，会隆重备以三牲和水果，求得平安顺遂发大财。礼毕，将三牲用大锅烩锅烧菜，老板和工人举杯共饮，饭后给工人放假半天。

这是山神节的惯例，金矿老板和工人皆大欢喜。

楚家不开山挖矿，也把粉坊的工人都召集起来开全体会，桌子上面放着一件蒙着红布的东西。工人你看我，我看你，面面相觑，不知三嫂葫芦里要卖什么药。

"山神节，咱也放假半天，放假之前，我要让你们看一样东西。"三嫂揭开红绸，红绸里是几包粉丝，粉丝上插着一块纸牌，工人有识字的，看见上面写着一个"塔"字。

"大家还记得用龙子涧山泉漏出来的粉丝吗？"三嫂话音刚落，人群中就传来笑声，"那些高贵的粉丝，让谁吃了？"

县里年前有人陪着省里来的客人到粉坊看过粉丝样品，说是要从全县选出最好的粉丝，送到国外参加比赛。

楚国福媳妇没有别的爱好，就是好胜。

这种事情，她自然当仁不让。

情知好水出好粉，为了让自家的粉丝能露出脸来，走出国门参加比赛，她派人翻山越岭，不计成本地从罗山龙子涧运来山泉水，专门制作了一批纯正的绿豆粉丝。

龙子涧的水是从罗山一块直立的石壁上渗出的山泉，沁凉甘甜，确有神奇之处。传说罗山一老妇年九十，某日陷入昏迷，汤水不进，儿女给老人穿上寿衣，全部守在身边。老人的神魂悠悠荡了三天，就是不肯咽气，第四天，老人睁开眼睛，喃喃自语："渴死我了，我要喝龙子涧的水。"

儿女飞奔取回泉水，喂给老人，几盅泉水下肚，老人慢慢清醒过来，扭头对儿女说："都守在这里干什么？我又没有死！"老人一直活到了一百零二岁，有名有姓，这泉水自然被百姓奉为"神泉"，不少老百姓专门上山背水喝。

制作这批头等粉丝，就连绿豆都只要颗粒饱满的，泡豆用了优质山泉水，每一个环节都一丝不苟，工人哪会不记得！

"咱家的粉丝得了头奖！"楚国福媳妇说，"上面来的人到招远选调了一批龙口粉丝，包装起来送到巴黎参加比赛，得了最高奖！听好了，那可是咱们亲手制作的龙口粉丝，在法国获得了最高奖！"

"咱的粉丝还真得奖了？"工人们一阵兴奋。

为国争光的事，大家都曾铆足了劲儿，还有几个工人以此为乐，打过赌。大家不约而同地把目光投向了打赌输了的女工，那个女工急了："姑奶奶输了不要紧，咱厂的粉丝赢了！咱厂子赢了，我就赢了！"

"咱们得的奖在哪儿？"只见粉丝，不见那奖是啥模样，工人心急了。

"我今天召集大家过来，就是想唠一唠这件事！"楚国福的妻子站了起来，"我们是龙口粉丝的生产单位，送到国外的粉丝要贴商标，人家是选用了咱家的粉丝，用他们自己公司的商标包装起来参加评比，所以'金奖'只能留在别人的公司！"

自家生出来的孩子，别人抱去换了衣服，就成了人家的娃?！

工人们面面相觑，都是一脸的蒙：这叫什么事儿?

1985 年参选的粉丝拔得头筹，质量第一，连外国人都认可。

遗憾的是自己生的金娃娃，被别人抱在怀里成了人家的娃。

这叫国福的妻子，情何以堪！

三嫂真有些急眼了：招远生产出来的粉丝，叫成了"龙口粉丝"，这是历史上众口误传，自己无可奈何。这次招远生产的粉丝拿下了国际大奖，难道粉儿还要擦到别人的脸上吗? 招远人早就吃了一次张冠李戴的亏，难不成今后还要吃这样的亏? 三嫂绝对咽不下这口气！

如果是换作别人，可能不会多想什么。

可三嫂她是招远地地道道的粉丝人后代！她早就憋了一肚子气。

徐家祖上，在道光二十九年（1849 年），就在招远县城开设了第一家粉庄，客户多了之后，不光自家漏粉，还收购粉丝，销往国内各地，甚至海外。咸丰十年（1860 年），老徐家在"龙口码头"囤积粉丝，销货发货，专做粉丝生意；同一时期，还有不少招远人扎堆在龙口卖粉丝，她的姥姥家是专门做粉丝销售的，销售规模最大。招远人扎堆龙口卖粉丝，不为别的，这是因为龙口有港口，粉丝想要发往外地，特别是东南亚一带，走水路要更加快捷便利。

还有一点不得不提：当年闯关东刨食吃的山东人太多了，绝大多数人，会选择经由龙口港出关。背井离乡投亲靠友，难免需要带点称心的货物。粉丝经年不腐、不霉烂、不变质，味美价廉，可以当作礼品送人，饥寒交迫的时候，用水泡开就能充饥，粉丝成了最为称心的土特产。龙口港不光有闯关东的人，还有南下经商的、务工的人，方向多是南洋，日本，中国台湾、香港，招远粉丝就这样，被走四方的人们，从龙口港带出山东到了海内外。

招远生产的绿豆粉丝晶莹剔透，甭管是炖鸡做卤，还是鱼虾同煮，调羹拌馅，一煮一捞，一炸一烹，筋道，爽溜，热吃有热吃的美，凉拌有凉拌的爽。用上好的绿豆粉丝，加上配菜细细炖了，不明就里的人，还以为自己碗里是真正的鱼翅。

四方客人，只看见龙口一家一家的商号囤积了大量粉丝，一只只大船都在龙口上货装粉丝，扬帆而起，哪里会有闲情逸致，打听这些粉丝的来龙去脉？当远方的人好奇地问及这些粉丝是哪里买的，这些走四方的人不了解粉丝的真正产地，大多随口指认了粉丝购买地点——龙口。百年时间，一来二去，招远粉丝就这么被走四方的人，叫成了"龙口粉丝"！

这段张冠李戴的历史，绝大部分工人是第一次听说。

三嫂叹了一口气："市面上的龙口粉丝，现在也有七成多是招远人做的，都被叫成了龙口粉丝，说来道去，是咱们招远人只想着怎么做出好粉丝，没有告诉人家这粉丝是咱招远人的手艺，光知道给店铺起个字号，没有给粉丝起个名字！"

春天的阳光，饱满和煦。

这个女人眼神明亮，坚定，显然想透了问题所在。

她当然不服气！一没生二没产，注册个牌子就抱走了金娃娃，天底下哪有这样的好事！几百年来，论粉丝的生产质量和规模，没有哪个地方敢跟招远叫板，可惜的是，徐家的祖上，实在没有办法和精力纠偏。如今，同样的事情，再一次落在徐家后人的面前，三嫂绝对不会束手就范，任其发展！

三嫂拿定主意：你有你的牢笼记，我有我的穿山甲！

从今儿往后，自家生产的粉丝，说什么也要有自己的名字！

三嫂嗓音响亮，刻意拔高了几度："如今国家有规定，产品可以注册'商标'，以后咱们厂生产的粉丝，都会印上自己的'商标'，也有自己的名字！"

三嫂的丹凤眼带着犀利扫过全场，她举起画了"双塔"的纸牌，"大家伙都统统给我记住了，咱家的粉丝，以后就叫'双塔'！咱家粉丝有名有姓有商标！"

楚国福媳妇一定要争个实至名归。

她要给自家的粉丝挣出个响亮的名号。

不就是给产品注册商标，到工商局挂个名吗？她也会！

如果她是老徐家的儿子，粉丝在国外获奖，这事搁在过去，那是要开祠堂，请出祖上的牌位，祭祖敬祖的。她是徐家嫁出去的闺女，做不到"祠堂一开，一呼百应"。可即便她做不了招远粉丝家族的大掌柜，也挡不住她想把粉丝像先祖那样，卖到更多更远的地方！

三嫂曾经把自己这个梦想，跟楚国福细细说过。

楚国福一脸坏笑："你再能干，卖的也是老楚家的粉丝！"

三嫂敞亮地回答："只要能把祖宗的手艺传承好，就是光宗耀祖！新社会新国家，男女都一样，有能耐就往外使！"

媳妇的宏图大计，都是在炕头上和国福唠叨的，她从来不提张家长李家短半点闲事，心心念念就是粉丝。

楚国福问过媳妇，为啥不像其他女人，媳妇一脸骄傲："皇粮媳妇，生来是干大事的，闲事莫论！"

按照楚国福的想法，自己打的谱儿，自己心里有数就行。他没有想到，妻子这么大张旗鼓，嚷得尽人皆知。国福有些局促不安，他不时用眼瞅瞅妻子，无奈妻子看也不看他一眼，不管不顾，当着满厂男女，把俩人的床头大计，昭告全厂。

"把招远生产的龙口粉丝，用招远自己的牌子打响！这件事情，招远人责无旁贷，一定要做到！"朗朗乾坤，光天化日，妻子把还没影的事情讲得像真事一样，"这事说小了，关系咱厂的利益，说大了，关系到招远粉丝行业的荣誉，我一个人的能力有限，恳请咱厂的老少爷们儿和姊妹们多用点心思，赌一口志气，咱们一起努力，做最好的粉丝！将来有一天，咱家的粉丝如果也能卖到香港，甚至向外销至日本，我一定请咱厂的优秀工人，出去开开眼界！"

粉丝厂的工人本是冲着上班挣工钱来的，刚开始，有几个人巴不得赶紧散会，回家去干点家务。此时，工人们鸦雀无声，他们都听进去了：招远人祖祖辈辈生产的粉丝，出了招远被叫成"龙口粉丝"，任谁听了之后，心里都会有点不是滋味。

工人们也被眼前这女人的想法镇住了：叫响招远的粉丝！

这个女人，心可不是一般的大！

"你说吧，三嫂，你说怎么干，大伙儿跟着怎么干！"性急的女工开始表态，大家此时还不习惯叫厂长，沿袭的是街坊的称呼。这位女工的发声，代表了相当一部分工人的心声：做最好的粉丝，为招远粉丝争个实至名归！

眼见工人们的情绪都调动起来了，国福媳妇非常欣慰。

国福媳妇的脸上露出了笑容，她举起一抱粉丝："今天是山神节，咱不靠挖山端饭碗，就是敬山神！厂里决定，给大伙每人发两包龙子涧泉水制作的粉丝，大家回家仔细品一品、尝一尝，这些荣获国际金奖的粉丝口感！"

工人们听了，又是一阵开心和兴奋。

三嫂没有忘记工人进山背水的辛苦，这是好事。

"不过，"楚国福的媳妇话锋一转，"从今往后，厂子里最好的粉丝，我会拿出来和大家一起分享；劣质的粉丝，我自己家里吃不了，也要分给大家伙儿！而且，要用卖不出去的粉丝，抵扣部分工资！大家要是不想吃孬粉丝、怕收入受影响，都给我把眼睛瞪起来，相互监督，咱们齐心协力，把好粉丝生产的每一道工序！"

这女人一眨眼，又变得极为凌厉："最好的粉丝有你们的功劳，最差的粉丝也是你们出手的货色！我在这里强调一下，选料、漏粉、晒粉和包装的事，在咱厂里，不是落在谁手谁去管，而是谁都有权过问！发现问题，请及时汇报！为厂里止损的工人，厂里一定会酌情奖励！谁若是工作不用心，不负责任，连累了大家，也别怪我罚款不客气！还有一点，以后只要有客户进厂，不管谁看见了，都要礼貌打招呼！就当是你自己家里来了客人！"

自从国福媳妇把自己的想法在大庭广众下说了出来，这人就像上了发条，想法越来越多。还别说，这些点子，用在粉丝生产跟销售上，极为奏效。

寒冬腊月，大集上摆摊卖粉丝的摊位有好几家，肯定有竞争。楚国福媳妇告诉大家，不管谁来买粉丝，先自报家门，再承诺：吃得不好，下次赶集送回来！

"摊位固定，货色不好可以送回来，粉丝筋道，不塌锅……"这些好名声，是在大集上一天天传出去的；真正的商机，则是国福媳妇用足心思抓住的。

那天赶大集，粉丝摊点上来了个胖墩墩的中年男子，他蹲在国福媳妇的粉丝摊上，挑挑拣拣，翻腾来翻腾去，不时用手揪下一截，对着阳光看看，粉丝透亮，用前门牙一截一截咬断，慢慢在口里嚼，折腾半天，这才不咸不淡问了一句："这粉丝不知做熟了之后口感怎样？"

"不要紧，同志，我家的粉丝你要是吃着不好可以送回来，货还是我的，钱还是你的！如果再不放心的话，你先少拿点，回家炖炖，觉得好吃再过来买，我不收你的钱！"楚国福媳妇觉得此人不像是个赶闲集的庄稼人，早就留足了心思。

那个人站起身子，接着问："你们家可不可以送货上门？"

楚国福老老实实回答说："多买还行，少了不能，厂里太忙了，没有那么多人手。"那人看了国福一眼，扭头看向国福媳妇，媳妇把国福拽到一边，自己迎过去："不要紧，厂子里有困难，我们想办法克服，您说吧，同志，粉丝送到哪里去？"

"玲珑金矿伙房，先送五十斤过去。你家的粉丝要是好吃的话，那就月月送。"那个人拿了一小把粉丝，留下了联系方式。

"玲珑金矿？不远，一点儿都不远，放心吧，今天下午保证给矿上送过去！"楚国福媳妇干脆利索地回答。

玲珑金矿的粉丝是夫妻俩一起送过去的，他们找到买粉丝的人，他在伙房有自己的办公室，是个司务长。三嫂额外装了几小包粉丝，就像挂面一样，用铡刀铡得整整齐齐，她对司务长说："这是俺厂制作的纯绿豆粉丝，在国外拿了金奖，喇叭里广播过，我带了几包，您尝一尝口感！"

司务长眼神一亮，他拿起粉丝，左看右看，说了一句："你们的粉丝，以后要是都这样用铡刀铡短些，别成捆成捆送过来，厨房炒起菜来会更方便。以后的粉丝，能不能都这样加工一下？"

三嫂第二次送货过来，粉丝就都换成了尺把长的，其中还有一袋，被铡刀铡成一厘米左右。大集上卖的粉丝，都是几米长的粉丝卷起来，拢成一捆一捆的，一捆七八斤，需要用的时候，扯不断理还乱。即便有细碎的粉丝，也长短不一，掺有杂质，都是晒粉丝掉在地下的粉丝头。

三嫂的碎粉丝长短一致，铡得整整齐齐，干干净净，一点儿杂质没有，显然，这不是落在地上的碎粉。三嫂解释说："玲珑金矿工人多，伙房肯定会经常做包子吃，这是我特意叫工人铡碎的，不管是白菜馅，还是萝卜馅，配菜正好！"

司务长惊奇之下，非常感动，这么周到的服务，他在别的粉丝厂没有遇到过，加之楚家的粉丝，确实筋道顺滑，不会轻易变坨。从那之后，玲珑金矿的伙房用的都是楚家的粉丝。金矿有钱，结账痛快，过了秤，打了单，司务长盖上手戳，单位的会计出纳天天都在办公室，付钱很及时。

粉丝成批送给金矿，这比赶集零卖，出货要快多了。

首战告捷，三嫂立马有了新点子，她把在大集摆摊卖粉丝的事都交给了工人，自己专门去跑周边的企业和单位。只要是人多、有伙房的地方，不管是企业还是金矿，夫妻俩都想方设法找人牵线搭桥，进去找到相关人员，竭力推荐自家的粉丝。这种登门推介的方式，不仅让楚家的粉丝增加了销路，而且声名鹊起。

三嫂只要提及"俺家粉丝在国际上获过金奖！"，大家就会眼前一亮，对楚家的粉丝饶有兴趣。接着，她还会再加上一句"你们去打听打听，某某金矿，常年吃俺家的粉丝！"，人家就更多了一份信任。

一年下来，罗山大大小小的矿山企业，几乎都成了楚家粉丝厂的定点供货单位。除了用于伙房日常三餐，好多单位给工人发福利，甚至当作土特产，送给外来客人。金矿不差钱，选用的都是山泉水制作的纯绿豆粉丝，与荣获金奖的粉丝一脉相承，价格高出一截，还是极为抢手。

三嫂对粉丝厂的管理，显示出了惊人的才干。

无论是对外销货，还是生产管理、人员调配，她都能做到举一反三，好上加好。国福在维修和生产技术方面十分出色，但在管理上，他真不如妻子，国福是个好好先生，只会和稀泥，不善于领兵。

粉丝厂刚刚缓过气来，有点余钱，媳妇就要投资，更新设备，国福开始有点不乐意，他觉得将就一年是一年，可媳妇总有办法，让国福乖乖点头。

楚国福夫妻以厂为家，办公室旁边的两间房子就是他们蜗居的地方，孩子放学后直奔粉丝厂，两口子齐心协力，一心一意搞经营，粉丝厂日日兴旺，已经是招远有名的粉丝企业了。

第六章

粉丝厂蒸蒸日上，人来车往，一派欣欣向荣的景象。

三嫂反而心事重重，甚至有点失魂落魄了，她经常紧紧蹙着眉头，一个人暗自发呆。

楚国福看出端倪，他追问妻子："你这些日子怎么了？"

三嫂叹了一口气："国福，这些日子，我心里有点发毛，一句话也说不清楚，咱俩还是出去走一走吧！"

两个人默默无话，来到罗山河畔，沿河而上。

罗山河发源于罗山，在罗山南麓一路向南至城区北，与南来的河水并流向西，汇入界河，再沿着界河向北流入大海。这条河全长十五公里，流经面积九十平方公里、四十五个村庄。如今，在罗山周围，甚至在罗山河岸不远的地方，已经建起了好几座选矿厂，公家、私人的都有，主要是碎矿，提炼黄金。

山上的采金大户，已经不再满足于采矿，而是想方设法建起自己的选厂，三十吨、五十吨，甚至一百吨的都有。应该说，黄金这个产业，无论采矿和选矿，利润都极为可观，采金大户腰包里有钱，投建选厂等于采和选两头通吃，这里选厂已经有十几家了，并且势头有增无减。

选矿当然会产生污染，选厂需用氰化钾，黄金矿石中大多含有金、银、铜等多种元素，选厂提炼出金银之后，排放的污水中除了含有大量的氰化物，还有诸多重金属。为了减轻排污，国营金矿投资一百二十二万元上了一套酸化法处理贫液系统和氰渣脱水系统；县里的金矿投资五万元增加了贫液返回系统；可有些选厂，开矿舍得大肆投入，牵扯到环保治理，恨不得一毛不拔，明里暗里排放污物，已经到了令人发指的地步。

选矿厂的污水排入罗山河，河道中的水，一段青、一段黄，散发着刺鼻的气味。国福和妻子沿着罗山河一路往罗山走，他也开始惴惴不安了："奶奶的，罗山河的水，啥时候变成这个熊样了？"

罗山层峦叠嶂，沟谷茫茫，从西到东沿着山势，在睦邻庄、欧家夼、玲珑等村头的山涧形成多条山溪，罗山河是其中一条重要的河流，沿途地势较为开阔，河水清澈，河右岸有条上山的羊肠小道，半遮半掩在花草树木中，不像是条小路，倒像是一条从罗山山顶飘下来的彩带。宽阔的河床里，布满了大大小小的鹅卵石，清澈的河水与之碰撞，发出飞珠溅玉的声响，这是一条令人陶醉的河流，更是一代代村民的乐园，洗衣，洗澡，摸鱼，蹚河……多少欢笑曾在这片河床上，无拘无束地飘荡过！

如今，罗山河瘦多了，河水明显减量，十几米宽的河道，裸露出大片河床，只剩下一米多宽的河水，无声无息地流淌。河道里东一摊，西一摊，净是五花八门的颜色，令人沮丧。

妻子在一块大大的鹅卵石上坐了下来，背后是岸边的青青芦苇。国福跳下石头，走近河水，蹲下来，手在鼻翼边轻轻扇动，闭上眼睛仔细闻着，皱紧了眉头。

"国福，你看出啥问题了没有？"媳妇问。

楚国福起身跳到石头上，在妻子身边坐下，从口袋里摸出一支烟，也长长叹了一口气："我听工人说过，金喜家里有十五亩小麦，叶子发黄，根部变黑，基本算绝产了。据说是从河里抽水浇的麦地，不到十天的工夫，小麦就完蛋了。咱村今年参军查体，一个合格的没有。听说镇上参加征兵体检五十一个人，肝大的有三十四个，这是镇上的战友跟我说的。"

楚国福的烟已经戒掉了，妻子喜欢家里空气清爽，喜欢花香，不过他的口袋里习惯装着香烟，那是妻子让他装的，楚国福太实在，又不擅长说话，出去送货的时候，敬上一根香烟，就算表示了自己的诚意。

楚国福吸了几口烟，明显是呛着了，咳嗽几声，不再抽下去。

抽烟，并不能减少楚国福的茫然。那么多年轻人体检都不合格，国福心里已经有了阴影。他没想到，这阴影已经逼上了自己的家门，这不是要把这里的村民逼上绝路吗？

暮色中的罗山，越发幽暗，山脊和山沟已分辨不清，成为蓝黑色的一体。不管是山上的矿洞，还是山坡上的废石，或者是山脚下的选厂，统统沦陷在夜色里。国福拉拉妻子，妻子顺从地依偎进他的怀里，叹息一声："国福啊，咱该怎么办？"

"一个劲儿挖、挖，他妈的，不知道山也有根，不能乱挖吗？"老实人也有脾气，要是弄出污染的人站在眼前，楚国福说不定会跳起来跟他干一架，不把人按到河里，喝上一肚子污水不算完事。

这几年忙着做粉丝，楚国福很长时间没有爬爬罗山，到河边走一走、看一看了，他没有想到，远看花草树木依旧，近看，这里的景象令人沮丧不已：许多新开的石渣和石块散落在河套里，越是靠近罗山的地方，带着棱尖的碎石越多，罗山河里沉静了亿万年的鹅卵石，已经不是原来无棱角圆滚滚的模样。

楚国福的心里堵得满满的，他还未来得及多想，媳妇的一句话不啻一声惊雷："国福，实在不行，咱家粉丝厂就得另搬地方，哪里有好水，就在哪里建厂！"

另起炉灶？！

楚国福的头嗡地大了，这不是要人命吗？！

从粉丝厂开张到现在，国福一家人吃住都是在粉丝厂里，楚国福是百变金刚，选豆烫豆，捞豆磨豆，大罗过了小罗过；兑浆、搅盆、打糊、漏粉、挑粉、晒粉、晾粉，哪一样不是累断腰的体力活？他们是粉丝厂的正头香主，自己如果不上心，哪一道工序出错，都有可能影响粉丝质量。

楚国福的粉丝厂订货量越来越多，瓷缸烫豆已经改成了水泥池烫豆。春天用池以前，必须把池子先烫出来。池底没搅透，会出现夹生豆子。豆子烫得偏热，吸水过急，皮发艮。缸凉，泡豆温度低，黑粉白色，含淀粉多，大浆绿清没返劲儿，冲二合浆淀粉会出现只贴边不抓底的情况……楚国福每天盯着粉丝厂，不知道付出了多少心血！

粉丝厂一批批豆子采购进来，产地不一样，甚至绿豆的颜色也有发绿的，发黑的，情况不一。不细心观察和甄别，烫豆差一个温度，或许就会吃亏。楚国福是个有心的人，他在部队上学到了做记录、留笔记的习惯，这么多年，幸亏这个习惯，豆子一有变化，国福马上就能觉察。

泡豆子如此，沉淀又是一道独立工艺，淀粉与蛋白质分离不彻底会粘连，淀粉沉淀慢，盆浆浓度高，菌群密度增大。即便国福万分谨慎，偶尔也会出现漏出来的粉丝水影很好，烘干以后粉丝褪色厉害的状况，楚国福事事上心，常年做记录、搞对比，不懂就四处求教。如今的楚国福，对于粉丝生产技术的了解，绝不亚于一个干了一辈子的老师傅。

楚国福两口子对粉丝厂的管理，真是比对儿子还上心，几家粉丝厂同样进来一个产地、一个批次的豆子，楚家的粉丝就是产量高、质量好。自打开始经营粉丝厂，两口子连倒腾"三百下"都顾不上了，媳妇总是说："别打岔，我这儿正想事呢！"

这几年，楚家粉丝厂发展的每一步都浸透了夫妻俩的心血。厂子好不容易走上了正道，车间井井有条，厂子欣欣向荣，另起炉灶，哪有这么容易？！

楚家的粉丝厂干了这些年，外地客户越来越多，都是冲着楚家的粉丝厂干净卫生、货真价实过来订货的。粉丝厂的名气大了，来参观和吃饭的也就多了，包括镇里的、县里的领导，国福媳妇说："就是天王老子来，咱家也是粉丝菜主打！"妻子这句话，成为楚家粉丝宴的主旨。

楚家的粉丝菜兼具传统和创新：拌菠菜色泽翠绿，粉丝晶莹剔透，再扔上点虾皮，就是一道又好吃又好看的凉菜；虾皮炖好的细粉条里，放进萝卜丝开锅即鲜；五花肉炖粉丝白菜，是冬季里雅俗共赏的下饭菜；蒜蓉对虾、蒜蓉扇贝滋味别具一格；小鸡蘑菇炖粉丝、鲅鱼炖粉丝，粉丝吸足了浓浓的肉汤、鱼汤，滋味妙不可言，吃了一碗，还想再来一碗。至于粉丝甜品，也是花样百出：粉丝过油膨化之后，放大了一倍，不再丝滑，而是变得入口即化，把膨化后的粉丝放在大盘子里堆成小山的形状，撒上蝎子或者蚕蛹，还有白糖，这是一盘人见人爱的"蚂蚁上树"。

楚国福家的粉丝厂越来越红火，粉丝宴也越来越出名。黄金生产和粉丝加工是招远的两大支柱产业，外地客人想了解招远粉丝生产，经常会被当地的领导带到楚家的粉丝厂参观。主要是三嫂接待客人的时候，会像展示自家的传家宝一样，从粉丝生产工序到制度管理，从粉丝专业知识到传说故事，三嫂的解说如数家珍，落落大方，她非常热爱这个行业，客人过来走上一圈，就像听了一堂课，会长不少见识，客人听得享受，三嫂讲得自豪。见过三嫂的人都承认，这个女人不一般。

三嫂巴不得客人品鉴自家生产的粉丝，用口感和品质说话。来的客人多了，她干脆找人收拾出一间整洁的小餐厅专门让客人吃饭品菜。久而久之，楚家粉丝厂的"粉丝宴"声名在外：粉浆饭酸爽无比，粉丝宴色味俱佳。最主要的是，出了招远地盘，没有专门的粉丝特色宴！

工序和产品都看得见，口感还得靠自我品尝。

粉丝生产环节相同，晒粉时间还有阴天和晴天，有风和没风，光照、温度和风力不一样，晒出的粉丝口感也不一样，一个行当，有一个行当的学问，细节决定成败，产品也一样。不懂做粉丝不要紧，牙口和舌头不会糊弄人，看着好，吃着好，价钱公道，客户就跑不了，这是三嫂的想法。

三嫂说话从来都是轻言细语，可工人们都相当服气。工人吵架找到国福，国福和稀泥，越和越头疼，公说公有理，婆说婆有理，谁也不服气。换作三嫂，啥也不问，先让两人站在对方立场上考虑问题，自己该干什么就干什么，不管也不问。聪明的工人站到对方的立场上想一想，不再针锋相对，各自后退一步，就没有矛盾了。晾的时间越长，工人越着急，再站下去都是耽搁挣钱，骂骂咧咧过来的工人不再提及谁对谁错，而是商量之后应该怎么做，才能避免问题再次发生。

工人之间的事情，无非就是一个活多、活少，交班、接班的事，自己商量好了，哪里还用上级操心？遇到唯利是图的、油盐不进的，三嫂也能拉得下脸，毫不客气：一次警告，二次罚款，三次滚蛋。三嫂很强硬：我请的是工人，不是祖宗。三嫂开工资及时，不拖不欠，工资普遍高于同行，工人肯听三嫂的话。

　　一来二去，粉丝厂的规矩也就有了，入库、过秤，上下班交接，工具管理等，基本都是工人提出的合理方案，记下来整理一下就成了粉丝厂的规矩。后来，这些规矩都被挂在墙上，叫"制度"。粉丝厂里多劳多得，干得多挣得多，挣得越多，奖金越多，工人越干越带劲儿，遇到加班，工人都会自己主动上阵。

　　楚家的粉丝厂只要来了外地货车，肯定连夜给司机装车，用三嫂的话来说，时间就是金钱，不能让车在粉丝厂窝着。有些工人视而不见，一溜烟走了，三嫂也不招呼；留下来主动帮一把的工人，会点点数，记在本子上，月底发工资的时候，一并多发几包粉丝，算是给工人加班的补偿。别小看这几包粉丝，一年下来，数量就多了，家里吃不了，可以当成礼物送出去。时间久了，工人知道只要眼里有活，肯主动伸手，老板看得见，不亏待，他们也不用支使，干起活来都不惜力。

　　楚国福的爹娘，对自己的三儿媳妇，到底挑了大拇指。

　　国福两口子一年到头闷头干活过日子，没工夫吵架拌嘴，日子在四个儿子中过得最好。国福媳妇在妯娌中不是最大的，过年过节送的东西总是最好的。另外三个儿媳，从来不知道给老人买点鞋袜，只要夫妻一拌嘴，媳妇就会脸不是脸地到公婆家里，夹枪带棒，说上一堆没理带外的话。公婆一不能装聋作哑，二不能挑事让儿子媳妇回家打架，婆婆得赔着笑脸小心翼翼安抚，公公窝着火大口大口抽烟，闹腾一回，老两口好几天吃不下饭。日久天长，爹娘承认，国福家的除了成分不好，人性和说话办事没有挑！粉丝厂这份大家大业，是儿子媳妇空手握空拳置办出来的，四邻八乡的人提起来，都挑竖大拇指，粉丝厂也给他们撑足了面子。

　　老人家不会甜言蜜语，行动到底是实诚的。

春天的头刀紫根韭菜，夏天的头茬芸豆和黄瓜，应季的蒜苗、菠菜、茄子、白菜，公婆不能说天天送，三天头上一准送过来。罗山春天第一茬的山首楂菜、花椒芽，国福两口子哪里有空去摆弄，都是国福爹娘从山上摘下来的。

粉丝厂红红火火，全家人和和睦睦，楚国福信心百倍！

现在，楚国福坐在被山洪冲刷得光光滑滑的巨石上，内心焦灼不堪。微风拂过脸颊，往事像电影一样滑过，不知道过了多久，那颗炸锅一样的心，终于慢慢平息下来，与夜色中的茫茫大地和罗山融为一体。

楚国福搂抱着头伏在他怀里的女人。

妻子抬起头来："咱得两手准备，甭管怎样，不能让粉丝质量落下来。咱还要去找找镇里和县里，这么大的事，应该让上面的人知道。"

楚国福说："水是件大问题，先赶紧打一口三百米的深水井！"

妻子的双手也抱紧国福的胳膊："办法总比困难多！"

只要是人祸，就有人能治，两口子不谋而合。

楚国福的心里不那么拧巴了，他的嘴巴凑近媳妇的脸颊，大手伸上了媳妇的肚子："三百下，媳妇，就在这儿，就在这儿！"

楚国福夫妇与罗山在夜色中融为一体的时候，罗山河的溪水，仿佛是爱的鸣奏，四周荡漾着草叶的清新和不知名花朵的芬芳，仿佛罗山默默送出的祝福。

"谁他妈也甭想毁了罗山！肯定会有办法整治！"楚国福一边翻腾妻子，一边用力，仿佛妻子是一片地，他就是那深深耕作的铁犁，他要耕深、耕透，在这片大地上耕出一个小麦抽穗，耕出一个花果累累。

楚国福的耳语仿佛春药一般，怀里的女人终于开始撒野了。

这是一个天大地大，虫鸣啾啾，星光璀璨的夜晚。

怀里的女人是火热的，罗山依旧伟岸，大地依旧坚实！

第二天，三嫂穿戴整齐，去了镇政府。

镇里不少人吃过楚家的粉丝宴，见了三嫂都客客气气的，可谁也提不出解决办法。开矿的事情归县里管，他们让三嫂到县工业局去看看。三嫂到县里工业局找人，办公室的小姑娘正在照镜子，爱搭不理地说："你找我们局长也没有用啊，他又不管水，你得找水利局！"

三嫂找到水利局，水利局传达室的师傅说："局长出差了，啥时候回来不知道！"为了水的事，光到水利局就跑了三趟，可她一次也没有见到水利局局长，最后一次总算有个男工作人员端着杯子，用茶壶给自己倒了一杯水，端到嘴边，慢条斯理地吹吹水面，浅啜一口："你找局长干什么？水利局负责修水库，建水渠，灌溉农田，不负责治理污染，你得去找相关单位！"

"同志，相关单位是哪家？"三嫂耐着性子问。

"哪家污染的你找哪家！"那人一边自在地喝水，一边不耐烦地回答。

"山上的选厂太多了，都往河里排污水！"楚国福妻子说的都是事实。

"那就去黄金局、环保局！你找水利局没用！"那人连个正眼都没给过三嫂，自始至终都没有看来客期待的眼神。

外出好几趟，连个准头也找不准，三嫂上火了。

楚国福担心地看着妻子，妻子强打精神安慰他："我就不信找不到管这事的人，隔天咱再上县里去，不行去找县政府！"

楚国福也安慰妻子："你不用出去了，我有几个战友都安排了工作，不行我先找找那个在黄金局的战友，我和他比较熟。"

只要是战友，大家都实心实意想帮忙，听到国福是在为获过奖的粉丝奔走，那就更热心了。

楚国福出来的时候，三嫂把库里的粉丝装成小袋，一袋四两，让国福的战友亲口尝尝招远最地道的绿豆粉丝，求大家帮着多打听点消息，然后决定下一步到底应该怎么走。

国福终于摸清了情况，他震惊不已：大力开采黄金这件事，是上级的要求，上级一连串发了好多文件，鼓励开发黄金资源……

楚国福知道妻子较真儿，那么多的文件，他背不下来，干脆找个笔，把他认为重要的话都记下来。战友在黄金局当办公室主任，他让国福坐在办公室套间的小屋里，仔细研究，反正都是国家发的文件，不怕公开。

看完国福抄回来的东西，妻子一屁股坐在那里，文件上摘录的内容，可以说是环环相扣，步步都是催促地方，大力发展黄金产业，加大黄金开采步伐。

1981 年 1 月 20 日："中国农民不搞工业不行，搞工业第一是开矿，第二是搞能源，第三是搞农业加工。看来我们国家用农民劳力开矿，这是个好路。"

1981 年 10 月："今后开矿要靠公、县社来办。国家只管三条：一是立法，作规划；二是技术指导；三是税收。过去搞矿有个方针是错误的，就是靠国家投资，吃大锅饭，这样赔本儿。"

1983 年 2 月 4 日："我们过去有一个概念，老是喊'保护资源'。受了这个思想的约束，吃了苦头，让资源在地下睡大觉，不能调动起来为社会主义经济建设服务。不要讲什么细水长流。"

1983 年 7 月的文件更高调："地下财富，谁能拿出来才是真本事。国家，集体，个人，一起上！"

1984 年 2 月 5 日："国家，集体，个人一起上。细水长流是错误的方针，独家经营也不行。" 1984 年 2 月发的文，怕贯彻不够，干脆在同年 3 月份又发了一份："要强化开采，而不是细水长流。" 到了1985 年 2 月 25 日，文件提出："黄金问题，要好好研究一下，一年多搞 20 吨行不行。是从农民那里进？从国外进？从农民那里进可以用人民币，从外国进要用外汇。只要国内进比国外进价低就行，金就可以这样办……"

1985 年 4 月 25 日，不过才一个多月的时间，上面又下发了一个文件："我们要走出一条适合我们自己情况的开采矿藏的路子……我国矿藏比较分散，有些矿山品位很低。我国劳动力很多，工资较低，看起来是很落后的。按我国国情来说，让农民去开矿是个好事。"

白纸黑字的文件，一份接着一份，内容都是调动更多的力量和积极性，挖掘更多的黄金。然而，与黄金开采密切相关的问题——如何保护采金地区的环境不受破坏，如何保护罗山水源，不能被选厂药剂污染，国福夫妇没有看见相关的文件。

三嫂有说不出的反感："什么叫'细水长流不行'？大家和小家的日子不都一样吗？谁家过日子不得细水长流？光知道催着要黄金，让更多的农民去挖黄金，咋不提怎么惜护这座山？留下来的尾矿和水污染怎么办？老百姓怎么办？！"

楚国福的眉头也拧成了一个大疙瘩。

两口子相顾无言，第一次有火也不知道冲谁发。

妻子不相信丈夫抄写回来的东西都是真的，家里尽管还有工人在打井，她还是一跺脚，让国福带自己到县里，到黄金局一探究竟。

楚国福问："咱家不是开始打深井了吗？"

妻子没好气地说："咱家能打口深井，你当罗山的老百姓，家家都能在院里打口深井啊？这事民不告，官不究，上面的人不知道情况，就得下面的人往上找！"

这个皇粮媳妇说好伺候，是真的好伺候，从来没有半点儿不该有的熊毛病；说难伺候是真难伺候，她若较真儿，十头牛也甭寻思拉回来，最好让妻子亲眼看看文件。

楚国福只好带着媳妇去了黄金局。

战友看着这夫妻俩一脸焦灼，啥也不说，只是搬出了更为齐全的文件和资料。这些文件资料三嫂从头到尾，仔仔细细过了一遍，她越看心越凉，当真傻眼了。国家是真缺钱，需要黄金壮胆子了！要不，咋会派出老帅到烟台要黄金？！

要知道这老帅不是别人：共产党缺粮食，他搞了个南泥湾，如今《南泥湾》家喻户晓；新疆需要安定需要发展，他搞出了一个新疆建设兵团，国防生产两不误；如今，已经位居国务院副总理，他的莅临，意味着什么？意味着大搞黄金！

三嫂看着眼前的一份份红头文件，惊诧不已。

楚国福夫妇也委实没有想到：1964 年，山东重工业厅在招远县成立了"招远黄金管理站"，干部由招远配置，管理招远、掖县、蓬莱等五个县一百二十二个大队的黄金生产，而招远县就有六十二个大队八十一个采金洞！

楚国福夫妇这次真的开眼了，也真的傻眼了。

招远不光是罗山这座山上有黄金，而是山山水水，全县的地盘上到处都藏金纳银！

"可这么个挖法，迟早要毁掉招远！"一页页翻看着详尽的材料，三嫂越看越着急生气，面色铁青。

楚国福不安地抬头看向自己的战友。

战友苦笑一声，徐徐吐出一口烟，轻声接了一句："这么挖下去，对招远而言，真的难说到底是好事还是坏事！"

任何一件事情，都有两面性，甚至可以说是反噬也不为过。

招远在黄金产量大幅提升的同时，采金大户的财富呈爆发式积累，也带来了自然环境、社会环境污染日趋严重。素质不高的暴发户，离个婚或者养个二奶三奶是常态，爹娘管不了，公安没法管。环境污染事关全局，受害的是百姓：粉尘会让矿工遭受石肺之灾；地面选矿排出的毛泥日日堆积，从洼地起到高坡，风一吹，干燥细腻的毛泥随风扬尘，风一刮，对面看不见人，附近的村民连窗户都不敢开；农作物上落了一层厚厚的粉尘，几乎见不出叶子的底色；水源污染的严重程度更加令人沮丧，水位总体下降不说，选厂的污水排入河道令河水发污发臭。有的村庄，由于地下富含黄金资源，金矿就近开采，日积月累采矿已造成地下大面积采空区，部分村庄的房屋已经开裂，局部地区甚至塌陷。

招远黄金产量年年翻番，来自国家和省市的一份份巨大荣誉年复一年落到招远县委、县政府的头上。与此同时，招远的父母官，已经被架在了柴火堆上，这堆柴火就是黄金在这片金土地上四处点燃的战火。

对共和国社会和经济发展而言，招远海量的黄金开采是一场完美造血工程，一场取得胜利的圆满战役；但是对于招远这方古老的土地和百姓而言，这是一场浩劫，一场噩梦。

黄金产量连年上涨，水和尾矿污染治理刻不容缓，然而，黄金开采上有国家、省市的文件政策支持，下有全国各路精英汇聚，就连招远县的父母官，都置身旋涡之中，如果没有上级的大力支持，县里也休想兴利除弊，把生产黄金造成的污染侵害消除殆尽。

招远县委县政府开始调兵遣将，进省城、进北京，到相关部门陈情、汇报，请求消除黄金生产污染。

1987年12月，国家计委正式立项，大力支持黄金生产重地招远县，治理由于黄金生产大量排放废水，污染严重的全长十五公里、流域面积九十平方公里的罗山河。这项工程历时五年，从关停源头推金磨、沿途污染源，到河道清淤除污，两岸河堤加固，总投资三千万元，国家拨款六百万元，国家黄金总公司出资一千万元，山东省政府安排四百五十万元，烟台市政府和招远县政府以及厂矿企业筹资九百五十万元，大规模消除生产黄金造成的污染。

1990年年底，罗山河流域内的单位和村庄，全部吃上无污染的自来水；1992年上半年，罗山河污水综合处理厂投入运营，经过处理的污水达到了农田灌溉标准。流域内的污染治理项目，每年可回收氰化钠一百九十四吨，铜四十吨，锌四吨；大量尾矿，以覆盖造田和尾矿充填矿井等方式进行污染防治。

2002年，罗山流域，实现废水达标排放。

第七章

这一年秋天，楚国杰转业返乡了。

二十年韶华逝去，这个大山里走出的小伙子，被绿色的军营培养成为一名共和国少校，如果不是时代发生了巨大变化，国家大规模裁军，国杰也不会脱下军装。

楚国杰的团长职务是实职，转业到大城市就业没问题，转业安排到县里的机关单位更不成问题，每天上上班，喝喝茶，看看报，日子会过得十分轻松。可楚国杰不愿意，他习惯了学习和拼搏，即便脱下了军装，激情和习惯也不会一下子消退。

楚国杰主动提出，想从事与自己职业相近的业务，县里安排他到黄金局当副局长，国杰再次请辞，主动要求到矿山一线。

楚国杰的想法很简单，他从小在罗山长大，参军后在工程兵部队，在军校读的是测绘专业，习惯了与大山打交道，既然以后无缘与军营为伍，那就与大山做伴，在大山里释放他的激情，这是他的选择和心愿。

楚国杰被安排进罗山金矿，当了一名副矿长。

发小回家，必然聚会，这是老规矩。

楚国雄打电话邀请楚国福两口子到他的山庄聚会，国福媳妇一口回绝："厂里加班生产出口的活儿，山上有龙肉我们也去不了，你们都到我这里来！"

"龙肉倒没有，有空运过来的龙虾！"楚国雄笑了，"三嫂，怹兄弟馋山苜楂包子了！"楚国雄口刁，罗山人都会包苜楂菜包子，可他就喜欢吃三嫂做的苜楂包子。

"你就不怕麻烦恁三嫂！"三嫂数落国雄，"你这是山珍海味吃腻歪了，想吃野菜涮涮肚肠！"

"三嫂猜得真对！"国雄的兴奋一点儿也不掺假，一手按着麻将一边打电话，迟迟不肯发牌。正坐在楚国雄对面的某局长眼睛直愣愣地盯着国雄，见他的脸上笑出了花，惊奇地问："哥啊，哪个女人这么高贵？"

这个局长从来没有看见楚国雄这么眉飞色舞地跟女人说过话。

楚国雄笑了："皇粮换来的嫂子！四万！"

"东风！"局长跟着拍出一张麻将牌，"我就不信！啥样的女人你没见过？！"

"红中！"楚国雄扔出刚抓到手的麻将，"不懂别乱说，这样的女人，谁娶回家也得好生供着！"

"哥啊，不是说吹灯以后都一样吗？！"局长深深长吸了一口烟，徐徐吐出来，迟疑片刻，他才挪出一张麻将，"六条！"他的话里有说不出的轻佻和暧昧。

"和了！"国雄一推麻将牌，"女人的高贵，不在下盘在上盘！"

楚国雄不太爱说话，一个不多说话的人，感觉反而是最灵敏的，他就是一个可以瞬间调动起所有汗毛，对接周围信息的人。按说楚国雄家里吃的、穿的、用的东西都极尽奢华，比国福家里的档次高出不少，可他从来没有在国福媳妇跟前，找到半点优越感。

楚国福结婚时住的是一栋半旧的房子，媳妇喜欢花，国福在照壁前砌出一个小花坛，他把猪圈的粪坑填平了，猪舍地面整出一个斜坡，铺了石板抹了灰缝，在院墙底下穿凿了一个下水道，墙外挖了一个深坑，猪粪都进了墙外的深坑里。国福这一捯饬，养猪的地方扩了一倍，圈里的猪粪用水一泼，顺着圈内的坡度流进墙外的化粪池。原本喂猪时得倾着身子提起料桶探过半人高的猪圈围墙，才能把饲料倒进槽子里，楚国福在猪圈墙上凿出个口子，外面设计了一个燕巢嘴，把饲料舀进燕巢嘴，猪食直接流入猪槽。猪圈墙上方用砖头和黑瓦挡一挡，撒上马珠菜花儿的种子，花儿开得密密麻麻，红的、粉的、黄的、紫的，小小的花瓣像五彩的薄绸罩了半圈。国福春天在猪圈旁边种下一兜葫芦，猪圈像披了一层浓荫的碉堡，待到开了白色的葫芦花儿，长着针状长细尖嘴的葫芦头蜂子嗡嗡而至，不长时间就会垂下一个又一个青绿的小葫芦，好看不说，人家家里冬天喝茶，嗑的不是瓜子，是葫芦籽儿。

山里人忙着种庄稼，多半无暇栽花种草。

国福的旧房子，因了整洁和美化，因了墙外的月季窗前的石榴，连同不值钱的旧盆破缸里的夹桃花、旱莲、秋菊，多了许多韵味和风致；如今国福家里的粉丝厂，和他家的农家小院一样，花团锦簇，时间长了不去坐坐，楚国雄心里也发痒。

别看县里不少要员恨不得天天往国雄山上的行宫跑，也都诚心诚意邀请他到县城的机关办公室去坐坐，楚国雄从来不去这些人的办公室，三嫂的粉丝厂才是他能感到轻松惬意的地方。

楚国雄这几年，对风水越发信赖和讲究，他和南方请来的风水大师到山上转了一圈后，开车下山，直奔粉丝厂。

楚国雄推开办公室门，三嫂正在跟车间主任交代工作，像一枝骄傲的野荷，她一边往手上涂抹护手霜，一边点点头示意国雄。

楚国雄一屁股坐在沙发上，等车间主任出门后才笑着说："'好女人自带风水'，说的就是三嫂这样的女人！"

"那是当然！不是三嫂说你，就你这眼力，看金子还行，看人不行，起码比你三哥晚了三春！"小叔嫂子没大小，这两个人一见面就斗嘴。

楚国雄哈哈大笑："风水不错归不错，指望干粉丝挣到三个亿，你可别叫我等到白头！"

楚国雄抓起一个苹果，"咔嚓"就是一口。

楚国雄是后来才知道，真正想干粉丝厂的人，不是楚国福，这个"皇粮媳妇"，才是那个"作妖"的主儿。

看到这两口子守着罗山满山的黄金不伸手，就知道脚不沾地忙活粉丝厂，成天累得像孙子，楚国雄对这两口子爱恨交加，又气又急，见了三嫂的面就揶揄，俩人说话，就像相声里的捧哏和逗哏。

"山管人丁水管财，敬山神你就别挖山！"三嫂不是甘心站在下风的主儿，她一边嘲弄国雄左手敬山神右手给山掏肚挖肠，一边风扫地一样推门而出，"再过几年，三嫂倒腾出三个亿给你看！我先去跟牡丹江的车打声招呼……"

楚国雄啃完苹果站起来，百无聊赖，双手插在口袋里走到室外。如今的粉丝厂路边栽了龙爪槐和月季，满目绿荫花香的厂房和山上到处都是碎石杂物、井下黑暗冰冷的井巷相比，氛围大不相同。楚国雄依然想不通，这么精明能干的三嫂，为什么就是不肯上山，挖金来钱多痛快！他也知道国福不上山是听老婆话，不像自己的媳妇，就是甩手掌柜的，每天的营生除了花钱，就是打麻将，山上的事情，半点不上心。

大半年的时间没有过来，国福家的粉丝库房又扩了一大圈，库房外面，不光有小推车、拖拉机，还有外地的车都在排队等着装货。三嫂指挥小车出列，散户排了一队，大车排了一队，两队装货，尽量照顾大车先装。

三嫂说："大货车跑长途不容易，早点儿装上打发人家走。这家客户是前年刚增的，东北人喜欢用粉丝炖大骨，粉丝吃火锅也是绝配。客户替我打开了东北的市场，他自己赚了钱，一直打电话邀请我们去东北看看，我和你三哥没空去，也得领人家情。我打发司机捎上两箱烟台苹果，带给客户尝尝。"

楚国雄一声不响，竖了竖大拇指。

楚国杰的老父亲楚云鹤，曾经如此评价过这四个孩子：

楚国华老实，出去不知道能遇到什么事，出息成什么人。楚国福实诚，手巧，改改犟脾气，就是个好把式。对于楚国雄，老爷子吧嗒吧嗒抽了一阵子烟，磕磕烟袋锅，低头说了一句："国雄这孩子啊，不是大好，就是大赖！"

楚云鹤看得一点儿不错，这四个孩子，就数楚国雄敢想敢干，我行我素，从小自己拿主意，谁也管不了。他的名气，如今早就盖过了村书记、镇书记，甚至县委书记，老百姓提起楚国雄，都知道他是实力最大的黄金老板。

楚国雄拥有两处位置绝佳的竖井，井口都开在玲珑腹地，周围遍布富矿。他的竖井，不光提自家的矿，还帮其他抠小金线的人提矿。这些抠小金线的队伍，有的是给别人打提成的，有的是专门偷富矿的。他们自己没有竖井，要借道从井下把矿石提上来。当然，借道不是白借，提出的金矿，一般都是四六分成，楚国雄坐井收账。

楚国雄自己有钱也舍得花钱，早就培养起一群指到哪儿挖到哪儿的敢死队，日进斗金对楚国雄来说，是名副其实。

楚国雄在山上声名鹊起，一是因为出手生死不怕；二是因为他是个好老板。他手下曾有位工人在井下腹部受伤严重，就连工人都觉得连医院都不用送了。楚国雄当场狠狠踹了矿工一脚，嘎嘣扔出一句话："×你妈，赶紧救人！"

救治这名工人，一共花了三百多万元。工人因公死亡，按照保险公司的规定，一次了结，老板除了投保险花的钱，几乎没有损失。抢救工人可就难说了，去医院治疗，花钱是个无底洞，伤残补助也需要一大笔钱。矿工受伤后是抢救还是放弃、治疗效果如何，都取决于矿主的态度。宁肯多花钱，也要救治好工人的老板，不是一个没有，而是非常罕见。

许多矿工，都是亲朋好友组团从四川、贵州、福建、浙江，远道投奔到罗山挣钱养家糊口的，矿井老板是厚道还是刻薄，工人自有评价。外地来的矿工一旦跟了楚国雄就算跟定了，只要他不辞退，工人们都不肯走。外出打工，遇到个好老板不容易，许多矿主年年为找好工人发愁，国雄手里的好工人多的是，手下不缺技术好的钻工等工人，出矿不窝工，老板和工人赚钱都快。

楚国雄靠舍得，养起了一支能打善攻的敢死队，一群优中选优的好矿工，日进斗金，如今，他是人人做梦都想巴结的"三亿哥"。

遇到矿源之争，楚国雄死不相让，这是他的经验。

楚国雄初上罗山，单人独手，也没有多少经验，好不容易找到一条人家废弃的小线，挖到了极品矿石，顾不得休息，白天黑夜在井下挖矿，正打算把矿石运到地面，被外地来的两个偷矿的敢死队的人看见了，这两人像饿狼一样，逼迫楚国雄拱手相让，否则就干死他。

这俩人极为蛮横，仿佛楚国雄流血流汗挖出的矿、找到的金线，是自己的私产。

楚国雄清汤寡水苦干了几个月，好不容易见到米粒，如何肯乖乖就范！他不要命地跟两个人对打，头破血流也红着眼睛往上冲，这两个人被楚国雄的阵势慑住了，到底露怯，乖乖退出。

楚国雄靠拼命，保住了自己好不容易抠出来的富矿，也保住了这条还有不少富矿的小线，终于在这里掘出了第一桶金。

这次富矿争夺，让楚国雄明白了一个道理：狭路相逢，勇者胜！

楚国雄当上真正的老板之后，遇到抢矿，不会亲自动手，但他舍得扔钱，就给工人一句话："给老子往死干！"他规定：打架往后退的工人，扣除三个月工资；打架不怕死往前冲的工人，奖励三个月的工资，受伤算工伤，工资奖金包括一家老小的生活费一分不缺，除此之外，还有丰厚的现金奖励。

罗山的黄金矿脉，或许很短，或许延伸上百公里。

楚国雄和一家大矿本来一个在东，一个在西，两家相向开采同一条矿脉。这条矿脉的品位很高，为了抢挖矿石，双方都在迅速推进平巷，终于有一天，两边人马迎头贯通。为了争夺这些罕见的极品矿源，工人开始推推搡搡，互不相让，进而拿起了石头钢钎。

在金脉纵横交错的罗山，采点星罗棋布，最前沿最危险的采场，不管是个体、集体还是国营金矿，雇用的人都是"敢死队员"，听听这些人的名头，就知道他们是提着脑袋来混饭吃的，生死早就置之度外，加之这些人多半沾亲带故，是抱团出门的，一见自己人流血，立刻群情激愤。两边的人一方占据有利位置打算放火烧洞，另外一方就准备燃放炸药同归于尽，现场堪比战场。

周围都是赤裸裸的明金，高达几百克的品位，轰出来的矿石灰中泛绿，与莹白的石英石紧密相连，明金一眼可辨。进一步黄金万两，退一步两手空空，谁退谁是傻瓜，双方拼的就是胆量。

世界上的任何战争，都是资源之战，抢地盘抢物产抢女人。

没有资源之争，就没有残酷的战争。

国与国，家与家，人与人都是一个道理。

双方人马对峙在井下，日夜不退，脚下是炸药，手里有火机，可以说眨眼工夫就是灰飞烟灭。这场惊心动魄的对峙持续了两天三夜，公安出动了，武警出动了，但无论是公安还是武警，都无济于事，没法制止这场资源之战。

事态严重，大金矿将此事层层汇报，有关部门电令矿长进京汇报。这位矿长深知山上争资源，从来都是真刀真枪火拼，这场争斗一旦恶化，很可能眨眼就是一场惨绝人寰的杀戮。无论是撤退，还是激进，自己都难辞其咎。这位矿长也是一条汉子，他抗旨未遵，选择镇守现场，半步不敢离开。

这口肥肉谁都不想松口，可问题终究需要解决。双方都有投入，都有伤员，现场混乱，各执一词，谁都不肯让步。最后有人出了一个招儿：叫行！谁出价高，这个地盘就归谁开采，现金归对方，相当于一次买断。

这也是一场老天爷、土地神是否眷顾的豪赌，幸与不幸，难以预料。这条富矿矿脉到底有多大的范围？体量有多大？能否获得比叫行出价更高的效益？是赚是赔，谁也不敢说绝对估得准，估得透。

五千万！六千万！……

一个亿！两亿！……三亿！

价格以令人瞠目结舌的额度上升。

双方都是采矿老手，都认定了这里会有富矿，不肯撒手。

本以为大金矿财大气粗，国雄力单势孤，这块地盘对方稳赢，一定会是楚国雄落下风。没想到，这件事情最后出现了戏剧性的翻转：对方账面上没有现成的三亿现金，矿里每年上缴的利润，上级已经分配完毕，一次拨付三个亿给金矿可能性不大。

这座金矿是共和国的功勋矿山，曾拥有一支能征善战的队伍，工人代表刘某某、曹某某、张某曾先后出席国庆节观礼，金矿有七人先后受到过主席的接见。这家金矿1965年，会战一年，开拓平巷三千七百米，这项工程西起玲珑，东至九曲，将罗山的玲珑、大开头、九曲矿点连为一体，穿过好几个罗山村庄的山峦，一批又一批"玲珑金块"源源不断走出罗山，有力支援了新中国的建设。同年5月，国家投资两千两百万元，将金矿原有的五十吨选厂扩到综合生产能力五百吨规模，两千大军云集玲珑，一年之后，三千七百米主平巷配套和辅助工程——选矿厂、修配厂、尾矿坝、龙口自备发电厂、五十公里输送线路全部竣工。

1975 年 6 月 6 日，副总理受中共中央委托，视察金矿，并以慷慨陈词激发了矿场干部职工的斗志。当年岁末，金矿黄金产量突破了四万二千四百两！

……

这家金矿坐拥罗山最好的资源，为国家做出了极大的贡献，中国顶尖的表演艺术家，年年来这座大山深处的矿山，慰问干部职工，跟矿里的干部职工联欢，至于画家和书法家，更是数不胜数。正是这座矿，在新中国成立后安置了成千上万的外地人，但金矿安置的职工绝大多数不是当地人，没有给附近的山村带来一毫一厘收益，他们在罗山日进斗金，利益分配与当地百姓无关。

罗山周围的山村，耕地很少，大多数村庄只有山峦。老百姓想要走出村庄，需要翻山越岭，连村名都带有"九曲"二字，顾名思义，这里的村民进出罗山，要走九曲十八弯的山路！山村没有耕地，缺少收入，除了黄金，没有机会发展，村民穷得叮当响，有的村里十年娶不进一个新媳妇……

国家需要发展经济，当地百姓也要吃饭。

"有水快流"政策的出台，让当地人有了依靠金山脱贫的机会，集体和个人都跑到罗山采矿，两家在井下遭遇"迎头"贯通的事情屡见不鲜，只不过大矿财大气粗，退让的都是地方小矿。

这次大矿碰上了硬碴儿，他们遇到的是楚国雄。

楚国雄是出了名的敢想也敢干，敢舍命，也敢舍钱。

这场矿源之争，最终由省政府实事求是，出于对地方需要发展的考量，协调划界，以大矿损失坑道两万米，减少地质储量四分之一而告终。其日综合生产能力由七百五十吨一下子跌到四百六十吨，让出的地盘，划归罗山镇办、村办和个体金矿分配。

楚国雄守着罗山富矿一采就是十几年，传说当年就收入过亿。

楚国雄冒着倾家荡产的压力，敢于出头，为当地人拿下了一块金色蛋糕，也奠定了他个人罗山第一私人金矿霸主的地位。这口牢牢矗立在玲珑的矿井，令楚国雄在罗山腹地占据矿脉绝佳位置，纵向、横向甚至向罗山深处开挖，成就了他黄金大鳄的传奇。

楚国雄到底有几亿，谁也不知道。

一个敢跟大矿叫板的人，没人能猜出他的口袋里有多少钱。

"三亿"成为楚国雄的代号，代表了他在罗山雄霸一方的地位，以至于不少与他打交道的官员，都笑嘻嘻地称呼他一声"三亿哥"。这个"哥"字的发音，在罗山一带是读作"蝈"字的，就是"蝈蝈"的发音，听起来格外亲切，大家仿佛从小到大一直都是兄弟，在一个锅里摸勺子。

如今，能跟楚三亿称兄道弟的人，身份地位都不一般。

楚国雄懒得说话，跟这些人打交道靠金钱开路，时间长了，他摸清了路数，掌握了对策，成功收编了一批为自己卖命的人。

税务所有认真工作的人看到国雄的选厂里，几十台大磨一字排开，选矿槽子日夜不停，他拿了皮尺在选厂里东量西量，然后到局里汇报，希望让"小皮尺量出大税源"，要求给国雄增加收税额度。此人上午刚跟局里的分管副局长汇报完毕，分管副局长中午就跑到楚国雄那儿，跟他推杯换盏，推心置腹。

楚国雄不咸不淡地说了一句："能为国家抓税收，这是好事啊，南乡的经济一直上不去，还得靠这样的人才！"几天后，这个人就被调到南部，一个连一根工厂烟囱都没有的乡镇去搞税收了。

楚国雄矿上有食堂，山里有宾馆，山珍海味随便吃，里面歌舞厅、酒吧、游泳池、亭台轩舍，一应俱全，有吃有住，有玩有乐，还有的拿，宾馆极尽奢华。这儿是国雄请广州人过来设计和打理的，不对外营业，专门用来招待贵宾。一般人员可以在这里的一楼吃个饭，然后去二楼单间打麻将、唱歌跳舞或者游泳，随便娱乐。这座楼的后面，有一条满是紫藤花的石径长廊，直通后面的一座贵宾楼，这座小楼，一般人就进不去了，贵宾楼里，地上摆的、架上搁的、墙上挂的，哪一件不令人咋舌？

楚国雄手上有金脉，身边有人脉。这些年，国雄要么待在山上，要么飞到北京，即便人不在招远，很多麻烦事情他一个电话就能搞定。

楚国雄如今很难有人请得动，也就是几个发小招呼，才有请必到，也不挑地方，喝口凉水都觉得开心。敢随随便便和国雄说话的，真没有几个人，三嫂算一个。

在招远，大伯子是不能跟弟媳妇开玩笑的，新弟妹进门坐炕时，大伯必先回避，吃过午饭方可与新媳妇见面。到了晚上，才拿个缠了红绸的锤子给弟妹钉门帘，嘴里唠叨着："一钉金，二钉银，三钉钉个聚宝盆……"小叔子跟嫂子没这些规矩，新媳妇一上炕，小叔子立马就可以抬腿上炕，捉弄嫂子，跟嫂子要烟要糖。

楚国雄比国福小一个月，沾了小叔子的光，可以随便说笑。

楚国雄毫不掩饰本性里的顽劣，而三嫂的狡黠，也绝对不亚于国雄，楚国雄倒常常落于下风。他挨骂之后也不生气，反而心情愉悦，仿佛又回到了贱兮兮的年轻时代，三嫂这儿，是他无须设防的地方。

这个世界上许多人走着走着就散了，能一起走下去的，都是亲人。

楚国雄在罗山一直没挪窝；楚国福早就返乡搞粉丝了；楚国杰这下子转业在罗山金矿工作了，发小们又能凑在一块地盘上，这种开心，与金钱没有一点儿关系。

饭菜都端上桌了，大家等了又等，楚国杰才急匆匆赶到粉丝厂，人皱着眉头，满脑子官司，见了好朋友也没能一下子放开。

"自罚一杯吧？我的大团长？"国杰迟迟不到位，国雄见面就开始揶揄。

"不就是喝酒吗？！"国杰毫不犹豫，仰头灌下一杯白酒。他解释自己迟到，是安置了一个遇难矿工的母亲。这位母亲拿到抚恤金后，被改嫁的儿媳全部用于孙子的成长，如今年老体弱，又被儿媳赶出家门，无奈跑到金矿门口悲啼。

按说此事已经处理完毕，金矿不必再管，国杰以影响矿工士气为由，说服矿长，将老太太送到了敬老院，直到看着老太太被安顿好了，吃上了第一碗热气腾腾的饭菜，他这才放心赶过来。

生活在遍布矿井的罗山，矿难引发的家庭悲苦，大家都不陌生，话题自然而然转移到楚国杰的转业选择上。

三嫂最不满意国杰的选择："黄金局我去过，离县委、县政府不远，与招城镇政府相邻，周围有小学、初中，跟招远重点高中一中在一条街上，上班和照顾孩子都不耽搁，是块风水宝地。你为甚非得到山上自讨苦吃，让弟妹回上海？！"

楚国福夹起一只鲍鱼放在国杰碟子里："别光喝酒，有钱难买两头鲍，你先垫垫肚子！"他回头对妻子说："有钱也难买心里的愿意，你不是喜欢粉丝吗？国杰喜欢山！"

"你弟妹回上海照顾我岳父，孩子去上海读书！"楚国杰浑不在意地说，"我在部队一直跟大山打交道，真让我一天到晚坐在那个屁股大的办公室里，看书读报，我就废了，我还是回老家使出看家本领，做点事儿好！"

大家都是发小，不必藏着掖着。

楚国杰和盘托出心里的想法："人工挖山危险因素太大，国外的巷道掘进是靠机械化，效率是人工的几十倍，工人用得少，伤亡也会大大降低；我在部队上琢磨机械掘进有一段时间了，如果能在矿山推进机械化作业，减轻人员伤亡，也算我的梦想成真，为家乡做贡献了！"

"你这是做梦！"国杰话音刚落，国雄出声了，"国杰，这事门儿都没有，你想都别想！"

楚国雄举起酒杯，跟身边的国福"咣当"碰一下杯，一口干掉，他转身对国杰亮亮空杯："我说兄弟啊，自古以来都是一两黄金一条命，这事你能改了？！"国雄不以为然，压根儿不信。

楚国杰看了国雄一眼："还是说说你那儿的伤亡情况吧！"

国杰知道国雄这些年一直干矿山，想摸个实底。

"伤亡肯定有，不过这几年是真没有人给我报了，由下面的经理全权处理。我就给他们划好了杠杠，不哭不闹，除了正常抚恤金，给父母再加五千元，闹事的人按照政策处理，一分钱不多给。还有一条，在我这儿干活的矿工，不管是伤亡还是残疾，孩子考上大学如果缴不上学费，找到我这里，学费我都认，负责到底，前提是得有能耐考上大学。冲着我开出的这些条件，年年都有大把投靠过来的敢死队员。就算井下有伤亡和减员，恁兄弟我也从来不愁缺工人！"

楚国雄给俩人斟满酒："干矿山发的就是血财，想不死人，那是做梦。知道活儿难干，还有人替你冲锋陷阵，得靠舍得花钱。"

　　楚国雄没打算隐瞒。他摸出烟来刚想点，抬头看见三嫂坐在对面瞪了瞪眼，便笑了笑轻轻放在桌上。

　　山上开矿的事，楚国福夫妇插不上话，满桌一阵子沉默。

　　楚国雄不说具体数字，他不想刺激大家。

　　可打小生活在罗山底下，从祖宗那辈开始，到现在的近亲和旁支，谁家没有亲戚朋友在矿山干过活？金矿的伤亡故事，捎着捡着灌得耳朵满满的。招远其他乡镇清明节都是上坟祭祖，唯独罗山人每年清明节都用纸烛香火、元宝猪头，虔诚献给山神，期许山神保佑。

　　这座藏了不知道多少黄金的罗山，还要挖到什么时候？

　　显而易见，只要挖山不止，就会伤亡不止。

　　楚国雄在山上干了十几年，他也一直没有万全之策，事故依然防不胜防："他奶奶的，按说我的井下工作守则、操作流程都是从国营矿山抄来的，天天给工人讲安全教育，还是百密一疏，年年都有伤亡，这事也真没有办法！"

　　"办法总比困难多！"楚国杰满怀豪情，"掘进我干过，外国现在搞得比较先进，伤亡事故少，外国人能干的事情，中国人也能干！矿山要继续发展，矿工也要更加安全，咱们想办法！"

　　"一天到晚就知道挖，挖！"三嫂"啪"的一声把筷子拍到了桌子上，把几个男人吓了一跳。

　　三嫂一点儿也不避讳自己的不满："国雄天天在山上挖，现在可好，又回来个国杰！国家挖，县里挖，连罗山的人都在拼命挖，怎么就没人想想保护这座山？！"

　　三嫂不喜欢有人挖山，态度一直非常鲜明。

　　"三嫂你真错了！我们几个光着屁股在罗山从小耍到大，谁不爱罗山？国家支持开采黄金，要求有水快流，这事谁能挡得住？！"三嫂的话句句扎在楚国雄的心里，他相当不服气，"这个世道还有不稀罕钱的人吗？罗山的黄金藏不住掖不住，咱们自己不挖也叫外面的人挖走了，这些黄金是咱招远地盘上的，都叫外人挖走了，你不着急，我着急！"

楚国雄喝了一口酒："说真的，以前我在罗山上转，总是想借人家的井口走走，多少抓挠点算了。现在，我麻木了，啥也不想，就想使劲挖，抢着挖，挖到手的金子我花不了，那就救济乡里乡亲，架桥修路，积德行善，罗山的坐地户，要是干不过东北虎、四川熊，那才叫不肖子孙！"

"三嫂代表的应该是好多老百姓的想法。"楚国杰也惆怅起来，"我回到金矿上班，你弟妹不愿意，跟我冷战，就连我爹也不愿意，老爷子的脸色，从来没有那么难看过！"

楚国杰转业的时候，妻子明确希望他去上海生活，一来孩子应该在大城市接受更好的教育；二来国杰的岳父年岁越来越大，她的兄弟姊妹也都在上海；三是妻子往来上海频繁，坚信上海有更为广阔的发展空间。

楚国杰拒绝了妻子的建议，二十年来转战天南地北，他面对的都是天大地大的大自然，突然要去上海这种高楼林立、抬头不见天日的地方生活，他觉得憋屈。自己的根在罗山，罗山有与他的专业更为接近的矿业开采，他希望扎根罗山。

楚国杰没有想到，老爹的脸色，比妻子的脸色还难看。

楚国杰选择到金矿工作，也考虑过方便尽孝。

当年母亲去世时，国杰部队任务正紧，没赶上给母亲送终，这是个天大的遗憾。父亲这些年一直独居，自己从军二十年，几乎不曾陪父亲尽情喝过一盅酒。国杰希望自己回到罗山，回到父亲身边，孝敬父亲，回报罗山。

国杰以为父亲会感到满意和欣慰，哪知道楚云鹤眉头紧皱，吧嗒吧嗒抽上一锅子烟，往地上磕磕烟锅，撂下一句话："罗山挖金的人多了，不缺你一个！"

楚云鹤丢下这句话就起身喂羊去了，再也不理会儿子。

楚国杰不是一个没有思想的人，他深深懂得：黄金储备等同国家之间的国力竞赛。国也像一个家，需要有进账有收入，才能确保国家稳中有进。在全国这盘大棋中，罗山只是全国的一颗棋子，罗山是罗山人的全部，对整个国家来说，开挖一座山，这是舍小家顾大家，应该服从国家利益，服从党的领导。

"国家在上"，是国杰不变的信念。在他看来，罗山的黄金，假如继续开采，那就更应该研究新技术、新规划、新方案，对罗山进行保护性开发，他想做这样的事情，如果他不回来，一切只能是空想。

楚国杰被父亲漠视，心里惆怅，他一个人无言地攀到产龙洞，坐在那里看罗山的层峦叠嶂，躺在罗山石板坡上方，身子底下光滑的巨石晒透了阳光，结实有力，煦暖有情。夏日的风，卷着罗山叶的清新、花的芬芳，全身心感受着山顶上的清澈与惬意，国杰的身心与茫茫罗山融为一体，不知不觉，他舒服地仰天睡了过去，无梦也无忧，一觉醒来，连汗毛孔都感觉万分舒畅。

楚国杰更加坚信：大自然才是一个人应该生活和工作的地方，去甚大城市！国杰不图别的，就图个迎难而上，改变落后的矿山生产面貌，用满腔热血和忠诚报效家乡，让国家受益，让罗山受益，让老百姓受益，让千千万万个矿工兄弟受益。

楚国杰想用自己的智慧和本领，让父亲和家乡人民见证罗山儿女的忠诚，见证部队培养的三军将士身上不灭的荣光。

"让自己的梦想，照亮罗山，照亮家乡这片盛产黄金的地方！那个时候，父亲会以自己为荣，妻子也会消气吧？！"楚国杰在心里默念道。

第八章

楚国杰踌躇满志地上任，没想到事业干得红红火火的三嫂和父亲同吹一个调。

楚国杰耐心解释说："嫂子，全国需要一盘棋搞发展，咱们要把格局放大一点！"

三嫂针锋相对："国杰，格局再大，能大过老百姓的饭碗？毁了老百姓立足之地，这叫有远见？！"

"都别吵吵，不兴提山上的事了！"楚国福站起来，"咱弟兄三个先喝个酒，要是国华也能回到罗山，咱哥儿几个就凑齐了！"

楚国福看看国雄，再看看国杰，快乐不言而喻："想当初，日子穷得叮当响，咱们四个人恨不得合穿一条裤子，一根面鱼切两半儿，刚入口还没咂摸够味，就咽下去了，我做梦也没想到，能过上海参、鲍鱼管够吃的日子！国杰回罗山，这下，咱仨又能一块儿在罗山拱槽子，不高兴的话，都不提了！我惯媳妇，也惯兄弟，只要国杰满意，他的选择，咱都得支持！"

"禁止采矿，需要从长计议，就算是民众有心声，想要建议建言，需要通过正规渠道。"楚国杰心平气和，"罗山对咱们这些人来说，是千秋万代的家园，应该合理开采，依法保护。想要提意见和建议，就得能发声，从正规渠道向上级反映情况，私底下嘀咕，没有任何作用和意义！"

"还是国杰正经！"三嫂这次对国杰竖起了大拇指，她又看着国雄说："国雄，你参政议政好几年了，这事你能不能办？！"

"别埋汰我了，我这政协委员是怎么来的，你又不是不知道！再说了，三嫂，要是真的关停金矿，砸了自己的饭碗，我天天带着兄弟们到你的厂里喝粉浆啊？"楚国雄半开玩笑半认真地说。

如何参好政、议好政，楚国雄真没有思考过这个问题。

黄金开采的确有诸多问题，哪件该提？哪件不该提？提了之后，政府能不能解决？楚国雄靠挖金挺直了腰杆，他当然不会带头砸掉自己的饭碗。

楚国杰在部队大小也是个团长，懂得参政议政意味着什么，对于国雄这个身份的来历，他也有些好奇。

楚国雄的委员身份，来得有些巧合，但真不是天方夜谭。

楚国雄心眼不错，兜里有钱，只要有人上门化缘，他都会给三分薄面。换而言之，能摸到国雄门来的人，也都是有头有脸的人，对楚国雄来说，这头舍出去，人情说不定哪天又通过某个渠道补偿回来了，关系越走越近，办事也方便，自己有事的话，一个电话就搞定了。说来道去，权力和金钱就是这么交换的，互惠互利，只不过吃相有的好看，有的难看，渠道不一样。

楚国雄能当上省政协委员，多亏了一位报社副总编辑。国雄为人大方，好说话，山里也有上好的接待地方，一个朋友为联络与这位副总编辑的感情，方便自己发稿完成全年的宣传任务，把副总编辑带到了山上。

副总编辑到达罗山时，楚国雄正好坐罐笼从井下升上来，他有一段时间没下井了，这次下井，是井下刚刚开出了富矿，这些富矿都带着明金，品位极高。

楚国雄混在一群矿工中，头上顶着红色的安全帽，在井下淋湿了半拉身子，脸上沾了灰尘，像是被抹布胡乱抹了一把。

朋友介绍：这位就是楚大哥，楚国雄，拥有几吨选厂云云……

报社副总编辑对于提矿、选厂吨位没啥概念，不知道楚国雄的身价如何定位，他还没有想到如何开口，楚国雄龇牙笑了："大哥，我就是一个在山里自己刨食吃的人，别叫人家笑话。"

这位副总编辑开始并没把楚国雄放在眼里，等他进了国雄的办公地盘，才算大开眼界：室内陈设之豪华远超副总编辑见过的几个省属大企业老总，起码里面的字画和摆件，已经上升到了文物层次，副总编辑是个文化人，识货，在心里暗暗咋舌。

楚国雄说没有提前准备，大家凑合着吃点，中午这桌凑合着吃的宴席上，渤海湾的大对虾有一筷子长，鲍鱼是成盘子的酱鲍鱼，东北的林蛙，内蒙古的羊腿……服务员给每人上了一小盅汤羹，大家哧溜哧溜吃完放下汤盅后，楚国雄这才慢悠悠地问大家："这道蛇羹，味道怎样？"

原来，服务员端上来的是广州空运过来的蛇羹！

酒过三巡，大家七嘴八舌告诉副总编辑，楚国雄在不到二十岁的时候，如何孤身一人闯荡广州；然后破衣烂衫在罗山住了好几年窝棚，如何一步步创建出这么大的事业。

副总编辑惊得瞪大了眼睛，这不就是一个现成的创业典型吗？他敏锐地意识到：即便没有人情，自己也该给楚国雄写篇大通讯，宣传和讴歌楚国雄在改革开放大潮中，立足金山抢抓机遇、开创事业的胆识和魄力。副总编辑是真心实意想挖掘这个素材，毕竟，宣传是他的主业，难得碰到这么一个出彩的人物，国雄身上确实有异于常人的禀赋和意志。

副总编辑有"省城一支笔"之称，他想出手撰稿，这是多大的情面！可副总编辑被国雄拒绝了。

楚国雄憨憨地推托："兄弟，你稀罕到山上玩耍，以后你可以随时过来，车不方便，我可以派车去省城接你。我成天囚在大山旮旯里，和你们相比，我就是个井底之蛙，喜欢听你们说道外面的事。至于宣传，是真的不用，我这儿不宣传都招呼不了。"楚国雄对副总编辑的欢迎是真诚的，拒绝原因也挺实在。

副总编辑曾经听到不少企业家抱怨过：什么"六一""三八"等节日都有人上门化缘，一些社会团体单位平时没啥作为，每逢过节还都想出来嘚瑟一把，让企业出钱赠送礼品。这些人平时工作做了没多少，都把使命说得像天大，弄得企业十分为难，楚国雄说的大概就是此意。

副总编辑见状转移了话题，他给大家介绍新闻行业目前的发展状况和面临的竞争压力，提及报社争取了一个内部优惠政策，只要企业家在报纸上一年付出二十万元的赞助费，对方又无犯罪经历，就有机会争取个省政协委员的头衔。

楚国雄不知道这政协委员有啥用，副总编辑认认真真地告诉他："这个机会极为珍贵，名额有限，绝对不是每年都有。拥有这个身份可以参政议政，及时了解国家的方针政策，洞察和预判行业动向。"

楚国雄本来并没有意识到这个身份的含金量，是副总编辑的最后一段话打动了他。他说开会的时候，差不多都是省里各行各业的精英，每年省里召开会议，成员几乎都是各地企业一把手。会议期间，既是切实了解国家大政方针政策、抓住发展机遇的机会，也是了解社会各行各业最新的发展状况、广交朋友的机会。

"赚钱是为了开阔眼界，做事不能光低头拉车，还要抬头看路，大哥啊，一辈子光瞅着地下不见天，真不行！"副总编辑是个秀才，也很较真，两杯酒下肚，他带着三分醉意七分真情，苦口婆心劝说楚国雄。

副总编辑看出来了，楚国雄不缺资金实力，只是眼界和层次还需要提高。这位副总编辑在报社的威信，是靠一支笔立起来的，但这几年报社抓收入，广告部的毛头小伙们靠着上蹿下跳、能拉广告，出入轿车饭局，经常带着一把手进进出出，开始不把自己放在眼里了。如果能和财大气粗的企业家结成统一战线，那就是强强联合，对自己和报社，对眼前这位金老板来说，都是有所提升的好事，他极力想把楚国雄拉进自己的阵营。

楚国雄不傻，听懂了副总编辑的话："我就是个粗人，哪懂什么参政议政啊，不过，冲着各行各业的精英都去政协开会，咱出去见见世面，也不是不行！"井下刚打出明金，国雄心里正在高兴，这一年赞助费对他来说，无非也就是几斗矿石。

……

楚国雄道出来龙去脉，轮到楚国杰哑口无言了。

参政议政，这是多么神圣的事啊！想不到还可以这样操作。

"国雄这委员的帽子，太值得了！"三嫂一语双关。

324

楚国雄那点事，国杰不清楚，三嫂心知肚明。

楚国雄冲着三嫂龇牙一笑："三嫂说值，咱就值！"

楚国雄在第一次会上就收到不少名片，这些名片令他大开眼界。在车里、会场、餐桌上和小组讨论中遇到的人，几乎都是全省赫赫有名的企业家，楚国雄最感兴趣的一位代表，同在一个小组讨论，居然是省里分管黄金的领导，这真是得来全不费工夫！

罗山每年生产黄金最多的私人矿山，是楚国雄的。可要论兵强马壮，还是省属金矿，他们每年的黄金产量不知道是国雄的多少倍。双方的矿井经常迎头贯通，那位矿长自恃背靠大山，一直不屑和国雄坐在一块儿，俩人算是冤家对头，他们眼下都归会上结交的朋友分管。中国是个法制的社会，更是一个几千年来养成习惯的人情社会，有了人脉，事就好办。

楚国雄在山上斗智斗勇，大战了几个回合，三嫂都清楚，她举起杯子冲着国杰笑了笑："国雄这鳖羔子，能耐大着呢！"

三嫂对着国杰和国福有说有笑，仿佛楚国雄压根儿不是坐在对面："咱不管，国雄有能耐当政协委员，就有责任替老百姓上书，保护罗山！国福，咱家生产线扩建资金还有缺口，你明天就到国雄那里抓！"

"三嫂用钱，不用上山，恁兄弟我亲自送过来！几百万的话，我的后备厢里就有！"国雄也笑了，"整个罗山，也就三嫂敢叫我'鳖羔子'了，我在三嫂跟前，也就剩下显摆钱的份儿了！"

"只要你挖山不停手，我的称呼就不改，叫你一辈子！"三嫂的嗔怪，也是认真的。

"我还真爱听！三嫂！"楚国雄乐乐呵呵应道。

楚国雄认可三嫂，三嫂叫啥他都爱听。那么多人，天天围着他哥长哥短，楚国雄从来没有觉得有多亲，三嫂的这声"鳖羔子"，反而把他叫得乐乐呵呵的，国雄是真的快乐。

楚国雄觉得这声"鳖羔子"，从里到外透着亲。

楚国雄最早蹲罗山时，手中没有钱，手下无人，是自己一个人，把脑袋别在腰带上，偷偷下井去抠小线。他在山上提心吊胆、偷偷摸摸倒腾点好矿，那时候累得像孙子，最惨的时候，还进过拘留所蹲了半个月。

楚国雄单人独手，饥一顿，饱一顿，吃饭没着没落的时候有的是。他每次破衣烂衫下山回家，家里不是冷锅，就是冷灶，还有一个脸不是脸、腔不是腔的爹，爷儿俩三句话不到，就开始抬杠戗戗，回家也得摔门而去，想吃口现成的饭很难。

也只有楚国福两口子，体谅国雄的不易，特别是三嫂，从不嫌他落魄，每逢国雄进家门，她都会去厨房忙着给他弄吃的，临走的时候，不管是饼子、菜包或者咸菜，只要家里有现成的，指定会打包给他带上，让他回山上凑合几天。那个时候，三嫂从来不叫国雄"鳖羔子"，而是"大兄弟"。

楚国雄蹲拘留所的时候，也只有国福两口子给他送吃送穿。

国雄最最艰难、最为落魄的时候，唯一给过他温暖和牵挂的，也就是国福两口子了，国雄心知肚明。

这些年国雄开金矿，开选厂，手里有了大把的金钱，声名在外，好多人想方设法凑到国雄跟前晃悠，他们为什么凑，楚国雄心里倍儿清楚：不就是自己手里有几个钱嘛！

楚国雄跟那些人打交道多了，学会了闭着眼也留神。只有在国福和三嫂跟前，他才会放肆说笑，坦坦荡荡，毫不设防。

三嫂当面骂国雄，是没把他当外人，楚国雄感激不尽。

对着一群天天称兄道弟的人，却不能说真话的日子，并不好过，也特没劲。楚国雄现在学精了，一般人都被秘书挡出去了，电话打过来，要是不想见，摇摇头，秘书就回复："老板出差了，在外地！"楚国雄的电话号码也不止一个，只有少数人才有机会跟他直通电话。自打有了委员身份，很多小虾米也不敢轻易到国雄地盘上蹦跶了，这个身份每年替国雄挡出不止百万无用消费。

楚国雄现在就是站在罗山最高峰上的一只雄鹰，飞起来就可以翱翔长空，黄金就是他腾飞的翅膀，罗山就是他栖息的老巢，他是绝不会放弃这一切的。至于这个委员的头衔，对自己、对罗山真正意味着什么，国雄还真是没有用心琢磨过。

"楚国雄这个熊玩意儿，一直在罗山啃富矿！"三嫂站起来，她给三个兄弟一一斟满酒，"三嫂今晚就提一个酒，你们都给我好好听着：国雄、国杰，嫂子知道，我挡不住你俩到山上挖金，在罗山上，你们代表的是两家人，你俩争矿打得头破血流我管不着，可只要进了嫂子的门，就还是亲兄弟，不能因为黄金离心离德！"

三嫂的话，当然不是没有缘由的。

罗山最富的矿偷着抢，明着抠，这就是许多金老板最初的创业史。提起富矿争夺手段，在山上开矿挖金的人，哪个不是八仙过海——各显其能？为了抢挖富矿，可以说是步步惊心，人人传奇，只不过是楚国雄起步最早，胆子最大，发财最多，风险也更大。

楚国雄当初一个人偷偷跑到废弃的矿井下，壮着胆子回采支护留下来的矿柱，就是冒着极大的风险。被砸死没人知道，尸骨无存也说不定。楚国雄用自己冒着生命危险积攒了三年的血汗钱买了材料和设备，承包了一条小线，资金全部投入进去，扒开毛石，一无所获，心里那份巨大的失落、极度的痛苦、深深的绝望，没人清楚。

村里的同龄人都成家了，个个在家里守着老婆孩子热炕头，只有楚国雄每天孤魂野鬼一般在罗山上打转，每天三餐不继、提心吊胆。头几年，他挣点钱，不是招兵买马，就是添置设备，好不容易支起点开挖，挖不了多久，矿脉不见了，也不知道往哪里打，还要打多久才能看到金矿露头。

楚国雄每天眼巴巴等着进尺之后看见金脉熠熠闪光，一天又一天，资金告急。工人天天跟在他身后要工资，要饭吃，扬言再不开工资，就把他拖进废井里殴死……

一个经历过足够多苦难、生死考验甚至威胁的人，更明晰自己最想要的是什么。听到三嫂的话，楚国雄毫不含糊："三嫂，遇到好矿，叫'爹'也不能退！"

资源之争中，楚国雄从来都是勇往直前，生死无惧，这才成就了自己的黄金王国。楚国雄的意思斩钉截铁，绝对不会因为谁的到来，就拱手谦让脚下的黄金资源。

楚国杰一听这话，也毛了："国雄，你喝醉了吧？！"

"我没醉，话糙理不糙！兄弟你以后就懂了。喝酒，我的大军官！"楚国雄站起来，"我的意思和三嫂一样，以后咱俩在山上争资源，哪怕打得头破血流，那是山上的事，谁也不用让谁！但到了三嫂这里，关起门来，咱们还是亲兄弟，山上是山上，山下是山下！"

"国雄，坐下！这又不是在山上！国杰从部队回来，不和你一样，土匪出身，你说话文明点！"楚国福拉着国雄的衣袖吆喝着，他是个老好人，伙伴们之间谁有不周不正的地方，他都着急，一时间，楚国杰不声，楚国雄不响，气氛冷了下来。

"嫂子是个女人，没什么见识，"国福媳妇的声音淡淡响起来，"金矿发的历来都是血财，国雄有钱，在罗山首屈一指，可这些年，国雄在罗山上死过几回，过的是什么日子，吃过多少苦，咱都不知道。国雄的威风，是自己提着脑袋，在罗山撞出来的。国杰今天的地位，是个人拼搏和部队培养的，乡里乡亲都佩服。你们兄弟俩，都是人尖，都了不起，这是事实，我承认。不过，叫三嫂说，你们弟兄几个能在嫂子家里凑，一不是看钱多少，二不是看官大小，靠的是这么多年的情分！说到挖金，我代表的是不挖金的人的想法，实话实说，老百姓有几个喜欢罗山被挖成这个熊样的？"

楚国福媳妇心里不藏话，痛痛快快说下去："你俩的话，我算听明白了，国家还是继续支持黄金开采，想不动这座山是不可能的。不过，国杰说的话有两点我很赞成：咱们这一代人，总要思谋着为罗山、为罗山的老百姓和子孙后代干点好事。咱们老百姓的看法和心里话，要想办法递上去，国家才会了解下面的情况，考虑开采，也考虑保护，用国杰的话来说，就是得找正规渠道向上级反映，参政议政！"

三嫂转过头："国杰你回罗山，是不是奔着啥目标来了？"

楚国杰实话实说："我在部队时，就知道国外的隧道挖掘和米矿，用的多是机械。咱们这儿的金矿还是靠人工，工人在井下，打孔、爆破、碎石、装载、拖运，一个班组得多少人？采场用工越多，事故肯定也越多，听说从矿上退休的老工人，不少人得矽肺病，要是能将机械设备引进矿山，减少井下用工，我就算没白回来！"

三嫂一听就懂了："你想把人工采矿变成机械采矿？那么井下用人，肯定会少多了！我不懂山上的事，可道理应该都一样。就说做粉丝打瓢吧，人不是铁打的，都有个失手擦脚、心不在焉的时候，打瓢师傅手一轻一重，漏出来的粉丝质量就差大了，一级粉丝和二级粉丝的收购价格，能差不少钱。"

三嫂对粉丝行当了如指掌："圈子村前几年研究出了粉丝打瓢机，自从我家用上打瓢机，产量翻番就不用说了，打出来的粉丝一气呵成，从头到尾力度均匀，粉丝粗细匀称，几乎没有一个小'瘊子'，都是一级粉丝质量，等会儿吃完饭，嫂子带你们去瞅瞅我上的粉丝机械……"

"我吃饱了，国雄你呢？"一听三嫂的粉丝厂已经用上了机械设备，楚国杰说走就走，一刻都不愿意在饭桌上停留。

来到车间，不光楚国杰，就连楚国雄都吃惊了：粉丝厂人声鼎沸，水雾升腾的景象不见了，没有人烧锅、漏粉，也就没有人坐在锅台上，一脚踏着锅边，对着一大锅热水挥汗如雨打粉漏瓢。

三嫂莞尔一笑："机械设备就是好！漏粉是技术活儿，更是个体力活儿，一般人吃不消。现在我们用上了蒸汽漏粉锅、圆气锅，你们过来看看，这台真空机械打瓢机！"

楚国杰围着机器，一会儿弯下腰，一会儿蹲下，摩挲着下巴，看得眼都不眨；国雄不置可否，他抱着胳膊站在那里，不言不语。

楚国杰盯着机械打瓢机若有所思，仔仔细细观察打瓢机的动力机械和主体部分的制动和衔接流程。好大一会儿，他恋恋不舍地站起来："真没想到，粉丝厂已经开始机械化了，这些机械，还是招远人发明的，真了不起啊！"

粉坊里最苦最累的营生，莫过于打瓢。漏粉时要匀速不停一口气儿地把一瓢芡儿打下锅，粉丝拉伸速度不均匀，会出现豆粒大的粉疙瘩，俗称"小瘊子"。一捆粉丝七八斤，出现几只细小的粉疙瘩，就得降一级，送到收购站就瞎一份钱。

粉坊里曾经最为瞩目和神秘的，当数那口巨大的烧锅，粉匠坐在锅台的马扎上，对准悬在大锅上方的漏瓢里采好的芡，一手扶瓢，一手握紧拳头如同捣蒜一样，细密地捣个不停；敞口大锅里热水顶出热气腾腾的水蒸气，云雾一样包裹着粉匠，粉芡像一根根细细的立柱，从粉匠手中的漏瓢里垂直落到锅里，瞬间变成数条粉白的丝状物，在大锅的热水中柔软漂荡，粉匠不惧蒸汽，坐在雾蒙蒙的水雾中，仿佛一尊法力无边的神仙，锅台下面弓身在水缸里挑粉、洗粉、晾粉的人，包括烧锅的，如同围着这尊大神忙忙活活的凡夫俗子。

如今粉丝厂没有了神坛，也就没有了昔日仙境一般的神仙和神话。取而代之的是一只比烧锅缩小了不知多少号的铁桶，置有一个带细眼的活动平盘，上面的捣芡勺头由机械带动，不知疲倦地上上下下，打芡漏粉。

楚国杰正在回忆蹲在锅台上漏粉的粉丝匠，三嫂又说："过去龙虎斗村的青石磨含铁多，老人都说龙虎斗的磨有刺，好使，想定盘好石磨，得提前交定金，排着队拉磨。现在龙虎斗的大石磨都没人要了。粉丝厂如果设备落后，产量和质量上不去，厂子就竞争不过别人！"

走进成品库房，三嫂抓起一扎粉丝递给国杰和国雄："货卖一张皮，用人工漏粉，产量没有增头，外观更不行，质量也上不去。老辈儿收购粉丝，都是按照等级划价，一等粉丝和三等粉丝差在哪里？不就是外观吗？你们都看一看，现在机械漏制的粉丝上，哪里还有'小粉瘊'？"

小时候的旧事，一下子被三嫂拉回到眼前。

"小粉瘊"大家都有印象，就是粉丝上多出的一些水滴状的小粉疙瘩，就是打瓢用力不匀造成的，不光影响粉丝等级，也会影响同步烹调的熟化时间以及上桌之后的口感，会直接拉低粉丝等级。三嫂的喜悦溢于言表："三个粉匠换着班干，也干不过这一台打瓢机，投资虽然高了点，但是好处太多了，一不用哄，二不用催，三不用开工资，到时候开机就行了，二十四小时工作都行，这真解决了粉丝厂的大问题！"

粉丝厂换上机械打瓢漏粉，三嫂也是迫不得已："老粉匠越来越不好找，年轻人吃不了这个苦，没人学，也没人干了，粉丝厂的活儿太累，招工越来越难。设备更新换代之后，产量和质量上去了，用工反而少了，我和你三哥准备把能换成机器的工序，全部换成机械设备，抢先抓住机遇！"

三嫂尝到了机械生产的甜头，她对机械生产粉丝，信心百倍。

楚国杰对于机械工程作业思考已久。

楚国福家里的粉丝机械加工，让他觉得机械进矿山，这个梦想不会有多遥远，他抬头看看远方，罗山只露出半个山头的黑黢黢的轮廓。国杰心潮起伏，他转过头，认真地对国雄说："咱们必须加把劲儿，推动机械化采矿，改变落后的矿山生产面貌！"

"你这是做梦！"楚国雄兜头泼来一瓢凉水，"我是不做这个梦了！你当我没琢磨过机械入矿吗？！"

这个粉丝厂，国雄比国杰来的次数多，粉丝厂的设备更换，他也见过多次："我这么问你吧，国杰同志，矿井井口直径是几米？平巷多宽多高？地面上有的是挖掘机和铲运机，机器怎么送到井下，平巷里能施展开吗？"

楚国雄当真不是没有脑瓜："井下的巷道，你也不是没见过，能开车吗？不能吧？想要开车运矿，需要先扩巷吧？这井下扩巷，得增加多少成本和工程量？金脉又不是找出一条金线就可以一劳永逸，一直开采下去。矿脉的变数太大，这个月让你看见明金兴高采烈，下个月兴许就断头了，什么也打不出来！矿体大小不能准确预计，一旦扩巷到位，出现资源枯竭，就得闭坑，扩巷资金不就白投了？罗山从老辈儿到现在，有多少个坑如今闲着？你想搞机械化采矿，别怪恁兄弟给你泼凉水，你们企业是集体单位，不是你个人说了算，真投上资，到时候竹篮打水一场空，你就是单位的罪人！"

酒已微醺，楚国雄拉着楚国杰的手："恁兄弟我是不做那个梦了！反正罗山有的是好矿脉，我就打一枪换一个地方，哪有好矿吃哪儿，这么大的罗山，好矿采不完！你也别费那个脑筋了，走，我带你们去山上按摩，嫂子也过去，我给你找个活好的……"

"你这个兔羔子，有钱就会烧包！"三嫂呵斥国雄，"恁三哥不去！"

楚国雄咧开嘴："三嫂你想什么呢，我们去洗脚又不是按腰，咱不干坏事！"

"恁三哥的脚就不用你操心了，你的脚别伸错了！"三嫂提点国雄。

马达轰鸣，楚国杰和楚国雄俩人走远了。

331

楚国福夫妻俩还站在大门口，三嫂叹了口气："罗山先有楚国雄这头熊，这下可好，又来了国杰这只狼，还是一只头狼。这么挖下去，罗山会祸祸成啥熊样？我真害怕国杰训练出一群虎狼之师，这对罗山来说，不是啥好事！"

三嫂的直觉异常灵敏，她心神不宁，忧心忡忡。

楚国福紧紧拽着媳妇的手，也叹了一口气："要怪，就怪罗山的黄金太厚实，下手的人太多了！"

他扭头看看月光下的妻子："咱俩不说挖金了好吗？有些日子没有弄三百下了……"国福喝了点小酒，正在兴奋。

"一边去，哪有心思！你也不想想，这俩兔羔子，能在山上捣鼓成啥样？"三嫂非得逼着国福跟着她的思路走。

楚国福略一沉吟："媳妇，他俩都有本事，只不过一个是野路，一个是正路，道道儿肯定不一样。只要有人出头往好道上领，矿山就有盼头，工人也有盼头不是？千难万难，总要有人肯抻这个头，这和经营粉丝厂，也没什么两样。"

楚国福伸出胳膊搂着三嫂的腰："挖矿的事咱不懂，也插不上手，咱就别操那心了。我没有他俩的能耐，可我比他俩有福，娶了个好媳妇！"

"走，咱回去泡泡脚！"三嫂不是个好糊弄的女人，可她明白事理，知道适可而止，这是夫妻之间止损的最好方法，她拉起国福的手，奔向室内温暖的灯光。

罗山这座金山的前途，真不是一个人所能左右的。

生活不易，难得夫妻同心。这些年，如果没有国福无怨无悔支持，三嫂很难圆自己的粉丝梦。是楚国福一步步把自己从门外汉打磨成了粉丝生产技术能手，她才能拿出专门心思，琢磨对外扩大销售和企业发展，有时间安然坐在办公室里喝喝茶。粉丝厂能发展到今天，是三嫂有梦想不假，但粉丝厂能干得红红火火，这里面最起码有国福一半儿的功劳。通情达理的女人都知道，做一对勤劳圆梦、举案齐眉的夫妻，知足相守，挺好。

"个人的梦还是个人圆吧。媳妇，人各有命。咱这儿还好点，挖矿几乎都是在山上，有的乡镇的金矿离村子太近，在房子底下挖金，老百姓的房子地基变形，房墙裂的缝有一指多宽，屋脊弯曲，门窗都没法关。金岭有个村集体搬迁了，说是躲迁，是地下空了，不敢住下去。按理应该把那些金矿关停，一了百结，可金矿还在继续挖，真是作孽。罗山有黄金，肯定逃脱不了被挖的命，早挖晚挖，都是挖。国杰要是能搞成机械化采矿，井下用人越少，就越安全，这对矿工来说是件好事。最起码，国杰是想给金矿和矿工排忧解难，出发点就比国雄强上一截，媳妇，我看好国杰！"楚国福一边泡脚，一边毫不掩饰对楚国杰的欣赏。

楚国福对国杰心服口服，至于国雄，国福也承认他确实有头脑，是个敢想敢干敢玩命的主儿。这么多年，国福一直担心国雄哪天一着不慎会闯出大祸，他在心里一直替国雄捏着一把汗。幸亏国雄顺风顺水，在山上一直没出啥事，而且家业越干越大。

罗山的事，一个人肯定管不了。管不了的事多费脑筋，就是吃饱了撑的。眼前的媳妇才是一座沟壑纵横、风光旖旎的山。

现在的楚国福，就是一头身手敏捷、急于翻山越岭的豹子。

第九章

1989年的冬天特别冷。

全县黄金生产调度会在黄金招待所召开。

这个县级招待所,地处招远温泉中心地带;附近,是省黄金系统依泉而建的黄金疗养院。亿万年前的火山喷发,不仅给招远留下了丰富的黄金矿脉,赐给招远无法计数的黄金,同时也赐予了招远另外一种宝贝——温泉。招远温泉,被考证"距今有两亿三千万年","温泉晚浴"是招远一大景观,它与"黄岗返照""张画先春""普照晨钟""架旗阴雨""公署乔松""祥光烟月""仙洞石门"一起,构成了招远久负盛名的八大景观。

招远温泉的特点,除了泉涌甚盛,犹如沸汤,投以物辄糜,更有一地生二水,"温凉并流"的奇观,又称"鸳鸯河",《广舆记》曾把招远温泉命名为"温凉泉",自古就有"一暖连寒,不籍犀为界""余波汇成河,鸳鸯名可爱"等诗性描绘。

招远温泉"隔瓮能煮水,浸篮能煮菜",可"疗疥疮、驱瘟疫、消饱胀、慰疲倦"。在汤泉最为鼎盛的时代,温泉旁边不是招待所,而是大受百姓欢迎的"疗疥驱瘟、香火鼎盛"的"汤庙"。

这场由市委书记、市长参加,分管工业副市长主持,工业局、黄金局主要负责人出席,部分矿长、副矿长列席的会议,十分严肃,会上摆出的问题,让楚国杰的心犹如坠入寒冬,如同窗外纷纷扬扬飘着的大雪,苍茫而悲凉。

楚国杰不敢相信，传闻都是真的——全县五大金矿之首，占据着全市优质黄金资源，人员严重超编，经费严重超支，旗下几个单位总负债高达数亿元！该矿五千多名干部职工，竟顶着数以亿计的银行贷款，连续两年依靠借钱发工资。如今，工人大半年没发工资，闹事的、上访的，声势越来越大，这座金矿就像一个烂疮，不断腐烂，再不治理，政府都坐不住了！

一座上好的金矿会负债数亿，这是开国际玩笑吗？

楚国杰还是有些不敢相信。

这家金矿的矿石品位一度奇高，否则也占据不了五家金矿老大的位置。金矿长年累月开采黄金，工人流血流汗，偌大企业却居然欠了数亿债务！金矿的钱到哪里去了？被谁祸祸成这样？

楚国杰想起满身疲惫一身泥水，从井下用笼罐一车一车提上来的职工，个个累得摇摇晃晃，在返程的车上，他对一起赴会的矿长说："这家金矿是养了一群耗子吗？干部都干了些什么？！"

矿长淡淡说了一句："你还是想想，为什么叫咱列席吧！"

楚国杰想说："是不是要咱矿去拯救这艘破船？"

见老矿长脸色很差，楚国杰沉默下来，扭头看向车窗外。

直到进了办公室，矿长才开口："这件事情搞好了，就是救了五千人的饭碗和招远黄金系统的声誉；搞不好，就是两家都搅浑了，谁也没个好！一个巨亏的企业，想打包甩给另外一家企业拯救，哪有这么扯淡的事！"

县里的金矿老大巨亏，这件事矿长早就知道了，且已经为此苦恼并且博弈了一段时间。按照市里原来的意见，这家亏损企业的债务，由罗山金矿背；亏损企业职工的生活，由罗山金矿负责。县里原定计划是把这家企业一并打包，合并过来经营。

矿长以年龄大、精力有限为由，宁愿辞职，也不肯同意两矿合并。老矿长是干了一辈子矿山的人，早就把矿山当成了自己的家，多年来好不容易经营得红红火火，他不愿意自己管辖的金矿被扯后腿，甚至面临灭顶之灾。

老矿长对于亏损金矿的情况、几任负责人的能力和人品或多或少有些了解。他很清楚这座县因为有大矿，蓄养了不少盗金贼，对于一群只想偷金的人，想斩断他们的黑手，让他们洗心革面拼命工作，他做不到。这件事不仅牵扯几亿债务的偿还，还涉及五千人的集体思想改造。

更糟糕的是，这家金矿很多管理岗位上的人都有背景和勾连，譬如副县长的侄孙，局长的连襟，镇长的小姨子，还有土地局、科技局、工业局局长的亲戚等等。这些人都是冲着这家金矿优厚的工资福利，一年年安插进矿的，倚仗自己有后台，谁都不肯到一线下井，都是想方设法找个轻松科室养着，别看这些人工作不行，一旦断了他们的好处，那可是蛇蝎一窝，咬也能把人咬死。

老矿长磨破嘴皮，向领导历数合并过来的种种实际困难，都没有奏效。老矿长只好曲线救国，分头找县委、县政府主要领导，推心置腹谈远景。老矿长断言：两家金矿倘若合并，结果一定是罗山金矿的生产秩序被搅乱，风气被带坏，两家金矿一起完蛋！

招远境内的省属金矿，每年的黄金产量惊人，可他们开采出来的黄金，与招远无关，统统都要上缴省里和国库。

招远有五处县属金矿，是县财政的主要来源，其他工业收入，在全地区县级市里排行实际垫底，县领导对此心知肚明。

正如老矿长所说，两家金矿合并，如果一起拖垮，就是让全县财政五大收入一下去其二，主要领导真不敢冒这个险。他们心照不宣，再也没人敢打罗山金矿的主意。这些事情，都装在老矿长的肚子里，他对谁也没有说过。

这次开会，上级通知楚国杰列席，老矿长情知不妙，他猜，上面是不是想让楚国杰出山。作为一矿之主，老矿长靠着多年的处事原则和经验，断然斩断了套在自家金矿脖子上的明扣和死结，顶着压力护住了自己张罗了一辈子的金矿。

至于那座金矿的死活，矿长不想管。在他看来，那座金矿起死回生的可能性微乎其微，主要是这群人不行。这是一个死扣，需要有人断头，老矿长心里有数。

那么接下来会怎样？

谁会是那个倒霉下家？

老矿长担心这个人选会是楚国杰。

楚国杰是部队上培养出来的人才，能打敢拼，头脑灵活，又肯下功夫钻研，矿山管理需要这样的接班人，老矿长其实想把这座自己倾注一生心血的矿山企业，交给楚国杰。如今看来，国杰极有可能被市里纳入了视线，将受命去拯救那座金矿。

老矿长知道楚国杰的品性，担心他临危受命，勇敢接盘。

老矿长不希望看到楚国杰毁在一群衰兵衰将的手里，便有意提醒他："这是一副千钧的担子，几亿债务不会是凭空来的，是这家金矿一茬接一茬，把干部和闲散人养成了偷金的老鼠，只有啃的，没有干的，否则，哪会有这么多债务！这些败家子，竟然敢把盈利花光败光，又向银行伸手！县里是才知道这件事吗？"

老矿长惜才爱才，他想给国杰敲敲边鼓："我为啥宁肯摘帽，也不抻这个头？几亿的债务是具体数字，就不用说了。那家矿的领导们，想想就知道都是些啥货色，调进这家金矿包括旗下企业干管理的人，多半是靠关系送进去拿钱养老的，管理人员包括吃空饷的人占了一半，这些人，这么多年，早就被养懒养散养黑心了，还能指望这些人齐心拼命干，一起去偿还债务吗？这些人归拢到咱金矿，意味着好酒兑上了坏醋，不坏也得酸，肯定没个好！"

老矿长实在不敢也不能说下去了，再说下去就是与组织的对抗："国杰，你这几天赶紧歇假，到上海看看弟妹吧，工作再忙也得顾念家人，别让弟妹有意见。我这儿有盒上好的六安瓜片，你替我捎给弟妹！"

老矿长换了一个话题，转身从橱柜里拿出一个包装精美的盒子交给国杰。国杰的老丈人年事已高，爱人常住上海照顾读书的儿子和老人，俩人这几年两地分居，老矿长十分清楚。

"谢谢矿长！"楚国杰笑嘻嘻地接过茶叶。

楚国杰出门后，低头看看手中的礼盒，轻轻叹了口气。

楚国杰当年一头扎到金矿上班，妻子是当真恼怒。年轻的时候，妻子毅然辞职随军跟着楚国杰先生了女儿，又生了儿子；如今她又决然带着儿子去了上海，把国杰和女儿留在罗山。这一切不怪妻子，都怪楚国杰从来没有站在妻子的立场上，替她设身处地考虑过。

楚国杰从来没有问过爹和娘的相处之道，可他从小就知道，父亲以前干过革命，后来原本也有外调参加工作的机会，都是由于母亲的阻挠，才一次次错失良机。尽管父亲讲述自己经历的时候，不曾有过抱怨，可国杰无端觉得，父亲其实放在哪儿，都是一块上好的料子，就是一辈子听母亲话，围着小家转，一生被埋没在乡下，不像姥爷，一生闯荡天下，活成了传奇。

楚国杰的母亲脾气急躁，不会考虑别人的感受，很多时候，都是父亲在迁就母亲。母亲不到七十岁就身患重病，父亲衣不解带地伺候十年，不用一个儿女沾手。母亲病中多次懊悔，如果不是自己拖累，他们的父亲也是一个能干大事的人。

楚国杰不知道母亲享受父亲无微不至的照顾时的感恩和心满意足，只作为局外人，感受到了父亲的遗憾、母亲的歉意。因此，楚国杰崇拜的人一直都是姥爷，是那个留下过诸多传奇故事的大门楼，他打心眼里认定：男人就应该建功立业，不应该围着小家庭转，一点儿出息也没有。

楚国杰读大学的时候，父亲嘱咐他："外面的人和山里的人见识不一样，路数不一样，你在外面工作，总归要向有见识的人请教。你银宝舅舅在上海当教授，他有文化，你一定要找机会，登门拜访，听听那些文化人说什么，你就说我说了，请他记得罗山还有个家，让他抽空回来给你姥爷上个坟。"

楚云鹤确实想让儿子听听文化人说话。

在楚云鹤的心里，也有一点小小的遗憾：银宝是岳父大门楼的亲生骨肉，也许是他的生母晚兰没有和岳父大门楼葬在一起，也许是从小在外面长大，他没有家乡按时祭奠的乡土观念，这些年，家信是断断续续地通，可银宝几乎没有回罗山给自己的父亲大门楼杨灯扫过墓。楚云鹤习惯老派做法，他心里认为，岳父杨灯在地下，也会盼望着儿子到自己的坟前站一站。

楚国杰在上海一所百年名校里，见到了儒雅的教授舅舅。舅舅大号杨南下，人的名字大概真与命运有种莫名的牵连，舅舅终究生活在南方，招远似乎与他无甚关系。舅舅家过年没有悬挂宗谱的习惯，

338

更不习惯到坟地祭祖，国杰当然没有跟舅舅说父亲云鹤的意见。可在舅舅的家里，楚国杰是幸运的，他遇到了妻子，这所学校一个金融系的高才生。

舅舅让自己的学生跟军人多多互动，互相学习，结果成就了国杰跟妻子的鸿雁传情，两个年轻人心越拉越近，终成眷属。

楚国杰的妻子为了丈夫，甘心随军，丢掉了自己的专业和在上海的工作，她希望丈夫脱掉军装后，多为自己和家里人考虑。

楚国杰觉得他还年轻，男人就是应该以事业为重。

楚国杰的妻子想要回上海，也不是没有经过深思熟虑。改革开放后，上海逐步成为国际经济、贸易、金融、航运中心，经济蓬勃增长，一步步朝着国际化大都市的发展方向迈进。妻子认定，上海是一座极具投资价值和发展潜力的城市，她希望全家一起到上海生活。

然而，楚国杰是个地道的山东人，山东人讲究忠孝两全，根深蒂固。他楚国杰是个七尺大汉，怎么能跟着老婆到上海讨生活？国杰不理解妻子的想法和感受，依然用自己的观念和方式，理解夫妻之爱："有我在，这个家就不用你养活，你想回上海不要紧，只要带好儿子，孝敬好老人就行！"

两个人的心思第一次南辕北辙。

楚国杰的妻子终究选择了带着儿子，回到上海定居。

起初，楚国杰夫妻俩经常通电话，妻子每次都要嘱咐国杰少喝点酒，注意保护身体。现在，两人十天半月也没有一个电话，妻子也很忙，她考了注册会计师，一边给企业兼职，一边捣鼓股票、期货，过得十分充实。

楚国杰不知道的是：妻子的收入，早已经远远高于自己。国杰一心扑在金矿工作上，两耳不闻窗外事，他对股票、期货一概不懂，他认为除了黄金实业，资本就是牛鬼蛇神。妻子不一样，人家原本就是金融系的高才生，在重新拾回专业本领后，彻底融入了上海的金融圈和生活圈。

楚国杰无论如何也对上海爱不起来，他仿佛是个局外人，上海与他无关，他热爱他的矿山事业。没想到的是，楚国杰在金矿上班不到一年，祖宗八代就被矿工们问候过不知多少遍，骂声像雪花一样，纷纷扬扬。

进了金矿之后，矿长让楚国杰负责后勤工作，这块工作原来由一个副矿长兼管，对方表面上如沐春风："哎呀，楚矿长接管，我终于能轻松一点了！"但他心里其实一下子存了很多不满，原因很简单，他负责的范围少了，油水也少了一块。

楚国杰保留了在部队养成的良好习惯，每天头一个来办公室，最后一个走，恨不得晚上再去查查职工宿舍。他在矿区和车间进进出出，今天和这个工人聊聊天，明天和那个工人谈谈心，谁也不知道他在干啥，想干啥。三个月后，办公室出台了一份规章制度，比起原有的制度，条款多，针对性强，细化到位，每条制度后面都有相应的奖惩措施。

研究这套规章制度时，楚国杰热切地希望看到大家的反应，偏偏副矿长们都不作声，一个个表情各异，有的漠然，有的暗笑，有的干脆翻着白眼望着天棚，心思都出奇一致：一个刚进矿山的军转干部，业务啥也不懂，安排在后勤接待接待上级和来宾，管管吃喝拉撒就很不错了，办公室有应付不完的客人，好酒、好菜管够喝，管够造，还想咋的？

这些副矿长们心里倍儿清楚，在几千人的大单位管理办公室和后勤，是有不少油水的。可是在矿山企业，这点油水简直就是鸡腚尖，算不上肉。大家都以为楚国杰不过是嫌弃自己那摊子油水少，变着法子想刷存在感。

矿长摸底征求意见，副矿长多数没当回事，也有人说话很难听："给个鸡毛当令箭！""这事别扯上我们，一线忙得连班都调不过来！"

矿长试图和稀泥："国杰，和兄弟矿山单位相比，弄得差不离，安全别出问题就行了，大家都在一个锅里摸勺子，烂是一块臭是一堆，想让咱矿更好发展是好事，要慢慢来，尽量别搞得领导班子不团结！"

楚国杰的犟劲儿上来了，一有空就找矿长想方设法说服，矿长到底支持了楚国杰，毕竟，这份新的规章制度在管理上针对性强，健全的规章制度，是对矿山和工人的负责，矿长不缺这点高度。

楚国杰到任六个月后，一套覆盖全矿的规章制度开始实施。这些规章制度，全是条条框框，就像一张网，在采场、选厂甚至矿区大院、机关科室，严严实实罩了下来，全矿上至矿长下至职工，都在考核之列，必须服从，否则严惩，甚至对来矿区参观的客人，也有安全要求，必须遵守。

从金矿的废品处理，到后厨的汤汤水水，凡是金矿的事，甭管地面选厂还是井下采矿，楚国杰这个来了不到一年的副矿长，就没没伸过手、没啮摸过的地盘。

楚国杰的这一举动，一下子戳中了马蜂窝。

"姓楚的这是想干啥？！"

"这小子怕是想给自己搭台唱戏吧？"大家都认为姓楚的是嫌到了金矿没人搭理，想方设法画圈揽权，要把矿里的人当成甘蔗压榨。

你听听："喝酒不下井，下井不喝酒，酒后下井罚款二百元！"

放眼全矿，从矿长到副矿长，从车间主任到班组长、矿工，有几人不喝酒？酒是中国饮食文化的一部分，更是联络感情的方式，亦是国人待客之道，红白喜事，业务拓展，职场迎送，更是需要酒来助兴。酒能壮三分胆，能解七分愁，金矿酒风更甚。矿工在井下采场打钻、支护、扒毛，什么工种没危险？吃了这顿饭，下一顿不知道能不能吃，喝口酒怎么了？！班长想提车间主任，车间主任想提生产副矿长，每一步晋升，意味着工资奖金会上涨一大截，群众评议的时候，需要有人给你投赞成票，需要上下级弟兄们支持，平常日子不能通过喝酒吃饭跟他们打成一片，到时候有谁会支持你？

喝酒的理由，太多太多，大家都是睁一只眼，闭一只眼，大家都有七大姑八大姨，需要处理红白喜事。新的规章制度规定，不仅喝酒要罚款，生产岗位甚至卫生环节都有罚款规定，严格执行。结果罚款天天有，奖金月月扣，全矿从上到下，干部职工屡屡被罚，一时间，楚国杰树敌无数。

大家不懂楚国杰的苦心，可是都懂得奖金被罚的肉疼。

几个月后，全矿上下看到新制度不是摆设，都是来真的，罚实的，嘴上骂骂咧咧，一百个不服气，但私底下，工作态度到底端正了不少，上班吊儿郎当、满口酒气下井的现象明显减少。

从心不甘情不愿到自觉执守，大家也慢慢意识到严守工作纪律和规章制度带来的好处，歪风刹掉不少。楚国杰感觉自己打了一场胜仗，让每个工人高高兴兴上班，安安全全回家，这是国杰最大的愿望和良苦用心。

楚国杰曾经目睹一位矿工，酒后摇摇晃晃下井，他恨不得当场揪住工人。可生产管理不在他的职责范围之内，他想阻止，就得按部就班汇报，调动人手补班，会引发班组缺人缺班，影响出矿，而出矿量是上级给定的标准，牵一发而动全身。

给金矿制定新规章制度，绝非国杰心血来潮，而是自有研判。

楚国杰从军十几年，知道军纪的可贵，知道纪律严明，是治军之道，也是治矿之道。只有制度规范到位，奖罚分明，才能提升全矿干部职工的整体素质，带出一支作风优良的矿工队伍；全矿干部职工只要心往一处想，齐心协力，团结一致，就能真正建设好矿山。

楚国杰要的是提高工人素质，建设一流矿山，他跟任何人都没有私仇。他十几年来曾经带领工程兵开山架桥、凿岩穿洞，大山腹地的作业环境，与金矿井下的生产环境，委实没什么太大的区别。

楚国杰在部队上就养成了凡事记录和事故分析的习惯，他通过分析得出一个结论："人的不安全行为和物的不安全状态，是导致事故发生的原因。百分之九十的事故，是来自人的不安全行为，也就是违反安全操作规程。想抓好安全，必须落实细节管理，消除由小事多发积累为大患的恶习。"

金矿地下采场放炮之后，里面的一氧化碳浓度，往往严重超标，会造成一氧化碳中毒，昏迷甚至死亡。工人进入采场作业，金矿有严格的操作流程，要做到"通风、洒水、撬浮石、探空、探水、查盲炮"。只要严格遵章守纪，就可以避免事故的发生。

金矿有个职工酒瘾大，养成了喝酒下井的习惯，积习难改。

矿上规定上班喝酒要罚款，他就偷偷把酒装在水壶里，和干粮装在一起，带到井下再喝。这人喝了酒，就会麻痹大意，把操作流程丢到脑后，忘了严谨遵守洒水和通风操作，有时候甚至只肯通通风，连水都懒得洒，时间久了没出问题，人也就更加肆无忌惮。

这个工人属于轻视操作流程，最终中毒死亡。

工伤抚恤，整个矿山系统，有保险和统一抚恤标准，工资结清，保险和抚恤金一并到位，工人入土为安，就算处理完毕。这个工人的家属除了规定的抚恤待遇，要求将其刚从技校毕业的女儿安排进矿里上班。

金矿职工属于高危职业，工资和福利待遇远远高于其他行业的工人。这时，国家已经有明文规定："女工不允许下井。"也就是说，女性进了金矿，会安排没有什么危险的工作。这个小姑娘文凭不高，没有一技之长，找不到好工作，一个月挣不了多少钱，如果能就此安排进金矿上班，工作轻松，工资奖金福利多，就算端上了令人眼热的金饭碗。

这种情况，金矿没有先例，也不能开这个口子。矿工妻子就此撒泼，搬了铺盖住到矿长屋里，不依不饶。大家一开始都同情工友留下的孤儿寡母，碍于情面好言相劝。可时间长了，影响工作秩序，对方就像豆腐掉进灰堆里，打不得，骂不得，理又讲不通，大家巴不得绕着走。

这事别人可以绕，楚国杰却绕不开，他分管后勤，负责安抚家属，息事宁人，再难缠的事情，他也得克制情绪，做好工作。这娘儿们闹了十几天没有结果，越发悻悻，听说丈夫结算工资时扣了喝酒的罚款，见到国杰怒火中烧。

这女人原本半躺半卧在矿长宽大的真皮沙发上，楚国杰进屋后喊了一声"嫂子"，话音未落，脸上就被结结实实挠了一把："你就是姓楚的？连死人的皮你都敢扒，老娘今天跟你拼了！"

如果不是国杰躲得快，老娘儿们的指头能把他的眼戳瞎。国杰的眼睛是没事，可对方长长的指甲，把他的下眼皮挖下两块皮肉，像两滴泪痕，过了好多天之后才落痂。

楚国杰是在事故发生后才得知，这个工人下井干活习惯喝酒，还把酒和饭菜一起背下井。他不是没有犹豫过，可最后还是下定决心，决定即便人死了也要罚款，以便广而告之，警示后人。

没有人理解楚国杰的苦心，可一个离谱的说法，迅速传得沸沸扬扬："姓楚的连死人的皮都敢扒！"

这句熊话，像屎盆子一样扣在楚国杰头上，让他恶名远扬。

这恶名也不是没有一点儿好处，工人都知道姓楚的铁面无私，许多规章制度便得以严格执行下去，不仅安全事故随之直线下降，就连生产耗材都在同比下降，全矿上下，精神面貌焕然一新。

事故少，耗材低，效益高，干部职工的安全奖金提了一截。

全矿从安全管理到生产效益，从中游跃居全市金矿之首。

凭借这套科学严谨的制度和部队规范化管理模式，这座金矿开始出名了，前来参观的人，除了县里的领导和兄弟单位，其他省市的矿山单位也接踵而来，学习这套管理模式。楚国杰研究制定的这套规章制度，不仅被县里在各大金矿予以推广，而且被其他省市矿山企业借鉴运用，成为矿山治理法典一样的存在。

金矿声名鹊起，成为全国接待上级和外宾参观学习的明星矿。

可惜修合无人见，很少人知道，这是国杰的手笔。

人们还是众口铄金："姓楚的连死人皮都敢扒！"

那年秋天，天高云淡，红彤彤的富士苹果，压弯了枝头。

一位来自京城的年轻女记者，初次来到金矿采访，她的职业就是深入一线，可以下井。金矿一线，当然是地下深处的采场。

随着下井的罐笼一点一点下沉，从满目光明，到落入竖井伸手不见五指，记者的心随之不安地提到了嗓子眼，仿佛被无形的黑暗攫住，那是胆怯。女记者极想拉住同行的人壮胆，又不好意思，她在黑暗中，紧紧拽住了身边人的衣襟，仿佛那也是一种安慰。罐笼只是下沉到地下四百米采场，速度很快，可这漆黑的井壁压力兜头盖脸，每一秒都那么难挨，时间仿佛过了一个世纪那么漫长，这是女记者第一时间的入井体验。

进入地下四百米的井巷，前方是幽暗的灯光，头顶滴答着渗出的水。在采场里，工人在地下百米深处，就着昏黄的灯光劳动，扒毛扬起的尘土，在灯光下肉眼可见；打孔产生的岩浆，随水四处乱溅。记者明明是在跟工人面对面交流，可耳朵里分明像塞满了棉花，声音像隔了一层厚厚的棉毡；头顶的石头龇牙咧嘴，参差不齐，仿佛摇摇欲坠，似乎随时都会掉下来，上下左右全是穿透不尽的岩石，危险来临，无处逃遁，恐惧无端而起。

女记者强忍着不适，在井下转了八个小时，几乎走遍了所有的工段，她的心自始至终揪得紧紧的，一刻都没有放松过。

采访结束，随着下班工人一起升井，看到阳光在井沿从一丝到一片点点扩大，记者的心还是紧紧卡在嗓子眼里，直到罐笼停稳，记者一步踏上明亮的地面，她的心，才"扑通"一下落了下来，重新找到了人间的踏实。

"井下环境，不像是人间。"这是记者明明白白的感受。

井下那种莫名其妙的恐惧和压力，真真切切。

矿工的一线工作，实属不易。在餐桌上，这位记者郑重地发问："我们国家的矿山开采深度和机械化程度，与发达国家的矿山相比，还有多大的差距？"

这一桌，楚国杰奉命做副陪，主陪是负责生产的副矿长，女记者是他的客人。这位副矿长平常只是关心本矿的生产状况和机械投入，对国外的黄金开采从未了解过，回答这种问题需要比较详细的介绍和说明，他当然说不出个丁卯。

正坐在副陪位置上的国杰，心门却被轰然敲响了！

这不正是他楚国杰回罗山，回到金矿的目的吗？

矿山企业地面建设再好，那又怎么样？井下的工人该怎么苦还是怎么苦！改变落后的黄金生产面貌，才是他回罗山的抱负啊！

这个问题不想还好，一旦触及，楚国杰又睡不着觉了。

女记者走后不过几天，金矿井下再一次传来噩耗：

两名支护工人，一死一伤！

楚国杰负责处理事故，又是一段时间焦头烂额，身心俱疲。

金矿是高危行业，安全天天讲，事故年年出。随之产生了一个怪象：金矿想息事宁人，可出了事故的家属六神无主，七大姑八大姨一掺和，今天说好的事儿明天就变卦，额外再加要求和条件，导致事情越来越难缠，不得不把亲属分别隔离开来做工作，方能赶紧把事情处理完毕。这样处理问题，有些不近人情，偏偏还不得不如此去做。

支护工人，是第一时间以身涉险、排除险情的人，工作比较危险。支护工人的工作是否到位，又关系着井下采矿工人的生命安危。也就是说，支护工是在采场放炮之后，最先进入采场作业的人，检查放炮之后的采场内，有无松动的岩石，发现问题，立刻排险，能撬落就撬落，不能撬落，那就想尽一切办法支护牢靠，阻止落石，为后面进来采矿的工人，创造必要的安全生产环境。

这次发现的险情，按照规定，应该选择三米长的锚杆排险。支护工人图省事，就近抓了身边一根两米长的锚杆，站在高处用力挥杆，几百斤重的毛石瞬间坠落，翻转滚动，碾过躲闪不及的他并压住了另一位工人的大半只脚。

楚国杰忙前忙后，处理后事；受伤工人被送到外地医院就诊，花费不菲，工人总算保住了脚，一年半载后，才能上班。在这次事故中，工人确实大意了，本质上，还是由于生产环境高危。

在接下来的金矿领导会议上，楚国杰郑重发言：这是一起不该发生的伤亡事件，矿里应该充分考虑支护工的作业环境和工作特点等因素，找出消除不利因素的方法，改善支护的工作条件，想方设法，让支护工人免受伤害。

金矿日出斗金，家大业大，除了矿长，有专门负责井下采矿的副矿长，有负责选厂的副矿长，还有负责基建的副矿长，这些副矿长，各自拥有很大的资源配置的权力，以及私底下的既得利益。负责后勤的副矿长，权力最小，无非就是开会坐在台上充个人数，年底搞点年货福利，在金矿算没翅膀的鸟，挖掇不起来，也别想瞎扑棱。

金矿出现伤亡，分管生产的副矿长责任最大，奖金被扣，刚又背上处分，肝火正盛，一腔邪火正不知道往哪里发。

副矿长毫不客气地狠狠剜了国杰一眼："你管生产，还是我管生产？看好我这个位置，你就明说！"

楚国杰解释道："我并非针对你，而是矿山安全，人人有责。"

副矿长轻蔑地一笑："站着说话不腰疼，轻飘飘说句话谁不会？有本事你让支护工人不用打反眼！"

楚国杰说："办法总比困难多！"

生产副矿长正好找到出气口："我是真没办法，你成天闲着没事，这事还是你多想想吧！"几位中层干部和副矿长不约而同地一阵轻笑，他们都是一个阵线上的人。

楚国杰初来乍到，在金矿还没有知己的同事，心里不免一阵气结。他气的是这些人麻木不仁——两个工友一个生命转眼化灰，埋入大地；另外一个送到外地医院接骨，日后能否正常上班还很难说。亡故矿工的妻子说老不老，说小不小，一双儿女都还在求学，家庭瞬间支离破碎，这些血淋淋的事实，难道还不足以唤醒大家吗？

楚国杰正为工人的伤亡黯然神伤，副矿长的态度，他实在接受不了。倘若不是为了继续发挥自己的特长，改变家乡落后的黄金生产面貌，他楚国杰也不会把老婆孩子扔在上海不管，一头扎进老家的金矿。

楚国杰紧紧闭上了嘴巴，暗暗下定决心：

这件事不管生产副矿长啥态度，自己是管定了！

一个几千人的矿山企业，除了一把手矿长，下面若干副矿长一个人分管一摊工作，环环相扣，互相牵连。各扫门前雪，也是大家心照不宣遵守的潜规则，楚国杰不管这些。

什么利益关系，什么私人关系，统统不在楚国杰考虑之列。他坚定地认为：同在一家企业上班，就是一家人，一荣俱荣，一损俱损，应该以大局为重。

旧式采矿，大多是以井下预留部分矿体作为矿柱支护。眼下金矿常用的方法，是立木支护或者用长锚索楔入岩石，也会根据需要选择锚杆挂网联合支护、水泥喷浆支护、锚杆挂网喷浆、长矛索注浆等不同方式进行支护，一种是靠了立柱顶千斤的经验，一种是选择注浆和长矛索挤压砸进石缝，原理类似木工用的楔子。

金矿的井下支护方式，无论选哪种，都需要工人以身涉险。尤其是将锚索嵌入头顶的岩石，需要支护工人仰着脸，在本就存在安全隐患的岩石底下打孔。支护工的伤亡率，一直是金矿所有工种中伤亡率最高的，占了全矿伤亡事故的四分之一多，这是一个必须高度重视、需要迫切解决的问题。

楚国杰认为生命安全高于一切，应该以人为本。

楚国杰查阅了大量的资料，大胆提出建议：从国外引进中深孔台车，化解支护工伤亡率居高不下这个难题。他了解到，国外的矿山企业，多半使用这样的打孔设备，效率高，用人少，伤亡率更是低得令人难以置信。

楚国杰的这个提议，仿佛天方夜谭。

要知道，一台进口中深孔台车，需要三百万人民币！

别说全县的金矿，就是放眼全国的矿山企业，还没有从国外引进专业打孔设备的先例！

楚国杰并非异想天开，他考虑的不仅是安全因素，还有经济效益：四台国产90钻每天的进尺效率和一台中深孔台车的效率相同。前者需要四十八个工人才能维持正常运转，钻机旋转角度需要人工测量；而中深孔台车的运转只需要六个工人，钻臂可以旋转三百六十度，并且实现自动换钻杆。另外，一台90钻八个小时能打30米钻孔，一台中深孔台车一分钟就能打一米。中深孔台车虽然投资大，但是用工少，电耗低，效率高，随之矿山出矿能力也就增加了。

楚国杰深信新技术、新设备引进矿山，是矿山未来发展壮大的必由之路，也是大势所趋。他锲而不舍，一次次找矿长沟通，阐述利弊和远景，决心推进机械设备入矿，为赶超国外矿山发展做准备。

老矿长征求生产副矿长的意见，副矿长嗤之以鼻："也不想想，外国的东西，矿工不懂英语，谁会使用？一台机器还不知道能不能用，就要花掉全矿三百万人民币，脑袋进水了吧？"

老矿长看了副矿长一眼，没有放声。矿长是一把手，他统管全局，自有考量。国杰无疑是一个想干事、愿干事、会干事的人，矿长支持楚国杰的方案——丢不下骆驼，永远赶不上火车。

一台打孔设备花费三百万人民币，金矿做了中国第一个吃螃蟹的人。中深孔台车运到金矿，生产副矿长冷冷看了一眼，看见崭新的机器摆在井口，体积比金矿的井口大了一圈，吊装的罐笼根本装不下，井口也下不去，生产副矿长啥也没有说，转身走进矿长办公室，幸灾乐祸地说："矿长你去看看吧，设备比井口还要大，你去看看那位怎样把它送到井下！"

矿长也大吃一惊："这么大的一笔钱投都投上了，送不到井下，无法启用，怎么向市里交代？"

生产副矿长克制着内心的乐不可支："谁主张，谁负责！"

楚国杰看着心急如焚的矿长十分淡定："办法总比困难多！"

楚国杰从商务局请来翻译和汽车大修厂的机械师，先把所有的标识和使用手册翻译成中文，接着用拆装的方式，把台车运到井下，重新在井下组装起来。

中深孔台车刚刚投放到采场，工人都打怵操控这个新家伙，不愿意靠前。楚国雄研究之后亲自上阵，操车打出第一个孔，他大手一挥，点出一个机灵的工人，手把手示范。

不到半个月的时间，支护工人都学会了操作。

三个月后，工人们深深爱上了这台机器。

这台中深孔台车在井下移动自如，像开车一样方便，工作时，油缸支腿压地，台车上方有个两米长的长臂，上臂滑道带有钻机和钻杆，可以任意旋转角度，前后左右打孔，而且是用电用油，打两米深的孔仅需两三分钟。

工人之前所用的大多是 90 钻，用风驱动，转移时需要人工拆卸移动，费力，麻烦，并且 90 钻打孔只能上下打，工人必须站在打孔岩石下方，异常危险；中深孔台车的功能更完备，打孔时，工人无须站在作业面下面，也就是说，工人再也不用站在采场岩石底下，打"反眼"了！

打孔快，用工少，高效安全，金矿的打孔成本，从每孔二十八元，一下子降至每孔八元！支护班的工资一下子高出一截，远的不说，打孔数量与工资挂钩，工人的绩效工资直线上升，其中最优秀的工人，一个班打了二十二个孔，创造了全矿工的打孔之最。

最令人欣慰的是，支护工伤亡率一下子降低了百分之八十！

楚国杰趁热打铁，说服矿长拿出一套奖励机制，发动工人钻研新技术，掌握新技能，甚至用重奖方式鼓励工人提合理化建议，参与小发明、小改造。楚国杰坚信人才是第一要素，一定要发掘干部职工的内在动力。金矿拿出专项资金奖励工人发明创造，金矿内部很快掀起了技术革新热潮。

随着各类掘进机械入矿，采矿速度明显加快，新的问题产生了：

原本配套的选厂远远消耗不了金矿每日开采出来的矿石。

矿长第一时间找国杰商量对策，俩人一拍即合：选厂必须进行改造，最好是配套改进设备，运用新技术消化矿石，降低成本。

沈阳召开全国矿山先进技术经验交流会议时，老矿长借口给楚矿长一个放风的机会，把楚国杰带到了沈阳。

楚国杰坐在台下，听到专家介绍国外矿山"多碎少磨"的经验，他的眼睛一下亮了。

当天晚上两点多，楚国杰就敲门，把矿长叫醒了，研究怎么才能把"多碎少磨"变成现实。

楚国杰认为要实现"多碎少磨"，理论上就得降低矿石的粒度，想降低矿石粒度，必须更换现有的碎矿设备，要在碎矿设备上下功夫。

矿长决定，选厂改建、设备更新等事情由楚国杰负责。

楚国杰接到命令，就像听到了冲锋号，迅速行动起来。可电话打遍全国，楚国杰傻眼了，全国压根儿就没有类似的碎矿机械！

楚国杰没有退缩，他请来上级的专家，带着技术员一起研究，三个月后，拿出一套强化型两段一闭路破碎工艺流程。

楚国杰带上图纸三下江南，五闯东北，跑遍了全国几十个厂家，请求研制设备，遭到无数拒绝。半年过去，设备还只是设想中的影子，楚国杰东奔西走，日思夜想，一下瘦了十几斤。国杰求贤若渴，终于打动了一位东北的工程师，他指点国杰：昆明机械厂，有条件生产新式机械。

楚国杰直奔昆明，不久之后，"颚式深腔破碎机"横空出世。

第二年金秋，金矿迎来了一个庄严的时刻，由中国黄金总公司、北京有色金属设计总院等十名高级工程师联合签发意见：

由颚式破碎机和超细碎盘旋破碎机为主组成的两段高效开路破碎流程……在国内属于首创。破碎产品粒度、破磨综合生产能力、电耗等方面，处于领先地位，在矿山具有广泛推广价值。

这是一次选矿矿石破碎环节的技术革命。

整个国内黄金行业纷纷效仿，更新原有的碎矿设备。

楚国杰又一次大获全胜。

楚国杰发明的机械工作原理，简单易懂："你拿一块生萝卜嚼上三口下肚，胃一时半会儿磨不细还会伤胃；同样一口生萝卜在嘴里嚼上三十口再下肚，保证不出任何问题，道理就是这样！"

中深孔台车，将采矿能力由六百吨提高到了一千吨。

碎矿难题，也随着楚国杰的创造性发明，迎刃而解。

后来，当选矿车间遇到生产瓶颈，楚国杰和技术部多加了几个浮选槽，就解决了难题，实现了当年设计、当年投产、当年达产，回收率提高、耗能和成本大大下降，为企业增加了令人瞩目的经济效益……

楚国杰从部队转业到矿山，仅仅几年的时间，就成为全国黄金系统赫赫有名的技术能手，为全矿在全国整个黄金系统赢得了很高的声誉，在他接任原生产副矿长工作后，短短五年，矿山的机械化已经基本实现。

楚国杰出自生产一线，能发现问题，能解决问题；像他这样既懂技术，又会管理的人，是全国黄金系统的宝贵人才，如果被提拔到省级和国家级别的管理岗位，那将是全国黄金系统的福音。

然而，领导也许相中了楚国杰这匹黑马，也许会委任他去拯救那座连年亏损的金矿……

老矿长呆呆地坐在椅子上，看着暮色染遍窗外的大山。

窗外，罗山有着看不透的凝重。

第十章

楚国杰到底接下了这副超乎常人想象的重担。

楚国杰是一个人悄悄来到这家负债几个亿的矿山企业的，他想悄悄摸摸底，看看欠了这么多债务的企业，如今到底有着怎样的面貌。要知道，这家矿山企业，十年前可是全国黄金系统的一面红旗。

楚国杰来到办公室，敲门而入，办公室的景象一览无余：两个中年女人坐在靠近南窗的办公桌前，舒舒服服地织毛衣；四个画着猩红嘴唇、穿着时髦长裙短裙的年轻女孩，围坐在沙发前，守着瓜子和苹果，边吃边对着一本时装杂志指指点点。

楚国杰连续问了两遍，才有人抬起头问："你找谁？！"

楚国杰问："谁是办公室主任？"

两个年轻女人异口同声说："不知道！"

还有一个女孩大大咧咧地说："死了！"然后咯咯咯笑了，不知道和主任有啥过节。

楚国杰尴尬地站了一会儿，一个中年妇女才抬起头，不紧不慢地说："他今天不过来，有事你改天来找他。"

对面的女人站起来，走到说话的女人身边说："我听说主任好像回家种花生去了，这几天都不回来。你快看看我这袖子应该怎么缩针……"她看都没看一眼访客。

时至春天，大自然正用勃勃的生机，在人间绽放出无数的赤橙红绿，姹紫嫣然，确实正是花生播种的季节。

这座金矿的办公室，也像一堆没人管的野草，在疯狂生长。

楚国杰无言退出，接着一一去了财务科、政工科、安全科、技术科、基建科……财务科大门紧锁，政工科大门敞开，里面空无一人。待他把楼上楼下几个科室一一走遍，没有一个科室令楚国杰满意，里面不是空岗，就是混乱无序。女人不是在照镜子，就是在吃零食干私活，像乡下扎堆的婆娘；男人也好不到哪里去，不是人不知道跑到了哪里，就是在聚众取乐。

楚国杰亲眼看见一间办公室里有六七个人在打麻将；在另外一间办公室里，一把扑克扔在桌子上，六个人中有人在穿衣裳，有人往外走，其中一个人说："老李今天赢了八十多块钱，出去喝羊汤够了！"另一个人说："大集上的羊汤还行，就是面鱼不强，我知道有一家饼店好吃，不行咱先买上饼，拎着去集上。"

这座金矿，也有工人在干活儿，这些工人差不多都是四五十岁的老工人，大多数从青年时代开始就与这座矿山一同成长，见证过这座矿山的发展。这些干活儿的工人极为坦率，一个个气鼓鼓的，七嘴八舌地告诉国杰，这座矿山是经过第一任矿长的拼搏，第二任矿长的发展，才冲上了全市采金第一大户的位置。

第三任矿长资质平平，是从乡镇党委书记岗位调到矿上的。此人是农业战线上的一面旗帜，本来是接任副市长的人选，结果被人撬了位置，为了搞平衡，他被委派到这座蒸蒸日上的富裕矿山当矿长。这个矿长倒是肯吃苦耐劳，到了井下能和工人打成一片，甚至肯弯下腰和工人比干劲。可惜他不懂矿山管理，被几个副矿长拿捏着。许是这个矿长误以为人多力量大，许是由于矿山奖金高，他身不由己，无法拒绝上级领导和副矿长安排的人，矿里的办公人员一下调进好几十人，为企业的机构臃肿埋下了隐患。

第四任矿长是个头上长疮脚底流脓的家伙，奸诈至极，从县里的招待所主任岗位调到黄金局，又从黄金局调到金矿当矿长，他压根儿不懂金矿，也不管工作，就知道享乐。上任四年，换了两个"小鳖盖"（职工对黑色轿车的蔑称）、四个女秘书，成天带着秘书天南地北出差，把矿里的家底折腾得溜光，用矿里的钱给自己铺好了路子，企业成了空架子，他倒是被提拔起来了。此后，这个矿的矿长一任不如一任，没有钱就琢磨金钱来源，编造项目，从银行搞到投资贷款，钱一到手就大手大脚地花，项目未完工，就想办法脚底抹油，脱身溜走，换个地方继续当官。

领导不成器，机关干部跟着学，都琢磨怎么从矿里搞油水。

家业再大，也架不住三个人养活十张嘴，挡不住一大群灯下黑的歹徒。矿上那些坐办公室的人，谁是谁的情妇，谁是谁的连襟，谁是谁的姑舅弟兄，基本上都能找出后台。小车司机一年报销的修车费能买半辆车；选矿厂的工人在指甲里、头发里、绒裤里往外夹带精矿；至于生产工具，钳子、铁锹和镐头，还有电线，等等，夹带更是司空见惯。没法夹带的，就从墙头里扔到墙头外，或者给保卫科买条烟，保卫科睁一只眼闭一只眼……

楚国杰简直惊呆了，敢情这座金矿，不是养了一群干事创业的人，而是养了一群吃白食和偷鸡摸狗的人。一个工人接着说了一句："这些人还到矿里站一站，耍一耍。俺矿里还养了好几十个光拿工资奖金，不上班吃空饷的人！"

矿工们万分感慨："想当年，他们争着抢着想进来，现在有门路的人都调走了，留下的基本是家里失了势，没有门路、没有去处的人。也就我们这些老工人还知道心疼这座金矿，肯凭着良心干活，能干多少是多少。可光工人心疼有啥用？兵熊熊一个，将熊熊一窝，听说没有人愿意来当矿长，金矿就等着破产了！"

楚国雄懂了，这座金矿差的不是矿山资源，而是人员管理。

老工人的话，也给了楚国杰一丝慰藉：

这家金矿，毕竟还有一些有良知的工人。

楚国杰在这家金矿暗访了一周后，正式走马上任。

楚国杰从正式上任第一天起，就带领全体领导班子成员紧锣密鼓地深入矿区和车间排查摸底，与干部职工交谈，筹划改革方案，考虑生产布局，安排人员分流。这是一段非常时期，国杰忙得一个电话没往家里打过，很少在夜里十二点以前躺下来休息，他的体重，一下子减了二十多斤，头发也一把一把地掉落。

两个月后，楚国杰按照"能者上，庸者下"原则，大幅度裁减管理人员。矿里的干部职工看到姓楚的动真的，来实的，没有任何讨价还价的余地，吃不了苦头的人削尖脑袋调离企业；调不走又不甘心的，有人给楚国杰的汽车动了手脚，有人砸了楚国杰家里的玻璃，有人在他的宿舍门上悄悄泼了狗血，也有人给楚国杰寄来带血的匕首……

楚国杰动了太多太多人的奶酪：选厂的精矿，原来无遮无拦堆积在选厂一角，四五千号人随便进出，金精矿流失严重。

楚国杰在调查摸底的基础上，分流出去手脚不干净的职工，安排基建科将精矿周围垒起高高的院墙，形成四周封闭的精矿库。选厂只留着一道进出门，二十四小时有监控，保安人员全天值守，选厂人员持证上岗，金矿非选厂工作人员，一律不准出入精矿库区。矿里有个职工，上班的主要精力，就是变着法子从选厂往外倒腾精矿，理所当然被赶出选厂之门。这个职工请求调回选厂无果，恼羞成怒，借口汇报工作，闯进了国杰的办公室，他趁着楚国杰低头阅览文件时，拔出袄袖里的匕首扑向楚国杰。如果不是楚国杰反应超快，迅速用胳膊抵挡下来，锋利的匕首也许会戳向他的脖子，把命搭上。国杰被送到急诊室后，面无表情地看着大夫把半截皮肉糊在胳膊上，穿针引线，补补丁一样一针一针缝合，扭头对送他来的同事说："给我根烟抽抽。"

大夫呵斥国杰："这是你抽烟的地方吗？"

司机和一起来的副矿长都被楚国杰镇住了：医生说打麻药影响伤口愈合，楚国杰愣是没让打麻药，任大夫在胳膊上缝补了好几十针，这家伙没皱一下眉头，没吭一声。

从医院出来后，楚国杰看到妻子打来若干电话还有一则短信："父亲病危，盼归！"国杰的心里咯噔一下。这大半年，他听说岳父三天两头进医院，自己不是没想过要回去看看老人，可矿上棘手的问题一个接一个，一直没时间回上海。

岳父这次可能真挺不过去了，问题是现在正是金矿整治的紧要关头，他不能抽身，更不能后退半步，死都不能退！

第二天，楚国杰吊着胳膊出现在全矿大会上，他在会上义正词严："我是来领着大家挣饭吃的，谁捣乱谁就是在砸大家伙的饭碗！想闹事的接着来，我不怕！我死了是个烈士，你死了是个罪犯！只要我在这里当一天矿长，就一定遵循'多劳多得，不劳不得'！金矿干好了，大家都有饭吃，干不好，大家都得出去找饭碗！"

金矿绝大多数干部职工，曾经依靠丰厚的工资，一人养活全家，他们都希望矿山东山再起；认真干活儿的工人，心里有了盼头，他们是最拥护多劳多得的人，希望矿山有效整治，清除害群之马。

楚国杰的改革方案，涉及生产结构和组织结构同步调整，事关金矿生死存亡，两轮驱动，只能成功，不能失败。

矿山优化改革一轮接着一轮，紧锣密鼓地在全矿开展起来了。

楚国杰以安全、高效、低耗为目标，对采、选、氰、冶生产工艺进行技术改造，消除不合理的生产环节；关停七个无资源前景、无安全整改价值的矿区；关停九个严重亏损的实体企业。组织人事方面，全矿一千一百多名管理人员和服务人员，被调到了生产一线；取消下属企业单位招待费，停用从副总、部室经理到基层单位的四十一部非生产用小车；精简了六部两室一处，取消了五个二级机关，实行"一人多职，一职多责"设岗模式。

长期以来，这家金矿从上到下，已经形成了懒散不负责的思维和行动模式，要将这种恶劣的惯性，转化为一心向善的自觉的工作行动，必须进行干部职工的思想观念改造。

好在这一点难不倒楚国杰。

楚国杰搬来部队教育模式，大会不断，小会天天，利用班前、班后和班组、车间以及全矿会议，开展集体教育，提升职工的集体主义思想观念，用全新的企业文化理念，引导干部职工，主动转变思维，转变工作作风。除了教育，金矿动真的，来实的，干部职工从上到下，国杰带头，一律推行军事化管理，矿纪就是军纪，必须令行如山。

楚国杰的治矿理念，有四个凡事：凡事有人管理，凡事有人监督！凡事有章可循，凡事有据可查！他倡导人人都是矿山的主人，责任容不得任何人推诿，楚国杰要求副矿长和职工做到的事情，自己首先是全矿干部职工的标杆，不折不扣执行。

楚国杰的岳父终究驾鹤西去。

岳父出殡那天，楚国杰心急如焚，可他依然无法分身。

金矿的生产结构调整箭在弦上，金矿拿不出经费，国内几位顶尖级专家，都是楚国杰千求万求邀请过来的，人家都是看在国杰的面子上，抽出时间一同来到矿上，每一个生产环节都需要国杰出面，共同讨论。专家的意见和建议，是金矿打赢这场翻身仗的关键，楚国杰分身乏术，他不能丢下几位专家，去到上海奔丧。

楚国杰自知无法去给岳父送行，于情是亏欠，他给妻子转去五万元，妻子拒收，回过信息："是个女婿就回来！"

楚国杰事后跟妻子解释，妻子说："你做初一，我做十五！"

那年春节，儿子打电话说，母子俩不回罗山过年。

楚国杰情知理亏，又没有时间到上海负荆请罪，无奈搬出楚国福的妻子，三嫂夸大了国杰在金矿受伤的事，妻子这才心下一软，带着儿子回了罗山。

这一年的大年三十五更，楚国杰按照惯例，在金矿和值班工人一起过节。楚云鹤点了几个鞭炮扔向大门，孙子兴冲冲跑过去开门迎福，回来的时候，手里捏着两张黄纸："爷爷，爷爷，咱家大门上贴了东西！"

这是两张黄表纸，只有家里刚刚死了人才会贴在门上拒客。

楚云鹤心头一紧，还是若无其事，轻描淡写地对孙子说："这是送给咱家祖宗的钱。"他转过身，把纸钱放在火盆里烧掉了。

楚国杰直到初一中午才回家，儿子把大年五更发生的事情，当成稀罕事儿说了一遍，国杰的脸色瞬间黑了，他担心地看着父亲，老父亲云鹤风轻云淡，安慰儿子："没事，越咒人越旺！"

这两张黄表纸，是楚国杰治理金矿得罪过的矿工，趁着过年，专门到楚家来送"丧门"的，意思不言而喻，存心让楚家一家老小心里不舒服。妻子回来后见楚国杰瘦了一大圈，又亲眼见了丈夫的处境，居然如此险恶，这才原谅了国杰。

自从担任了这座金矿的一把手，楚国杰便没陪同家人过上一个完整的春节；家人的生日，他一概不记得，可矿里的职工，不管是车间主任还是普通职工，生日这天，一定会收到楚国杰亲自发来的信息祝福，金矿还会送职工一个生日蛋糕和一束鲜花。

三年之后，这座濒临破产的黄金矿山，成功摘掉了欠债的帽子；

又过了两年，工资和奖金再次领先全市金矿，干部职工累并痛快着，再一次以矿为荣。

五千职工的饭碗有了着落，五千个家庭有了经济保障。大家安心工作，赚钱养家的工人，谁还会去上访！炸弹定点拆除，有惊无险，市里的领导，都松了一口气。

金矿步入正轨，按说楚国杰可以松一口气了，可他依然毫不放松，把工人管得死死的，与别的金矿相比，国杰的企业多了一条规定："企业学习常态化！"

所谓"企业学习常态化"，就是作为楚国杰手下的干部职工，不光要完成岗位工作，而且要在八小时以外长期坚持班组学习、车间学习。学习内容五花八门，除了矿山安全和技术，还有国策甚至国学知识、法律知识、心理学知识等等。总之，楚国杰要求他的部下，在矿里要做好职工，在社会上要做好公民，在家里要做好丈夫、贤内助。更要命的是这些学习内容不是走过场，而是学过之后还要定期考试，成绩与奖金挂钩。

招远那么多金矿，有那么多的矿长，只有楚国杰这么决绝，一丝不苟地推行他的企业文化，少数不懂国杰苦心的工人，认为这些条款是霸王规定，又开始骂骂咧咧。

楚国福夫妇耳朵里有了闲话，问国杰咋回事。

楚国杰斩钉截铁地说："多学点东西有好处！省得兜里钱多了，回家喝酒、打麻将，搞婚外恋，不知道学点有用的！矿工在家里、社会上闯了祸，最后都得找企业解决，把他们拴在金矿学习，光有好处，没有坏处。工人不光口袋要鼓起来，脑袋也要鼓起来，才能真正提高他们的整体素质。"

楚国杰的心都操到了八小时以外，忙碌可想而知。

楚国杰年复一年，总是自我加压，不是在外考察新技术，就是在矿上陪伴专家，工作越来越忙。他好不容易跟国福和国雄凑一凑，三嫂苦口婆心劝国杰注意休息，国杰总是咧嘴笑笑："干点活儿累不坏，闲才能闲出毛病来！我放一寸，职工能松一尺！"

楚国杰有自己的考量：这盘散沙好不容易有了向心力，一定要和大家保持住这份心气儿！他要带领干部职工，将金矿干到全国一流水平，甚至还要赶超国外一流矿山。

这是楚国杰的抱负，也是他为企业规划出的宏伟蓝图。

楚国杰的身心都扑在金矿上，全然没有时间考虑和管顾上海的老婆孩子，三嫂实在看不下去了，劝国杰抽时间多回上海，陪一陪老婆孩子。

楚国杰浑然不觉："你弟妹挺好的，比我还能干！"

楚国杰非常自豪，妻子里里外外一把手，在上海除了照顾孩子，一点儿也不用国杰操心。

三嫂无奈地对国福说："你告诉国杰，两口子过日子，你过你的，我过我的，不是那么回事儿！人生这一世啊，事业这驾马车要拉好，家庭这驾马车也得拉好，自己的身体更要管理好！"

楚国福对妻子说："国杰那人，认准的事情九头牛拉不回来！"

楚国福一溜烟忙工作去了，男人都粗心，不会想得太多。

楚国福当初要的就是老婆孩子热炕头的生活，他得偿所愿，心全系在老婆和家里的企业上：国福知道自己处理场面上的事不如妻子脑袋转得快，就把对外事务放手交给了妻子，至于粉丝厂的生产管理，他绝对不用妻子操一点心。国福宠妻，肯干，别说俯下身子甘当妻子的绿叶，只要妻子这朵鲜花开得敞亮，把他沤成粪土都行，这对夫妻同心同德，并驾齐驱，国福的生活快乐而充实。

楚国杰不一样，矿山就是他的爱人，就是他的孩子。

楚国杰的眼里心里，全是黄金矿山伟业。新技术在发展，很多东西都要配套改造，该引进的引进，该淘汰的淘汰。崭新的规划蓝图，一个接着一个，别说国杰没有时间分配给家人，就连老婆孩子的照片，他都没时间瞅。

楚国杰的床头柜上摆放着两张照片，一张是妻子坐在河谷旁边，笑意盈盈看着国杰，国杰站在对面，手里拿着一束映山红，正伸手递给妻子。这花是他刚刚在山坡上采下来的，当年妻子是作为恋人到部队上看望他。这甜蜜的一刻，被新闻干事抢拍了下来。在另外一张照片上，儿子刚刚到国杰的大腿根，两只小手向上伸着勉强能够搂着楚国杰的腰，紧紧贴着父亲的腿，扭头看向外面的世界，国杰低头看着儿子，妻子在旁边看着这对父子，这温馨的一刻，是车站送别的时候，孩子不舍得国杰离开，儿子的大姨抓拍的。如今孩子快到国杰肩膀高了，一家人再也没有合过影。

楚国杰了解妻子，妻子素质不错，他们已经有了一双可爱儿女，这是两个人生命的交集，完美无缺。他认为两人儿女双全，都老夫老妻了，传宗接代任务圆满结束，夫妻生活对中年人来说，有和没有，都无所谓。

楚国杰压根儿不曾想到：再能干的女人，也需要丈夫的呵护！

楚国杰错得十分离谱！夫妻之乐，最重要的恰恰是水乳交融，传宗接代，只是夫妻生活的一部分，不然，何来"夫妻床头打架床尾和"之说！

妻子固然能干，可妻子也有万般无奈的时候。

妻子回上海后，找了一份工作，可单人独手的她，照顾孩子力不从心，不得不被迫辞掉了工作。后来妻子通过自学考了注册会计师，替几家微小企业记账；再后来，她专注研究股票和基金，总算做到了学有所用。一个女人，一边陪伴孩子成长，一边创出一份成功的事业，妻子有过多少付出，有过多少不眠之夜，掉过多少眼泪，国杰不知道，他从来不管不问，这个丈夫，妻子半点儿都指望不上。

儿子在学校踢球，小腿被同学铲了一脚，骨折，楚国杰正在国外陪领导考察。妻子后来才得知，是一位权贵在国外赌钱受困，将他和另外一位矿长抓过去救场！

儿子受伤国杰不放在心上，反而出国去伺候一个不可饶恕的王八蛋，妻子的心头，简直怒火万丈。

不少领导身居高位，不懂廉洁自爱，借口考察，今天泰国明天美国，出去不是嫖娼就是赌博。这种事情，她生活在上海圈，耳朵里早就灌得满满的。联想到自己和丈夫两地分居，一年到头几乎没有夫妻生活，妻子不由得疑神疑鬼：丈夫常在河边走，能做到不湿鞋吗？

儿子受伤，多亏了妻子的大学同学高贵邦忙前忙后。

高贵邦是医院所在区域的财政主管，一个电话可以搞定国杰妻子搞不定的事情，他嘘寒问暖，弄得病友都以为高贵邦才是儿子的爸爸。

就是这个同学，第一个拿出资金请妻子帮助操盘，才陆续有同学请妻子帮忙理财投资——上海人讲究专业的事情，交给专业人士去干，自己负责查看收益就行，妻子由寂寂无名，变成小有名气的"金手指"，高贵邦功不可没。

高贵邦是官场中有名的才子，更是同学圈中的领军人物，权力不小，十分好学，经常在专业刊物抛出重磅文章，他的一手毛笔字入笔刚劲有力，既有天圆地方境界，又有稳健深远之意，人品在官场和同学心目中，有口皆碑。

那是一个夏天，高贵邦邀请国杰的妻子帮个忙，国杰的妻子按照地址找到了佘山下的联排别墅，在满是钢筋水泥的城市，这里依山傍水，是个惊艳的存在。眼见餐桌上已经摆好了各色美食，意大利进口的水晶餐具和别墅内高雅的装饰相得益彰，餐桌上精心摆放的鲜花更增添了室内的浪漫气息。

楚国杰的妻子吃了一惊："这是啥情况？有贵客吗？"

高贵邦微微一笑，变戏法一样拿出一支竹笛："今天是你的生日，我来吹一个曲子，祝贺你！"

楚国杰的妻子如梦方醒，今天是自己的生日！怪不得，之前有同学召集大家给她庆生，被高贵邦以出国的理由拒绝。原来他是想单独替她庆生！国杰的妻子不露痕迹地扫了一眼，高贵邦的脸色平静和煦，仿佛这一切天经地义，理所当然。

笛音响起来了，婉转，惆怅，有惊涛也有骇浪，是《上海滩》！

这曲子如同国杰妻子的心情，有惊涛骇浪，也有五味杂陈。她只得低头深吸了一口气，落落大方地坐了下去。餐桌上放着一只蓝色的口袋，里面是两瓶漂洋过海来的葡萄酒。干红无法被阳光穿透，如同帷幕重重，空怀心事；倒是那瓶干白，琥珀一样泛着倜傥的流光。

尽管确定自己还爱着国杰，牵挂国杰，她也承认国杰的家国情怀，值得任何人敬重。可是国杰心里，有老婆孩子的位置吗？国杰在乎过妻子的感受吗？国杰的心里，分明是只有部队、金矿，唯独没有自己的小家！

楚国杰一年到头没个闲时候，脑袋里面不是琢磨部队的事情，就是琢磨金矿的事情，至于人的生活品质和品位，不在他的考虑范围，他志不在此。在国杰看来，成天价端着茶壶，踱着四方步，追求得体儒雅的形象，这是政府行政人员的形象，不是军人和工人的形象，军人要的是雷霆手段，工人需要挥汗如雨，需要较量的是战果。

楚国杰一年到头不是军装就是工装，让他穿西装打领带听场音乐会，他极为不情愿，反而振振有词："山里什么动静没有？比音乐会好听！"国杰见证过大自然的风雨交加，山林呼啸，百鸟欢唱。他个人认为：再好的音乐，都是对自然的模拟整合，是给那些躲在屋里伤春悲秋的人听的，自己没时间也没必要听，他满脑子都是工作。

高贵邦一脸微笑地为国杰的妻子斟上酒，把她缥缈的思绪从遥远处拉了回来。酒里有着不着痕迹的涩和细品之后的甘，宛如国杰妻子此刻的心情，她什么也不想了，眼中只有杯中琥珀的流光。

说起高贵邦，也是一样不容易。他来自农村，事业起步前期，确实有岳丈铺垫，后期都是依靠自己，不论工作还是生活，他都是付出最多、委屈最多的那个。但妻子一天天、一年年总是拿着岳父说事，对丈夫不敬，对公婆不孝，曾经连续十年，不愿意跟丈夫回乡下的老家过年，如若不是为了前程和女儿，高贵邦早就离婚了。

想当年，高贵邦苦练竹笛，本想毕业后在上海找到单位，再向心仪的姑娘表白，没想到，他心中的女神爱上了最可爱的军人，从此让他魂牵梦萦。

时间一点点流逝，酒还在喝，两瓶葡萄酒已经见底，啤酒都已经开了好几瓶。知道酒已经触到了自己的底线，不可以再喝，楚国杰的妻子希望上天保佑，让最后的两杯酒进到大肚能容的人的肚子中。她已经准备好要赖，要么最后的两杯都归对方，要么自己大笑抢先一步撤离，反正已经是酒足饭饱，她绝不能醉。

这里没有曲水流觞，俩人用勺子赌酒。

上帝没有听到国杰妻子的祈祷，并不帮忙。

国杰的妻子用手指一绕，勺子迅速转过几圈，颤颤悠悠居中停下，命运似乎把俩人放在天平上，一样保佑！

匪夷所思，心中一动。

楚国杰的妻子呆住了，不知所措。

高贵邦伸手拿起她的酒杯，一笑而尽："你不能醉！"

没有任何犹豫，她端起他的酒："你也不能醉！"俩人对视一眼低头，一种说不清的情愫暗暗滋长。国杰的妻子十分惊骇，惊骇自己刚才空前绝后的举动，自己，从来没喝过别人的酒！

同学聚会，高贵邦喝酒一直只沾沾嘴唇，他今天是否也是匪夷所思，也是空前？心跳得厉害，又几乎屏住，不能开口，张口就错。

高贵邦站起来，一言不发地拉起国杰妻子的手，她故作镇静地跟他走，没有拒绝。作为一个喜欢读书的女人，某些念头一直暗潜在心头，比如说蒲宁的《秋》，她在玩味那些文字表达手法的同时，曾经随着作者的文字一同深深呼吸过。那些只能意会不能言传的细腻而刻骨的情愫，在念念不忘的同时，也像一滴滴源自大地、源自苍松被阳光关照过的松油，一层层覆盖在自己柔软的心房，变成了一枚润泽透明的琥珀，温润、美丽。

她期待，有朝一日，这种爱，会从心领神会到神魂一体。

这一刻终于来了，她刚刚确认过眼神，她会认错吗？

曾经，自己有无数无处安放的憧憬。

如今，只有一颗无处安放的心。

生命是一个过程，如果只为一日三餐饱，秋冬换皮毛，是不是辜负了上天所赐的神圣灵性？环顾四周，四目碰撞，静得可以听到对方的呼吸。楚国杰的妻子几乎立刻确信，他的宴请就是试探和借口。低下头，鼻口的气息近在咫尺，几乎可以听到对方的心跳。

不行！她推了他一把，转身就逃。

他追过来，紧紧拥抱，轻轻亲吻，并不过分。

为了这一刻，他苦苦等了二十年！

楚国杰妻子的心，无比酸涩，这是一种从未有过的感觉。

这一刻，不，是从勺子两次居中的时候，就开始萌生了这种感觉，她为这种感觉而战栗。蒲宁曾经把两个人之间暗暗流传的情愫，刻画得纤毫毕见，几乎可以让读者跟作者融为一体，跟着作者的灵与肉一起体验天荒地老。作者捕捉灵魂而不是刻画行为的能力，让她对这篇文章过目不忘甚至顶礼膜拜。文中那辆马车驰向狂飙咆哮的大海，仿佛是让两颗星球一样相撞的灵魂，毫无顾忌地融进天地之间滔滔不息的气势磅礴！

"至少在今夜，是无与伦比的！"文中的话语，狠狠砸进国杰妻子的心里。她其实一直期待这种地老天荒，渴望这种无与伦比的认可，这种感觉几乎可遇不可求。

今天，她找到了这种感觉。

这感觉如此美好，身心都是暖洋洋的，连挣扎一下都不愿意。

这是一个安静内敛的女人，可在她内心深处，明明有一份呐喊，有一份岩浆在涌动，她希望有朝一日，心甘情愿为着身外的召唤粉身碎骨，挣裂大地。只要那么轰轰烈烈，倾情爆发一次，在余下的光阴中，她愿意干涸一千年。

就像那千千万万座沉默不语、已经熄灭的火山。

山川壮阔，人生海海，自己明明鄙视世俗的欲望泛滥，可不着边际的梦幻始终无法安放不羁的心灵。她相信，今生今世注定会有个人，有这么一次，要么天上地下，要么大江大海，万里长城，无边沙漠，只要能让她体验到穿越千年的生死与共，她的生命就可以安心放肆一时，灿烂一生。

她丝毫不想背叛丈夫，背叛家庭，但心灵深处，的确有这样一个深深的梦，此刻梦已经来临，她屏住呼吸与蒲宁附体。什么高贵、卑贱，什么道德，这一刻，统统化为乌有。

高贵邦紧紧拥抱着依旧苗条、风韵犹存的女人，从书房到卧室一直喃喃自语："我们浪费了多少青春，浪费了多少宝贵的生命！"

生命转瞬即逝，远不如一块鹅卵石久远。

"无与伦比"的闪念，突然紧紧敲打国杰妻子的心灵，是他，是他，就是他！欣赏、喜悦、期待，心照不宣，很多秘不可宣的感觉，从头顶贯穿到脚底，从心脏流向身体的每一个毛孔。很多情愫在疯狂滋长，终于化作一条奔腾不息的江流，把两个人引向浩瀚的大海。

今天是自己的生日，既然楚国杰从来不记得，从来没有表示，那就让自己大胆一次、任性一次！

这一刻，她需要一个坚实的怀抱，需要与人相依相偎。

高贵邦异常温柔地吻着女人的眼睛、鼻子、嘴巴，甚至脚丫，仿佛捧着一块至宝，不知道怎样安放才好。火燃烧起来了，仿佛要融化忘情中的两个人，这才是真正的男欢女爱啊，从眼神到动作，从灵魂到肉体……高贵邦无比感激怀里的女人，自己这么多年和妻子分房分床，他曾以为自己男根不举，没想到，年近半百，他才真正体会到男人的激情，合欢的美妙！

高贵邦送给国杰的妻子汽车和别墅的钥匙，希望两人定期约会。国杰的妻子拒绝得了汽车，拒绝不了别墅里的怀抱。

楚国杰对妻子不管不问，妻子终于出轨了。

女人出轨，有人乐得每天做新娘，心花怒放；有人患得患失，心身俱疲、狼狈不堪，国杰的妻子是后者。

楚国杰忘了自己的家庭，他一心一意想要在中国金都这片金土地上，留下一行自豪的足迹。为崇高的事业，奉献全部智慧和力量，这就是足以令他自豪的快意人生，他需要全力以赴，需要做事情，解决问题：矿山企业依然是高危行业，矿山污染远远没有解决，资源有限是悬在黄金矿山企业头顶上的利剑……

楚国杰殚精竭虑，思考黄金矿山的未来发展。

"黄金矿山生态工业及循环经济技术"研究，是楚国杰思考的又一项重大工程，他重金聘请国内知名矿业专家，深入金矿，考察论证，规划方案，决心要构建黄金矿山生态工业，构建矿山循环经济链体系。

楚国杰秉持低碳经济、绿色发展的理念，以降低职业危害、减少环境污染、节约矿山资源、保证持续发展为目标，超前规划黄金企业未来，追求"效益金矿、科技金矿、转型金矿、平安金矿、人文金矿"。他按照"减量化、再利用、资源化"的原则，对黄金矿山采矿、选矿、氰化、冶炼的生态工业和循环经济，进行科技创新，追求安全高效低耗损采矿、追求资源综合利用、追求绿色黄金冶炼，对矿山生产进行工艺优化改造，达到综合高效治理。

这项凝聚着楚国杰和全矿干部职工心血的项目，使金矿实现了绿色高效采矿、有价元素综合回收、生态化冶炼以及"三废"的减量化与资源化目标，达到了"节矿、节水、节能、节地和循环利用"的目的，通过了国家环境保护实用技术示范工程现场评审，对全国黄金矿山循环经济建设产生了重要的推进和示范作用。

首战告捷，楚国杰信心百倍，瞄准了尾矿治理。

黄金大地，产量冠盖全国，为共和国做出了不可磨灭的贡献，但氰化尾渣，不可避免地成为当地最大的污染源，影响了自然环境，成为扎在百姓心中的刺。

楚国杰和楚国雄，如今是黄金双雄，赫赫有名，偏偏一个他俩都认可的女人，一直不买他俩的账。这个女人，就是国福的妻子。每次见面，三嫂都会毫不留情地埋汰国杰和国雄："你俩现在是黄金行业的英雄人物，是旗帜；对脚下这片土地，对罗山来说，你俩就是罪犯！"三嫂对自己的观点，不藏不掖。

楚国雄有些不以为然："三嫂，这是发展的必然代价！农民消费土地，企业消费资源，就连粉丝厂，每年不是都要消耗水资源吗？"

楚国杰默不作声，他不是国雄，眼里不唯黄金。

楚国杰这些年内心其实有所改变，他越来越不安。别的不说，站在百姓的角度思考，他认同三嫂的看法，最起码，黄金产量年年提高这种喜讯，他从来不敢对自己的父亲提及，老爷子对于到处开矿挖金，同样深恶痛绝。

楚国杰不得不承认：发展是把双刃剑，一面会助推行业的发展，另一面有可能会伤及无辜。家乡这片黄金大地，的确需要珍视。保护性开采和发展，成为楚国杰日益关注和思考的问题。

黄金矿山，如何减少污染？

如何利用好不可再生的黄金矿山资源？

别的不说，氰化尾渣在当地，长期以来得不到有效处理，至今也没有现成的处理技术，长此以往，将对自然环境贻害无穷。处理好氰化尾渣，是黄金企业应该承担的社会责任和使命。这件事情要是做好了，极有可能实现经济价值和社会价值双赢。

对于投入专项资金，进行氰化尾渣研究开发，全矿绝大多数领导不赞成，原因很简单：一是搞科研需要资金，更需要时间，耗费巨大，不知何时才能看到成果。二是氰化尾渣是所有黄金矿山共同造成的污染，治理不应该由一家企业独自承受压力。显而易见，氰化尾渣，是长期黄金生产遗留的历史问题，如今全市遍布金矿，氰化尾渣治理，就应该由市里牵头，黄金企业共同出资！

楚国杰好不容易统一了全矿的思想，没想到，这个功在当代、利在千秋的污染治理项目，两年没有在市里立上项。师出无名，无法争取政策和资金支持，开展工作困难重重。

这个项目连续两年被一个镇办企业的项目挤掉了。分管领导表示：立项不是不可能，只不过上级批给企业的项目资金，要截留大半作为部门活动经费。氰化尾渣治理迫在眉睫，还是有人麻木不仁。

楚国杰的牛劲儿一上来，抱了破釜沉舟的勇气上书，终于立项成功。他的信中开头就是："毛泽东同志说过：有人群的地方，就有左中右。立项也是如此，有的真，有的假，有的半真半假……"楚国杰罔顾官场潜规则，为民请命，自然也得罪了不该得罪的人。

楚国杰顶着重重压力，连年投入巨资，进行环保科技创新，向氰渣多元素回收这项黄金生产技术前沿和空白地带发起挑战。三年之后，中国采金历史上第一个多元素回收车间终于开始运转：这个多元素车间，年处理氰渣二十五万吨，回收铜八百七十吨、铅五百五十二吨、锌六百六十吨、氰化钠五十七点零二吨，年经济效益达到八千多万元，荣获省级资源综合利用示范项目，此后，这项技术被列为省节能减排工程重点技术，在全省推广。

楚国杰长期专注矿山发展，他深深明白，只有高新技术，才能提升企业竞争力。他瞄准黄金选冶，开展技术创新，黄金选冶捷报频传：湿法冶炼专利技术应用成功，对全国黄金矿山行业产生了深远影响，被誉为"黄金冶炼史上的第二次革命"。

按照国家标准，在全国贵金属监测行业，化验结果允许一定范围的误差。"误差"大小，对黄金矿业的发展起着至关重要的作用，因为化验结果直接指导生产各项指标，最终会影响企业以及客户的利益。

减少误差，对于黄金企业的生产效益的影响，不可估量。

在全国没有一家黄金企业，能够实现百分之百化验合格率的状况下，楚国杰大胆提出了"百分之百合格"这一目标，重奖攻关人员。功夫不负有心人，一名化验员从手表秒针的均匀恒定走动中受到启发，发明了"统一终点操作法"和"自制样品管理法"，用全新的滴样速度标准，创造了中国黄金行业首屈一指的百分之一百化验合格率，被誉为同行业的奇迹。

楚国杰狠抓生产，"严、准、细、全"地管理，不遗余力地率领企业员工致力于科技兴企，自主研发技术先后获山东省科技进步奖十项、一等奖三项，仅黄金冶炼就有十一项技术，申请了国家专利，其中加压氧化工艺、细菌氧化工艺两大技术在国际上处于领先地位。

楚国杰一手抓采矿，一手抓选冶。他在金矿大院内，高标准建起省级实验中心，实验设备、技术、范围、效率、技能，走在全国同行业之前。本着"科技进步，服务社会"的原则，楚国杰在金银市场开发领域，提出合作双赢，金矿竭诚为客户提供免费技术支持，解决地测、采选等方面的技术难题，对于本矿的精矿加工客户，从计量、品位化验等方面，提供公正而准确的服务。

金矿以一流的技术、一流的管理和诚信经营、服务周到的态度，赢得了客户的信任。正如国杰所料：山西、内蒙古等全国各地的客户，一传十、十传百，闻讯而来。这些客户宁愿多跑路，也要把手里的金精矿，送到招远来提炼黄金。

楚国杰的黄金企业选冶板块，由此走上了扩张之路，原料市场，不仅覆盖了全国各地，就连朝鲜、印尼、哈萨克斯坦等地的客户，也跑来合作冶金，真正做到了与四海宾客携手合作。金矿实现了采矿和选矿双赢，在黄金选矿实力和规模方面，成了东亚的老大！

从濒临破产，到采矿、选矿两翼飞翔，楚国杰十几年殚精竭虑，挥洒热血，他所领导的黄金企业，不仅实现了采矿机械化，而且率先在全国迈入了矿山管理的自动化、数字化和信息化！

毫无疑问，这是共和国黄金产业中一颗熠熠闪光的明珠。

楚国杰领导的黄金矿山，成为全国矿山行业乃至其他行业学习的典范，金矿迎来了络绎不绝的观摩领导和参观学习者。

在金矿的总控室，每一个工段的实时情况，每一个必要的数据，足不出户就可以尽收眼底。金矿全程实现了现代化生产：无论碎矿还是磨矿，都在封闭模式下安全运行，工人只需要启动一下电钮，碎矿系统和选矿系统就会自动运行，科技已经成为金矿的第一生产力。

在这座闻名遐迩的金矿的井下，早就建起了餐厅、厕所，配置有紧急避险的洞室，国杰梦想的矿工有尊严的生活，在家乡这片黄金大地上，一一成为现实。

如今这座金矿，产业与科研紧密接轨，黄金采矿、选矿、氰化、浸出、冶金、环保，都有自己独特的先进工艺，已经成为中科院博士生导师带领博士学习、研究和合作的优选之地。

昔日飞沙扬尘的金矿，不仅成为硕士、博士的科研合作单位，而且成为黄金企业首批旅游开放单位，金矿花团锦簇，休闲区内，脚下的小桥流水、锦鲤睡莲，空中飞翔的鸽子，刷新了人们对矿山企业的过往印象，楚国杰荣获全国"五一劳动奖章"。

招远分布有两千多条黄金矿脉，黄金产量连续四十多年位居全国县级市之首，被中国黄金协会授予"中国金都"，这是对招远这片黄金大地的褒奖，也是楚国杰等一大批黄金矿山从业者，用心血和汗水，擦亮了这块奖牌。

按说楚国杰转业到地方，早就超越了自己的梦想。

楚国杰会安于现状吗？不！

楚国杰目光更为远阔，他对脚下这片土地，怀有崭新的憧憬：自从参观过德国鲁尔区，如何将招远这片黄金产业聚集区，发展为黄金文化产业区，成为国杰心心念念想干的大事。

德国鲁尔区曾经是煤矿产区，如今高炉、储气罐和井架这些工业遗产作为那个年代的象征依然耸立，长达数百公里的工业文化线路，纵贯鲁尔区，分布着二百多家博物馆、五十多处该地区工业历史和现状的珍贵见证。招远有上千年的采金历史，得天独厚的黄金工业产业链，这是一笔宝贵的财富，无人捧起，只能是沧海遗珠。

楚国杰领导干部职工，再一次用情怀，写下了黄金人的抱负：金矿投入巨资，利用罗山脚下已经关闭的金矿旧址，建起一座占地一百六十亩的中国黄金博览苑。园区规划为黄金博览馆、矿井体验区、实景展示区、餐饮服务区。这是一座亚洲规模最大、功能最全、现代化元素最多的黄金博览苑，集科技性、知识性、艺术性、历史性等黄金知识为一体，被誉为中国黄金旅游百科馆。

踏进中国黄金博览苑，越过金砂河，迎面而来的是一尊金箔裹身的定海神针，神针打开，仙姑随着音乐移步现身，笑迎四海宾客；通天河里游动着一条条金鱼，引导着游人回到远古的传说；馆中可以模拟火山震动，让游客在震颤中，感受和观摩火山爆发催动着炽热的岩浆与丰富的金元素上升，腾空而起，骤然落地，四溢奔流，蔓延到距离火山喷发几十甚至上百公里的地方，进而形成一条条黄金矿脉……

与中国黄金博览苑毗邻的，是一座占地百亩的淘金小镇，这是一座以宋朝潘美督金传说为版本、以招远"罗峰镇"为原型复建的小镇，设有五路财神，又称"五行金镇"。淘金小镇整体按照宋代风格建造，从督办衙门、镖局驿站，到金铺银库、酒肆戏楼一应俱全，全景式再现了罗山脚下宋朝的建筑风情、饮食娱乐、民俗风情，浓缩了与宋代黄金生产相关的政治、经济、文化等时代特征。

这座融入黄金元素的中国黄金博览苑和淘金小镇，使招远这片黄金大地上的千年黄金情怀，宛如史诗一般，凝固在罗山脚下，牢牢占据了中国黄金特色旅游的制高点，仿佛中国旅游版图上，一面独一无二的金色旗帜。

罗山昔日只见破衣烂衫的外地矿工进进出出，如今迎来了光鲜亮丽的八方游客。黄金博览苑里既可以了解石英脉型金矿、蚀变岩型金矿、风化壳岩型金矿、微细浸染型金矿的区别；还可以通过展陈资料，从刘恂《岭表录异》所载"广州洽江有金池，彼中居人，常于屎中见麸金片，遂多养，收屎淘之，日得一两半两……"了解晚唐时期，农夫从鸭子和鹅的屎中淘金。置身黄金博览苑，可以遍览黄金的前世今生、悲欢离合；可以站在数字版图上，乘坐一艘金色人船，驶向世界上任何一块盛产黄金的地方。

又一个金秋来临，楚国雄的五十岁生日到了。

这天一大早，三嫂给国雄打电话："今天的寿星，说说吧，俺给不差钱的人，准备点啥？"

楚国雄在电话那头哈哈大笑："好礼物与钱没有关系，与真心实意有关系！有些日子没凑了，你通知国杰，他再忙也得过来！今晚三嫂粉丝宴，必须有一道三嫂自己琢磨的新粉丝菜！"

这几年，楚家的粉丝宴真的成气候了，花样百出，好多新品，都是大家见识了天南地北的菜，回来之后改良出来的。兄弟们也乐此不疲，新款粉丝菜是谁的点子，就允许谁命名，这成了几个人聚会的雅兴。

　　这几年，楚国杰和楚国雄，还有楚国福的妻子，分别成为省级和地市人大代表，而且是响当当的"三个代表"，令人艳羡。

　　他们三家谁都不差钱，只不过国雄一直嫌国杰抠门，到金矿吃个饭，还得按规矩来，这也不许吃，那也不许喝。

　　楚国杰指责国雄奢靡无度，败类干部就是这样被教唆坏了。

　　楚国雄大为不满："关我屁事！德行不行，趁早别当官！"

　　兄弟三人也就凑在楚国福家里，什么毛病都没有，三嫂没空伺候，端上一碟酱油花生豆，哥仨也能喝到半宿；一盆简单的粉浆饭、几个馒头，三人也能吃得心满意足。

　　这天晚上，国雄和国杰前后脚进门，大家尽兴喝酒。酒过半巡，国雄借着酒劲儿问国杰："我的大矿长，听说你这个黄金旅游项目投资，花了好几亿。只靠卖票，需要几辈子才能挣回建设投资钱？你说实话，是不是市领导看着你们单位特别有钱，掐着脖子，逼你上这些项目？"

　　"不是！"楚国杰毫不犹豫，"社会效益，不能用经济效益来衡量。黄金是企业立命之本，知识是社会立命之本。这些本来就是黄金人应该承担的社会责任！"

　　楚国雄眨巴眨巴眼睛，咂了口金玲珑，心里泛起点点郁闷。

　　楚国雄，又一次没有猜准国杰的心思！

第十一章

楚国杰成为中国黄金行业的旗手。

楚国雄贵为金都第一黄金大鳄。

楚国福夫妇创办的粉丝帝国，初具规模。

三个发小都在招远，事业干得风生水起，远在济南的楚国华，心里备受煎熬。他住在济南的富人区，每天开着私家车出入，看似风光潇洒，实则无所事事，这滋味其实并不好受。

北方三月的夜晚，冷峻而清冽。济南的街头，除了晕黄的路灯，车辆很少，楼上亮灯的窗户不多。北方城市与南方城市的热闹相比，没有丰富的夜生活，到底还是萧索静谧很多。

这条街的拐弯处，有一间门面不大的网吧，房间内灯火通明，四十多平方米的房间里有几排桌子，电脑一台挨着一台，挤挤挨挨地排列着，很多人头戴耳麦，聚精会神地盯着电脑，虚拟的游戏正刺激着玩家的神经。7 号电脑前，一个眉目清秀的男孩，目不转睛地盯着屏幕，左手指尖快速点击，电脑界面的麒麟喷出火舌，射出的子弹撞击着缓慢移动的长龙一样的五色球，眼看一颗炮火射掉一串同颜色的珠球，一转眼，又有长龙般的珠子缓缓地加入了游戏链，这一局又是胜负难料。

就在这时，旁边伸过一只手，一把扯掉男孩的耳麦，男孩抬眼相看，身子一晃，心说："坏了！被爸妈发现了！"

眼前站着一对男女，女人的鬓发有些凌乱，清秀的脸上写满惊讶，眼睛里满是不可置信，大衣的领子隐隐露出睡衣的蕾丝边。男人高高大大，倘若不是满面怒容，完全可以称得上仪表堂堂。这个高大男人一语未发，拎起男孩的胳膊连拖带拉地往外拽。走出网吧，把他塞进门口的白色桑塔纳上，同来的女人也急匆匆钻进轿车，不一会儿，车子的尾灯一闪一闪，就消失在街的另一端。

这个深更半夜出门寻找孩子的高大男人，正是招远三兄弟念念不忘的楚国华。楚国华在济南这座城市，已经生活了二十多个年头，半夜偷偷摸摸出门玩游戏的男孩，是他十三岁的独生儿子楚一帆。

楚国华一言不发地把儿子推进他的房间，脸上的怒容逐渐消失。孩子见状，擂鼓一样的心也逐渐平复下来。哪知道，楚国华盯着儿子静静地看了一会儿，什么都没说，手却慢慢抽出腰带，扬起胳膊，手中的腰带以迅雷不及掩耳之势对准男孩抽了下去。皮带顺着儿子的肩斜砸向后背，又一下一下砸向他的屁股和腿，每抽一下，孩子就哆嗦着战栗一下。

楚国华似乎没有停手的打算，好像在敲一块木头，他要狠狠教训儿子，让儿子今后不要私自外出。儿子也火了，怒气冲冲地咬牙站在那儿，既不喊疼也不避让，等那根腰带再次带着火辣辣的疼痛抽打过来，他趔趄一下顺势坐在地上。

父亲并不罢手，起脚踹了过去，原本那皮鞋一进门就会换成拖鞋，可今天压根儿没换。连续踹了儿子两下，似乎还不过瘾，他弯腰拖起儿子，又挥起皮带。

"够了！够了！"优雅的女人刚才还一语不发，看到丈夫出手如此决绝，打了还想再打，终于狠不下心，松开咬紧的牙关，挡在儿子身前，对着丈夫吼叫起来，"老子半夜回来，儿子三更出去，这个家还过不过了？！"

楚国华怔了一下，等醒悟过来妻子是在冲着他吼，血往上涌，额头瞬间暴起了青筋，他扔掉皮带，一手抓住妻子的胳膊拉进卧室，"砰"的一声把门关上，门上的卡锁将卡未卡，又"砰"地弹回来，留下一条缝，独留孩子孤零零地站在房间中央。

父母的房间里传来哭声，长到这么大，楚一帆还是第一次看到父亲发怒、听到母亲的哭声，这是他惹的祸。孩子忘记了疼，伸长耳朵听了一会儿，想去看看母亲，可腿一动就火辣辣地疼，他龇牙后退一步坐在床上，有些不知所措。不就是半夜出去打游戏吗？至于弄得全家人仰马翻吗？他到底是个孩子，脑袋凌乱了一会儿，还未想清问题所在，一眯眼就睡了过去。

母亲的情绪已经失控："你现在打孩子，早干什么了？要是忙公司、忙工作也就罢了，你这么多年不上班，孩子的功课也不知道辅导，家里的事情什么都不管，天天半夜才回来，先说你自己，成天都干了些什么？！"

楚国华的妻子蔡婉仪泪眼婆娑，越说越气："同事都说我找了个丈夫是大款，家里开轿车，住在富人区。可别人家的太太不是抱猫，就是逗狗，我天天上班，就靠那点工资过活，化妆品不敢买高档的，衣服不敢买品牌的，同事邀我去美容，我说不感兴趣。其实我是不愿意给你压力！你看一看咱家的现状！半大的男孩需要父亲的引领，你只知道打他，为什么不能多陪陪孩子？难怪我妈说你再富还是两腿泥，压根儿不是贵族的料！"

自己委屈一点儿可以忍受，但丈夫对孩子的漠视，她不想再忍，孩子是一个家庭的希望，父母要做好第一任老师。原本丈母娘歧视女婿的话，是万万不能让女婿知道的，可这话被大声说出来后，她觉得特别解气。

凭什么自己一下都舍不得打的孩子，要被丈夫木头一样地敲打？蔡婉仪豁了出去，她将久已积攒的不满，一股脑儿泼向国华。

"你说什么？"蔡婉仪的话，彻底把国华激怒了，国华的心，此刻还汹涌在孩子二更外出打游戏的震怒里，余怒未消，"我像他这么大的时候，父亲死了！蔡婉仪，你不要像你妈一样市侩！"他一把把皮带狠狠摔在地上。

"楚国华，你说这话，还有没有良心？！"蔡婉仪一下子冲向楚国华，楚国华一闪身，两只大手抓着妻子的肩膀，将她掼在了床上，转身打开门，进了客厅，一屁股坐在沙发上。蔡婉仪本想追出去跟丈夫厮打，想到孩子明天还要上学，便狠狠地把自己扔在床上，一行泪水从眼角滑落下来。

楚国华静静地靠在沙发上，他想抽支烟，刚摸出打火机，想起妻子讨厌烟味，又默默地关掉了，抬腿走出家门。今晚上发生的事情太过突然，他有些措手不及，因而失控。

楚国华需要好好捋一捋。

妻子为什么会怒气冲冲？自己又为什么会突然发作？

楚国华和妻子结婚十几年，他从没有想到妻子心里会有这么多抱怨。刚刚的愤怒，貌似突然，其实仔细思考，自己的心里也早已隐藏着一股惶恐与不安，自己这有些离谱的发作，难说不是惊慌失控的释放。他心里也有惊骇，这是真实的，对儿子的抽打，或许是在掩饰自己内心真正的惶恐吧？

这件事来得迅雷不及掩耳，似乎没有任何前奏，以至于这场突如其来的心志较量，让楚国华事后想想都有些脸红，毕竟，自己的处理方式并不恰当。楚国华一个人出门，走向静静的护城河，希望河边清凉的风，能够开释今晚乱如团麻的思绪。

济南这座城市，自古以来就有半城泉水半城柳之说。护城河以趵突泉为起点，向北向东分为西护城河和东护城河，很多人或者沿着护城河散步，或者坐在河边闲谈，让心事和家事随淙淙不息的清澈河水一起默默向前奔涌。谈恋爱的时候，楚国华和蔡婉仪曾经在河边不知说过多少悄悄话；这几年他无所事事，经常来到这里看人下棋，打发百无聊赖的日子，麻木无着无落的心情。

尘封的往事慢慢打开，定定地凝视灯光下的水面，楚国华想起了自己的父亲。父亲的身影仿佛潜藏在水的深处，已经看不清眉目。国华回忆起父亲曾经说过："不管干什么，能弯下腰就行！"

父亲是个勤快的人，家里有四个儿子，就是四份责任。父亲每天下井很累，他回到家里，还要精心侍弄家里的母猪，母猪一窝一窝下崽，仿佛家里有个小银行。父亲不知疲倦地忙活，攒钱，是想给四个儿子长大后一人盖一栋新瓦房，无奈天未遂人愿。

对于"弯腰"之说，楚国华当年还小，对这句话似懂非懂。随着阅历和年龄的增加，国华理解了父亲。从英年早逝的父亲，想到自己眼下的处境，楚国华想通了，如果没有更为合适的投资项目，那就回归一颗平常心，最起码先找个工作干着，然后再作观望和打算，不能继续这么无所事事。

护城河的水波闪着粼粼的金光，慢慢流淌，楚国华吹起了口哨，这是妻子喜欢的《莫斯科郊外的晚上》。眼下，他没有理由继续逃避，一定要振作起来，努力创业，为家庭创造幸福。

第二天晨曦刚出现在东方，楚国华就在厨房里忙开了，一夜未睡的他系上围裙，细细地切了肉丁和菜末，和好面粉，搬出面案，有板有眼地为妻子和儿子包馄饨。看着算子上躺满了元宝一样的馄饨，楚国华忍不住微笑起来，厨房里的活儿他疏远太久了，都是因为自己娶了一个温柔贤惠的好太太。

楚国华把热气腾腾、飘着蛋花和香菜的馄饨，还有冒着热气的牛奶端上餐桌，看着妻子和儿子安静地坐下来吃早餐，他暗暗松了一口气，拖开椅子坐下来，征求妻子的意见："晚上我带儿子出去撸肉串可以吗？"婉仪瞟了一眼国华，什么也没说，点了点头。

儿子在玄关处弯腰提鞋，国华嘱咐儿子："放学后我在学校大门口东面的树底下等你。"妻子说得没有错，人在家里不算数，得心在家里，知道家人的需要，才叫一家人。

儿子的状况不容小觑，打骂只能适得其反，昨晚儿子一动不动任其"动武"，其实是一种无声的反抗，看起来靠打是打不服的。十几岁孩子如同初生的牛犊，到处都是想撒欢尥蹄子的地儿，最可怕的是他们并不知道如何分辨哪里暗潜危险。

楚国华和儿子一般大小的时候，也曾有闯祸的经历。那年他怂恿小伙伴去爬"滚驴坡"。滚驴坡是一块巨大的石头，有五六个人那么高，仿佛一个坛子只露出小半部分，两旁立陡立崖。当时国福 失手差点儿摔下山去，幸亏国杰眼疾手快，一把抓住了国福的手。国雄牢牢挂在旁边，及时伸出一只脚，替国福垫了一下。那也就是一瞬间的事，根本来不及商量，幸亏伙伴异常默契，在最危险的时候，不约而同救助伙伴。那次他们稍有不慎，有可能一个或者四个人全部掉到悬崖底下。

滚驴坡事后，国华是最最后怕的，他差点儿让伙伴粉身碎骨。

城市里没有崇山峻岭，孩子的思想和行为同样需要引领。

楚国华希望儿子心甘情愿和自己说实话，至于自己要不要借助电脑、网络增进与儿子的联系，陪伴他一起成长，他也盘算过，不管怎样，他决定和儿子用亦师亦友的方式开局。

傍晚，儿子背着书包走过来了，楚国华想拉儿子的手，儿子看了他一眼，居然一本正经地把双手插在口袋里，一溜烟兀自往前走了，只留给他一个孤独的身影。

楚国华追了上去，试图摸摸孩子的头，儿子偏了一下头，又躲开了。儿子叫楚一帆，个头已经蹿到父亲的胸口，再也不是以前那个喜欢依偎在自己大腿前的小男孩了。

当初自己像儿子这么大的时候，也是成天疏远家长，一天到晚有事没事都和国杰、国福、国雄厮混在一起，四个人同校不同村，国杰和国雄一个村，国华和国福一个村，两个村子只隔了一条小河。楚国华庆幸自己醒悟得不算晚：孩子成长需要朋友，他要教会儿子明辨是非，多交好朋友，拒绝损友。

楚国华的耐心赢得了儿子的信任，交流由抗拒到和谐，儿子实话实说，他晚上离家，是同学的父亲生意兴隆赚了钱，回家跟妻子离婚，再娶后又生了一个孩子，这个郁闷的同学，需要楚一帆的陪伴。楚国华逐一分析利弊，劝说儿子一帆用读书、运动甚至乐器，转移重心，开释对方，好好成长，待到回家时，爷儿俩的心结都打开了，也轻松了。

蔡婉仪晚上没有回家，胞姐有事需要安慰。

楚国华躺在床上，翻来覆去难以入睡，他和婉仪结婚十几年，他的生活主场在济南，具体浓缩在妻子和儿子身上。此刻妻子不在身边，他睡不着觉，许多往事海潮一样，一波一波涌过来，那是他的来路。

楚国华当然不会忘记老家，不会忘记罗山，尽管老家已经与他的生活，渐行渐远。他翻了个身，把脑袋深深压在枕头里。其实，他多想回趟老家，哪怕看一眼就好。可是他又多么抱歉啊，这些年他压根儿没有勇气对婉仪提及。

父亲死于矿难，母亲去世十年，老家的兄弟，便成了亲戚。

不是楚国华不想家，是弟兄们着实伤透了国华夫妻的心。

母亲病重的时候，国华和婉仪刚刚结婚，那也是二人最艰难的两年。婉仪怀孕吐得一塌糊涂，想吃水果，走一路回好几次头，也不肯让国华掏钱买，她蜷缩在床上，闭着眼睛还不忘嘱咐："把省下来的钱寄给妈妈治病，我们不能回家伺候，多捎点钱回家是应该的！"

楚国华的母亲有遗属补贴，在农村实在算不得穷。可惜母亲手里的积蓄，一点一点花在国华大哥家里。大哥连生两个女儿，执意要生儿子，这里躲那里藏，到底生了个儿子。可超生的罚款堪称巨款不说，大哥原本作为遗属被照顾安排在金矿上班，因为超生，工作也丢了。从月薪丰厚、福利良多的金矿工人，到被打回家里种地，大哥家里的生活一落千丈。

有些人穷则思变，有些人穷则日日狭隘。

楚国华的大哥大嫂当属后者。

大哥大嫂觉得孙子是楚家的香火，他们为传宗接代付出了巨大的代价，把罚款以及被开除引起的生活困难，转嫁到母亲的身上，不仅母亲的存款被掏空，就连每个月的遗属补贴，也被大嫂今天借学费，明天给孩子看病，抠得一分不剩。

两个弟媳看不惯婆婆的钱财都进了老大家，心有不满。老三两口子还好，过年过节会象征性地送给母亲一点节礼；老四怕老婆，一年到头，连母亲的家门都不肯登。

母亲曾经对着弟兄四人说过：国华早早离家，参加工作后年年往家里捎钱，家里的老宅就留给国华，等国华退休后，随时可以回罗山，人老了总要落叶归根。母亲说这句话的时候，家里的三个兄弟在国华工资的帮衬下，都住进了四间崭新的大瓦房，母亲把自己的四间老屋留给楚国华，也是情理当中。

楚国华从来没有要家产的想法，感激母亲和兄弟的体恤，越发牵挂家里。那些年母亲的零花钱、身上的衣服、家里的年货等，几乎都是楚国华夫妇从济南，不遗余力捎回老家的。

哪知道，母亲走了之后，国华还没有从失去母亲的痛苦中恢复过来，大哥就对他说："老二，妈不在了，你以后也不用一趟一趟往家里跑了，和婉仪好好在济南过日子吧！"

从济南到罗山，相距四百公里，每次回老家都要早晨六点坐车，中途被圈进一个四方无靠的大院里花钱吃饭，直到下午四点，大巴车才会到达招远长途汽车站，然后再换车一路颠簸回罗山，单程就得一天时间，舟车劳顿，确实不轻松。

楚国华以为这是大哥体恤自己来回奔波的不易，他满怀感激地对大哥说："就算母亲不在了，咱哥儿四个也要常来常往，我会经常回罗山！"

大哥好一阵子不吭声，脸色阴晴不定。

大嫂见国华两口子没听明白，直言不讳地扔出一句："老二，爷爷奶奶的房子是长孙房，这是农村的规矩。你大侄子暂时用不着房子，我和你哥已经跟敢死队谈妥了，房子租给他们，后天就得给人家腾地方！"

"敢死队"顾名思义，就是一群不怕死的人。这些人每天工作在金矿最危险的地方，是正规金矿雇用的第三方力量，在矿上干最危险的活，金矿给的工钱也高，但出现人员伤亡不算矿里的职工，矿里不用承担安全生产责任，伤亡概由第三方的高额保险金作为补偿。罗山金矿多，井口多，外来务工人员也特别多，闲置民房十分抢手。"敢死队"收入高，花钱痛快，村里的民房一年的租金，抵得上一个农村劳动力的收入。

楚国华夫妇对罗山租房行情没有什么概念，也从不指靠租金生活。大哥大嫂就不一样了，他们对这一切心知肚明，已经处心积虑盘算好了，借口"爷爷的房子归长孙"，母亲一死，就打起了老房子的主意。"老房子要留给国华"这句话，大哥就当母亲没有说过。

母亲尸骨未寒，大哥就想把国华挤对出门，霸占老房子。三弟看不下去说了一句："妈说过，老房子留给二哥！"

话音未完，三弟媳妇狠狠朝着他脚尖跺了一脚，三弟"哎呀"一声，人还在龇牙咧嘴，就被老婆直接拖走了。国华无言地看着大哥，大哥低头抽烟，根本不拿正眼看他，大嫂倒是装作一脸无辜："老三的脑袋进水了！祖祖辈辈都是长孙田、长孙房。"

蔡婉仪一声不吭，她原本不计较婆婆的遗产，只是一脸怜惜地看着自己的男人。大哥大嫂一直不讲理，三弟四弟的媳妇都盼着城里来的二嫂会厉害些，能够带头反击大哥大嫂的无理，都不肯往家里招呼国华两口子。

楚国华浑浑噩噩地拎着提包走在前，婉仪抱着襁褓中的儿子，跟跟跄跄跟在后，一家人几乎逃难一样走出了家门。

楚国福看见脸色不好的国华，也没多想，认为是丧母之痛，劝慰没有用，得用时间来愈合。国福两口子一人一辆自行车，把国华夫妇送到城里，又在饭店张罗两个人吃了热面，然后把国华一家三口送上回济南的车。

父母死后，楚国华在老家，就像是丧家之犬，凄凉无助。

母亲三年大祭，楚国华一个人回了老家。

大哥大嫂要求被他们扫地出门的国华，承担四分之一的宴客和扎纸扎马的费用，每家均摊三百块钱。国华啥也没说，掏出本来就准备好的一千元，安排好参加祭祀的宾客落座，一个人拎着两瓶啤酒来到父母坟前，一瓶祭奠了合葬的父母，一瓶流着眼泪喝下。他望了一会儿空无一人的罗山，头也不回地用双腿走到招远，找了个旅馆蒙头睡了一夜，第二天一大早，楚国华返回济南，从此再也没提回老家。

糊口需要钱，养家需要钱，没有钱，连亲情都是一种奢望。

蔡婉仪是个城市女孩，从小过着养尊处优的生活，她一点儿不跟国华计较，国华非常感激，他觉得此生对妻子最好的回报，就是让她丰衣足食。正是这份强烈的盼念，让国华调动了所有的触角，思谋挣钱，引领着他从简单的倒买倒卖，到投资股市，在绝大部分人还在按照计划经济思维模式，按部就班上班，安安分分生活的时候，楚国华靠股市成了最早暴富的一拨人。

"市场经济"这只魔力之手，开始悄无声息地渗透、渐渐地铺天盖地，影响着大众的生活。乡下的农民分地了，脚踏实地，乐不可支。城市的工人下岗了，没有依傍，内心空茫。

在社会变革初期，只有少数人能够抓住机遇，大多数的老百姓不关心时局，不会考虑在时局变革中抓住机会，对于计划经济向市场经济转轨这类表述常常是这耳朵听，那耳朵漏，没有想到这会是一次狂潮、一股洪流，会涤荡以前按部就班的生活方式；更没有想过在这次狂潮与洪流的冲击中，自己应该扮演什么角色，用什么样的方式去阻挡狂潮给自己带来的压力和无助，如何尽快获得足够的自保能力。

很多人只是轻飘飘谈论一下，满不在乎地撂出一句："管他呢，谁上台也得让吃饭！"然后该回家喝上几盅就喝上几盅，该在树下摇扇子就在树下摇扇子，等发现自己的生活根基不稳时，周围已是一片汪洋。

贫困让楚国华意识到金钱的重要，爱情让楚国华意识到男人的责任。对创造富裕生活、善待妻子的清醒认知，让他及时投身商海，在股市赚到了第一桶金。

蔡家当初看不起一无所有的楚国华，十年过去，蔡婉仪成为蔡家姊妹中第一个拥有豪宅和私家车的人。蔡婉仪的二姐性格上承继了丈母娘的偏狭，在楚国华娶了蔡家小妹后，便口无遮拦地称他"歹徒"，说是他诱拐了自己的小妹；等她见到小妹的家境发生巨大变化，对楚国华的称谓变成了"大款"，每次抱起国华的儿子，张口闭口"你的款爹"，弄得国华哭笑不得。二姐的刻薄，时刻提醒着国华，妻子永远是个下嫁的公主，他的一生都要背负诱拐的罪名。

股市连续走过几年一路高歌全线飘红的时刻，终于停止了它的涨势，并且毫无预兆地开始跌落，让大量拥入股市以为股市是个只会掉馅饼的洞天福地的人，连喘息的机会都没有。股市的资金开始缩水，且缩水的程度越来越大。仅有的那些本钱套在里面，几乎所有人手中的股票都开始赔钱，越赔越没人要。

楚国华对妻子的爱超过了对钱的贪念，他早早抽出部分资金买了车，购了房。本着鸡蛋不能装在一个筐子里的原则，楚国华与几位股友在股市大跌之前每人调资七十万元，准备合伙在市郊购买一所加油站，后来，加油站由于另一个强硬买家的插手而无果。

无论是股市低迷还是加油站竞标失败，投资发展的理念已经在国华的心里激活。然而，社会投资环境愈加迷茫，企业原来可以停薪留职，随着国有、集体资产向股份制的转轨，停薪留职变成了自谋职业、下岗。当越来越多的下岗工人，需要重新择业的时候，除了机关事业单位，其实已经没有什么牢固的饭碗可以选择。

楚国华需要重新开局，可他除了住宅和银行的七十万资金，面临的情况其实和大多数因下岗无所依托的人一样，都是十分茫然。与此同时，垄断行业和财税单位，则如同一个吃饱喝足的财主娘儿们，日益显露出高人一等、颐指气使的嚣张。大连襟是省立医院主刀，二连襟是税务局长，在他们收入的对比之下，楚国华的境遇一落千丈。

楚国华郁闷的时候常常会想老家，他想再看看魂牵梦绕的罗山。如今，儿子生长在满是水泥钢筋的城市，也需要得到大自然的启迪。楚国华决定，以孩子需要大自然启迪的名义，带着妻儿回老家，圆一圆全家一起爬罗山的梦。

五一来临，楚国华开车载着妻儿，直奔罗山。

车轮滚滚，车子越过一处又一处村庄，田园风光扑面而来。田野、荷塘、山峰，寿光的塑料大棚在车行十里后还是望不到边；窗外五月的阳光，柔和地照耀着茫茫绿野，看不见的风正在和大片的麦子嬉戏，成片的麦子忽高忽低，在田野里左动右晃，绿色深深浅浅不尽相同，呈现出大大的鱼鳞状波纹，此起彼伏，蔚为壮观。

如果当年走得不是那么悲怆，国华也不会十年不归。岁月如同河水，冲淡了印记，当年气得肝疼的事情，如今变成了鸡毛蒜皮，淡到了可以忽略不计，心底翻滚更多的是对胞兄的深深怜悯。而郁郁葱葱的罗山、山村的老屋，国华心里其实从来没有忘记过，这些年他想起老家，有惆怅更有温暖，那叫思念。

楚国华这十几年间，铆足了劲儿为小家庭挣钱，买房子，买车子，没有时间悲秋伤春，没有父母的老家被他压缩在内心的一角。然而，老家是一个人只要有心跳，就永远不会消失的地方。当他有闲的时候，老家那座青青的大山，时不时会跳将出来，偶尔清晰，成为一颗猩红的印玺，悄悄紧握在他的掌心。

楚国华一直没有跟婉仪探讨过回老家的话题，并非他不想，是老家没有自己的一草一木，于他而言已经是上无片瓦，下无寸土。即便想做一次客居之旅，他还要考虑兄弟之间的相处尺度，要说心里不累，那是假话。

多少次想起老家，除了惆怅，楚国华只能沉默。

楚国华心里，其实早就原谅大哥了，他不怪大哥，要怪就怪不曾离家的孩子，没有外出闯荡和奋斗的经历，生活有人兜底没人引领，眼皮子浅薄，只会在窝边争利，没有什么格局。

老家仿佛是一台失了准星、秤砣缺角、无法平衡的老秤，用不能用，撒手又舍不得。可老家有罗山，有一起长大的伙伴，有父辈长眠的家园，离家越久，回望和期待越甚。

期待已久的返乡之旅，居然是由儿子来破冰，楚国华乐不可支，归心似箭，他恨不得带着妻子和儿子，一步跨到罗山！

第十二章

　　罗山的五月碧叶如玉，正是花儿次第开放的季节，山下的村庄里连空气和水都比城市里的清新、甘甜。罗山富含丰厚的黄金资源，山下许多村庄搭乘"有水快流"的潮流，坐地开矿，村集体富得流油。

　　丰厚的经济基础，给村庄带来了精神风貌的巨大变化，村里统一规划、统一标准为村民建起了别墅，甚至建起了村办公和文化大楼。家家户户昔日门前的草垛被小花园代替，石榴、月季、牡丹摇曳在门前。村民吃的大米白面和油盐酱醋还有八月十五的烧鸡月饼、过年的鱼肉还有酒，全部为集体发放。村里的孩子从一出生就开始分红，每人一年两万元；读书的孩子考上本科、硕士之后，村里发高额奖金；老人六十岁之后除了分红另有高龄补贴。

　　楚国华的大哥当年由于超生被国有金矿开除，眼下已成为村办金矿的一员，在矿上负了点小责，收入不低。他的女儿女婿都在金矿上班，儿子正在读高中，家里住着宽敞的瓦房，生活十分富裕。母亲的老房子也被村里出资统一设计，翻修一新，租给了外来的矿工。三弟、四弟也都住进了两层别墅。记忆中贫穷落后的老家，在黄金的加持下今非昔比，村民全部过上了连城里工人都羡慕不已的日子。

　　最令楚国华惊讶的，莫过于三个发小的崛起。

　　回到罗山，亲情回来了，友情更加珍贵，如同窖藏的美酒，热烈醇厚。楚国华的儿子，不知道被国福的小子和国杰的女儿带到哪里玩耍去了，国华扭头看看安安静静坐在旁边的妻子，如沐春风。他握住妻子的手，心情如同老家的天空一样明朗。

楚国雄结婚最晚，步子却最快，就要生第四胎了。

蔡婉仪极为吃惊，她也喜欢闺女，无奈政策不允许再生。

三嫂笑了："弟妹，你是不了解国雄啊，谁也别想给国雄戴上嚼头。国雄和一般人不一样，他不走寻常路！"

"你看，国华，还是三嫂最懂我！我可是没有违背计划生育政策！当然办法有的是……"

"得了便宜还卖乖！"三嫂给国华两口子添酒，"中午咱们将就着喝点，晚上国杰就从南非飞回来了，他现在是三天两头外出，有时候是专门出去考察技术，有时候是上面的领导拽着，不愿意去也得去。国杰在外面滴酒不沾，只在我家里喝酒，你们弟兄四个今天晚上，痛痛快快喝上一场！"

楚国杰这个矿长心里有诸多郁闷，三嫂猜也猜个差不多。有的领导分管矿山其实压根儿不懂工作，只想消费矿山，经常拉着几个矿长到国外，名曰考察，其实是让企业买单。这些人到了花花世界就眼冒绿光仿佛衣冠禽兽，回国后照样人模狗样地坐在台上讲廉洁。越是这样的人，越擅长把手中的权力放大一万倍，喜欢弹性使用，玩弄使用。你给他打报告、讲技术他啥都不懂，打棒子、插杠子倒是在行，国杰为了便于开展工作，经常不得不敷衍随行。

大人的友谊之树长青，孩子的友谊发芽更快。

楚一帆在千佛山和泰山都是踩着台阶，一步步登上山顶。大山里的新伙伴带他爬山，路子完全不一样，惊喜也更多。五月的罗山，野花盛开，一簇簇细长的枝条错落盘绕在那儿，纤纤细茎上布满了粉红色的花朵，花儿一生一簇，有些喇叭花的样貌，却在碗口处分了五瓣，林间、沟谷、山崖，到处都有孔竹的影子，孤者成团，众者成片，在苍翠碧绿的山林间，孔竹花朵的粉红恣意洒落在罗山上。

楚国杰的女儿晓凤告诉一帆这种花儿是孔竹，开得比较晚。罗山最早开放的是连翘，遮天蔽日，山顶有一条连翘长廊。杜鹃的花瓣薄如蝉翼，盛开的时候如同浅紫的云霞围在山腰，颜色最好看。

从登山开始，一帆就看到一条时而现身、时而蛰伏的山涧一直陪在身边，现在，山涧的源头到了：大山的石壁上有一个黝黑的石洞，洞口长年不息有山泉涌现，山泉沿着石壁流到地下的石坑里，经年累月，石壁的浅黄和深黧的底色因为水的浸润生出些许幽幽的光泽，滑落的山泉碰触在突起的石棱上，溅起水珠点点，洒在身上暑意顿消，这个地方叫仙人洞。喝一口仙人水，沁人心脾；回头翘望，沟谷茫茫，四周是苍山翠谷，身边有神泉飞溅，这真是一个神仙般的好去处。

楚国福的儿子叫晓鹏，他低头看着地上，突然嘿嘿笑了起来："你猜，这叫什么？"一帆低头细看，只见路旁边一片没有覆草的松软泥土上，分布着大大小小不少漏斗形状的小坑，状如蚂蚁窝，但比蚂蚁窝要大得多。一帆正在惊疑的时候，晓鹏已经蹲了下来，对准小土坑连连喊道："山老婆，山老婆……"小坑周围的泥土在滚，一个细小的虫子应声而动，从泥坑中急急爬了出来。

楚晓鹏捏起一只小虫放在手心里，乐呵呵笑着，让一帆猜哪里是虫子的头部。那只小虫像极了琵琶形的乐器，一帆仔细观察虫儿的形状，以为那狭细之处是它的头，却见那些琵琶形状的小虫倒着走，极为有趣。

这半粒黄豆大的小黑虫子，居然被尊称为"山老婆"！

这么大的大山，居然有这么一丁点儿的老婆，憋不住的乐从心里滚了出来，给虫子取名字的人，忒缺德了。

楚一帆忍俊不禁："这么小的老婆，给你，你要吗？"

楚晓鹏反手一扣，小虫落到地下，他笑了："不要！等我长大了全世界找媳妇，找个最漂亮的！"这个少年眼睛闪闪发亮，坦坦荡荡，如同眼前这青山绿水一样舒爽。

罗山山庙，山势平缓，绿树茂密，树荫下面大片小指甲大的繁密的小花想被忽略都不可能，这些花儿的叶子呈齿状，参差不齐，叶子中央高高擎起的纤纤细茎显得羸弱不堪，每一秆都挑着繁星一样细密的小小黄花。这种小黄花在山庙附近几乎漫山遍野，树下林荫处，目之所及到处都是，黄得耀眼。

楚一帆看了看悬挂在树上的标牌，得知这种植物叫"白屈菜"，又名"雄黄花"。想起许仙曾经给白娘子吃过的雄黄酒，他心里一动，问晓凰："这是不是白蛇娘子吃过的雄黄？"

"这花也叫地黄连，我们叫它牛金花！"晓凰弯腰掐下一朵，伸出粉嫩的舌尖轻轻一触。

楚一帆目不转睛地盯着晓凰："好吃吗？"

楚晓凰若无其事："甜，甜，味道挺特别！"

楚一帆顺手把花儿扔进嘴里，那小小花儿的味道很特别，苦在舌尖，辣味却蹿至舌根，他忍不住皱紧眉头，抬起头来，晓凰已经如同脱兔，几步跃出很远，抛下一串笑声。一帆清楚地看见晓凰那只美玉一样的耳朵在五月林荫里的阳光下一闪而过，像贝壳一样骤然掠过心灵。

这山里的小丫头欺生！楚一帆拔脚追了上去。

三个人快要下山了，楚一帆闻着周围又香又甜的气息："这是什么花香？"

"这是槐树花的味儿。那边就是槐树。"楚晓凰指指山谷对面，山崖上，一排槐树蜿蜒而立，盛开的槐花形似一条乳白色的飘带贴在山上。将目光收视一处，只见"人"字形排列的槐树周围竖着一棵棵绿色的松树，加上那些不知名字的树上下连贯，对面绿叶和槐花组合，像是谁在山上写了一个大大的"全"字。

"阿姨中午不是问包子馅吗？"晓凰说，"就是槐树花儿做的。山下的槐花都谢了，山上冷，槐花开得要晚一些。"

楚一帆捡起块拳头大的石头，使出吃奶的力气扔了过去，石头无声无息地落入山谷。他不甘心，接着再扔，后来出手的每一颗石子，也都是徒劳无功，无声落入沟谷中的茫茫绿荫里。

楚晓鹏弯腰捡起一块拳头大的石头说："你看我的！"他起劲儿扔了过去，两个男孩玩性大起，你一下，我一下，铆足了劲儿，比谁能扔得更远，可没有一次能扔到山涧对面，罗山的山岭和山涧，看着近，其实远着呢！

楚晓凰不喜欢扔石头，喜欢摘花玩。她在山庙的时候戴了一顶繁密的雄黄花，这会儿男孩忙着扔石头的时候，她又做了一顶五颜六色的花冠，怡然自得地顶在头上。山里的野花多，不像城市的花儿，只能看不能掐。看见两个男孩子扔石头扔得满头大汗，这小女孩笑弯了腰："那是山神的脑袋，你们永远拍不到！"

大山里的纵情之乐，只可意会不能言说。

大山有大山的妙不可言，大山有大山的富足慷慨。

仅用一个下午，罗山就轻松俘获了城里来的孩子的心。

楚国杰晚上撒了个谎，才脱身出现在国福的家宴上。每次出国公干，回国之后必定有人接风，这已经是不成文的惯例，都是借此拉近关系，结成帮派，国杰以夫人从上海回了老家为名推掉接风宴，先到金矿转了一圈，才来到国福的粉丝厂。

欢迎发小回家的酒，是岁月酿造的美酒，苦涩消退，只留醇香。想当年，四个人都未成年，国华是心里带着累累伤痕离开罗山的，大家很难过，可谁都帮不上忙。

如今不一样了，企业职工下岗已经不是个例，而是蔓延到了全社会，国华的处境带有普遍性。发小们更愿意帮助国华创业，而不是简单再就业。他们都认为：在市场经济时代，寻找市场就是方向和出路。

几个发小对粉丝领域和黄金领域的前景和发展，可谓了如指掌。酒过三巡，国华的未来发展已经有了方向：要么参与粉丝，要么参与黄金销售，两者在老家招远，最不缺的就是货源，大家随时可以帮上国华的忙。

蔡婉仪对黄金很感兴趣，可夫妻俩也有顾虑，他们对于回到济南，如何开好一家金店，信心不足。

"这个好办！"大家再次给出国华参考意见：招远地方政府正在黄金开采和选冶上下游下功夫，希望拉长黄金产业链。招远的黄金加工与金石雕刻方兴未艾，黄金珠宝首饰城正在招商，国华完全可以回老家经营黄金。

招远黄金产量冠盖全国，被授予"中国金都"，黄金交易场所顺利挂牌；每年的 8 月 28 日被定为"黄金节"；中国黄金珠宝首饰城眼下正在大张旗鼓招商，楚国华完全可以乘此东风，享受在黄金珠宝首饰城经营的优惠政策，回老家经营金银首饰，不必独自在济南打拼。

楚国杰和楚国雄是专门采金的，对黄金行情最为了解。这些年来，黄金价格虽说也有波动，总体来说，一路看涨，完全可以长期持有；经营黄金首饰有一个优点，即便货卖不动，黄金留在手里，也随时可以变现。

三嫂一锤定音:"国华,你就听哥儿几个的,回老家倒腾黄金!扎堆的买卖有扎堆的好处,最起码你先学点经验。"

楚国福的粉丝厂,已经全程实现机械化,产品早就走出了国门,甚至正在带领行业制定中国粉丝行业的生产标准;楚国杰无论在部队还是在地方,一直都是好样的,如今更是中国黄金采选行业的领军人物。楚国雄这家伙表面上蔫里吧唧的,其实从小到大,就数他的点子贼多,如今堪称罗山的黄金枭雄。最令人动容的是,老家的哥仁阵地不同,政见不同,在三嫂家里却依然能坦诚相待,说的都是掏心窝子的话。

楚国华心动了,回招远,跟伙伴携手,一起发展!

楚国杰和楚国雄在三嫂家里喝了酒,多半要吵吵。

这会儿当着楚国华的面,俩人又吵起来了,国杰指责国雄"明修栈道,暗度陈仓",靠"无中生有"源源不断吃进富矿——楚国杰的地盘上前一阵子出了富矿,奇怪的是打了没有几天,就有人从对面吃掉了大半。

罗山这些年开的洞口太多,里面的平巷和竖井更多,只要有图纸,居心不良的人就有办法偷矿。见这次这么大的手笔,楚国杰本能地怀疑是楚国雄干的。

楚国雄不承认也不否认:"'权'前面为啥有个'争'字?'利'前面为啥有个'夺'字?说实话,我烦透了你们这些国矿县矿,一副高高在上、天经地义黄金都归你们的架势。我告诉你楚国杰,金银无主,将相无种,到手就是英雄!"

看到楚国雄和楚国杰又吵起来了,三嫂霸气开口:"现在是讨论国华的事,你俩都是罗山的不肖子孙!"

楚国杰及时转移话题:"国华开金店如果缺资金,我们仁帮你凑!"

楚国雄往桌子上"啪"地扔出一张卡:"这张卡里有三百万,国华先拿着用,我不缺银行那点利息。国杰端的是公家饭碗,挣得再多也是有数的工资;国福的粉丝厂技术升级需要更新设备,你回招远开金店的资金,我包了!"

最后，还是三嫂提出：国福和国杰一人掏十万，算是欢迎国华回家的心意，后续资金不管缺多少，都从国雄那儿倒腾。

三嫂认真地对国华两口子说："我家资金不够，都从国雄那儿拿，你俩也不用客气，客气就生分了。"

蔡婉仪极为感动，当场表态："国华回招远干吧，开店的资金我们先凑一凑，如果自己不够，再给大家添麻烦！"

五一短短两天的时间，远远没有玩够，回济南的路上，儿子对罗山念念不忘："到了金顶，财运亨通"；"上八盘，下八盘，登上以后成神仙"；"天锣鸣，闻者惊，丢掉黄金得长生"……儿子不无遗憾地告诉父亲：一线天、产龙洞、挂锣橛，他还没有来得及去。

暑假来临，国华父子迫不及待地再回罗山，儿子如鱼得水。罗山是孩子们撒欢儿最理想的地方，他们不喜欢循规蹈矩走寻常路，爬山的时候经常随手一指：今天从这里上！接下来就没入树丛中，猫着腰在林中穿来穿去，遇到实在是陡峭的地方，大不了左右迂回一番，也就顺势爬上了山顶。攀爬的过程需要手脚并用，需要全神贯注避开险镜，登临高山之巅时，眼前瞬间豁然开朗，千山万壑尽收眼底。

罗山山脉绵延起伏，山的至高点往往会有奇特的山石，除非穿越需要，孩子一般不会爬上去大呼小叫，楚晓鹏甚至会抬手作揖："爷爷，俺来耍了！"

楚一帆扭头四顾："爷爷没来啊！"

楚晓鹏说："山就是个爷，山上最高的石头是大山的头。"

楚晓凰说："山神会保佑咱们全须全尾，安全回家。"回头看看走过来的路，一帆不知道那些看不见的地方，哪里会藏着山神。

没容他细想，楚晓鹏又道："我真想爬上去蹦跶一会儿过过瘾。我妈说我要是在山神的头上瞎蹦跶，她会扒了我的皮。这老娘儿们真的能干出来！"楚晓鹏大大咧咧，仿佛他的妈妈是随便一个别的女人。

孩子居然可以这样随随便便谈论自己的妈妈！

楚一帆大吃一惊。

楚晓鹏半倚在山坡上，前方沟谷茫茫，身后有一块神奇的巨石，这块石头在罗山实在算不上大，更不是一座山头，它仿佛一只安详的石鹿卧在那儿，正在扭头看着他俩。楚晓鹏把这块石头当成心灵的慰藉："一只狼受伤了，还要找个地方舔舔伤口吧？我受伤了，到这里坐一会儿就好了。"

楚晓鹏所说的受伤，通常是他挨过揍之后。他的妈妈，孩子们喊作"三婶"，眼角眉梢，确实有一种不怒自威的味道。哪有一个妈妈打孩子毫不留情呢？楚一帆没有遇到过这样的事情，无法理解和安慰。

晓凰给了晓鹏一个大大的白眼："那你就别成天光知道作！"她告诉楚一帆："三婶厂里太忙了，晓鹏手欠，悄悄在粉丝大缸里胡乱加东西，说要做红色粉丝、绿色粉丝，毁了好几缸粉浆，三婶说晓鹏不揍不长记性！"

楚晓鹏满脸不高兴："我妈管得我太紧了，作业到点做不完要挨揍，让我看的书没看也得挨揍！"他伸手从旁边揪了一根细细的狗尾巴草叼在嘴里，楚一帆也学着他的样子伸手掐了一根不知名的小草，草的细茎是三棱形的，叼在嘴里，牙齿轻碾，口腔里便散发出草的清新。

楚一帆扭头看看晓鹏，毛茸茸的狗尾巴草在他嘴边轻轻摇晃，这个安静下来的孩子，就像山里的一切，明澈透亮，他喜欢冒险，率性可爱。两个男孩半躺在那里，有一搭无一搭地说话，有时候干脆默默不语，眯着眼睛透过眼前稀疏的草茎和伸斜而出的树枝，扫向罗山的天空。

罗山的天空湛蓝湛蓝，白云干干净净，只是看看蓝天，神思就会像天一样干净高亢，哪里还会有郁闷！还别说，楚晓鹏找的地方真是好极了！

这块石头小鹿的前方，是两座山峰之间的沟谷，遍布密密麻麻的树和枝叶，绿云一样堆积在那里，远看仿佛笼罩着一层淡淡的绿色烟雾，动动鼻翼，一股沁人心脾的气息直接到达肺部，身体里面的浊气仿佛被洗过一样。身边这个在山下一刻不能也不肯闲下来的孩子，此刻眯着眼睛躺在那里，一张四方小脸宛如一枚刚刚张开的叶片，也是清新的。

楚一帆是第一次确切感受到了，躺在大山里那种宁静安详的力量，他的身体和脑袋如此放松，如此惬意。人竟然可以和动物一样，找个地方疗伤，这是全新的、令人惊奇的体验和发现。"产龙洞"是一帆强烈要求去看看的地方，在盛家村北的山腰上方，那里一条狭长的石洞从西到东横亘蜿蜒在陡峭的石壁上，洞口有几根石柱支撑着，西部宽敞的地方可以坐直身体，东部尾巴部分渐渐狭窄。

相传古时罗山姑娘李春兰在罗山采药遇险，被正在龙潭玩耍的龙子所救，俩人相恋怀孕，春兰被父亲赶出家门，就在这个产龙洞里生了个带尾巴的黑孩子。母亲于心不忍，将春兰母子接回家，父亲拿起铁锹要将孩子的尾巴断掉，孩子化身为龙腾空而去，一头扎入黑龙江变成黑龙。传说李春兰终生未嫁，她去世之后，黑龙年年清明节都要携风裹雨，回罗山为母亲上坟，老百姓都叫这个黑孩子为"秃尾巴老李"。

"产龙洞"是龙子在罗山诞生的地方，洞子的确蜿蜒如龙。山下是悬崖峭壁，空谷大涧，左有马耳、马首双峰奇立，右有凤凰岭、鸡姑岭对峙，雄奇险峻。

去到"产龙洞"，必须穿越大片光秃秃的陡峭石坡，这片大石坡坦坦荡荡，光秃秃的，没有树也没有草，长宽都有几丈许，与地面呈六十度角，下面就是深深的山崖，令人望而生畏。

两个伙伴如走平地，噌噌就过去了，楚一帆却迟迟不敢迈步。此前越过的险境，不管有多陡峭，一般身前有树可拽，身后有树拦挡，手和脚都有依傍，只要细心一点儿，不觉得有什么可怕。眼前这光秃秃的石坡不一样，上面没有任何树木，又陡又宽，居然要从上面徒手爬过去！

看见楚一帆手足无措的样子，晓凤迅速从坡的对面走回来，她告诉楚一帆，那些看起来很光滑的石头，其实并不光滑，有些涩，只要紧贴石壁，用脚前掌踩住石坡上的凹处，一步踩稳之后，接着再踩另一步就行。穿越过程一定不要扭头看身后和脚下面，看就看前方和上方，提前瞄准落脚点，用脚踩准。

"我在你前面走，你看着我的脚，我的后脚踩在哪儿你就用前脚踩到哪儿，落脚的时候别乱蹬，步步踩稳，越沉着，越安全。"楚晓凤继续鼓励楚一帆，"别怕，没有比大山更牢靠的根基了，只要脚掌踩稳别慌别乱动，就肯定没事。"

在小姑娘一步接着一步的引领下，楚一帆顺利穿过了那段十几米宽的陡峭石板坡，终于见到了神秘的产龙洞。那是两块巨大的石头依着山势叠在一起，勾勒出一条长长的裂隙，高不过米，深盈数尺，长盈丈许，蜿蜒在半山腰，形似长龙。洞口有桃树数株，扎根在山石里，小小的毛桃刚刚立果，树下是长年累月掉落的一地桃核，如果是桃花盛开的季节，这里真是神仙眷侣居住的绝美地方。

产龙洞上方，仍旧是片巨大的石头，这石头本身就是大山的一部分，较为平缓，可以放心站立。这里的瑰丽无须赘述，课本上那些平面词汇——诸如雄壮、挺拔、伟岸、陡峭……似乎扑面而来，立体地展现在眼前，真实而震撼。

楚一帆有点儿不敢相信，自己爬上了如此陡峭的大山！

一个从城市中走来的孩子，第一次清晰感知，大山如同人一样，也有肌骨、毛发甚至温度。匍匐着穿越山顶的大石头，胸膛贴近巨石的一刻，他感到自己不是趴在石头上，而是趴在父亲的脊梁上，不安的心，随之安稳。硬邦邦的山石，许是在山顶上一览无余，晒了上万年的阳光，已经被晒得透透的，温吞熨帖，胸腹贴上山石的时候，惬意而舒服。那些巨石虽说有凹有凸，但无一例外，向天的一面非常光滑，只有侧缘才是粗粝的。趴在石头上的一刻，山顶呼呼的风声没有了，对身边悬崖的恐惧隐去了，一次又一次用胸膛和小腹紧紧贴着山上的石头，楚一帆确信，他在山上的每一次匍匐，都会触摸到大山的关节和骨骼，能清晰感觉到哪里是父亲的脊骨，哪里是父亲的肩胛，不管是宽厚的背，还是骨节之间的凹凸，统统清晰可辨。

楚一帆的手心和手指紧紧抓住那些遗世独立的大石头凹痕，厚重的大山异常沉稳、牢靠，不摇也不动，这种对大山贴近式的攀越，让他震惊有之、喜悦有之、骄傲有之、快乐有之。

沿着起伏的山脊越过一座又一座山峰，时不时会遇到高大危险的石头，它们或者一石独立，或者三五块堆叠在一起。而这些无遮无拦、坦坦荡荡直冲云霄的石头，都没有棱角。远眺远方，群山起伏，处处都是天地的造化，钟灵毓秀。

山上有山上的快乐，山下有山下的快乐。

云鹤爷爷的小院，是一帆非常喜欢的地方，爷爷的小院里花少菜多，黄瓜、豆角都搭了架子，西瓜永远在井水里浸着，凉津津的，从井水里提上来的西瓜，切出来口感刚刚好。

楚晓鹏一边啃西瓜，一边笑着告诉爷爷："爷爷，一帆胆子小，稍微高一点的地方不敢往下跳……"

爷爷笑眯眯地听着孩子们说话，安静地抽着烟，听清缘由，他磕磕手中的烟袋锅，站起来打开厢房的门，从墙上摸下一团手指粗的尼龙绳子，绳子的一头系着一个圆圆的铁环。爷爷教孩子们打绳结，教的是鲁班扣，绳子交叉挽结，十分结实，落地之后，只要轻轻一扽绳子，绳结就会顺利打开。爷爷说以后上山必须带上绳子，如果没有足够的安全把握，就要把绳子的一端系在大树或者石头上，一端系在腰上。

爷爷说爬山一定不要图省事，不准大意，安全第一。

爷爷这次非常严肃："爬山可以，可一根汗毛，也不能少！"

楚晓鹏满不在乎地说："一帆多走几趟，就不害怕了！"

爷爷看着几个孩子，断然说道："如果不能保证安全，我立刻送小帆回济南，一天也不让他在罗山住，这事我说了算！"

爷爷的大手从晓鹏的后脑勺抚到脖子，有些用力，他说如果晓鹏不当真，一帆少一根汗毛，罪魁祸首都是晓鹏，他会让那老娘儿们，给晓鹏揭下两层皮来！

第十三章

楚国华如愿在珠宝首饰城租赁了柜台，经营黄金首饰。

寒暑长假，儿子移师罗山。夏天，"哇啊，哇啊……"嘹亮的蝉声从树上传来，粘蝉是一大乐趣：用面团在水里洗出面筋，粘在长长的竿子上，就可以捕捉到藏在树冠上的蝉了，尚未脱壳的蝉的幼虫，需要雨后在地下挖，或者夜晚在大树干上捕捉，幼蝉的翅膀还被困在壳里，它们选择趁着夜色慢吞吞爬树蜕变，途中被掌握了规律的人顺利俘获，这些幼虫和成蝉，都可以油炸着吃。

山里飞舞着抓不完的蚂蚱；孩子们却喜欢捉蝎子，蝎子油炸之后是美食，爷爷喜欢用蝎子泡酒；乡间田野夜晚，雨后的蛙鸣"呱呱，呱呱……"格外清亮……

落雪的冬天，屋顶像戴了一顶白帽子，融化的雪会在屋檐下挂出一串串晶莹剔透的长长冰凌。叶子落光，大树翘着黑黑的枝丫，在蓝天下也是一幅画。

楚一帆非常奇怪："爷爷，为什么村里没有松树？"

楚云鹤说："栽树是有讲究的，不能乱栽，屋前植槐，屋后栽桑，栽松树的地方，不是坟就是庙。"爷爷说松的叶子照样脱落，只不过是在新叶长出之后。

爷爷的窗前栽了石榴树，他不喜欢水泥院子，院子里铺了一米多宽的碎石路子，小路一侧有碧绿的菜畦，整整齐齐长着韭菜、芹菜、西红柿；水井就在院子里，立在菜畦边，手压泵一上一下压几下，水就落在前方的瓦片上，顺流远走，咕咕浇灌菜畦。

云鹤爷爷早就不用种田了，种了两个菜园，村西的菜园，浇水用的是木头的辘轳，辘轳有些年头了，两侧有了糟烂的裂痕，一点儿都不耽搁使用:水桶挂在绳子上，丢进水井里，用力摇动辘轳的长臂，就可以提上水，浇灌菜畦。爷爷都是在太阳西下的时候浇园，菜苗夜里喝饱水，白天不怕太阳的暴晒。

云鹤爷爷的房屋东面有个羊圈，他养了两只小羊解闷儿。他笑眯眯地把青草和苞米秸秆撒在羊圈里，抓上一把青草随手抖着，青草均匀地撒落在槽子里。山里的生活，生动、有趣，楚一帆陪着爷爷提水、浇菜，看爷爷半躺半坐在椅子上，慢吞吞地点燃烟袋锅。锅子是铜的，黄澄澄的，镶在一根八寸长的红得发暗的木杆上，另外一端是个玉石嘴。爷爷吸烟一点儿也不着急，总是间隔很久才吸上一口，仿佛什么事情都要靠吸烟才能拉长思绪。最神奇的是爷爷抽烟不用火柴，一个烟灰盒，一块火镰石是烟锅的绝配。烟盒里装着秸秆芯煨出的炭，抽烟的时候放在烟锅里，一点火星就能引燃烟锅里的烟叶。

爷爷总是不慌不忙地抽烟，种菜，他的山羊胡子好像总是那么长，若是比喻，爷爷就是夏天山谷里，那股若有若无的风。

爷爷希望孩子们陪他做"小玩意儿"，爷爷有做"小玩意儿"的工具，专门存放在厢房里，那是爷爷打金造银的全套工具。这些工具，让孩子们大开眼界:皮老虎是踩在脚下的风匣，脚一上一下踩着，火苗越发旺盛，缺了角断了腿的首饰在火光中闪着灼眼的光，趁着料子化作一团，变柔变软的时候拿起锤子和錾子，叮叮当当敲敲打打，就可以做首饰了。

楚云鹤上了岁数，精湛的手艺一点儿也没丢，手脚利索着呢。

跟爷爷学做"玩意儿"，这跟爬山的感觉完全不一样:前者是移步换景，有风光之美;后者需全神贯注，有期待之乐。

楚晓凤喜欢描描画画，对敲打兴趣不大。

楚晓鹏是个坐不住的孩子，让他一坐就是半天，敲打这些"小玩意儿"还不如让他到门口去爬树。

楚一帆第一次看见爷爷打金做银，便饶有兴趣。窄窄的银条，在一根一头粗一头细的铜棍上绕成圆圈，就成了戒指。每个人的手指粗细不同，一根两头粗细不同的铜棍就可以衡量，构造圈口大小。爷爷见一帆打金有板有眼，毫不气馁，乐于专注打金打银，爷爷笑眯眯的，他吧嗒吧嗒抽完了一锅烟，起身走进正屋里间，找出了一个沾染了灰尘的布袋，布袋里面是一堆灰黑颜色的小小物件，这些都是氧化后的银饰。

爷爷让一帆挑选出一件自己喜欢的银饰，模仿打造。

楚一帆本来有点嫌弃这些灰不溜秋的东西，是碍于情面才接了过来，哪知仔细一看，这些指肚大的东西，居然有模有样，五花八门：有蝙蝠、猴子、老虎；还有人、花和字，意趣兼具，古朴可爱。云鹤爷爷拿出来的，是旧时大户人家，孩子虎头帽子上的整套银饰。

楚云鹤把这些银饰一一摆在台面上，告诉一帆，虎头帽子上的银饰镶嵌是有规矩的，寿星居中，八仙护在两边，这叫"八仙护寿"，这是"方胜"那是"盘长"，都是寓意健康长寿；猴子骑在马上，寓意"马上封侯"，这和"三台位列"一样，都是长辈祝福孩子长大之后状元及第，恩科高中，有一个富贵人生。

人的一生中，总会有那么几个人，会影响你的选择甚至修为。罗山最好的老金匠，就是楚一帆最早开始模仿的人。

楚一帆给母亲做了一副银耳环，这副耳环很简单，就是在银子细细的圈口上，挂了两枚可以移动的椭圆形树叶。一个孩子做出的首饰，谈不上多么复杂，但是有老金匠的耐心指点和严格要求，它依然细腻到可以看见叶子的脉络。孩子最初想在耳环上挂上两只小羊，就像爷爷羊圈里饲养的那只，或者是层层叠叠的榆叶梅和石榴花，可那玩意儿太过复杂，他掌控不了。

云鹤爷爷笑眯眯地抽着烟袋锅子，肯定地告诉他："只要是你亲手给妈妈做的，不管什么图案，妈妈肯定都会喜欢。"

爷爷料事如神，他说得太对了，楚一帆回城把耳环给妈妈戴上，妈妈戴上耳环，开心得不得了，她抱着儿子，狠狠亲了一口不说，还特意换上了一条裙子，带着儿子去吃烤肉。

母亲骄傲地戴着耳环，不遗余力地向亲人展示儿子的作品，孩子幼小的心灵，便大大满足了。父亲的金店什么款式的首饰都有，母亲都没有看在眼里，偏偏儿子的耳环，母亲一直戴着，她告诉丈夫说，自己戴的不是耳环，是儿子的孝心、妈妈的幸福。

大姨夸赞一帆的心灵手巧；二姨不懂矿石有富有贫，以克和吨衡量，品位为三克的矿石，需要一吨矿石，才能提炼出三克黄金，还要经过千淘万磨，才能金灿灿地呈现在世人面前。二姨就会一惊一乍："这孩子，去了金山，咋不捡块金子给你妈做耳环？"

蔡婉仪自豪地回答："等儿子长大了，再给妈妈做金首饰！"

孩子最初的某个行为，如若被大加褒奖，可能会成为照亮孩子一生的星辰。楚一帆从此喜欢观察首饰，喜欢与珠宝相关的书籍，这个引路人毫无疑问，就是云鹤爷爷。

楚一帆在图书馆中，偶然发现了一支漂亮的金簪。簪子本是旧时男女老少所用的寻常之物，只不过男人头顶的簪子相对简约，顶多刻个细细的暗纹；女人头顶的东西不光有簪还有钗，金银玉石各种材质都有，上面会镶嵌凤鸟花朵，较为复杂。书上的这支金簪非比寻常，是明朝朱厚烨的金簪，顶簪是楼阁人物，楼阁为六角重檐攒尖，饰有花树，人物或拱手，或抱物，中间一位卓然而立，裙带飘扬。这支金簪玲珑绚丽，精美绝伦，上下分层，左右开间，踏步栏杆精致，造像形态各异，奢华传神。

头上的簪子居然可以做成宫殿的形状，里面还可以有人，这支金簪的造型，超过了一个少年的想象，令人过目不忘。楚一帆对云鹤爷爷说："爷爷，我让你猜三次，你猜，那支簪子上的图案是什么？"

云鹤爷爷一连猜了好几次，都没有猜中，孩子沉不住气了："爷爷，金簪上的图案是可以住人的！"

云鹤爷爷的烟袋锅子顿在那里，他抬头看着孩子，神情有些疑惑："难道金簪上做了金銮宝殿不成？"

"对，像是金銮宝殿，有好几层，里面还有当官的，还有人抱着小孩！"一帆言之凿凿，爷爷若有所思，吧嗒吧嗒抽了一会子烟。楚一帆想仔细告诉爷爷那支金簪子上的图案，可他无论如何说不清楚。还是云鹤爷爷有办法，他到门外抽了几把麦秸秆和几棵玉米秸秆，这一老一少，就用玉米秸秆棉芯和麦秆，用半个下午的时间，做出了一帆所描绘的金銮宝殿一样的簪子，宝殿和书上的图案差不多，也有三层屋檐。

云鹤爷爷问一帆："你说的是不是这里有栏杆，栏杆后面还有当官的、执扇的、抱物的？"

楚一帆点点头："簪子的顶部大概差不多就是这个样子。"

爷爷抄着剪刀，几下剪出几个小人，安插在殿内。

"太像了！"楚一帆欢呼雀跃，爷爷看着玉米秸秆做的金銮宝殿，不紧不慢地抽烟，烟锅子里的烟叶都化为灰烬后，爷爷才往脚底下磕磕烟灰，对一帆说："你们的图书馆真好！我师傅说过，世界上还有许多妙不可言的首饰。爷爷待在家里见不到世面，你到图书馆，看到稀罕的首饰，就多看几眼，回来告诉爷爷，爷爷也试一试，做一做！"

这么好的爷爷，只有这么一点小小要求！楚一帆心疼爷爷，知道爷爷一个人在家，喜欢找点儿事做，他每次在回老家之前，必然会抽时间去图书馆找爷爷想要的东西，一老一少的交流，就这么坚持了十几年，貌似碎碎念念，实则水滴石穿。书上让爷爷眉开眼笑，令晓鹏和晓凰一头雾水的话术：金冠凤钿钗，累丝嵌珠，八宝双凤……如此这般，渐渐走进楚一帆的心里，挥之不去。

招远黄金节暨黄金珠宝会议，吸引了国内外众多专家与会，全国乃至国外金银珠宝品牌商，踊跃参展，各大媒体连年宣传，这里的黄金珠宝交易，日趋活跃。楚国华的黄金专柜生意水涨船高，早就步入正轨，交给店长管理就行了。

楚国华雇了三十多个工人，开始自己加工黄金首饰，他要创立自主品牌。如今加工首饰出货很快，云鹤爷爷的皮老虎、坩埚、锤子根本派不上用场。首饰工厂不管是拉管、车管还是焊管，都用机器；黄金用不着人工捶打，压片机出来的货厚薄均匀，几乎没有误差；锤珠机、磨珠机是自动的；机雕与焊接精准度之高，速度之快，传统手工根本无法比拟。首饰的纹饰不用琢磨，花纹和图案应有尽有，立体的，镂空的，不管多么复杂的金器首饰，都有现成的模具，金银化成液体，倒进模具里转瞬即成，唯一需要人工的，是给从模具磕出来的首饰，打一打毛边……

招远的黄金加工日渐活跃，楚国华对首饰加工信心十足。

楚国杰的看法不一样，他强烈建议国华不要只是盯着黄金民用市场，最好关注工业用金，在工业用金上搞出点名堂。这一点儿都不奇怪，楚国华思考问题，总是从大局出发，考虑行业的前瞻性。

这件事情三嫂非常赞成，四个发小弟兄一合计，干脆合作建起了一座金丝厂，将黄金抽成细丝，生产工业用金，国华和国雄股份较多，国杰和国福也有参股。

楚国华回乡后，黄金从每克九十多元开始涨价，涨到了三百元每克，价格尽管时有涨跌，但长期持有都在攀升；金店和工厂有人管理，楚国华最为关注黄金行情，黄金加工需要储备原料，通过原料低买高卖，企业除了可以赚取首饰加工费，还可以通过黄金差价，赚得盆满钵满。

楚国华在家乡经营黄金，可谓顺风顺水，大获成功。

楚国福的粉丝厂，也再一次迎来了新的发展机遇：绝大多数村办和私营粉丝厂由于长期粗放管理，达不到现代生产标准，随着专项治理的重拳出击，由于环保整改资金不足，被迫关停，招远延续三百多年的村村冬季晒粉景象，几乎消失殆尽，招远只剩下几家硕果仅存的粉丝厂。客户纷纷前来采购，楚国福夫妇之前未雨绸缪，设备和技术改革资金有来自楚国雄的大力支持，生产规模一扩再扩，逐渐在全国粉丝行业中脱颖而出。

楚国华和楚国福如愿以偿。

楚国雄雄风依然，身价不凡。

楚国杰的人生，遇到了打不开的死结。

楚国杰得罪过的领导，如今权力炙手可热，倘若不是楚国杰是黄金战线上的一面红旗，金矿账目挑不出差错，他兴许早就被罢免了。楚国杰不认潜规则，他固执地认为：把工作干好是自己的事；认不认可是领导的事。只要对得起工作，他问心无愧就行。

论专业，楚国杰确实很牛；论权力，楚国杰绝对不是对手。

企业需要发展，地方的政治、经济也需要发展。

当资本运营的大潮，从南方席卷到北方，各地政府闻声而动，上市一度似乎成为地方经济发展的绩效标志和面子工程。

招远长期依靠黄金资源发展，非资源企业发展比起兄弟县市，势单力薄，最初符合上市条件的企业寥寥，缺少上市契机，市里决定将市属黄金企业打包上市。

楚国杰是市委常委，他对市属金矿打包上市，有着深深的抵触：上市是为了圈钱发展企业，招远挖出来的黄金就是钱，为什么还要上市？五家金矿都是县里的支柱企业，上市意味着倾其所有，把招远的黄金大把送出去，只为换回"上市"两个空洞的大字。再说了，上市之后融回大把资金，怎么管理和运用还是个大问题。在国杰的认知中，将黄金企业打包上市，是讲了面子输了里子；他对融资后的资金去向，有隐隐的担忧。

许多领导对金矿打包上市，同样怀有疑问，但不妨碍他们在黄金企业上市过程中，服从领导，违心地投上了赞成票。楚国杰心口如一，坚定地投上了反对票，他坚持自己的观点：资源型企业，用不着上市圈钱。

古老的黄金之都招远，终于用真金白银铺路，用自己的黄金资源，摘掉了全市上市公司为零的帽子。楚国杰跟领导唱反调，成为一条搁浅的鱼，不足为怪。

按照当初市里的承诺，楚国杰把金矿偌大的债务偿还完毕，金矿运营走上正轨，他就应该提拔为副市长了，可人事安排从来都是一件微妙的事情，既得按下葫芦，又不能起来瓢。

楚国杰对于责任看得很重，对权力不是很热衷，他的第一次提拔机会，被一个上面空降来的人挤占；第二次提拔机会，被一个党委书记截和，这个书记有三大名言：工作抓点，上班挖碗，下班打眼！

楚国杰漠视权力，权力给了他当头一棒。

楚国杰管理的金矿，三名矿工坠井而亡！这些矿工是在罐笼升井时，钢丝绳突然断裂不幸遇难的。罐笼是出入井下的运载工具，常规检修是必需的，按说断无突然截断的可能。这次事故绝对是个意外：真正的原因是附近金矿放炮，爆出的石头将罐笼缆绳击断，突然造成灾难。

这座山里面，其实早就千疮百孔了，可以说，这是历代黄金开采留下的遗祸。在上千年的时光里，罗山的黄金开采，几乎没有停止过，当代尤甚。村办、镇办、市属、省属金矿不歇不止，私人采矿尽管被明令禁止，可有些私人矿主，私下跟村里合作，顶着村集体名义，还在继续采矿。罗山被日夜开挖，每天有十几万人聚集在罗山开采黄金，里面井巷纵横交错，工人在下面各自为营，迎头贯通是常有的事；也就是说，上下和左右井巷之间的岩体厚度与承重，系数难保。

楚国杰重视矿山安全管理，一直致力于"杜绝带血的矿山"，这个口号是楚国杰率先提出，在全国叫响的，国杰功不可没。这场意外，"过度开采"才是事故发生的深层原因。无奈出事的矿工，就是楚国杰的工人，追究责任，楚国杰百口莫辩，只能默默忍受，身心俱疲。

站在父亲、三嫂和百姓的角度，楚国杰反思过招远的黄金开采里程。他不得不承认，招远的黄金行业在追赶世界黄金开采先进水平的同时，锻造了一把双刃剑，一面利刃在为国家的经济发展披荆斩棘；一面利刃在对招远市这片古老大地进行深深戕害——别的不说，抱团上市的几家金矿，多在人口密集的齐山镇、蚕庄镇、夏甸镇开采，不少村庄的房屋由于地下采矿，被震得横向、纵向开裂，裂缝中能塞得下一根指头，有的村庄房屋损坏严重，只能被迫整体搬迁。

楚国杰的良心当然不安，可这盘黄金大棋，眼下无解。

楚国杰比谁都清楚，在这片大地上，长达几十年的机械投入，对黄金掠夺式的开采，开采总量，已经超过此前千年开采总量的千倍乃至万倍，的确到了令人发指的地步。这种掠夺式的开采，对于脚下这片黄金大地和百姓家园的摧毁，是永久的；全市多地出现悬空、地下水位逐渐下降，都是黄金开采造成的负面影响。

楚国杰后悔当初自己没有听懂父亲的话，把自己绑定在黄金这部战车上，无法开释。日益增长的黄金产量，已经不能让国杰热血沸腾，而是忧心忡忡。面对七姐的时候，国杰无言以对，甚至有些无地自容。

楚国杰小时候是在七姐的背上长大的，七姐的儿子曾因盗窃被判刑三年，七姐指望弟弟能把外甥儿安排到金矿上班，可楚国杰的金矿正在裁员，矿工需要分流，他怎么可能徇私，安插自己的亲人！七姐的村庄距离市属大矿不到五百米，采场、巷道就在村子的底下延伸，七姐家的房子梁头错位，门窗变形，实属危房，七姐家一直住在危房里，一年拿四百元补偿，无法搬迁。七姐再次恳求弟弟替儿子安排工作，可如今的金矿，早已经实现了机械化、信息化和自动化，招聘的都是大学生，外甥当然不符合招工条件。

七姐生病，楚国杰过去探望，被七姐拒之门外，他在村里转了一圈，眼见一座又一座房屋裂着手指粗的缝隙，不少年迈的老人依然住在危房里面。这些人上了年纪，进城务工没有单位接纳；没有足够的搬迁费租不起房子；离开村庄来回耕种土地也不方便。

楚国杰自感无愧于共和国的发展，有愧于父老乡亲。

不知从什么时候开始，楚国杰背上了良心债，面对这片大地的千疮百孔，他感到自己难辞其咎，正如三嫂所言，自己就是这片大地上的千秋罪人。

就在这个时候，上海传来了噩耗：国杰妻子姚莉生病！

姚莉多年心情积郁，乳房出现了问题。当初姚莉看到一身军装的国杰，远比没出学校门的大学生成熟稳重，她觉得国杰是个可以托付终生的男人。可是她选择的这个丈夫，虽然事业有成，可他何曾围着自己和孩子的需要，转过一天！

楚国杰知道自己亏欠妻子，马不停蹄地到上海、到江西，找战友、找朋友，当他得知中医认为这种疾病不用动手术，用中药和避风避寒避湿避邪等手段，完全可以治疗其恶，并且卓有成效的时候，国杰松了一口气，他恳求妻子相信中医，用中医中药治疗。

无奈，妻子姚莉不再信任国杰，她不信任国杰还是那个当初全心全意爱着自己的男人。姚莉听从了娘家人的意见，选择了在上海一家医院做了手术，手术治疗没有太大的起色，妻子撒手而去。

楚国杰心力交瘁，心仿佛被掏空一般。国杰不是不爱妻子，也不是不知道妻子喜欢浪漫，喜欢旅游，他总是觉得来日方长，他会在卸任之后，好好陪伴妻子，到国内外走一走，看一看，可是转眼之间，他和妻子已经阴阳两隔，没有了未来！

楚国杰更加崩溃和伤感的是：妻子留下遗言，不愿意葬在罗山！一连几重打击同时袭来，楚国杰终于病倒了，组织上把他送到了京城最好的医院，找了著名的专家，国杰还是一病不起，再也没有回来！葬礼极为隆重，盖棺论定，楚国杰被组织上定为"产业报国"的典范。

第十四章

罗山万古，人生海海，长的是岁月，变的是人生。

烟台机场人来人往，一个简单的行李箱，就是楚一帆的全部。这个高高大大的男孩，心里混沌不堪，一片狼藉，他只想逃离，逃离罗山，走吧，走吧，就这样离开，不必回头，离开这个伤心之地。

罗山那潭碧绿的湖水，埋葬了他的挚爱。

那潭湖水就在山下，湖水像一块绿宝石，水草在清澈明净的水底招摇。夏天，孩子们把罐头瓶子里放上花生榨油剩下的碎油饼，用绳子拴住瓶子远远扔进湖里，鱼儿闻到香味，就会跑进瓶子里，疾速提起瓶子，来不及逃脱的鱼儿，轻易就被捉了上来。

这湖曾经是孩子们的乐园，如今是楚一帆的噩梦。

楚晓凰消失了，不见了！

那是一个薄凉的冬日，晓凰和同事爬山归来，看见一只白天鹅在距湖边不近也不远的地方努力伸长了脖子，几番努力，却怎么也站不起来。晓凰踩着冰层飞奔过去，抱起天鹅往回走，她在距离岸边不远的地方趔趄了一下，低下头的瞬间，奋力把天鹅抛向岸边，自己大半个身子落入水中。她使出浑身的力气试图用双手抓着冰层，但一切都是徒劳。面对突然松动开裂的冰层，同事也不敢贸然下湖。等山下人闻讯带着梯子和绳子来到湖边，湖面哪里还有晓凰的影子！

那只天鹅，安静地蹲伏在岸边眨着眼睛，眼睛很黑很黑。

突如其来的噩耗，几乎击垮了晓凰所有的亲人，最接受不了这一切的还是一帆：他俩在大学开始正式谈恋爱，晓凰就读于华东师范大学，母亲希望她摩登一些，更好地融入上海的繁华，可这个被大自然山水滋养长大的孩子，无论如何也无法爱上高楼林立的上海，毕业之后，她回到家乡，成为了一名教师。

楚一帆学的专业是首饰设计，晓凰的专业与绘画无关，可她也喜欢画画。两人相约毕业后，在招远开一间珠宝定制工作室，之后再接手父辈们打拼的产业。两人的新房都准备好了，那潭湖水，瞬间终结了这一切！

晓凰遇难，一帆正在外地出差，他无论如何不能相信，两人策划的神圣而浪漫的婚礼，再也不会到来！

从头到尾撑着，一滴眼泪都没有掉的人，是须发尽白的爷爷楚云鹤。

校长闻讯赶来，异常惋惜，他期期艾艾地说："如果救的是人，学校还能报个荣誉……"言外之意，晓凰救的是一只天鹅，只能这样。一个风华正茂、如花似玉的女孩就这样消失了，只为拯救一只天鹅，大家都觉得遗憾，替晓凰不值。

石雕一样的爷爷开口了："我家小凰什么都不要，那是她的本分！"

大家都担心地看着爷爷，以为爷爷心疼得糊涂了。

爷爷扫了大家一眼，斩钉截铁："我没糊涂！"

在墓地，爷爷动怒了，他举起铁锹，劈向楚国雄的父亲。在罗山，族人的墓地习惯安葬在一起，过年的时候，后人会一起去到墓地，燃放鞭炮，请逝去的亲人回家，接受供品祭礼，保佑后代兴旺发达。未婚的女孩不能被写入族谱，不便葬入祖坟，楚国雄的父亲提出：邻村有个光棍刚刚去世，最好撮合成阴亲，把晓凰安葬到别处。

楚一帆第一次有打人的冲动，没想到爷爷比他更快，抄起铁锹高高举起，奔向那个喋喋不休的人。

如果不是躲得快，对方定然会脑袋开花，受到致命的威胁，他当然不肯轻易罢休，跳着脚要和爷爷厮打，身边的人死死按住了两个头发飘白的老人。

楚一帆满是泪水的双眼望向蓝澈的天空，天上什么都没有，连一只鸟儿的影子也没有，广阔的天空下，地上的人，是如此渺小！

看到两个激愤异常的老爷子，村书记提出让晓凰族里的人谈谈意见。也许是怕牵扯到自己的风水，也许是谁都不想得罪楚国雄，族人的意见竟然那样含混不清："怎么样都行！"

书记一锤定音："每一个善良的故事，都值得罗山铭记！"晓凰最终被安葬在了罗山龙母坟旁边，自从有个日本人拿着罗盘在罗山勘验了好几天，出资在罗山为"秃尾巴老李"的母亲李春兰修了一座坟，村里的人都认为那是一块风水宝地，变着法子想在龙母坟附近开穴，都被村委阻止，这次村里开了先例。

楚一帆迫切需要逃离，他需要一个热热闹闹的地方，消融他的悲伤，掩藏他的无助，他不想继续留在招远，看着父母对他一副欲言又止、小心翼翼又不知所措的样子。

师兄吴商，曾经无数次邀请楚一帆到上海发展，都被一帆拒绝了，那个时候，他和晓凰有一个共同的梦想。如今，一张窄窄的机票，把楚一帆送到了上海茫茫的人海中。

楚一帆依然不习惯人潮涌动的地方。

没有什么比深度专注于具体的事情，更能阻挡一个人胡思乱想，楚一帆着魔一样盯着一张图片，那图片图案很简单，只是一把椅子，不简单的是这把椅子的来历。

这是拿破仑皇帝和约瑟芬皇后坐过的镀金狮椅，椅子的后腿是两只跃动的金狮子，那狮子仿佛活力不灭，永远定格在飞跃的瞬间，托举着已经作古的矮个巨人。这张图片是在大学期间，一帆一眼相中的，此后就成为皮夹中的随身物品，走到哪里带到哪里。

楚一帆高中时代曾经崇拜过拿破仑，在后来的十年间，他让这把拿破仑坐过的金狮椅子图片，陪伴在自己身边，印证了他对造型艺术的迷恋。云鹤爷爷的引导，终于在楚一帆身上开花结果：这种潜意识里自觉自愿的识别与圈定，是云鹤爷爷潜移默化的影响，算是一切都有渊源。

楚一帆喜欢这种简约至极，但却压都压不住的王者风范，他喜欢对着这把椅子浮想联翩：如果四条椅子腿的造型都是对称的，是四头凌厉的狮子，会怎样？他甚至画过草图，反复观摩。他承认，这种选择性的取与舍，一定经过了工匠的缜密思考，别具一格、不容忽视，令人过目不忘。

楚一帆年复一年地与这把金狮座椅对视，心里产生了一个深深的追问：一件首饰的粗糙和精致，可以通过工艺改变；但是一件首饰的气韵和气场，从何而来？

拿破仑和约瑟芬，早已经退居楚一帆的脑袋深处成为虚无缥缈的存在，一个隐隐约约的意识，渐渐在楚一帆心里明朗：真正的艺术作品，要注重造型，更要凸显气场。这种气场，类似画家的画作、书法家的字。作品当然是有形的，而作品的气韵，尽管是一种无形的存在，可正是这种气场，才会真正催生艺术品的生命张力。

任何一件首饰的气场，断然不会轻易得来。

这种似隐似现的气场，取决于什么因素？

设计师应该如何做才能触摸驾驭这种气场？

楚一帆苦苦思索，却总也参悟不透，这种感觉就像钻进了一座巨大而空旷的玻璃房子，找不到方向，也找不到出路，令年轻的一帆苦恼不堪。这其实丝毫不意外，能看见的东西，谁都可以模仿；看不见摸不着的境界，没有足够的阅历，休想把握，工匠与大师，到底是有区别的。

欣赏的大师作品越多，楚一帆越沮丧，以至于好长一段时间，他甚少创作新的作品，而是急于捕捉大师之作的气场和灵魂。微观世界，乾坤巨大，楚一帆迷恋这种将自然甚至自我意识在手中进行二次呈现的艺术，最好是如愿以偿，美轮美奂。他盼望了多年，由于心甘情愿，所以乐此不疲。

楚一帆崇拜的偶像是亨利·杜内让，他能把万趣融其神思，几十年前的作品，依然无人超越，作品横扫欧洲、北美、非洲和亚洲，备受政界、艺术界名流的宠爱，许多王室、总统、名流、著名艺人都是他的崇拜者，他的首饰一经面世，就是收藏级的艺术品，这是一个顶尖设计师的魅力。

楚一帆多么希望自己拥有一间工作室，他设计的首饰，也是独一无二的存在，自己会像心仪的大师那样，温柔地站在门口，冲着不远万里而来的客人，轻轻挥手……

当爱好成为谋生的手段，不能回避的是业内竞争。

楚一帆醉心于找寻作品的气场时，公司正在挑选头马。

"首席设计师"这个称号，代表的是一个人的职业修为，更意味着实打实的利益分配，意味着个人在业界的成长高度，以及未来地位的逐步奠定。

楚一帆本没有竞争意识，可他挡不住同行的敌意，师兄吴商就是敌意最大的那个。正是吴商的挑战，让楚一帆感到：在上海这家国内首屈一指的珠宝企业，做个设计老大，也不错。或者说，他喜欢看吴商气急败坏又无可奈何的样子。

箭已在弦，楚一帆还是对寻找一枚首饰的气场念念不忘，不是楚一帆漫不经心，而是爷爷告诉过他："手艺活儿，你得心里有，手上才会有。"罗山睿智的老金匠楚云鹤，终究给了楚一帆太多的影响。

意识领域的创作，从来都不是急功近利的事，它需要太多的养分，需要内心灵气的成长与发散，需要感官年复一年的观察与思考，需要外界很多元素在脑海中的重新洗牌与定格，然后具体呈现给外界。

从无形的想象到实际的诞生，最艰难的环节是构思与定位，一旦构思成形，设计师也就完成了自己的大半儿使命。当那些充满魅力的佩饰如同梦中的蝴蝶，张开羽翼在晨曦中渗透出不可抵挡的情感，飞至女人的胸膛时，它对任何一个女人，都有无可名状的吸引力，珠宝首饰的千百造型，能够给予女人千百种风情，它的魅力无可抵挡，造就了经久不衰广阔而丰厚的市场。

多元化时代的到来，让人们的设计思维更加开阔与活跃，黑色元素在巴塞尔纳回归；糖果色成为东南亚首饰展的新宠……在这个选材包罗万象的时代，宇宙间有多少神秘与物象，设计元素中就有多少现象与现状，你能驾驭多少元素，就会有多少种甚至翻倍的选择。

这些铺天盖地的资讯，楚一帆不是不懂，可是自从看见金子在火光中跃动，大山深处的黄金就一直高高悬挂在他的心尖上，黄金是他今生不改的初衷。大赛临近，楚一帆常常思念云鹤爷爷不事张扬的态度，思念爷爷的烟锅、小茶壶，对于比赛，他的确没有进入角色。

上海是百年前的十里洋场，是当今的国际化大都市。

在这样一座五光十色的城市里，金钱意味着身价，人与人比拼的仿佛只是金钱的多寡，似乎人生这一程，就是为了来到这里，争夺金钱利益，尽享所有的美酒和奢靡。这是一座用金钱考量一个人底气和底线的城市，置身其中，似乎没有人能够绕开金钱分割出来的圈子和阵线。

吴商说："凡事还就有例外！"

吴商口中的这个"例外"，当然指的是楚一帆。

吴商实在不明白，为什么楚一帆宁愿独来独往，也对董事长的独生女儿萧珊视而不见。

萧珊的意思明眼人都看出来了，楚一帆就是不接招。

萧珊是吴商心中的女神，只是他干着急插不上手。

公司的设计部、市场部、企划部，无一例外都是活力四射的年轻人，萧珊是一个独特的存在，她很安静，可安安静静的萧珊，想低调都不可能，她的老爹是这家公司的大股东，公司的黄金首饰专卖店，早已遍布全国一、二线城市。

家里的钱多也就罢了，美国普林斯顿大学法学硕士的帽子，可是萧珊真刀真枪拿下来的。多少年轻人期许走近萧珊，只是没有足够的底气。每个人的成长或多或少都有隐痛，萧珊的隐痛来自母亲。

萧父当年从杭州乡下跟着施工队进城干瓦工，两年之后，他自己组建了瓦工队伍，承揽建筑活儿。第三年，萧父遇到了一个无良建筑商，三百万的建筑款分文不结，萧父东拉西借，还是欠下不少债务，大年三十还有人在家里坐着不走。

萧母性格内向，又要脸面，在另一个春天丈夫外出、女儿上学的时候遭到债主逼债，一时想不开，用一根绳子结束了自己的生命，那时候的萧珊才十一岁。此后，萧父把萧珊扔在老家跟着爷爷奶奶读书，自己倔强打拼，继续干建筑，陆续招兵买马，队伍从一人到三人，再到三十人、三百人。十几年里，他坚持让自己手下的工人穿着同样的服装进工地，主体工程落成之后，绝不马上就撤，而是主动花费时间把楼梯和楼体周边环境收拾个清爽，迎接工程监理以及上级主管单位的验收，慢慢在业界赢得了口碑。

萧父的身边聚集了一批能打硬仗的兄弟，赶上了城市疯狂扩张的时代，城市的版图一扩再扩，他的事业版图从高楼建设到室内设计，到自己买地开发商业住宅楼，赚钱的速度与建楼的速度同步发展。

萧父下海早，吃过亏，选择了稳扎稳打，多头跟进。除了工程，还参股了制药和粮食加工。他涉足黄金，完全是出于国人对积金攒银的爱好和财富传承理念的谙熟。正好一家百年金店需要扩张，双方一拍即合，萧氏注资入股。自从萧氏注资黄金板块，黄金从每克九十多元，涨到每克三百二十元。

萧姗是名副其实的富二代、白富美；吴商其实也不差，是公司数得着的设计师，风度翩翩，家里是浙江的鞋老板，从小到大，也算是见多识广，偏偏萧姗视若不见。

楚一帆常常被人误以为是公司签约的模特儿，年轻姑娘都会觉得他的气质很酷，却极少有人能觉察他眼睛里的落寞。

吴商本想追问："你不是回罗山结婚了吗？"当他看到楚一帆眼睛深处的阴郁，还是自觉地闭上了嘴巴，觉得啥也别问最好。

萧姗身材瘦削，长圆脸，额头饱满，鼻梁挺直，脸腮有点类似婴儿肥的丰满，周身散发着一种浑然天成的古典美，宛若一尊价值连城的瓷器，你可以欣赏，但是不能轻易碰触。

萧姗凭借女性对美丽时尚的敏锐嗅觉和准确把握，极力主张将施华洛世奇的水晶与时装品牌、日用品牌结合的研发销售理念植入公司发展策略，推出了一整套婚嫁系列黄金首饰，与国内著名中式婚嫁绣衣品牌对接，成功地为公司的定制业务开辟了崭新的板块。

萧姗的想法，往往可以给设计师醍醐灌顶般的灵感，吴商对萧姗佩服得五体投地。相貌、人品、才能、家庭背景，无论从哪个角度考量，萧姗都熠熠闪光，吴商做梦都想摘下这朵金花。可当他发现自己鞍前马后献殷勤远不及酷冷的楚一帆对萧姗的触动时，不免嫉妒地说："你的瓦块脸，哪里比我好看？"

吴商前一秒还在咬牙切齿："奶奶的，都说女人是水做的，萧姗是铁打的。不，是金铸的，值钱归值钱，就是不知道得多深的道行多大的火候，才能把这个姑奶奶化成水！"

楚一帆心情大好时会拍拍他的肩膀："马到成功哈！"

吴商立马会抓狂："滚犊子，你啥时候滚蛋，我就啥时候好事成真了！"

"东床虚位以待！"楚一帆扬长而去。

萧珊是众多青年才俊和世家子弟心仪的对象，可她只肯用正眼看楚一帆。偏偏爱情不是秤，并不遵循对等的原则。楚一帆认为没有未来就不要接受，这是他的教养，但他心里多少有点慌乱，他不知道该如何应对萧姗。

楚一帆和吴商的看家本领都是设计，两个人有同门之谊，也有较量之机。区别是楚一帆从来不考虑市场，他一直在追逐经典之光；吴商特别关注市场，让他冲劲儿最大的就是功利，两个人都有佳作，只是越来越趋向截然不同的风格。

楚一帆的实力不容小觑，也有人看好吴商。

在全球一体化的时代，必须倡导工匠精神，树立起中国首饰行业的百年品牌。事实上，近年来，外国的大牌正不断涌进来，对国内的首饰行业形成围堵之势，公司与其坐以待毙，不如杀出去，尽快在国际上开辟新的生存之地。

天马不是遛出来的，是靠实力飞出来的，公司这次"首席"选拔，评分将与全国秋季首饰设计大赛赛事结果和久负盛名的国际市场珠宝展的销售成绩挂钩。公司总经理萧阳相信名利驱动，双管齐下，可以激发设计师的斗志。得知首席设计师的待遇，吴商默默在心里感叹："乖乖！"转身就悄悄去做市场调查了。他并不缺钱，但他需要光环，师弟的出现令他心生不安，萧珊的态度则让他生无可恋。

楚一帆后来居上，成为公司里最有力的竞争对手，在几次三番"我算是引狼入室了"的哀叹之后，吴商索性改了对楚一帆的称呼，干脆直呼"一狼"。吴商解释说这个称呼里包含了三分情谊、三分欣赏、三分嫉妒、一分愤怒。总而言之，这个称号就像一杯酿造多年的美酒，比较美妙。

楚一帆幽幽回了一句："你说得不对，是三分愤怒！"

"毕加索的真迹，来上海展览了！"萧珊把一张票放在桌子上转身出去，留给楚一帆一个修长的背影。

平心而论，萧珊能力超群，五官精致，找不出任何不妥，只是她不怎么笑，每一次出场都带着庄重的味道。大家闺秀是一种能力和风范，也是世家对女孩的终极要求，这种端庄仿佛科举制度中的八股文，的确会把人送达目的地，可阅读过程着实让很多人觉得索然无趣。

理性太多，清冷加身，仿佛有一层无形的甲壳笼罩周围，会扼杀一个女孩子的灵动，让人觉得缺少了可亲和可近。没有真正心动，就接受一个女孩子的示爱，楚一帆做不到，如果一定要细究内心深处更为准确的原因，恐怕还是楚一帆自己，不愿意打破自己刚刚平复下来的心境。

展票就放在桌上，楚一帆不喜欢被动，但是想观展的欲望如同清晨的阳光在蓬勃发散，无法遏制，毕加索的画作近在咫尺，他没有理由错过。

这座城市的文化宫被淹没在高高低低的楼群中，《毕加索从远方来》的"海报"并非精美的印刷品，而是被整整涂满了一侧墙面，色调、图案与狭长的门票设计呼应，是这位来自异国的艺术巨匠的半张脸庞的影像，不过更为张扬，宛如旗帜一样涂抹在整面墙上，远看火光如炬。楚一帆和海报上的毕加索整整对视了三分钟，黑色的礼帽下，毕加索的脸上有矍铄之光，眼睛有远方之神，紧紧抿起的双唇透露着旁若无人的坚定。

这次展出的毕加索真迹，没有一张巨幅作品，都装在小小的镜框里对外展示，恰恰这小小的画页，非常神奇，让楚一帆迅速沉迷：《三角帽》中的舞台造型、人物服饰设计图装都挂在墙上，石粉厂老板娘上衣的松垮、公爵夫妇神情的傲慢，在毕加索的手下，以简约的笔画体现得最淋漓尽致。在极度俭省的线条中，有着无限的张扬，二维画面也蕴藏着极强的立体感甚至代入感，让楚一帆感到自己似乎就在《三角帽》剧场！

毕加索的动物画和人物画也能带给人山水画一样的沉浸式震撼，对楚一帆来说，这种体验还是第一次。贡戈拉德二十首诗里的女人配图，笔法简单到不能再简单，却能让人清楚地感受到每一个女人从眼角到发梢流露出来的气质——清纯的，矜持的，邋遢的，虚伪的……这是毕加索最不简单的地方，不容置疑。在毕加索的笔下，一只简单的猫头鹰，无任何附笔，鹰的眼神之锐利让你甚至不敢与之对视，对视的刹那会有一种恍惚，好像那只鹰就要活过来飞起来，让人不得不产生退畏之心。

诗意与幻象，就这样呼之欲出，饱满而神奇。

楚一帆被深深感动了，如果说简约与传神是毕加索作品的特征，那么富丽和诗意好像也一直在他的笔下纵情，以至于每一张画上仿佛都附有毕加索的灵魂签章。毕加索画作语言的神圣和包容，令人动容。

艺术的至高境界在哪儿，毕加索就到了哪儿。

生当如此，生则无憾，这是毕加索让世人顶礼膜拜的理由。

介绍毕加索生平的短片在大屏幕上连续滚动播放，楚一帆一语不发地坐在那里连续看了三遍。片中介绍的是毕加索一生的经历，楚一帆最感兴趣的是他一生中的无数次超越，这种越层式的超越，与毕加索给自己的定位有关："你想，你就能！"

毕加索的心声，就这样抵达楚一帆的心灵。

走出展馆，落日给萧珊的脸镀了一层柔和的光。

楚一帆转向萧珊："喝一杯？"此刻适合交流，或者无言慢啜，细品刚才看见的一切。

看看街道上成双成对的年轻人，萧珊莞尔一笑。

轿车汇入车流，左转右转好长时间后停在一片满是绿茵的低矮楼房前。这家充满怀旧气息的酒吧"wait"，隐藏在茂密枝叶的街巷深处。楚一帆想静一静的时候，会独自来这家酒吧喝酒，这是他慎思独行和停泊心灵的地方，现在，他带着萧珊来了。

酒吧面积不算大，一楼船头造型的酒柜都是沉郁的颜色，各色洋酒高低错落于其中，间或有几瓶立在刨花一般的饰品上，看起来像是沉在海底许久，刚被打捞上来，带着穿越岁月后的遗世独立；二楼可以读书、喝茶、看电影；三楼才是酒吧的主战场。头顶悬挂着各色小旗帜，绿皮沙发围拢着长桌，桌上的灯轻拍一下子，灯光可暗可明，随时可以隐藏造访者的表情和身影，也可以映射出酒杯酒色的光怪陆离。这里每周末会有两场芭蕾舞演出，演员最多有四个，都是俄罗斯部队文工团退下来的功勋演员，功底绝佳，跳舞时穿着没有徽章的绿军装。

第一次看到这些身着绿色军装舞者表演的芭蕾舞，楚一帆就有些震撼。她们带来的不仅是优美的芭蕾舞片段，还有一份庄重和莫名的心灵冲击。"wait"是等你归来，而这些人的军人身份永无归期，这着装令他心生一份尊敬与遗憾，仿佛有一种特别的情愫与他的感念不谋而合，令他牵肠挂肚。

这些舞者即便是英雄末路，绿色的军装依然庄重。

楚一帆欣赏的也许不是舞蹈，而是某种感同身受的情愫。这种情愫通过舞者的肢体倾诉深深打动了他，让他觉得自己的内心有一种东西需要唤醒。

此刻芭蕾舞者没有上场，音乐低低回荡，若有若无，很多往事已经成为飘在高亢天空中的棉花，实在不知道话头儿在哪儿，公司里的事不适合在此时此刻拿出来当话题，这是一个只适合低饮浅酌的夜晚，那就尽情喝酒吧。

"天使之吻"，楚一帆信手给萧珊点了鸡尾酒。

萧珊从洗手间出来，理理裙摆坐在楚一帆对面，深蓝色的及膝裙子，裙摆处印了杯口大的花卉。"天使之吻"来了，萧珊抬头看看服务员，把酒推到一边，说："我不喜欢调和酒，来一杯干红！"玛歌是她的最爱，不爱喝调和酒，就没有必要迁就，这是萧珊的想法。

萧珊的心里也是五味杂陈，喜悦和气恼参半，楚一帆不是身边最优秀的年轻人，更不是用心对待自己的人，偏偏自己把目光投给了他。许是理性使然，许是对迟来之约的矜持，萧珊到底没有端起那杯"天使之吻"。即便爱一个人，也没有必要委屈和牺牲自己的全部去迎合，这是萧珊的原则。

偏偏爱不是一个理性的东西，它是一场神识交融。

楚一帆刚刚微暖的心一下子骤停，仿佛迅速结冰。女人的顺从温柔，会不知不觉融化一个男人心上的甲胄。真正的甲胄是在心里，不在表面。无声浅啜，听着不知名的音乐，那杯"天使之吻"静静地停在他们两个人的旁边。

音乐换了，是《天堂眼泪》！楚一帆突然想喝烈酒了，喝吧，喝吧，陪你千杯，不诉离殇！

楚一帆不说话，一杯接着一杯。

萧珊无所谓，那些淡淡的怨愁既然无法开口，那就喝酒。

外滩夜晚的灯光繁密、琐碎，犹如宝石闪闪烁烁，彻夜不息。有多少灯光，就有多少故事在发生、纠缠、诉说和延续，它们穿越幽幽的光阴，见证了无法尽数的传奇和跌宕，也见证了此地从渔村到都市梦幻般的华丽嬗变。

楚一帆和萧珊，无言地走在一起。

铺天盖地的灯火越来越远，海潮的气息越发浓重，隐约能听得见海浪永不停歇的节奏，虽然不见浪花，但每一次晃动所带来的力量都深沉而博大。一呼一吸，是海的声音，更是海的生命和脉搏。两个人并肩走向海边，身影慢慢挨在一起，萧珊光洁的臂膀反射着月光，肤色如绸，看起来格外柔和。她主动挽起楚一帆的手臂，缠在他温暖而有力的胳膊上，凉津津的，也柔软如绸。

楚一帆努力睁大眼睛，扭头看着身边的女人，萧珊的目光，正定定地迎向他，眸子是那样深邃，荡漾着海潮一样深深的情愫，不知静静地站了多久，两只手握在了一起。

夜色仿佛一匹巨大的绸缎，覆盖了一切。

欲望在一望无际的夜色中流淌开来，劈头盖脸弥漫至全身。

萧珊把头贴向楚一帆坚实的胸膛，一只灵巧的手在他的背后轻轻摩挲，柔软的身子和浑圆的肩膀却在楚一帆的胸前瑟瑟发抖。夜色是酝酿男女情愫最富饶的土地，心里包裹着的那层坚硬的甲壳，几乎被夜色吞噬了，心仿佛变成了一片柔软的液体，流淌开来四处滑润，一切变得轻盈而柔和，包括思绪，包括身体。

楚一帆抬起手，把飘在姑娘额头的那缕头发，轻轻拢向她的耳后，一只朦胧的贝壳带着玉色裸露出来，贝壳！没错，是贝壳，那是楚一帆日思夜想的贝壳耳朵！

楚一帆的脑袋里火花四射，他笑了，轻轻地用嘴唇碰触着萧珊的耳鬓，宽厚的手用力揽着萧珊的背，他的爱终于出现了，那就一起融化吧！

冰凉的沙滩是坚实的，漠漠的暮色，十分安全，滚烫的渴望再也无法顾及身底的潮湿，萧珊大半个身子靠在楚一帆的怀中，一只胳膊环住他的脖子，一只手将五指插进楚一帆的发丛。面颊与面颊紧紧贴在一起，双唇与双唇一次次触碰，她几乎无法呼吸，他沉醉得近乎昏眩，两个人的心跳盖过了潮声。

仿佛过了一个世纪那么长，楚一帆并没有衔住萧珊的唇。楚一帆不停地转动脑袋，张开嘴，噙住了萧珊的耳朵。

萧珊的心敏感地缩了一下，一动不动地坚持着，终于把握不住，吐出一串轻微的呻吟。她用力摆动着头，柔软的双唇带着火一样的欲望，执意在楚一帆脸上搜寻，仿佛要点燃对方的激情。楚一帆意乱情迷，他一次又一次躲避萧珊的亲吻，想再次猎捕那只贝壳，但贝壳到底溜走了。

萧珊到底清醒了些，她不知道对方藏在心灵深处的迷茫哀求，更不知道他为什么执意要吻自己贝壳一样的耳朵。这种混合了酒气和欲望的热烘烘的气息喷在脸颊上，火热的唇沾上耳朵又酥又痒的感觉，令萧珊无所适从，她只是一味躲闪。

楚一帆紧紧闭着眼睛，涛声隐去，身子下面压着温暖柔软的躯体，很美妙，很美好，他想要更多如水的温存，像火一样燃烧起来才好，他谵语一样的喃喃自语，带着撒娇般的愁苦与饥渴，他使劲儿蹭萧珊的头发："阿凰，阿凰……"

楚一帆压抑多年的呼喊一旦出口，立刻带着全身不可抗拒的力量，如同决堤的洪水，非泄不可："小凰，小凰……"声音的急切、含混、不安、委屈，清晰地传进了萧珊的耳朵。

萧珊有些震惊和不可思议，尽管有些晕眩，她的身子还是立刻紧张起来，侧耳细听，是的，没错，楚一帆在喊另外一个女人的名字！

长时间得不到回应，此刻有了答案。

楚一帆的心里另有他人。

萧珊强忍住眩晕，平静自己的气喘，一手伸掌，一手握拳，坚定地推开楚一帆的胸膛。楚一帆还在迷茫中，目光凄暗而散乱，他真切地感到晓凰就在身边，那只漂亮的贝壳分明很温暖。他刚刚那么急切地想用温热的唇，噙住那只贝壳一样的耳朵啊，可是那只贝壳不停地躲闪。他感到十分委屈，心里的期待已经积蓄了这么多年，他想！他要！他急！一只僵硬的拳头死命地抵住胸膛，一只凉凉的手捂住了他的嘴巴。

　　楚一帆猛然惊醒了，他甩甩头，目光落在眼前这个正静静凝视自己的女人身上。萧珊的上半身笼着如水的月光，柔和的肩部线条，凸凹有致的乳房，男人根本不需要碰她，也不需要抚摸她，只是默默地看着，就会渴望萧珊的全部。楚一帆仍有些迷茫，但到底越发清醒了，眼前的女人，不是晓凰！内心一下子跌进巨大的沟谷中，陷入悲怆的深深海洋里，失落、悲怆，瞬间盖过了所有的情愫，带着猝不及防的泯灭之力，瞬间熄灭了已燃的火苗，没留下一点余温。

　　楚一帆摇摇晃晃地站起来，一句话都没有，一个人转身走了。

　　楚一帆不知道自己是如何回到住所的。他迷迷糊糊地跌进沙发，再次醒来已是凌晨时分。他一动不动地躺在那里，一声"小凰"，终究让尘封的记忆滚滚决堤。这些年，楚一帆半点儿都想不起晓凰的模样，眼前晃动的，总是那只一动不动蹲伏在那里的天鹅，它固执地蹲伏在晓凰和自己之间，静静凝望着自己。他曾经无比憎恨那只天鹅，脑海里首先浮现出的都是它。

　　当尘封的记忆滚滚决堤，罗山山庙前那片耀眼的金黄清晰地覆盖了楚一帆的脑海，小小的黄色花高挑在他的脑海里，连纹路都纤毫毕见。楚一帆的脑袋都要爆裂了，他起身伏在桌前，拿起铅笔开始移动，从一朵花瓣开始，一朵花、两朵、三朵……这就是罗山的雄黄花啊，不盈一握，执着热烈。

　　笔尖沙沙地不停移动，繁密的雄黄花继续在笔下盛开，仿佛有一只无形的推手，让这些花儿排山倒海而来。在堆叠的雄黄花下面，楚一帆勾勒出一张少女的脸，细细描眉，描眼，画出唇间的小虎牙，黑色的长发上戴着金色的花冠，美轮美奂。楚一帆的眼睛亮了，他下笔飞快，一张又一张，都在追逐那顶金色花冠，直至天快亮了，睁不开眼睛，他才趴到桌上沉沉地睡去。

太阳升起来了，一个头戴花冠的少女，粲然而笑。

这不正是晓凰吗？楚一帆不由得怔住了。

楚一帆这些年，有时候想回忆两个人的过往，可他一点儿也想不起晓凰的模样，甚至梦里都没有出现过，仿佛无梦也无忧。偏偏这个时候，晓凰清晰地出现在自己的笔下，头戴花冠，笑靥如花！

这顶花冠，不就是现成的首饰吗？！

楚一帆的心咚咚地跳了起来：那就设计一顶黄金花冠，用固定的形式，锁定无形的思念！

第二天，楚一帆怀揣晓凰的照片和设计图纸，直奔西藏。西藏是两个人曾经约定要去的地方，他一定要走上这一程。西藏既然是一片有信仰的土地，那里的每一个空间，每一份诉求，都可能会得到悲悯和仁慈的照拂。既然佛法无边，无处不在，就让佛伸出看不见的手，祝佑灵魂深处的神识与眷恋吧。

游走在西藏的街头，楚一帆思绪茫然，漫无目的。

那些长途跋涉而来磕头敬佛的人，还是深深震撼了他。

回到上海，楚一帆来到萧珊办公室，递上一块水晶砖，砖上雕着两棵树，上面写着一句话："能够并列在一起是幸福的。"只有经过生离死别的人，才知道并肩站立才是真实的幸福。生活还要继续，就算是不能接纳萧姗，亦应该礼貌为上。

楚一帆轻轻把礼物搁在桌上："萧珊，对不起，我的爱人去世了，这是我对你的祝福！"

萧珊吃了一惊，半个月不见，楚一帆眼神清澈，消瘦不少。

天人永隔，这哀伤有多痛？萧珊无言地咬紧了嘴巴。

吴商人未到，声先至一步跨进来："亲爱的，我来接你！"

"这些日子，你死到哪儿去了？走了就别再回来了！"吴商一拳打在楚一帆的肩膀上，转身把手搭上萧珊的肩膀，"别再来招惹我们家珊珊！"

萧珊望了望俩人，脸上终于有了一点妩媚的颜色。

吴商真心喜欢萧珊，有吴商呵护，萧珊应该快乐许多。

楚一帆大拇指一竖："撤了！"自己不是萧珊的良配，那就祝福对方找到珍爱她的人。

"等一等！"萧珊拿出一份文件递给一帆，"作品截止期限还有四十天，你要抓紧时间！"

首饰大赛如期在上海举行，知名模特、业内专家、资深媒体人、市场观察员、时尚巨头汇聚一堂。

这种比赛是比能力，更是比资历，比人脉。年轻的设计师，不大可能斩获头奖，评奖活动有心照不宣的规则，获奖名额基本上雨露均沾，确保这个单位拿走了头奖，那个单位起码得给个二等奖。楚一帆和吴商的作品可圈可点，双双拿了三等奖。

楚一帆的获奖作品是《相思千千行》，这是一款式新颖的项圈，楚一帆改变了旧式项圈的接口，将项圈接口前置，接口处改为银杏叶状，一端飞翘一端斜坠，形成蹁跹之姿，一短一长，一上一下，错落有致，作品既有古朴韵味又不乏灵动之姿。专家肯定了这件作品，认为《相思千千行》既有古典之美，又有创新之意。

楚一帆满怀期待的金冠《罗凰》，尽管美轮美奂，但争议较大，最终与奖项无缘，专家断言这件作品市场狭窄，不适合批量生产，会在销售终端受挫。

吴商喜不自禁，他离首席设计又近了一步。

楚一帆的心凉透了，《罗凰》是他纪念心爱的人与山的倾情作品，没有获奖，就不能代表公司送到国外参加大赛，他寝食难安，硬着头皮找到了萧珊。

萧珊耐心解释："这是全球最具影响力的艺术博览会，不光展出珠宝，还有其他艺术品。无论参展商还是媒体，都是经过主办方慎重挑选的，不可能更改。"萧珊说的是事实。

楚一帆满脸焦灼，萧珊无可奈何："公司首次参会，交易不敢有多少期待，颗粒无收也不是没有可能，我们是冲着向顶尖作品学习的机会去的，以便未来调整公司的产品和发展方向。公司已经确定你和吴商的获奖作品为下个季度的主打产品，公司有章程，不会随便调整参展作品！"

楚一帆心存不甘，鼓足勇气找到总经理萧阳，提出用《罗凰》代替《相思千千行》参赛。萧阳皱起眉头："你这真是开国际玩笑！"

"绝对不行！"萧阳是一名企业家，立场当然不一样，"我承认你的实力摆在那里，就算是你放弃首席之争，我也不会允许这么做！"

"公司为什么要大费周折与国际接轨？"萧阳恨铁不成钢，"不就是想在国际珠宝大赛上试试水，打开国际市场吗？这是把咱家产品当成骡子和马拉出去遛遛，拓宽客户渠道，增加公司订单！"

萧阳的态度非常坚定："我不管你如何看重《罗凰》，公司只能让《相思千千行》出国参展。国际贸易是大势所趋，不可能意气用事。甭说是你的作品，就是我爹的作品，那也不行！"

楚一帆倔强地站在那里，一筹莫展。

萧阳敲敲桌子："你别忘了，《罗凰》之所以没有获奖，主要原因是市场定位较偏窄！没有市场，哪来的利润空间？没有市场的首饰，你让我怎么吸引客户的订单？开公司不是自己想干啥就干啥，要挣钱养活一大批人！"

萧阳的视角事关全局，他的立场没错，让作品走出国门是为了拓宽销售渠道，而《罗凰》从孕育到诞生，从落笔到成形，楚一帆的确没有考虑过任何与市场相关的因素！换而言之，《罗凰》只是个人的情绪凝练，与众生无关。

楚一帆走出公司，觉得疲惫不堪，抬起头来，一座比一座高的大厦割裂了天空，望不到边的楼群、蚂蚁一样穿梭在街道上的车辆，令他心烦意乱。罗山的晴空白云，跳进楚一帆的脑海，他一下子想通了，《罗凰》是因晓凰和罗山设计的，它不属于城市，而是属于一段情，属于一座山，他要回到罗山，让心爱的人看一看这顶金色花冠！

想起罗山，金矿、粉丝、爷爷、三婶……

无数熟悉的影像在脑海中闪掠，都四年了，这些年，自己错过了什么？车辆飞快，红瓦白墙、一片片悬挂着红彤彤苹果的田野，在高速路两侧呼啸而过，招远到了！

罗山隐隐约约地出现在北方的天际，车子越来越近，罗山越来越清晰，山顶飘荡着几缕悠悠的白云，山下的苹果压弯了枝头，路边的柿子像一盏盏迷你的灯笼，悬挂在树枝上。

楚一帆深深吸了一口气，抬头看看山顶与天空接壤的地方，大踏步走向罗山。进山路口的蟾蜍,还是那么惟妙惟肖,一蹲万年,俯视着山下的人来人往。山下那座建成不久的庙,被几座高耸的亭台楼阁挤在一边,主体建筑变成了实景大戏《金山佛语》依山而建的实景演出现场。

"我在修炼处。"楚一帆给晓鹏发了条短信。

楚一帆想见见那片梦幻般密密匝匝长在山庙附近的雄黄,它们曾用细碎的小花毫不吝啬地铺出满山的磅礴。然而,他失望了——朴拙的山庙已经修葺一新,修庙毁了曾经的遍地雄黄。

楚一帆暗暗叹气,他已经知道了,这雄黄花止咳利尿,能够治疗胃痛腹痛、肝病腹水,又能治疗癣疥疮肿、蛇虫咬伤,是一味良药。让一帆心有不甘的是,这雄黄花还有一个别名:断肠草。

也许人生的际遇,开始就别有深意,只是没有人能够参透。

"小凰,你还好吗?"楚一帆低低问候,仿佛晓凰此刻正蛰伏在花丛里。四周很安静,一只巴掌大的从未见过的七彩鸟儿,不知从哪里飞出来,它扇动着漂亮的羽翼,落在前方不远处的树枝上,发出几声清脆的鸣叫,歪着头盯着楚一帆,若有所思。

寂静山谷,一人一鸟,就这么久久凝视着,不发一语。

不知过了多久,小鸟纤弱的细足猛然一蹬,倏然凌空,远去的方向,天空朗朗,山河澄净。

看着小鸟远去的方向,楚一帆笑了:这是晓凰式的问候。

罗山能够包容一切,想必能够很好接纳晓凰的古灵精怪。楚一帆的嘴角挑着笑,泪水却忍不住滑落下来,他低下头,心里暗念:"山爷爷,我来了!"

罗山长满了数不清的植物,这些植物根植在大山的躯体上,有的身高数丈,直入云霄;有的低微卑小,在脚下的石缝里探头探脑,它们与大山相依相偎,在大山的沟谷和山巅怡然自得。山中的鸟雀,用它们欢快轻盈的身姿告诉人们,它们有多么喜欢这里;密草中的小虫子告诉人们,这儿是它们成长和生活最好的天地。也许大山是会说话的,只是人类没有与大山对话的能力和底气。走进山里,心会不知不觉地落在一块石头、一棵树,甚至一片叶子上,喜悦、安然,闭上眼睛,听听鸟语,大山里的感觉无孔不入,连汗毛都是放松的。

楚一帆伸手撑着斜向路边的树干，心潮激荡，不知道用什么字眼形容眼前这座亚洲黄金第一山。在上千年的时光里，罗山不知道被炸了多少回，被掏了多少次，倾其所有供养世人，把无数伤害生生咽到肚子里，成全了无数人，这是一座多么伟大的山啊！

楚晓鹏的短信到了："我在南山高尔夫球场，不见不散！"

楚一帆加快了脚步，前面就是龙母坟，也就是晓凰长眠的地方。一块黑色的大理石被琢成浅浅的浮雕，是一本书打开的模样，书页右侧展现的是晓凰的生卒日期，左面那页上简单记录了她的生平。书页前方卧着一只安详的汉白玉天鹅，天鹅又长又细的圆颈稍倾在背上，头微微上扬，神态逼真，像一只真天鹅浮在水面上。

楚一帆百感交集，他从贴着胸口的衣袋里掏出一张精致的卡片，连同路上采集的野花放在天鹅的背上，那是《罗凰》的彩图，金黄灿烂的花儿鲜活灵动，呼之欲出。一个人安静地坐在墓前，楚一帆闭上眼睛，一个女孩的欢笑、乍见之欢，一幕一幕，全都回来了。

这里是罗山深处，人迹罕至，背后是更高的山，前方是苍茫的沟谷。就算已近深秋，这里藏风，有暖阳，草仍是绿的，花还在开，满目小小的浆果、结穗的草籽，这里宛若一座昆虫和蝴蝶的花园。西边的瀑布会因雨水的多寡变大变小，瀑布飞溅的水幕会折射出一道时隐时现的彩虹，经年不收，这是晓凰喜欢的景观。

天色向晚，楚一帆低声告别："小凰，守护罗山，是我不变的誓言……"

楚一帆把目光投向山下，整颗心静静消融在茫茫山色里，空空荡荡，不喜不悲。楚晓鹏踢踏踢踏地上来了，出手就是两记闷拳："亏你还记得罗山！"

"皮痒了?！"咒语脱口而出，两人哈哈一笑，紧紧拥抱在一起，仿佛一刻没有分开过。三婶说晓鹏皮痒痒了，"三天不打，上房揭瓦"，如今，这个顽劣得令人头疼的男孩经由三婶的鞭挞与言传教诲，分管粉丝厂的新产品研发与营销，已经在商海中崭露头角。

罗山的月亮升起来了，周围的一切异常安静。

"我懂了，《罗凰》这件首饰代表的是我妹子，是罗山！"

楚晓鹏听完事情的来龙去脉，口气非常坚定："这不是你自己的事，这是罗山的事！有条件上，没有条件也要上！"

楚晓鹏已经喜欢上了读书，上手的多是哲学和谋略方面的书籍。他崇拜毛泽东，把路线、方针挂在嘴上，对于如何让《罗凰》浮出水面，晓鹏主张回家再议："你要相信群众，群众的智慧是无穷的！"

楚一帆早晨是被晓鹏的笑声惊醒的："我不叫，你能睡到日上三竿吗？再不起来，给你准备的早餐，能从屋里摆到院子里！"他一走进餐厅就闻到一股微微的酵酸味，正是久违的粉浆饭的味道，想起粉浆中的粒粒黄豆、碎丁豆腐干，他舔了舔嘴。

"傻孩子，才知道回来！"三婶身穿紫色旗袍，更显雍容，她拍拍一帆后背，"罗山是你的家，傻孩子，往哪儿跑啊！"

三婶身后站着一个身材高挑的女子，梳着丸子头，身穿一件白色及膝裙子，立体简约，她伸出手说的第一句话是："终于见到传说中的楚一帆了！我是金洋，欢迎回家！"这是晓鹏的妻子。金洋本来是重点高校的高才生，擅长布展，她和晓鹏在粉丝展销会上相识，本来没有看上晓鹏，无奈楚晓鹏奉行的是"没有条件，创造条件也要上！"，终于抱得美人归。

大家对《罗凰》这件作品的重视和关心，出乎一帆的意料。楚晓鹏推出妻子："布展的事情，我媳妇最在行！"

"吃饭，先吃饱饭！"三婶拉着楚一帆坐到桌前。

楚一帆端起碗嗅嗅粉浆饭："真好，还是那个味儿！"碗中的粉浆饭灰中透绿，上面漂着散碎的葱花、芫荽末，呼哧呼哧几口下去，黄豆粒、豆腐干和碎肉丁落在碗底，豆子粒粒香，豆腐干的筋道中透出一丝咸鲜，粉丝末没等咂摸出味道就溜进了嗓子里。

"慢慢喝，锅里有的是！"三婶笑眯眯地看着楚一帆，"你妈总说你这豆芽菜能长这么高，亏了老家的酸浆饭，在外面喝不到，馋了吧？"

小时候，楚一帆就像豆芽菜，他口刁，很多东西动辄拒绝入口，医生说脾胃虚。老家的粉浆饭灰中泛绿，颜色远不如白粥、玉米粥和小米粥的颜色讨喜，这孩子居然喜欢粉浆饭的酸味，喝了一碗，伸着碗还要，这让妈妈非常惊喜。

粉浆饭是招远粉匠凭着感觉喝出来的传统美味佳肴，是招远独有，出了招远地界，的确没有地方可买。粉浆陈置一段时间会发酵，微有酸味，用香葱姜丝爆锅，肉丁、豆干翻炒，入锅烧开，滴点香油扔点芫荽出锅。几碗粉浆喝下去，不管你肠胃发胀，还是消化不良，统统消失，保证五脏"和风惠畅"。

三婶剥了一个鸡蛋递给一帆："你太瘦了，每天要吃上个鸡蛋，保证营养！"

楚晓鹏笑着提醒母亲："你亲儿子在这儿呢！"

楚国福瞥了儿子一眼："你悄悄的吧，老婆是我的！"

楚晓鹏道："你给我妈剥了一辈子鸡蛋，也没看见她给你剥一个！"满桌人全笑了。

金洋一挑大拇指："老爸好榜样！"

这家人其乐融融，三婶永远是家里的女王。

金洋到底对布展经验十足，她提出构想："展区面积既定，又没有置换作品的可能，就要换一套思路解决问题。现在的建筑，地面发展受限就会向高空拓展。这几年，参展商为了营造自己的声势，大有向空中拓展的趋势。如果国外的展位无法扩张，可不可以打破常规，选择立体架构，多放一件？在不扩展位、不影响效果的情况下，多展出一件作品，对公司来说也是一件好事。"

"立体布展？"大家默默不语，都无法想象金洋的方案。楚晓鹏到底和妻子心有灵犀，他一拍桌子："大灵芝！爷爷那个大灵芝！"

楚晓鹏说的大灵芝，长在罗山底下一棵被伐大树的树根旁，周围长了茂密的青草，云鹤爷爷去割羊草，发现了这株不知道长了多少年的灵芝。它由大大小小很多像云朵一样的灵芝累累并列叠加而成。有两条胳膊长，宛如一柄巨大的如意，三个孩子当年围着灵芝数了好几遍，终于确定那株灵芝一共有六十七朵。爷爷托人做了一只玻璃罩子，放在桌子上，这灵芝与仙风道骨的爷爷同处一室，有种说不出的和谐，似乎年代之赐，贵在岁月悠久。

楚云鹤爷爷晚年送走了儿子和孙女，如今须发全白，背挺得依然笔直，仿佛刻意挺给别人看的，看上去反而更加令人心酸和难过。

楚一帆抱住爷爷，爷爷的神色波澜不惊，他静静站了一会儿，挣扎着摆脱了拥抱，上下打量了几眼楚一帆，一声不吭地抽身走了，走出几步，又转过身，满腹疑虑地盯着楚一帆。

楚一帆奔到爷爷跟前，一迭声叫："爷爷！爷爷！"爷爷费力地想了半天，终于带着疑惑摇摇头，转过身往罗山方向走去，没人告诉过楚一帆，已经九十多岁的爷爷糊涂了。

楚云鹤每天从家里到山下，起点是家，终点是山，年复一年。儿子、孙女走后，女儿想接走他，可是他哪里都不愿意去。如今老屋只剩下他一个人，锥心之痛，不死不休。也许糊涂是上天赐给一生为善的他最后的仁慈。本来就安静的楚云鹤如今只认得山，他光光的古铜色头皮，白色的山羊胡子，如果山有神仙，应该就是楚云鹤此时这个样子吧？

两天之后，一只香椿木如意托架顺利完工，托架采用如意的传统造型，只是在弯度上做了适度调整，灵芝两端的盘面是流畅的云纹，可以恰到好处地托起首饰，中间的柄，线条起伏流畅，摆放两件首饰互不影响，甚至可以说是相得益彰。如意需要一个底座，三婶着人搬来一尊红木雕刻的金蟾，金蟾蹲坐在尺把高的底座上，口吐一枚硕大的圆形通宝。

三婶说："把金蟾卸下来，看看这个底座行不行？！"

楚晓鹏看着家人忙活，他带上楚一帆离开家门，一踩油门奔向蓬莱，那里有大片的葡萄和一座葡萄酒酒庄。在酒窖里，一排排的酒桶上龙飞凤舞地签有客户的姓名；一排铁艺玻璃窗从地面一直砌到屋顶，许是这屋顶太高，排排窗户一般有序排列的酒柜，从地面直接天花板，带来的视觉冲击奢华无比，三婶在这座葡萄酒庄私藏了几十桶干红。

楚晓鹏端起葡萄酒，笃定解释："咱们喝酒聊天，首饰架你不用操心，专业的事情交给专业的人去做，到时候你负责验收就行！咱家的粉丝产量和产品种类都在扩张，企业招待每年要用不少酒水，这里离机场近，我们做了这家葡萄酒的代理商人，可以以会员价格在这里接待重要客人，打打高尔夫球，品品酒，做商务洽谈。"

楚晓鹏对于企业经营，已经入门："发展企业高端客户，接待不周不行，设备不升级不行，一套昂贵的自动化设备安装好了之后，原料供给不足不行，员工引导不到位也不行。行业政策、销售渠道这些都要下足功夫。就拿咱家的驰名商标来说，就是一波三折，尽管所有条件都符合要求，公司还是被相关部门掐住，一直争取不下来！"

楚一帆惊讶地望着晓鹏，晓鹏笑了："我们是出具了产品在知名超市上架和销售的记录，靠起诉打赢了官司，才拿到了中国驰名商标！"

楚晓鹏说："搞经营如同打仗，要步步攻坚克难，没有条件，创造条件也要上，才会赢得成功。即便是双赢的事情，往往也需要剑走偏锋！"

作为一个现代化粉丝龙头企业集团的当家人，三婶由"皇粮媳妇"成了名副其实的"粉丝女皇"，粉丝企业从单一的粉丝加工，到完整的产业化链条的发展，实现了从原料储存、淀粉提取、蛋白分离到纤维提取等全流程的自动化控制。楚家的粉丝企业不仅占领了国内粉丝行业的制高点，而且获得多项国家发明专利，打造出了全球蛋白产业的领军企业。

黄金之都，银丝之乡，"粉丝女皇"，实至名归。

招远终于捧回了"中国粉丝之乡"这份沉甸甸的美誉。

如今的粉丝生产已经实现现代化，粉丝成形后落在传动带上，两侧的喷泉流苏一样喷射下来，犹如晶莹剔透的长龙，全程无须人工，粉丝上架后被推至车间冻干，全程无菌生产。粉丝生产从手工作坊，到机械化、信息化应用，产品质量达到欧盟标准。

招远上了岁数的老百姓，依然喜欢户外自然晾干的粉丝，在他们心里，晒透阳光、跟微风亲吻过的粉丝，才是地道的祖传手艺，无菌生产的粉丝和阳光晒过的粉丝不可同日而语。

楚家保留了几个篮球场大的晒场，大片大片洁白的粉丝上架后在蓝天白云下飘荡，和百年前晒出的粉丝大约一样，一架架粉丝在阳光下拉出一道道银色宽幅，流苏一般，如梦似幻。

泡豆瓮、发酵缸、漏粉锅、洗粉盆、晒粉的大笸箩、擦粉的手铁擦、运送粉丝的手推车，这是一代代粉丝匠人一路风雨的见证，这些浸透了父辈汗水的老物件，不能被岁月化为尘土，双塔食品有限公司投资成立的中国粉丝博物馆横空出世！

在中国粉丝博物馆大厅上方，悬挂着一条十几米长的"巨龙"，晶莹剔透，如粉丝一般洁白透亮。粉丝的渊源与传说，以图片、文字和声光效果一一灵活记载下来。没了用武之地的小推车、大粉缸，被完好保存，以还原劳动场景的形式展示出来：小车配以人物雕塑；粉匠配了土灶，依然蹲在灶台上方，在打瓢漏粉，灶下有人在烧火；小商贩推着粉丝沿街叫卖；掌柜在柜台后面拨拉算盘给送粉人结账……一个个场景，栩栩如生，这是"龙口粉丝"的百年来路。

三婶的粉丝企业在深圳上市，三婶去深圳敲锣，回家后的第一件事，就是选了黄道吉日，准备三牲瓜果，以有形的仪式表达无限的感恩。

楚一帆要返回上海了，三婶带着全家人到机场送行，三婶拿出一个信封塞给一帆："这是三婶给你的锦囊妙计，到了上海以后再打开。"

万米高空，楚一帆打开信封，里面有一张支票和一张信笺：

> 孩子：金都罗山，以金称雄。金都之子，叹金心之美，慕金魂之芳，愿以有生之年，扬罗山之名。……
>
> 徐芳博

楚一帆读罢信笺，肃然起敬。

再看看支票的额度，楚一帆忍俊不禁，他对三婶上升到崇拜的地步。三婶终于显出了商界灵狐的面孔，怪不得她能在竞争残酷的世界里，叱咤风云，步步留下美誉和传奇！

当年 APEC 博览会第一次引进烟台，整个展馆门口布满了造型新颖别致的鲜花，最引人注目的雕塑是一只圆圆的蓝色星球，用深蓝色和黄色绢花象征陆地和海洋，表达五洲通达、共同繁荣的美好寓意。这座雕塑是第一届 APEC 的标识，熙熙攘攘的参会人员在蓝色星球前合影留念。

三婶没有跑过去合影，但是她看在眼里，记在心里。第二届 APEC 博览会，三婶找到组委会，拿下了展览馆前的雕塑制作权，用了几车粉丝，在展览馆前做出一条长达十几米的粉丝巨龙，龙身、龙爪、龙须全是晶莹剔透的粉丝，在灯光映衬下，美轮美奂。华夏巨龙，盛世腾飞。参展商、游客，国家级、省级、地级媒体的镜头，全部对准了那条巨硕的粉丝巨龙，也对准了公司的龙口粉丝。

从第一届展会寂寂无名，到第二届展会上熠熠生辉，三婶的粉丝一炮打响，一下跟三个海外国家签定了销售合同，成为第二届APEC博览会上最大的赢家，一战成名。

龙口粉丝顺利走向海外市场，凝聚了楚国福夫妇的全部心血。

那年秋天，公司全体员工连续加班四天三夜，做好了发往国外的一百八十箱粉丝，三婶在一袋粉丝中发现了一截头发，国福当场拿起剪刀，把粉丝包装全部剪碎，要求大家全部返工。这场提起来令人变色的"亮剪风波"，让公司全体员工对粉丝质量监管上升到了一个前所未有的高度。公司在内部实行了"客户监督制"，就是"成形工段是淀粉提取工段的客户，晒粉工段是漏粉工段的客户，销售人员是最终客户"，在企业内部实现了连环监督，全面监督。

1999年夏天，天气持续干旱，由于地下水不足，公司原定发往澳大利亚的三十吨粉丝，交货面临逾期风险。那段时间，国福夫妻俩一个调拨水源，一个检查粉丝质量，忙得连轴转。眼见海运无法在合同期内到货，夫妻俩商量之后，果断联系民航，将产品空运到了澳大利亚。这批粉丝让公司净赔十五万元，但是为公司的系列粉丝产品进军澳大利亚，奠定了很好的基础。

三婶送给楚一帆的锦囊妙计令人惊讶，完全是商人思维。

她建议：在国外找代理人，参与首饰竞拍，目标就是《罗凰》。三婶说，只要能让这件黄金首饰大放异彩，罗山要人有人，要钱有钱！

三婶背着孩子们，跟国雄、国华、国福交流过，他们都支持三婶的想法，楚国雄更是一锤定音："这件首饰代表罗山，只要能为罗山扬名，花钱不用手软。"

薄薄的信笺，仿佛有千钧之重。

黄金有价，情义无价，这是罗山父老对大山的敬重。

楚一帆深深懂得，不是自己设计的这件首饰有多好，而是招远的父老乡亲，心里都有罗山，这座黄金之山，承载了招远乃至异乡无数人的生命与情怀，值得尊崇。

法国巴黎的展会如期举行，大师们精雕细琢的珠宝作品琳琅满目，每一件仿佛都有创作者的灵魂附体，甚至能够透过作品解读背后的人性与审美。

楚一帆有些沮丧，自己的作品跟大家相比，还是缺少了世家的底气，作为一个后来者，自己可能连后起之秀都算不上，他需要坐下来思考展会见闻。

楚一帆在酒吧里落座，旁边是一个蓝眼睛青年和一个金发女郎在聊天。楚一帆觉得蓝眼睛有些面熟，忍不住多看了一眼，他记起来了，在展厅的海报上，蓝眼睛青年像绅士一样，站在父亲和祖父身边，眼睛深邃严肃，作为百年设计世家的后起之秀，他是这个家族的第六代传人。

楚一帆对蓝眼睛和金发女郎，善意地笑了笑，金发女郎善意地点头，那双蓝眼睛里却立刻射出一股冷意和不屑，眼神交汇的刹那，楚一帆看出了蓝眼睛的戒备和敌意，他有点纳闷，也没有多想，这里是酒吧，是公共场所，不是个人的私属地盘。

楚一帆转过头，开始旁若无人，兀自喝酒，他需要一边品酒、一边思考，消化刚见识过的珠宝设计新元素。

"黄皮肤的人都这么没有礼貌吗？"蓝眼睛对金发女郎揶揄。

金发女孩把头转向楚一帆，眼神里有未置可否的审视。

楚一帆举举酒杯回道："谦卑含容是贵相，心存济物是富相！"

蓝眼睛喝了一口酒，不屑一顾，继续调笑："一个把黄金当作珠宝的人，谈什么品相！"这家伙显然对楚一帆的作品是有印象的。黄金首饰在上流社会的派对中没有太大的竞争力，女人总是对闪闪发光的珠宝更为青睐，这个发现令蓝眼睛轻松愉悦。

楚一帆半点没有客气："没有办法，我们家的山上除了石头就是黄金。只不过，牛皮在我们那儿，就算和皇冠缠在一起，也成不了黄金，还是牛皮！"

楚一帆一语双关，不着痕迹地点明了对方的作品。

蓝眼睛这个家伙似乎擅长混搭，他用牛皮绳把一块块带有奇异纹饰的凹凸金牌混搭串联在一起，他的作品中透着一种野性的粗狂和霸气。在楚一帆的印象中，这件首饰的归属，应该不是酋长就是牛仔。

金发女郎的笑意藏在眼神深处，意味盎然地看着楚一帆。

"全是黄金。"蓝眼睛轻蔑一笑，"你们的山有上帝关照吗？"

"我们的山没有上帝，但是有佛光普照。就连你们的总统胡佛，都不远万里亲自拜访，年轻人应该好学一些，去世界地质史册上查一查，看一看什么叫'玲珑背'！"楚一帆存心要气蓝眼睛，罗山的遍地黄金，就是他的底气。

"疯子！"蓝眼睛轻轻嘀咕一声，专心向金发美女敬酒。

"疯子？！"楚一帆笑了，成人之美固然是件好事，存心搅局他也不是不会，楚一帆一本正经地对金发女郎说，"美丽的女郎，请你低头看看，你的酒里有没有疯子！"

金发美女一愣，看看自己的酒杯，啥也没有，她抬起头来，目光有些不悦："你这家伙，是有些疯癫！"

楚一帆摇摇自己的酒，侃侃而谈："酒是具有原罪的东西，喝多了会失态，也会失德。酒神造酒的时候，酒的涩味需要人的血气去化解，一个时辰内要找三个人把血滴到酒里。可酒神在一个时辰之内只看到了一个文人、一个武将和一个疯子，这三人的血滴进酒里，酒变成了醇美佳酿。只不过，有的人酒后成了诗人，有的人酒后变成武将。"

楚一帆看了蓝眼睛一眼，这厮的酒杯正贴在唇边，支棱着耳朵听着呢。楚一帆站起身来，礼貌地对着蓝眼睛举举杯子，一本正经说道："还有一种人，再喝下去就会变成疯子。"

楚一帆干了杯中的酒，冲着金发女郎点点头，扬长而去。

金发女郎的嘴角上翘，若有所思，目光追出楚一帆好远。

踯躅在异乡的街头，楚一帆的心里有些不是滋味，仿佛一个想畅游大海的人，来到海边，才发现海的广袤令人兴奋，也令人绝望。当他见证了一流盛会的璀璨作品，作为一个涉世不深的年轻人，内心兴奋有之，沮丧有之。

路边的橱窗中，有一顶别致的帽子，犹如一只蹲伏的天鹅，栩栩如生，楚一帆眼前一亮，他毫不犹豫，掏钱买下。这悄然现身的天鹅，宛如故友重逢，无端让他感到心里一暖：就让这只天鹅，在这异乡的街头陪伴自己，暂且守候和期待吧。

巴黎街头的露天咖啡厅里，楚一帆就安安静静地坐在那里，如同周围建筑上的一尊雕塑。落寞从头到脚笼罩着他，除了无言静坐，此时此刻，他不知道怎样才能排解自己内心的苍凉和绝望：《罗凰》如愿参展，在与大师们的作品争奇斗艳，楚一帆很难说《罗凰》有什么出类拔萃的地方，他觉得自己毫无底气可言。

《罗凰》仿佛是楚一帆用一段生命创作出的作品，在他内心深处，他不在乎获奖带来的名利；他真正在乎的，是以一种神圣的形式，让自己和爱人的情缘，有一个令人欣慰的结局。

楚一帆坐在闹市的角落，内心十分落寞，他的神思已经缥缈在罗山，缥缈在远方，遥远到察觉不出任何起伏，无可名状。

《罗凰》还有没有机会？出路在何方？

难道真的要用美元操控，才能让它浮出水面吗？

出奇制胜的招数，或许可以解商人的燃眉之急，对于楚一帆而言，它从未在心里生根，又怎么会在现实中发芽！设计大师的登峰之路，需要千锤百炼，需要脚踏实地，付出十倍百倍的汗水，才能真正领悟大千世界美的真谛，驾驭创意之力，一步步进入艺术的殿堂。

创作是一个人的独行，买卖是双方的交易。

这是两条路子，不可同日而语。

这样的操作，楚一帆当然接受不了，他不知如何是好。

楚一帆不知坐了多久，抬头发现离自己不远的地方，有一个金发女郎，正专注地打量着他，那目光里有探寻。看到女郎毫不避讳的眼睛，楚一帆茫然四顾，看看左右，难道是桌上这只天鹅的吸引吗？这只天鹅造型的帽子，栩栩如生，就连蹲伏的姿态，都和晓凰救回的那只一模一样。

一个异乡的金发女郎，还不至于让自己窘迫不安。

楚一帆轻轻颔首，这是东方人的含蓄，也是一种礼貌。

"先生，您好！"金发女郎不再迟疑，大步走到楚一帆身边坐下，目光从他的脸上扫向桌上的天鹅。

楚一帆闪电一样想起了这个金发女郎，他有些惊愕。

女郎大大方方说："Hi，我是 Sunshine。我可以坐下来吗？"

"当然。"楚一帆没有拒绝。

"你是《罗凰》的作者，短短几分钟的时间，你的脸上仿佛越过了万水千山！"这个金发女孩，居然知道楚一帆，并且不着痕迹，一语点到了他内心的痛处。

楚一帆苦笑一声："在闹市的角落里，我正忧伤自己的作品无人喝彩。"如果说实话，可以满足一个外国女郎的好奇，楚一帆不想撒谎。

金发女郎的性格，真是格外直爽，她丝毫不隐瞒自己的观点："你的作品我看过，臃肿？逼真？我个人没有感到有多么美妙。"

"正是因为它的美妙没有机会展示，我的脸上才会越过万水千山。"对于自己无法左右的事，楚一帆没有避讳。

女郎紧接抛出一句："《相思千千行》，简约，时尚，我喜欢！"

楚一帆不知道这位金发女郎是何方神圣，他的脑袋飞快地旋转，能与那位趾高气扬的蓝眼睛设计师坐在一起的人，想必也是业内同道。楚一帆收起调侃，看着对方的眼睛道："中国有一个词，叫'独一无二'，对我而言，《罗凰》是独一无二的存在，起码在我心中，至高无上。"

"球王贝利说过，最好的球是下一个！"Sunshine 的口吻带着淡淡的责怪，她提醒楚一帆，他还年轻，设计之路很长，会有好多新的作品，应运而生。

"不会有一件作品，会像《罗凰》一样，承载着一个女孩的生命。"楚一帆的口吻里，有说不出的忧伤。

"中国人的酒里有故事，难道首饰里也有故事吗？"Sunshine 思维敏捷，紧追不舍。

"当然有！"话一出口，楚一帆心里一惊。

突然被人触动暗藏的心事，他内心涌出万般滋味。

金发女郎是谁？凭什么挖掘自己的故事？

楚一帆有些戒备地打量着眼前的美女。

"如果方便的话，我很希望能听一听《罗凰》里的故事。"Sunshine
的语气十分诚恳，她那双深邃的蓝眼睛，突然让楚一帆想起了晓凰葬
礼上他凝望过的无边的天空，金发女郎的眼眸里，有蓝天的明澈，有
白云的轻盈。被往事充塞的内心，像满溢的池塘，沉重不堪，迫切需
要疏导，楚一帆突然有了倾诉的欲望。

抬头看看周围窃窃私语的一双双情侣，卖咖啡那个胖胖的老人
笑眯眯地向他抛来一个会心的眼神，打了一个鼓励的手势。

楚一帆轻轻抚摸桌子上状如天鹅的帽子："《罗凰》这件作品，承
载了一个女孩与一只天鹅的命运。"

"天鹅？"Sunshine 有些疑惑，"它与《罗凰》有什么关系？"

"故事很长，我想找一个安静的地方。"楚一帆认真地看着
Sunshine，"这个故事，我从未对人讲过。"

Sunshine 静静地看着楚一帆，几秒钟之后，她笑了："请跟我来，
我有一个极好的地方。"Sunshine 爽快地站起来，牛仔裤、格子上衣，
在午后的阳光里，金发女郎的身姿干练、挺拔。

Sunshine 驱车在巴黎的市区中穿来穿去，她对这地方真的很熟，
楚一帆也不多想，一言不发地坐在她旁边，看着这洋妞旁若无人，全
神贯注地驾车。汽车跑到郊外，Sunshine 停下车："别介意，一会儿
就好。"

楚一帆打量四周，这里是一座小山，布满了低矮的灌木，车子
拐了一个弯，Sunshine 下车后，快步走向一条小溪。这条小溪从一个
不过两米高的坡上垂落，形成一个三四平方米的水潭，水潭的褐色石
头被水长年浸润，多了一份水润气息，在凹凸处呈现深浅不同的黑褐
色，周围的草连同不知名的小花，似乎比别的地方的草，更为鲜亮。

Sunshine 迫不及待地蹲下来，伸手撩撩水拍拍脸，站起来用双手
往后简单梳理了一下自己的金色长发，洁白的耳廓一闪。楚一帆有些
错愕，他惊奇地打量着这个有点眼熟的寂静之地，凝视褐色山石和摇
曳的花草，如同醍醐灌顶，喜悦突至：这里和罗山的某个角落，极为
相似！最美不过天人合一！

当一个纯真的少女，戴着金色的花环走进视线，流动的小溪、

褐色的山石、绿色的小草，还有戴花的少女，都是大山中的一部分，那份轻盈灵秀与山的博大沉稳相得益彰，几种颜色，几个焦点，交相辉映，缺一不可！

楚一帆豁然开朗，他终于明白，《罗凰》在国内舞台展示的时候，为什么会掌声寥寥。《罗凰》不是一块呆滞的黄金，它应该与模特和大山融为一体，仿佛是厚重大山中的精灵。在喧嚣华丽的场景下，《罗凰》会黯然失色，是它原本就不属于高楼大厦。头戴花冠的模特，也应该有少女的清灵，有花蕾般的脸庞，能够体现山的端庄、花的飘逸，庄严而圣洁，这才是《罗凰》应有的舞台背景！

车子抵达一座城堡，楚一帆有些意外。

这里该是一处比较私密的领地吧？也许是因为年代久远，这座城堡的一切，都带着岁月的色彩，半圆形的拱门、低矮的圆形屋顶，整栋建筑因立柱和各种形状的拱顶的衬托，有一种敦实厚重、均衡安稳、力度饱和的美学效果。

从二楼客厅的窗户中望去，目之所及，花园中硕大的绿色树冠一团又一团地铺在院中，树冠丰满肥大，像是一座绿色的小岛连着又一座绿色的小岛，它们似乎永远停泊在那里，风并不能轻易撼动它们。

Sunshine 换过服装，头发散落下来，微卷的发梢落在衣领的蕾丝边上，就连手腕处也有两层蕾丝花边，楚一帆蓦地想起一句话："洛丽塔归来。"珠宝设计注定要和时装搭配结缘，才会相得益彰，这也是设计师密切关注时装风格和流行趋势的原因。洛丽塔的服装风格正是以繁复抵抗简约，以清丽攻击媚俗，以自然羞怯的性感吸引他人。楚一帆见惯了服装带给女人形象的瞬间嬗变，但是一个人脸上的表情因环境的变化，瞬间从机敏回到清纯，对方定然是赤子其人。

文学界、时尚界的"洛丽塔"和眼前的 Sunshine 在此时此刻暗合为一，楚一帆承认，眼前的金发女郎非常迷人。

"聊天要轻松，你想喝什么随意。" Sunshine 拿出了干红和茶叶，"茶是朋友给我带来的，她喜欢中国这个神秘的国度，而我，一次也没有去过中国！"

Sunshine 脸色恬淡，手指修长白皙，可她并不知道哪只手指可以翘起来，变成兰花指，玉指在茶叶的清香氤氲中灵动飞翘，这是东方茶艺的视觉享受。

楚一帆接过茶壶："中国人认为茶叶入水，是生命的二次苏醒，可以呼唤性情。喝茶讲究规则和道法，手法不同，寓意不同。"楚一帆把两只茶杯放在 Sunshine 眼前，右手提壶，先靠近茶杯口注水，接着提腕，高抬，水流如柱般倾出，然后压腕靠近茶杯继续注水，如此反复三次。

楚一帆冲着有点茫然的 Sunshine 微微一笑："在中国，这样的倒水方式，叫'凤凰三点头'，喻示着对客人的尊重和祝福！"

Sunshine 如一个好奇的孩童，试着给楚一帆倒茶。话题在饶有兴趣的渗透中展开，不同的是 Sunshine 喝茶，楚一帆主动换成了酒，酒里有衷肠，符合他此刻的情绪。

Sunshine 亲切自然，在不露痕迹中，探询楚一帆的设计理念，仿佛他俩是相熟十几年的朋友。楚一帆的思绪自然而然地回到了罗山，那座深深吸引了一个城市少年的山，那座有千年黄金开采历史的山，一只受伤的白天鹅，一个姑娘未竟的心愿……

酒香与茶香在古堡的空气中弥合，气氛融洽，神经松弛。

这是一场毫不设防的倾诉，《罗凰》中那些纤细繁密的花儿，中国流传久远的白蛇娘子和雄黄的神话，罗山开采了千年的黄金……Sunshine 是个极好的听客，除了斟酒，并不多言，只是适时插上几句话，类似引导。

Sunshine 的包容与引领，让《罗凰》的故事，自然而然地从楚一帆的内心深处走了出来，在这遥远的异乡荡气回肠。一个东方的小伙子，在讲述一个天方夜谭般的故事。

Sunshine 的眼睛不知从什么时候逐渐深邃起来，如同深潭。

"我曾经恨过天鹅，今天不然，仿佛忽有故人心头过……"楚一帆的声音带着沙哑和低沉。

Sunshine 的眼里含着泪水，她终于明白了，为什么楚一帆的脸上会有万水千山。

两人久久不再说话，安静对坐，各自沉思。过了很久，楚一帆抬起头："抱歉，让你听到了一个悲伤的故事！"

Sunshine 表情凝重，她沉吟良久，字斟句酌："楚，《罗凰》这件首饰，需要什么样的舞台背景和模特？"

"它需要湖光山色，需要班得瑞的大自然音乐，模特一定要纯洁天真，浪漫活泼！"想起晓凰站在雄黄花中的表情，楚一帆脱口而出，"最好是一个十四五岁的小姑娘！"

"楚，你的作品，只是自己一个人的情结的积淀和发散。一个小姑娘，佩戴那么重的黄金首饰，出席豪华宴会？生日派对？"Sunshine 很直接，她的意见指向与国内专家的评论趋同。

"《罗凰》的确是个人一厢情愿对心爱的女孩、对一座大山的倾诉和感恩，我依然期待它有一次诗性的完美释放，纯洁得有些神圣，浪漫得有些庄严，期待有一个纯真的女孩，头戴《罗凰》走在世人的面前，哪怕只有一次！"楚一帆将酒一饮而尽，目光冷峻而坚定，"世界欠这个善良的女孩一个爱！"

Sunshine 再次给楚一帆斟酒："说吧，说说你想做的一切！"

从《罗凰》这件花冠究竟应该戴在什么人头上，到展示饰品时究竟应该配以什么样的背景，楚一帆把脑海中的想象细细描述出来，对一个陌生的蓝眼姑娘毫无保留。

纯洁，庄严，少女，大山，金色的花冠……

Sunshine 的思绪不断跟着楚一帆走下去。

倾诉和交谈就这样娓娓进行，两个人仿佛忘记了时间。

楚一帆用语言讲述着自己和晓凰的故事跟经历，长期自我封闭的内心和灵魂仿佛遇到了敞开的窗口，迎来了阳光和清风，渐渐轻盈起来，不再沉重。

当太阳再一次升起来的时候，楚一帆感到茅塞顿开，他想通了：《罗凰》仅仅是自己生命的一部分，属于自己一个人，这是自己心甘情愿的守候；他不可能把个人的爱，强加于众。既然自己已经将内心的爱，固化为有形的作品，那就让它在长长的岁月中随缘行走，随缘发散吧！

第三天开始，来到东方展厅的客人，明显多了起来，许多人特意找到《罗凰》细细端详，还会有人莫名其妙地上下打量楚一帆，送上意味深长的善意微笑。

楚一帆有些疑惑，他不知道为什么有那么多人对他微笑。

萧阳握着一份报纸匆匆走进来，他把楚一帆拽到一个僻静的地方，挥拳给了楚一帆一下："好小子，你瞒得可真严！你什么时候找的记者？"

楚一帆蒙了："我什么时候找过记者？！"

"报纸都出来了，你还不老实！"萧阳满脸兴奋，他的嘴巴已经咧到了耳边，他把报纸塞给楚一帆，"你自己看吧！"

楚一帆将信将疑，打开彩印珠宝特刊。

那份报纸的第二版，赫然刊登了大幅文章，标题极为醒目：

《罗凰》：爱如金山的诺言

楚一帆心头一震，他屏住呼吸，急急浏览下去。

这篇文章将现实经历与神话传说，恰如其分地穿插在一起，带着饱满迷人的情感倾诉，像一个个故事，环环紧扣，娓娓道来。文章完整讲述了一个女孩和一座金山的故事，讲述了主人公对一个女孩刻骨铭心的思念，《罗凰》如同一个神话，它在男孩的掌心结晶，如今现身在这届珠宝盛会。

楚一帆的心瞬间像被掏空了——自己藏在心中十几年的爱，带着喜和着泪，一层层包裹起来，凝成一枚斑斓的琥珀，透明、温润，它本来属于自己的内心世界，如今被金发女郎昭告天下，吃惊之余，楚一帆还真说不上有多么喜欢：就像两个孩童，我把不肯倾诉的秘密告诉你，你却转身昭告所有的人，这种不可思议带来的震惊，难说是高兴还是不安。

不管是神话传说，还是作品产生的真实背景，对于易感的西方人而言，《罗凰》代表的就是人类亘古追寻的生死不渝的爱情。Sunshine 的文章，的确可圈可点，浪漫而动人，它用婉约的文字告诉读者，《罗凰》不仅是一件首饰，更是一份自然之爱、人性之爱，这是岁月誓言，更是不变的忠诚与守护，独一无二。

任何故事揭秘本身，都会俘获一部分人。

Sunshine 没有落墨在首饰上，但《罗凰》的爱情故事与雄黄的神话故事，经由她的妙笔，牢牢地抓住了读者的心，吸引着观众不由自主地关注《罗凰》，如同朝圣。

在巴黎，《罗凰》展现了东方人的含蓄，邂逅了西方人的浪漫，这件首饰所引起的轰动，压过了很多著名设计师的作品。

罗山的雄黄花，在国际大都市的展厅里娇艳开放。

楚一帆把自己关进了酒店。

平心而论，阅读 Sunshine 的文章，是一种唯美的享受，她用文章告诉西方人，无论是神话"白蛇娘子传"还是首饰《罗凰》，都在言说，雄黄是有情人生死相随的爱的见证。

楚一帆仔细凝视着报纸，文中配发了一组照片，标题右下方，《罗凰》静静地盘踞在鸽灰的底座上。为了凸显花朵的细致，这张照片的右下角还配有四张小图，是朝不同方向盛开的雄黄花儿。楚一帆搜索之后才知道：Sunshine 竟然是世界珠宝重量级刊物的著名记者、珠宝行业的专家！

Sunshine 这篇文章之所以精彩纷呈，能够引发众多珠宝爱好者的关注，靠的是她过硬的文字功夫、独特的视角呈现。作为记者，她善于用心灵发现、用文字张扬作品背后的故事，而不是对作品表象进行浮光掠影式的简单扫描，她的文章，在唯美的讲述中，始终会流露对生命追寻的感动，引起共鸣。

作品的拍卖环节到了，台下人一次次举牌。

楚一帆的心里，犹如过尽千帆。

马上就要轮到《罗凰》了，它会有什么样的结局？

楚一帆当然不会听从三婶的主张，自抬身价。他暗下决心：如果《罗凰》无人关注，那就自己收藏。是时候回罗山，打造属于罗山的百年品牌了，让这件首饰成为自己的第一件馆藏作品，也是一份不错的选择。

"女士们，先生们，下一个作品，《罗凰》！"

楚一帆的心提了起来，周围的灯暗了下来，灯光打在舞台上，

《罗凰》这件作品的展示背景，正是一座可以以假乱真的小山！仿佛古堡途中的逗留之地。哗啦啦的山泉从山上喷溅而出，滋润着青翠欲滴的小草，台下人面对的似乎就是大山石崖，流水淙淙。

一个稚气未脱的女孩从山后走出，她那披散的长发上，戴的正是一顶开满雄黄的黄金花冠。女孩走到崖底的水边蹲下，洗洗手，撩起水花溅上自己的脸，她摘下花冠，解开暗扣，花冠瞬间变成花链，花儿细致可鉴。女孩把长长的花链戴在胸前，安然走到台前，站立数秒，花儿颤颤巍巍地开在胸膛上，仿佛随时可以吸引蝴蝶。

这是一款多用的设计，女孩摘下花链打开活扣，拎着花链，脚步随着《寂静山林》走动，如同小鹿般轻盈，花链提在手中随着脚步摆动，洒脱自然。她回到溪水和山石的旁边，她的头轻轻仰起，仿佛正在透过林梢，看向天空中的云彩，《寂静山林》还在回荡，女孩随着班得瑞的音乐隐入假山后面。

会场里充盈着山林之静美、素人之纯洁，此时的《罗凰》，已不再是一件首饰，而是随便摇曳在大自然中的金色的花朵。台下一片安静，人们都在期待模特再一次头戴黄金花冠出现。

这件黄金首饰作品对观众而言，不是冲击，而是开释：金灿灿的花儿在山水之中呈现，展示出的不是华贵，而是人与自然天人合一的姿态，与诸多五光十色的璀璨珠宝相比，它唤起的，是人类至真至纯的天性。

独一无二的作品，从来不缺少买主。

Sunshine 的报道，打动了一位中东皇室公主，公主决定收藏《罗凰》。一个寂寂无名的年轻设计师，作品被皇室收藏，这在珠宝设计界引起不小的轰动，有人关注作品，有人关注设计师，还有人关注谁是真正的买家，这是一种比获奖更为重要的殊荣。

这种不可复制的胜利，令人瞠目结舌，《罗凰》名动一时。

楚一帆也觉得不可思议，他甚至觉得，冥冥之中，这件作品或许真的有罗山和晓凰的灵魂在庇佑。

多年以后，珠宝界还有人对《罗凰》记忆犹新，楚一帆遇到过当年展会上一位德高望重的大师，提及《罗凰》，大师湖蓝色的眼睛微微荡漾，仿佛罗山那潭深碧的湖水已经解冻。

"上帝已经让你的女孩，在作品里得到了永生。"大师目光如炬，他笃定地告诉楚一帆，"凡是以爱的名义出发的作品，都会完成它的使命！"

2016年正月，楚国雄邀请大家到他所主政的小山村做客。

楚国雄剑走偏锋，在矿业整顿之后，跟村里合作开矿，把这个村发展成为一个响当当的黄金村。如果没有国雄落户，这个村庄守着金山，照样困顿不堪。

楚国雄带上大家，围着两千多亩山峦转了一圈，他没有多言，但能够觉察他对这片土地的深深眷恋。

三婶非常惊喜："国雄啊，这些都是你过来之后投建的吗？"

楚国雄老老实实回答："三嫂，我也该为罗山做点事了。国杰建了一座黄金博览苑，你建了一座粉丝博物馆，我脑袋里想得不多，就想栽下满山满岭的树，留给罗山的后人看！"

楚国雄是率先拿出集体资金，把村民整体搬迁进城的支部书记，村里在县城置业，盖楼分给村民，每家每户连床、电视机、冰箱和厨房用品都配置好了，可以直接入住。村里的孩子从幼儿园到高中，都有专人专车接送，放学后有专人辅导。楚国雄说不能让山里的孩子输在起跑线上，村民的幸福指数也要与时俱进。

楚国雄鼓励村民，每栽一棵树，村里奖励十元钱，在山上栽下二十多万棵树，成为全国绿化先进村。如今，这座环抱在罗山腹地的小山村，山腰水库环堤，亭台轩舍一应俱全；一条从西向东的河水，仿佛玉带河绕过办公楼。办公区附近栽了一片粗大的楸树，那是楚国雄斥资，从其他拆迁村买回来的。楸树生长缓慢，相当于北方的红木，楚国雄给村民留下了一笔意味深长的财富。

山村腹地，山多地少，最珍贵的是土地。

楚国雄买回优质土壤，把体量巨大的毛泥复垦一新，建起温室大棚和良田，这个小山村在楚国雄的手中，变成了一座森林公园，一个"全国文明村"。

明眼人都能看出来，楚国雄对这座山的投资不菲，庞大得令人咋舌。三婶轻声问："村民不都搬进城里了吗？"

楚国雄说："三嫂，把村民搬到城里生活，是想让孩子们在城里接受教育；矿上需要工人，大田需要管理人员，村民白天回村上班，晚上进城回家，有专车接送；不愿意在乡下上班的，在城里务工也方便。山上的景观设计和村里的闲置房屋，已经请专家设计过，最终它会是一座森林公园、影视基地，和城里人颐养天年的好地方！"

曾经毛石遍布的山，变成了一座爽心悦目的山水公园，三婶的眼睛里有了笑意："兄弟啊，这笔账你算对了，绿水青山才是金山银山啊！"

坐在餐厅里，楚国雄看着朝气蓬勃的年轻人，非常感慨："我那臭小子，三年没有回家了！我年轻时候没当上兵，遗憾了一辈子，本想让他替我圆梦，这小子可好，如今叫他脱下军装回来接班，他说守着家门没有出息，他在南海守的是国门！"

三婶说："孩子们都长大了，有格局和思想，比什么都好！"

楚国雄说："不提我那个臭小子了！看看大钢有啥打算？"

楚国杰二胎生了儿子，他说男孩就算是铁，也要百炼成钢，取名晓钢。如今这一家四口，只留下晓钢这根独苗，不免令人唏嘘。每次提起国杰，大家心中万般不是滋味：国杰殚精竭虑，为推动共和国的黄金采选行业，砥砺奋进，奉献出了自己的生命，真正践行了他挂在嘴边的一句话："人生在厚不在长！"

楚国杰去世了，楚国雄泪流满面，国杰的价值只有他懂。

楚国雄井下曾有两位矿工接连殒命，专家没找出原因，楚国杰经过分析，建议国雄赶紧置换空压机，这才避免了悲剧重演；楚国雄的新井透水，专家断定井下工人已经没有生还的可能，是国杰否定了专家的判断，他盯着施工图纸研究，问过施工进展和井下布局，指出在尚未贯通的斜井地带，部分空气会被压缩，那儿的水不会是满灌，如果工人在此地避险，就有可能活着。大家按照国杰的预判，救援及时，井下六名工人全部获救。

楚国杰临终时，对资源过度开采，忧心忡忡。他嘱咐国雄，有机会的话，替他在罗山多栽一些树。一个随时就要离开的人，还在反思自己的行为，牵挂的不是家人，而是这个人间世界，楚国雄震惊之余，犹如百爪挠心。

楚国雄又开始了一个人的翻山越岭，他孤独进山，像他年轻的时候。罗山沉默依旧，山上的尾矿库和毛石，有的像补丁，有的像泪流，于高处俯视，像一幅荒诞不经的油画。从那个时候起，楚国雄就认准了一件事，栽树，栽树，赶紧栽树，他选择了复垦和绿化。

还有一个人的去世，对楚国雄的触动很大。

楚国雄的父亲活到了七十六岁，早年他借酒浇愁，晚年美酒珍馐应有尽有，最终备受病痛的折磨。父亲临终时告诉楚国雄，炕沿里面砌了一个匣子，那是母亲留给国雄的东西。

炕沿里深藏着一个几十年前的秘密：国雄父亲年轻时在天津讨生活，天津沦陷时，他遇到一个漂亮的孕妇，房子被炸毁，男人生死未卜，自己走投无路……孕妇跟着国雄父亲回到罗山，落脚后的头一件事，就要求国雄父亲把一只精致的小木匣，砌进炕沿中，她说这只木匣，只有他们俩人全部离世的时候，才能交给孩子。

楚国雄把土炕拆开，一个嵌着贝壳的精致木匣里，装有一件肚兜、一把梳子和一只黄金戒指。肚兜还是鲜艳的红色，绣着辟邪的五毒，还有粉色丝线绣的缠枝莲。国雄捏捏肚兜，果断拆开，里面有张照片，照片上是一位年轻的国民党军官，眼睛和鼻子，和国雄有七分相似。

楚国雄恍然大悟，他叫了大半辈子的爹，不是自己的生父！娘去世的时候，国雄才六岁，他对娘几乎没有印象。娘死后，一个光棍爹拉扯孩子过日子，饭菜总是马马虎虎。爹从集上割点肉回来，不会炒菜，就切成片放在碗里熥熟了，一片片夹进国雄碗里，自己不舍得吃，那肥厚的肉片，是他和爹此生最温暖的回忆。

一片片瘦中带膘的肉还在脑海，眼前的人已经永远离开了。

楚国雄大放悲声："爹！爹！爹！"呜咽从胸膛冲出喉咙，泪水顺着脸颊滚滚流淌，国雄哭得惊天动地，众人皆惊。

楚国雄少年时期就与爹疏离，长大后有意无意冷落爹，吃喝都是打发司机送过去，他鲜少与爹交流，一点儿也不了解眼前这位父亲……

楚国雄的哭，半是源于三十年采金掏洞的生死磨砺，半是由于锥心的后悔。他曾经真心瞧不起这个爹，可这个爹用一辈子，换来楚国雄真心实意的屈膝。

楚国雄为了查找生父的信息，甚至去了台湾，一无所获。后来，国雄想通了，他从小在罗山长大，罗山就是他的家，他的根扎在这里，国杰、国福、国华就是他的亲兄弟，晓钢是国杰唯一的儿子，也是罗山的后代，大家对孩子的未来规划十分关心。

"这杯酒我先敬祝叔叔婶婶和哥哥姐姐心想事成！"楚晓钢落落大方地站起来，他在城市里长大，瘦高白净，有些文弱的样子。

楚晓钢说："说真的，我对罗山矛盾重重。爷爷敬山惜山，念叨了一辈子'山管人丁水管财'，罗山也没有保佑他心意圆满；父亲扛着产业报国的旗帜，揣着毁坏家园的自责，十几年来，心里应该是冰火两重天。说起来，'磨浮'专业我并不喜欢，这是父亲强加给我的意愿，他没有能力阻止罗山的过度开采，做梦都想让矿石利用最大化，强迫我学习不感兴趣的专业。我觉得我爸爸错了，他不能把自己的梦想，强加到我身上！"

楚晓钢的话音未落，举座皆惊，三婶和国雄眼神骤暗，他们都知道：国杰多么希望儿子子承父业，替自己完成未了的心愿！

楚晓钢不以为然："我知道，父亲生前有两大遗憾，一是担心资源浪费，二是对于金矿上市耿耿于怀。父亲总是觉得这么好的资源不应该糟蹋，更不应该拱手让人。之前，父亲自豪于科技进步带来的掘进速度和黄金产量，之后，他关心的都是历代朝廷为什么会制止罗山黄金开采，如果不是碍于身份，父亲恐怕早就上书请命，请求封山了！"

楚晓钢的思想大开大合："我父亲是有心杀贼，无力回天，因此遭受的打击太大。我倒是觉得，父亲多少有点钻牛角尖；凡事都有两面性，上市不管对错，已是板上钉钉，那就不必也不应该再去纠结。如今世界上最大的矿业公司，就从赌徒起家，发展到现在的巨无霸，它在澳大利亚本土开始，几经分合，历经千难万险，最后整合多种矿业资源，成长为世界第一大资源型企业。这期间，企业数易其主，里面有工业化的推动，也有国家和国家的政治博弈，最重要的，还是资本运作的撬动！"

第一次听国杰的儿子谈罗山，谈事业，所有的眼睛看着晓钢，晓钢落落大方："我觉得不管是造船出海还是借船出海，年轻人都应该勇敢地闯一闯。我受母亲的影响比较大，觉得我们这代年轻人，更应该放眼世界，在世界矿业发展的风云变幻中，利用资本挟风裹雨，大展身手。我喜欢金融，已经申请了麻省理工学院斯隆学院，想出国继续深造。我觉得，招远的黄金已经上市，假以时日，假如资本运营有术，即便本土的黄金资源枯竭，还可以拓展境外资源，就是一件好事！中国的国门已经打开，年青一代的目光，绝对不能仅仅关注身边的资源，更要紧盯世界资源求发展！发达国家的资本运营，已经神出鬼没了，这是一场没有硝烟的战争，中国人必须赶上！"

楚晓钢的观点，有自己的感悟和思考，他的兴趣是资本运营。三婶和国雄是靠实干起家的前辈，对资本研究没有那么透彻，晓钢的话，成功引起了大家的思索。

是啊，招远的人，还要不要守着"金都"二字，夜郎自大？

招远人应不应该跳出招远看黄金，走出中国要黄金？！

楚晓钢再次举杯："我们国家已经与世界接轨，作为罗山后代，今天这酒，最好以罗山的名义起誓，从罗山出发，踏遍世界，再搬回一座金山！"话音一落，满桌喝彩。

三婶挑起大拇指："这酒咱一定要喝！"

楚国雄想说点什么，又觉得这孩子什么都说得明明白白，想的事情比长辈们更为长远。他仔细端详晓钢，这孩子的脸上有国杰夫妇两个人的影子，国雄眼里有遮不住的欣慰：这孩子，不愧是楚国杰的儿子！集中了父母的优点，有文化有思想，阳光自信。

楚国雄爽快干杯，心里暗道："国杰，有子如此，夫复何求！"

楚一帆站了起来："我支持晓钢弟弟的选择！不搞企业不知道，贵重耗材企业效益，与原料进购价格有绝对关系。我们专门聘请了人才，负责观察分析原料市场行情，依靠原料低进高出，企业就能产生不少效益。不得不承认，晓钢说得对，资本是市场最厉害的推手！"

"你俩都一边去，谈钱，太俗气！没有人脉，哪来钱脉？！"楚晓鹏咧着大嘴站起来，"双塔粉丝有限公司准备推出十二款不同口味的即食粉丝，庆祝我二儿子出生！"

三婶和国福相视一笑："我们又要当爷爷奶奶了？！"

户外尚有寒意，窗前的玉兰，花苞已经胀得满满的，呼之欲出，于无人处无声地暗暗发力，楚国雄惬意地坐着，淡淡抽烟。

三婶说："难得孩子们聚得这么齐，国雄说两句吧！"

楚国雄站起来了，平头短发，两鬓白的多，黑的少，阅历早就令他收敛了年轻时的锋芒，国雄现在就是一个好好先生："年轻人万水千山尽管去闯，有梦想那就早早去实现！罗山是我们的家园，也是你们的家园，我们这些老家伙，唯一能做的就是留下一座绿水青山，等待你们荣耀归来！

又是一年，罗山山花烂漫的季节。

楚一帆设计了一枚金戒指，戒面是一只首尾相衔的凤凰，头部高昂，安然枕着华丽的凤尾。设计这只戒指的创作灵感，来自三婶的碎碎念。自从 Sunshine 从大洋彼岸来到罗山，三婶就不停地念叨，罗山走了一只小凤凰，又飞来了一只金凤凰。

Sunshine 不远万里，来到中国，她的婚礼当然是中式的。

Sunshine 坐在花轿上，乐队吹吹打打，花轿落地，锣鼓喧天，两只雄狮，腾空而起。承古仪，拜天地拜高堂，夫妻对拜，一对异国男女，结为夫妻。Sunshine 的父母和亲友也来到了罗山，此刻，他们欣慰地见证了这片土地上的人们，如何用祖辈流传的神圣仪式，接纳了他们的女儿。

新人华堂，喜庆的花饽饽大如盆面，莲花宝座上有龙凤、八仙、鹿鹤、花鸟鱼虫等栩栩如生的小面塑。还有长约两尺的面塑龙凤一对，佛手一对，如意一对，长岁一对，陈列在桌子上；一对深情对望的面塑鸳鸯由红线拴在一起，被轻轻藏在喜被里，Sunshine 父母的眼里有惊奇，也有喜悦和满意。

喜宴在中国粉丝博物馆后面，一排古色古香的宾馆内举行。

宴是粉丝宴，酒是黄金酒，是中国金都特产的金玲珑。酒瓶里除了美酒，落有一尊飞龙，倒转酒瓶，瓶内细碎的金箔就会腾空而起，在清澈的酒中悠悠荡荡，浪漫华丽。金灿灿的美酒，无言展示着金城天府的底蕴。

新娘 Sunshine 的视线，被桌子中央的大号盘子吸引住了——盘子外围，用紫色萝卜雕了一圈牡丹，薄薄的花瓣，汁液饱满，晶莹剔透，一团膨化的粉丝，如窝似筐，粉丝窝窝里是一只油色金黄、安详蹲伏的鸡，那只鸡正扭头回望身后一堆小小的鹌鹑蛋。

"这牡丹真漂亮！这是……" Sunshine 叫不出定形膨化粉丝筐的名字，她把目光投向楚一帆，"这个菜里面，也有故事吗？"

楚一帆顺着 Sunshine 手指望去："亲爱的，让我想一想……"

楚一帆笑着拿起酒："这菜好啊，我们得向三婶敬一杯酒！"

这道菜，在以前的粉丝宴中确实没有，这是三婶为了隆重欢迎Sunshine，专门为这对新婚夫妇设计的粉丝新菜。自此，在中国粉丝之都招远的粉丝菜系中，除了耳熟能详的"蚂蚁上树""银丝鲍鱼"，又多了一道新婚喜宴压轴大菜——金凤还巢。

红烛新房，Sunshine 意犹未尽。

她的眼里含着笑意，问一帆："我是一只金凤凰吗？"

"在中国古代传说中，一雄一雌才叫凤凰。"楚一帆拥着Sunshine，轻手轻脚地拆下她头上的凤钗，解开凤袍、霞帔、鸳鸯袄，"亲爱的，金凤还巢日，此夕于飞乐……"

（全文完）

后　记

这是一棵黄金之树，根深扎在招远百年、千年，无法撼动。

从仰望这棵黄金之树的茂密枝叶，到寻求千尺树根的神秘姿态，令我下定决心的，是一次触及灵魂的拍摄。那是在 2014 年 1 月 20 日，作为招远电视台的记者，我扛着摄像机陪同中央电视台摄制组拍摄《万两黄金送延安》，寻找那些年那些事的人证和物证。

那天，天气奇寒，但是碧空万里，没有丝毫雨雪征兆。刚刚踏进玲珑地界，就有雪花在阳光下扑向车窗，三三两两，清晰可辨，似有话说。我心里一动，对同行的人轻轻耳语："是不是那些远去的英灵有所感应？"

等到了罗山，雪花也就消停了，大地上干干净净。

日寇侵华掠夺中国黄金的罪证——玲珑通洞依然还在。摄制组爬上罗山，拍摄了玲珑通洞附近两座日本人修建的炮楼，那些炮楼依然十分坚固，供机枪对外大面积扫射的梯状窗口，令人看后心有余悸。

得知摄制组来意，玲珑金矿办公室主任打开了一座建筑物久已封闭的大门，那正是日本人在罗山玲珑金矿建立的第一座选厂。登山，爬梯，进屋。浓重的霉味和陈腐气息扑面而来，我下意识地低下了头。定神，抬头，扫视。昏暗深阔的室内，好像插满了枪戟，森严阴沉。支撑起那座十几米高的建筑的立柱、横柱，包括斜插加固的柱子，全是粗大的木头，带有黑旧的颜色。它们纵横交错，一眼看去，不像是车间倒像是电影中令人恐怖的牢狱。

站在选厂二楼面西拍摄，对面的车间又阔又深，因为闭门锁户，光线很暗。就在那时，我摄像机镜头对准的车间屋顶，突然有一片如水一样的东西从屋顶的窟窿中泻落进室内，是水，还是光，辨不真切。但是，毫无缝隙的动感流泻，真真切切存在着，这让大家一度各种猜测，却并不能确定那是什么。

选厂内部拍摄结束，收工。

跨出选厂的大门，门外的景象令人目瞪口呆：不过一刻钟的时间，天地之间，从无到有，已经白茫茫一片。雪如喷吐，差不多在地上铺了两个铜钱厚，那雪，还在飞扬、飞扬……

这是"落了片白茫茫大地真干净"吗？

不！我心凄厉！

强盗入侵，招远儿女众志成城，将黄金秘密送抵延安，在这条秘不能宣的经济大动脉上，在共和国崛起的血色道路上，曾经有中华民族一批又一批无法尽数的优秀儿女，或奉献了生命，或永远地消失。我感到灵魂的震颤，像有什么东西戳中了心灵，瞬间从脊梁直抵头顶，我甚至有些惊骇。

这段惊天地泣鬼神的黄金历史，七十年后才浅浅浮现，我被震惊得喘不过气来。此后经年，无论如何，我都忘不掉站在玲珑金矿看到的罗山白茫茫的颜色；我也忘不掉站在日本人所建的那座阴森的选厂中，那一场我从未见过的雪之动感十足的无缝流泻。

我的家乡盛产黄金，诸多神秘的黄金故事和黄金大咖的经历，曾经给了我太多真实的感触与感动。我曾问过一位矿长，第一次下矿井的印象是什么，他答非所问："第一次下井上来之后我就发起了高烧！"还有一位矿长说："我每天上班的第一件事，就是围着矿区转一圈，只要看见有树被毁，井下一准出工伤！"

在近三十年的记者生涯中，我曾经采访过不少矿长和矿工，也曾扛着摄像机，几乎走遍了招远市属金矿地上地下采选和冶炼的全部工段。新闻表达其实早就满足不了我内心对家乡的敬重。作为一名中国报告文学学会的会员，我曾想用真实的文字记录家乡黄金的百年历史，无奈时光流逝、时代变迁，感觉太多的东西捉不住。那些无法定格的事、那些远去的人，终究还是以文学作品的姿态沉淀下来，之所以在这部作品中引入真实的战斗和英雄人物，比如赵书策和灵山战役，因为这是北海银行和胶东抗大活动在招远的重要佐证，而在若干革命历史大事记录和展馆中，招远是被严重忽略的一环，几乎了无痕迹。这让追踪昔日现场的我，常常忍不住落泪生悲。

小说高于现实，超脱地域限制；尤其不适合应用真实的名称。但是，我不愿意，我所做的一切，就是想告诉世人："这就是黄金招远！无与伦比！"我爱生活在这片黄金土地上的父老乡亲们沉默的高贵，他们如同深藏在黄金大地的金脉，安静神秘、耐人寻味。如果说写作是一场灵魂的修行，那么《金城天府》就是我从心底对家乡招远的礼敬。

创作《金城天府》时，由于阅历有限，我几乎查阅了所有公开发行的与招远以及招远黄金相关的历史和文史资料，也曾跑遍了周边县市的档案馆、革命历史博物馆，采访了相关事件的亲历者。不能一一尽叙，特此致谢，如有不当与不妥，敬请联系。

感谢中国黄金协会党委书记、副会长兼秘书长张永涛先生、南非硕丰集团董事长孙晓栋先生、中国工艺美术大师刘君善先生的大力支持；感谢招远大尹格庄金矿原矿长穆太升先生的专业指正；感谢好友孙少荣、王晓燕、闫海燕的真情相助。

谨以此书献给我的父亲，献给招远的父老乡亲和奋斗在黄金战线上的朋友。新书出版在即，没有喜悦，唯有忐忑，生怕能力不及，对不起脚下这片厚重的黄金大地……

王冶

2023 年 4 月 8 日

图书在版编目（CIP）数据

金城天府 / 王冶著 .—北京：作家出版社，2023.7
ISBN 978-7-5212-1703-2

Ⅰ.①金⋯　Ⅱ.①王⋯　Ⅲ.①长篇小说－中国－当代
Ⅳ.① I247.5

中国国家版本馆 CIP 数据核字（2021）第 265848 号

金城天府

作　　者：王　冶
责任编辑：向　萍
助理编辑：陈亚利
装帧设计：郭子仪
封面图绘、封底题字：子　民
出版发行：作家出版社有限公司
社　　址：北京农展馆南里 10 号　　邮　　编：100125
电话传真：86-10-65067186（发行中心及邮购部）
　　　　　86-10-65004079（总编室）
E-mail:zuojia @ zuojia.net.cn
http://www.zuojiachubanshe.com
印　　刷：唐山嘉德印刷有限公司
成品尺寸：152×230
字　　数：424 千
印　　张：28.5
版　　次：2023 年 7 月第 1 版
印　　次：2023 年 7 月第 1 次印刷
ISBN 978-7-5212-1703-2
定　　价：65.00 元